AF130741

SANDRA BECKEDAHL

Schorfheiden-Mord

EIN GEHEIMNIS ZU VIEL Stadt gegen Land. Es herrschen Spannungen im beschaulichen Biosphärenreservat Schorfheide. Die Zugezogenen leben zwischen den Alteingesessenen – beide Gruppen in ihren jeweiligen Welten. Gegeneinander statt miteinander. Nur Ben ist überall zu Hause. Der smarte Gemüsehändler ist ein Kind der Region, aber auch bei den Exil-Berlinern beliebt. Er wird von ihnen geschätzt, und sie vertrauen ihm ihre Geheimnisse an. Doch dann wird ausgerechnet er ermordet. Der Hamburger Paul Montgomery nimmt die Ermittlungen auf. Als Kommissar ist er erfahren, die Uckermark ist jedoch neu für ihn. Schnell findet er heraus, dass die Gesetze der Großstadt in der dünn besiedelten Schorfheide nicht gelten. Obwohl Ben angeblich keine Feinde hatte, sieht sich Montgomery einer Vielzahl von Verdächtigen gegenüber. Jeder aus Bens Umfeld hat ein Geheimnis. Aber: Wer würde einen Mord begehen, um es zu schützen? Ein Todesspiel mit fatalen Folgen beginnt.

Sandra Beckedahl ist in Augsburg geboren und aufgewachsen. Zum Studium der Kommunikationswissenschaften und Politik zog sie nach Münster. Nach Stationen in Berlin und München lebt sie heute mit ihrer Familie in Hamburg. Sie hat viele Jahre als Reporterin sowie Redakteurin für Magazine und Storylinerin fürs Fernsehen gearbeitet. Daneben war sie Co-Autorin von Sportler-Biografien. Inzwischen ist sie als Kommunikationsberaterin tätig. Zu ihren Kunden zählen auch Politiker, was sie dazu inspiriert hat, das politische Berlin mit in dieses Buch einfließen zu lassen. »Schorfheiden-Mord« ist ihr erster Krimi.

SANDRA BECKEDAHL

Schorfheiden-Mord

KRIMINALROMAN

GMEINER

Immer informiert

Spannung pur – mit unserem Newsletter informieren wir Sie
regelmäßig über Wissenswertes aus unserer Bücherwelt.

Gefällt mir!

Facebook: @Gmeiner.Verlag
Instagram: @gmeinerverlag

Besuchen Sie uns im Internet:
www.gmeiner-verlag.de

© 2024 – Gmeiner-Verlag GmbH
Im Ehnried 5, 88605 Meßkirch
Telefon 0 75 75 / 20 95 - 0
info@gmeiner-verlag.de
Alle Rechte vorbehalten
1. Auflage 2024

Herstellung: Julia Franze
Umschlaggestaltung: U.O.R.G. Lutz Eberle, Stuttgart
unter Verwendung eines Fotos von: © Christian / stock.adobe.com
Druck: CPI books GmbH, Leck
Printed in Germany
ISBN 978-3-8392-0649-2

UCKERMARK – DIE HAMPTONS VON BERLIN

Die Hamptons befinden sich am Ostende der Insel Long Island im Suffolk County des US-Bundesstaats New York. Sie liegen zwischen 130 und 230 Kilometer von NYC entfernt. Für wohlhabende New Yorker gehört es sich, in den Hamptons eine Wochenend- beziehungsweise Sommerresidenz zu unterhalten. Bekannte Showstars, Wirtschaftsbosse, Milliardäre besitzen dort Anwesen. Die Immobilienpreise der Hamptons zählen zu den höchsten weltweit. Die Zahl derer, die das ganze Jahr dort leben, ist nach 9/11 gestiegen. Etliche New Yorker Familien haben ihren Hauptwohnsitz an den sicheren Ostzipfel von Long Island verlegt.

Die Uckermark ist ein Landkreis im Nordosten von Brandenburg. Etwa 120.830 Menschen leben dauerhaft hier – es ist eine der am dünnsten besiedelten Regionen Deutschlands –, rund eine Autostunde von Berlin entfernt. Die prominenteste Tochter der Uckermark ist Angela Merkel. Sie hat im Dorf Hohenwalde ein Ferienhaus. Während und nach den Lockdowns der COVID-19-Pandemie haben viele Berliner ihren Feriensitz in der Uckermark zu ihrem Lebensmittelpunkt gemacht.

Nun ist Berlin nicht New York, und die Uckermark hat keinen Meerzugang. Aber für immer mehr Menschen ist die Region die Hamptons der Hauptstadt.

1

»Nein, Schatz, kein Problem ... Ich schaff das schon alleine hier«, flötete Claudia ins Telefon und verdrehte dabei die Augen. »Ich langweile mich wirklich nicht. Drei Kinder, das große Haus ... Ich bin froh, wenn ich abends bis zum Essen durchhalte.«

Eilig schob sie hinterher: »Das heißt aber nicht, dass du am Wochenende kommen musst.« Sie hoffte, ihr Mann würde den leichten Anflug von Panik in ihrer Stimme nicht wahrnehmen. Claudia griff nach dem Sektglas auf ihrem Nachttisch und nahm einen Schluck. »Sorry, ich habe gerade vom Morgenkaffee getrunken. Bin noch gar nicht zum Frühstücken gekommen. Könntest du was für mich tun? Mir meinen Lieblingschardonnay schicken. Du kennst das örtliche Weinangebot. Lieber trink ich Essig als das, was die als Qualitätswein verkaufen. Die Hinterwäldler hier halten Franzbranntwein ja für Tisch-wein. – Au«, rief sie. Ein Schlag traf sie in die Rippen und sie boxte im Reflex zurück. Den Körper, der neben ihr im Bett lag.

»Nein, Schatz. Ich hab mich nur gestoßen, ich räume nebenher ein bisschen auf. Elena lässt ihre Spielsachen überall liegen. Wo waren wir stehen geblieben? Bleib du in Berlin, und natürlich verstehe ich, dass du gerade total viel zu tun hast. Ja, wir kriegen das schon hin. Ich liebe dich auch!« Wieder rollte sie die Augen. »Tschüss!«

Mit einem Seufzen beendete sie das Gespräch und legte ihr iPhone auf den Nachttisch. Sie drehte sich um und schmiegte sich an den Körper unter der Decke. Doch Ben schob sie bestimmt weg. »Hinterwäldler«, schnaubte er wütend.

»*Du*«, Claudia setzte sich auf, »bist natürlich kein Hinterwäldler. Komm, lass uns da weitermachen, wo wir aufgehört haben.« Sie streckte ihre Hand aus, griff aber ins Leere. Ben war schon aufgestanden.

»Hab keine Zeit, muss los«, grummelte er und verschwand ins angrenzende Badezimmer.

»Das war ja mal wieder tolles Timing, lieber Ehemann«, murmelte sie frustriert und nahm ihren Sekt. Er schmeckte schal. Sie stellte das Glas ab und schwang sich auch aus dem Bett. Wenn der Prophet nicht zum Berg kommt …, dachte sie sich und ging ums ausladende Ehebett in Richtung Tür, die ins En-suite-Badezimmer führte. Vor dem bodentiefen und viel zu großen Spiegel an der Wand blieb sie stehen.

Claudia betrachtete ihren nackten Körper. Kritisch. Im nächsten Monat würde sie 45 Jahre alt werden. 45, was für eine Zahl! Sie erinnerte sich gut daran, wie sie mit Anfang 20 während ihres Studiums in Hamburg mit ihrer Freundin Tina in einer Kneipe gesessen und darüber nachgedacht hatte, wie das Leben jenseits der 30 sein würde. Tina, deren lange blonde Haare bis weit über die Schultern reichten, verkündete: »Mit spätestens 35 schneide ich mir die Haare ab!« 35, das war so weit weg gewesen, dass man so was leichtfertig sagte. Wenn man jung ist, glaubt man, dass sich mit dem Alter das Denken verändert. Dass man besonnen ist und sich nicht mehr von den Gefühlen leiten lässt. Doch lediglich die äußeren Faktoren ändern sich, das Innere bleibt grundsätzlich dasselbe. Diese Erkenntnis hatte sie in den vergangenen Jahren gewonnen. Inzwischen erschien ihr, 35 zu sein, Lichtjahre entfernt – von der anderen Seite. Ihr Körper konnte sogar als der einer Mittzwanzigerin durchgehen. Hier und da war eine kleine Delle, aber der Bauch war flach, selbst nach drei Schwangerschaften. Ihre Brüste hatten den Kampf gegen die Schwerkraft aufgenommen und hielten gut dagegen. Sie war schlank, muskulös und trotzdem weiblich. Sie war zufrieden mit ihrem Anblick. Aber war sie tatsächlich jung, nur weil sie sich so fühlte? Wie nahm ihre Umwelt sie wahr? Natürlich passierte es, dass sie von Jüngeren gesiezt wurde. Was sie jedes Mal irritierte – obwohl es schon so lange geschah.

Die meisten ihrer Freundinnen ließen sich regelmäßig die Fältchen und Falten mit Botox und Hyaluron wegzaubern. Claudia hatte sich bislang gesträubt, wenn sie zu einer Filler-Party eingeladen worden war. Vor allem, weil sie anders sein wollte. Wenn sie ehrlich war, dachte sie in letzter Zeit darüber nach, vielleicht doch mal … Die vergangenen Jahre waren an ihrem Gesicht nicht spurlos vorübergezogen. Aktuell konnte sie die Falten um ihre Augen noch Fältchen nennen. Trotzdem: Sie war es leid, dass sie nicht mehr bei jedem Licht das Gefühl hatte, gut genug auszusehen, um Fotos unbearbeitet hochzuladen. Aber deswegen hatte sie doch keine Probleme mit dem Älterwerden.

Übrigens: Tina hatte die Haare nicht abgeschnitten, sie waren lang wie eh und je, und sie sah toll aus. Mit 45.

Claudia betrat das Bad. Ein knapp 30 Quadratmeter großer Raum, in dem ein Designer sich ausgetobt hatte, ohne Rücksicht auf Platz und Budget nehmen zu müssen. Vor dem Panoramafenster, das fast die komplette Breite einnahm, befand sich eine freistehende Badewanne mit Löwenfüßen. Der Holzboden mit den breiten, gebeizten Dielen verlieh dem Raum Wärme und passte zur ansonsten reduzierten Gestaltung. Es gab eine kleine Sauna und eine ebenerdige Dusche, in der mühelos zwei Personen gleichzeitig Platz fanden. Momentan ließ sich darin Ben allein vom warmen Wasser berieseln, das aus der Regendusche von der Decke kam. Was für eine Verschwendung, dachte sich Claudia und näherte sich ihm von hinten. Sie drückte ihren Körper an den seinen, ihren Unterleib an seinen Po und ging mit ihrer rechten Hand auf Entdeckungsreise in seinem Schritt.

Die Haare waren noch nass, als Claudia ihre Locken 20 Minuten später zu einem Dutt band, während sie die Treppe hinunter in die weitläufige Halle ging. Sie hatte sich nur schnell einen Hoodie übergezogen zu den Laufleggings – ihr Standardoutfit in der Uckermark.

Ben stand schon in der Diele und schlüpfte in seine braune Lederjacke.

»Übrigens …« Sie stellte sich vor ihm auf die Zehenspitzen. Claudia vermutete, dass es seine Jugend war, die sie magisch anzog. Er war 31 und somit 14 Jahre jünger als sie. »Mein Mann bleibt das Wochenende über in Berlin. Ich könnte die Kinder bei Manu und Bert übernachten lassen, von Samstag auf Sonntag. Und wir haben ein Date?« Sie sah ihm in die Augen. Er erwiderte ihren Blick.

»Ich könnte uns was kochen«, fügte sie hinzu. Ben grinste.

»Okay, ohne kochen.« Sie drückte ihren Körper an seinen und schlang ihre Arme um seinen Hals.

»Du könntest bei mir übernachten …« Sie spürte die Reaktion seines Körpers auf den ihren, und es gefiel ihr. Statt zu antworten, nahm Ben ihr Gesicht in die Hände und küsste sie. Das gefiel ihr noch besser. Ein kurzer Kuss.

Sie wand sich aus der Umarmung, schlüpfte in ihre Ugg-Boots, nahm ihren Schlüssel aus einer Schale von der Kommode neben der Tür und öffnete diese. Ben trat vor ihr nach draußen in die kühle, klare Vormittagsluft. Die Sonne schien. Es war Ende März, es wurde Frühling – endlich.

Obwohl sie allein vor dem Haus waren, kein Nachbar in Hör- oder Sichtweite und die Uckermark nicht unbedingt überbevölkert war, wahrte sie Distanz. Sie lächelte ihm zu und sagte: »Nächste Woche dann dieselbe Größe. Auf Wiedersehen.«

Ben öffnete den Kofferraum seines VW-Busses, hievte eine gut gefüllte Gemüsekiste heraus, ging zum Eingang zurück und stellte sie ab. »Danke, Claudia. Sie bekommen die nächste Lieferung wie besprochen am Samstag.« Er nickte ihr zu und sprang in seinen Wagen. Claudia hob lächelnd die Hand zum Gruß. Es war albern, aber es entsprach ihrer Definition von Affäre, dass diese nur innerhalb ihrer vier Wände stattfand. Vielleicht mochte sie die Geheimhaltung deswegen so gern, weil sie ansonsten sehr viel Privates aus ihrem Leben mit ihren Instagram-Followern teilte. Das Verhältnis gehörte (fast) ihr allein. Niemand sollte davon wissen.

Sie stieg in ihren SUV, ließ den Motor an und bog rechts in die Dorfstraße ein. 11:36 Uhr zeigte die Uhr am Armaturenbrett. Sie war perfekt in der Zeit. Um 12 Uhr musste sie die Kinder abholen. Sie drehte das Radio lauter und gab Gas »Because I'm …«, sang Pharrell Williams, und sie stimmte schief, aber inbrünstig mit »happy« mit ein.

2

Ben hielt sich hinter dem schwarzen Range Rover. Nach 300 Metern bog er ab in Richtung Templin. Die Straße war schmal, rechts und links vom märkischen Wald gesäumt. Ben liebte seine Heimat. Er ließ das Fenster herunter, nahm einen tiefen Zug der kühlen Luft. Die roch nach Erde und Wald, ein bisschen moorig. Er drehte das Radio lauter. »Because I'm happy«, sang er mit. Niemals könnte er sich vorstellen, an einem anderen Ort zu wohnen als im urigen Herzen der Uckermark. Hier, wo es wenige Menschen gab und der nächste Wald von überall in fünf Minuten zu erreichen war. Der Wald war sein Lebenselixier. Viel mehr brauchte er nicht. Sein Handy klingelte. Er nahm den Anruf an.

»Schwester, was kann ich für dich tun?«

»Nichts. Ich wollte nur fragen, ob wir uns heute Abend sehen.«

»Ja, klar. Ich komme um acht zu Mutti. Gibt's einen Grund, warum du mich treffen willst?«

»Nein, es ist nur …«

»Mach nicht so ein Geheimnis draus, schieß los!«

»Erzähl ich dir später. Ich muss jetzt zur U-Bahn.«

»U-Bahn. Hab ich was verpasst? Seit wann gibt es in Templin eine U-Bahn?«

Sie lachte ihr kehliges Lachen. »Ich bin in Berlin.«

»Warum?«

»Heute Abend. Bye«

Ehe er noch etwas sagen konnte, hatte sie das Gespräch auch schon beendet. Ben drosselte die Geschwindigkeit, da vor ihm eine Radfahrerin seelenruhig in der Mitte der

Straße fuhr. Davon gab es immer mehr hier, und sie gingen ihm gehörig auf die Nerven mit ihren grellen Warnwesten. Er hupte. Die Radlerin drehte sich weder um noch fuhr sie zur Seite oder trat kräftiger in die Pedale. Frechheit. Egal. Er hatte Zeit und wollte sich die Laune nicht verderben lassen. Rechts kam er an einem dieser Schilder vorbei, die in der ganzen Mark aufgestellt waren: »Haltet den Wald sauber!«, grüne Schrift auf weißem Grund. In einer Anmutung, die alles andere als modern war. Erinnerte an die DDR, wobei er sich da eigentlich gar nicht sicher war, denn das war vor seiner Zeit gewesen. Ben bezweifelte, dass ein Plakat diese Idioten abschreckte, die in den Wald gingen und ihren Müll einfach daließen. Ehrlicherweise hatte er auch keine wirksamere Idee. Beziehungsweise keine, die legal war.

Was seine Schwester ihm wohl zu sagen hatte? Es ging sicher wieder um einen ihrer super Pläne. Die hatte sie mit einer gewissen Regelmäßigkeit, und sie waren jedes Mal ihre wahrhafte Bestimmung und Berufung. Mit Feuereifer stürzte sie sich hinein, und genauso schnell war es dann wieder vorbei. Zuletzt war es eine Karriere als Beauty-Influencerin gewesen. Diesmal? Die Neugierde fraß ihn nicht wirklich auf. In ein paar Stunden würde er es sowieso wissen und in wenigen Monaten vergessen haben – wie Jana selbst.

Er fischte das Handy aus der Mittelkonsole. Und startete ein neues Telefonat.

Glücklicherweise nahm seine Mutter sofort ab.

»Mutti, kannst du mir heute bitte Karotten, Kohl, Lauch und Steckrüben mitbringen?«

»Weiß nicht, ob wir was Frisches dahaben«, antwortete sie zögernd.

»Frisch ist nicht wichtig. Kann schon drüber sein.«

»Was meinst du mit ›drüber‹? Mangelhafte Ware verkaufen wir nicht!«, sagte sie tadelnd.

Sie stellte sich mal wieder an. »Es soll ja nichts sein, was ihr noch verkauft.«

»Aber ... Außerdem Steckrüben ...«

Langsam verlor er die Geduld. Warum war seine Mutti so kompliziert? Sie machte das nicht zum ersten Mal.

»Dann hol was aus der Tonne. Die ist doch voll. So viele containern ja wohl nicht bei euch. Ich brauch das heute Abend. Tschüss.« Jetzt legte er auf, ohne eine Antwort abzuwarten.

3

Es war kurz nach acht, als Peggy die Haustür aufschloss. Sie hörte die Stimmen von Ben und Jana aus der Küche. Ihre Kinder waren beide da. Ihre erwachsenen Kinder: Jana war 33 und Ben 31 Jahre alt. Letzterer baute seine 1,91 Meter im schmalen Flur vor ihr auf. »Hast du das Grünzeug dabei?«, fragte er ungeduldig.

»Dir auch einen schönen guten Abend«, entgegnete Peggy und deutete durch die offene Tür auf ihren Skoda, der vor dem Haus parkte. »Da drinne«, ergänzte sie.

Ohne ein weiteres Wort ging Ben mit genervtem Gesichtsausdruck nach draußen. Höflichkeit fand er offensichtlich überbewertet. Bevor Peggy in die Küche ging, wusch sie sich im Gäste-WC die Hände. Zum wievielten Mal heute, überlegte sie. Auch wenn die Pandemie überstanden war, einige der in den vergangenen Jahren antrainierten Verhaltensmaßnahmen konnte sie nicht so schnell ablegen, dachte sie und trocknete sich die Hände ab.

»Hallo, Mutti.« Jana fiel ihrer Mutter um den Hals, als diese in die Küche kam. Obwohl sie heute Morgen gemeinsam gefrühstückt hatten. Janas Begrüßung war jedes Mal so überschwänglich, als hätten sie sich Jahre nicht gesehen. Anders als Ben, der mit Emotionen knauserte, war ihre Tochter stets freundlich – zu allen. Wie unterschiedlich ihre Kinder doch waren.

Kurz darauf kehrte Ben mit mehreren Plastikboxen zurück, die bis oben voll mit Gemüse waren.

»Mach mal Platz!«, wies er seine Schwester an, die sofort begann, den Tisch freizuräumen. Ben stellte die Behälter darauf. Neben der Eckbank wartete ein Turm aus Holz-Gemüsekisten.

»Warum müsst ihr das Zeug immer in Plastik verpackt kaufen?«, motzte er seine Mutter an. Er riss eine Tüte auf, in der drei Paprikas waren: rot, grün und gelb. »Hilf mir!«, sagte er zu Jana und schob eine Kiste voller Plastikbeutel mit Möhren in ihre Richtung. »Alles raus!«

»Das entscheide ja nicht ich, wie die Ware zu uns kommt«, rechtfertigte sich Peggy. »Außerdem ist es momentan echt schwer, überhaupt was abzuzweigen. Die Leute bunkern für die Feiertage …«

»Ich hab für nächste Woche auch zehn Lieferungen zusätzlich«, fiel ihr Ben ins Wort.

Peggy setzte sich zu den Kindern an den Tisch. Sie nahm sich eine Tüte mit Möhren aus der Kiste, riss die Plastikverpackung auf. Unschlüssig, was sie damit machen sollte, legte sie die Karotten in einer Reihe der Größe nach geordnet auf den Tisch.

»Das heißt, die übliche Ration reicht nicht? Warum fährst du nicht nach Polen und holst dort was?«, fragte sie zögerlich.

»Nein«, sagte Ben mit einer Vehemenz, die keinen Widerspruch zu dulden schien. »Hab keine Zeit. Außerdem hat mein Händler dort sein Business aufgegeben. Und ich kann mir das Gemüse ja nicht aus den Rippen schneiden.« Seine Worte klangen vorwurfsvoll, dennoch schenkte er seiner Mutter ein gewinnendes Lächeln. Dem hatte sie noch nie widerstehen können. Peggy nahm sich die nächste Tüte.

Natürlich durfte sie Ben bei seinen Geschäften eigentlich nicht unterstützen. Billiges Gemüse vom Polenmarkt hinter der Grenze in Holz-Gemüsekisten als Bio-Ware aus der Region mit einer saftigen Marge zu verkaufen – das war Betrug!

Aber seine Kunden waren diejenigen, die seit einigen Jahren die Uckermark für sich einnahmen. Alte Scheunen, verfallene Höfe und leerstehende Häuser zu Luxusimmobilien machten. An den Wochenenden und in den Ferien fielen sie in Heerscharen aus Berlin hier ein. Dann stauten sich die Geländewagen und Teslas auf den Straßen, und in der gesamten Schorfheide war die Hafermilch ausverkauft. Kontakt mit ihnen, den Einheimischen, suchten die wohlhabenden und modernen Berliner nicht. Die einzigen Berührungspunkte waren die Putzkraft, der Gärtner oder die Kinderbetreuer, die sie aus der Region beschäftigten.

Ihre Haltung drückte aus: »Mit euch Hinterwäldlern wollen wir nichts zu tun haben.« Wenn ein SUV einem mal wieder die Vorfahrt nahm, ein Haus hinter hohen Hecken verschwand, das früher Teil des Dorfbildes gewesen war, oder direkt am Waldrand aus unerfindlichen Gründen eine Baugenehmigung für einen Pool erteilt wurde, während die Böden immer trockener wurden, war das nicht unbedingt ein Schritt in die Richtung: Es wächst zusammen, was zusammengehört. Die Uckermark machen die Dörfer mit ihrer starken Gemeinschaft aus, doch die Berliner hatten kein Interesse, sich zu integrieren. Sie blieben unter sich, bildeten Außenstellen vom Prenzlauer Berg und Schöneberg. Und die Einheimischen hatten das Gefühl, in der eigenen Heimat zu Gast zu sein. Es gab Aufkleber auf denen stand: »Uckermark – Die Hamptons von Berlin«. Das ging nun wirklich zu weit, fand Peggy. Obwohl sie nicht genau wusste, was die Hamptons waren.

Auch kauften die Hamptons-Uckermärker nur im Notfall in dem Lebensmittelmarkt ein, in dem Peggy Filialleiterin war. Viel lieber ließen sie sich Wein, ihre Bio-Delikatessen und das Fleisch aus Berlin liefern. Support your local dealer, galt ausschließlich für Ben. Kisten mit Bio-Obst und Gemüse waren in. Ihr Sohn hatte eine Marktlücke erkannt und bediente nun den Bedarf. Mit dem kleinen Schönheitsfehler, dass seine Ware Discounterware war – in stylisher Bio-Boheme-Verpackung.

Es hatte mit dem Lockdown begonnen. Da hatte Ben nicht nach Polen fahren können, die Grenzen waren geschlossen. Gleichzeitig brummte sein Geschäft. Viele von den Wochenend-Berlinern waren plötzlich dauerhaft da und verlangten nach der Bio-Kiste. Hätte Ben nicht geliefert, wäre er in Konkurs gegangen. Denn die Kunden würde er nicht wiederbekommen. Abgesehen davon, dass er ihnen den Lieferausfall nicht begründen könnte. Schließlich glaubten sie ja, er würde das Gemüse selbst anbauen, und das Pflanzenwachstum war ja nicht vom Lockdown betroffen. Also musste ihm seine Mutter helfen. Sie zweigte das ab, was sie im Laden nicht verkauften und in den Tonnen gelandet wäre. Peggy tat es sowieso leid: diese Verschwendung von Lebensmitteln. Von dem, was bei ihnen pro Woche alles in den Müll geworfen wurde, würde man ein ganzes Dorf satt bekommen. Es war ja nicht so, dass Ben den Betrug geplant hatte, redete sich Peggy das Handeln ihres Sohnes und ihr eigenes schön. Er hatte anfangs tatsächlich eigenes Bio-Gemüse verkauft, und dafür in der Nähe ihrer Datsche einen Acker angemietet. Doch mit dem Anbau lief es nicht wie geplant oder besser gesagt: Der Ertrag entsprach nicht dem Bedarf, und so war er in seiner Not über die Grenze gefahren. Keinem seiner Kunden war etwas aufgefallen – im Gegenteil. Das Geschäft lief. Im gleichen Maße, wie Berliner die Region besiedelten, kamen neue Kunden hinzu. Fast jede Familie aus Berlin, die in der Uckermark Besitz erwarb, bestellte »Bens Bio-Kiste«. Sie wollten Nachhaltigkeit und Regionalität, und Ben verkaufte es ihnen. Irgendwann hatte er aus Zeitgründen den eigenen Anbau aufgegeben und ausschließlich Ware eingekauft.

Inzwischen waren die Lockdowns Geschichte und die Beschränkungen nach und nach gefallen, doch Peggy versorgte Ben weiterhin mit Ware aus ihrem Laden. Anfangs hatte sie sich nicht getraut, ihn zu fragen, warum er nicht nach Polen fuhr, sondern ihm bereitwillig geholfen. Mit schlechtem Gewissen und ziemlich viel Angst. Es wurde schwerer, ihr Treiben vor den Kollegen zu verheimlichen. Sie hatte Angst, dass die etwas ahnten. Wenn ihr Telefon klingelte und die Nummer der Firmenzentrale aufleuchtete, dachte sie, es sei vorbei. Natürlich war ihr Handeln ein fristloser Kündigungsgrund, ganz egal, ob die entwendeten Waren in der Tonne gelegen hatten, da noch gelandet wären oder nicht. Aber wenn Ben sie dann wieder bat, ihm Gemüse mitzubringen, konnte sie ihm das nicht abschlagen. Das hatte sie nie gekonnt. Lange würde das nicht mehr gut gehen, das spürte sie. Er musste sich etwas anderes überlegen. Die Schlinge lag schon um ihren Hals. Ihr graute davor, dass am kommenden Wochenende die Sommerzeit begann. In der helleren Jahreszeit wurde es schwerer, unbemerkt die Tonnen zu leeren, als im Schutze der Dunkelheit.

Sie nahm die Holzkisten und stellte sie nebeneinander auf den Boden. »Bens Bio-Kiste – Uckermark« hatte ihr Sohn darauf drucken lassen. Es sah wirklich hochwertig aus. Da überprüfte keiner den Inhalt genau. Peggy legte in jeden der Behälter zehn Karotten. Wenn die erfolgreichen und reichen Berliner wüssten, was sie da geliefert bekamen … Immerhin hatten sie in ihrem Laden seit einiger Zeit auch Bio-Waren aus der Region. Also war es eigentlich kein richtiger Betrug.

Einträchtig bestückten sie gemeinsam die Boxen, während sich auf dem Tisch ein höher werdender Cellophantütenberg bildete. Die drei waren mittlerweile ein eingespieltes Team. Zwei- bis dreimal pro Woche saßen sie so abends in der Wohnküche.

»Ich muss euch was sagen«, platzte Jana in die Stille.

»Dann mach und spann uns nicht auf die Folter.« Ben schaute nicht auf und unterbrach auch seine Arbeit nicht.

»Ich werde in den Bundestag gehen.« Triumphierend schaute Jana von einem zum anderen und strich sich dabei eine Haarsträhne hinters Ohr.

»Als Maskenbildnerin?«, fragte Peggy.

Jana hatte eine Ausbildung zur Kosmetikerin gemacht und einige Jahre in Berlin als Maskenbildnerin beim Fernsehen gearbeitet. Seit zwei Jahren war sie wieder zurück in der Uckermark. Sie jobbte in Gerswalde im Kosmetikstudio »Schön und Schöner«, wo sie gelernt hatte. Zuletzt hatte sie versucht, sich als Beauty-Influencerin einen Namen zu machen. Davor hatte sie Model werden wollen und sich bei der Show von Heidi Klum beworben. Beides ohne Erfolg. Nun also wieder Berlin.

»Nein, als Abgeordnete.« Als hätte sie nicht gerade eine Bombe platzen lassen, nahm Jana ungerührt zehn Karotten vom Tisch und legte sie fein säuberlich in eine Kiste.

Peggy verschlug es die Sprache, und Ben ließ den Wirsing sinken, den er in der Hand hielt.

»Für welche Partei? Die Beautypartei?«, fragte er.

Jana sah ihn fragend an. »Wie kommst du darauf? Die EPD natürlich.«

»Natürlich. Die befinden sich ja gerade im Höhenflug. Gute Wahl, Schwester. Wo liegen die, bei 15 Prozent?«, stichelte er.

Jana hielt inne und antwortete vollkommen ernst. So, als würde sie in einer Politikerrunde im Fernsehen auf eine Frage des Moderators eingehen und nicht am Küchentisch auf die Provokation ihres kleinen Bruders. »Bis September kann viel passieren. Außerdem passt meine Biografie viel besser zu denen. Und entscheidend ist«, Jana machte eine bedeutungsvolle Pause, »der bisherige Mandatsträger tritt nicht mehr an.«

Jana schaffte es immer wieder, sie zu überraschen. Peggy war sich sicher, dass ihre Tochter bis vor Kurzem nicht gewusst hatte, dass in diesem Jahr Bundestagswahl war.

Jana hatte sich nie für Politik interessiert, sie konnte sich nicht mal erinnern, ob ihre Tochter je zu einer Wahl gegangen war, und jetzt sprach sie bereits wie eine Politikerin. »Mandatsträger«, diese Vokabel war definitiv noch nicht lange Teil ihres Wortschatzes.

»Wenn der nicht antritt, gibt es doch bestimmt mehrere, die seinen Platz wollen. Fängt man nicht erst unten an. Im Kreistag?«

»Das war früher so. Als sich weiße Männer hochgearbeitet haben. Keiner von denen, die den Platz wollen, hat so gute Chancen wie ich«, konterte Jana selbstbewusst.

Ben zog die Augenbrauen hoch und hielt sich eine Pastinake wie ein Mikro vor den Mund: »Deine Aussichten sind gut, weil du so viel Erfahrung hast?« Er streckte den Arm aus und hielt Jana das Gemüse vors Gesicht.

»Nein. Die ist nicht wichtig. Entscheidender ist, für was ich stehe. Diversität, die nächste Generation Politik und ich bin ein Kind der Region. Weiblich, jung und verkörpere Hoffnung auf Veränderung, auf etwas Neues. Ich bin die Tochter einer alleinerziehenden Mutter, die sich durchgekämpft hat, und die Schwester eines jungen Unternehmers. Mir liegen die Nöte und Probleme der Menschen dieser Gegend am Herzen. Ich kenne sie. Meine Wurzeln sind hier, und meine Stimme werde ich in Berlin für die Uckermark einsetzen.« Jana redete sich in Fahrt.

»Gelaber«, kommentierte Ben trocken. »Politik. Das ist doch total langweilig. Lauter Anzugträger und Meetings …« Demonstrativ wandte er sich den Pastinaken zu.

»Überhaupt nicht«, entgegnete Jana genervt. »Du musst es ja nicht machen, du kannst ja weiterhin Grünzeug verpacken.« Mit spitzen Fingern zog sie eine Steckrübe aus der Kiste. »Was ist denn das?«

»Kind, das musst du wissen, wenn du demnächst die Region im Bundestag vertrittst«, warf Ben streng ein, wobei er das Wort »Bundestag« in die Länge zog. »Das ist eine märkische Steckrübe«, belehrte er seine Schwester. »Steckrüben sind eigentlich Tierfutter. Aber die Bio-Boheme ist ganz wild darauf. Unser lieber Dr. Seemüller sagt immer: ›Die märkische Seele auf der Zunge – so authentisch im Geschmack‹.«

Ben verdrehte die Augen, und Peggy musste grinsen. Auch Jana lachte.

Ein paar Minuten packten sie schweigend weiter.

»Von allen schlechten Ideen, die du bisher hattest, liebes Schwesterlein, ist das die beschissenste«, fing Ben erneut an.

»Warum?«, fragte sie spitz und sah ihn mit ihren großen blauen Augen vollkommen ernst an.

»Wegen deiner Vergangenheit!«

»Weil ich mal Model werden wollte …«

»Und Influencerin.«

»Das ist authentisch, hat Michael gesagt«, erwiderte Jana trotzig.

»Wer ist Michael?«, fragte Peggy.

»Dr. Michael Kunze. Der wohnt in dem umgebauten Herrenhaus. Wenn man bei Manu und Bert die Straße weiterfährt, kurz vor dem Wald«, erklärte Jana.

»Dieser Luxuskasten«, schnaubte Ben.

»Er ist Politikberater. Der kennt das System. Er meint, ich habe gute Chancen mit meinem Lebenslauf und meiner Mission. Er unterstützt mich und will mich den Entscheidern vorstellen. Und mein Profil herausarbeiten.«

Das war typisch für ihre Tochter, dachte Peggy. Sie fand stets Menschen, die ihr bei ihren Vorhaben halfen. Meistens waren sie männlich. Leider war Janas Durchhaltevermögen auf einem sehr niedrigen Niveau und sie gab viel zu schnell auf. Trotz professioneller Hilfe. Wäre ihre Ausdauer auf einem ähnlichen Level wie ihre Begeisterungsfähigkeit und ihr Charme, könnte sie es wirklich weit bringen.

»Es ist keine gute Idee.« Ben ließ nicht locker.

Er hatte recht, überlegte Peggy. Es war eine typische Jana-Flause: groß, schwer zu erreichen, aber sie hatte in der Vergangenheit wahrlich schlechtere Ideen gehabt. Wenn man sich die Politiker in den Talkshows anschaute, was da mittlerweile alles rumsaß, da würde ihr Kind sich bestimmt behaupten können. Jana war nicht auf den Mund gefallen. Und sie sprach bereits wie eine Politikerin.

Jana funkelte Ben böse an. »Weißt du was? Das ist nicht dein Business. Kümmere du dich lieber um deine Speckrüben«, sagte Jana.

»Steckrüben«, korrigierte Peggy.

»Dann halt …«

Wieder schwiegen sie.

Kurz darauf waren die Kisten fertig gepackt, und Ben brachte sie raus zu seinem VW-Bus, während Jana an ihrem Handy hing.

»Soll ich uns was kochen?«, fragte Peggy, stand auf, ging zum Kühlschrank und überprüfte den Inhalt.

»Nein, ich bin schon aus meinem Essensfenster.« Jana machte ständig irgendeine Diät, auch wenn sie die überhaupt nicht nötig hatte. Sie hatte eine Bombenfigur. Knapp 1,80 Meter groß, schlank (für Peggys Geschmack ein bisschen zu dünn) und trotzdem weiblich. Aber seit Jana Model hatte werden wollen, fand sie sich zu dick und kontrollierte ihr Essen. Momentan probierte sie Intervallfasten aus.

Für sich allein wollte Peggy nichts kochen, dann lieber ein Brot. Oder sie wartete auf Ben, vielleicht hatte der Hunger?

Vier schrille Töne rissen Peggy aus ihren Gedanken. Es folgten drei weitere. »Was war das?«

»Bens Handy, er hat wohl eine Nachricht bekommen«, antwortete Jana gelangweilt.

Erneutes Piepsen.

Jetzt sah Peggy Bens Handy auf dem Küchentisch liegen. Wieder die Töne.

»Ich schalt es aus.« Ohne von ihrem eigenen Smartphone hochzusehen, griff Jana nach dem Telefon ihres Bruders, nahm es in die Hand und schaute dann aufs Display. Ihr Gesichtsausdruck wechselte von maximal gleichgültig zu hoch interessiert.

»Krass«, murmelte sie, während sie auf dem Display rumwischte. Als sie das Gerät zurücklegte, kam Ben zurück in die Küche.

»Dein Handy hat gepiept.« Jana deutete auf den Tisch und guckte, als würde sie das nichts angehen. Aber Peggy kannte diesen Blick bei ihrer Tochter, er verhieß nichts Gutes. Hastig steckte Ben das Gerät in seine Hosentasche, ohne die Nachrichten zu checken.

4

Mit ihrem Smartphone stellte Claudia die Musik lauter und sang bei »Saturday Night« von Whigfield mit. Schief.

Sie konnte stolz auf sich sein. Punktlandung, es war 19:30 Uhr. Das war eine Meisterleistung, lobte sie sich selbst. Dafür hatte sie sich einen Aperitif verdient. Sie öffnete die Tür ihres amerikanischen Kühlschranks und holte Champagner heraus. Geübt entkorkte sie die Flasche mit einem lauten Knall und füllte ein Glas bis zur Hälfte. Wie nett von Michael, dass er eine Kiste Champagner zusammen mit dem Chardonnay geschickt hatte. Ihr Mann kannte ihre Bedürfnisse – zumindest einige davon.

Claudia genoss den ersten Schluck. Herrlich, wie das prickelte. Der Tag war bislang genau so verlaufen, wie sie ihn geplant hatte. Vormittags hatte sie mit den Kindern einen Ausflug nach Templin gemacht. Ostereinkäufe. Danach hatten sie Eier bemalt. Claudias Instagram-Story belegte jeden der Schritte. Färben, bemalen, verzieren. Selbstverständlich Pretty-Instagram-Welt konform. Konzentrierte Kinder, die beflissen die Eier verschönerten. Nicht zu sehen war, wie Ferdinand seiner jüngeren Schwester ein Büschel Haare ausreißt, nachdem sie aus Versehen Pinselwasser über sein Werk geschüttet hat. Auch nicht Claudias unzählige Versuche, die Eier ohne Schaden auszublasen. Nein, wunderschöne Bilder, perfekt, aber nicht makellos. Die ihre Hater neidisch machten, weil ihre Welt so wunderbar war, und ihre Fans verzückten. Mittlerweile hatte sie eine Followerzahl im mittleren vierstelligen Bereich. Fast ganz organisch gewachsen.

234 davon hatten ihr heutiges Tagwerk bereits zur Kenntnis genommen.

Die Kinder hatte sie zu Manu und Bert gebracht. Was für ein Glück, dass es die zwei gab. Claudia schätzte das bescheidene Ehepaar nicht nur für seine Hilfe – Manu putzte, Bert machte den Garten, und zusammen betreuten sie die Kinder, wenn Claudia Termine hatte –, sie mochte die beiden richtig gern. Natürlich waren sie nicht kosmopolit wie ihre eigene Mutter, die zwischen Stuttgart und dem Zweitwohnsitz in Südfrankreich hin- und herpendelte. Claudia war sich nicht mal sicher, ob Bert und Manu Deutschland je verlassen hatten. Auch war ihr Geschmack für Ästhetik ein wenig fragwürdig. Ihr kleines Einfamilienhaus war seit der Wende Jahr für Jahr bunter geworden. Die Plastik-Flamingos im Vorgarten harmonierten zwar farblich mit dem lilafarbenen Garagentor, aber sorgten regelmäßig für Lästerattacken ihrer Freunde und Nachbarn aus Berlin.

Selbst Michael vermied Begegnungen mit Bert und Manu. »Ich habe keine Lust, mit diesen AfD-Wählern zu reden«, pflegte er zu sagen. Das fand Claudia absurd, denn nur weil sie aus der Uckermark kamen, waren Bert und Manu ganz sicher nicht rechts. Ihr Mann war schon immer borniert und vorurteilsbehaftet gewesen.

Claudia hingegen verbrachte gerne Zeit mit den beiden. Sie wusste, dass Manu und Bert sich vor etwa 50 Jahren in der Landwirtschaftlichen Produktionsgenossenschaft kennengelernt hatten, für die sie gearbeitet hatten, und seit ihrer Heirat waren sie weniger als ein paar Dutzend Tage getrennt gewesen. Das war auf eine schöne altmodische Art anrührend und romantisch, fand Claudia, deren eigene Mutter, eine ehemalige erfolgreiche Rechtsanwältin, aktuell mit ihrem vierten Ehemann zusammenlebte. Eine bessere Bezeichnung für ihr Zusammensein wäre »zusammenstreiten«.

Bert und Manu liebten Claudias Kinder. Bert ging mit ihnen in den Wald, zeigte ihnen die Futterplätze der Tiere, sogar Seeadler hatten sie schon beobachtet, und mit Manu backten sie Kuchen und arbeiteten im Garten. Sie waren mehr Großeltern als es Claudias Schwiegereltern waren. Die lebten im Siegerland, und wann immer sie ihre Enkel sahen, langweilten sie die mit Geschichten aus ihrer Nachbarschaft, anstatt mit den Kindern Erlebnisse zu schaffen. Von sonderlich ausgeprägtem Geschmack zeugte deren Spießer-Doppelhaushälfte auch nicht. Mit all den Entenfiguren im ganzen Haus.

Manu und Bert waren ein Segen. 365 Tage im Jahr. Besonders heute. Pures Gold. So hatte Claudia nicht nur an diesem Abend, sondern bis morgen um 10 Uhr Zeit für sich. Und Ben.

Es war das erste Mal, seit sie ihre Affäre im Sommer begonnen hatten, dass Ben und sie eine Nacht zusammen verbringen würden. In den ersten Monaten hatten sie sich sporadisch getroffen, wenn Claudia allein in der Uckermark war. Da waren ihre Treffen seltener gewesen, eher auf Zuruf. Doch mit der Zeit waren sie regelmäßiger geworden. Claudia fand ständig Gründe, kurz von Berlin aus in die Datsche zu fahren. Mal war es ein Handwerker, der ins Haus gelassen werden musste, mal etwas, das sie am Wochenende dort vergessen hatte und nun dringend in Berlin brauchte. In den Ferien wie jetzt war sie sowieso die ganze Zeit mit den Kindern auf dem Land. Unter einem Vorwand brachte sie die Kinder zu Bert und Manu oder zu Karo, die eine Tochter und einen Sohn im gleichen Alter hatte. Zufälligerweise genau dann, wenn die Gemüsekiste geliefert wurde oder wenn Bens Route an ihrem Haus vorbeiführte. Ben kam vorbei und sie hatten schnellen, erfüllenden und aufregenden Sex. Nie hatten sie lange Zeit, es war jedes Mal ein Treffen zwischen Tür und Angel. Das heutige außerplanmäßige Date schickte der Himmel beziehungsweise Michaels voller Terminkalender, der es ihm nicht erlaubte, übers Wochenende in die Uckermark zu kommen. Ein Treffen mit einem Minister oder so. Claudia hatte nicht genau hingehört, warum er in der Hauptstadt unabkömmlich war, ihr reichte die Tatsache an sich. Es war genau der richtige Zeitpunkt. Die Osterfeiertage standen bevor, Michael würde nächste Woche bereits am Donnerstagmittag in die Uckermark kommen. Heute Abend war eine Art vorösterlicher Feiertag. Claudia kicherte ob ihres schlechten Vergleichs.

Mit dem Champagnerglas in der Hand tanzte sie barfuß zur Musik durchs Wohnzimmer. Sie fühlte sich plötzlich wieder wie 20 und war aufgeregt wie vor dem ersten Date mit ihrem Schwarm.

Obwohl Ben und sie sich seit Monaten regelmäßig sahen, wusste sie kaum etwas über ihn. Er belieferte all ihre Freunde aus Berlin, die hier ein Ferienhaus hatten – und das waren nicht wenige –, mit seiner Gemüsekiste. Schien zum Leben zu reichen. Er war 31 und wohnte allein. Keine Kinder. Seine Mutter war im Supermarkt zwei Dörfer weiter Filialleiterin. Darum vermied es Claudia, dort einzukaufen, irgendwie war ihr das unangenehm, auch wenn sie ziemlich sicher war, dass Ben niemandem von ihrer Affäre erzählt hatte.

Ben war ein eher schweigsamer Typ. Geheimnisvoll. Das reizte sie noch mehr. In den kommenden Stunden würde sie die Gelegenheit haben, mehr von ihm zu erfahren. Sie freute sich darauf …

Claudia setzte sich auf einen der Barhocker, die an der Stirnseite des großen Küchenblocks standen. Sie musste noch ihre letzte Instagram-Story hochladen. Fürs perfekte Alibi. Nicht, dass ihr Mann oder jemand anderes auf die Idee kam, sie heute Abend stören zu wollen. Darum hatte sie vorhin ein Selfie von sich mit Gesichtsmaske in der Wanne gemacht. Sie fügte folgenden Text hinzu: »Me-time, Handy aus und Entspannung!« Niemand würde sich wundern, wenn sie – entgegen ihrer Gewohnheit – nicht erreichbar war. Sie schaltete das iPhone aus und legte es auf den Tresen. Heute Abend würde sie es nicht mehr brauchen. Es war 19:47 Uhr. Ben war ein pünktlicher Mensch. Er würde also gleich da sein. Sie sah an sich herunter. Der gemütliche Hausanzug, den sie trug, war zwar stylish – wie ihre gesamte Garderobe –, allerdings alles andere als sexy. Kleines Schwarzes? Nein, too much. Jeans und bauchfrei? Nein, zu möchtegern-jugendlich. Hatte Ben nicht mal erwähnt, wie heiß er es fände, wenn sie ihn nackt auf dem Bett erwarten würde? Claudia dachte nach. Selbst wenn es vielleicht doch nicht Ben gewesen war, der das gesagt hatte, welcher Mann fand diese Vorstellung nicht reizvoll? Das wäre der ideale Prolog für eine wilde Nacht. Claudia nahm einen letzten Schluck aus ihrem Glas und verließ den Küchen-Wohnbereich. In der Diele öffnete sie die Haustür und lehnte sie an. Ben würde das Zeichen richtig deuten. Die Gefahr eines Fremden, der zufällig vorbeikam und die offene Tür als Einladung sah, war in dieser Region gering. Claudia ging die Treppe hoch und schlüpfte aus ihrem Cardigan. Sie war gerade oben angekommen, da hörte sie Geräusche an der Tür. War er das schon? Hastig zog sie sich ihr Oberteil über den Kopf und huschte ins Schlafzimmer. Jetzt musste sie sich beeilen. Die Haustür fiel ins Schloss, als sie ihr Höschen herunterstreifte und splitterfasernackt aufs Bett sprang. Punktlandung. Die Schritte auf der Treppe näherten sich. Doch die klangen so gar nicht nach denen von Ben …

5

»Nepomuk, beeil dich.« Die Stimme seines Vaters schallte durch den Wald. Nepomuk blieb stehen, hielt sich die Ohren zu und schloss die Augen. Mit seinen neun Jahren wusste er inzwischen, dass man sich nicht unsichtbar machen konnte, wenn man die Augen schloss. Trotzdem hoffte er, es würde funktionieren. Die Stimme kam näher. Jetzt war sie direkt vor ihm. Nepomuk spürte den warmen Atem seines Vaters auf der Haut. »Nepomuk, Schatz. Schau mich an!« Sein Vater klang bestimmt, war aber auch sanft. Obwohl er wütend war – und daran bestand kein Zweifel –, war er beherrscht. Vielleicht lag es daran, dass er jeden Morgen nach dem Aufwachen eine Stunde lang meditierte. Papa verlor nie die Fassung. Fast nie. Nur wenn nachts mal wieder jemand aus dem Haus seinen Müll statt in den Tonnen im Lastenrad der Familie entsorgt hatte, wurde er richtig laut. Dann hängte er einen Zettel in den

Hausflur, was ungefähr so viel brachte, wie Augen fest zuzukneifen, um unsichtbar zu werden. Wahrscheinlich würde Papa sich irgendwann nachts auf die Lauer legen, um die Täter auf frischer Tat zu ertappen.

»Nepo, gleich kannst du wieder träumen, wenn wir bei der Hörübung sind. Auf dem Weg musst du aber genau schauen, wohin du trittst, es liegen so viele Äste rum. Du möchtest doch nicht hinfallen und dir wehtun. Komm, Schatz!« Nepomuk ahnte, dass sein Vater die Hand nach ihm ausstreckte. Er öffnete das rechte Auge und blinzelte. Papa stand vor ihm. Er sah albern aus, fand Nepomuk. Allein, dass er Dreadlocks hatte. Niemand, der so weiß und alt war wie Papa, hatte so was. Die verfilzten Zöpfe hatte er unter einer monströsen bunten Wollmütze versteckt. Wie jeden Tag trug er eine weite, verwaschene Baumwollhose, die heute war in einem anderen Leben mal rot gewesen, und einen türkisfarbenen Pullover. Darüber seine orange Allwetterjacke, die er sommers wie winters anhatte. Immer lief er wie ein bunter Vogel rum. Konnte er nicht wie andere Väter Jeans und Jacke anziehen? In Blau oder Schwarz? Sodass er nicht überall auffiel. Er war Nepomuk so peinlich. Jetzt nahm er seine Hand und setzte sich in Bewegung. Widerwillig trottete Nepomuk neben ihm her. Warum war seine Familie nicht wie andere? Wo man am Sonntag normale Sachen unternahm? Statt gemeinsam mit der Bahn zum Waldbaden ans Ende der Welt zu fahren. Wald gab es doch auch in Berlin. Aber sie mussten gefühlte Ewigkeiten in die Ödnis tuckern.

»Der Wald in der Uckermark ist authentischer, er ist ideal zum Entspannen, man trifft keine Menschenseele. Ein einzigartiges Waldbadeerlebnis«, so schwärmten seine Eltern ihren Freunden vor. Überhaupt: Sonntag ist Achtsamkeitstag, hieß es in ihrer Familie. Das gab es bei keinem seiner Kumpels. Die wussten gar nicht, wie gut sie es hatten! Anton ging heute mit seinem Vater zum Angeln. Das war richtig nice. Sie fingen große Fische, die sie danach grillten. Eine unmögliche Vorstellung für seine Eltern. »Wir teilen uns mit den Tieren diesen Planeten, wir essen sie doch nicht«, lautete das Mantra der vegan lebenden Familie. Nepomuk hatte sich noch nie getraut, auch nur zu fragen, ob er mal mit Anton mitgehen durfte.

Waldbaden ist was für 100-Jährige, dachte er sich, während er wütend neben seinem Vater durch das märkische Unterholz stapfte. Es war matschig, überall lagen Äste. Gestern Abend hatte es gestürmt. Nepomuk hatte gehofft, dass sie deshalb in Berlin bleiben müssten. Aber ihm blieb nichts erspart. Die Sonne schien, und seine Eltern kannten keine Gnade. Seine Schwestern fanden das alles genauso doof, aber Penelope und Persephone waren Schleimerinnen und taten, als hätten sie Spaß.

»So, da sind wir.« Papa ließ Nepomuks Hand los und sich neben Mama nieder, die mit dem Rücken an einen Baumstamm gelehnt auf einer Bastmatte saß. Sie hatte die Augen geschlossen. Genau wie seine Schwestern, die ein paar Bäume weiter hockten.

»Magst du zu Penelope und Persephone, Nepo?« Nepomuk hasste seinen Namen. Keiner hieß so, und die Abkürzung fand er besonders dämlich. Warum mussten ihn alle so nennen? Wieso hieß er nicht Leo oder Lukas, und warum waren seine Eltern keine Menschen, die bei Netto einkauften und nicht in der Kooperative oder in diesem Laden, wo die Sachen unverpackt waren und aus großen Behältern abgefüllt wurden. Mama ging immer mit Gläsern und Stoffbeuteln dahin, die sie dort vollmachte. Wie lästig! Wenn er erwachsen ist, wird er sich einen neuen Namen geben. Ben oder Paul. Dann wird er nie wieder freiwillig in einen Wald gehen.

»Ich setz mich da hinten hin«, murmelte er seinem Vater zu und ging ein Stück die Böschung hinab. Da war es nicht so matschig, und es sah auch nicht so aus, als würden dort eklige Käfer rumkriechen. Er nahm sich einen kleinen Ast von der Erde und knibbelte die Rinde ab. Das ging ganz leicht, weil die äußere Schicht vom Regen aufgeweicht war. Und es machte Spaß. Es würde ungefähr zehn Minuten dauern, die ihm wie Stunden vorkamen, ehe Papa aufstand und die Hörübung für beendet erklärte. Dann würden sie die mitgebrachten Brote essen und – bevor sie zurück in Richtung Bahnhof wanderten – die Sehübung machen. Auf der Pirsch nach dem Kleinen, dem Unbemerkten, hatten sie jeder eine Lupe in der Hand und begutachteten alles, was ihnen unter das Glas kam. Die Struktur eines Tannenzapfens zum Beispiel. Beeindruckend.

Auf diese Art vergeudeten sie jeden Sonntag, egal, ob es regnete, schneite oder die Sonne schien. Nepomuk bemitleidete sich.

Der Ast in seiner Hand war inzwischen kahl, und er schleuderte ihn fort, so weit er konnte. Zehn Meter weiter landete das Holz nicht auf dem Waldboden, sondern auf etwas, das sich farblich abhob. Etwas Braunblaues. Nepomuk stand auf, um zu sehen, was es war. Da lag ein Mensch im Matsch. Vielleicht hatte er auch Waldbaden müssen und war vor lauter Langeweile eingeschlafen. Neugierig ging Nepomuk so leise wie möglich zu dem Mann, schließlich wollte er ihn nicht aufwecken. Und seine Eltern durften natürlich nicht mitbekommen, dass er sich wegbewegte. Die Person lag auf dem Bauch mit dem Kopf die

Böschung abwärts. Ob er wirklich schlief oder nur so tat? Nepomuk ging ein bisschen näher. Jetzt stand er direkt hinter ihm. Der Schlafende trug Turnschuhe, Jeans und eine Lederjacke. »Hallo«, sagte er kaum hörbar. Leiser, als er es beabsichtigt hatte, denn irgendwie war ihm doch mulmig zumute. Der Mann rührte sich nicht. Nepomuk bewegte sich ein Stückchen weiter in Richtung des Kopfes. Da sah er es. Blut! Viel Blut! Der Hinterkopf des Mannes war blutverschmiert. Nepomuk bekam es mit der Angst zu tun. Schnell kletterte er die Böschung wieder hoch und schrie dabei panisch, so laut er konnte: »Paaaaapaaaaa! Da ist ein Mann, der blutet!«

6

Kerzengerade führte der Weg durch den Wald. Von einer Straße zu sprechen, wäre vermessen, er war gerade mal breit genug für ein Auto, nicht asphaltiert. Die Buchen und Eichen, die den Weg säumten, waren haushoch. Momentan waren ihre Äste noch kahl, aber in ein paar Wochen würden sie voll hellgrüner frischer Blätter sein, ihre Kronen würden sich in der Höhe treffen und ein natürliches Dach über dem Weg bilden. Was für ein schöner Wald, dachte Paul Montgomery, als er im Schritttempo fuhr. Ein herrlicher Ort. So friedlich. Die Ruhe nach und vor dem

Sturm. Kaum vorstellbar, dass nur wenige Hundert Meter entfernt eine Leiche lag. Ein Mensch, der keines natürlichen Todes gestorben war, so viel stand fest. Pauls Sonntagsausflug in den uckermärkischen Forst war nicht der Erholung geschuldet. Auf ihn wartete Arbeit.

Drei Polizeistreifenwagen, ein weißer Transporter von der Spurensicherung und ein Leichenwagen standen am Ort des Geschehens wie Perlen hintereinander aufgereiht auf dem Weg und versperrten ihm die Weiterfahrt. Paul stoppte hinter dem letzten Streifenwagen, stieg aus und verschloss seinen Dienst-Audi – sicherlich war das nicht nötig, aber den Automatismus konnte er nicht abstellen. Das hier war Brandenburg auf dem Land. Er war nicht mehr in der Großstadt – davon zeugte der Tatort. Die Kollegen hatten sogar darauf verzichtet, ihn mit Flatterband abzusperren. Warum auch? Hier kam höchstens mal ein schaulustiges Reh vorbei. Anders als Paul das aus Hamburg kannte, wo sich Menschentrauben gebildet haben, sobald ein Tatort als solcher gekennzeichnet worden war. Und kurz darauf waren Videos und Fotos davon im Netz aufgetaucht.

Vier Männer in den weißen Ganzkörper-Overalls des Erkennungsdienstes waren damit beschäftigt, am Waldboden Fußabdrücke zu nehmen, das ließ ihr Handeln zumindest vermuten. Paul scannte die Szenerie: Weiter vorn befand sich eine kleine Gruppe von drei Männern, ebenfalls in weißen Overalls, die um etwas am Boden Liegendes gruppiert waren. Einer kniete. Ein anderer machte Fotos. Sie hatten darauf verzichtet, ein Zelt um den Toten zum Schutz der Spuren aufzubauen, wie das mittlerweile gang und gäbe war. Aber wahrscheinlich hatte man es hier nicht ganz so oft mit Tötungsdelikten zu tun und es im Eifer des Gefechts einfach vergessen.

Rund 30 Meter entfernt standen zwei Erwachsene, die so aussahen, wie man sich gemeinhin Hippies vorstellt: langhaarig, in bunten, weiten Klamotten. Bei ihnen drei Kinder, zwei Teenagermädchen und ein kleinerer Junge, genauso farbenfroh gekleidet. Und da war Mandy. Die einzige Person, die Paul hier kannte. In diesem Augenblick entdeckte sie ihn und lief zu ihm.

»Guten Morgen, Chef!« Sie schenkte ihm ein freundliches Lächeln. Mit ihren 31 war sie zehn Jahre jünger als er. Das, was ihr an Erfahrung fehlte, machte sie mit ihrer Intelligenz und Fleiß wett, sodass Paul sie mehr als Partnerin auf Augenhöhe sah denn als Kriminalassistentin. Er arbeitete lieber im Team als in spitzer Hierarchie.

»Guten Morgen, Mandy«, grüßte er zurück.

»Ist alles okay bei Ihnen?«, fragte Mandy.

»Natürlich. Warum nicht?« Paul wunderte sich über ihre Frage.

»Ich dachte nur, weil Sonntagmorgen ist …« Mandy druckste herum.

»Ja und?« Sie sprach in Rätseln.

»Ach egal, ich dachte nur, Sie sind ja aus Hamburg …« Mandy wurde rot.

»Um genauer zu sein, komme ich gerade aus meiner Wohnung in Templin, dort bin ich heute Morgen aufgewacht, war eine Runde joggen, wollte gerade frühstücken, als Ihr Anruf mich erreichte. Beantwortet das Ihre Frage zur Genüge?« Paul lächelte.

»Ja.« Mandy strahlte zurück. »Ich dachte, der Anruf hätte Sie aus dem Bett geworfen.«

»Ich glaube, Sie gucken zu viele TV-Krimis«, sagte Paul. »Wir sind in der Realität, nicht im ›Tatort‹. Hier ist der

Kommissar aus der Großstadt nicht verkatert oder gerade aufgestanden.«

Paul hatte wirklich gar nichts mit TV-Kommissaren oder Figuren aus Romanen gemeinsam. Weder war er verschroben noch hatte er Autismus. Er war weder hochintelligent noch ungebildet und ein Suchtproblem begleitete ihn auch nicht. Er war »the normal one«. Der Nice Guy. Er war stets freundlich, aber nicht aus Berechnung, sondern aus Respekt oder einfach als Folge seiner Erziehung.

Mandy wurde ein bisschen rot und murmelte: »Alles klar.«

»Was haben wir?« Paul musste grinsen. Diese Frage klang doch wie aus einem TV-Krimi-Drehbuch.

»Männlicher Toter. Erschlagen. Alles deutet darauf hin, dass er letzte Nacht schon hier gelegen hat. Der kleine Junge«, Mandy zeigte zu der Familie, die im Kreis zusammenstand und sich an den Händen hielt, »hat ihn gefunden. Er dachte erst, der würde schlafen. Bis er das Blut sah.«

»Hat er ihn angefasst?«

»Nein, er hat seinen Vati geholt, und der hat die Lage richtig eingeschätzt und uns sofort gerufen.«

Paul atmete innerlich auf. Ein Kind, das eine Leiche entdeckt, ist nie gut, aber dankenswerterweise hatte der Vater richtig reagiert.

»Es sind Tagestouristen aus Berlin. Brauchen wir sie noch oder können sie gehen?«, fragte Mandy.

»Ich spreche mit ihnen.« Paul entschloss sich, mit der Familie zu reden, bevor er sich ein Bild vom Opfer machte. Die Leiche hatte keine Termine mehr.

»Guten Tag. Mein Name ist Paul Montgomery, ich bin von der Polizei in Templin«, sagte er freundlich und holte seinen Dienstausweis aus der Jackentasche. Er zeigte ihn erst dem Vater, bevor er ihn auf Augenhöhe des Jungen hielt.

»Bist du ein richtiger Polizist, obwohl du keine Uniform trägst?«, fragte der Kleine.

»Ja, ich bin Kommissar, nicht im Streifendienst und deshalb muss ich keine Uniform anziehen. Das ist praktisch, ich kann also rumlaufen, wie ich will. Wie ganz normale Menschen, wie dein Vater.« Paul zeigte auf den bunten Vater.

Der Junge verzog das Gesicht.

»Und du hast den Mann gefunden?«

»Ja, Nepomuk war das«, antwortete der Vater für den Sohn.

»Können wir drei uns unterhalten?«, fragte Paul.

»Ja, sicher«, der Vater nahm die Hand des Sohnes und folgte Paul ein paar Meter weg vom Rest der Familie zu einer kleinen Lichtung, wo eine Bank stand. Sie setzten sich.

»Erzähl doch mal, Nepomuk, wie hast du den Mann gefunden?«

»Wir waren gerade bei der Hörübung. Ein Teil unseres Waldbadeprogramms«, beeilte sich der Vater zu sagen.

»Waldbaden?« Davon hatte Paul noch nie etwas gehört. Sein Blick schien Bände zu sprechen, denn der Vater ergriff wieder das Wort.

»Shinrin Yoku. Das ist japanisch und heißt Baden im Wald. In Japan ist es ein Bestandteil des gesunden Lebensstils. Man taucht mit allen Sinnen in die Stille und Unberührtheit des Waldes ein. Waldbaden verbessert unser Wohlbefinden. Es ist eine Kur für Körper und Seele. Wir kommen jeden Sonntag hierher.« Er machte eine kurze Pause.

Paul startete einen weiteren Versuch, mit dem Kind ins Gespräch zu kommen. »Also, ich muss herausfinden, was hier passiert ist. Und dabei kannst du mir helfen. Erzähl doch mal, Nepomuk.«

»Ich war da.« Er zeigte in die Richtung, wo das Team des Erkennungsdienstes um den Toten gruppiert war. »Und dann hab ich den da liegen gesehen. Ich hab gedacht, der schläft, und darum bin ich zu ihm hin.«

»Und dann?«

»Hab ich ›Hallo‹ gesagt. Aber er hat sich nicht bewegt, und da dachte ich, vielleicht ist er hingefallen und braucht Hilfe.«

»Das war sehr schlau von dir.« Paul schenkte dem Jungen ein Lächeln, der erwiderte es scheu.

»Als ich an seinem Kopf stand, war da das ganze Blut. Dann hab ich nach Papa gerufen.« Nepomuk blickte zu seinem Vater, der den Arm um seinen Sohn legte. Der Junge schmiegte sich an ihn. Der Anblick rührte Paul, versetzte ihm aber auch einen kleinen Stich. Auch Jahre danach tat es noch weh.

»Ich hab sofort ihre Kollegen verständigt, nachdem ich realisiert habe, dass er …« Er machte eine Bewegung an seinem Hals, die symbolisieren sollte, dass der Mann tot war.

Paul nickte ihm zu. »Hast du den Mann angefasst?«, fragte er den Jungen.

Nepomuk schüttelte den Kopf.

»Ich auch nicht«, beeilte sich der Vater zu sagen.

»Hast du noch irgendwas anderes gesehen, Nepomuk? Etwas, das nicht in den Wald gehört?«

»Nein. Da war nix.«

»Ist Ihnen etwas aufgefallen? Jemand begegnet?«

»Nein. Darum kommen wir ja immer hierher, man trifft

normalerweise keine anderen Lebewesen.« Der Vater hielt inne, ihm schien in diesem Augenblick die Doppeldeutigkeit seiner Formulierung bewusst zu werden. »Wir haben nichts und niemanden gesehen. Weder vorher noch nachher.«

»War irgendwas anders als sonst? Vielleicht ein Auto, das abgestellt war?« Paul hatte in den Jahren, in denen er Zeugen befragte, die Erfahrung gemacht, dass Menschen sich besser erinnerten, wenn er ihnen Beispiele nannte. Die Fragen so konkret wie möglich formulierte und Bilder im Kopf der Befragten erzeugte, die das Gehirn abrufen konnte.

Der Vater schüttelte den Kopf.

Doch auch diese Methode stieß an ihre Grenzen, wenn es einfach nichts zu berichten gab. Bei diesem Leichenfundort schien es der Fall zu sein. Paul sah sich um, sein Blick blieb bei der Mutter und ihren Töchtern hängen. Er beschloss, die Befragung zu beenden. »Vielen Dank, Nepomuk, du hast mir super geholfen. Und danke Ihnen.«

»Brauchen Sie uns nicht mehr?«

»Nein. Soll meine Kollegin Sie zum Bahnhof fahren?« Instinktiv ging Paul davon aus, dass die Familie nicht im eigenen Auto von Berlin in die Uckermark gekommen war.

»Danke für das Angebot. Es tut uns ganz gut, jetzt den Kopf ein bisschen freizubekommen bei einem kleinen Marsch nach Friedrichswalde.«

Paul sah den enttäuschten Blick des Sohnes. Er wäre sicher lieber im Polizeiauto gefahren, als zu laufen.

»Sie können es sich überlegen, diskutieren Sie es gern mit Ihrer Frau.«

»Danke.«

»Sie müssten heute oder morgen in Berlin bei einer Dienststelle Ihre Aussage zu Protokoll geben.«

»Ja, natürlich, das machen wir.«

»Und noch etwas …« Paul zog den Vater ein Stück zur Seite. »Ich muss schnell was mit deinem Papa besprechen«, sagte er in Nepomuks Richtung, der daraufhin zu seiner Mutter und den Schwestern trottete.

»Beobachten Sie Ihren Sohn die nächsten Tage bitte genau. Kinder verarbeiten traumatische Erlebnisse anders als wir Erwachsenen. Sollte Ihr Sohn auffälliges Verhalten zeigen, können Sie jederzeit Supervision für ihn oder sich in Anspruch nehmen.« Er gab ihm seine Visitenkarte. »Rufen Sie mich an. Und natürlich auch, sollte Ihnen etwas einfallen, das Sie vergessen haben.«

Der Vater steckte die Karte ein und ging zum Rest seiner Familie. Die Mutter umarmte ihren Sohn, die Schwestern nahmen jede eine seiner Hände. Eine anrührende Szene. Paul hatte vor ein paar Minuten zum ersten Mal von Waldbaden gehört und wusste nicht so wirklich, was sich dahinter verbarg, dennoch bezweifelte er, dass Waldbaden etwas war, was Kinder gern in ihrer Freizeit taten. Doch die Familie ging so liebevoll miteinander um, dass ihm warm ums Herz wurde.

Er selbst hielt Ausschau nach Mandy. Er sah sie im Gespräch mit den Männern neben der Leiche. Paul zog Einweghandschuhe aus seiner Jackentasche und streifte sie über.

»Guten Morgen. Ich bin Paul Montgomery, der Neue«, stellte er sich vor.

»Das hab ich mir fast gedacht«, sagte einer der drei Männer und gab ihm die Hand. »Schreiber aus Eberswalde, angenehm.« Er war ungefähr in Pauls Alter, und das schien auf den ersten Blick die einzige Gemeinsamkeit zwischen beiden zu sein. Schreiber war klein, untersetzt, hatte einen kurz geschorenen Haarkranz auf dem Kopf und trug eine

Brille. Paul war optisch das Gegenteil: groß, athletisch, mit dichtem blondem Haar.

Mit Blick auf den Toten, der inzwischen auf dem Rücken lag, fragte Paul: »Was können Sie mir bislang sagen?«

»Der Mann ist tot«, antwortete Schreiber trocken. Die beiden anderen Männer lachten und Mandy kicherte. »Wurde erschlagen. Höchstwahrscheinlich damit.« Schreiber zeigte auf einen Ast, der aufgrund seines Umfangs eher die Bezeichnung »Stamm« verdiente und in einen Plastiksack verpackt neben dem Toten lag. »Vermutlich von hinten, während er die Böschung hinabging.«

Paul sah sich um. Die Bäume standen hier nicht dicht beieinander. Unwahrscheinlich, dass der Täter aus dem Hinterhalt angegriffen hatte. Zumindest nicht bei Tageslicht. Realistischer war, dass Täter und Opfer sich getroffen hatten und es zu einer Handlung im Affekt gekommen war. Die Tatwaffe hatte zufällig dagelegen. Also Totschlag, nicht Mord. Eher eine Beziehungstat, denn ein Zufallsopfer, fasste Paul seine Überlegungen zusammen. Natürlich war es viel zu früh für derartige Schlussfolgerungen einzig auf Basis der Beweislage am Tatort. Dennoch: Der erste Eindruck war oftmals der Schlüssel zur Aufklärung eines Verbrechens. Darum nahm er bei einem Tatort das Szenario intensiv auf. Mit allen Sinnen.

»Können Sie etwas zum Todeszeitpunkt sagen?«

»So wie das Blut aussieht ...« Schreiber deutete mit der behandschuhten Hand auf den Kopf des Opfers, der blutverkrustet war. Dicke braune Haarbüschel in Blut getränkt. Kein schöner Anblick. »Auf den ersten Blick würde ich sagen, er liegt da seit ein paar Stunden. Vielleicht seit irgendwann gestern Abend oder heute am frühen Morgen.«

»Also in der Nacht!«

»Der verkürzten«, warf Mandy ein.

Stimmt. Vergangene Nacht war der Übergang von der Winter- auf die Sommerzeit. Die Uhren waren um 2 Uhr vorgestellt worden.

»Guter Hinweis«, sagte Paul. »Das dürfen wir bei der Berechnung des Todeszeitpunktes nicht vergessen.« Schreiber nickte.

»Spuren daran?« Paul deutete auf das mutmaßliche Tatwerkzeug.

»Außer Blut bislang nichts. Ich fürchte auch, es wird nicht mehr viel hinzukommen. Es hat die ganze Nacht geregnet und gestürmt. Das Holz ist vollgesogen. Dürfte schwer werden, da verwertbare Spuren zu finden«, sagte Schreiber achselzuckend. »Mehr kann ich bislang nicht sagen. Ich wäre dann fertig hier.« Er streifte die Plastikhandschuhe ab. »Wenn nichts dagegenspricht, würden wir ihn jetzt in die Gerichtsmedizin bringen.«

»Wohin?«, fragte Paul.

»Erst mal nach Eberswalde.«

»Alles klar.« Paul beugte sich über die Leiche. Ihr Kopf lag in einer Pfütze, die sich in einer Kuhle gebildet hat. Gestern war das noch ein lebendiger, denkender Mensch mit Träumen und Bedürfnissen gewesen, jetzt war es ein Haufen DNA. Der Mann lag auf dem Bauch ausgestreckt. Es sah aus, als sei er überrascht worden, und er schien nicht gestrauchelt zu sein. Er war groß, 1,90 Meter, schätzte Paul. Und schlank. Seine Kleidung war unauffällig. Vor allem im Vergleich zu der der Hippie-Familie aus Berlin, die ihn gefunden hatte. Helle Sneaker, Jeans, Lederjacke. Leicht welliges braunes Haar.

Schreiber und seine Kollegen begannen, den Toten zu

entkleiden. Fast ein wenig verschämt wandte Mandy sich ab und gesellte sich zu Paul, der ein Stück nach unten gegangen war und fast am Ufer vom Großdöllner See stand.

»Hat der Erkennungsdienst verwertbare Fußabdrücke gefunden?«, fragte er.

»Bislang die des Opfers und verschiedene andere. Der Regen war nicht gerade konservierend.«

Das hatte er befürchtet.

»Aber«, Mandy wedelte mit zwei durchsichtigen Beweisbeuteln vor seiner Nase, »wir haben das hier.« In dem einen steckte ein Personalausweis, in dem anderen befand sich ein älteres iPhone-Modell in Schwarz.

Sie kannten also die Personalien des Opfers. Wenig war frustrierender als eine tage-, wochen- oder gar monatelange Suche nach der Identität eines Toten. Das würde ihnen diesmal erspart bleiben.

Paul nahm ihr die Tüte mit dem Ausweis aus der Hand. Ben Limberg, geboren am 9. November 1989. Das Foto zeigte einen Mann mit braunen Haaren und Dreitagebart, der biometrisch konform, aber ein bisschen missmutig in die Kamera blickte. Ein hübsches Gesicht, ohne nennenswerte Kennzeichen. Gerade, mittelgroße Nase, volle Lippen. Unauffälliges Hautbild. Dem Alter entsprechend kaum Falten, nur einige feine Linien um die Augen. Ein Haarschnitt und Bart, wie ihn momentan so viele junge und mittelalte Männer trugen, landauf, landab. Das Markanteste schien noch das Geburtsdatum, Ben Limberg war am Tag des Mauerfalls in Schwedt geboren. Paul drehte den Personalausweis um. Da standen Adresse (Anhaltender Straße 34, 15434 Groß Schönebeck), Größe (1,91) und Augenfarbe (graublau). »Lag der neben ihm?«

»Nein, der steckte am Handy.« Mandy deutete auf den Plastikbeutel, in dem sich das Smartphone befand, auf der Rückseite war ein durchsichtiger Cardholder, um dort Karten zu deponieren.

»Wo war das Handy?«

Ehe sie antworten konnte, begann das Telefon zu vibrieren und verkündete lautlos einen eingehenden Anruf. »Claudia Kunze«, stand auf dem Display. Mandy sah ihn fragend an. Paul nickte ihr zu. Mit behandschuhten Fingern nahm sie das Telefon aus dem Beutel und den Anruf über Lautsprecher entgegen. Sie hielt das Telefon zwischen sich und Paul.

»Hallo«, setzte er an und wurde sofort von einem Wortschwall unterbrochen.

»Sag mal, wo warst du denn gestern? Nicht zu kommen, ist das eine, aber nicht auf meine Nachrichten zu reagieren, das andere …« Es war eine sehr aufgebrachte weibliche Stimme.

Pause.

»Mit wem spreche ich bitte?«, fragte Paul.

Nun schien die Person am anderen Ende der Leitung, mutmaßlich Claudia Kunze, zu realisieren, dass nicht Ben am Apparat war. »Mit wem spreche *ich*?«, entgegnete sie.

»Paul Montgomery, Polizei Templin. Wer sind Sie?«

»Ach so, Polizei …«, murmelte sie, ehe sie laut sagte: »Mein Name ist Claudia Kunze. Hat Ben sein Handy verloren? Wurde es ihm geklaut?« Sie schien nicht eins und eins zusammenzuzählen und sein Fernbleiben am Abend zuvor nicht mit der Polizei in Verbindung zu bringen.

»Nein. Soweit wir das beurteilen können, ist das nicht der Fall. Darf ich fragen, in welchem Verhältnis Sie zu Herrn Limberg stehen?«

Paul konnte regelrecht spüren, wie Frau Kunzes Selbstsicherheit schwand. Sie machte eine Pause und räusperte sich. »Warum wollen Sie das wissen? Ist etwas mit Ben? Ist er darum gestern nicht gekommen?«

Vieles an der Arbeit von Ermittlern ist Intuition. Das hatte Paul in seinen mittlerweile 20 Jahren bei der Polizei gelernt. Welches Alibi überprüft man genauer? Wen nimmt man unter die Lupe? Wann konfrontiert man die Beteiligten mit Informationen? Vor nicht mal 20 Minuten war er am Tatort eingetroffen, und jetzt sprach er mit einer Person, die möglicherweise etwas mit der Tat zu tun hatte, vielleicht eine Verdächtige oder gar die Mörderin war. War es klug, ihr jetzt über das Telefon zu sagen, dass Ben ermordet worden war? Paul musste innerhalb von Sekundenbruchteilen entscheiden.

»Ist Herr Limberg ein Verwandter von Ihnen?« Er verschaffte sich Zeit.

»Nein. Wir sind Freunde …«, sie zögerte, »und als solche waren wir gestern Abend verabredet.«

»Frau Kunze, ich muss Ihnen leider sagen, dass Herr Limberg vergangene Nacht ums Leben gekommen ist.«

Stille. Ungefähr fünf Sekunden.

»Das ist ja … Oh mein Gott! Und ich habe ihn verflucht. Hätte ich vielleicht gestern schon die Polizei rufen sollen? Würde er dann …?«

»Ich vermute nicht«, unterbrach er sie. »Wann waren Sie verabredet?«

»Um 20 Uhr. Bei mir. Ben war immer pünktlich. Darum habe ich ihn ab 20 nach angerufen.« Es dauerte kurz, bis sie weitersprach. »Was ist denn passiert, hatte er einen Autounfall?«

»Frau Kunze, darüber würde ich mich gern persönlich

mit Ihnen unterhalten. Können Sie heute Nachmittag ins Präsidium kommen?«

»Eher schlecht, ich habe drei Kinder und die müsste ich mitbringen. Können wir uns nicht bei mir zu Hause treffen?«

»Wo wohnen Sie?«

»In Grunewald.«

»Also in Berlin?«

»Nein.«

Paul sah fragend zu Mandy, sie machte eine Handbewegung, die ausdrücken sollte: ist um die Ecke.

»Wäre es heute Nachmittag möglich?«

»Ja.«

Sie nannte ihm ihre Adresse, die Paul schnell in sein eigenes Handy tippte, und sie verabschiedeten sich.

Es war unüblich, Zeugen zu Hause zu vernehmen. Doch die Aussicht auf drei Kinder im Präsidium während einer Befragung war alles andere als verlockend, das rechtfertigte die Ausnahme. Schließlich waren sie angehalten, so wenig Publikumsverkehr wie möglich auf dem Revier zu haben.

»Wow«, Mandy pfiff durch die Zähne. »Das war aber jetzt wie im ›Tatort‹.«

Paul musste grinsen, allerdings nur kurz. Es war nicht der Moment für Heiterkeit. Ein paar Meter von ihnen entfernt wurde gerade ein Mensch abtransportiert, der vor wenigen Stunden ermordet worden war.

»Dann sind wir hier fertig. Ich schätze, es gibt keine Anwohner, die wir befragen müssen«, sagte er und blickte sich um.

»Das stimmt nicht ganz. Wenn man da hinten weitergeht«, Mandy zeigte in die Richtung, in der die Leiche gelegen hatte, »kommt man an den See. Da ist ein Grundstück mit einer größeren Datsche, die bewohnt ist. Ungefähr zwei Minuten zu Fuß von hier. Der Bewohner heißt …«

Sie zog ein kleines Notizbuch aus der Jackentasche, doch ehe sie den Namen vorlesen konnte, rief einer der Spurentechniker: »Hermann Göring!« Die Kollegen, die es gehört hatten, lachten.

Mandy verdrehte genervt die Augen. »Sehr witzig. Er heißt Maik Wellinow.«

Paul verstand nur Bahnhof. Er schaute fragend in die Runde.

»Da hinten ist beziehungsweise war Carinhall.« Der Spurentechniker machte eine Bewegung in Richtung See.

»Und Carinhall ist …?«

»Das war das Landgut von Hermann Göring, dem alten Nazi. Er ließ es sprengen, kurz bevor die Russen es einnehmen konnten.«

»Um genauer zu sein, liegt es zwischen diesem See und dem Wuckersee«, ergänzte der Spurensicherer. Er unterbrach seine Arbeit und gesellte sich zu ihnen. »Falls Sie mal einen Ausflug dahin machen möchten, Herr Kommissar. Da können Sie dann auch Irre beobachten, die mit Metallsonden nach Schätzen suchen.«

»Da findet man doch nichts mehr.«

»Trotzdem sind da immer welche.«

»Und warum?«

»Göring hat da haufenweise Sachen gehortet, nicht nur Kunst. Und die glauben einfach, dass sie noch was Wertvolles finden, wie Silberlöffel. Wollen damit bei ›Bares für Rares‹ Kohle machen. Es hieß sogar mal, das Bernsteinzimmer sei dort.«

Paul staunte. Interessante Informationen, allerdings

unbrauchbar für seine Mordermittlung. Er wandte sich an Mandy: »Also, dieser Herr Wellinow wohnt hier.«

»Ja, aber nicht in Carinhall, sondern mitten im Wald. Ganz romantisch. Er lebt da schon immer.«

»Dann statten Sie doch bitte Herrn Wellinow einen Sonntagsbesuch ab. Fragen Sie ihn, ob er was gesehen hat und ob er das Opfer kannte. Ich werde zur Wohnung von Ben Limberg fahren. Und das Telefon«, er nahm ihr das Gerät und den Beutel ab, in dem sich der Personalausweis befand, »werde ich auf dem Weg im Revier abgeben. Soll sich gleich mal einer darum kümmern. Und auch alles an Informationen, die es über das Opfer gibt, heranschaffen.«

»Ähhh, Chef.« Mandy sah ihn an wie eine Mutter, die ihrem Kind erklärt, dass es das Spiderman-Kostüm ausziehen muss, bevor es ins Bett geht. »Wir sind hier nicht in Hamburg. Oder beim ›Tatort‹ im Fernsehen. Das hier ist Templin. Da gibt es kein Team, das an einem Sonntag im Präsidium sitzt und solche Aufgaben erledigen kann. Nicht mal eine Person.« Sie zuckte entschuldigend die Schultern.

»Wir haben es höchstwahrscheinlich mit Mord zu tun. Das heißt, wir bilden eine Mordkommission, Eberswalde wird uns Mitarbeiter schicken. Innerhalb der nächsten Stunden. Wir treffen uns später auf dem Revier zu unserem ersten Meeting«, sagte Paul bestimmt und ging zu seinem Wagen.

7

Noch im Auto telefonierte Paul mit dem LKA in Eberswalde. Es wurde angeordnet, eine Mordkommission in Templin zu bilden. Unter Pauls Leitung. Mit Mandy. Drei weitere Mitarbeiter wurden ihnen zur Seite gestellt. Die waren schon auf dem Weg von Eberswalde hierher. Vorerst eine sehr kleine Einheit. Das war ungewöhnlich für einen Mord, war aber der Tatsache geschuldet, dass sie auf dem Land waren und am Sonntag nicht endlos Polizisten abgestellt werden konnten. Man versprach Paul, im Laufe der Woche weitere Kollegen zu schicken. »Wenn es die Personalsituation zulässt. Wir befinden uns leider immer noch in der Grippesaison. Sie wissen, was das in Bezug auf unsere Krankenstände bedeutet: keine Abteilung, in der nicht mindestens zwei Leute fehlen«, hatte der Chef in Eberswalde gejammert. In der Vergangenheit hatte Paul Mordfälle mit einer Handvoll Kollegen rasch gelöst und andere, die von einer großen Mannschaft bearbeitet wurden, lagerten als Cold Case in den Ablagen der Polizei. Er hielt es für taktisch clever, das erst mal so zu akzeptieren, vielleicht ließe sich der Fall schnell und geräuschlos aufklären. Und falls nicht, könnte er auf mehr Personal bestehen. Paul arbeitete sowieso lieber in kleinen Teams. In Hamburg hatte er 30-köpfige Mordkommissionen geleitet, da war man als Chef fast ausschließlich damit beschäftigt, vom Schreibtisch zu koordinieren, zu führen und mit der Staatsanwaltschaft zu kommunizieren. Für die eigentliche Polizeiarbeit, die Befragungen oder Begehungen, blieb keine Zeit, was er sehr bedauert hatte. Er freute sich jetzt richtig auf Zeugenbefragungen und praktische Ermittlerarbeit.

Er fuhr zu Ben Limbergs Wohnung. Ein unscheinbares zweistöckiges Haus am Ende einer Sackgasse am Ortsrand von Groß Schönebeck mit vier Parteien. Bens Wohnung befand sich im Erdgeschoss. Er lebte allein – zumindest ließ das Klingelschild das vermuten. Niemand öffnete. Paul verzichtete darauf, mit den Nachbarn zu sprechen, dafür war noch Zeit. Erst mal wollte er zu Bens Eltern. Sie hatten ein Recht darauf, vor allen anderen zu erfahren, was geschehen war.

Es ist die unangenehmste Aufgabe für einen Polizisten, Angehörigen schlechte Nachrichten zu übermitteln. Schwer bis unmöglich, angemessene Worte zu finden. Zeuge von intimen Momenten von Fremden zu sein, fühlte sich unangenehm an. Paul würde sich nie an diese Art von Besuchen gewöhnen. Aber das hoffte er auch. Gewöhnung konnte leicht zur Abstumpfung führen und die zur Unsensibilität. Wenn es einem nicht leichtfiel, solche Nachrichten zu überbringen, hatte man Empathie. Er kannte Kollegen aus Hamburg, die auf eine Todesnachricht nicht viel anders reagierten als auf kleinere Sachbeschädigungen. Um durchzuhalten, damit es einen nicht völlig kaputtmachte, argumentierten sie.

Er achtete bei der Übermittlung dieser Nachrichten sehr auf seine Wortwahl. Wog jedes einzelne sorgsam ab. Formulierte das, was er sagen würde, mehrfach vorher im Geiste.

Und plötzlich war er selbst der Empfänger geworden. Fremde hatten seine Welt einstürzen lassen. Das war jetzt drei Jahre her. Der Schmerz begleitete ihn jeden Tag. In seinem Herzen klaffte immer noch ein großes Loch. Wenn

Paul an diesen Tag zurückdachte, war er wieder in seiner Dachgeschosswohnung in Den Haag, an diesem sonnigen Morgen im Mai 2018. Er sah den Turm der Grote Kerk durch das Fenster und hatte den Geruch von frischen Belgischen Waffeln in der Nase, der aus einem kleinen Café im Erdgeschoss nach oben strömte. Es war sein freier Tag, er war gerade dabei, die Wohnung aufzuräumen, da klingelte es an der Tür. Zwei Männer von Europol, die er vom Sehen kannte, und zwei ihm Unbekannte, die sich später als Seelsorger entpuppten, baten, hereinkommen zu dürfen. Er nahm zuerst an, sie wollten mit ihm über einen Einsatz sprechen, den er übernehmen sollte, doch als er ihre Mienen sah, wurde ihm schlagartig klar, dass es nicht um ihn ging. Beziehungsweise nur indirekt. Ihm wurde bewusst, dass er diesmal auf der anderen Seite stand. Dann überrollte ihn der Schmerz wie eine Lawine. Er erinnerte sich an viele Details von diesem Morgen. Den peinlich berührten Blick des einen Kollegen von Europol sowie seinen spanischen Akzent und die knallgelben Adidas-Sneaker des anderen, der nervös von einem Fuß auf den anderen wippte. Nur die Worte der Boten waren aus seinem Gedächtnis gelöscht.

Heute, drei Jahre später, fiel ihm ein solcher Gang schwer, aber er war nicht mehr so hart mit sich wie davor. Paul wusste, egal welche Worte er benutzte, um das Unfassbare zu übermitteln, es spielte keine Rolle. Die richtigen gab es nicht.

Von unterwegs rief er beim Kriseninterventionsteam an. Dessen Mitarbeiter würden zu dem kleinen, einstöckigen weißen Einfamilienhaus nach Friedrichswalde kommen und die Angehörigen betreuen, sobald er weg war. Aber erst einmal war es seine Aufgabe, das Schlimmste zu überbringen, was es für Eltern gab. Die Worte reichten dafür niemals aus.

Eine Stunde später verließ er das Haus wieder. Die Seelsorger waren bei Peggy Limberg, der Mutter des Toten. Bens Vater war nicht präsent im Leben seines Sohnes gewesen und eine Partnerin oder einen Partner gab es nicht. Jana, die Schwester von Ben, befand sich auf dem Weg zu ihrer Mutter. Für Paul gab es dort momentan nichts mehr zu tun. Peggy hatte kontrolliert reagiert und kaum Gefühle gezeigt. Nicht geweint oder geschrien. Nur an ihrem Ausdruck und ihrem Körper konnte er sehen, wie sehr sie die Nachricht vom Tod ihres einzigen Sohnes getroffen hatte: Sie hatte gezittert, als sie nach ihrer Kaffeetasse gegriffen hatte, und ihr Gesicht war innerhalb von Minuten um Jahre gealtert. Es war so grausam.

Paul setzte sich in seinen Wagen und gab Claudia Kunzes Adresse ins Navi ein. Er ließ den Motor an.

Als er nach wenig später an seinem Ziel ankam, hatte er das Gefühl, in ein anderes Land gebeamt worden zu sein. Das Haus vor ihm hätte auch in Somerset oder Kent stehen können. Paul fühlte sich nach England aufs Land versetzt, wo die Oberschicht in solchen Anwesen residierte. Hier hatte sich eine vermögende Familie ein Stück Upper Countryside in der Schorfheide realisiert. Paul hielt vor einem stattlichen Herrenhaus, das vor nicht allzu langer Zeit renoviert worden war. Die Fassade strahlte makellos, die Auffahrt wirkte gepflegt, und der alte Baumbestand vor dem Anwesen rundete das Bild ab. Er parkte neben einem schwarzen Range Rover SUV mit Berliner Kennzeichen. An der mächtigen Holztür drückte er die Klingel. Wenige Augenblicke später öffnete ihm eine attraktive

Frau. Mitte Ende 30, vielleicht ein bisschen älter. Sie war ungefähr 1,75 Meter groß, schlank, und ihre langen, lockigen honigblonden Haare waren zu einem Pferdeschwanz gebunden. Sie trug stylishe dunkelgrüne Sportleggings und einen weiten roten Wollpullover. Das Outfit schien zufällig arrangiert, war es aber ganz bestimmt nicht. Sie war barfuß. Da waren wohl mehrere Tausend Euro in eine hochwertige Fußbodenheizung investiert worden, und die Familie schien wohlhabend genug, sich um die Heizkosten keine Sorgen machen zu müssen, dachte sich Paul, ehe er seinen Dienstausweis aus der Tasche holte. »Paul Montgomery. Wir haben telefoniert, wenn Sie Frau Kunze sind.«

»Die bin ich!«, antwortete sie und zog eine Augenbraue hoch. Es wirkte ein wenig verächtlich. »Kommen Sie rein«, sie trat zur Seite, was überflüssig war, denn die Tür war breit genug für mehr als eine Person.

Er betrat eine pompöse Diele – mindestens 40 Quadratmeter, eher mehr –, in der von den abgebeizten Dielenböden bis zu den Steckdosen alles perfekt zusammenpasste. Verputzte Leitungen, minimalistisch. Es sah aus wie in einer Fotostory für »Schöner Wohnen«. Das Alte war sehr stilvoll erneuert worden und bildete mit dem Neuen eine Einheit. Moderne Kunst an den Wänden, sorgsam restaurierte Balken an den Decken. Hier lebten Menschen mit Geld und Geschmack, stellte er neidlos fest. Rechts führte eine breite Holztreppe in das Obergeschoss, geradeaus war ein moderner, verglaster Kamin, der als Raumteiler diente. Von der Diele konnte man übers ganze Untergeschoss blicken und durch eine breite Glasfront in einen parkähnlichen Garten.

»Legen Sie ab, wenn Sie wollen«, bot ihm die Gastgeberin an und zeigte auf einen Holzbalken, der an jedem Ende von einem Seil, das in der Decke verankert war, gehalten wurde. Mehr ein Kunstwerk als Möbelstück, mit indirekter Beleuchtung in Szene gesetzt. Einige Jacken hingen auf Bügeln daran. Daneben das gleiche Konstrukt, ungefähr auf einem Meter Höhe baumelnd, vermutlich die Kinder-Garderobe. Keine Jackenberge auf dem Boden und Schuhe wahllos verstreut. Hier war nicht nur bei der Einrichtung viel Mühe an den Tag gelegt worden, es achtete auch laufend jemand darauf, dass es aussah wie an einem Fotoset. Sie reichte ihm einen Bügel, er hängte seine Jacke auf.

»Die Schuhe können Sie anbehalten!«

Claudia Kunze ging vor ihm in Richtung Wohnbereich, ihr Pferdeschwanz wippte dabei. In der Mitte befand sich die Küche. Modernes Design, das sich perfekt in die hohen, alten Gemäuer integrierte. Das Herz bildete ein überdimensionaler Küchenblock mit Natursteinplatte in Anthrazit. An der Stirnseite standen vier Barhocker. Aus einem – mutmaßlich – eingebautem Lautsprechersystem erklang dezente Loungemusik. Alles wirkte geschmackvoll, gediegen und verströmte den Geruch von Geld.

»Kaffee?«

»Gern!«

»Ich bin immer noch geschockt«, sagte sie, während sie mit dem Rücken zu ihm stand und eine italienische Kaffeemaschine befüllte. Das Zischen und Pfeifen der Maschine verschluckte ihre Worte fast.

Paul nahm auf einem der Barhocker Platz. Er legte sein Handy und ein Notizbuch vor sich auf den Tresen, sie stellte eine Tasse Kaffee vor ihn und goss sich ein Glas Wasser ein.

»Bedienen Sie sich gern.« Claudia Kunze schob ihm eine Etagere hin, auf der kleine Gebäckstückchen lagen. »Probieren Sie die Zimtkekse. Wenn man die Augen schließt, kann man sich einreden, dass es Franzbrötchen sind.«

Er sah sie fragend an.

»Das Notizbuch …« Sie zeigte auf seine DIN-A6-Kladde, in deren Umschlag das Wappen der Hansestadt Hamburg geprägt war. »Sie sind doch aus Hamburg?«

»Ja. Wie kommen Sie darauf? Wegen des Notizbuches?«

»Auch. Außerdem habe ich Sie nach unserem Gespräch gegoogelt. Montgomery ist kein häufiger Name. Wo hat der seinen Ursprung?«

»Es ist ein englischer Nachname, der seine Wurzeln in Frankreich hat. Mein Großvater kam nach dem Zweiten Weltkrieg als Mitglied der Royal Army nach Deutschland, lernte meine Großmutter kennen und blieb«, sagte Paul freundlich und fügte augenzwinkernd hinzu: »Wenn Sie noch mehr über den Ursprung des Namens wissen wollen, hilft Google Ihnen weiter.«

Sie verzog keine Miene.

»Waren Sie schon öfter in Hamburg oder woher kennen Sie Franzbrötchen so gut?«

»Ich habe da studiert und meine ersten Berufsjahre dort verbracht, ehe ich zu meinem Mann nach Berlin gezogen bin.«

»Und jetzt leben Sie in der Uckermark?«

»Gott bewahre, nein! Das ist nur unser Ferienhaus, unsere Datsche.«

Der Begriff »Datsche« wurde diesem Anwesen in etwa so gerecht wie »Boot« der Yacht von Jeff Bezos.

Weil Paul nichts sagte, fuhr sie fort: »Wir verbringen normalerweise nur die Ferien und manchmal die Wochenenden hier. Ansonsten würden mir die Kultur und das Leben fehlen.«

Wenn er ihr anfangs noch neutral gegenübergestanden hatte, merkte Paul nun, dass ihn ihre Arroganz immer mehr abstieß.

Er überlegte gerade, mit welcher Frage er starten sollte, da kam sie ihm zuvor.

»Sie sind doch auch aus der Großstadt, wie ertragen Sie es in der Provinz?«

»Sehr gut«, antwortete Paul knapp. Sein Privatleben ging sie nichts an. »Wie lange kannten Sie Ben Limberg?«

»Seit wir das Haus haben, das sind drei Jahre. Er hatte ein Business und brachte uns Gemüse. Regionale Ware. Support your local dealer. Reicht ja, wenn wir uns den Wein und das Fleisch aus Berlin liefern lassen. Ohne Ben bleibt uns mit dem Gemüse in Zukunft wohl auch nichts anderes übrig. Den Schrott, den sie im örtlichen Markt verkaufen, kann man ja nicht essen.«

Bens Mutter hatte Paul bereits gesagt, dass ihr Sohn als eine Art fliegender Gemüsehändler unterwegs war. »Und in diesem Zusammenhang waren Sie gestern Abend verabredet?«

Paul registrierte einen kurzen Anflug von Unsicherheit bei ihr. Sie senkte den Blick und umfasste ihr Glas, als würde sie sich daran festhalten. Sie nahm einen Schluck daraus. Es schien, als wolle sie Zeit gewinnen. Schließlich gab sie sich einen Ruck. »Ich könnte Ihnen jetzt eine glaubhafte und lückenlose Geschichte auftischen, dass Ben vorhatte zu expandieren und ich ihm als Unternehmensberaterin dabei helfen wollte. Dass wir verabredet waren, weil ich über seine Strategie gucken wollte. Aber …«, sie machte eine bedeutungsvolle Pause, »ich bin ja auch nicht von gestern. Sie haben sein Handy, und vermutlich haben Sie bereits unseren gesamten WhatsApp-Verlauf gelesen und wissen, dass Ben und ich eine Affäre hatten. Ich wäre naiv zu glauben, dass er alles gelöscht hat.« Sie pustete eine Locke beiseite, die ihr vor den Augen hing, und erwiderte seinen Blick, ohne zu blinzeln.

Paul verarbeitete das Gehörte.

Sie deutete sein Schweigen richtig. »Sie haben das Handy noch gar nicht ausgewertet?«

»Nein. Aber meine Kollegen sind dabei. So ersparen Sie sich ein weiteres Gespräch mit mir.«

Sofort kehrte ihre Selbstsicherheit zurück. »Es war nichts Bedeutendes. Eine kleine Affäre. Ich wäre Ihnen trotzdem verbunden, wenn Sie mit dieser Information nicht hausieren gehen würden.«

»Ich bin nicht von der Sitte. Was Sie machen, geht mich nichts an. Ich muss einen Todesfall aufklären.«

Sie zuckte zusammen. »Nachdem ich Sie gegoogelt habe, ahnte ich, dass es kein Verkehrsunfall gewesen sein konnte. Und als dann noch Bert meinte, er hätte im Wald Polizeiautos und Männer in weißen Ganzkörperanzügen gesehen, wusste ich, es ist noch schlimmer.« Kurz machte es den Eindruck, als würde sie die Fassung verlieren und Emotionen zeigen. Doch kaum eine Sekunde später hatte sie sich wieder im Griff. »Dürfen Sie mir sagen, was passiert ist?«

Erneut eine dieser Situationen, in der er blitzschnell abwägen musste: Claudia Kunzes Verhältnis zum Opfer war enger, was sie automatisch zu einer Verdächtigen machte.

»Ben Limberg wurde vermutlich gestern Abend im Wald beim Großdöllner See erschlagen«, sagte er nüchtern.

»Ja«, murmelte sie, »Bert kam heute Morgen von Maik und da hat er die Polizei gesehen.« Sie schlug sich die

Hände vors Gesicht. Das erwartete Aufschluchzen blieb aus.

»Maik Wellinow?«

»Ja, Bert und er gehen zusammen angeln.«

Er nahm sein Notizbuch und schrieb »Bert, Maik angeln« hinein. »Wer ist Bert?«

»Bert Schmidt. Aus dem Dorf. Die Straße runter. Er und seine Frau Manu helfen uns mit Haus und Garten und passen manchmal auf die Kinder auf.«

»Und kennen Sie Herrn Wellinow auch?«

»So wie man die Eingeborenen hier halt kennt.« Sie unterstrich ihre abwertende Bezeichnung mit einer wegwerfenden Handbewegung.

»Meinen Sie die Einheimischen?«, fragte Paul irritiert über diesen Begriff.

»Genau. Man sieht sich beim Dorffest und weiß einiges über sie, aber so richtig gesprochen habe ich nicht mit vielen. Ich beziehe meine Informationen von Manu.«

Ben ignorierte ihre geringschätzigen Aussagen. Er selbst fühlte sich wohl hier und verstand nicht, warum man als Zugezogener den in einer Gegend Einheimischen nicht mehr Respekt entgegenbrachte. Schließlich lebte man in deren Heimat. »Zurück zu gestern Abend: Sie waren also um 20 Uhr mit Ben verabredet?«

»Bin ich verdächtig?«

Ihre Gegenfragen nervten ihn langsam, vielleicht war es auch ihre Überheblichkeit. »Ich befrage Sie als Zeugin formlos. Sollte ich aufgrund ihrer Angaben zu dem Schluss kommen, dass ich noch mehr wissen möchte, bestelle ich Sie zu einer offiziellen Befragung ins Präsidium.«

»Ich kann ja davon ausgehen, dass Sie das vertraulich behandeln.« Sie nahm einen Schluck aus ihrem Wasserglas, zog sich einen Barhocker auf ihre Seite und nahm darauf Platz. »Ben und ich sehen uns seit ein paar Monaten. Er ist … war jung, gutaussehend und eine heiße Abwechslung in der Einöde hier. Mehr aber auch nicht. Wir haben uns regelmäßig getroffen, aber nie sonderlich lang. So lange, wie es halt dauert, Spaß zu haben. Ich habe ja die Kinder und kann nicht einfach über Nacht wegbleiben. Gestern waren wir verabredet, und es war auch geplant, dass er hier schläft. Die Kinder haben bei Bert und Manu übernachtet. Als er nicht kam, habe ich ihn angerufen und ihm getextet. Aber er hat sich nicht gemeldet. Das hat mich wütend gemacht. Es gibt ja nicht so viele Gelegenheiten, den Abend gemeinsam zu verbringen. Ich hatte alles perfekt organisiert, die Kinder waren weg …«

Und der Mann …, fügte Paul in Gedanken hinzu.

»… und was macht er? Versetzt mich! Ich war stinksauer. Ist ja nicht so, dass ich nicht was anderes hätte unternehmen können! Jetzt, in den Osterferien, sind viele unserer Freunde hier. Einer gibt immer eine Party. Die Uckermark wird nicht umsonst die Hamptons von Berlin genannt. Es feiert sich ganz ungeniert.« Sie hielt inne und nahm einen weiteren Schluck aus ihrem Glas. Als sie Pauls Blick bemerkte, sagte sie lächelnd: »Sie sollten sich selbst ein Bild von der Partyszene machen.«

Paul ignorierte diese Aussage. »Was haben Sie dann gemacht?«

»Nichts. Um zehn bin ich sauer ins Bett gegangen. Allein.«

»Sie sind also nicht auf eine der vielen Partys gegangen?« Seine Frage klang provokanter, als er es beabsichtigt hatte. Sie überhörte den Zwischenton.

»Nein. Erstens war es bereits zehn und zweitens hatte

ich schon ein bisschen was getrunken. Taxen sind hier in der Pampa Mangelware. Und außerdem war es draußen gruselig, der Regen und der Wind. Heute Morgen bin ich wütend aufgewacht und war noch viel aufgebrachter, als ich gesehen habe, dass er sich auch die ganze Nacht über nicht gemeldet hat. Aber half ja nichts, ich hab um zehn die Kinder abgeholt, und danach haben wir ja telefoniert. Das war's.«

»Ihr Mann ist übers Wochenende in Berlin?«

Sie nickte.

»Was macht Ihr Mann beruflich?«

»Er ist Politikberater. Er berät Parteien und einzelne Akteure des politischen Berlins. Ein Lobbyist, wenn Sie so wollen«, sagte sie und wirkte dabei sehr gelangweilt. Schien einträglich zu sein, wenn er sich so umsah. Er verkniff sich eine Bemerkung dazu.

»Kam es öfter vor, dass Ben eine Verabredung nicht einhielt?«

»Nein. Nie. Er war immer zuverlässig und pünktlich.«

»Trotzdem dachten Sie nicht daran, dass ihm etwas passiert sein könnte?«

Sie sah ihn verständnislos an und nahm sich einen Keks aus der Etagere, aß ihn nicht, sondern legte ihn neben ihr Glas auf den Tresen. »Nein. Wie wahrscheinlich ist es, dass er ermordet im Wald liegt? Realistischer war, dass er seine Zeit doch lieber mit einer Mandy aus Templin verbringen wollte statt mit mir. Davon ging ich aus. Wie erwähnt, unsere Affäre war relativ locker, und es wäre unser erstes längeres Date gewesen. Für mich war es naheliegender, dass er kalte Füße bekommen hat und sich nicht getraut hat, es mir zu sagen. Männer halt. Darum war ich einfach nur wütend und weniger in Sorge.«

»Gab es denn andere Frauen?«

»Sie meinen, ob wir mal einen Dreier hatten?«, fragte sie keck.

Paul wurde rot, er hoffte, dass es ihr nicht auffiel. »Die Details Ihrer Affäre interessieren mich nicht. Vielmehr würde ich gerne wissen, ob Ben eine Freundin hatte.«

»Darüber haben wir nicht gesprochen. Ich glaube nicht. Das hätte Manu mir sonst sicher mal erzählt. Dorfklatsch funktioniert ja überall. Sie ist mit Bens Mutter befreundet. Hier kennt jeder jeden.« Sie versuchte, souverän zu klingen, es schwang allerdings Unsicherheit in ihren Worten mit.

»Hat er noch weitere Techtelmechtel mit Kundinnen gehabt?« Diese Frage konnte er sich nicht verkneifen.

Sie ließ sich nicht aus der Ruhe bringen. »Das weiß ich natürlich nicht. Möglicherweise finden Sie ja was in seinem Handy«, sagte sie zuckersüß und biss in ihren Keks.

Als er gerade die nächste Frage stellen wollte, klingelte sein Telefon.

»Nicht ›Hamburg, meine Perle‹?«, fragte sie betont unschuldig bezogen auf den nüchternen Klingelton.

»Wenn, dann ›Herz von St. Pauli‹. Sie gucken zu viele TV-Krimis, in denen die Großstadt-Kommissare, die auf dem Land arbeiten, ihrer Heimat so sehr nachtrauern, dass sie dies auf Schritt und Tritt begleitet«, entgegnete Paul schlagfertig.

Er nahm das Gespräch an. Es war Mandy, und sie war ziemlich aufgeregt. Er stand auf und ging zum Fenster, um in Ruhe telefonieren zu können.

»Chef, Maik Wellinow hat tatsächlich jemanden gesehen. Er hat uns einen Namen gegeben: Dr. Seemüller, Plastischer Chirurg am Krankenhaus in Templin. Soll ich ihn gleich vorladen?«

»Nein, warten Sie. Ich bin gleich fertig, und wir treffen uns im Präsidium.«

»Okay, Chef.«

Er beendete das Gespräch.

Claudia kam zu ihm. »Haben Sie den Täter?«

Statt zu antworten, grinste er sie an. Nice try. »Zurück zu gestern Abend. Ab wie viel Uhr waren Sie allein?«

»Ich habe die Kinder um sechs zu Manu und Bert gefahren. Dann bin ich nach Hause, habe ein Bad genommen und ein wenig gechillt. Ach ja, ich habe mit meiner Freundin Sandra telefoniert. Das kann ich Ihnen zeigen.« Sie fischte aus der Seitentasche ihrer Leggings ein iPhone und öffnete die Anrufliste. Die belegte zwar das Telefonat, aber nicht, wo sie dabei gewesen war. Funkzellenüberprüfung, notierte Paul in Gedanken.

»Um zehn vor acht war Bert kurz hier«, sagte sie. »Lilli, meine Tochter, hatte ihr Kuscheltier zu Hause vergessen, und Bert kam, um es zu holen. Es war ein bisschen peinlich, denn ich dachte, es sei Ben, und war schon …«

So genau wollte er es nicht wissen, also unterbrach er sie. »Wie lange blieb er?«

»Nur ein paar Minuten. Ab dann war ich allein, ohne Zeugen. Bis heute Morgen um 10 Uhr.«

»Wir werden Ihre Angaben natürlich überprüfen.« Er ging zurück zum Tresen. Falls sie gedacht hatte, er wäre fertig, so enttäuschte er sie, indem er Platz auf dem Barhocker nahm. Zögernd gesellte sie sich zu ihm. »Was können Sie mir über Ben erzählen? Kannten Sie seine Freunde? Hatte er Feinde?«

»Ben war sehr verschlossen. Ein geheimnisvoller Typ. Aber unglaublich nett und hilfsbereit. Wenn man ihn anrief und um Hilfe bat, kam er. Er war einfach der nette junge Mann von nebenan. Der mit den Kindern Fußball spielte, der älteren Frau die Einkäufe vom Supermarkt zum Auto brachte und der bei der Freiwilligen Feuerwehr engagiert ist.« Als sie sah, dass er »FFW« in sein Notizbuch schrieb, schob sie eilig hinterher: »Das weiß ich nicht. Es würde nur passen. Ben war nicht sonderlich gesprächig. Keine Heißdüse. Davon gibt es ja genug, vor allem in Berlin. Eigentlich ziemlich erfrischend, wenn jemand nicht den ganzen Tag von seinen Projekten und sich erzählt.« Sie nahm sich einen weiteren Keks und aß ihn nachdenklich. »Vielleicht trifft es das am besten. Er war ein typischer Uckermärker. Natur- und heimatverbunden, selbstbewusst und ein wenig wortkarg.«

Sie machte eine Pause. »Aber ich weiß nichts über seine Freunde. Und ich habe keine Ahnung, ob er mit jemandem Streit hatte. Am besten Sie fragen Manu und Bert. Die kennen ihn ja von Kindesbeinen an.«

Er würde einen Kollegen zu den Schmidts schicken. Demonstrativ packte er sein Notizbuch ein. »Sollte Ihnen noch was einfallen …«

»… melde ich mich natürlich«, vervollständigte sie den Satz und rollte die Augen.

»Meine Karte brauchen Sie ja nicht, Sie haben mich ja schon gegoogelt.«

Sie brachte ihn zur Tür.

»Eine Frage noch: Wann haben Sie Ben das letzte Mal gesehen?«

»Am Donnerstagvormittag, als er die Gemüsekiste brachte. Da haben wir uns für gestern verabredet.«

»Ist Ihnen da etwas an ihm aufgefallen? War er anders als sonst?«

Sie dachte kurz nach und fuhr sich mit der Hand durch ihren blonden Pferdeschwanz. »Nein. Er war wie immer.«

Paul verabschiedete sich und verließ das Haus.

Auf der Fahrt ins Präsidium ließ er das Gespräch Revue passieren. Frauen wie Claudia Kunze war er in seinem Berufsleben zuhauf begegnet. Gutaussehend, selbstbewusst, erfolgreich im Beruf und mit dem passenden Gegenstück verheiratet. In der Regel hatten sie mindestens zwei Kinder und bekamen anscheinend mühelos Job und Familie unter einen Hut. Strotzten vor Energie. Zumindest ließen sie das die Welt glauben und zeichneten dieses Bild von sich und ihren scheinbar perfekten Familien in den sozialen Medien. Claudia Kunze war ein Paradebeispiel für erfolgsverwöhnt, selbstbewusst, großstädtisch. Von den teuren, gut sitzenden Fitnessklamotten (die sie selbstverständlich nicht nur zum Sport trug) über die perfekten Kinder (von denen während seines gesamten Besuchs nichts zu sehen oder zu hören gewesen war) bis zu ihrem Palast (den sie als »Datsche« bezeichnete). Sie war eine klassische »Yummy Mummy«. Paul kannte den Ausdruck von seiner Schwester, die mit ihrer Familie in London lebte. Dort nannte man die Claudia Kunzes so. Im Deutschen gab es mit dem Begriff »Milf« eine weniger schmeichelhafte Entsprechung.

Aber er hatte auch eine andere Seite an Claudia Kunze gesehen. Paul nahm es ihr nicht ab, dass sie mit Ben allein des Sex wegen zusammen gewesen war. Wenn es ihr darum gegangen wäre, hätte sie nicht das romantische Date geplant. Da waren Gefühle im Spiel – und die machten sie verdächtig. Und ihren Ehemann. Dessen Alibi mussten sie überprüfen. Erst mal ging es um denjenigen, den der Zeuge gesehen hatte … Paul gab Gas.

8

15 Uhr und auf den Straßen herrschte Leere. Kaum Autos
zu sehen. Warum sie nicht am Sonntag die Ampeln einfach abschalteten, fragte sich Mandy, während sie vom
Bürofenster auf die Engelsstraße schaute. Im Inneren des
dreistöckigen Plattenbaus herrschte hingegen geschäfti-
ges Treiben. Zumindest in der obersten Etage, wo sie ihre
Büros hatten. Zwei Kollegen aus Eberswalde waren dabei,
die Kontaktdaten von Ben Limbergs Handy auszuwerten,
einer begab sich auf dessen Spuren in den sozialen Netzwerken. Sie kannte die drei nicht wirklich, zusammengearbeitet hatte sie bislang mit keinem von ihnen. Der Konferenzraum war zur Kommandozentrale umfunktioniert
worden. Es war aufregend, und Mandy stand unter Strom.
Kein Wunder. Mord war in Templin alles andere als Alltag. Im vergangenen Jahr hatte es in ganz Brandenburg
lediglich zehn Mordfälle gegeben, darunter auch versuch-
ter Mord. Die Uckermark war selbst für brandenburgi-
sche Verhältnisse dünn besiedelt, die Wahrscheinlichkeit,
dass hier jemand umgebracht wurde, war statistisch gesehen sehr gering, wusste Mandy. Mit Statistiken kannte sie
sich aus. Was ihr den Spitznamen »Statistisches Bundesamt« auf dem Revier beschert hatte. Doch das störte sie
nicht, gefiel ihr sogar.

Mandy dachte über Statistiken und Zahlen nach, während sie auf Paul wartete. Das Protokoll zu ihrem Gespräch
mit Maik Wellinow lag ausgedruckt auf seinem Schreibtisch. Mandy liebte, was sie tat, und sie war gut darin. Mit
Pauls Hilfe, das wusste sie, würde sie besser werden. Von

ihm konnte sie sich viel abgucken. Dinge, die nicht im Lehrbuch standen. Ein Glück, dass er jetzt ihr Chef war. Was er in Templin wollte, war ihr zwar nicht so ganz klar, schließlich war er davor viele Jahre bei Europol in Den Haag gewesen. Sie hatte ihn bislang nicht gefragt, vermutete aber, dass etwas Persönliches hinter seinem Weggang aus Hamburg steckte. Er musste irgendeinen Verlust erfahren haben. Manchmal sah er plötzlich sehr traurig und verloren aus. Das war ihr zum Beispiel aufgefallen, als ihre Kollegin Sabrina, die im Mutterschutz war, vergangene Woche mit ihrem Baby vorbeigekommen war. Mandy würde herausfinden, warum Paul sich hatte hierher versetzen lassen.

Was für eine Fügung – wobei das Wort in diesem Zusammenhang zynisch war und Mandy schämte sich sofort –, dass sie schon in Pauls erstem Monat einen Mordfall zu lösen hatten. Ihr erster.

In diesem Augenblick kam Paul herein. Er war ein gutaussehender Mann. Blonde Haare, die er ein bisschen länger und locker nach hinten gekämmt trug. Ebenmäßige Züge und tiefliegende blaue Augen. Das verlieh seinem Gesicht etwas geheimnisvoll Markantes. Außerdem war er groß und trainiert. Er war lässig gekleidet. Vielleicht war es auch typisch hanseatisch, genau konnte Mandy es nicht benennen. Paul war jedenfalls der Einzige, den sie kannte, der einen roten Wollpullover mit Zipper besaß und ihn zur Arbeit trug. Viel wichtiger als sein Aussehen war, dass er ausgesprochen nett war. Er vermittelte ihr das Gefühl, auf Augenhöhe zu sein. Wenn er ihr Aufgaben zuteilte, tat er das nicht von oben herab.

Er setzte sich an den Schreibtisch, der ihrem gegenüberstand, und sein Blick fiel auf ihr Protokoll.

»Wie war es bei der Mutter?«, fragte sie.

»Natürlich alles andere als schön. Sie war sehr gefasst und befindet sich jetzt in professioneller Betreuung.« Paul sah sie direkt an. »Gerade war ich bei Frau Kunze. Sie wohnt in einem richtigen Herrenhaus, außerhalb von Grunewald.«

»Ach ja, ich weiß, welches Sie meinen. Da hat der Onkel von meinem Freund den Innenausbau gemacht. Ein richtiger Palast.« Mandy überlegte, ob ihr Freund damals Informationen über die Besitzer geteilt hatte, sie erinnerte sich nicht daran.

»Frau Kunze hatte eine Affäre mit unserem Opfer.«

»Das erklärt ihre Wut am Telefon«, sagte Mandy trocken.

»Definitiv. Sie ist eine typische Großstadt-Karriere-Mutter, wie aus dem Katalog. Ich hatte allerdings den Eindruck, sie gibt sich cooler, als sie tatsächlich ist. Einer der Kollegen soll das Alibi ihres Mannes überprüfen, der ist in Berlin. Politikberater. Bitte vertraulich. Nichts von der Affäre verraten, sondern das Übliche: ›Im Zuge der Ermittlungen überprüfen wir alle …‹«

Mandy schrieb eifrig mit – Paul beobachtete sie mit Freude. Er war sicher, sie würde es sich nicht nehmen lassen, selbst anzurufen.

»Frau Kunze hat übrigens kein Alibi, aber auch kein richtiges Motiv. Darum konzentrieren wir uns erst mal auf ihn.« Paul deutete auf den Bericht.

Mandys Stichwort. »Vorweg: Schreiber hat den Todeszeitpunkt eingegrenzt. Gegen 21 Uhr mit einer Abweichung von einer Stunde. Er schließt jedoch nicht aus, dass die Tat bereits früher stattgefunden hat und Limberg dort eine Weile verletzt gelegen hat.« Sie schob sich eine Haarsträhne aus dem Gesicht. »Das würde auch zu den Aussagen von Wellinow passen. Der hat gegen 19:20 Uhr eine Person vom Tatort wegrennen sehen. Er selbst war am Seeufer. Dort angelt er immer, und er wollte sein Equipment für den nächsten Morgen checken, und da beobachtete er die Person. Ich habe mir die Stelle von ihm zeigen lassen. Von dort aus kann man den Tatort überblicken.«

Paul nickte.

»Er schwört Stein und Bein, dass es Dr. Andreas Seemüller war, obwohl die Person ihm nicht ihr Gesicht zugewandt hat.«

»Was macht ihn so sicher?«

»Zwei Sachen. Erstens kennt er Seemüllers Gang, weil der regelmäßig dort in der Gegend ist zum Waldbaden und dabei an Wellinow vorbeigeht, wenn er angelt. Und zweitens glaubt Wellinow, ihn an seinen halblangen Haaren und der Kleidung erkannt zu haben.« Mandy konnte den Triumph in ihrer Stimme nicht unterdrücken – leider musste er ihr die Freude nehmen.

»Ich habe oft erlebt, dass Zeugen sich zu 100 Prozent sicher sind, und am Ende war es doch jemand anderes. Was wissen wir über Dr. Seemüller?«

Auf diese Frage war Mandy natürlich vorbereitet. Sie zog einen Ausdruck mit den Fakten zum Arzt aus dem Stapel mit den Unterlagen auf dem Schreibtisch. »52 Jahre alt, Plastischer Chirurg am Krankenhaus in Templin.« Mit der Hand machte sie eine Bewegung nach rechts. Das Krankenhaus war nur einen Katzensprung vom Polizeipräsidium entfernt. »Er ist geboren in Rostock. Seit zwei Jahren ist er in Templin, vorher hat er in Berlin gearbeitet.« Mandy sah ihn provokativ an, sie hoffte, er würde etwas in Richtung »auch in der Provinz gelandet« sagen. Aber er tat ihr nicht den Gefallen. Also fuhr sie fort: »Er wird als nett, fachlich kompetent, aber auch sonderbar beschrieben. Eine Cousine von mir ist Schwester drüben. Sie meint, der redet mit Pflanzen und ist so esoterisch drauf. Es gab wohl einen Streit vor einiger Zeit, weil er sich weigert, Schönheits-OPs anzubieten. Er sagte, er sehe sich als Arzt und nicht als Stuckateur. Sein Hauptfeld sind Brust-Rekonstruktionen von Patientinnen, die Krebs hatten. Der Klinikchef beharrte auf den Schönheits-OPs, weil das eine gute Einnahmequelle ist, aber Seemüller war dagegen. Laut meiner Cousine hat er sich durchgesetzt, weil der Klinikchef in zwei Monaten in Ruhestand geht und Seemüller sein Nachfolger wird. Und, das hat mir meine Cousine auch gesagt, weil sie sich nicht erlauben können, dass er geht, denn hier kommt ja sonst niemand so Qualifiziertes freiwillig her.« Oh no, was war ihr denn da rausgerutscht? Mandy wollte im Erdboden versinken. »Ich meine, Ärzte«, schob sie eilig hinterher und merkte, wie sie feuerrot wurde.

Paul nahm es gelassen. »Gute Arbeit, Mandy. Und ich fühle mich nicht angesprochen.« Er lächelte sie an. Überhaupt, Paul lächelte oft, das war ein sympathischer Zug. Und clever, denn so gewann man schneller das Vertrauen der Menschen und gelangte an Informationen. Mandy nahm sich vor, in Zukunft auch häufiger zu lächeln.

»Ben Limberg war übrigens ein Soloselbstständiger. Er hatte einen Gemüsehandel. Keinen Stand oder Laden, er lieferte Bio-Gemüse in Kisten aus.« Pauls Worte rissen sie aus ihren Gedanken.

Mandy wusste, dass es so etwas gab, aber sie kannte niemanden in ihrem Umfeld, der sich sein Gemüse in Kisten nach Hause bestellte. Die Uckermärker kauften auf dem

Markt oder waren Selbstversorger. Das war etwas für die Berliner hier.

»Die Kollegen sollen bitte checken, ob Dr. Seemüller Kunde von Ben war. Und wenn sie das Handy auswerten, sollen sie überprüfen, ob sie etwas finden, das auf eine Verbindung der beiden schließen lässt.« Paul stand auf und ging an das Whiteboard an der Wand. In dessen Mitte schrieb er »Ben«. Rechts den Namen »Claudia Kunze« und links davon »Dr. Andreas Seemüller«. Er drehte sich zu Mandy um. »Selbst wenn Seemüller am Tatort war, wir brauchen sein Motiv. Die Kollegen sollen alles zusammenstellen, was sie über ihn und eine mögliche Verbindung zu unserem Opfer finden können. Und wir schauen uns den Doktor mal näher an.«

Er nahm seine Jacke vom Garderobenständer neben der Tür, und gemeinsam verließen sie das Büro. Auf dem Gang kam ihnen einer der Kollegen aus Eberswalde, die mit dem Handy beschäftigt waren, entgegen. Mandy glaubte, sich zu erinnern, dass er Patrick Liepe heißt, sie waren mal bei einer Fortbildung in Oranienburg im selben Kurs gewesen. Was war das gewesen – »Operative Fallanalyse«? Er informierte sie, dass sie fürs Erste durch waren, aber nichts gefunden hatten, was auf eine Verabredung am Vortag hindeutete. Ben hatte in den letzten Stunden vor dem Mord keine Telefonate geführt, und alle WhatsApp-Nachrichten am Tattag waren unauffällig.

»Aber *das* müssen Sie sehen.« Er hielt Paul das Handy hin. »Mit dieser Frau war er am Samstag verabredet.«

Paul warf einen Blick auf das Display und bedankte sich. Mandy sah Paul fragend an.

»Ach nur, was wir schon wissen, Claudia Kunze«, wiegelte er ab. Bildete sie sich das ein oder war er rot geworden?

9

Die Fahrt zu Andreas Seemüller nach Bebersee führte sie durchs Biosphärenreservat Schorfheide-Chorin, durch Wiesen, Felder und Wälder, kleine Orte mit Kirchen, alten Gutshäusern. Die typischen uckermärkischen Dörfer. Eine Ansammlung mehrerer einstöckiger Wohnhäuser, die sich um die Kirche in der Dorfmitte gruppierten. Während die Wohngebäude alle sehr ähnlich aussahen, boten die Gotteshäuser Abwechslung, mal klein, mal gotisch, mal mächtig, mal romantisch. Doch Mandy und Paul schenkten ihrer Umgebung keine Aufmerksamkeit. Sie sprachen … natürlich über den Mord. Gingen mögliche Motive durch.

1. Eifersucht – Ben hatte dem Politikberater die Frau ausgespannt.

2. Kunstfehler – Seemüller hatte Ben falsch behandelt, der wollte ihn verklagen.

3. Liebe – Seemüller war mit Bens Mutter zusammen, Ben hatte was dagegen.

Das war noch halbwegs plausibel, doch je länger sie sprachen, desto absurder wurden ihre Gedanken. Es gipfelte in Mandys Vorschlag: Seemüller hat Ben ermordet, weil der die Pflanzen (das Gemüse) schlecht behandelte. Denn Seemüller ertrug es nicht, wenn jemand Lebewesen verletzte. Paul musste ob dieser Vorstellung lachen und Mandy stimmte ein. Unsicher sah sie ihn von der Seite an. »Ist es nicht unsensibel, wenn wir darüber Witze machen?«

Nein, fand Paul. Selbst wenn die Ermittlungen sie an ihre Grenzen brachten oder der zu bearbeitende Fall an Brutalität und Ungerechtigkeit nicht zu überbieten war, gab es trotzdem immer Momente, in denen gemeinsam gelacht und gealbert werden konnte. Er war der Ansicht, dass diese Augenblicke sehr wichtig waren und man sich keinesfalls dafür schämen durfte oder sich diese verkneifen sollte. Vielmehr waren diese Minuten der Unbeschwertheit seiner Meinung nach ein Ventil, um mit dem Verbrechen in seiner Härte fertigzuwerden.

Mandy hörte ihm aufmerksam zu.

Sie waren am Ziel angekommen. Paul hatte sich nicht viele Gedanken darüber gemacht, wie ein Plastischer Chirurg wohl lebte – aber definitiv nicht so. Andreas Seemüller wohnte in einem Holzhaus. Nicht in einem dieser modernen Häuser: dunkelgraues Material, schöne Verarbeitung, aufeinander abgestimmte natürliche Baustoffe. Auch nicht in einem der bunten skandinavischen Holzhäuser, die nach Astrid Lindgren und Bullerbü aussahen und deren Anblick für gute Laune sorgte. Nein, vor ihnen stand das hässlichste Holzhaus, das Paul jemals gesehen hatte. Das dunkelbraune Material an der Fassade erinnerte an Furnier, das auf den Ziegelsteinen angebracht worden war. Das Gebäude sah aus wie ein billiges Möbelstück. Der lieblos gestaltete und wenig gepflegte Vorgarten passte zu dem eher traurigen Bild, das das Einfamilienhaus abgab. In der Einfahrt stand ein kleiner E-VW. Die grauen Rollläden waren an allen Fenstern des Hauses heruntergelassen.

Paul klingelte. Es tat sich nichts. Auch nicht nach dem zweiten und dritten Mal.

»Er scheint ausgeflogen zu sein«, stellte Mandy fest.

Sie gingen um das Haus herum auf die Terrasse, wo es genauso trostlos aussah. Da stand eine billige Sitzgarnitur aus Kunstfaser, ein Grill, ein Fahrrad und mehrere große Blumentöpfe mit Pflanzen darin, die den Winter nicht überstanden hatten. Auch auf dieser Seite waren sämtliche Rollläden heruntergelassen.

»Hat er heute Dienst?«, fragte Paul.

»Er hat frei.«

Paul dachte nach. Der Wagen in der Einfahrt deutete nicht auf eine Flucht hin.

»Wissen Sie, was seltsam ist?«, fragte Mandy in die Stille. »Meine Cousine hat betont, dass Seemüller so ein Pflanzenfreund ist. Das hier«, sie deutete auf die Blumentöpfe mit dem braunen Gestrüpp, »sieht nicht danach aus.«

Paul stimmte ihr zu. »Es wirkt, als sei er länger nicht mehr zu Hause gewesen.« Paul zeigte auf drei Töpfe, die offenbar auf einer kleinen Mauer gestanden hatten und nun zerbrochen auf dem Terrassenboden lagen.

»Die hat es wohl beim letzten Sturm gestern erwischt. Ich denke, er hätte das weggeräumt.« Mandy zog die Augenbrauen hoch.

»Sind Sie sicher?« Paul musste grinsen. Hier konnten sie keinen Blumentopf mehr gewinnen. Sie gingen ums Haus herum zurück auf die Straße. Seemüller wohnte am Waldrand und hatte nur einen Nachbarn.

»Wir fragen mal da«, schlug Paul vor und deutete auf einen schmucklosen, gepflegten weißen Bungalow. Unauffällig und minimalistisch. Die Front bestand aus einer Eingangstür und jeweils rechts und links einem Fenster mit weißen Gardinen. Der Vorgarten war karg, keine einzige Pflanze, nur Rasen. An der Tür fehlte ein Namensschild. Paul drückte die Klingel. Es passierte … nichts. Erneut klingelte er. Wieder nichts. Da knuffte ihn Mandy in die Seite und zeigte auf das Fenster rechts von der Haustür. Man konnte einen Schatten erkennen, der sich bewegte. Es war also jemand zu Hause. Aber diese Person hatte offensichtlich kein Interesse an Besuch. Sie klopften an die Tür und riefen: »Wir sind von der Polizei und haben ein paar Fragen!« Nichts passierte. Nach ein paar Minuten des Wartens signalisierte Paul Mandy, dass es keinen Sinn machte, und sie gingen zurück zur Straße.

Auf dem Weg zum Auto schwiegen sie. Als er losfuhr, fragte Paul: »Haben Sie die Handynummer von Dr. Seemüller?« Sie nickte. »Rufen Sie ihn bitte an!«

Sein Telefon war ausgeschaltet, die Mailbox sprang an. Er ließ sich also nicht orten. »Sollen wir ihn zur Fahndung ausschreiben?«, schlug Mandy vor.

Dafür reichte die Beweislage nicht aus. Sie hatten lediglich eine Zeugenaussage, die äußerst vage war. Das rechtfertigte keine Fahndung. Seemüller hatte einen festen Wohnsitz, einen Arbeitsplatz und war ein geschätztes Mitglied der Gesellschaft, wie man so schön sagte. Nein, es gab keinen Grund anzunehmen, dass er geflohen sein könnte.

Paul schüttelte den Kopf. »Wir haben keine Handhabe. Wir müssen warten, bis das Labor alle Spuren am Opfer ausgewertet hat, ob sich fremde DNA darunter befindet. So lange können wir nichts weiter tun, als zu recherchieren, den dunklen Fleck zu finden oder die Verbindung zwischen dem Opfer und dem Arzt.«

Er spürte Mandys Enttäuschung förmlich.

Sie sagte nichts, sondern kramte einen Müsliriegel aus ihrer Jackentasche, riss das Papier auf und biss hinein.

»Sehen Sie es positiv, sie haben einen freien Sonntagabend. Wir treffen uns morgen früh, ausgeschlafen und erholt im Revier.« Paul wusste, bis zur Aufklärung würde es noch anstrengend werden mit vielen Überstunden und auch Nachtschichten. Es war nicht verkehrt, sich ihre Kräfte einzuteilen.

10

Seit fast zwei Stunden kauerte er nun schon hinter dem Busch. Er konnte gar nicht mehr sagen, wie oft seine Beine eingeschlafen waren. Endlich war die Luft rein. Ronny konnte sich aus seinem Versteck wagen. Er stand auf, streckte sich. Ein bisschen steif und hölzern wie eine Marionette stakste er um das Gebüsch auf die Straße. Vor ihm stand der nichtssagende weiße Plattenbau. Dunkel. In keinem der neun Fenster brannte Licht. Anscheinend schliefen alle Bewohner. Hat ja auch lange genug gedauert. Ronny checkte die Zeit auf seinem Handy. 0:20 Uhr. Warum gingen alte Menschen heutzutage so spät ins Bett? Lag sicher daran, dass sie als Rentner nicht viel zu tun hatten. Aber Ronny hatte noch was zu erledigen, das ließ sich nicht aufschieben. Er schlich sich zur äußeren Kellertreppe auf der Rückseite des Hauses und sperrte sie auf. Wie gut, dass er Bens Schlüssel hatte, das machte es einfach. Besser kein Licht anmachen. In diesen alten Häusern passierte das nie lautlos. Seine Handytaschenlampe leuchtete ihm den Weg durch den schmalen, niedrigen Gang. Es roch modrig. Als er im Treppenhaus ankam, zog er die Schuhe aus und ließ sie am Treppenabsatz stehen. Sicher war sicher. Außer Ben wohnten nur Rentner hier, die hatten gern mal einen leichten Schlaf und standen so gar nicht auf nächtliche Ruhestörung. Beziehungsweise war die Definition, die sie davon hatten, eine andere als seine. Diese Erfahrung hatte Ronny mehrfach gemacht, wenn sie abends bei Ben gechillt hatten.

Auf Socken nahm er die Treppe nach oben. Vor Bens Haustür sah alles aus wie immer. Kein Polizeisiegel. Das war gut, dann waren sie noch nicht da gewesen und er konnte sich holen, was er brauchte. Was ihm gehörte. Er atmete durch. Jetzt keinen Fehler machen. In einem Haus mit vier Parteien durfte man nicht auf den Schutz der Anonymität hoffen. Jedes Geräusch konnte ihn auffliegen und sein Vorhaben scheitern lassen. Geräuschlos drehte er den Schlüssel im Schloss und öffnete die Tür. Genauso unhörbar machte er sie zu. Kurz orientierte er sich im Flur. Die Wohnung wirkte bereits unbewohnt. Wahrscheinlich bildete er sich das ein, weil er wusste, dass Ben nie mehr dorthin zurückkehren würde. Er hatte keine Ahnung, wo es sich befand, aber er hatte eine Idee, wo er es suchen musste. Vor dem Schreibtisch an der Wand in der Ecke im Wohnzimmer blieb er stehen. Er warf einen Blick auf die Papiere darauf, es waren Rechnungen und Werbung. Und drei Leitz-Ordner. Langsam zog er die Schublade auf. Kein Mucks. Das war gut. Diese Plattenbauten waren so hellhörig. Er leuchtete in das Innere der Schublade. Da lag es zwischen losen DIN-A4-Zetteln, Kugelschreibern, einer Tempopackung und mehreren Tesafilmrollen: das Objekt seiner Begierde. Schnell steckte er es in die Tasche seines Parkas und schob die Schublade zu. Mist. Er hatte keine Handschuhe an, die Polizei würde seine Fingerabdrücke finden. Mit einem Zipfel seines T-Shirts wischte er den metallenen Griff ab. Dasselbe musste er an der Wohnungstür machen. Am Knauf. Warum hatte er nicht daran gedacht, Handschuhe mitzunehmen?

Einen kurzen Moment war er unaufmerksam, und da passierte es. Au. Mit voller Wucht lief er gegen den massiven Holztisch. Dieser dämliche Tisch! Ronny hatte den noch nie hübsch gefunden, und er passte definitiv nicht in diese kleine Zweiraumwohnung, war viel zu ausladend. Er wusste nicht, warum Ben so daran hing. Mist! Ronny rieb sich den schmerzenden Oberschenkel. Das fühlte sich etwa so angenehm an wie eine Zahnwurzelentzündung. Er horchte. Nichts passierte. Zählte bis 100. Nichts. Noch mal bis 100. Nichts. Schnell weg. Er verließ die Wohnung, lief hastig die Treppe hinunter, griff sich seine Schuhe, verließ das Haus und rannte auf Socken über die Straße. Erst im Schutz eines Busches zog er die Sneakers wieder an. Sein Auto hatte er auf dem Parkplatz vom Edeka am Ortsrand geparkt. Er joggte den Kilometer bis dahin. Außer Atem und verschwitzt erreichte er seinen Golf. Er war in Sicherheit. Als er den Motor starten wollte, fiel ihm ein, dass er vergessen hatte, den Knauf an der Wohnungstür abzuwischen.

11

Es war dunkel, als Paul um 5:50 Uhr seine Wohnung in der Puschkinstraße verließ. Bis zum Revier waren es nur knapp 500 Meter. Wenig Zeit, seine Dämonen abzuschütteln. Es war keine Option, sie mit zur Arbeit zu nehmen. Sie hatten ihn heute Nacht wieder mal heimgesucht, was einen kurzen und unruhigen Schlaf zur Folge gehabt hatte. Um fünf hatte er aufgegeben. Auch eine heiße Dusche hatte nicht geholfen. Sie waren nach wie vor in seinem Kopf.

Der Tod von Ben und das Gespräch mit der Mutter hatten einiges in seinem Unterbewusstsein bewegt und Erinnerungen an die Oberfläche gebracht. Im Traum war ihm Elena erschienen. »Ciao tesoro. A dopo!« – ihre letzten Worte an ihn. Dann hatte sie sich umgedreht, um zu gehen. Sie verschwand nicht. Sie blieb, wandte sich ihm wieder zu. Er sah ihr ins Gesicht, doch es war nicht mehr das von Elena, sondern von Peggy Limberg. Deren Blick, in dem so viel Schmerz lag, durchbohrte ihn, ließ ihn aufschreien, und er war aufgewacht. Schweißgebadet.

Er kannte den Traum. Seit drei Jahren begleitete er ihn. Es fing immer gleich an. Nur die Personen, in die Elena sich verwandelte, änderten sich. Gleich blieb das Gefühl, das ihn beherrschte, wenn er schließlich aufwachte: Es ging ihm beschissen.

Miserabel war sein Zustand auch jetzt. Das konnte er nicht gebrauchen, schließlich steckte er mitten in einer Mordermittlung. Da zählten vor allem die ersten Tage. In den vergangenen drei Jahren hatte er mit Psychologen Werkzeuge und Methoden entwickelt, wie er seine Dämonen abschütteln konnte. Konzentration auf etwas anderes, das half meistens. Er musste seinen Kopf vollständig leeren. Wie ein Neustart bei einem Rechner. Das funktionierte.

Der Fußweg ins Revier führte ihn durch die schöne Templiner Altstadt, entlang der historischen Stadtmauer. Er blieb vor einem Schild stehen. Paul war schon mehrmals daran vorbeigekommen, hatte es jedoch nie gelesen. Bis heute. Er schaltete seine Handy-Taschenlampe an und leuchtete auf die Tafel. Las langsam und laut, Wort für Wort. »Pforte zum Polizeigefängnis. Der Mauerdurchbruch entstand 1810, als …« Er war allein, niemand hörte ihn. Er scannte den QR-Code für mehr Informationen.

Fünf Minuten lang las er sich den Kopf frei über die Stadt-
geschichte … den Eulenturm … Es funktionierte. Die
Geister verschwanden. In seinem Kopf schwirrten nun
die Fakten zur Historie von Templin umher. Er steckte
das Handy weg. Atmete tief ein. Die kühle Morgenluft
stach in seinen Lungen. Jetzt war er bereit.

Sein Arbeitsplatz seit nunmehr vier Wochen war ein
schmuckloser, dreistöckiger Plattenbau. Im Vergleich mit
seinen letzten beiden Dienststellen, dem LKA Hamburg
und vor allem Europol in Den Haag, konnte das Gebäude
nicht mithalten. Das war Paul egal. Er war ja nicht aus
Karrieregründen nach Templin gekommen. Was zählte:
Er fühlte sich in der Kleinstadt von Tag zu Tag wohler.
Überraschend wohl.

Im Erdgeschoss grüßte er die Kollegen, die noch von
der Nachtschicht da waren, und ging in den dritten Stock,
wo sich sein Büro am Ende des Ganges befand. Er betrat
den Raum und knipste das Licht an. Es roch immer noch
leicht nach frischer Farbe und sah wie ein leerstehendes
Büro aus. Keine Post-its an den Rechnern, keine Papier-
berge auf dem Fensterbrett, keine Kaffeeflecken auf dem
Nadelfilz und eine nackte Pinnwand. Er bekleidete eine
Schnittstelle. Zum einen war er Kommissar bei der Polizei Templin, und zum anderen sollte er schulend durchs
gesamte Bundesland ziehen, um die Kollegen mittels seiner Erfahrung im Kampf gegen das organisierte Verbrechen zu schulen. Weder hatte es vor ihm einen Kommissar auf dem Revier noch einen reisenden Kommissar im
Land gegeben. Die Stelle war für ihn geschaffen worden.
Paul konnte sich glücklich schätzen. Die Innenbehörde in
Hamburg hatte dies mit dem brandenburgischen Innen-
ministerium ermöglicht. Im vergangenen Herbst, als es

in Hamburg beinahe zur Katastrophe gekommen wäre, weil ihm sein eigenes Leben aus den Händen geglitten war.

Allen war klar geworden, dass es so nicht weitergehen konnte. Auch ihm. Als Letztem. Man riet ihm, sich als Ausbilder an die Polizeischule versetzen zu lassen. Doch das wäre sein Untergang geworden. In Hamburg mit gebundenen Händen. Wie ein Taucher, der im Boot auf dem Meer sitzt, den Schatz unter sich weiß, aber an Bord gefesselt ist. Sein Chef verstand ihn und hatte glücklicherweise einen kurzen Draht zum Innensenator. Er erinnerte ihn an Pauls Verdienste im Kampf gegen das organisierte Verbrechen in der Hansestadt und war direkt genug, den Senator um einen Gefallen zu bitten. Pauls Weihnachtsgeschenk vom Innensenator beziehungsweise der Hansestadt war die Stelle in Brandenburg. Bis zu diesem Zeitpunkt hatte Paul nur im Zusammenhang mit Angela Merkel überhaupt von Templin gehört. Er hatte also weder ein Bild vor Augen noch gab es Kollegen, die ihre Erfahrung mit ihm teilen konnten. Ohne Wissen, ohne Vorbehalte, aber mit großer Neugier, voller Vorfreude und mit Respekt vor den neuen Aufgaben war er in die Uckermark gekommen. Angestellt war er beim LKA. Man hatte ihm in Templin im Revier ein Büro eingerichtet und ihm die »beste Absolventin, die die Polizeihochschule Oranienburg jemals hervorgebracht hat« zur Seite gestellt. Mit Mandy teilte er sich das Büro. Warum es Templin und nicht Schwedt, Cottbus, Oranienburg oder Frankfurt/Oder geworden war, wusste er nicht. Vermutlich lag es an irgendwelchen Strukturprogrammen, Planstellen oder Fördertöpfen. Er war einfach froh, wie es gekommen war. Templin war eine hübsche Kleinstadt und ziemlich in allem das Gegenteil von Hamburg. Genau das brauchte er. Um zur Ruhe zu kommen. Das war sein Wunsch.

Die Realität: Heute begann seine fünfte Woche, und es gab schon einen Mord. Seine Dankbarkeit spornte ihn an. Er wollte dieses Verbrechen unbedingt aufklären, und das schnell und geräuschlos.

Um 8 Uhr war das Team vollzählig im Büro. Zeit für die erste Besprechung. Die drei Kollegen aus Eberswalde hatten Quartier im Konferenzraum bezogen, der gleichzeitig als Besprechungsraum diente. Paul liebte es, dass er in seinem Job in stets unterschiedlichen Teamzusammensetzungen arbeitete. Das war wie bei einer Mannschaft im Sport, jedes Team hatte seine eigene Energie, Geschwindigkeit, Dynamik. Doch von Letzterem war momentan nichts zu spüren. Paul blickte in vier fragende Augenpaare.

Diese Mordkommission zeichnete sich nicht durch Diversität aus. Neben Mandy gehörten ihr die drei Kollegen aus Eberswalde an. Nils, Patrick und Olaf waren männlich, weiß und im gleichen Alter, Ende 20, Anfang 30 schätzte er. Patrick schien auf den ersten Blick der extrovertierteste, Typ Schönling, Nils wirkte gemütlich, hinter seinen Brillengläsern blitzten jedoch sehr wache Augen hervor. Wahrscheinlich war er derjenige, den man am ehesten unterschätzte – eine nicht zu verachtende Eigenschaft für einen Ermittler. Olaf konnte Paul am wenigsten lesen. Er saß mit verschränkten Armen zurückgelehnt auf seinem Schreibtischstuhl am Tisch. Bereit für die erste kritische Zwischenfrage, so schien es.

Das Spiel begann.

Detailliert, aber so knapp wie möglich fasste Paul die Ergebnisse des vorläufigen Berichtes der Spurensicherung zusammen. Der Fundort war gleichzeitig der Tatort. Die Obduktion würde um 10 Uhr in Eberswalde stattfinden, bislang gab es zur Todesursache Folgendes zu sagen: Ben Limberg war mit dem Ast, den sie am Tatort sichergestellt hatten, ein Schlag auf den Hinterkopf versetzt worden. Er war gestürzt und ohnmächtig geworden. Doch das war mutmaßlich nicht die Todesursache, wahrscheinlich war er ertrunken.

»Ertrunken im Wald?« Mandy lehrte ihren Kaffeebecher und wischte sich mit dem Daumen Milchschaum von der Oberlippe.

»In einer Pfütze oder wie?« Möglich, dass Patrick einen Witz machen wollte, aber er traf ins Schwarze.

Vermutlich fand die Tat, der Schlag mit dem Ast, gegen 19:10 Uhr statt. Ben wurde bewusstlos und fiel auf den Boden. Etwa um 19:45 Uhr setzten starke Regenfälle ein. Ben lag zwar auf einer Böschung, aber sein Kopf befand sich zu seinem Pech in einer kleinen Kuhle. Dort sammelte sich der Regen und geriet in seine Lunge. Er ist ertrunken.

»Man kann also in einer Pfütze ertrinken?« Nicht nur Olafs Körperhaltung war abwehrend.

Konnte man leider. Wenn man nicht in der Lage war, sich selbst daraus zu befreien. Es ist sehr selten, dass das bei Erwachsenen passiert, bei Kindern ist es häufiger. In diesem Fall kam die Komponente hinzu, dass das Opfer durch die massive Gewalteinwirkung auf den Hinterkopf ohnmächtig war.

»Ben Limberg war 1,91 Meter groß. Da er die Böschung hinunterging, als ihn der Schlag traf, kann der Täter – oder die Täterin – auch deutlich kleiner sein.«

»Kann eine Frau so viel Kraft haben?« Olaf erntete einen vernichtenden Blick von Mandy.

»Was soll das denn bitte heißen? Natürlich«, sagte sie mit einer Bestimmtheit, die keinen Zweifel daran ließ, dass sie ihm einen solchen Schlag versetzen könnte.

Paul fuhr fort: »So weit die vorläufigen Ergebnisse. Ich möchte, dass Sie, Olaf, nach Eberswalde fahren, um bei der Obduktion dabei zu sein.« Die Art, wie er das sagte, duldete keinen Widerspruch. Doch selbst wenn Olaf keine Lust auf den Ausflug hatte, verbarg er es erfolgreich.

»Kommen wir nun zum Opfer: Ben Limberg, 31 Jahre alt, lebte in Groß Schönebeck, betrieb einen Handel mit Bio-Gemüse aus der Region. Nicht verheiratet, keine Kinder. Mutter und Schwester wohnen in Friedrichswalde. Was hat die Auswertung seines Handys ergeben, Patrick?«

Der räusperte sich und blickte von einem zum anderen, ehe er begann: »Nicht wirklich viel. Vorweg: wenig WhatsApp-Verkehr und auch keine Apps von sozialen Netzwerken auf dem Handy. Wir checken gerade, ob er Profile hatte. Abgesehen von der Verabredung mit Frau Kunze keine weiteren Termine am Tattag. Auch an den Vortagen keine längeren Chats. War wohl von der nicht ganz so mitteilsamen Sorte.«

Olaf saß immer noch mit verschränkten Armen vor seinem Rechner, Nils nahm seine Brille ab und polierte mit dem Zipfel seines Hemds die Gläser, und Mandy kaute laut krachend auf einem Knäckebrot herum. Paul machte weiter: »Dann versuchen wir zu rekonstruieren, was passiert sein könnte: Ben Limberg ist am Samstag im Wald. Wir wissen nicht, warum und ob er dort auf seinen Mörder traf oder ob er mit ihm/ihr dort hinkam. Gegen 19:10 Uhr kommt es zum Streit. Die andere Person nimmt den Ast und schlägt Ben damit. Der fällt um und bleibt ohnmächtig liegen. Der Täter verschwindet – möglicherweise nicht ahnend, dass das Bens Todesurteil ist.«

»Wissen wir, dass die Person gegangen ist?« Mandy erntete einen fragenden Blick von Patrick.

»Davon gehen wir aus. Und wir nehmen an, dass sie sich kannten. Kommen wir zum Zeugen. Maik Wellinow sieht gegen 19:20 Uhr, wie sich eine Person vom Tatort entfernt. Die identifiziert er als Dr. Andreas Seemüller.« Paul machte eine Pause, weil er Fragen erwartete. Aber keiner hatte eine. Mandy kaute immer noch an einem Stück Knäckebrot herum. »Um 20 Uhr war Ben mit Claudia Kunze verabredet. Er taucht nicht auf. Sie hat für die Zeit zwischen 18 Uhr und kurz vor 20 Uhr kein Alibi. Sie ist verheiratet und war die Geliebte des Opfers.«

Hastig schluckte Mandy den Rest des Knäckebrots herunter und übernahm. »Ihr Mann war in Berlin von 19 Uhr bis 22 Uhr mit seinem Kollegen Lars Meier zusammen. Sie haben zu Abend gegessen und über künftige gemeinsame Projekte gesprochen. Ein Arbeitstreffen. Wurde von diesem bestätigt.«

Paul überlegte. Claudia Kunze hat kein Alibi. Sie hat angegeben, dass Bert um kurz vor acht bei ihr war, um ein Kuscheltier zu holen. Um 19:20 Uhr hat Wellinow jemanden vom See weggehen sehen. Sie hätte also genug Zeit gehabt, nach Hause zu fahren und vor acht da zu sein. Jedoch passte die Beschreibung von Wellinow nicht auf sie. Andererseits: Sie wäre nicht die erste Täterin mit Perücke. Aber warum? Aus welchem Grund hätte sie Ben umbringen sollen?

Es gab die Goldene Regel von Motiv und Möglichkeit. Nur ein Motiv zu haben, reichte nicht, der Verdächtige musste auch die Möglichkeit zur Ausführung der Tat gehabt haben. Im Fall von Claudia Kunze tappten sie im Dunkeln in Bezug auf ein mögliches Motiv.

»Einer von Ihnen sollte sich mit Bert und Manu Schmidt befassen. Wegen des Alibis von Frau Kunze, aber auch weil beide das Opfer kannten und mit dem Zeugen bekannt sind. Kommen wir nun zum möglichen Verdächtigen Dr. Andreas Seemüller. Geboren 8. Dezember 1968 in Rostock. Studium der Humanmedizin in Heidelberg. Stationen in Tübingen, Liverpool, Berlin und seit zwei Jahren in Templin. Jede Menge wissenschaftlicher Veröffentlichungen, Auszeichnungen, Mitgliedschaften, aber keine Eintragung im Bundeszentralregister. Ein unbescholtener Bürger und anerkannter Mediziner. Plastisch-rekonstruktive Tumorchirurgie ist sein Spezialgebiet. Weder war Ben ein Patient Seemüllers noch wohnten sie im selben Ort. Aber Seemüller war Kunde von Limberg«, schloss Paul seine Ausführungen.

»Aber kann man über Gemüsekisten so in Streit geraten?« Die Frage stammte von Mandy.

»Wohl kaum. Die meisten Morde geschehen aus persönlichen Gründen. Hass. Liebe. Eifersucht. Neid. Gier. Das waren die Motive. Weniger ein verfaulter Wirsing oder mehlige Kartoffeln ...«

Paul verteilte noch offene Aufgaben. Gegen Mittag würden sie die Ergebnisse der Spurensicherung bekommen. Bis dahin konzentrierten sie sich auf das Privatleben des Opfers, dessen finanzielle Verhältnisse und sein Umfeld und auf den möglichen Verdächtigen.

Gemeinsam mit Mandy verließ Paul das Büro.

»Dann lassen Sie uns gleich wieder zu Herrn Seemüller fahren.« Paul nahm sich seine Jacke vom Garderobenständer, als sein Telefon klingelte. Er nahm den Anruf entgegen. Es war die Presseabteilung. In Hamburg wurde man in der Regel bereits am Tatort von Medienvertretern belagert und gern auch auf Schritt und Tritt begleitet. Seit sie den ermordeten Ben gefunden hatten, war jedoch noch kein Journalist vorstellig geworden. Er erinnerte sich an die Worte von Claudia Kunze: »Der Dorfklatsch funktioniert.« Vielleicht dauerte es hier nur länger, bis er nach außen drang. Nach zehn Minuten stand die Strategie. Sie würden keine Pressemitteilung herausgeben, auf Anfrage würden sie zwar bestätigen, einen Toten gefunden zu haben, aber nichts zur Ursache sagen. So gewannen sie Zeit. Für die Presse war ein Mord in der Uckermark – im Vorgarten von Angela Merkel – ein gefundenes Fressen. Ausgerechnet vor Ostern, wo die Wahrscheinlichkeit groß war, dass Merkel über die Feiertage Erholung in ihrer Datsche suchte. Wenn deshalb die Presse hier auftauchte, würde ihnen das zweifelsohne die Arbeit erschweren. Sie mussten so lange wie möglich unter dem Radar der Presse bleiben.

Um Punkt neun parkten sie erneut vor Dr. Seemüllers Haus. Diesmal waren die Rollläden aber oben und gaben den Blick auf gardinenlose Fenster frei. Der VW stand in der Einfahrt.

»Der Vogel ist zurück im Nest«, sagte Mandy, während sie ausstieg.

»Wir vernehmen ihn als Zeugen, nicht als Verdächtigen«, instruierte Paul sie, ehe er klingelte. Keine Minute später öffnete sich die Tür. Im Rahmen stand ein groß gewachsener Mann mit gewellten, schulterlangen braunen Haaren. Er trug einen Mund-Nasen-Schutz.

»Guten Morgen, mein Name ist Paul Montgomery von der Polizei in Templin und das ist meine Kollegin Mandy Lychow.« Er zeigte seinen Ausweis und Mandy tat es ihm nach. »Dr. Seemüller, dürfen wir hereinkommen? Wir haben ein paar Fragen an Sie.«

89

Genauestens inspizierte Seemüller die Ausweise, ehe er sagte: »Selbstverständlich.«

Hintereinander folgten sie Seemüller durch einen schmalen, auf den ersten Blick nicht sonderlich ordentlichen Flur in den Wohn-Küche-Essbereich.

Paul sah sich um. Die Auswahl der Möbel schien keinem bestimmten System zu folgen. Ein moderner Sessel stand neben einem Biedermeiersofa und ein billiger Furnier-Esstisch passte nicht zu den Panton-Chairs, die um ihn gruppiert waren. Vor dem Terrassenfenster schluckte ein Feigenbaum viel Licht, was dem Raum eine schummrige Atmosphäre verlieh.

Seemüller selbst erinnerte Paul an einen schrulligen Soziologie-Professor. Angefangen von den langen Haaren hin zur Kleidung, die aus einer ausgeleierten braunen Cordhose und einem verwaschenen hellblauen Pullover mit Applikationen bestand. Wache Augen blickten durch eine kleine Nickelbrille.

Seemüller stellte sich hinter seine Kücheninsel und begann, einen erbarmungswürdig aussehenden Wirsing zu zerrupfen und dessen welke Blätter in einen Smoothie-Mixer zu werfen. »Ich mache mir gerade ein Getränk. Möchten Sie auch eins?«

Dankend lehnten sowohl Paul als auch Mandy ab.

»Ist das Gemüse …?« Weiter kam Paul nicht, denn das Brummen des Mixers verschluckte den Rest seiner Frage.

Sie warteten, bis Seemüller die zähe grüne Flüssigkeit in ein Glas gegossen hatte. Während er das Glas gegen das Licht hielt, schwärmte er: »So schön grün ist die Seele der Uckermark. Man kann sie schmecken, sehen und fühlen.« Er nahm seine Maske ab und trank genussvoll einen Schluck. »Möchten Sie nicht probieren?« Wieder verneinten Mandy und Paul – diesmal mit Kopfschütteln.

»Beziehen Sie das Gemüse von Ben Limberg?«, startete Paul einen neuen Versuch.

»Heißt er Limberg? Ja, ›Bens Bio-Kiste‹.« Seemüller deutete auf eine Holzkiste, die auf dem Tisch stand. Entweder war er ein guter Schauspieler oder er kannte Bens Nachnamen tatsächlich nicht. Nun ging er dahin und förderte einen bemitleidenswerten Salatkopf zutage.

»Man sieht ihm an, dass er mit viel Fürsorge gewachsen ist«, sagte der Doktor durch die Maske, die er wieder aufgesetzt hatte.

Spielte Seemüller ihnen was vor, oder war er wirklich ein wenig … anders, fragte Paul sich.

Er musste die Gesprächsführung übernehmen, sonst würde die Befragung in ein Bauerntheater münden. Paul setzte an, doch da meldete sich Seemüller erneut zu Wort. In der Hand hielt er eine verschrumpelte Steckrübe, während er schwadronierte: »Bio-Obst aus der Region. Wunderbar. Ich habe die märkische Seele auf der Zunge, schmecke den Boden, seine Sehnsucht … seine Kraft.« Er roch durch die Maske an der Steckrübe. Mandy sah sich um. Wahrscheinlich suchte sie die versteckte Kamera.

»Ben Limberg wurde ermordet«, unterbrach Paul den Arzt. Das hatte gesessen. Sofort legte Seemüller die Steckrübe zurück in die Kiste und drehte sich zu Paul und Mandy. Leider konnten sie seine Mimik nicht voll erkennen, denn die Mund-Nasen-Maske verdeckte Teile seines Gesichts. Seine Augen und seine Körperhaltung zeigten den Schock. Er sank fast in sich zusammen.

»Das ist ja grauenhaft. Hier in Templin?« Er schien ernsthaft getroffen.

»Im Wald beim Großdöllner See«, sagte Paul.

»Oh nein. In diesem schönen Wald nehme ich immer

Bäder. Genieße die Atmosphäre. Schöpfe Kraft und erneuere mich.« Tatsächlich schockte ihn die Nennung des Tatorts noch mehr, denn er hielt sich am Furnier der Tischplatte fest. »Das ist ja fürchterlich«, stammelte er.

»Wir müssen Sie das leider fragen: Wo waren Sie Samstagabend zwischen 18 und 20 Uhr?«

Von einer Sekunde auf die andere veränderte sich Seemüllers Körperhaltung. Es schien, als würde er ein bisschen in sich zusammensinken. Der rechte Arm zuckte ganz leicht, aber nicht unbemerkt. Paul registrierte außerdem kleine Schweißperlen auf der Stirn des Doktors. Der ließ sich Zeit mit seiner Antwort.

»Ich war hier«, sagte er streng. Plötzlich erinnerte nichts mehr an dem Mann an einen zerstreuten Soziologie-Professor.

Mandy zückte ihr Notizbuch und schrieb mit. Möglicherweise war auch ihr nicht entgangen, dass der Doktor anders agierte.

»Kann das jemand bezeugen?«

»Bis auf Violetta niemand.«

»Violetta?«

»Meine Feige.« Er deutete auf die Zimmerpflanze.

Tatsächlich, er war anders!

»Sollen wir die Feige zur Aussage aufs Revier laden?«, platzte es aus Mandy heraus.

»Was haben Sie gemacht?«, schob Paul eilig hinterher.

»Dasselbe wie jeden Samstagabend. Eine Radiosendung von BBC6 genossen, die freitags ausgestrahlt wird. Iggy Pops ›Confidential‹, die ich für gewöhnlich aufzeichne.«

»Es kann also niemand bezeugen, dass Sie zu Hause waren?«

»Das stimmt!«

»Und wo waren Sie gestern gegen 18 Uhr?«, wollte Paul wissen.

»Ist der bemitleidenswerte Ben zwei Tage lang ermordet worden?«

»Wir standen hier vor Ihrer Tür.« Paul ignorierte die alberne Frage.

»Da war ich zu Hause und bin früh schlafen gegangen. Ich hatte Kopfschmerzen und habe eine Tablette genommen. Ihr Klingeln habe ich nicht gehört, da habe ich wohl schon geschlafen.«

Die Rollläden waren unten gewesen, der Wagen hatte in der Einfahrt gestanden. Das passte zu seiner Aussage. Paul beließ es dabei. Er wechselte das Thema. »Seit wann waren Sie Bens Kunde?«

Seemüller ging an den Tresen zurück, zog die Maske herunter und nahm einen Schluck seines Smoothies. »Seit ungefähr einem Jahr. Ein Kollege aus der Klinik hat ihn mir empfohlen. Falls Sie den Namen brauchen, Dr. Rudolf Everke.«

»Hatten Sie über die Bio-Kiste hinaus Kontakt zu Herrn Limberg? War er mal Ihr Patient?«

»Nein. Und ich kannte ihn auch nicht. Wir haben einmal telefoniert, als ich sein Kunde wurde. Den Rest haben wir per WhatsApp geklärt.«

Das passte zu den Handydaten von Ben: Es gab einen Chatverlauf zwischen ihm und Seemüller, und darin ging es ausschließlich um die Lieferungen.

»Sie waren also nie zu Hause, wenn er kam?«

»Nein, und selbst wenn. Freitags habe ich die Kiste rausgestellt, er hat sie eingeladen und gegen eine gefüllte ausgetauscht. Da war auch immer ein Zettel. Warten Sie ...«

Seemüller öffnete eine Schublade in der Küchenzeile

und kramte, bis er ein DIN-A5-Blatt fand und heraus-zog. »Hier, da konnte man vermerken, wenn man spezielle Wünsche hatte. Oder pausieren wollte. Das ging aber auch per Handy.«

»Und wie lief die Bezahlung ab?«

»Über Bankeinzug. Jeden Monat ein fester Betrag. Wenn ich verreist war, hat er mir eine Gutschrift geschickt.«

»Und trotzdem wissen Sie seinen Nachnamen nicht?«, meldete sich Mandy erneut zu Wort.

Seemüller sah sie tadelnd an und verfiel in seinen Chefarztton: »Ben hat natürlich nicht am Fiskus vorbei gewirtschaftet. So etwas würde ich nie unterstützen. Bei ihm war alles legal, und folglich habe ich auch an die Firma überwiesen: ›Bens Bio-Kiste UG‹ war Empfänger meiner Zahlungen. Beziehungsweise des Dauerauftrags.«

Paul spürte förmlich, wie Mandy rot wurde. »Haben Sie am Samstagabend zufällig mit dem Festnetz telefoniert? Sodass jemand bezeugen könnte, dass Sie zu Hause waren.«

»Wenn ich Radio höre, konzentriere ich mich darauf!«

Sein Tonfall duldete keinen Widerspruch. Dieser Dr. Seemüller hatte definitiv mehr als eine Seite, dachte Paul. Aber auch eine, die fähig war zu morden?

»Wie würden Sie Ben beschreiben? Wie war er im Umgang?«

Seemüller dachte einen Augenblick nach: »Unsere Konversation fand wie gesagt nur im virtuellen Raum statt. Da war er unkompliziert, professionell, von konzentrierter Geschäftigkeit. Mein Kollege, der ihn mir empfohlen hat, beschrieb ihn mit den Worten: ›Er ist der junge Mann, der alten Frauen …‹«

Paul unterbrach ihn: »… über die Straße hilft.«

»Ja.«

Paul suchte Mandys Blick. Wir können das hier beenden, signalisierte er ihr mit einer leichten Kopfbewegung in Richtung Tür. Er spürte sie geradezu protestieren. Aber er wusste, wann er eine Befragung beenden sollte.

»Danke für Ihre Zeit, Dr. Seemüller. Möglich, dass wir noch mal auf Sie zukommen«, sagte er und ging durch den Flur zur Haustür. Ein Gegenstand erregte seine Aufmerksamkeit, der ihn schon beim Hereinkommen irritiert hatte. Da stand ein Koffer.

»Sie planen zu verreisen?«, fragte er und deutete auf das Gepäckstück.

Wieder wartete Seemüller, ehe er ihm antwortete: »Der Koffer steht hier immer.«

»Und warum?«

Dr. Seemüller hob eine Augenbraue: »Warum nicht?«

Paul beließ es dabei.

Sie verabschiedeten sich. Schweigend gingen sie zum Auto und stiegen ein.

Mandy holte eine Laugenstange aus der Tasche und aß sie hastig. So als wären nicht 90 Minuten, sondern 90 Stunden seit ihrer letzten Nahrungszufuhr vergangen. Kaum hatte sie den letzten Bissen heruntergeschluckt, schimpfte sie: »Warum haben Sie nichts von dem Zeugen gesagt? Und warum haben wir ihn nicht vorgeladen? Er hat kein Alibi!«

Die richtigen Fragen. Paul war stolz auf sie.

»Wir haben eine Zeugenaussage, die vor Gericht nicht verwertbar sein wird. Von hinten und zu weit weg. Der Zeuge hat ihn am Tatort gesehen, nicht bei der Tat beobachtet. Mit diesen Voraussetzungen kann ihn ein Jurastudent im dritten Semester aus der Untersuchungshaft bekommen. Wir haben kein Motiv. Können ihm nicht beweisen, dass er nicht zu Hause Radio gehört hat.«

»Aber …«, setzte Mandy an.

»Ist Ihnen aufgefallen, dass er nervös wurde, als es um sein Alibi und um den Koffer ging?«

Mandy nickte. »Er hatte sogar Schweiß auf der Stirn!«

»Er hat was zu verbergen, und wir werden herausbekommen was. Dafür brauchen wir die DNA-Auswertung, und so lange machen wir unsere Hausaufgaben. Wir suchen weiter nach dem Motiv. Als Nächstes bestellen wir Wellinow aufs Revier. Er soll eine Aussage machen, alles genau beschreiben. Machen Sie ihm klar, dass er bei einer Gerichtsverhandlung vereidigt werden wird. So bekommen wir raus, ob er lügt. Danach verhören wir den Doktor noch mal.«

»Wir hätten ihn doch jetzt länger befragen können. Er hätte bestimmt noch einen Fehler gemacht.«

»Nein, Mandy. Er ist Chirurg und gewohnt, sich über Stunden genau zu konzentrieren. Wir müssen erst mehr gegen ihn in der Hand haben.«

Sie schien darüber nachzudenken. »Und wenn er bis dahin über alle Berge ist?«

»Damit kommt er nicht weit.« Paul zeigte auf das E-Auto in der Einfahrt.

Mandy grinste, vollkommen überzeugt war sie noch nicht. »Bis Berlin schafft er es schon. Und von dort überall hin.«

»Vertrauen Sie mir, Mandy, das wird er nicht.« Paul lächelte sie an und startete den Motor.

Mandy protestierte, was er verstehen konnte, dennoch sagte seine Erfahrung ihm, sie hatten richtig gehandelt. Wenn er in seiner Berufslaufbahn etwas gelernt hatte, dann, dass etwas wissen und beweisen können zwei Paar Schuhe waren. Jedes Revier auf der ganzen Welt kannte Fälle, die polizeilich aufgeklärt waren, bei denen man wusste, wer das Verbrechen begangen hatte, es aber nicht beweisen konnte. Ein Geständnis war immer die Goldlösung. Es ersparte einen langen Indizienprozess, der möglicherweise Berufungen zur Folge hatte. Es war die hohe Kunst des Ermittlers, einen Täter zu einem Geständnis zu bringen. Beweise, eine Strategie und gute Verhörmethoden brauchte man dafür. Und einen Verdächtigen, bei dem das wirkte. Darum war es umso wichtiger, optimal vorbereitet in Verhöre zu gehen. Täter, die während einer Vernehmung zusammenbrechen und alles gestehen, gab es in erster Linie im TV-Krimi. Paul waren sie in seinen 20 Jahren bei der Polizei kaum untergekommen.

Nachdem Paul Mandy ins Revier gebracht hatte, machte er sich auf den Weg nach Friedrichswalde zu Peggy Limberg. Bislang wussten sie wenig bis nichts über Ben. Er hatte keine Profile in den sozialen Medien – was sehr ungewöhnlich für sein Alter war.

Von den Werkzeugen der Polizei waren die sozialen Medien inzwischen auf Platz eins, was ihre Effektivität anging. Kontoauszüge und Rechnungen waren nützlich, doch das Bedürfnis zu prahlen, um Bestätigung zu bekommen, und dabei Informationen preiszugeben, waren Spuren, die an einem klebten, wie Kaugummi an einer Schuhsohle.

Auch die Auswertung selbiger von Ben hatte kaum etwas offenbart. Nichts, was sie nicht schon wussten. Die Affäre mit Claudia belegten allerhand Nachrichten für Verabredungen und zum Teil nicht jugendfreie Fotos von ihr. Es gab Chats mit Freunden, die oberflächlich gehalten waren, und mit der Mutter und Schwester. Selbst die waren seltsam distanziert, fast unpersönlich. Die Nachrichten gingen nie über Verabredungen oder andere organisatorische Dinge hinaus. Seinem Handy zufolge hatte Ben ein Leben mit wenig ausgewählten sozialen Kontakten geführt.

Jeder Mensch hatte Geheimnisse, das hatte Paul sein Job gelehrt. Selbst hinter den unauffälligsten Türen wurde etwas versteckt. Es waren kaum Fotos auf dem Telefon, in erster Linie Bilder vom märkischen Wald. Mit Frauen schien Ben außer den weiblichen Familienmitgliedern, Claudia Kunze und anderen Kundinnen kaum Kontakt gehabt zu haben.

Wer warst du, Ben Limberg?

Die Antwort sollte ihm Peggy geben.

Es war Jana, die ihm die Tür öffnete. Groß gewachsen und sehr schlank. Sie trug einen Rolli und eine Stoffhose, die braunen Haare waren streng nach hinten gekämmt. Sie hatte eine Brille und war nur leicht geschminkt. Eine attraktive Frau. Sie begrüßte ihn und schenkte ihm ein gewinnendes Lächeln. »Sie sind der Kommissar und wollen zu Mutti, nicht wahr?«

»Ja, Paul Montgomery.« Er zeigte ihr den Ausweis, sie ignorierte ihn.

»Mutti hat mir schon gesagt, dass Sie ein gutaussehender blonder Mann sind.« Flirtete sie mit ihm?

Sie trat zur Seite und ließ Paul eintreten. Eine kleine, dunkle Diele: Schuhschrank, Garderobe, Ablage. Links führte eine Tür vermutlich in ein Gäste-WC, geradeaus in die Küche und links eine Treppe nach oben. Sie standen einander im engen Flur gegenüber.

»Brauchen Sie mich auch? Wenn nein, würde ich gern die Zeit nutzen, um nach Templin zu düsen. Ich habe da einen wichtigen Termin«, sagte sie entschuldigend. »Für Mutti wäre es okay«, schob sie hinterher.

»Was für einen Termin, wenn ich fragen darf?«

»Was Berufliches. Eine Art Vorstellungsgespräch. Ich möchte mich umorientieren. Eigentlich wollte ich es absagen, aber es geht nur heute.«

»Ja klar, wenn ich Fragen an Sie habe, kann ich Sie ja jederzeit anrufen.«

»Supi.« Sie lächelte ihn an, verschwand in der Küche und sprach mit ihrer Mutter. Paul wartete im Flur. Keine Minute später kamen Jana und Peggy aus der Küche.

»Tschüss, ich bin so schnell wie möglich wieder da.« Sie küsste ihre Mutter auf die Wange und umarmte sie.

»Jaja. Geh schon.« Peggy gab ihr einen Klaps auf den Arm und wandte sich an Paul: »Kommen Sie bitte herein, Kommissar Montgomery.«

Er folgte ihr in die Wohnküche. Im Gegensatz zur Diele war die beinahe weitläufig. Sehr ordentlich und zweckmäßig. Eine Küchenzeile, ein großer Tisch mit einer Eckbank, Plastikblumen auf dem Fensterbrett und ein bisschen Osterdeko. Ein Plastikhase und ein Nest mit bunt bemalten Eiern. Nippes in Maßen. Paul nahm auf der Eckbank Platz, nachdem sie ihn dazu aufgefordert hatte.

»Möchten Sie nen Kaffee?«

Ihre Aussprache hatte eine leichte regionale Färbung. Brandenburgisch schätzte er. Seine ungeschulten Ohren konnten keinen Unterschied zum Berlinerisch ausmachen.

Er bejahte. »Wie geht es Ihnen?« Die Frage war keine Floskel. Er konnte nicht nachempfinden, was sie gerade durchmachte, wie es sich anfühlte, sein Kind zu verlieren. Aber er wusste, wie es ist, wenn einem von einem Moment auf den anderen der Boden unter den Füßen weggezogen wird. Entsetzlich. Dafür gab es keine Worte.

Sie stellte eine Tasse vor ihn auf den Tisch und setzte sich gegenüber auf einen Stuhl. »Es ging mir schon besser«, antwortete sie und versuchte sich in einem Lächeln. Es misslang.

Paul nahm einen Schluck. »Ein richtig guter«, lobte er und deutete auf die Tasse.

»Danke.« Wieder versuchte sie zu lächeln, diesmal mit ein wenig mehr Erfolg. Sie plauderten kurz über ihre Kaffeevorlieben und ihren jeweiligen Konsum. Paul lag mit zehn zu neun Tassen knapp vorn.

»Ben hat Kaffee auch geliebt. Im Gegensatz zu Jana. Die trinkt nur Tee.« Peggy war eine schnörkellose, nicht unattraktive Frau. Ihr Alter von 56 Jahren sah man ihr nicht an. Die Haare waren schwarz gefärbt, der Pony kurz. Ihre Kleidung war schlicht; einfarbiger lilafarbener Pullover zu einer blauen Jeans. Kein Schmuck, die Haare im Nacken zusammengebunden. Lediglich die Fingernägel schienen nicht zum Rest zu passen: Sie waren lang, feuerrot lackiert und mit Strasssteinen verziert. Pauls Blick blieb daran hängen, während Peggy ihre Tasse mit den Händen umgriff. Sie merkte das und hielt ihm ihre Finger entgegen.

»Jana hat meine Nägel am Freitagabend gemacht. Ist sehr unpraktisch auf der Arbeit. Hält nie lange, mit den ganzen Kartons, die ich schleppen muss, und Waren, die ich einräume. Aber Jana hat so eine Freude, wenn sie mich ›verschönern‹ darf. Sie findet, ich bin zu farblos.« Während sie über ihre Tochter sprach, wirkte sie fröhlich, doch jetzt wich alle Freude aus ihrem Gesicht. Ein trauriger Ausdruck breitete sich darauf aus. Paul zerriss es fast das Herz. Es war so ungerecht. »Ich kann es immer noch nicht fassen. Warum

Ben? Er hat mit niemandem Streit gehabt. Wer ist dazu fähig? Das kann nur ein Verrückter gewesen sein, etwas anderes kann ich mir beim besten Willen nicht vorstellen.«

Paul unterließ es, ihre Worte zu kommentieren. »Zum gegenwärtigen Zeitpunkt ist es zu früh, etwas zu sagen.«

Sie schwieg und drehte ihre Handflächen nach oben, um sie zu inspizieren.

Paul fuhr fort: »Frau Limberg, wir werden diese schreckliche Tat aufklären, das verspreche ich Ihnen. Dazu benötige ich Ihre Hilfe. Um die Schuldigen zu finden, müssen wir uns ein Bild von Ben machen. Ich werde Ihnen jetzt einige Fragen stellen. Wenn es zu viel wird, sagen Sie es mir, dann hören wir auf oder legen eine Pause ein. Wenn es für Sie in Ordnung ist, zeichne ich das Gespräch auf.«

Sie nickte. Er holte sein Handy heraus, öffnete die Aufnahme-App und startete sie. »Jedes Detail ist wichtig, nehmen Sie sich Zeit und sagen Sie alles, was Sie wissen. Selbst eine Kleinigkeit kann uns zum Mörder führen.«

Sie zuckte beim Wort »Mörder« zusammen, schluckte, nickte wieder.

Es konnte losgehen.

»Wir haben das Handy Ihres Sohnes ausgewertet. Er schien nicht viele private Kontakte zu haben. Täuscht der Eindruck?«

Sie antwortete zögernd, ihre Stimme drohte jeden Augenblick zu versagen: »Das kann ich Ihnen gar nicht sagen. Ben war nicht sonderlich mitteilsam. Er hatte zwei Freunde von früher …«

»Meinen Sie mit ›früher‹ aus Schulzeiten oder aus seiner Zeit als Tischler?« Paul hatte sich in Bens Biografie eingearbeitet: Nach dem Schulabschluss hatte er eine Ausbildung zum Tischler gemacht und nach der Meisterprüfung ein Studium der Holzwirtschaft in Eberswalde begonnen, das er nach nur drei Semestern abgebrochen hatte. Daraufhin war er wieder in seinen ursprünglichen Betrieb zurückgekehrt, 2017 hatte er dort gekündigt und seitdem gejobbt, bis er vor drei Jahren das »Gemüsebusiness« gestartet hatte.

»Ronny und Lukas kannte er von der Schule«, antwortete Peggy.

»Warum hat Ihr Sohn sein Studium nach drei Semestern aufgegeben?«

»Das war wegen Sina«, stellte sie finster fest. »Ich sage Ihnen, wie es war. Ben liebte die Wälder. Ich möchte nirgendwo leben außer hier in der Uckermark, hat er immer gesagt. Sein Traum war es, Holztechnik zu studieren. Also hat er nach der Ausbildung das Fachabi gemacht und 2013 das Studium begonnen. Ein Jahr vorher hatte er seine ›große Liebe‹ Sina kennengelernt. Sie wollte unbedingt mit ihm zusammenziehen, und Ben konnte ihr nichts abschlagen, obwohl eine gemeinsame Wohnung nicht im Budget der beiden war. Denn er war ja Student, und sie jobbte mal hier mal da als Erzieherin. Aber es musste eine große Wohnung in Templin sein. Allein die Benzinkosten täglich zur Uni nach Eberswalde waren für sie kaum zu bezahlen, und leben wollten sie ja auch. Kurzum: Sie konnten sich die Wohnung nicht mehr leisten, also gab Ben das Studium auf. Er hatte Angst, Sina würde ihn verlassen, wenn sie ausziehen müssten. Er hat ein Opfer gebracht.« Sie lachte höhnisch auf. »Zwei Jahre später hat sie ihn trotzdem verlassen. Ist mit einem Schweden durchgebrannt, der Manager bei einem großen Holzunternehmen ist und beruflich in Deutschland war. Sie lebt jetzt oben bei ihm und hat Kinder mit ihm. Ben wollte auch mit ihr eine Familie gründen.«

Paul musste kein Psychologe sein, um zu merken, dass Peggy ihrer Fast-Schwiegertochter keine Träne hinterherweinte. Und er konnte sich vorstellen, was die Sache mit Ben gemacht hatte: Er opfert seinen Traum, um die Freundin zu halten, und trotzdem verlässt sie ihn – des Geldes wegen. Das kann einen jungen Menschen schon aus der Bahn werfen. Wenn es denn so abgelaufen war, bislang kannte er nur Peggys Sichtweise.

»Für Ben war das ein Weltuntergang. Er hat Sina geliebt. Für sie seinen Traum aufgegeben und dann das.«

»Warum hat er dann das Studium nicht wiederaufgenommen?«

»Ben ist …«, sie korrigierte sich, »er war sehr stolz. Er hat uns nie offen gesagt, dass er das Studium des Geldes wegen abgebrochen hat. Er tat so, als wäre Holzwirtschaft nichts für ihn gewesen. Zu theoretisch. Aber ich kenne ihn. Und wenn er wieder angefangen hätte, hätte er sich eingestehen müssen, dass er wegen Sina aufgegeben hat. Außerdem hatte er sich wieder an das Geld gewöhnt. Es begann eine wilde Zeit für ihn. Er feierte viel, fuhr in Urlaub, lebte sich aus, um Sina zu vergessen. Aber ich glaube, er hat sie immer noch geliebt. Er hat sich abgelenkt von dem Liebeskummer – und von dem Schmerz über den Tod seines Vaters.«

Paul stutze. Er hatte nirgends gelesen, dass Peggy Witwe war.

»Nicht sein leiblicher Vater, sein richtiger Vater«, sagte sie und begann, ihm ihre Familiengeschichte zu erzählen. Es schien ihr gutzutun, über ihre Kinder und ihre Vergangenheit zu sprechen. Paul ließ sie reden. Er wusste aus Erfahrung, dass er so vielleicht Informationen erhalten würde, die ihm später bei den Ermittlungen hilfreich wären.

Vier Jahre vor dem Mauerfall lernten Peggy und Gerhard sich im Erdölverarbeitungswerk in Schwedt kennen und lieben. Wie das in der DDR im real existierenden Sozialismus üblich war (und um eine Wohnung zu bekommen), wurden sie jung Eltern. 1987 kam Jana zur Welt, zwei Jahre später Ben – an dem Tag, als die Mauer fiel. Gerhard fuhr zwei Tage nach der Geburt des Sohnes in den Westen und kehrte nicht zurück. Mit inzwischen über 30 Jahren eine der längsten Reisen der Geschichte. Am Anfang dachte Peggy, er würde schon wiederkommen. Sie hatte kein Telefon, konnte ihn nicht anrufen. Nur warten. Vorübergehend kam sie bei ihren Eltern in der Uckermark unter und erholte sich von den Strapazen der Geburt. Als der Mutterschutz vorbei war und sie ihre Arbeit wiederaufnehmen musste, war Gerhard immer noch nicht zurück. Also ließ sie die Kinder bei den Eltern und ging allein nach Schwedt. Sie brauchte schließlich das Geld. Nur an den Wochenenden sah sie Jana und Ben. Von ihrem Mann hörte sie nichts. Sie unternahm allerdings auch keinen Versuch, mit ihm in Kontakt zu treten oder ihn zu finden. Auf Pauls Nachfrage, warum, zuckte sie nur die Schultern und sagte: »Ich war zu stolz. Wahrscheinlich habe ich gespürt, dass er ein anderes Leben gesucht und gefunden hat.« Sie hatte wenig Zeit, dem Ehemann hinterherzutrauern. Alles befand sich im Umbruch. Die Kombinate wurden abgewickelt, viele bangten um ihre Jobs. Als man ihr 1991 einen Auflösungsvertrag anbot, nahm sie ihn an. Sie wusste, eine glorreiche Zukunft würde es in Schwedt nicht nur für sie nicht geben. Sie zog zu ihren Kindern ins Haus ihrer Eltern nach Milmersdorf. 1992 kam dann das Glück zurück in Person von Stephan. Ihrer großen Liebe. Er vergötterte nicht nur sie, sondern auch Jana und Ben. Die Kinder liebten ihn sehr. Zu Jana hatte er eine starke Bindung. Sie war schon fünf Jahre alt, als Stephan in ihr Leben trat, während Ben noch sehr an Peggys Rockzipfel hing. Sie waren eine glückliche Familie in diesen Jahren, in denen sich um sie herum so viel änderte. Nur auf dem Papier waren sie das nicht. Stephan konnte die Kinder nie adoptieren, denn dafür hätte Peggy Gerhard ausfindig machen und ihn um sein Einverständnis bitten müssen. Sie konnte ihn nicht für tot erklären lassen, obwohl er das für sie längst war. Jana und Ben hatten eine unbeschwerte Kindheit, und für Peggy war es die beste Zeit ihres Lebens. Sie fand eine Anstellung im Supermarkt, im selben, den sie inzwischen leitete. So konnten die Eltern die Zukunftssorgen, die in diesen Post-Wendejahren sehr viele Menschen bewegten, von den Kindern fernhalten. Doch leider währte das Glück nicht ewig. Stephan wurde schwerkrank. Krebs. Jana, die nach ihrer Ausbildung zur Kosmetikerin nach Berlin gegangen war und dort als Maskenbildnerin beim Fernsehen arbeitete, kündigte und kam zurück, um den Vater auf seinem letzten Weg zu begleiten. Sein Tod traf die Kinder hart, härter als Peggy selbst. Vor allem Jana wegen ihrer engen Bindung zu Stephan.

Einige Monate später lernte Jana einen Mann aus Werder, südlich von Potsdam, kennen und zog zu ihm. In dieser Zeit litt das so enge Verhältnis zwischen Mutter und Tochter. »Ich war anfangs wütend auf Jana, dass sie mich in dieser Situation allein ließ. Aber inzwischen verstehe ich, warum sie nicht hierbleiben konnte. Die Erinnerung an ihren geliebten Papi. Der leere Platz am Tisch. Das Haus ohne seine schöne Stimme. Das konnte sie nicht ertragen. Es war eine Flucht.«

Paul war beeindruckt, wie reflektiert Peggy war. Eine toughe Frau. »Warum hat Ben seinen Job in der Tischlerei aufgegeben?«

»Der Betrieb wurde verkauft. Ben kam mit dem neuen Besitzer, einem Berliner, nicht klar. Der Betrieb wurde eine Manufaktur, und alles musste geändert werden. Ben hat das nicht gepasst, er hat einfach gekündigt und wollte sich als Tischler selbstständig machen. Bis er genug Geld dafür hatte, jobbte er. Da kam ihm die Idee mit den Gemüsekisten.«

»Warum hat er keine staatliche Hilfe in Anspruch genommen? Es gibt doch genügend Programme für Gründer.«

Peggy zuckte die Achseln. »Wahrscheinlich wusste er das nicht. Oder er fürchtete den Papierkram. Darin sind wir alle nicht gut«, sagte sie entschuldigend. »Ben war stolz. Er wollte niemandem auf der Tasche liegen.«

Paul überlegte. Wahrscheinlich steckte er selbst noch zu sehr in seiner Hamburg-Bubble, wo es ohne Ende Hilfen für Start-ups gibt und wo vor allem Tischler händeringend gesucht werden.

»Ben war ja schon immer recht verschlossen, auch mir gegenüber. Viel hat er nicht gesagt. Nur, dass er spart, um sich selbstständig zu machen.«

»Diese beiden Freunde, wissen Sie, ob er sich denen anvertraut hat?«

Sie schüttelte den Kopf und zuckte die Achseln. »Das müssen Sie die fragen.« Sie schluckte. »Glauben Sie derjenige, der ihm das angetan hat, war ein Freund?«

Wenn er das wüsste, wäre er einen großen Schritt weiter. Er wollte der Mutter des Mordopfers nicht zu viel sagen. »Die meisten Morde passieren im persönlichen Umfeld.

Sind Beziehungstaten. Hatte Ben nach Sina eine Freundin?«

Wieder zog sie die Schultern hoch. »Ben sah gut aus, war charmant, wenn er wollte, und konnte Frauen um den Finger wickeln. Vorgestellt hat er mir aber keine. Das waren wohl eher Bekanntschaften.«

Paul nickte. Die Kollegen Patrick und Nils waren in diesem Augenblick in Bens Wohnung und suchten nach … Ja, nach was? Einem Motiv!

Er wechselte das Thema. »Es kann natürlich sein, dass der Täter aus dem beruflichen Umfeld kommt. Was wissen Sie über Bens Business?«

Peggy wurde bleich. Fahrig rührte sie in ihrer leeren Tasse und ging nicht auf seine Frage ein. Paul beobachtete sie und wartete ab. Plötzlich schlug sie die Hände vors Gesicht und fing an zu schluchzen. »Oh Gott, vielleicht bin ich schuld daran, dass er ermordet wurde!«, stammelte sie und weinte.

Paul wusste, dass er ihr jetzt Zeit geben musste. Er schwieg und wartete, bis sie sich gefangen hatte. Sie nahm ein Taschentuch aus der Packung, die auf dem Tisch lag, und schnäuzte sich.

»Sie würden es ja sowieso herausfinden«, sagte sie zögerlich und erzählte ihm von Bens Bio-Kistenbetrug.

»Ich würde mir nie verzeihen, wenn er deswegen sterben musste, schließlich habe ich ihn dabei unterstützt!«

Paul verarbeitete das Gehörte. Peggy hatte sich des Diebstahls schuldig gemacht, in mehr als einem Fall. Damit hat sie ihrem Arbeitgeber streng genommen geschadet. Auch wenn es sich um eine Straftat handelte, sah er keine Veranlassung, ihren Arbeitgeber darüber in Kenntnis zu setzen. Die Beweislage würde sowieso sehr schwierig werden und er wusste, dass sie nach Bens Tod nicht damit weitermachen würde. Mit dem Verkauf der Waren hatte Peggy nichts zu tun gehabt, darum hatte sich Ben allein gekümmert, und der konnte wegen Betrugs nicht mehr zur Rechenschaft gezogen werden.

»Nein. Selbst wenn seine Geschäfte etwas mit seinem Tod zu tun haben, ist immer noch der dafür verantwortlich, der Ben umgebracht hat.«

»Vielleicht hatte er sich mit den falschen Leuten angelegt. Mit der Polenmafia?«

Mit organisiertem Verbrechen kannte Paul sich aus. Mit der Polenmafia war genauso wenig zu spaßen wie mit anderen kriminellen Organisationen. Denen ging es um Drogen, Waffen, Prostitution, weniger um Wirsing, Pastinaken oder Mohrrüben. Außerdem mordeten die Kartelle nicht mit zufällig herumliegenden Ästen. Ihre Methoden und Waffen waren … zielgerichteter.

Peggy entschuldigte sich für einen Moment, und Paul nutzte ihre Abwesenheit und ließ noch mal alle Informationen Revue passieren: Beinahe musste er lachen bei der Erinnerung an den mickrigen Salat, in dem Dr. Seemüller die märkische Seele erkannt haben wollte. Polen war nur wenige Kilometer entfernt. Vielleicht war der Boden dort auch märkisch sehnsuchtsvoll, sandhaltig …

Es war fast schon zynisch, dass Ben einen Weg gefunden hatte, die Berliner übers Ohr zu hauen. Er war offenbar nicht nur der liebe junge Mann, der alten Frauen über die Straße half. Interessante Information. Paul schrieb ins Notizbuch »Polenmarkt-Recherche«. Sicher gab es in Eberswalde einen Kollegen, der polnisch sprach, der sollte sich vor Ort mal umhören. Falls jemand außerhalb der Familie vom Betrug gewusst hatte, konnte es sein, dass diese Person Ben erpresst hatte. Aber warum ihn dann umbringen?

Peggy kam zurück.

»Kann jemand von Bens Kunden oder aus seinem Umfeld von Bens freier Interpretation von Bio gewusst haben?«

Sie verneinte vehement. »Das hätte sich herumgesprochen, und Ben hätte seine Kunden verloren. Das Geschäft lief jedoch prächtig.«

»Jana arbeitet doch in einem Kosmetikstudio, könnte sie sich verplappert haben bei einer Kundin?«

Peggy schüttelte erneut den Kopf: »Nein, da gehen die Berliner nicht hin. Und die Einheimischen hätte es ja sogar gefreut.«

Paul sah sie fragend an.

»So ganz beliebt sind die Berliner bei uns nicht. Einige von uns fühlen sich von ihnen aus der Heimat vertrieben, weil sie sich hier breitmachen. Inzwischen kann sich keiner der Uckermärker mehr ein Grundstück leisten, die Preise sind explodiert. Jede Scheune kaufen die. Wir werden quasi aus der Region gedrängt. Es ist auch nicht so, dass wir viel miteinander zu tun hätte. Die haben ihre Welt und wir unsere. Ben war einer der wenigen, die in beiden Welten verkehren. Er wurde von den Berlinern akzeptiert, weil er ihnen das verkaufte, was sie haben wollten – zumindest scheinbar.«

Paul dachte an das prachtvolle Anwesen der Familie Kunze und das seltsame Furnierhaus des Arztes. Die schicken Bio-Kisten. Seemüllers Loblied auf das welke Gemüse. Claudia Kunzes Arroganz.

»Ich möchte, dass Sie wissen, Kommissar Montgomery, dass Ben ein guter Junge war, auch wenn er das mit dem

Betrug gemacht hat. Aber er war ein guter Junge. Er hat immer erst an andere gedacht, dann an sich. Er war einfach nur nett. Manchmal zu nett, das haben dann die anderen ausgenutzt. Wie Sina. Aber er war kein Betrüger.« Ihre Stimme brach und sie griff zum Taschentuch.

Es rührte Paul einerseits, wie die Mutter ihren Sohn über dessen Tod hinaus verteidigte, auf der anderen Seite sah er es differenzierter beziehungsweise hatte er Zweifel an der Gutmütigkeit Bens, der andere mit seinem Business betrog und die Hilfsbereitschaft seiner Mutter ausnutzte und sie sogar für sein Geschäft einspannte. »Frau Limberg, wissen Sie, ob Ben Kontakt zu seinem leiblichen Vater hatte?«

Sie sah ihn perplex an, als wäre seine Frage absurd. »Nein. Ich weiß ja nicht mal, wo Gerhard lebt, geschweige denn ob er noch lebt.«

»Sind Sie nicht mehr verheiratet?«

»Doch. Hätte man mich kontaktiert, wenn er verstorben wäre?«

Ben bejahte. Da sie nie geschieden worden waren, war sie noch seine Ehefrau, und als solche wäre sie im Fall seines Ablebens benachrichtigt worden. »Nein, keines meiner Kinder wird ihn aufgesucht haben. Sie haben einen anderen Vater. Stephan ist ihr Vater.«

In diesem Augenblick drehte sich der Schlüssel im Schloss und ein erwartungsvolles »Hallo« erfüllte den Flur.

»Ich habe dir Kuchen mitgebracht, Mutti!« Strahlend kam Jana herein. »Oh, Sie sind noch da?«

»Ich habe nur noch eine Frage und die ist an Sie beide gerichtet«, entgegnete Paul.

»Ja, gern.« Jana stellte ein kleines Päckchen mit Kuchen auf die Anrichte, setzte sich neben ihre Mutter und nahm deren Hand.

»Kennen Sie Andreas Seemüller?«

»Meinen Sie den Arzt aus dem Krankenhaus?«, fragte Peggy.

Paul nickte. Schweigen.

»Er war Kunde von Ben«, sagte Jana schließlich. »Das ist doch der abgedrehte, der immer die Seele der Ucker-mark isst.« Sie kicherte.

»Ist eine von Ihnen Patientin bei Dr. Seemüller? Oder war Ben es?«

Beide Frauen verneinten. Peggy war sehr mitgenom-men, es war Zeit für ihn zu gehen. Jana brachte ihn zur Tür und verabschiedete ihn.

Im Auto musste Paul erst mal tief durchatmen.

12

»Zweimal Pfanne Hühnerfleisch knusprig mit Reis.« Zwar hatte Paul keine Bestellung aufgegeben, er war ja noch gar nicht wieder zurück von der Befragung von Peggy Limberg, aber Mandy holte trotzdem im »Vietnam Bis-tro« am Marktplatz zwei Portionen. Mittagszeit – und sie hatte Hunger, wie fast immer. Obwohl sie für zwei aß, war sie spindeldürr. 180 schlaksige Zentimeter. Es spielte keine Rolle, wie viele Kalorien sie täglich verspeiste, sie nahm einfach nicht zu. Sie ging an einen Stehtisch, der sich neben einem kleinen Altar befand, wie er in vietnamesischen Geschäften und Lokalen häufig zu finden war. Auf dem Boden lagen einige Opfergaben, daneben stand in einer Vase ein Palmkätzchenstrauß, an dessen Ästen bunte Ostereier baumelten. Während sie auf die beiden Gerichte wartete, ließ sie ihr Gespräch mit Maik Wellinow Revue passieren – und vertilgte dabei eine Tüte Krabbenchips – ihr Horsd'œuvre. Sie war zufrieden. Wellinow, der Einsiedler, hatte nicht nur seine Aussagen vom Vortag bestätigt, sondern ihr auch eine Beschreibung des Pullovers, anhand dessen er Seemüller erkannt haben will, gegeben. Dunkelblauer Hoodie mit einem großen roten A auf dem Rücken. Sie zückte ihr Handy, öffnete Facebook und scrollte durch infrage kommende Profile und Fotos.

»Ja«, rief sie wohl ein bisschen zu laut, denn der Mann, der neben ihr eine Pho löffelte, sah sie fragend an. Mandy hob entschuldigend die Hände. Glücklicherweise war ihre Bestellung in diesem Augenblick fertig. Pfeifend ging sie zurück ins Präsidium.

Ihr Gefühl war richtig gewesen. Paul war inzwischen zurück von Peggy Limberg und hungrig. Die anderen drei waren ausgeflogen, so zogen sie sich in ihr Zweier-Büro zurück.

Während sie aßen, berichtete er.

Danach zeigte sie ihm ein Foto von Facebook, von der Weihnachtsfeier der Klinik 2019, zu der Seemüller ganz leger im dunkelblauen Hoodie erschienen war. Ein Foto zeigte ihn von hinten. Ganz deutlich war das A zu erkennen.

»Wir fahren gleich noch mal zum Pseudo-Holzhaus«, sagte Paul und legte seine leere Verpackung zurück in die Tüte.

Während Paul sie über die Landstraße nach Groß Väter kutschierte, checkte Mandy am Handy ihre Mails. Da war er endlich, der Bericht der Spurensicherung. Laut fasste sie zusammen: »Es wurden Fasern und fremde DNA am Opfer gefunden …«

»Fein«, kommentierte Paul und parkte den Wagen das zweite Mal an diesem Tag vor dem Furnierhaus des Doktors. Wie zuvor öffnete ihnen der Arzt mit Mund-Nasen-Schutz. Es war wie bei diesen Suchbildern in Zeitschriften, wenn zwei fast identische Fotos nebeneinanderstanden und man fünf Unterschiede ausmachen musste. Denn die gesamte Szenerie sah fast aus wie an diesem Morgen: Der Koffer stand im Gang, die Gemüsekiste thronte auf dem Furniertisch, es war gleich ordentlich beziehungsweise unaufgeräumt. Nur das Licht fiel in einem anderen Winkel durch die Terrassentür oder besser gesagt durch die Blätter des ausladenden Feigenbaums. Die Sonne war gewandert. Und da war auch schon der zweite markante Unterschied: Im Schatten der Feige stand, mit dem Rücken zu ihnen, eine Person. Eine Frau, wie die Silhouette vermuten ließ. Seemüller machte keine Anstalten, ihnen seinen Gast vorzustellen, und die Frau ihrerseits drehte sich nicht um. Wie eine Schaufensterpuppe stand sie da und blickte aus dem Fenster.

In knappen Worten erklärte Paul dem Arzt, dass sie im Zuge der Mordermittlung DNA-Proben nehmen würden. Er könne Dr. Seemüller nicht dazu zwingen, doch er würde ihnen helfen, wenn er freiwillig eine abgeben würde. Außerdem könne er sich so selbst entlasten. Der nickte, nahm routiniert und schnell eine Speichelprobe und reichte Paul das Röhrchen zurück.

»War es das?«, fragte er.

»Wollen Sie uns Ihren Gast nicht vorstellen?«, schlug Paul vor.

Seemüller sah unwillig drein. »Muss ich?«

Paul schenkte ihm ein breites Lächeln: »Natürlich nicht, ich dachte nur, es gebietet die Höflichkeit.«

In diesem Augenblick drehte sich die Frau um und kam zu der Gruppe. Sie trug eine große, schwarze Sonnenbrille und ein locker gebundenes Kopftuch wie ein Filmstar aus den 60er-Jahren, was sie irgendwie unwirklich erschienen ließ. Sie stellte sich neben Paul und hob die Brille. Mandy erschrak. Die Wangen der Fremden waren übersät von Hämatomen, die vor allem unter den Augen dunkelviolett schimmerten und den Anblick der Frau gruselig machten. Haare, Stirn und Ohren befanden sich unter einem Verband, der teilweise vom Tuch verdeckt wurde. Das Gesicht war geschwollen. Die Frau sah aus, als hätte sie zwölf Runden gegen Mike Tyson im Ring hinter sich. Als sie ihren Namen nannte, konnte Mandy es kaum glauben. »Ich bin Iris Hauschild. Angenehm!« Sie streckte Paul und Mandy nicht die Hand entgegen, aber sie sah sie lächelnd an. Soweit ihr demoliertes Antlitz das zuließ.

Iris Hauschild – die schönste Stimme der Uckermark. Mandy erstarrte. Sie erinnerte sich an die Plattencover bei ihren Großeltern. Darauf war eine Frau mit ebenmäßigen Zügen, halblangen braunen Locken, wunderbarem Lächeln und lebendigem Blick abgebildet gewesen. Jetzt sahen sie die toten Augen von London aus einem deformierten Gesicht an. Wie alt mochte Iris Hauschild inzwischen sein? Mitte 50? Sie war neben Angela Merkel DIE Prominente aus der Uckermark. Ihr Stern war bereits zu DDR-Zeiten aufgegangen. Damals war sie eine der beliebtesten Schlagersängerinnen, Dauergast im Fernsehen und im Friedrichstadt-Palast gewesen. Das war natürlich vor Mandys Geburt gewesen, aber ihre Großeltern hatten ihr davon erzählt. Mehrfach. Auch im vereinigten Deutschland war Iris Hauschild ein Star, doch in den vergangenen Jahren war es ruhiger um die »goldene Stimme der Uckermark« geworden. Jetzt erinnerte sich Mandy daran, dass ihre Oma ihr vom Wochenendhaus der Hauschild in Groß Väter erzählt hatte und es bedauerte, den Star noch nie persönlich getroffen zu haben. Was übrigens genauso für Angela Merkel galt. Momentan zumindest war die Erstgenannte alles andere als leicht zu identifizieren.

An Pauls verständnislosem Blick konnte Mandy erkennen, dass er nicht wusste, wer vor ihnen stand. Er war halt kein Kind der Uckermark.

»Es ist nicht das, wonach es aussieht«, sagte Iris Hauschild und deutete auf ihren Verband.

»Lass, Iris, das musst du nicht«, wandte Seemüller ein.

»Kein Problem«, sagte sie und schenkte ihm einen liebevollen Blick, ehe sie sich wieder an Paul und Mandy wandte. »Ich gehe davon aus, dass Sie nichts an die Presse weitergeben?«

»Hängt davon ab, was Sie uns erzählen werden«, sagte Paul nüchtern.

»So sieht ein misslungenes Facelifting aus. Damit würde ich es in die Lehrbücher schaffen. Als Worst Case.«

»Wird das noch?«, platzte Mandy heraus.

»Das hoffe ich. Zumindest ein bisschen. Ich habe den Eingriff vergangene Woche in Polen machen lassen. Nachdem ich mich im Spiegel gesehen habe, verstand ich, warum man mir den die ersten Tage verweigert hatte. Daraufhin habe ich mich selbst entlassen. Andreas«, sie zeigte auf Seemüller, »ist so nett und kümmert sich um mich. Er versorgt mich, physisch und psychisch.« Wieder schenkte sie ihm ein Lächeln. Er erwiderte es nicht.

»Warum sind Sie dafür nach Polen gefahren? Weil's dort billiger ist?«, fragte Mandy.

Iris Hauschild reagierte gelassen auf die provokante Frage. Sie blieb freundlich. »In Berlin gibt es sehr gute Kliniken, und wahrscheinlich hätte ich mich in deren Hände begeben sollen. Aber alle in meinem Umfeld gehen dahin und haben dieselben Gesichter. Ich wollte nicht so aussehen wie alle anderen. Wenn Sie so wollen, war es mein Ziel, eine andere Handschrift im Gesicht zu haben.«

Betretenes Schweigen, sie fügte bitter hinzu: »Was mir unbestritten gelungen ist.«

Mandy und Paul sagten immer noch nichts. Die Sängerin fuhr fort: »Ich wohne im Haus nebenan und Andreas war gestern so nett, mich zu Hause zu besuchen.«

»Wann war das?« Paul hatte seine Sprache wiedergefunden.

»Gegen 18 Uhr.«

»Als Sie angeblich im Bett waren?«, fragte Mandy.

»Ich wollte meine Patientin schützen. Ich bin Arzt und als solcher unterliege ich der Schweigepflicht.«

»Das ändert aber nichts daran, dass Sie uns angelogen haben.« Pauls Tonfall klang nun deutlich schärfer als zuvor. Zwar immer noch freundlich, aber Paul war nicht mehr der kumpelhafte Cop4You wie bislang.

Seemüller schaltete genauso schnell. In der Rolle des Chefarztes antwortete er: »War es eine offizielle Befragung? Habe ich da falsche Angaben gemacht?«

Ehe Paul oder Mandy was sagen konnten, vermittelte die schönste Stimme der Uckermark und nahm die Brisanz heraus. »Um 16 Uhr kam Andreas zu mir und blieb drei Stunden. Zunächst hat er mich medizinisch betreut, dann haben wir den weiteren Behandlungsplan und die nächsten Schritte besprochen. Dr. Seemüller wird mich, sobald das möglich ist, in seiner Klinik noch mal operieren. Quasi rekonstruktiv.« Sie ließ ein bitteres Lachen vernehmen. »Selbstverständlich gebe ich das gerne im Präsidium zu Protokoll und werde es unter Eid bestätigen, wenn das erforderlich ist.«

Eine kurze Pause, in der sie Pauls Blick suchte. »Ich wäre Ihnen sehr verbunden, wenn dies hier«, sie zeigte mit der Hand auf ihr Gesicht, »unter uns bliebe.«

»Wir haben einen Mord aufzuklären, nichts anderes«, erwiderte Paul knapp.

»Dann wären wir ja so weit durch.« Demonstrativ ging Seemüller zur Tür.

»Nicht ganz.« Paul gab Mandy ein Zeichen. Sie kannten sich inzwischen gut genug, dass sie genau wusste, was er ihr damit sagen wollte. Sie nahm ihr Telefon, scrollte zu dem gesuchten Foto und hielt es Seemüller unter die bedeckte Nase.

»Das war Weihnachten in der Klinik.« Er sah überrascht vom Handy zu ihr auf.

»Darum geht es nicht, vielmehr um den Pullover, den Sie tragen. Befindet der sich noch in Ihrem Besitz?«

Seemüller nickte.

Paul fuhr fort: »Wir wären Ihnen dankbar, wenn Sie ihn uns als Beweismittel zur Verfügung stellen würden.«

»Ich verstehe zwar nicht warum, aber wenn Sie meinen …« Seemüller ging achselzuckend in den Flur, öffnete den Koffer und zog einen dunkelblauen Hoodie mit dem A auf der Rückseite heraus.

»Ist allerdings nicht frisch gewaschen«, murmelte er, während er ihn Mandy reichte.

»Danke schön«, sagte Paul stellvertretend und verabschiedete sich.

»Auf Wiedersehen«, sagte Mandy und fragte sich beim Herausgehen, ob sie nicht doch Iris Hauschild um ein Autogramm für ihre Oma hätte bitten sollen. Aber sie wusste, es wäre nicht der richtige Zeitpunkt dafür gewesen. Sie hoffte inständig, dass sich im Zuge der Ermittlungen noch eine bessere Gelegenheit dazu ergeben würde.

Im Auto kramte sie hektisch in ihrer Tasche. Paul musterte sie besorgt von der Seite.

»Alles okay?«

»Ja, ich dachte nur …«

Ah, da waren sie! Mit den Zähnen öffnete sie eine Tüte mit Erdnüssen und warf sich sofort eine Handvoll in den Mund. Jetzt ging es ihr besser.

Sie musste Paul nicht anschauen, um zu wissen, dass er grinste.

»Sie können doch nicht schon wieder Hunger haben«, nuschelte er.

Sie gab ihm keine Antwort, sondern stellte eine Frage: »Warum haben Sie Wellinow nicht erwähnt?«

»Was fehlt uns?«

»Das Motiv?«

»Genau. Bis wir das haben, behalten wir unser Wissen, unseren Trumpf im Ärmel. Wenn wir Seemüller aufs Revier holen, muss alles passen.«

Mandy nahm eine weitere Handvoll Erdnüsse.

»Darum setze ich Sie jetzt im Büro ab. Geben Sie die Speichelprobe von Seemüller und den Pulli zum Abgleich sofort ins Labor. Und dann recherchieren Sie. Nehmen Sie Seemüllers Biografie als Grundlage und drehen Sie jeden Stein um. Irgendwo muss der Schlüssel sein.«

»Und Sie?«

»Ich übernehme die Offline-Recherche.«

13

»Dr. House war es nicht!«, sagte Claudia Kunze mit Bestimmtheit. Die fünf Worte erzielten die beabsichtigte Wirkung. Paul Montgomery schenkte ihr einen »Wovon reden Sie?«-Blick. Claudia liebte es zu überraschen. In schwierigen Meetings, wenn man nicht weiterkam, war das ein Tool, auf das sie sich verlassen konnte. Wirkte immer. Einen Überraschungsmoment kreieren, und während die Verhandlungspartner noch dabei waren, ihre Verblüffung zu verdauen, begann Claudia, sie von ihrem Standpunkt zu überzeugen. Mit der Überraschung verunsicherte sie ihre Gesprächspartner und stärkte ihre eigene Position. Sie hatte es oft erlebt, dass sie (gern von Männern) zunächst nicht ernstgenommen wurde, auch aufgrund ihres Alters (sie hatte schon mit Ende 20 eine Beratungsfirma geleitet). Da musste man solche Kniffe beherrschen. Kleine Kriegsführung oder das ABC des erfolgreichen Verhandelns. Ihr Mann Michael pflegte zu sagen: »Mit dir an der Seite könnte ich in eine Schlacht ziehen.« Für ihn war das der Inbegriff von Romantik. Sie seufzte innerlich. Michael. Sie wollte jetzt nicht an ihn denken, lieber den Augenblick auskosten, während dieser zweifelsohne erfahrene und kompetente Kommissar sie verständnislos ansah. Statt einer Antwort drückte sie ihm das Stäbchen mit ihrem Wangenabstrich in die Hand. »Hier, meine DNA.«

Er sagte immer noch nichts.

»Dr. House, kennen Sie die Serie mit dem verschrobenen Arzt? Unser Dr. Seemüller hat diesen Spitznamen.«

»Davon gehe ich aus. Aber Dr. House missachtet doch ständig die Regeln«, entgegnete er ihr ebenso charmant wie schlagfertig.

Das gefiel ihr. Paul Montgomery war nicht nur gutaussehend, sondern auch ein ebenbürtiger Partner. Als er vor fünf Minuten, ohne sich anzumelden, vor ihrer Tür gestanden hatte, war sie alles andere als erfreut gewesen. Sie war zwar zurechtgemacht, aber nicht so perfekt wie sonst. Sie hatte ihre wilde Lockenmähne nicht gebändigt und trug ihre älteste »Sweaty Betty«-Leggings in Pink mit einem nicht dazu passenden, ausgeleierten gelben XXL-Hoodie. Außerdem war sie gerade dabei, eine Instagram Story hochzuladen (ein super Spiegel-Selfie von heute Morgen mit einem neuen Outfit of the Day), was ihr mehrfach nicht gelungen war. Netzprobleme. Da hatte ihr Montgomery mit seinem freiwilligen DNA-Test (man habe am Opfer fremde DNA ausgemacht und sie käme wegen der Affäre ja infrage …) gerade noch gefehlt. Aber langsam fing sein Besuch an, ihr Spaß zu machen.

Sie bedeutete ihm, am Küchentresen Platz zu nehmen, und stellte ihm, ohne ihn gefragt zu haben, einen schwarzen Kaffee hin. Auf seinen fragenden Blick hin entgegnete sie: »Er hat Ihnen gestern doch geschmeckt.«

»Danke.« Er nahm einen Schluck »Ausgezeichnet. Und jetzt verraten Sie mir bitte, was Dr. House nicht war.« Er schenkte ihr ein charmantes Lächeln.

Sie setzte sich neben ihn wie am Tag zuvor und drehte sich ihm zu. »Meine tägliche Joggingrunde führt mich an Dr. Seemüllers Haus vorbei, und da sah ich heute Morgen Ihren Wagen. Zweimal – einmal auf dem Hinweg und einmal auf dem Rückweg. Also gehe ich davon aus, dass Sie mit ihm über den Mord gesprochen haben.«

»Und warum war er es nicht?«

»Er kann nicht mal ein Blatt vom Ast reißen, ohne ein schlechtes Gewissen zu haben. Er sagt, man zerstöre damit ein Lebewesen. Man nimmt dem Baum so einen Teil seiner Identität. Darüber hat er den Kindern bei einem Dorffest einen Vortrag gehalten, als die sich aus Ästen ein Versteck bauen wollten. Ferdinand, mein Sohn, kam danach völlig verstört zu mir. Weil Dr. House sehr streng war.«

Paul versuchte, sein Grinsen zu unterdrücken. Claudia bemerkte das Zucken seiner Mundwinkel, und es ermutigte sie weiterzugehen. »Der Sohn meiner Freundin Karo fragt jedes Mal angsterfüllt, wenn sie mit ihm am Krankenhaus in Templin vorbeikommt: ›Arbeitet da der Pflanzenarzt?‹«

»Das ist das eine, aber Menschen sind zu mehr in der Lage, als man ihnen gemeinhin zutraut«, sagte Paul.

»Ich kann mir nicht vorstellen, dass er Ben umgebracht hat. Das würde er nicht schaffen. Ganz abgesehen davon, dass er keinen Grund dafür hatte. Oder war etwa ein Wirsing faul?«

»97 Prozent aller Morde werden von Bürgern und nicht der Polizei aufgeklärt«, sagte er und blickte ihr in die Augen. Nun war es Claudia, die überrascht war. »Das sind die Zahlen für Deutschland. Das heißt, ohne die Hinweise von Bürgern wären die meisten Morde hier nicht aufgeklärt. Darum schätze ich es sehr, dass Sie mir helfen, und wäre froh, wenn Sie mir mitteilen würden, warum Dr. Seemüller Ihrer Ansicht nach nicht der Mörder sein kann, abgesehen von seiner Liebe für Lebewesen jeglicher Art.«

Er nahm sich einen Keks von der Etagere, die wie am Tag zuvor auf dem Tresen stand, und biss hinein. »Sie haben recht, es schmeckt nach Heimat!«, sagte er anerkennend.

»Andersherum, warum ist unser Pflanzenfreund verdächtig?«

»Das habe ich nicht gesagt.«

»Aber Sie waren heute Morgen länger bei ihm, und – wenn man dem Dorfklatsch Glauben schenken darf – vor Kurzem noch einmal.«

»Vielleicht stand nur unser Auto dort?« Wieder schenkte er ihr ein Lächeln und nahm sich einen weiteren Keks. Er hatte hellblaue Augen, das war ihr bei seinem letzten Besuch gar nicht aufgefallen.

»Ben und Seemüller hatten abgesehen von der Gemüsekiste keine Verbindung, warum sollte er ihn ermordet haben?«

»Eifersucht, Hass, Betrug … you name it«, entgegnete er. »Hat Ben mal über Seemüller gesprochen?«

Sie dachte nach. »Nein, nie. Vielleicht hat er erwähnt, dass Seemüller sein Kunde ist. Aber das war ja klar. Weil alle, die aus Berlin kommen, von Ben beliefert wurden, oder andersherum, kein Eingeborener bestellte bei ihm.«

Paul hob missbilligend die Augenbrauen. Wieder dieses Wort, »die Eingeborenen«.

»Ich erkläre es Ihnen. Noch einen Kaffee?« Er reichte ihr die Tasse. Sie füllte auf und begann zu erzählen: »In der Uckermark gibt es drei Welten: Die erste sind wir, die Stadtflucht-Berliner, die eine Datsche, sprich Alternative zur Stadt, wollen. Weil wir in Berlin zwar nicht eng wohnen, aber urbaner, ohne Garten. Wir suchen und finden die Weite und noch dazu unsere Nachbarn vom Prenzlauer Berg oder aus Charlottenburg. Wir veranstalten regelmäßig Partys auf unseren ausgebauten Dreiseithöfen, in den Scheunen und Häusern, wo wir unter uns feiern. Die zweite Gruppe, das sind auch Berliner, aber sie kehren der Stadt ganz den Rücken, weil sie ihren Kindern ein Aufwachsen mit viel Natur ermöglichen wollen. Sie ziehen ihr eigenes Gemüse, züchten Tiere. Den halben Tag sind sie damit beschäftigt, sich und allen anderen zu sagen, wie toll sie ihr neues Leben finden, vornehmlich, um es selbst zu glauben. Sie trifft man im Frühjahr auf Samentausch-Börsen und ganzjährig im Wald. Welt eins und zwei haben manchmal Berührungspunkte durch die Kinder. Die dritte Gruppe, das sind die, die ich immer die ›Eingeborenen‹ nenne. Wie überall gibt es sympathischere Genossen«, sie drehte sich zum Panoramafenster und zeigte auf ein älteres Paar, das gerade mit drei Kindern im Garten beschäftigt war, »und diejenigen, die uns am liebsten aus der Uckermark raushätten. In Gerswalde, wo viele Berliner ihre Wochenenden verbringen, erzählt man sich von einem älteren Mann mit einem kleinen Verkaufsstand am Straßenrand für Äpfel, Beeren und Konfitüre. Er betreibt flexible Preispolitik. Hält ein Auto mit Berliner Kennzeichen, erhebt er eine Art Pauschale – sprich er verkauft die Sachen teurer. Einheimische bezahlen weniger. Er hat ein Preisschild, auf dem vorn die Berliner und auf der Rückseite die Uckermark-Preise sind. Maik Wellinow ist vom selben Schlag. Er spricht mit fast niemandem von uns und macht lieber gegen uns Stimmung.« Sie hielt inne, weil Paul sein Notizbuch herauszog und etwas hineinschrieb. »Irgendwie sind das drei Parallelgesellschaften. Wir haben wenig Anknüpfungspunkte. Bis auf Ben, der war ein Slider. Zumindest zwischen der ersten und der dritten Welt. Mit den Weltverbesserern hatte nicht einmal er etwas zu tun, glaube ich.«

»Sie haben Maik Wellinows Hass auf die Zugezogenen erwähnt. Wie ist sein Verhältnis zu Andreas Seemüller?«

»Haben Sie Maik getroffen?«

Paul schüttelte den Kopf.

»Maik hatte einen Unfall. Ich glaube, es war ein Brand oder eine Explosion, dabei erlitt er im Gesicht Verbrennungen, die ihn ziemlich entstellten. Seemüller hat die Narben korrigiert, weil das medizinisch notwendig war. Maik, der ein bisschen eitler ist, als man denken würde, wenn man zugrunde legt, dass er allein mitten im Wald lebt, wollte außerdem, dass Seemüller seine Schlupflider korrigiert. Quasi in einem Aufwasch. Doch Dr. Seemüller hat sich geweigert. Er sei schließlich kein Schönheitsdoc, sondern Plastischer Chirurg, hat er Maik unmissverständlich klargemacht. Das hat der nicht verstanden, denn er ist noch so alte Schule, jeder hilft dem anderen. Und wer weiß, vielleicht hätte er sich erkenntlich gezeigt und Dr. Seemüllers Haus im Gegenzug verschönert. Er soll handwerklich recht versiert sein.« Sie zwinkerte ihm zu. »Begreifen Sie jetzt, warum das die Hamptons von Berlin sind?«

»Ich verstehe«, sagte er und schrieb etwas in sein Notizbuch. Claudia fühlte sich immer wohler. Es gefiel ihr, nach Wochen, in denen sie hauptsächlich Mutter gewesen war, in denen sie vor allem mit ihren Kindern gesprochen hatte, wieder auf Augenhöhe zu kommunizieren. Wie sehr ihr das gefehlt hat, merkte sie erst jetzt. Es war schön, dass sie diejenige war, die mit ihren Informationen helfen konnte. Dass man ihr zuhörte, weil sie was zu sagen hatte. Das Gefühl hatte ihr ihr Mann schon länger nicht mehr gegeben. Ihr Leben drehte sich nun mal hauptsächlich um die Kinder, wohingegen er mehr zu bieten hatte mit seinem aufregenden Job inmitten der Schaltzentrale der Macht. Glaubte er. Wie sehr seine Erzählungen sie langweilten, ahnte er nicht.

»Es gibt also keine Verbindung zwischen Ben und Seemüller, aber eine alte Geschichte zwischen dem Arzt und Herrn Wellinow«, fasste der Kommissar zusammen. »Wellinow, was ist das für ein Typ?«

Claudia dachte nach. Socialising beziehungsweise netzwerken war ihre Stärke, und so wusste sie ziemlich viel über die Leute hier – ohne direkten Kontakt mit ihnen zu pflegen. Sie interessierte sich für Menschen, deren Vergangenheit, Träume, Wünsche, Lebenswelten. »Du bist unfassbar neugierig«, behauptete ihr Mann regelmäßig, »aber großartig in der Selbstvermarktung. Unglaublich, wie du deine Schwäche als Stärke verkaufst: Netzwerkerin, das ist das Waschweib 2.0.« Sie wollte wissen, wer ihre Nachbarn waren. Ihren Mann hingegen interessierte, warum es in der Gegend so wenig Golfplätze gab und kaum Ladestationen für seinen Tesla.

Maik Wellinow hatte sie ein paarmal auf dem jährlichen Sommerfest der freiwilligen Feuerwehr getroffen. Ein um die 70 Jahre alter Mann, mürrisch, wortkarg und verschroben. Einmal war sie mit den Kindern am See gewesen, sie hatten am Ufer gespielt. Er war wütend geworden, weil die Kinder ihn angeblich in seiner Ruhe gestört haben. Er lebte einsiedlerisch in seiner All-year-Datsche und hatte laut Manu wenig Kontakt zur Außenwelt. Es gab eine Tochter, die in Berlin lebte und sehr selten zu Besuch kam. Was ihn auszeichnete, war ein ausgewachsener Hass auf alle zugezogenen Wessis, wie er sie nannte. Offensichtlich hatte er noch die alte Ost-West-Schere im Kopf, selbst nach über 30 Jahren. Gerüchten zufolge war seine Frau kurz nach dem Mauerfall in den Westen gezogen und hat ihn mit der Tochter allein gelassen in Schwedt. Er hat seine Arbeit verloren und ist schließlich dauerhaft in die Datsche gezogen. Sein Einsiedlerdasein fristete er nun schon annähernd 20 Jahre. Es gab da wohl noch eine Sache mit einem Grundstück, das er an einen Westler verkauft hat, der ihn dabei übers Ohr gehauen hat. Claudia wusste nichts Genaueres, aber konnte sich vorstellen, dass es so abgelaufen war, denn sie kannte genug Berliner, die hier die Liegenschaften aufgekauft hatten. All das machte es ihrer Meinung nach verständlich, warum dieser Mann einen großen Hass auf ihresgleichen pflegte. Er brauchte ja ein Feindbild und jemanden, den er für seine Situation verantwortlich machen konnte.

Paul sagte immer noch nichts, sondern schrieb in sein Notizbuch, sie nahm sich einen Keks. Die schmeckten wirklich ausgezeichnet. Sie durfte nicht vergessen, beizeiten bei »Nikos« in Eppendorf Nachschub zu bestellen.

Er klappte sein Notizbuch zu und steckte es in die Tasche seiner Jacke. Sie spürte einen Stich. Schade, er wollte also schon gehen.

»Haben Sie noch Fragen zu weiteren Ureinwohnern? Oder wollen noch einen Kaffee?«

»Nein, danke. Der Kaffee ist vorzüglich, genau wie Ihre Beobachtungen und Charakterisierungen, das wäre es fürs Erste.« Demonstrativ stand er auf und bewegte sich in Richtung Diele.

»Soll ich mich noch weiter umhören?«

Er blieb stehen. Ihr fiel auf, wie groß er war. Etwa 1,88 Meter schätzte sie. Er konnte zu ihr herunterblicken.

»Danke, das ist sehr nett. Nicht nötig.«

»Schade«, rutschte es ihr raus. Schnell bewegte sie sich zum Ausgang und hoffte, er möge es nicht gehört haben. Sie öffnete die Tür und versuchte, die Situation zu retten: »Ich meine ja nur wegen der 97 Prozent.«

»Ich melde mich, wenn mir das Vergleichsergebnis Ihrer DNA vorliegt. Tschüss, Frau Kunze.«

Er steuerte sein Auto an.

Sie beobachtete, wie er einstieg und davonfuhr. Sie hätte ihn nicht googeln müssen, um zu wissen, dass Paul Montgomery nicht von hier war. Das verriet sein Style. Er hatte diesen besonderen Großstadt-Schick. Lässig, cool, nicht zu viel. Jeans, Sneaker, dezent. Nicht diese viel zu wuchtigen, viel zu bunten Turnschuhe, mit denen sich die Berufsjugendlichen vom Prenzlauer Berg lächerlich machten. Sein Pulli war nicht abgeranzt, wie es in manchen Kreisen in Berlin zum guten Ton gehörte, trotzdem auch nicht provinziell. Warum war er hier gelandet, fragte Claudia sich, während sie die Tür schloss. Wenn er aus persönlichen Gründen hergekommen war, steckte womöglich ein Verlust dahinter. Eine große Liebe vielleicht. Sollte er in die Provinz versetzt worden sein, gäbe es unendliche Möglichkeiten, weshalb – nur nicht, dass er freiwillig aus Karrieregründen hergekommen war. Die Uckermark war kein Sprungbrett, dachte Claudia.

14

Vier Befragungen lagen hinter ihm, dabei war es erst 17 Uhr.

Schönheits-Operationen, drei Welten, Stephan war sein Vater, kein Alibi, fehlendes Motiv, die Feige mit Namen, die singende Schönheit mit dem verpfuschten Gesicht. Hass, Liebe, Verrat, Stolz. Kein Motiv!

All das schwirrte Paul durch den Kopf. Er musste seine Gedanken ordnen. Darum führte ihn sein Weg nach seiner Rückkehr nicht direkt ins Kommissariat, sondern er spazierte durch die Innenstadt von Templin. Er bog rechts zum Krankenhaus ab, dem Arbeitsplatz von Dr. Seemüller. Seinem Verdächtigen. Dem einzigen. Ein schmuckloser, dreistöckiger gelber Bau. Mit seinem Verhalten hatte sich der seltsame Doktor verdächtig gemacht. Auch dass er binnen Sekunden von umgänglich zu hart wechseln konnte, ließ erahnen, dass unter der Oberfläche des schrulligen Alten weit mehr schlummerte, als man auf den ersten Blick ahnte. Möglich, dass er zu einer Tat im Affekt fähig war. Allerdings tappten sie nach wie vor im Dunkeln, was das Motiv für den Mord anging. Paul bog nach links zum Marktplatz ein. Ein Motiv, Seemüller eins auszuwischen und ihn zu Unrecht zu belasten, besaß hingegen Maik Wellinow: sein Hass auf die Zugezogenen allgemein und auf Seemüller im Speziellen. Eine verweigerte Schönheitsoperation. Das reichte, um jemandem einen Denkzettel zu verpassen. Oder vielleicht war es nicht nur das, war Wellinow gar selbst der Täter und versuchte nun, zwei Fliegen mit einer Klappe zu schlagen?

Der Pflastersteinweg führte ihn direkt zum Herz der Stadt, dem Marktplatz. Der war ausgestorben, was an der Uhrzeit und der Tatsache lag, dass Templin eine Kleinstadt war. Es war bezeichnend, dass Claudia Kunze die Gemeinschaft derjenigen, die von hier kamen, nach ihrer sogenannten »Welt« genannt hatte. Daraus sprach eine so große Arroganz – die wollte er gar nicht kommentieren. Die Mühlenstraße hinunter ging er zurück zum Präsidium. Linker Hand kam er an Plattenbauten vorbei, deren Fassaden mit kunstvollen Bildern, die die Straße vor vielen Jahren zeigte, aufgehübscht worden waren. Er musste an Peggy denken: Bens verschwundener Vater. War er eine Spur? Zumindest musste Paul ihn finden.

Paul verglich Mordermittlungen mit einem Puzzle. Der erste Schritt war, die Teile zusammenzusuchen. Er hatte schon einige. Längst nicht alle, dennoch konnte er beginnen, sie in ein System zu bringen, unabhängig davon, wie viele noch dazukommen würden.

Er fand Mandy im Konferenzraum mit den Kollegen aus Eberswalde. Auf dem Tisch waren ein IBM-Laptop der älteren Generation, ein Tischkalender und mehrere Ordner aufgebaut. Paul musste nicht fragen, um zu wissen, dass es sich dabei um Gegenstände aus Ben Limbergs Besitz handelte. Eine magere Ausbeute von Patricks und Nils' Besuch in Bens Wohnung. Aber es passte zu dem schweigsamen, kontaktarmen Ben.

»Mehr gab es nicht?«, fragte er in die Runde.

»Leider nein. Ich habe selten eine Wohnung gesehen, in der weniger persönliche Gegenstände waren als in der«, sagte Nils. »Nicht einmal Sexspielzeug haben wir gefunden.«

»Auch keine CDs oder die üblichen Postkarten. Nichts. Alles zweckmäßig, Die wenigen Bücher waren allesamt zum Thema Wald«, ergänzte Patrick.

»Was befindet sich darin?« Paul deutete auf drei Leitz-Aktenordner.

Patrick zuckte die Achseln. »In einem sind Unterlagen von seinem Bio-Gemüse-Unternehmen, im zweiten persönliche Dinge wie Versicherungen und im dritten Zeugnisse und Banksachen. Auf den ersten Blick nichts, was uns weiterbringt.«

»Ich habe seine Konten bei der Bank gecheckt. Nichts Auffälliges, weder auf seinem Privatkonto noch dem geschäftlichen. Eins steht fest: Reich wird man mit Gemüsehandel nicht«, schaltete sich Mandy ein.

»Aber man macht sich auch nicht tot«, brummte es aus einer Ecke. Da saß Olaf vor einem Laptop.

»Was?« Die anderen vier drehten sich zu ihm.

Er wurde rot. »Ähhh, so habe ich das nicht gemeint. Ich wollte nur sagen, Gemüse auszuliefern, ist ja kein Job, bei dem man Tag und Nacht arbeiten muss.«

»Welche Konten haben Sie gecheckt?« Patrick wandte sich an Mandy und lenkte so die Aufmerksamkeit der Kollegen von Olaf ab.

»Die bei der Sparkasse Uckermark«, sagte Patrick.

»Ben hatte vermutlich auch ein Konto bei einer Internetbank, die App war auf dem Handy, allerdings ist die Technik dabei, das Passwort zu entschlüsseln.«

»Gut, dann lassen Sie das die Experten in Eberswalde machen und schicken Sie mir die Kontoauszüge, sobald Sie die haben«, sagte Paul bestimmt. »Bitte überprüfen Sie auch Maik Wellinow. Vor ein paar Jahren hat er ein Grundstück verkauft. Finden Sie heraus an wen und ob es da Unstimmigkeiten gab. Einer von Ihnen fährt zu ihm und bittet ihn um eine freiwillige DNA-Probe.«

»Ich habe die Familie gecheckt«, sagte Olaf, während er ein Kabel an seinem Laptop kontrollierte. »Bens Eltern haben am 20. Dezember 1987 geheiratet. Sein Vater Gerhard Limberg ist am 8. Dezember 1968 geboren, er war also erst 19 bei der Heirat. Bens Schwester Jana ist am 6. Dezember geboren, da war der Vater sogar erst 18.«

»Sehr gut, finden Sie heraus, wo er inzwischen gemeldet ist!«, wies Paul ihn an.

Patrick ergriff das Wort. »Ich war auf dem Rückweg von Ben Limbergs Wohnung bei den Flamingos.« Er machte eine Pause und ließ seine Worte wirken. Anscheinend genoss er es, in fragende Gesichter zu blicken.

»Spann uns nicht auf die Folter«, sagte Mandy.

»Bert und Manu Schmidt haben Plastikflamingos im Vorgarten, und zwar nicht zwei, sondern einen ganzen Schwarm. Insgesamt ist ihr Haus wirklich ein Kitschpalast. In der Wohnung hängen überall gestickte Bilder, zum Beispiel Sonnenblumen und …«

»Gobelin heißen die«, erklärte Mandy augenzwinkernd.

Patrick fuhr fort: »Sie waren beide sehr betroffen. Vor allem galt ihr Mitgefühl Peggy. Manu Schmidt sagte wörtlich: ›Nach all dem, was sie schon mitmachen musste, jetzt das.‹«

In Anbetracht von Peggys Lebensgeschichte war so eine Aussage nicht abwegig, dachte Paul.

»Er wusste zu berichten, dass Peggy Ben bevorzugt und nach Strich und Faden verwöhnt hat. Darüber hinaus haben sie das wiederholt, was alle sagen: dass Ben ruhig und waldbegeistert war.«

»Hat Bert Schmidt die Aussage von Frau Kunze bestätigt?«, hakte Mandy nach.

Patrick nickte. Mandy ging zum Whiteboard und vermerkte diese Information.

»Eine Sache noch«, meldete sich Patrick zu Wort. »Bert erwähnte, dass er Ben gern bei seinem Business geholfen hätte, sie bauen wohl selbst an. Aber da habe Ben direkt abgewunken.«

»Wir wissen ja auch, warum«, sagte Olaf.

Paul nickte in die Runde.

»Besorgen Sie bitte Fotos von allen Personen, die involviert sind. Die heften wir dann«, er zeigte auf das Whiteboard, »zu den jeweiligen Namen.«

»Darum kümmere ich mich«, bot Nils an.

»Bis später«, sagte Paul und verließ den Raum. Seine Gedanken kreisten nicht um Bert und Manu Schmidt und ihre Flamingos, sondern sie hingen am Geburtsdatum von Gerhard Limberg fest. Auf dem Weg zu seinem Büro fragte er sich, was ihm daran bekannt vorkam. Hatte einer seiner Freunde am selben Tag Geburtstag? Jäh wurde er aus seinen Gedanken gerissen, Mandy tauchte neben ihm auf.

»Ist Wellinow jetzt verdächtig?«, platzte sie heraus.

»Noch nicht. Aber er hat einen guten Grund, Seemüller eins auszuwischen. Der hat ihm eine Augenlidkorrektur verweigert, obwohl er Maik sowieso auf dem OP-Tisch liegen hatte.«

»Nicht Ihr Ernst?«

»Darum gehen Sie jetzt zu ihm, bitten ihn höflich um eine DNA-Probe und plaudern ein wenig mit ihm. Wellinow scheint einen ausgeprägten Hass auf alle Berliner zu haben. Finden Sie heraus, wie weit er gehen würde. Vielleicht mag er ja auch von seiner OP erzählen …«

»Aye, aye, Sir!« Mandy holte ihre Jacke und Tasche aus ihrem Büro. Im Herausgehen murmelte sie: »Schönheits-OP. Wollte er ganz anders aussehen, damit ihn keiner mehr erkennt?«

Was hatte sie da gerade gesagt? In Pauls Kopf sprang etwas an, und plötzlich wusste er, wer auch an diesem Tag im Dezember geboren war.

Kann sich ein Mensch in 30 Jahren so verändern, dass man ihn nicht wiedererkennt? Optisch sicherlich. Aber die Stimme? Der Gang?

In Hamburg war Paul ein paar Monate mit einer Drehbuchautorin, die beim Fernsehen arbeitete, ausgegangen. Von ihr wusste er, dass es ein beliebtes Vorgehen in Seifenopern und B-Movies war, wenn es einen Re-Cast gab – also der Schauspieler einer Figur durch einen anderen ersetzt wurde –, der Figur eine Gesichtsoperation anzudichten.

Doch das hier waren vielleicht die Hamptons, aber trotzdem noch die Realität und keine Daily Soap. Konnte es Zufall sein, dass Gerhard Limberg und Andreas Seemüller am selben Tag in der DDR geboren waren und sich jetzt, über 50 Jahre später, ihre Spuren in der Uckermark trafen? Noch mehr, beide zu Ben Limberg führten?

Seemüller war vom Fach. Vielleicht war seine Aversion gegen verändernde Operationen ja durch seine eigene Verwandlung entstanden? Aber hätte Peggy ihn nicht erkannt? Es waren ja nicht nur Gesicht und Haare, die einen Menschen ausmachten. Paul sah sich noch mal die Biografie von Seemüller an: Studium der Humanmedizin in Heidelberg, von Oktober 1990 bis 1996. Heidelberg? Peggy hat erwähnt, dass ihr Mann Verwandte in Süddeutschland hatte. Der Zeitpunkt würde auch passen. Vor dem Mauerfall waren viele Menschen von Ost nach West geflohen, oft nur mit dem, was sie am Leib getragen hatten. Oder aber sie hatten ihre Unterlagen während der Flucht verloren. Zwar war Limberg nicht geflohen und auch nicht ausgereist, sondern hatte sich ganz legal nach dem Fall der Mauer innerhalb Deutschlands bewegt, aber er hätte im November 1989 im Einwohnermeldeamt in Heidelberg als Andreas Seemüller auftauchen und so eine neue Identität annehmen können. Möglich. Aber auch realistisch?

Seemüllers Eltern waren bei einem Autounfall 1988 verstorben, entnahm er den Akten. Das kann er ja erfunden haben, als er sich seine neue Identität ausgedacht hatte. Er war in Rostock geboren, also in der ehemaligen DDR. Was, wenn Gerhard Limberg in Heidelberg vorstellig geworden war, behauptet hatte, er heiße Andreas Seemüller und alle seine Unterlagen seien verschwunden. Was wäre dann zum Beispiel mit dem Abiturzeugnis gewesen? Hätte er eins vorlegen müssen, oder hätte man ihm geglaubt und ihn für ein Medizinstudium zugelassen? Vielleicht hatte er auch ein Abiturzeugnis gefälscht, einfach den Namen ausgetauscht. Das wäre heute in Zeiten von Photoshop ein Leichtes. Aber vor 30 Jahren? Auf der anderen Seite, wer einfach so abhaute, seine Frau mit einem Kleinkind und einem Neugeborenem zurückließ, der konnte auch ein wenig kriminelle Energie besitzen. Dennoch: Das klang sehr nach Wildem Westen und nicht nach der Bundesrepublik Deutschland.

Ein Motiv für eine neue Identität hätte Gerhard Limberg jedenfalls gehabt: Er wollte sein altes Leben hinter sich lassen und untertauchen. Er konnte ja nicht ahnen, dass Peggy keinerlei Anstrengungen unternehmen würde, um ihn zu finden. Das war wirklich sehr ungewöhnlich. Komisch auch, dass sie überhaupt nicht davon ausgegangen war, dass ihm etwas zugestoßen sein konnte. Wenn ein Familienangehöriger, zudem ein so enger wie der Ehemann, nicht zurückkam, war der erste Impuls doch Sorge. War sie zu sehr mit dem Neugeborenen und der Tochter beschäftigt gewesen? Hatte Gerhard Limberg ihr gegenüber vielleicht sogar erwähnt, dass er nie wiederkommen wollte? Oder stimmte ihre Version am Ende gar nicht, und sie hatte ihn nicht mehr in ihrem Leben haben wollen? Was, wenn er vorgeschlagen hatte, gemeinsam im Westen ein neues Leben zu starten, aber sie war diejenige gewesen, die ihn verlassen hat? Es gab viele Möglichkeiten ...

Paul selbst war zu jung, um die DDR wirklich bewusst erlebt zu haben. Berührungspunkte hatte es keine gegeben. Als die Mauer gefallen war, war er zehn Jahre alt gewesen und hatte in Hamburg gelebt. Aber er kannte die Geschichten und Biografien von Menschen, die zu DDR-Zeiten nicht den Beruf hatten ergreifen dürfen, den sie sich wünschten. Die in ein Leben gedrängt worden waren, das sie nicht wollten. Paul musste prüfen, ob es für Limberg theoretisch möglich gewesen wäre, in eine neue Identität zu schlüpfen.

Er ging ans Whiteboard und schrieb:
Gerhard Limberg – verlässt 11/89 Brandenburg
12/89 neue Identität in Heidelberg
96 Arzt: Tübingen, Liverpool ...
Im Alter wurde vielleicht die Sehnsucht nach den Wurzeln und vor allem den Kindern größer. Aber er konnte nach all den Jahren und vor allem seinem sang- und klanglosen Verschwinden nicht einfach zurückkommen und sagen: »Ich bin euer Vater. Heiße zwar anders, aber ...«

Darum war er in der Deckung geblieben. Und hatte sein Äußeres verändert. Eine andere Nase, vollere Lippen, ein neues Kinn vielleicht ...?

Peggy hat bestätigt, dass aus der Familie keiner je Patient von Seemüller gewesen war. Die Kinder konnten sich an ihren Vater nicht erinnern, und vielleicht hatte Peggy Dr. Seemüller nie bewusst gesehen. Möglich, dass er ihr mal in ihrem Laden über den Weg gelaufen ist. Vielleicht kannte sie ihn nur vom Hörensagen oder von Fotos? Paul hatte sie nicht danach gefragt. Aber es wäre nichtsdestotrotz riskant gewesen. Wenn Peggy plötzlich als Patientin in die Klinik gekommen wäre, sie hätte ihn doch an der Stimme erkannt. Oder seinem Gang.

Uckermark: Ben kommt hinter Geheimnis

Ist sauer. Droht Vater, ihn auffliegen zu lassen (gefälschte Dokumente, evtl. Abiturzeugnis)

Existenz Seemüllers steht auf dem Spiel, er verliert die Beherrschung

Ein mögliches Szenario. Die Enttäuschung darüber, dass der Sohn ihn nicht mit offenen Armen empfängt, sondern im Gegenteil, ihn ablehnt, verurteilt, ihm droht …

Waren Andreas Seemüller und Gerhard Limberg ein und dieselbe Person? War Andreas Seemüller der Re-Cast von Gerhard Limberg?

Seemüller war in den vergangenen 30 Jahren häufig umgezogen: Heidelberg, Tübingen, Liverpool, Berlin. Wohnortwechsel, weil er auf der Flucht war vor der Vergangenheit? Die Rückkehr in die Uckermark, um sich ihr zu stellen? Dort war es dann statt zur Erlösung zum Drama gekommen?

Auf dem Whiteboard war inzwischen eine Mindmap zu erkennen. Die Ermittler waren auf dem richtigen Weg. Am Horizont tauchte so etwas wie ein Motiv auf, allerdings noch mit vielen Wenns.

Das war der magische Augenblick, in dem sich im TV-Krimi der Ermittler ein Bier nahm und selbstzufrieden auf das Whiteboard blickte. Ehe Paul ihn auch ohne Bier genießen konnte, wurde sein Magic Moment jäh durch das schwungvolle Aufreißen der Tür beendet.

Mandy kam herein. In der Hand eine Tüte mit Studentenfutter. Sie ließ sich auf ihren Stuhl sinken. »Wellinow hat das mit der OP von sich aus erzählt, aber betont, dass er nicht mehr sauer auf Seemüller deswegen ist. Das wirkte aufrichtig. Er meinte, mittlerweile sei er sogar froh darum, nachdem er die ganzen Gelifteten im Fernsehen gesehen hat, bei denen das Gesicht so unnatürlich wirkt. Und das mit dem Grundstück ...«, sie hob die Hände, »lange Geschichte. Ein Mann aus Bayern hat ihn übers Ohr gehauen. Kein Seemüller oder sonst jemand. Wellinows DNA ist übrigens im Labor. Wir bekommen morgen früh die Ergebnisse.« Sie hielt Paul die Tüte mit den Nüssen unter die Nase und warf sich selbst eine Handvoll in den Mund. Während sie kaute, gab ihr Paul einen Abriss seiner neuesten Theorie.

»Glauben Sie nicht, das ist ein bisschen viel GZSZ?«, fragte Mandy unbeeindruckt.

»GZSZ?« Paul sah sie verständnislos an.

»›Gute Zeiten, schlechte Zeiten‹, diese unendliche Seifenoper.«

Ja, von der hatte er gehört, aber noch nie eine Folge gesehen. Mandy traf einen Punkt. »Da wir das Ergebnis des DNA-Abgleichs noch nicht haben, mache ich mich auf die Suche nach Gerhard Limberg.«

»Okay. Und ich?«

»Sie wühlen in Seemüllers jüngerer Vergangenheit. Er hat in Liverpool gelebt. Ex-Freundin, Kollegen. Dasselbe mit Berlin und seinen anderen Wohnorten.«

»Wenn wir davon ausgehen, dass Wellinow tatsächlich Seemüller gesehen hat, ist er unser Hauptverdächtiger, und wenn er nicht der verlorene Vater ist, muss es ein anderes Motiv geben. Und das werden wir finden.« Paul spürte, wie ihn eine Welle von Motivation durchströmte. Ja, sie waren auf dem richtigen Weg. Die nächsten Stunden könnten entscheidende Erkenntnisse bringen. Er brauchte Nervennahrung. Voller Elan fischte er sich ein paar Nüsse und Rosinen aus Mandys Tüte.

Eine Stunde später war nicht nur die Nervennahrung bis auf die letzte Rosine vertilgt. Der Schweif am Horizont war zunächst verblasst, dann ganz verschwunden. Paul knallte den Telefonhörer auf die Gabel, griff sich die leere Studentenfuttertüte, zerknüllte sie und zielte damit auf das Whiteboard. Beinahe geräuschlos touchierte sie das Plastik und sank zu Boden.

Bereits der zweite Gerhard Limberg war der goldene Treffer gewesen. Er lebte im badischen Ladenburg (14 Kilometer von Heidelberg entfernt!), war Ingenieur und Familienvater. Die Nachricht über den Tod seines Sohnes schien ihn nicht sonderlich zu bewegen, was Paul verstand. Schließlich war Ben zwar sein Sohn gewesen, er war aber nie über die Rolle des Erzeugers hinausgekommen. Bereitwillig und sehr ausführlich gab er Auskunft. Es schien Paul fast so, als habe Gerhard Limberg 31 Jahre lang auf diesen Anruf gewartet und sei jetzt erleichtert, sich endlich alles von der Seele reden zu können. »Es war der 10. November, ich saß an Peggys Bett im Krankenhaus, Ben schrie, sie versuchte, ihn zu stillen, und Jana quengelte auf meinem Schoss. Das war mein Leben, während gleichzeitig die Mauer fiel und das ganze Land auf den Beinen war. Peggy meinte, ich solle ruhig mal rüberfahren und es mir angucken. Sie wusste, ich hatte immer davon geträumt, den Westen zu sehen. Sie versicherte mir, sie käme in diesen Tagen ohne mich aus, sie wollte ja sowieso mit den Kids zu ihren Eltern. Da hab ich es gemacht. Zum ersten Mal in meinem Leben hatte ich die Gelegenheit, nach Westdeutschland zu kommen. Zu diesem Zeitpunkt habe ich schon lange unter der DDR gelitten. Das Gefühl, eingesperrt zu sein und nicht machen zu können, was ich wollte, hat mich permanent begleitet. Bei Peggy war das anders. Sie hat die Gegebenheiten nie hinterfragt und war glücklich so. Das habe ich mir für mich auch gewünscht und habe gehofft, dass mir eine eigene Familie dabei helfen wird. Darum habe ich eingewilligt, als Peggy vorschlug, Kinder zu bekommen. Obwohl ich ja selber noch ein Teenager war. Und natürlich, um eine Wohnung zu kriegen. Jana war ein Wunschkind, obwohl ich noch 18 war, als sie zur Welt kam.« Gerhard Limberg machte eine Pause.

»Warum fühlten Sie sich eingesperrt?«, fragte Paul.

»Sie müssen wissen«, antwortete Limberg, »dass ich aus Schwerin komme. Unsere Partnerstadt war das heute estnische Tallinn, damals war es noch Russland. Mit 16 durfte ich mit anderen Jugendlichen für zwei Wochen in den Sommerferien dort hinreisen. Für die Reise ausgewählt worden war ich, weil ich die Russisch-Olympiade gewonnen habe. In Tallinn sprachen sie englisch oder sogar französisch. Meine Gastfamilie waren Künstler, die lebten in einem wunderschönen Haus mit einem traumhaften weiten Garten mit einem fantastischen Gewächshaus, in dem Palmen wuchsen. Die habe ich noch nie vorher in echt gesehen. Und da stand ich nun mit meinem Russisch. Da habe ich zum ersten Mal gemerkt, wie viel mehr es gibt als die DDR. Später wollte ich studieren, aber weil schon mal jemand in meiner Familie einen Ausreiseantrag gestellt hatte, war das nicht möglich. Stattdessen durfte ich nicht mal das Abi machen, und man schickte mich nach Schwedt ins Kombinat. Dort traf ich Peggy. Wir wurden ein Paar, und mit ihr zusammen zu sein, gab mir ein Gefühl der Heimat in der Fremde.«

»Aber warum haben Sie sie dann doch verlassen?«, wunderte sich Paul.

»Die Mauer fiel, und ich fuhr los. Erst wollte ich nur einmal rüber, alles sehen und zurück. Mein Ziel war Lübeck, nicht Berlin. Doch statt in den Osten zurück, hat es mich in den Süden gezogen. Immer weiter. Mit jedem Kilometer habe ich mein altes Leben ein Stück weiter hinter mir gelassen. Kein einziges Mal habe ich mich umgedreht. Ich glaube, wenn es damals schon Handys gegeben hätte oder Peggy ein Telefon gehabt hätte, wäre es nicht so einfach gewesen, die Bänder durchzuschneiden. Anfangs habe ich mir noch eingeredet, ich guck mir alles an und später fahre ich zurück. Ich wollte bis zur Zugspitze, und diesen Plan setzte ich auch um. Die Menschen im Westen waren so freundlich, haben mich bei sich übernachten lassen, haben mir Essen gekauft, und ich hab mir zehnmal das Begrüßungsgeld abgeholt. Das ging ganz einfach: Man musste nur im Pass die Seite rausreißen, auf der der Stempel war, dass man es schon bekommen hat. Mehr brauchte ich nicht. Schließlich kam ich in Heidelberg an. Dort traf ich eine Gruppe von Studenten, die waren so alt wie ich, aber hatten keine eigene Familie. Sie waren frei. Sie haben mich in ihre WG aufgenommen. Ihr Leben war so anders als meins. Einer von ihnen studierte Maschinenbau, davon hatte ich immer geträumt. Als ich ihm das gestand, meinte er: Abi kannst du nachmachen. So einfach war das plötzlich. Er verstand nicht, warum ich zögerte. Und irgendwie hab ich es dann selbst nicht mehr nachvollziehen können. Ich suchte mir einen Job in einer Fabrik, und in der WG wurde bald ein Zimmer frei, weil einer der Studenten ins Ausland ging. Meine Zeugnisse habe ich als verloren angegeben und Ersatz bekommen. Meine Ausbildung wurde mir angerechnet, und so konnte ich bald mein Studium beginnen. Natürlich hab ich an Peggy gedacht und habe ein schlechtes Gewissen gehabt. Ja, es war sehr verantwortungslos. Aber es war meine Chance. Was würden Sie tun, wenn Ihnen jemand die Möglichkeit geben würde, ein komplett neues Leben zu beginnen?«

»Das kann und will ich Ihnen nicht beantworten. Ist auch nicht das Thema«, sagte Paul.

Limberg ging nicht darauf ein, sondern fuhr fort: »Es war nicht fair, aber ich war jung und egoistisch. Ich wusste, Peggy ist tough. Tatsächlich war es so, dass sie und mein vergangenes Leben immer weiter in die Ferne rückten. Es lief alles bestens. Ich schaffte mein Diplom in der Regelstudienzeit, fand einen Job, gründete eine neue Familie.«

»Haben Sie am Anfang nicht überlegt, Peggy und die Kinder nach Heidelberg zu holen?«

»Wenn Sie eine ehrliche Antwort wollen: nein. Vielleicht ganz am Anfang. Aber je länger ich Student war, desto unpassender erschien es mir. Das hätte nicht funktioniert. Ich jobbte in einer Kneipe, Peggy hätte mit den Kindern zu Hause gesessen. Das wäre nicht lange gut gegangen. Außerdem wusste ich, Peggy hätte ihre Heimat nicht gern verlassen. Sie ist sehr verwurzelt in Brandenburg. Vielleicht war ich zu jung, als ich Vater wurde. Ich war noch nicht reif. Und in meiner neuen Welt war kein Platz für eine Familie.«

»Hat sich Ihre jetzige Partnerin nie gewundert, dass Sie sich nie scheiden ließen?«

»Das weiß sie nicht. Ich habe ihr nicht gesagt, dass ich verheiratet bin. Für sie war eine Heirat nie ein Thema, und ich habe es natürlich nicht forciert. Im Personalausweis oder Pass steht der Familienstand nicht, so konnte ich dieses Detail vor ihr geheim halten.«

Paul erinnerte sich an das Gespräch mit Peggy, auch für sie war eine Scheidung kein Thema gewesen.

»Und Sie haben nie versucht, Kontakt zu Peggy aufzunehmen oder herauszufinden, wie es Ihren Kindern geht?«

Gerhard Limberg räusperte sich und machte eine längere Pause, ehe er antwortete. Seine Stimme klang weniger fest als im bisherigen Gespräch. »Nein. Ich habe mein damaliges Leben hinter mir gelassen. Mit allen Konsequenzen.« Er seufzte. »Es gab eine Situation vor einigen Jahren. Da waren wir auf Sardinien im Urlaub, und im Hotel war ein Paar aus Sachsen-Anhalt. Meine Frau sagte scherzhaft über den Mann: ›Der sieht aus wie du in jung.‹ Da dachte ich, jetzt fliege ich auf. Am nächsten Tag habe ich das Gespräch mit diesem Mann gesucht, und es stellte sich heraus, dass er viel älter war als Ben. Ich war sehr erleichtert.«

»Haben Sie nie damit gerechnet, dass Peggy Sie sucht oder eines Ihrer Kinder?«

»Ja. Aber je mehr Zeit verging, desto sicherer fühlte ich mich, und es wäre auch nicht mehr so dramatisch gewesen. Peggy hat ganz sicher nichts unternommen, mich aufzuspüren. Ich habe meinen Namen nicht geändert. Sie hätte mich gefunden, hätte sie es versucht. Später dachte ich daran, dass vielleicht eines der Kinder mich suchen würde, als sie volljährig waren. Aber ich wusste auch nicht, was Peggy ihnen über mich erzählt hatte, ob sie wieder in einer

Beziehung war, ob vielleicht ein anderer Mann die Vater-rolle eingenommen hatte. Tatsächlich war das die für mich wahrscheinlichste Variante.«

»Haben Sie während Ihres Studiums einen Andreas See-müller kennengelernt?«, fragte Paul. »Er hat zur selben Zeit wie Sie in Heidelberg studiert.«

»Nein. Auch Maschinenbau?«

»Medizin.«

»Nein, Mediziner kannte ich nicht. Es gab damals ja über 40.000 Studenten.«

Die Antwort überraschte Paul nicht. Es wäre eine mögliche Spur gewesen, wenn Seemüller Ben über des-sen Vater ... Aber nein.

Bevor sie das Gespräch beendeten, wollte Limberg noch etwas wissen: »Wie geht es Jana?«

War das wirklich seine einzige Frage? »Dazu kann ich Ihnen natürlich nichts sagen. Nur so viel: Sie lebt hier bei ihrer Mutter. Sie können ihre Nummer ganz einfach her-ausfinden. Aber es liegt natürlich an Ihnen, ob Sie das machen wollen.« Paul schaffte es noch, sich höflich von Gerhard Limberg zu verabschieden. Er dankte ihm für die Kooperation und bat ihn, sich zu melden, falls etwas Ungewöhnliches passieren sollte. Dann knallte er den Tele-fonhörer auf und machte so seinem Ärger Luft. Er war wütend: Zum einen, weil sich seine schöne Theorie in Luft aufgelöst hat: Seemüller war nicht Limberg. Aber unter-schwellig brachte ihn auch Limbergs Verhalten auf. Ganz egal, wie lange der verheiratet gewesen war und was seine Motive gewesen waren, seine Familie im Stich zu lassen, jetzt, nachdem er informiert worden war, dass sein Sohn ermordet worden war, hätte er mehr Mitgefühl Peggy Lim-berg gegenüber zeigen müssen. Schwungvoll stieß Paul seinen Stuhl nach hinten, sodass dieser mit einem lauten Rums an der Wand anstieß.

Mandy, die im Konferenzraum bei den anderen war, hörte das Rumpeln und kam besorgt ins Zimmer zurück.

Da stand Paul bereits am geöffneten Fenster und atmete die kalte Luft ein.

»Alles okay, Chef?«

»Ja. Nein. Seemüller ist nicht der Vater«, sagte Paul matt.

»Nicht von Ben. Aber er hat einen Sohn«, sagte sie triumphierend.

Paul war ganz Ohr. »Erzählen Sie.«

»Erst, wenn Sie das Fenster schließen.«

Er tat ihr den Gefallen.

»Seemüller hat einen acht Jahre alten Sohn, der bei seiner Mutter, Seemüllers Ex, in Liverpool lebt.«

»Haben Sie mit ihr gesprochen?«

Mandy nickte stolz. »Ja. Sie haben sich kennengelernt, als Seemüller dort gelebt hat. Die Schwangerschaft war nicht geplant. Nach der Geburt fing der Stress an. Sie war genervt, dass er zu viel arbeitete, er fühlte sich unter Druck gesetzt. Darum sind sie zusammen nach Deutschland gezogen, in der Hoffnung, dort würde er weniger arbeiten und mehr Zeit für die Familie haben. Aber das hat nicht geklappt. So kam es zur Trennung, sie ist mit dem Kind zurück nach England. Das war vor drei Jahren, seitdem fährt Seemüller mindestens einmal im Monat zu seinem Kind. Weniger häufig kommt der Junge zu ihm. Die Frau sprach nicht in den höchsten Tönen von ihrem Ex, betonte aber, dass er ein liebevoller Vater sei und sich sehr bemüht.«

Paul war aufgestanden und ans Whiteboard getreten.

»Aber jetzt kommt's: Seemüller war bis Samstag in England.« Erwartungsvoll sah Mandy ihn an.

Paul brauchte einen Moment, um zu begreifen. See-müllers Geheimnis!

»Das verstehe ich nicht«, sagte er. Einen Sohn zu haben, ist natürlich eine große Sache. Aber warum ihn verheim-lichen? Beziehungsweise warum gab Seemüller vor, allein zu Hause gewesen zu sein? Warum das maue Alibi, wenn es ein echtes mit Zeugen dafür gab?

»Ich auch nicht«, sagte Mandy. »Er war in einer Maschine, die Sonntagmorgen im BER aus Liverpool kom-mend gelandet ist.«

»Seit dem Brexit braucht man dafür ja wieder einen Rei-sepass«, murmelte Paul. Warum hatte sie der Arzt angelo-gen? Eine gute Frage, aber hinsichtlich der Tatsache, dass er ein wasserdichtes Alibi hatte und sie weiterhin kein mögliches Motiv kannten, war die Antwort darauf nicht relevant. Aber es gab immer noch den Zeugen Wellinow, der ihn gesehen haben will, und darum mussten sie der Sache noch nachgehen.

»Okay, rufen Sie Seemüller an«, sagte Paul zu Mandy, »konfrontieren Sie ihn mit unserem Wissen und fragen Sie ihn, warum er gelogen hat.«

»Sofort, Chef, ich muss nur schnell …« Sie sprach den Satz nicht zu Ende und war schon aus der Tür. Für die Dauer der Mordermittlung hatte Mandy zwei Arbeits-plätze, den bei ihm im Büro und einen Platz im Konferenz-raum bei den anderen. So konnte sie ihn immer auf den neuesten Stand bringen, aber auch die anderen mit Infor-mationen versorgen. Am liebsten wäre es ihm gewesen, sie wären alle zusammen in einer Art Kommandozentrale untergebracht, aber das gab der Raum nicht her in Bezug auf die technische Infrastruktur. Paul nahm sich das Proto-koll von ihrem Gespräch mit Wellinow vor. Diese Ermittlungen waren wie eine Achterbahnfahrt: Kaum hatten sie das Gefühl, es ging aufwärts, rasten sie schon wieder mit vollem Karacho nach unten. Wahrscheinlich war es doch nicht Seemüller, den Wellinow im Wald getroffen hatte? Paul ging es noch mal genau durch. »Wellinow hat jemanden gesehen und glaubte aufgrund des Pullovers, der Haare und des Gangs, dass es Seemüller war. Das erschien ihm plausibel, da er Seemüller öfter dort antrifft.« Das waren die entscheidenden Worte. Wahrscheinlich war Wellinow so sicher, weil Seemüller dort hinpasste. Sein Unterbewusstsein hat ihm einen Streich gespielt. Leider kam das bei Zeugen nicht selten vor. Kaum einer beging mit Vorsatz eine Falschaussage.

Seemüller nahm seine Waldbäder regelmäßig vor Wellinows Tür, er besaß einen solchen Pullover und er hatte mittellange braune Haare. Wahrscheinlich hatte Wellinow ihn in diesem Outfit schon so oft gesehen, vielleicht auch samstags um diese Uhrzeit, sodass sein Gehirn die Informationen ›braune Haare‹, ›dunkelblauer Hoodie‹ unterbewusst zu Seemüller verarbeitet hatte.

Sie brauchten die Auswertung der Spuren am Opfer. Gab es bei den genommenen DNA-Proben eine Übereinstimmung mit den Spuren an der Leiche? Paul klickte sich durch sein E-Mail-Fach. Der Bericht musste doch längst da sein.

Mandy schneite wieder herein. »Also, Seemüller hat alles zugegeben und war auch extrem nett, bleibt jedoch ein Kauz. Er hat eine Beziehung mit einer Krankenschwester in der Klinik, und die sollte nicht wissen, dass er bei seiner Ex und dem Sohn war. Verstehe zwar nicht, warum er es uns nicht gesagt hat. Denkt er, wir hätten es ihr sofort unter die Nase gerieben? Der Herr Doktor scheint zu viele Krimis zu sehen.«

Mandy wartete auf einen Kommentar, Paul starrte jedoch weiter auf seinen Monitor und grummelte nur ein »Hmmm«.

»Nicht normal heißt aber nicht Mörder«, schob sie hinterher und öffnete ihre Schreibtischschublade. War da nicht …? Sie kramte herum.

»Hier!« Immerhin Paul hatte gefunden, was er suchte. »Die am Opfer sichergestellte DNA stimmt nicht mit der von Seemüller überein, auch sind keine Fasern seines Pullovers an Ben gefunden worden. Seemüller und Ben sind außerdem wie erwartet nicht verwandt.« Paul ging zum Whiteboard und wischte die Namen Andreas Seemüller und Gerhard Limberg weg.

»Und die Kunze? Und Wellinow?«, fragte Mandy.

»Beide negativ.« Paul starrte auf das Wandbrett. Es wurde jetzt seinem Namen gerecht: ein schneeweißes Brett. Sie hatten keinen Anhaltspunkt und keine Verdächtigen. Paul musste zurück auf Los. Anders als bei Monopoly bekam er dabei kein Geld.

Es war mittlerweile fast 21 Uhr. Paul sah aus dem Augenwinkel, wie Mandy eine Schublade ihres Schreibtisches nach der anderen aufzog. Sie suchte etwas Essbares. Wahrscheinlich war sie wieder kurz davor zu verhungern. Kurzerhand schickte er sie nach Hause. Der Rest des Teams war schon gegangen. Es war ein langer Tag gewesen. Paul merkte, wie seine Konzentration nachließ. Zeit, ebenfalls die Segel zu streichen, sagte er sich. Mit knappen Worten beendete er den Bericht, an dem er gerade saß. Als er den internen Messengerdienst schließen wollte, entdeckte er eine ungelesene Nachricht, die seine Aufmerksamkeit weckte. Der Auszug von Ben Limbergs Konto bei einer

Internetbank. 20.010 Euro. Nicht schlecht! Er checkte die Kontobewegungen, doch es gab nicht viele. Eine Einzahlung von zehn Euro zur Eröffnung des Kontos und eine Überweisung über 20.000 Euro von einem gewissen Claus Holm. »Karo«, stand im Verwendungszweck.

Ein Investor, der Ben Geld für die Selbstständigkeit gegeben hatte? Dazu passte der Verwendungszweck jedoch nicht. Und warum dann auf dieses Konto und nicht das der Firma?

Paul fuhr den Rechner runter und stand auf. Er löschte das Licht und verließ sein Büro.

Während er nach Hause ging, kreisten seine Gedanken um die seltsame Überweisung.

Inzwischen wusste er einiges über Bens Leben, aber wenig über seine letzten Tage. Am Donnerstag ein Schäferstündchen mit Frau Kunze, abends war er bei der Mutter und hat mit ihr und der Schwester Kisten befüllt, Freitag hat er davon unter anderem Dr. Seemüller eine Lieferung gebracht. Von Freitagabend bis zu seinem Tod hatte ihn keiner aus der Familie oder von den Kunden gesehen. Es war höchste Zeit, dass sie mit Bens beiden Freunden, deren Kontaktdaten sie von Peggy erhalten hatten, sprachen. Das mussten sie morgen als Erstes machen, notierte Paul sich im Kopf.

Obwohl er hundemüde war, konnte er nicht ins Bett gehen. Eine Runde joggen wollte er allerdings auch nicht. In Hamburg wäre er in einer solchen Situation in seine Lieblingskneipe im Karoviertel, wo er gewohnt hatte, gegangen, hätte sich ein Getränk bestellt und die Leute beobachtet. Hier in Templin gab es keine vergleichbare Lokalität – zumindest hatte er bislang keine ausgemacht. Also goss er sich in seiner Küche ein Glas Rotwein ein und setzte sich ins Wohnzimmer in seinen Lieblingssessel. Er verzichtete darauf, Licht anzuschalten, in der Dunkelheit konnte er sich besser konzentrieren. Außerdem half sie ihm runterzukommen.

Was ein ereignisreicher Tag! Was für Lebensgeschichten! Was für Schicksale!

Peggy, vom Ehemann im Wochenbett verlassen, die große Liebe von einer unbarmherzigen Krankheit genommen und jetzt war ihr Sohn einem Verbrechen zum Opfer gefallen.

Gerhard Limberg, der ohne Reue in ein neues Leben geschlüpft war. Dessen Handeln Paul trotzdem irgendwie nachvollziehen konnte, auch wenn er es nicht guthieß. Ben, der doch nicht nur der liebe, nette junge Mann von nebenan war, sondern ein Betrüger. Jeder hier hatte anscheinend etwas zu verbergen: Der verschrobene Arzt mit den vielen Gesichtern. Die Schlagersängerin, die mit dem Älterwerden Probleme hatte und sich darum heimlich operieren ließ. Und der Einsiedler, der wütend darüber war, dass der Chirurg bei ihm das Skalpell nicht wie gewünscht angesetzt hat. Am normalsten war in dieser Reihe fast noch die arrogante Großstadt Yummy Mummy. Ihr Geheimnis, die Affäre mit dem Gemüselieferanten, war ja beinahe langweilig im Vergleich zu denen der anderen. Paul dachte darüber nach, da fiel es ihm wie Schuppen von den Augen:

Bei Claudia Kunze hat er den Namen Karo schon mal gehört »... der Sohn meiner Freundin Karo ...« Es konnte natürlich eine andere Karo, Karolin oder Karolina sein, so ungewöhnlich war der Name nicht. Er griff nach seinem Smartphone und googelte Claus Holm. Plötzlich war er wieder hellwach. Ob es schon zu spät für einen Anruf war?

15

Ronny fühlte sich unwohl. Nervös rutschte er auf der Eckbank hin und her. Seit einer halben Stunde saß er mit Peggy hier in ihrer Küche. Außer in Dauerschleife festzustellen, dass sie es nicht verstand, hatte sie nichts gesagt, und dabei mehrere Taschentücher voll gerotzt. Er war hier, um sie ausquetschen. Unsensibel durfte er auf keinen Fall sein, so viel war ihm klar. Sie hat gerade ihren Sohn verloren. Aber er musste herausfinden, was Sache war. Was die Polizei wusste und was nicht.

»Hat der Kommissar gesagt, ob sie einen Verdächtigen haben?«

Wieder wurde sie von einem Weinkrampf geschüttelt. Ronny zog ein Taschentuch aus einer Packung und hielt es ihr hin.

»Ach, Ronny, wenn ich das wüsste. Er war zwei Stunden hier und hat mich zu Bens Vergangenheit befragt. Er hat gesagt, die meisten Morde sind Beziehungstaten. Du warst doch Bens Freund. Vielleicht hat er dir mehr erzählt als uns. Hatte er momentan eine Freundin?« Sie nahm das Taschentuch und putzte sich die Nase.

Ronny dachte nach. Tatsächlich wusste er das gar nicht. Wenn Ben und er sich getroffen hatten, dann hatten sie gezockt, waren was trinken oder in den Wald gegangen. »Weiß ich nicht, er war selbst uns gegenüber ziemlich verschlossen.«

Peggy seufzte.

Ronny stimmte innerlich ein. Aus ihr war nicht wirklich etwas herauszubekommen. Immerhin: Die Polizei wusste nicht mehr. Vielleicht hatte er Glück, und sie würden seine Fingerabdrücke an Bens Wohnungstür nicht finden. »Peggy, hast du der Polizei gesagt, dass Ben und ich befreundet waren?«

Sie nickte.

Dann hatte ihn der Kommissar deshalb heute angerufen. Er hatte eine Nachricht auf seiner Mailbox hinterlassen. Spätestens morgen musste er ihn zurückrufen, sonst würde er sich verdächtig machen. Ronny wusste nur noch nicht, was er ihm sagen sollte. Am besten einfach nichts. Oder das, was der Kommissar sowieso schon von Peggy gehört hatte: wie verschlossen Ben gewesen war, dass er mit keinem sein Innerstes geteilt hatte. Dass er ein super Typ gewesen war, hilfsbereit, loyal …

Außerdem war Ben Dauergast zur Happy Hour in der Hölle. Den Teufel würde er tun und dem Kommissar das verraten, er wollte sich ja nicht verdächtig machen. Und Bens und sein Geheimnis würde er ganz sicher auch nicht erwähnen.

»Peggy, kann ich noch irgendwas für dich tun?« Seine Mission hier war beendet. Er wollte los, hier herumzusitzen war nur noch Zeitverschwendung.

»Da wäre tatsächlich etwas …«

Seine Frage war eigentlich nur so dahingesagt gewesen. Ablehnen konnte er jetzt nicht, also fragte er stattdessen: »Was denn?«

»Kannst du mir helfen, Bens Wohnung auszuräumen, wenn es so weit ist? Ich schaffe das nicht allein.«

Ronny schluckte.

»Du kannst dir gern was von seinen Sachen aussuchen, wenn dir etwas gefällt. Als Erinnerung.«

Unwillkürlich rieb sich Ronny den Oberschenkel, wo

unter seiner Hose ein fettes Hämatom zu sehen war. Bens Tisch wollte er garantiert nicht haben. Vielleicht seine Playstation? Die könnte er verkaufen. »Logisch, kein Thema. Kannst dich auf mich verlassen. Jetzt habe ich noch eine Verabredung. Bleib ruhig sitzen, ich finde allein raus.«

Ronny atmete durch, als er auf die Straße trat. Satz mit x – das war wohl nix. Er wollte sich gerade eine Zigarette anzünden, da sah er Jana um die Ecke biegen. Die hatte ihm gerade noch gefehlt. Geschmeidig wie ein Panther sprang er in sein Auto, ließ den Motor an und fuhr davon.

16

Das Telefon klingelte. Schon beim ersten Läuten riss Mandy den Hörer von der Gabel.

»Chef, wo stecken Sie?«, rief sie und legte den Löffel in den halb aufgegessenen Joghurtbecher auf ihrem Schreibtisch. Ihre Sorge mochte vielleicht angesichts der Uhrzeit – es war gerade mal 8:20 Uhr – übertrieben wirken, aber in all den Wochen war Paul nie nach 8 Uhr im Büro gewesen. Meistens kam er schon um sieben. Und heute, wo sie mitten in der Mordermittlung steckten, war sie die Erste im noch dunklen Büro gewesen. Das passte so gar nicht zu Paul. Natürlich hatte sie sich Sorgen gemacht. Gestern hatte er ein bisschen angegriffen ausgesehen, nicht ganz so strahlend wie sonst. Dunkle Schatten unter seinen Augen, und er war auch wieder da gewesen, dieser traurige Blick. An ihn erinnerte sie sich genau, sie wusste nur nicht mehr, wann der Blick ihr aufgefallen war. War ja ein so voller Tag gewesen. Nichts, worüber sie sich beschweren würde, für Mandy konnte es gern in diesem Tempo weitergehen.

»Im Auto, Mandy. Auf dem Weg nach Berlin!«, hörte sie Pauls Stimme durch den Telefonhörer.

»Und was machen Sie da?«

»Das erklär ich Ihnen gleich. Sagen Sie mir bitte, ob ein Wagen da ist, den Sie sofort nehmen könnten.«

Sie stand auf und schaute auf den Hinterhof, da stand ein roter Kombi, der zu ihrem Fuhrpark gehörte. »Wohin soll ich denn?« Sie blieb stehen.

»Wie lange brauchen Sie nach Friedrichsfelde?«

»Um die Zeit ungefähr 30 Minuten.«

»Fahren Sie erst los, wenn ich Ihnen ein Zeichen gebe.«

»Verraten Sie mir, wo ich hinmuss? Oder wird das eine Schnitzeljagd?«

»Zu Karo Schultze im Wiesenweg in Friedrichsfelde.«

»Soll ich in die Rückenschule?«, fragte sie frech.

Während er sprach, hatte sie sich gesetzt und den Namen eingegeben. Karo Schultze war Physiotherapeutin, Expertin für Rückenverspannungen, sagte Google.

Paul antwortete gut gelaunt: »Heute nicht. Ich sage Ihnen, was der Plan ist. Also …«

Zehn Minuten später legten sie auf. Mandy war so elektrisiert, dass sie vergaß, den Joghurt fertig zu essen. Es taten sich Abgründe auf. Der Fall nahm eine ganz neue Richtung. Bis der Startschuss kam, wollte sie sich weiter einarbeiten. Vorbereitung war schließlich alles.

17

Nun fahr schon …! Warum musste die Kommissarin denn auch im Auto sitzen bleiben, anstatt abzudampfen? Karo spähte hinter dem Vorhang durchs Küchenfenster auf die Straße vor dem Haus. Der Kombi stand da, aber es tat sich nichts. Erst wenn die Kommissarin weg war, konnte sie Claus warnen. Nicht dass diese Mandy Lychow noch mal klingelte. Die Situation kannte man ja aus Krimis: Die Polizisten gehen scheinbar, und im nächsten Augenblick stehen sie wieder vor der Tür. Die saß tatsächlich im Auto und aß seelenruhig einen Schokoriegel. Das war die Höhe! Schlug die hier ihr Lager auf? Karo fragte sich, ob sie überwacht wurde. Zur Salzsäule erstarrt blieb sie auf ihrem Posten. Gefühlte Ewigkeiten vergingen.

Na, endlich! Die Kommissarin startete den Motor und fuhr los. Karo ging zum Küchenblock, wo ihr Handy lag, und wählte. Es klingelte – niemand nahm ab. Geh schon ran … Als die Mailbox ansprang, legte sie auf, um sofort auf die Wahlwiederholung zu drücken. Claus sollte sehen, dass es dringend war.

Es war ein Notfall. Sie klemmte sich das Telefon zwischen Ohr und Schulter und ging wieder zum Fenster. Ein Blick raus. Kein Auto weit und breit, die Kommissarin war nicht zurückgekommen. Immerhin. Sie nahm sich ein Glas, das auf der Anrichte stand, und goss sich an der Spüle Wasser ein. Wobei sie eher einen Schnaps gebrauchen könnte. Also ging sie zum Schrank, holte eine Flasche Obstbrand aus der Region heraus und füllte ein Schnapsglas zur Hälfte. Sie legte den Kopf in den Nacken und ließ die Flüssigkeit in ihren Mund laufen. Wie das brannte. Das hatte sie noch nie gemacht, es war gerade 9:30 Uhr, aber sie brauchte den Alkohol jetzt zur Beruhigung. Claus ging nicht ran. Wie konnte er nur? Sie legte das Telefon weg und setzte sich an den Tresen. Da merkte sie, dass sie zitterte.

Es war auch wirklich viel: Seit ihr Claudia gestern von Ben erzählt hat, war sie durch den Wind. Sie betrauerte den Freund. Ben! Wer hatte ihm das angetan? Warum? Das ergab so gar keinen Sinn. Ben war einer der nettesten Menschen überhaupt. Immer freundlich, immer hilfsbereit. Ein bisschen wortkarg, aber das waren ja viele hier. Anders als in Wilmersdorf, wo sie herkam, wo man das Herz auf der Zunge trug. Erst vergangene Woche hatte Ben Frederiks Fahrrad repariert. Einfach so, weil er, als er das Gemüse gebracht hatte, gesehen hatte, dass der Reifen platt war. Er war immer so nett. Einmal war er nur gekommen, um mit Lina auf dem Trampolin zu springen, denn er hatte es ihr am Vortag versprochen. Die Winterreifen an Karos Auto hat er auch gewechselt. Er wusste schließlich, dass Claus fast nie da war und darüber hinaus zwei linke Hände hatte. Wenn was am Haus zu erledigen war, konnte sie sich auf Ben verlassen.

Es war ein Drama. Ein Mord hier! Und dann war Ben das Opfer. Als wäre das nicht schon schlimm genug, war außerdem diese Kommissarin hier aufgetaucht. Als sie in der Tür gestanden hatte, hatte Karo erst gedacht, es hätte sie jemand geschickt, weil sie eine Behandlung brauche. Gebückte Haltung, wahrscheinlich eine Blockade der Brustwirbel, mutmaßte sie. Doch dann holte die Frau ihren Dienstausweis heraus. Vor Schreck guckte Karo gar nicht drauf. Sie konnte jetzt verstehen, warum so viele Menschen auf falsche Polizisten hereinfielen. Man war erst mal eingeschüchtert, wenn sich das Gegenüber als Polizist vorstellte, so ohne

Vorbereitung. Ihr war das Herz in die Hose gerutscht. War die Polizistin gekommen, weil Karo vergangene Woche mit 100 Sachen durch eine 30er-Zone in Friedrichsfelde gerauscht war? Sie war zwar nicht geblitzt worden, aber irgendjemanden gab es ja immer, der nichts zu tun hatte und einen dann verpfiff. Einmal Spitzel, immer Spitzel, dachte Karo wütend.

Doch es war ganz anders. Diese Mandy war von der Mordkommission. Warum sie ausgerechnet zu ihr gekommen war, verstand Karo nicht. Die Erleichterung, die sich eingestellt hatte, da es nicht um die Verkehrssache ging, hatte nur kurz angehalten. Die Kommissarin hatte sie nach einer freiwilligen Speichelprobe gefragt. Als ob sie eine Wahl hätte! Wie hätte das ausgesehen, wenn sie sich geweigert hätte? Sie konnten doch nicht von allen Kunden von Ben Proben nehmen? Oder von allen Menschen, die mit ihm Kontakt gehabt hatten? Da wären sie ewig beschäftigt. Das hatte Karo stutzig gemacht, und danach hatte diese Kommissarin überhaupt keine Anstalten gemacht zu gehen, vielmehr hatte sie lauter seltsame Fragen gestellt. Zu Claus! Nicht gefragt hatte sie, ob sie sich setzen dürfe, sondern hatte sich einfach ihre hässliche Allwetterjacke ausgezogen und es sich gemütlich gemacht. Es hätte noch gefehlt, dass sie Speis und Trank gefordert hätte.

Zwischendurch hatte sie immer gekünstelt gelächelt. Das passte gar nicht zu dieser eher vorlauten Person und hatte Karo am meisten irritiert. Dieses aufgesetzte Grinsen, nachdem die Kommissarin ihr eine Frage gestellt hatte. Warum ist Ihr Mann so oft in Berlin? – Was hatte das bitte mit Bens Tod zu tun? Wieder wählte Karo Claus' Nummer. Wieder ging er nicht ran. Sie textete ihm: *Ruf bitte schnell an. Ist dringend.* Sie war ein Nervenbündel.

Was soll's, dachte sie sich und schenkte sich einen weiteren Schnaps ein. Ob Claus und Ben sich gekannt haben? Wie ihr Verhältnis war? Was interessierte die Polizei das? Sie hatten keine Beziehung zueinander gehabt. Hatten sich vielleicht zwei Mal gesehen. Mehr nicht. Neulich hatte sie Ben Claus' Nummer gegeben. Ben brauchte juristischen Rat und weil er ihr so oft half, dachte sie, sie könnte sich mal revanchieren. Sie hatte ganz vergessen zu fragen, ob Ben Claus tatsächlich angerufen hat. Wahrscheinlich nicht. Ben war recht stolz gewesen: Er gab, aber nahm nicht gern. Normalerweise bekam niemand die Nummer von Claus. Nicht mal seinen Nachnamen kannten die Nachbarn hier. An der Klingel stand Schultze. Frederik und Lina hießen auch Schultze. Sollte ruhig jeder glauben, dass Claus ebenfalls ein Schultze war. Dass dem nicht so war, wusste außer ihnen nur Claudia. Dabei sollte es auch bleiben. Jetzt war einer von den beiden ermordet worden. Und bei ihr tauchte die Polizei auf. In Karos Kopf drehte sich alles. Ob vom Alkohol im Blut oder von den Ereignissen? Von beidem wahrscheinlich. Endlich – eine Nachricht: *Bin im Mandantengespräch, melde mich!* Mandanten – klar. Sie wusste, wie dieser »Mandant« aussah und welches Geschlecht er hatte.

Sie kippte den zweiten Schnaps hinunter. Der half. Wohlige Wärme durchströmte ihren Körper. Langsam setzte die Beruhigung ein. Nicht die Nerven verlieren, Karo, befahl sie sich. Sie war ja nicht als Verdächtige verhört worden. Vielmehr interessierte sich die Kommissarin für Claus. Als hätte Claus etwas mit Bens Mord zu tun! Das war doch absurd. Das musste ein Missverständnis sein. Oder das Vorgehen war schlichtweg Routine. Wahrscheinlich sah sie zu viele TV-Krimis, in denen die Kommissare ausschließlich Verdächtige zu Hause aufsuchten. Aber bis gestern hatte sie sich auch nicht vorstellen können, dass in der Uckermark ein Mord passierte. Im Wald!

Wie oft Claus in Berlin ist und wie oft hier, hatte die Kommissarin wissen wollen. Sie hatte mit hochgezogenen Augenbrauen nachgefragt, ob sie sicher sei, als Karo ihr mitgeteilt hatte, dass er die meiste Zeit in Berlin war.

Zwischenzeitlich hatte Karo gedacht, es ginge doch um die Finanzen. Schließlich war es für die Steuererklärung relevant, wie oft man sich in welchem Haushalt aufhält, wenn man doppelte Haushaltsführung geltend macht, wusste sie.

Claus war Strafverteidiger, einer der besten der Hauptstadt. Zumindest einer der meist beschäftigten. Natürlich muss er vor Ort sein. Ihre Antwort hatte souverän geklungen, auch wenn Karo sich beileibe nicht so fühlte.

Haben Sie denn schon eine Spur, hatte sie schließlich gefragt. Miss Smiley war ihr ausgewichen, hatte was von ermittlungstaktischen Gründen gesagt. Phrasen wie aus dem »Tatort« am Sonntag. Doch statt endlich vom Hof zu reiten, war sie weiter geblieben. Hatte nach ihrem, Karos, Alibi für Samstagabend gefragt. Nachdem sie ihr gesagt hatte, dass sie mit ihrer Mutter hier gewesen war und einen Film geguckt hatte, war sofort die Frage nach Claus gekommen. Wo denn ihr Mann gewesen sei. Es sei doch Wochenende gewesen, warum er da in Berlin war? Ein dringender Haftprüfungstermin, hatte Karo behauptet, und sich danach auf die Zunge gebissen. Mandy war Polizistin, sie könnte die Angabe direkt überprüfen. Darum musste Karo ja unbedingt mit Claus reden, sie mussten sich absprechen.

Sie textete ihm: *Die Polizei war bei mir, wegen Ben Lim-*

berg. Hab gesagt, dass du Samstag in Berlin warst wegen eines Haftprüfungstermins. War natürlich doof. Wenn sie dich fragen, tu so, als hätte ich es verwechselt.

Er musste das lesen, bevor diese Mandy Lychow oder Kollegen von ihr bei ihm eintrafen. Dass sie bereits auf dem Weg zu ihm waren, das war so sicher wie das Amen in der Kirche. Karo hielt sich am Küchentresen fest. Ihr wurde schwindlig. Vielleicht war der zweite Schnaps doch zu viel gewesen.

Hoffentlich fanden sie den, der das getan hatte, schnell. Karo konnte sich zwar nicht vorstellen, wer das sein konnte, aber wichtig war, dass die Ermittlungen schnell beendet wurden und die Polizei nicht weiter in ihrem Leben herumschnüffelte.

Warum hatte sich diese Mandy für Claus interessiert? Eine Antwort darauf würde sie nicht finden. Karo straffte die Schultern und atmete aus. Sie musste zu ihren Kindern. Die Frage beschäftigte sie, während sie die Treppe nach oben stieg, wo ihre Kinder in ihrem Schlafzimmer auf dem Bett lagen und Cartoons im Fernsehen guckten. Es waren Ferien, und sie hatte ihnen versprochen, dass sie Eier bemalen würden. Sie war in Schnapslaune und in Alarmbereitschaft. Ein Blick auf ihr Handy. Immer noch nichts. Aber langsam breitete sich eine Leichtigkeit in ihr aus. Diese Alles-egal-es-gibt-eine Lösung-Stimmung. Fast beschwingt hüpfte sie die letzten Stufen hoch. Claus Holm, melde dich, sagte sie zu ihrem Handy, bevor sie es in der Tasche ihrer Leggings verschwinden ließ.

18

»Holm«, stand auf dem goldenen Namensschild an der
Klingel der herrschaftlichen Gründerzeitvilla im feinsten
Berliner Westend. Das Haus und die Umgebung passten
zu dem, was Claudia Kunze Paul bei ihrem gestrigen Tele-
fonat über die Besitzer erzählt hatte: Gediegenheit, Tra-
dition und Wohlstand waren hier zu Hause. Alter West-
Berliner Adel hatte sie es genannt. Die Leute, die in diesen
Anwesen lebten, waren angekommen, aber nicht erst vor
Kurzem, sondern seit Generationen. Im nobelsten Teil von
Charlottenburg residierte das alte Geld – vergleichbar mit
den Hamburger Elbvororten. Bevor Paul klingelte, reka-
pitulierte er, was er von Claudia gehört hatte.

Die Geschichte von Karo und Claus: Sie war eine auf-
geweckte, junge Physiotherapeutin mit der typischen Berliner Schnauze aus Wilmersdorf, er einer der besten Strafverteidiger der Hauptstadt. Golfclub, Poloclub, Villa in
Westend inklusive. Die beiden trennt ein Altersunterschied
von 23 Jahren und verband ein wunderschöner Altbau auf
dem Ku'damm, in dem sich ihre jeweiligen Arbeitsplätze
befanden. Auf derselben Etage, im fünften Stock. Lange
kennen sie sich nur vom Sehen aus dem Treppenhaus, bis
an einem Novemberabend vor zehn Jahren das Schicksal seinen Lauf nimmt. Karo ist gerade dabei, die Praxis-
räume zuzuschließen, da kommt Claus mit schmerzver-
zerrtem Gesicht gekrümmt aus der Nachbartür. Er habe
sich gerade, als er Akten aus dem Schrank holte, verho-
ben, ob sie nicht … Natürlich. Karo öffnet die Tür zu ihrer
Praxis. Wenige Therapiestunden später ist sein Rücken

wieder eingerenkt und die Frau, die dafür verantwortlich ist, seine Geliebte. Sie gibt ihm das, was er in seiner Ehe schon lange vermisst, Erotik, Bewunderung und Jugend. Mit seiner Ehefrau führt er nach außen eine perfekte, nach innen eine harmonische Partnerschaft – aber seit Jahren leben sie wie Bruder und Schwester mehr nebeneinander als miteinander. Doch selbstverständlich ist seine Ehe etwas, das für ihn nicht verhandelbar ist. Eine Scheidung kommt nicht infrage, das macht er seiner Geliebten klar. Sie akzeptiert das und stellt zunächst keine Ansprüche. Ein gemeinsames Wochenende, eine Dienstreise, zu der sie heimlich mitkommt, viele Treffen zwischen Tür und Angel in ihrer Wohnung, das reicht ihr. Doch dann wird sie schwanger. Eine Abtreibung ist für sie keine Option. Sie bekommt das Kind, und Claus unterstützt sie, aber bekennt sich nicht zu ihr und dem gemeinsamen Sohn. Karo kann als Alleinerziehende im ersten Jahr nach der Geburt des Kindes nicht arbeiten, weil sie keinen Kitaplatz hat. Claus lässt sie in einer seiner Eigentumswohnungen leben und unterstützt sie großzügig. Doch noch vor Ablauf des Jahres ist sie erneut schwanger. Mit zwei Kindern ist zum einen das Leben als Alleinerziehende in der Großstadt schwieriger, und Claus wird es langsam zu heiß, schließlich kann er nicht einfach am Wochenende mit Karo und den Kindern um den Schlachtensee spazieren, als wäre nichts. Karo selbst ist an ihrem Limit. Und sie erwartet von ihm: Familienzeit. Die kann es in Berlin nur in ihrer Wohnung geben. Ihr wächst die Situation über den Kopf, zumal Frederik, der Sohn, unter Asthma leidet. Sie fühlt sich allein gelassen mit den Kindern, der Sorge um den Sohn. Die Berliner Luft mit ihrem Feinstaub ist auch nicht hilfreich für Frederik.

Also kauft Claus das Haus in der Uckermark, wohin Karo mit den Kindern zieht. Es ist eine Win-win-Situation: Er muss nicht mehr fürchten, in der Hauptstadt enttarnt zu werden, sie muss sich nicht mehr verstecken, und die Landluft tut Frederik gut. Von den Nachbarn wundert sich keiner, dass der Vater oft beruflich in Berlin ist. Für Leute in der Uckermark sind sie eine Familie – in Berlin war sie die Alleinerziehende. Das Manko, dass Papa eigentlich schon eine Familie hat, eine offizielle und dies nur die heimliche Zweitfamilie ist, bleibt ein Geheimnis. Ein wohl gehütetes. Berlin ist von der Uckermark nur 100 Kilometer entfernt, aber manchmal sind es dann doch Welten. Von Claus' Zweitfamilie in der Schorfheide weiß keiner im Tennisclub an der Hundekehle oder im Bekanntenkreis. In der Uckermark hat niemand eine Ahnung von Claus' West-Berliner Bubble. In Friedrichsfelde muss Karo sich nicht verstecken, sie ist nicht mehr die Schatten-Geliebte, sondern die Hausfrau, die nebenher in den eigenen vier Wänden vereinzelt Patienten behandelt, deren vielbeschäftigter Mann vermögend ist und das Leben finanziert. Ihr gefiel die Rolle, das schöne Haus, das Landleben. Berlin fehlt ihr nicht. Keiner hätte je davon erfahren, wäre nicht auch die Hauptstadt manchmal nur ein Dorf.

Paul musste grinsen, als er daran zurückdachte, wie Claudia die Situation in der ihr eigenen Art beschrieben hat: »Ich hetzte kurz vor Weihnachten an einem dieser supervollen Tage, es war 2019, durch die Fressabteilung des KaDeWe, und während ich in der Schlange für den Fisch anstand, sah ich da Claus sitzen. In Gesellschaft einer Frau und zwei Kindern verspeiste er seine Austern. Das Bild hätte im Lexikon neben dem Eintrag ›reiche Langweiler-Familie‹ stehen können: dunkelblau, Goldknöpfe, zwei Kinder im Teenageralter, eine schön zurechtgemachte, mittelalte Frau und eben Claus. Weil für mich Claus ja der Mann von Karo ist und die Frau ihm irgendwie ähnlich sah, dachte ich, es sei seine Schwester mit Nichte und Neffe. Ich ging also zu ihrem Tisch und grüßte freundlich: ›Hey Claus, schön dich mal hier zu treffen!‹ Er guckte mich total verständnislos an, auch die vermeintliche Schwester und die Kinder. Ich: ›Claudia. Uckermark. Karo, Lina, Lilli, macht es jetzt klick?‹ Tatsächlich hatten wir uns bis dahin ein paarmal gesehen. Wie gesagt, seine und meine Tochter sind befreundet, ein oder zweimal war er zu Hause, wenn ich Lilli abgeholt habe. Er meinte: ›Da muss eine Verwechslung vorliegen. Ich kenne keine Karo oder Lina und bin auch nicht aus der Uckermark.‹ Da sagte die Schwester-Frau wohlwollend und lächelnd: ›Mein Mann hat einfach ein Allerweltsgesicht.‹ Ups, hatte sie gerade ›mein Mann‹ gesagt? Mir sind in Sekundenbruchteilen die berühmten Schuppen von den Augen gefallen. Daraufhin hab ich was gefaselt von meiner Gesichtsblindheit, Prosopagnosie, und so zugelabert für ein paar Minuten. Ich war, glaub ich, sehr überzeugend, denn der Frau war nicht aufgefallen, dass ich ihren Mann mit seinem Vornamen angesprochen hatte. Dann hatte ich mich wortreich für das Missverständnis entschuldigt. Ich war noch nicht raus aus dem KaDeWe, da hatte ich eine Nachricht von Karo auf dem Handy: müssen reden. Am Abend hat sie mir unter dem Siegel der absoluten Verschwiegenheit alles erzählt. Ich hab sie natürlich gefragt, warum sie das mitmacht. Sie meinte, erstens liebt sie ihn, zweitens ist sie finanziell von ihm abhängig, das Haus gehört ihm, auch das Auto, und sie hat sich an den Lebensstil gewöhnt. Und drittens – das hat sie nicht gesagt, das vermute ich – hofft sie, dass er sich irgendwann für sie entscheidet. Geht davon aus, dass, wenn die Kinder, also seine ersten, die offiziellen, aus dem Haus sind … Das Übliche!«

Vor diesem Hintergrund musste Paul jetzt sehr vorsichtig und sensibel vorgehen. Er brauchte Informationen von Claus Holm und wollte ihn nicht als Gegner. Holm war Strafverteidiger. Er wusste um sein Recht, die Aussage zu verweigern. Paul hatte im Gegenzug kein Interesse daran, ihn vor seiner Ehefrau zu enttarnen.

Er drückte auf die Klingel. »Ja, bitte!«, kam es aus der Sprechanlage. Eine weibliche Stimme. »Mein Name ist Paul Montgomery, Polizei Templin. Kann ich bitte Herrn Holm sprechen?« Er hielt seinen Ausweis vor die Kamera. Eine Minute später ertönte der Summer, und Paul drückte das schwere schmiedeeiserne Tor auf. Zur pompösen Eingangstür, die von zwei Säulen eingerahmt wurde, führten ein 20 Meter langer Weg und fünf Stufen. Exakt in dem Augenblick, als Paul vor der Tür stand, öffnete sich diese. Im Türrahmen stand eine gepflegte, groß gewachsene Frau. Mitte 50, schätzte Paul. Sie trug einen dunkelblauen Kaschmir-Pullover darunter eine weiße Bluse und Jeans. Die mittelblonden Haare waren zu einem kinnlangen Bob geschnitten.

»Guten Tag«, sagte Paul und schenkte ihr sein gewinnendstes Lächeln. Es wirkte.

»Sie wollen meinen Mann sprechen?« Das klang schon viel freundlicher, auch wenn die Frage natürlich rhetorisch war. Sie wollte wissen, was der Grund dafür war.

Paul tat ihr den Gefallen. »Es geht um eine Strafsache in der Uckermark. Eine der Beschuldigten ist eine Mandantin Ihres Mannes. In seinem Büro sagte man mir, er sei zu Hause, und da ich sowieso in der Gegend war, komme ich persönlich vorbei.« Er schaute sie freundlich an, und wenn er sich nicht täuschte, war das minimale Zucken von Frau Holms Mundwinkeln ein Lächeln.

»Ich hole ihn, warten Sie hier.« Sie bat ihn nicht ins Haus, was Paul unter normalen Umständen gestört hätte, unter den aktuellen war es ihm recht. Er wollte so ungestört wie möglich mit Claus Holm sprechen.

Der war ungefähr so groß und alt wie seine Frau und hätte wirklich ihr Bruder sein können: Dichtes graues Haar, ein ähnlicher Kleidungsstil. Von der rechten Hand bis zum Ellenbogen trug er eine Gipsschiene, die mit dunkelblauem Gazeband umwickelt war.

»Claus Holm«, stellte der sich überflüssigerweise vor. Er machte eine entschuldigende Geste und deutete mit der linken Hand auf die rechte. »Ich kann Ihnen leider nicht die Hand geben.«

»Freut mich, Paul Montgomery, Polizei Templin«, sagte Paul. »Was ist Ihnen passiert?«, stellte er eine Anstandsfrage.

»Ich habe mir den Finger gebrochen. Kleiner Finger, große Beeinträchtigung. Morgen bin ich das Ding hoffentlich endlich los.« Paul schenkte ihm einen mitfühlenden Blick. Er machte einen Schatten einige Meter hinter Claus Holm aus – wahrscheinlich stand dessen Frau in Hörweite –, also sagte er lauter als nötig: »Herr Holm, ich ermittle in einem Tötungsdelikt, und im Zuge einer Zeugenanhörung fiel Ihr Name als Verteidiger. Ich habe einige Fragen, bin aber noch am Anfang meiner Ermittlungen, darum ist das jetzt ein informelles Gespräch, das ich gern mit Ihnen vertraulich führen möchte.«

Seine Strategie war, Holm aus dem Haus zu locken und dessen Vertrauen zu gewinnen. Auf gar keinen Fall wollte er ihn vor seiner Frau bloßstellen.

Holm schien verstanden zu haben. »Warten Sie, ich hole nur schnell meinen Mantel. Wollen wir ein Stück gehen? Ich war heute sowieso noch nicht draußen.« Holm verschwand, um Augenblicke später in einem dunkelblauen Mantel zurückzukommen, dessen Ärmel weit genug geschnitten waren, dass er über den Arm mit der Gipsschiene passte.

»Gute Idee. Es ist ja ein sehr schöner Tag heute.« Small Talk gehörte zu Pauls Stärken. Bis sie auf der Straße waren und in die Marathonallee bogen, plauderten sie über das Wetter und die Gegend. Die Sonne schien und die Vögel zwitscherten, die Natur erwachte. Die Forsythien in den Gärten leuchteten bereits gelb. Es war Claus Holm, der zum Thema kam. »Herr Montgomery, verraten Sie mir doch bitte, womit kann ich Ihnen helfen?«

Paul überlegte kurz. Sollte er den direkten Weg nehmen? Oder sich herantasten? Die Gefahr, dass Holm direkt zumachte, war groß. Auf der anderen Seite sollte Claus Holm wissen, dass Paul im Bilde war. »Das mit der Mandantin war eine Notlüge. Ich wollte vor Ihrer Frau nicht sagen, worum es geht, denn es ist heikel.«

Holm blieb stehen und sah ihn an: »Geht es um Karo und die Kinder?« Man konnte nicht behaupten, dass er um den heißen Brei redete. Das schätzte Paul.

»Indirekt. Wahrscheinlich wissen Sie, dass Ben Limberg, der auch Karo Schultze mit Gemüse beliefert hat, ermordet wurde. Ich bearbeite den Fall.«

»Ja, Karo hat es mir erzählt. Verfolgen Sie schon eine Spur?«

»Wir ermitteln natürlich in verschiedene Richtungen. Und im Zuge dessen sind wir auf eine Zahlung von Ihnen an Herrn Limberg gestoßen. 20.000 Euro. Da ich nicht davon ausgehe, dass Sie die Bio-Kiste für 15 Jahre im Voraus bezahlt haben, würde mich natürlich interessieren, wofür das Geld war.«

Holm lief schweigend weiter. Doch Paul konnte die Stille aushalten. Eine seiner Stärken und bei Befragungen eine wichtige Waffe. Für fast eine Minute gingen sie, ohne ein Wort zu wechseln, nebeneinanderher. Ein Auto fuhr auf der Straße, ansonsten kein Zeichen von menschlichem Leben. Hier im Westend war es um diese Uhrzeit wahrscheinlich jeden Tag sehr schön ruhig.

Unvermittelt blieb Holm stehen. »Sie wissen, dass ich Ihnen keine Antwort darauf geben muss, und natürlich kenne ich die Möglichkeiten, die Sie haben, an Informationen zu kommen. Die Dauer und der Aufwand … Damit ist keinem von uns beiden geholfen. Ich schätze Ihre Diskretion meiner Frau gegenüber, und darum bin ich bereit, Ihre Fragen zu beantworten. Allerdings unter einer Bedingung.«

»Die da wäre?«

»Sie halten meine Frau weiterhin raus. Und wenn ich ›Sie‹ sage, meine ich nicht nur Sie persönlich, Herr Montgomery, sondern auch Ihre Kollegen. Niemand ruft bei uns an oder spricht mit meiner Frau.«

Paul sah ihm in die Augen, sie waren graublau. Tiefe Furchen umgaben sie. Holm erwiderte seinen Blick. Er schien zu sagen: Ich spiele fair.

»Sie können sich auf uns verlassen.«

»Dann lassen Sie uns noch ein Stück weitergehen und ich sage Ihnen, was Sie wissen wollen.« Sie bogen in die Oldenburgallee. »Ben Limberg hat mich erpresst. Er hat gedroht, meiner Frau von Karo und unseren Kindern zu erzählen, und für sein Schweigen 20.000 Euro verlangt.«

Diese Enthüllung war nicht überraschend, Paul hatte mit so etwas gerechnet, seit Claudia ihm von Holms Doppelleben berichtet hat. Dass er unumwunden von der Erpressung erzählte, war nicht verwunderlich, aber: »Warum haben Sie gezahlt, statt ihn anzuzeigen?«

»Aus demselben Grund, warum ich Sie um Stillschweigen gebeten habe. Ich wollte nicht, dass meine Freu etwas erfährt.«

»Warum waren Sie sicher, dass es bei dieser einen Zahlung bleiben würde?«

Holm ging forschen Schrittes. »Sicher konnte ich natürlich nicht sein. Aber ich habe einen Vertrag mit ihm gemacht. Ein Erstsemester Jura würde zwar merken, dass der sittenwidrig und nicht rechtskräftig ist, doch er erfüllte seinen Zweck und schien Ben zumindest einzuschüchtern. Sie haben selbstverständlich recht, er hätte weitermachen können. Doch darüber habe ich mir zunächst keine Gedanken gemacht, ich wollte erst mal verhindern, dass er sein Material an meine Frau weitergibt. Dann wollte ich mir eine Strategie überlegen.«

Material!

»Was hatte er denn in der Hand?«

»Oh, das war eine Menge. Fotos vom Haus, in dem Karo und die Kinder leben, nicht nur von außen, sondern auch von innen mit meinen Sachen darin, abfotografierte Fotos von Karo, den Kindern und mir, und er hatte sogar ein kleines Video, auf dem Lina, unsere Tochter, auf dem Trampolin hüpft und ihm dabei erzählt, dass ihr Papa Claus heißt, in Berlin Anwalt ist und ein großes Muttermal auf der Brust hat.«

»Hat er Ihnen mit der Zahlung das Material überlassen?«

»Ich bin ja nicht von gestern und weiß, dass er alles in einer digitalen Cloud gespeichert hat. Darum der Vertrag.«

»Haben Sie eine Ahnung, wie Ben hinter Ihr Geheimnis gekommen ist?«

»Nein. Karo und ich haben sehr darauf geachtet, dass niemand davon erfährt. Mein Name steht ja nicht mal an der Klingel an Karos Haus. Aber vor einem Jahr habe ich eine Bekannte von Karo aus der Uckermark im KaDeWe getroffen mit meiner Frau und den Kindern. Vielleicht hat die was gesagt.«

Nein, dem war nicht so. Claudia Kunze hat Paul glaubhaft versichert, dass sie niemandem ein Sterbenswörtchen gesagt hat. Das habe sie Karo versprochen und sie (Claudia) sei ja nicht dumm und würde es sich mit der einzigen Freundin verscherzen, die sie hier habe. Allerdings ging Ben bei Karo ein und aus, wie Claudia zu berichten wusste. Sie waren einander freundschaftlich verbunden und Ben half ihr, wenn es was zu reparieren gab. Gut möglich, dass er bei einem seiner Besuche auf etwas gestoßen war. Vielleicht hatte eins der Kinder eine Bemerkung gemacht, die ihn hatte stutzig werden lassen. Holm und Karo musste klar gewesen sein, dass sie ihr Geheimnis nicht ewig unter Verschluss halten konnten. Spätestens wenn die Kinder größer würden, würde es schwer werden.

Je mehr Paul über Ben Limberg herausfand, desto weniger hielt sich das Bild des schweigsamen, einsiedlerisch lebenden, lieben jungen Mannes. Der Ben, den er kennenlernte, war kriminell und skrupellos gewesen.

»Meine Nummer hatte Ben von Karo. Sie hat sie ihm gegeben, weil er Rat in einer juristischen Sache wollte.«

Rat war da wohl auch ein eher dehnbarer Begriff, dachte Paul.

»Er hat gesagt, er brauche das Geld für ein Geschäft und wenn er alles zusammenhat, würde er weggehen«, sagte Claus Holm.

»Sie wissen, was jetzt kommt. Ich muss Sie fragen, also bringen wir es hinter uns: Was haben Sie am vergangenen Samstag zwischen 17 und 22 Uhr gemacht?«

»Ja, ich weiß, ich hätte ein Motiv. Ich war zu Hause mit meiner Frau, meiner Schwester und deren Kindern. Die können das bezeugen, ich wäre Ihnen allerdings sehr verbunden, wenn Sie auf ein Gespräch mit ihnen verzichten könnten.«

»Geben Sie mir im Gegenzug eine freiwillige DNA-Probe?«

»Natürlich!«

»Dann einverstanden.« Paul blieb stehen, holte das Röhrchen für den Wangenabstrich aus seiner Jackentasche heraus und reichte es Claus Holm. Geschickt nahm er die Probe und gab Paul das Röhrchen zurück.

Sie waren im Kreis gegangen und nun nur wenige Meter vom Holm'schen Anwesen entfernt. »Haben Sie weitere Fragen?«

Paul verneinte.

»Ich stehe Ihnen selbstverständlich weiterhin zur Verfügung und verlasse mich auf Ihre Diskretion.«

Paul versicherte ihm erneut seine Verschwiegenheit. Er war sich relativ sicher, dass Claus Holm nichts mit dem Mord an Ben zu tun hatte. Claus Holm hat vor zwei Wochen bezahlt, warum hätte er Ben jetzt umbringen sollen? Wenn, dann hätte es doch Sinn ergeben, ihn vor der Zahlung aus dem Weg zur räumen. »Mir fällt gerade eine Sache ein, die ich noch gern von Ihnen wissen würde: Wie hat Ben Sie kontaktiert, per Anruf oder per Nachricht?«

»Das erste Mal rief er an. Die Beweise kamen dann per Telegram. Ich musste die App erst mal installieren.«

»Sie haben den Verlauf vermutlich gelöscht?«

Statt ihm zu antworten, sah Holm ihn nur an.

»Haben Sie die Handynummer noch, von der aus er sich gemeldet hat?«

»Der Anruf war vor circa drei Wochen. Ich könnte in meinem Handy nachgucken, ob sie im Verlauf gespeichert ist. Das Telefon habe ich oben.« Holm deutete auf sein Haus, vor dem sie inzwischen standen.

Paul reichte ihm seine Karte. »Rufen Sie mich bitte an, sobald Sie die Nummer gefunden haben.« Natürlich hätte er Holm auch auffordern können, reinzugehen und das Handy zu holen. Doch Paul spürte, diese vertrauensbildende Maßnahme würde sich auszahlen.

Und er behielt recht. Er hatte nicht mal die Autobahn erreicht, da rief Holm an.

»Ich habe die Nummer tatsächlich gefunden. Ich schicke Sie Ihnen per SMS.«

»Vielen Dank«

»Ich schätze Ihre professionelle Diskretion und würde Sie auch bitten, Karo nichts von der Erpressung zu sagen, weil …«

Paul unterbrach ihn: »Ich suche einen Mörder, alles Weitere interessiert mich nicht.«

»Genau und deshalb wollte ich Ihnen noch etwas sagen: Ein Mann namens Frank Vandenben wohnt einen Ort weiter in Groß Dölln, besser gesagt er und sein Mann besitzen dort ein Wochenendhaus. Frank betreibt eine bekannte PR-Agentur in Berlin, soviel ich weiß, ist er derzeit aber hauptsächlich in der Uckermark. Ich habe neulich von einem Kollegen gehört, dass er massive Probleme hat. Es geht um Betrug in größerem Stil, und die Staatsanwaltschaft ermittelt gegen ihn. Ich möchte niemanden anschwärzen, aber vielleicht ist das ja eine Richtung, in die es sich lohnt zu ermitteln. Gut möglich, dass Sie eine Verbindung vom Mordopfer zu Frank Vandenben finden. Nicht auszuschließen, dass er Kunde von ihm war und wer weiß? Möglicherweise war ich nicht die einzige Person, die Ben erpresst hat.«

»Danke. Ich melde mich, wenn ich die Ergebnisse der DNA-Analyse habe.« Paul beendete das Gespräch. Was war denn das? Er war sich nicht im Klaren, wie er diesen Hinweis interpretieren sollte, als konkreten Tipp oder als Ablenkungsversuch eines Verdächtigen. Sein Handy klingelte. Mandy!

»Na, was sagt seine Frau dazu, dass er eine Zweitfamilie hat?«

»Natürlich habe ich ihr nichts davon gesagt!«

»Warum nicht?«

»Weil wir bei der Mord- und nicht bei der Moralkommission sind.«

»Warum schützen Sie ihn?«

»Ich schütze ihn nicht. Wir müssen einen Mord aufklären und nicht das Verhalten von Herrn Holm moralisch bewerten.«

»Aber es ist nicht fair, was er macht. Seine Ehefrau sollte Bescheid wissen.«

»Ich finde die Leidenschaft, mit der Sie sich einbringen, toll, und vermutlich haben Sie recht, aber es ist nicht unsere Aufgabe, sie darüber zu informieren.«

Sie schwieg. Dachte sie über das Gehörte nach oder konnte sie gerade nicht reden, weil sie mal wieder den Mund voll hatte? Paul stand an einer roten Ampel, und auch wenn es verboten war, so griff er schnell nach seinem Telefon und scrollte zur SMS von Holm. Da war die Nummer, mit der Ben ihn kontaktiert hat.

»Mandy, können Sie bitte überprüfen, ob das«, er nannte ihr die Ziffern, »die Handynummer von Ben ist?«

»Augenblick!«

Er hörte am Klackern der Tasten, dass sie etwas in ihren Rechner tippte. Zwei Sekunden später hatte sie ein Ergebnis.

»Nein. Aber die gehört zu einer anonymen Prepaidkarte!«

Also doch! Ben hatte ein zweites Handy.

Aber anonyme Prepaidkarte? Die gab es legal in Deutschland nicht mehr zu kaufen – jedoch Wege, sie zu bekommen. Mit wenigen Klicks übers Internet. Jemand, der so gerissen war, Kunden dauerhaft zu betrügen und dann zu erpressen, der hatte auch keine Probleme, an das Werkzeug dafür zu kommen. Das hieß für sie, sie mussten das Gerät finden, um den Beweis zu haben, dass es Ben war, und natürlich um weiteren potenziellen Erpressungen auf die Spur zu kommen. Paul hatte das Gefühl, Holm war nicht Bens einziges Opfer.

»Bitte checken Sie, ob es irgendwo in Bens Besitz ein zweites Handy gibt, das wir übersehen haben«, wies Paul an. »Patrick und Nils sollen noch mal in die Wohnung und genau gucken. Unterm Bett und überall, wo man was verstecken könnte. Keller, Auto ...«

19

»Wald? Ich soll Waldbeauftragte werden?« Jana verstand gar nichts.

»Nein. Du sollst nicht Waldbeauftragte werden. Ich lege es dir noch mal dar.« Michael verfiel in einen »Sendung mit der Maus«-Erklärtonfall. Dachte er, sie wäre blöd?

Sie warf sich auf ihr Bett, legte das Handy neben sich auf das Kissen und drückte auf das Lautsprechersymbol.

»Jeder Kandidat für den Bundestag braucht ein Thema, für das er sich einsetzt. Ein Herzensthema sozusagen, das sich entweder aus seiner Vergangenheit oder seinem Lebensumfeld erschließt. Wenn also jemand Lehrer ist, setzt er sich für Bildungspolitik ein. Bei deiner, sagen wir mal, wackligen Erwerbsbiografie, würde ich diesen Aspekt nicht nehmen, lieber ein Thema, das zum Wahlkreis passt. Und weil du für den Kreis Uckermark/Barnim antrittst, ist es bei dir der Wald. Das Herz der Uckermark.«

»Das verstehe ich schon. Aber ich bin keine Waldfee.« Jana mochte den Wald nicht. Sie hatte nie etwas mit Bäumen und Natur anfangen können. Für sie war Wald tagsüber total langweilig und nachts bedrohlich. Bäume waren einfach so gar nicht glamourös. Sie hatte Instagram geöffnet und scrollte sich durch ihren Feed. Deutlich mehr ihre Welt als der Wald. »Kann ich mich nicht lieber für was starkmachen, das zu mir passt, Social Media basically? Oder mich für die jungen Menschen hier einsetzen, damit die nicht abwandern?«

»Ach, Jana. Du musst daran denken, wer dich wählen soll. In der Uckermark leben nun mal viele ältere Menschen. Die erreichst du, wenn du für den Wald kämpfst und nicht dafür, dass Werbung auf Instagram verboten wird.«

»Was? Ich soll mit Instagram aufhören?«

»Nein. Das war nur ein Beispiel!«

Er war manchmal wirklich kompliziert. Was sollte das? Sie inspizierte ihre Nägel. Die musste sie machen vor morgen. »Ich bin nun mal keine Försterin, sondern Kosmetikerin. Du sagst doch immer, es kommt auf die Authentizität an.«

Barsch rief er: »Ja, gleich!«

»Bitte?« Was sollte der unfreundliche Ton?

»Ich hab nicht mit dir gesprochen, meine Sekretärin ist gerade hereingekommen. Ich hab nicht mehr so viel Zeit, ich muss gleich zu einem Meeting mit dem Gesundheitsminister. Der braucht nach dem letzten Shitstorm Beratung.«

Sie setzte sich auf, sodass sie ihr Gesicht im Spiegel begutachten konnte. Ihre Augenbrauen hatten es nötig, mal wieder in Form gebracht zu werden. »Ich finde einfach, Wald passt nicht zu mir!«

»Sehr gut sogar. Es ist so: Der deutsche Wald stirbt. Nur ein Fünftel des gesamten Waldes ist gesund. 23 Prozent der Uckermark sind von Wald bedeckt, das ist ein Viertel der Fläche. Aber die wunderbaren uckermärkischen Forste sind schwerkrank. Ein Jammer, das bricht einem das Herz.« Er klang überhaupt nicht, als wäre er betroffen. »Das bewegt die Menschen mehr als Waldbrände in Südeuropa oder Hungerkatastrophen. Und du versprichst ihnen, dass ihre Lebensader nicht versiegt. Das passt super in die Zeit. Klimawandel, Umwelt, diese Themen werden den Wahlkampf dominieren. Eins davon musst du zu deinem machen.«

»Ich bin nicht bei den Grünen!« Sie hatte Ringe unter den Augen, seit der Sache mit Ben hatte sie kaum Schlaf abbekommen.

»Es ist nur ein grünes Thema. Sorry, wenn ich dich abwürge, ich muss gleich los.«

»Ach, es fühlt sich nicht richtig an. Schließlich ist mein Bruder vor nicht mal drei Tagen im Wald ermordet worden.«

Sofort veränderte sich sein Tonfall. Plötzlich klang er sehr mitfühlend. »Ich weiß. Das ist furchtbar. Wie geht es dir denn?« Bevor sie zu einer Antwort ansetzen konnte, fuhr er fort: »So tragisch es ist, du musst auch das Positive sehen. Du kannst daraus Kapital schlagen. Im Sommer, wenn der Wahlkampf ist, kannst du die Geschichte erzählen ›Das traurige Geheimnis hinter ihrer Mission‹. Dein Bruder hat den Wald geliebt und du hilfst, dass er nicht auch noch stirbt.«

Jana schluckte.

»Natürlich nur, wenn du willst. Das wäre wirklich großartiges Storytelling. Damit hättest du eine authentische Geschichte, die die Menschen berührt.«

»Wenn du meinst …«

»Ja, meine ich. Am besten du suchst dir jetzt schon mal Patenschaften für Bäume oder Waldstücke. So was wird es doch geben. Dann können wir im Sommer schöne Fotos machen. Wenn wir wieder eine Hitzewelle haben und alle stöhnen. Im Sommerloch. Du in knappen Shorts, wie du im Wald Bäume gießt. Oder so ähnlich … Die Idee ist wirklich gut.« Michael lobte sich gern selbst, so gut kannte sie ihn inzwischen schon. »Du schaust mal, was du alles an Patenschaften übernehmen kannst, und ich denke mir eine knackige Storyline dafür aus. Mit Moodboard – eine

Gold-Strategie. Damit bist du schon mit einem Bein im Bundestag. Glaub mir.«

So ganz überzeugt war sie nicht. »Bist du immer noch sicher, dass die EPD die richtige Partei ist? Ich hab gesehen, die liegen ziemlich weit hinten.«

»Ja, genau darum. Die müssen aufholen. Das werden sie. Glaub mir, die EPD gewinnt die Wahl. Dafür verwette ich meine Datsche.« Michael war so richtig in Fahrt. »Liebes, deine Chancen sind gut, die anderen Parteien schicken nur alte Männer mit zweifelhafter Vergangenheit ins Rennen. Einer ist so alt, der hat schon Ulbricht die Windeln gewechselt. Die AfD wird sicher einen Alt-Nazi ins Rennen schicken. Du bist die lachende Siegerin. Wenn alte Männer sich streiten, ist die junge Hoffnungsträgerin die Gewinnerin. Du musst nur noch den Schlüter vom Kreisverband überzeugen. Den Rest erledigt der. Wenn du den in der Tasche hast, kommt keiner in der EPD mehr an dir vorbei.«

Stolz sagte sie: »Den treffe ich morgen.«

»Perfekt. Lass deinen Charme spielen. Ich hab gehört, er ist sehr empfänglich für weibliche Reize. Kämpf mit den Waffen einer Frau. Du hast doch besonders gute.«

Die besten, dachte sie sich. Das Mittagessen morgen mit dem Schlüter war ein Leichtes für sie.

»Ich mach mir schon mal ein paar Gedanken über die Plakatmotive und Postkarten. Ich sehe dich sehr natürlich, aber sexy. So ein bisschen in Lara-Croft-Style. Jana Limberg – die Retterin der heimischen Wälder.«

Lara Croft, damit konnte sie leben.

»Wir müssen dann natürlich dringend mal einen Termin in Präsenz machen und fürs Finetuning.« Er lachte, sie stimmte mit ihrem kehligen Lachen ein. »So, jetzt muss ich wirklich zum Herrn Minister. Tschüss!«

»Ja, tschüss.«

Jana legte auf. Wald. Das war so gar nicht sexy. Sie hatte keine Lust, durchs Unterholz zu kriechen, sich von Mücken zerstechen und Zecken beißen zu lassen und so zu tun, als fände sie das toll. Hatte Michael nicht etwas von Autogrammkarten gesagt? Und Plakaten? Das wiederum klang ziemlich verlockend. Wenn sie dafür in den Wald gehen müsste, würde sie das halt in Gottes Namen tun. Gut gelaunt stand Jana vom Bett auf und ging zu ihrem Kleiderschrank. Sexy und weiblich – da würde sie etwas Passendes finden.

20

Während einer Mordermittlung trifft sich das Team zweimal täglich zur Dienstbesprechung. Heute war das morgendliche Meeting ausgefallen. Paul war in Berlin gewesen, Mandy bei Karo Schultze. Bei einer kleinen Gruppe wie der ihren war mit Verschiebungen zu rechnen. Anders bei den großen Mordkommissionen, die mindestens 20 Mitarbeiter umfassten, da waren die täglichen Zusammenkünfte in Stein gemeißelt. Hier hatte Paul mehr Flexibilität, und das gefiel ihm. Sie holten die Morgenbesprechung einfach mittags nach.

Weil es 12 Uhr und mindestens eine Person aus dem Team wahrscheinlich schon kurz vor dem Verhungern war, hatte er von unterwegs Pizza für alle bestellt. Als Leiter des Teams war er für seine Mitarbeiter verantwortlich, nicht nur für ihre Sicherheit in Einsätzen, sondern er musste auch dafür sorgen, dass sie während der anstrengenden Ermittlungen regelmäßig aßen. Was im Fall von Mandy fast ein Vollzeitjob war. Seine Gedanken kreisten um die letzte Bemerkung von Claus Holm, und so wäre er im obersten Stockwerk des Präsidiums beinahe in eine Frau gerannt, die orientierungslos am Anfang des Ganges stand. Sie trug eine neongelbe Warnweste, wie sie Fahrradfahrer häufig in der Dunkelheit tragen, sowie einen Fahrradhelm und balancierte mehrere Kartons Pizza in ihren Armen.

Sehr gut, unser Essen ist schon da, dachte Paul und fragte die Frau: »Kann ich Ihnen helfen?«

»Ja«, sie sah ihn dankbar an. »Ich suche Paul Montgomery.«

»Der steht vor Ihnen. Sie können mir die Pizzen geben.« Er streckte die Arme aus.

Doch anstatt die Kartons in seine Hände zu legen, hielt sie sie weiter vor der Brust. »Angenehm, Özlem Vural.«

Das war ja mal eine freundliche Pizzabotin! Paul betrachtete sie genauer: Sie war nicht groß, maximal 1,60 Meter, mochte ungefähr Mitte 30 sein. War es am Vormittag im Westend sonnig gewesen, so hatte sich der Himmel von Kilometer zu Kilometer weiter zugezogen. Hier in Templin goss es jetzt in Strömen, und die Haare der Frau, die unter dem Fahrradhelm hervorguckten, waren nass, von ihrer Allwetterjacke fielen Wassertropfen. Glücklicherweise trug sie eine dieser Gummihosen, die vor Regen schützen. Die Kartons muss sie wohl in einem wasserdichten Behälter transportiert haben, denn sie waren trocken. Das kannte er von den Fahrradkurieren aus Hamburg. Hier in der Gegend sah er nun zum ersten Mal einen Fahrradkurier. Aber umso besser, wenn sich auch weniger stark besiedelte Regionen von motorisierten Lieferdiensten wegbewegten.

»Danke, Frau Vural. Sie müssen die Pizzen nicht bis zu den Kollegen bringen, ich übernehme hier.« Seine Arme waren immer noch ausgestreckt.

Sie hielt die Kartons weiterhin vor dem Körper und wiederholte: »Ich bin Özlem Vural.«

Ob sie die Besitzerin des Lokals war? Oder neu? Oft schien sie jedenfalls nicht auszuliefern. Anders konnte sich Paul ihr Verhalten nicht erklären.

»Ja, Sie erwähnten Ihren Namen. Ich habe schon per Pay Pal bezahlt. Sie können mir die Pizzen geben.«

Wieder ignorierte sie seine Arme und lachte auf. Bestimmt sagte sie: »Sie verstehen nicht, ich bin Özlem Vural.«

»Das ist mir inzwischen klar, und ich bin Ihnen dankbar, dass Sie die Pizzen trocken hierhergebracht haben. Ich bin Paul Montgomery und habe schon online bezahlt. Das können Sie in der Bestellung sehen.« Er holte sein Telefon aus der Jacke und suchte die Bestätigung, die er per Mail bekommen hatte. Wahrscheinlich half es, wenn er sie ihr zeigte. Eine Alternative wäre gewesen, ihr die Kartons aus der Hand zu reißen, aber das wäre so gar nicht seine Art.

Während er noch auf das Display seines Telefons starrte und gleichzeitig scrollte, kam ein junger Mann die Treppen hoch. Paul sah ihn aus dem Augenwinkel und schenkte ihm erst seine Aufmerksamkeit, als er neben ihm stand und mit breitem Dialekt sagte: »Ick such en Herrn Montgomery!« Er war groß, schlaksig, hatte kurze Haare und hielt fünf Pizzakartons in der Hand. Ehe er antworten konnte, sagte Frau Vural: »Das ist Herr Montgomery!«, und deutete auf Paul.

»Juti. Dit sind Ihre Pizzas. Bezahlt war ja schon. Tschüssikowski.« Er drückte dem verdutzten Paul die Kartons in den Arm und verschwand.

»Das sind dann wohl Ihre Pizzen«, sagte Frau Vural trocken. Es musste ziemlich lustig aussehen, wie er und Frau Vural sich gegenüberstanden, jeder mit fünf Kartons bewaffnet. Anders konnte er es sich nicht erklären, warum Mandy lachend auf sie beide zukam. Sie nahm Frau Vural die Kartons ab und sagte: »Sie können Ihre nassen Sachen bei uns im Büro lassen, Frau Vural.« Und an Paul gewandt meinte sie: »Chef, Mund zu.«

Er verstand gar nichts mehr. Wer war diese Frau? Und was wusste Mandy, was er nicht wusste?

Frau Vural verschwand in seinem Büro, und Paul trottete Mandy hinterher in den Konferenzraum. »Wollen Sie mich bitte aufklären?«

»Lesen Sie Ihre Mails nicht?«, antwortete Mandy tadelnd, während sie die Kartons auf dem Tisch verteilte. »Und warum haben Sie auch Pizza dabei? So viel esse ich doch auch wieder nicht.« Sie nahm ihm die Kartons aus der Hand und stellte sie in die Mitte des Tischs.

»Mandy, bitte klären Sie mich auf. Und nein, ich habe keine Mails gelesen, schließlich war ich die ganze Zeit im Auto unterwegs, wie Sie wissen.«

»Staatsanwalt Riechlich ist krank und fällt aus. Darum hat Staatsanwältin Vural übernommen.« Sie deutete auf die Tür, in der Özlem Vural erschien. Sie hatte sich ihrer Regenklamotten entledigt, trug einen blauen Hosenanzug. Und auch wenn ihre Haare in den Längen noch nass waren, sah sie nun viel mehr wie eine Staatsanwältin aus.

Sie ging auf Paul zu, der in diesem Augenblick das Loch suchte, in dem er verschwinden konnte. Wie peinlich war das denn? Die vermeintliche Pizzabotin war seine Chefin!

Die Staatsanwältin – oder der Staatsanwalt – war während der gesamten Mordermittlung die Herrin des Verfahrens. An sie berichteten die Ermittler. Die Juristen waren auch befugt, die Ermittlungsrichtung vorzugeben. Paul hatte es in Hamburg erlebt, dass Staatsanwälte für die Dauer des Falls ihr Büro in den Diensträumen der Polizei aufschlugen, um an allen Besprechungen teilnehmen zu können. Da Templin keine eigene Staatsanwaltschaft hatte, war Eberswalde für sie zuständig. Von dort hatte sich bereits am Sonntag, kurz nach dem Leichenfund, Staatsanwalt Riechlich gemeldet. Ein erfahrener Endfünfziger, der nicht so leicht aus der Ruhe zu bringen war. Es war geplant gewesen, dass er am Montag zum Team nach Templin kommen sollte, quasi für seinen Antrittsbesuch. Doch dann hatte er aufgrund eines anderen Termins kurzfristig absagen müssen, und sie hatten am Nachmittag mit ihm gezoomt. Riechlich hatte Paul direkt klargemacht, dass er ihm freie Hand ließ. »Ich wäre ja schön blöd, wenn ich einem so erfahrenen Mann wie Ihnen in Sachen Mord den Weg vorgeben würde.« Das hat Paul zum einen geschmeichelt, zum andern machte es die Arbeit durchaus einfacher, wenn man sich neben der Ermittlungsarbeit nicht auch noch um die Wünsche der Staatsanwaltschaft kümmern musste. Dieser Fall schien kompliziert genug zu sein, da brauchte er niemanden, der sich einmischte. Doch Riechlich war aus dem Rennen. Nun war Frau Vural in Charge. Paul ärgerte sich, dass er seine Mails nicht vor der Rückfahrt gecheckt hatte, dann hätte er wenigstens den Namen von Frau Vural schon mal gelesen gehabt und die peinliche Situation wäre ihm erspart geblieben. Es gab nur ein Wort dafür: unprofessionell. Er gab Frau Vural die Hand.

»Willkommen im Team. Und entschuldigen Sie, dass ich Sie fälschlicherweise für die Pizzalieferantin gehalten habe.«

Sie lächelte zwar, aber ihre Augen blieben kalt. »Kann passieren und in meinem Aufzug, dazu durchnässt, war es wahrscheinlicher, dass eine Pizzabotin und nicht die Staatsanwältin vor Ihnen steht.«

»Da werden wir ja alle satt«, sagte Olaf erfreut, der gerade in den Konferenzraum trat.

Die Staatsanwältin und Paul hatten nicht nur die gleiche Idee gehabt, sondern zudem dieselben Sorten ausgewählt: Salami, Margherita – scharf und mit Rucola.

Während Sie aßen, erzählten die Ermittler, was sie bisher in Erfahrung gebracht hatten. Hauptsächlich Mandy und Patrick sprachen. Paul hielt sich zurück und überließ den anderen die Bühne. Er aß und beobachtete Frau Vural. Sie war auf den ersten Blick freundlich und gab ihnen das Gefühl, in allem auf ihrer Seite zu sein, aber etwas störte ihn. Vielleicht war es die Art, wie sie abschließend stöhnte: »Das ist ja wie in einer Seifenoper«, sie verdrehte die Augen, »und das alles in der Uckermark!« Sein Gefühl und seine Erfahrung sagten ihm, dass er auf der Hut sein müsse. Er hatte oft genug Menschen erlebt, die auf den ersten Blick unkompliziert erschienen und auf den zweiten das Gegenteil davon waren.

»Dabei haben wir die sprechende Feige und die misslungene Schönheitsoperation des Schlagerstars unter den Tisch fallen lassen«, sagte Mandy vorlaut.

»Wie bitte?«

»Sie müssen wissen, das sind hier die Hamptons von Berlin«, sagte Paul scherzhaft.

Özlem Vural lachte eine Spur zu laut. Sie hatte schwarze Haare, die ihr über die Schultern fielen, einen olivfarbenen Hautton und ein ebenmäßiges Gesicht. Sie war ungeschminkt, ihr Kleidungsstil und der Verzicht auf Accessoires verrieten ihre Natürlichkeit, die zudem der Fakt belegte, dass sie mit dem Fahrrad hergekommen war – ungeachtet des Wetters.

»Genauso bunt geht es weiter.« Mandy übernahm wieder und fasste die Erpressung durch Ben sowie Claus Holms Befragung zusammen. Beim Bericht ihres Besuchs bei der nervösen Karo Schultze ließ sie kein Detail aus. Bevor das hier *zu* bunt wurde, übernahm Paul. Er wandte sich an Nils. »Was hat der Freund des Opfers, dieser Ronny, gesagt?«

»Er war sehr nervös. Außerdem hat er erstaunlich viele Fragen zum Ermittlungsstand gestellt. Ansonsten wenig Neues. Er und Ben haben sich am Freitagabend bei Ben getroffen und gezockt. Er wusste nicht mehr genau, wie lange, O-Ton: ›War wohl dunkel, als ich ging‹. Da hat er Ben das letzte Mal gesehen, er hat ihm nichts von seinen Plänen für den nächsten Tag erzählt. Generell müssen sie wohl recht wenig gesprochen haben, schien es mir. Über seinen Freund hat er nichts gesagt, was wir nicht schon wissen: Ben war sehr nett, hat alten Frauen über die Straße geholfen.«

Paul hatte zu Ende gegessen und wischte sich die Hände an einem Stück Küchenrolle ab. Anschließend ging er zum Whiteboard und schrieb den Namen Ronny auf.

»Einer von Ihnen geht noch mal zu Bens Wohnung und fragt bei den Nachbarn, ob sie Freitagabend was gehört haben.«

»Haben wir doch schon«, widersprach Mandy.

»Ja, aber jetzt wissen wir, dass Ronny dort war. Fragt die Nachbarn, ob sie ihn gehen oder kommen gesehen oder gehört haben, vielleicht fällt ihnen noch was ein. Nils hat beobachtet, dass er nervös war, wir sollten ihn weiter unter die Lupe nehmen. Wie war es bei dem anderen Freund, Olaf?«

»Immerhin hat der mal was anderes gesagt. Die zwei haben seit ungefähr zwei Jahren keinen Kontakt mehr gehabt. Lukas hat auch erklärt, warum: Es ging um eine Frau, mit der war er zusammen, Ben hat sie ihm ausgespannt, um sie dann zu verlassen. War wohl traumatisch für die Frau und Lukas. Mittlerweile sind die beiden zwar wieder zusammen und haben ein Kind, wollen aber mit Ben nichts mehr zu tun haben – beziehungsweise hatten sie das nicht. Wenn ihr mich fragt, kein Motiv. Zu lange her, und er wirkte auch ehrlich betroffen von der Nachricht von Bens Tod. Er meinte: ›Es gab eine Zeit, da habe ich ihm die Pest an den Hals gewünscht, aber das ist vorbei, und er war mir nur noch egal‹. Das klang glaubhaft.« Olaf zuckte die Achseln und wandte sich wieder seinem Pizzastück zu.

»Und ein weiterer Beweis für die ›böse Seite‹ des Mordopfers«, sagte Frau Vural. Alle nickten.

Patrick ergriff das Wort. »Adam, ein Kollege aus Eberswalde, der polnisch spricht, hat sich auf dem Polenmarkt umgehört. Tatsächlich hat sich einer der Gemüsehändler an Ben erinnert. Er war bis zum Lockdown regelmäßig bei ihm gewesen und hat sich mit Gemüse eingedeckt. Der Händler schätzte Ben, weil er ein dankbarer Abnehmer für die nicht ganz so schönen Exemplare war, anders als die anderen, die sonst aus Deutschland kommen und Tipptopp-Ware verlangen.«

»Ihm ging es ja weniger um die Optik als um die märkische Seele«, warf Mandy ein und prustete los. Die anderen vier stimmten ein, während Özlem Vural verständnislos die Schultern hob.

»Unser Herr Doktor …«, begann Mandy und erzählte von Seemüller, dessen Verschrobenheiten und dem Smoothie.

»Also den Smoothie hätte ich probiert«, sagte Özlem Vural und blickte von einem zum anderen. Zumindest Patrick tat ihr den Gefallen und lächelte sie an.

»Mehr wusste der Verkäufer nicht zu sagen, Ben hat nie viel geredet. Wenn ihr mich fragt, Polenmafia war der nicht.«

»Habt ihr das zweite Handy gefunden?«, fragte Paul.

»Nein«, sagte Patrick. »Ich hatte zwei Kollegen von der Streife zur Verstärkung dabei. Haben in der Wohnung, im Kellerabteil, im VW-Bus jede Ecke durchsucht. Nichts. Wir haben sogar in den Blumenkästen auf dem Balkon geschaut.«

»Und die Mutter sagt«, ergänzte Nils, »er habe nichts bei ihr deponiert.«

»Das war auch unwahrscheinlich. Er musste das Handy ja stets bei sich haben oder besser gesagt jederzeit rankommen können. Das wäre bei der Mutter nicht möglich gewesen. Außerdem wohnt Jana da auch. Die Gefahr, dass eine von beiden das Telefon zufällig findet, wäre ein Risiko gewesen. Ben muss irgendwo außerhalb der Wohnung ein Versteck haben. Aber wo?« Paul ging zur Karte der Uckermark, die neben dem Whiteboard hing.

»3.077 Quadratkilometer, einer der größten Landkreise Deutschlands, davon 62 Prozent landwirtschaftliche Nutzfläche und 23 Prozent Wald und immerhin 4,7 Prozent Wasserfläche«, teilte Mandy ihr Wissen.

»Bravo«, sagte Olaf eher unbeeindruckt und an Vural gewandt meinte er: »Darf ich vorstellen? Unser Statistisches Bundesamt, Mandy Lychow.«

Mandy wurde rot und nahm sich ein weiteres Stück Pizza.

»Wir müssen das Handy finden, das könnte der Schlüssel zur Lösung des Falls sein«, sagte Paul. Er ging zum Whiteboard und schrieb auf die rechte Seite:

Die 6 Ws:

Wer hat was wann, wie, warum und womit getan?

»Was, wann, wie und womit wissen wir. Nur wer und warum, darauf haben wir immer noch keine Antwort.«

Er zog einen senkrechten Strich in der Mitte und schrieb auf die rechte Seite:

Claudia Kunze

Michael Kunze

Andreas Seemüller

Maik Wellinow

Claus Holm

Karo Schultze

Ronny Meier

Frank Vandenben

Claudia und Michael Kunze, Seemüller und Wellinow strich er durch. Sie wurden entweder durch die DNA-Analyse und/oder Alibis entlastet. Zudem fehlte bei jedem das Warum.

»Claus Holm hätte ein Motiv. Er hätte in einer Stunde von Westend in der Uckermark sein können, Ben erschlagen, wieder zurück. Was, wenn seine Frau nur gedacht hat, er sei zu Hause, in Wahrheit war er aber unterwegs? Haben Sie nicht gesagt, die Familie wohnt sehr weitläufig?«, fragte Mandy.

»Ja, das stimmt. Er hätte die Möglichkeit, allerdings passen die Tat an sich, das Erschlagen und vor allem der Zeitpunkt nicht dazu. Er trägt an der rechten Hand eine Schiene. Er darf nicht Auto fahren. Er kann sich natürlich darüber hinweggesetzt haben, aber Ben als Rechtshänder mit links mit dem Ast zu erschlagen …? Schwierig.«

»Woher wissen Sie, dass er Rechtshänder ist?«, fragte Frau Vural.

Paul kramte sein Handy hervor. Er zeigte ein Foto, das Holm Tennis spielend in Aktion zeigte. Er hielt den Schläger in der rechten Hand. »Ich habe ihn gestern Abend gegoogelt. Das Foto fand ich auf der Seite seines Tennisclubs.«

Frau Vural nickte anerkennend.

»Sollte der DNA-Vergleich einen Treffer bei ihm ergeben, überprüfen wir das mit dem Zeitpunkt der Verletzung. Aktuell wäre es noch nicht sinnvoll, den behandelnden Arzt zu kontaktieren und ihn aufwendig von seiner Schweigepflicht zu entbinden«, sagte Paul vehement. »Die Bankunterlagen belegen, dass er gerade Erpressungsgeld gezahlt hat. Selbst wenn Ben danach eine erneute Forderung gestellt hätte, hätte Holm andere Möglichkeiten gehabt, das Problem zu lösen. Er hat durch seinen Beruf als Strafverteidiger Kontakte in gewisse Kreise und hätte Ben zum Beispiel einen Schlägertrupp zur Einschüchterung vorbeischicken können. Vergesst nicht, Ben selbst hat auch betrogen. Holm hätte ihn, bevor er ihn einfach umbringt, beschatten lassen können, dann wäre er schnell hinter Bens Geheimnis gekommen und schon hätte er den Spieß umdrehen können.«

»Das heißt, wir behalten ihn auf der Liste und warten auf das Ergebnis des DNA-Vergleichs von ihm und seiner Frau. Also der Zweitfrau Karo Schultze«, fasste Frau Vural zusammen. Sie war analytisch und auf den Punkt.

»Weiter mit Ronny Meier«, sagte Paul.

Nils ergriff das Wort. »Er wirkte sehr nervös und auch die Tatsache, dass er mich ausgefragt hat, hat ihn meiner Ansicht nach verdächtig gemacht. Er ist recht groß und kräftig, wäre also körperlich zu der Tat in der Lage gewesen. Er und Ben haben sich am Vortag des Mordes getroffen, vielleicht sind sie da in Streit geraten und am nächsten Tag haben sie ihn fortgesetzt …« Er blickte in die Runde.

»Möglicherweise lag der Auseinandersetzung etwas zugrunde wie bei seinem anderen Freund und es ging um eine Frau. Vielleicht war Ronny zufällig dahintergekommen, dass Ben was mit einer Frau hatte, die Ronny gefiel …«, ergänzte Mandy.

»Was wissen wir über Ronny als Person, Nils?«

»Er ist auch Tischler. Im Gegensatz zu Ben hat er die Meisterschule nicht besucht. Er ist eher der Typ wenig ambitionierter Geselle. Er arbeitet allerdings noch in dem Betrieb, in dem er gelernt hat. Ben und er kennen sich von der Schule. Ronny ist zwei Jahre jünger, also 29, wohnt allein in Schönebeck. Insgesamt unauffällig. Ein paar Punkte wegen Geschwindigkeitsübertretung in Flensburg, aber das gehört hier bei vielen jungen Leuten zum guten Ton«, sagte Nils, was lustig klang, denn er selbst war auch nicht älter als 30 Jahre.

»Suchen Sie ihn noch mal auf und bitten ihn um eine DNA-Probe. Dann hören Sie sich unauffällig in seinem Betrieb um.«

Sollte Ronny tatsächlich etwas mit der Tat zu tun haben, dann war sie vermutlich nicht geplant gewesen, wäre also eine Tat im Affekt, überlegte Paul. Möglich, dass am Freitagabend etwas vorgefallen war, das zur Tat geführt hat.

»Vielleicht ist der Schlüssel die Erpressung«, riss Frau Vural ihn aus seinen Gedanken.

»Also doch Holm«, sagte Mandy mit halb vollem Mund.

»Jein. Wir wissen, dass Ben Holm erpresst hat, seine Kunden belogen und betrogen hat, seine Mutter in seine kriminellen Machenschaften mit reingezogen und schamlos ihre Gutmütigkeit ausgenutzt hat. Er legte ein sehr egoistisches Verhalten an den Tag. Die Art und Weise, wie er an seine Beweise gekommen ist im Fall Holm, zeigt ein perfides, skrupelloses Vorgehen, ich sage nur Trampolin. Das ergibt ja schon ein Muster. Es ist also durchaus möglich, dass er weitere Personen aus seinem Umfeld erpresst hat.«

»Eine One-Man-Uckermark-Mafia«, sagte Patrick.

»Durch seinen Job kam er seinen Kunden ja recht nah, und durch seine verschwiegene Art hatte er womöglich einen Vertrauensvorschuss. Das machte es für ihn leichter, an ihre Geheimnisse zu kommen. Dadurch, dass er seine Kunden regelmäßig sah, bekam er zufällig einiges aus ihrem Leben mit«, warf Nils ein.

»Darum habe ich«, nuschelte Mandy und spülte hastig einen Bissen Pizza mit einem großen Schluck aus ihrem Wasserglas herunter, »heute die Liste seiner aktuellen und ehemaligen Kunden angeguckt. Zehn hat er im Laufe der Zeit verloren.«

»Das sind nicht viele«, sagte Olaf und er klang fast anerkennend.

»Ich habe sie angerufen und nach den Gründen gefragt – oder zumindest fast alle. Einer von ihnen ist verstorben, ein paar sind weggezogen, und eine Kundin – Halbpromi, TV-

Schauspielerin – hat gesagt, sie baue jetzt selber Gemüse an. Jeder von ihnen hatte eine schlüssige Begründung.«

»Geht es zufällig um Sabine Weisskirch?«, fragte Patrick. Mandy nickte.

»Die ist jetzt so ein Eso-Coach, wohnt im Dorf von meiner Tante.«

»In der Gegend laufen ja mehr Promis rum als aufm Ku'-damm«, stellte die Staatsanwältin fest, »und ich dachte, die einzige Prominente hier ist Angela Merkel.« Alle schmunzelten.

»Danke, Mandy. Wir haben zwar eine Menge verdächtiger Personen, aber trotzdem sollten wir mal checken, ob Frank Vandenben ein Kunde von Ben war. Gegen ihn wird wegen Betrugs ermittelt, meinte Holm, er wäre also ein gutes Erpressungsopfer gewesen.«

»Interessant. Ich frage bei den Kollegen in Berlin nach.« Die Staatsanwältin stand auf. »Kann ich bei Ihnen telefonieren?« Sie verlor wirklich keine Zeit.

Paul begleitete sie in sein Büro zwei Türen weiter. Am Garderobenständer hing ihre Regenkleidung und trocknete.

»Sind Sie den ganzen Weg von Eberswalde mit dem Rad gekommen?«, fragte er.

»Nein, ich wohne in Joachimsthal. Und ich habe ein E-Bike«, antwortete sie. »Ich dachte mir, wenn ich schon aufs Land ziehe, dann ganz romantisch in ein Dorf. Pech, dass kurz darauf der Lockdown kam und es am Anfang ruhiger als erwünscht war.«

»Wo stammen Sie ursprünglich her?«

»Aus Hannover. Und Sie?«

»Hamburg. Ich bin erst seit vier Wochen hier.«

»Vier Wochen und dann direkt ein Mordfall? Wie nennt man das? Instinkt?«, fragte sie scherzhaft.

»Eher gruselig«, erwiderte er augenzwinkernd. »Sie können Mandys Telefon nehmen.« Er deutete auf den Schreibtisch, der akkurat aufgeräumt war.

Während sie telefonierte, sah er sich die Firma Vandenbens genauer an. »Vandenben Politische Kommunikation«. Ein dezentes Logo und ein Internetauftritt, der nicht anpreisend, sondern zurückhaltend und sehr hochwertig wirkte. Unter dem Menüpunkt »About« fand er den Lebenslauf und ein Foto von Frank Vandenben. Ein Mann Ende 50 mit Halbglatze und Brille, eher von korpulenter Gestalt, im Anzug, mit Krawatte. Unter den Jackettärmeln blitzten Manschettenknöpfe hervor. Er strahlte Seriosität, Integrität und Kompetenz aus. Genau das, was man von einem Berater erwartete, der im Zentrum der Macht die Fäden zog. In diesem Augenblick beendete die Staatsanwältin ihr längeres Telefonat.

»Also«, begann sie, »Vandenben ist in eine Sache mit dem Verkehrsministerium verwickelt. Das Ganze ist sehr geheim, die Staatsanwaltschaft ermittelt, es gibt noch keine Anklage. Die wird aber bald erhoben. Sie sind momentan dabei, das umfangreiche Material – Datenträger, Server, Handys, Chatprotokolle und so weiter – auszuwerten. Dass Claus Holm davon Wind bekommen hat, zeigt, wie gut er vernetzt ist.«

»Oder es war ein Zufallstreffer, und er hat mit der richtigen Person zu Mittag gegessen«, warf Paul trocken ein.

»Natürlich.« Wieder der Anflug eines kurzen Lippen-Lächelns. »Vandenben hat im Auftrag vom Verkehrsministerium einige Umfragen geschönt. Es ging um das öffentliche Bild des Ministeriums und vor allem des Ministers Langmann, das in Zusammenhang mit der Pkw-Maut sehr angeschlagen war. Es sind Steuergelder dazu verwendet worden, positive Berichterstattung und Scheinumfragen zu erkaufen. Das lief über Vandenben beziehungsweise dessen Agentur.«

»Wow! Das würde ja bedeuten, dass der Minister das beruflich nicht überlebt.«

»Davon ist auszugehen. Was ein Glück für ihn, dass die Pandemie in den vergangenen zwei Jahren die Nachrichten dominiert hat. Darum hat die Presse noch keinen Wind von der Sache bekommen. Oder Vandenben hält sie mit Geld ruhig.«

»Und im Sommer sind Wahlen«, ergänzte Paul nachdenklich.

»Das auch.«

»Das ist natürlich alles Big Berlin. Die Frage ist, kann Ben davon gewusst haben und wie kann er sein Wissen genutzt haben? Das Ganze ist doch fast eine Nummer zu groß für ihn!«

Das stimmte. Aber da für Vandenben nicht weniger als seine Existenz auf dem Spiel stand, wäre er natürlich ein Kandidat für eine Erpressung.

In diesem Augenblick schneite Mandy wie aufs Stichwort in den Raum: »Vandenben war tatsächlich ein Kunde von Ben.« Und keine Sekunde später war sie zurück auf dem Flur. Sie war doch nicht schon wieder auf der Jagd nach Essbarem?

Paul stand auf, er konnte manchmal besser denken, wenn er in Bewegung war. Mandy hatte sich in ihren gemeinsamen Wochen inzwischen daran gewöhnt, aber nun spürte er Frau Vurals fragenden Blick. Er setzte sich wieder. Lehnte sich zurück und streckte die Beine aus.

»Vielleicht ging Ben in seinem Haus auch ein und aus wie bei Karo Schultze und hat sich durch seine Hilfsbereitschaft das Vertrauen des Hausherrn erarbeitet. Er muss ja nur mal ein Telefonat mitgehört haben …«

Er merkte, sie hatte Spaß an diesem Spiel. War ja tatsächlich auch interessanter, als Akten zu wälzen.

»Ja, durch seine Schweigsamkeit wirkte er unverdächtig, ungefährlich. Man vertraute ihm vieles an, weil man nicht davon ausging, dass er es weitererzählte …«

»… was er auch nicht tat, sondern nur sein Wissen monetarisierte.« Die Staatsanwältin vollendete Pauls Gedanken.

»Es wird das Beste sein, ich fahre gleich mal zu Vandenben.«

Paul stand auf, Frau Vural tat es ihm nach. »Und ich radle zurück ins Homeoffice. Wenn Sie heute noch eine Besprechung abhalten, können Sie mich ja dazu schalten.«

»Sehr gern.«

Sie ging zum Garderobenständer und begann, sich die Regenhose anzuziehen. Paul blieb in der Tür stehen. Er zögerte. Sie sah ihn an. »Ist noch was?«

»Nein, ich wollte nur sagen: danke für die Pizza.«

Sie lächelte. »Ich freue mich sehr auf die Zusammenarbeit. Mein erster Mordfall!«

Paul hoffte, dass sein erster Eindruck von ihr Bestand haben würde.

21

»Was heißt routinemäßig überprüft?« Karos Stimme überschlug sich. Claus hielt das Telefon ein Stück weit vom Ohr entfernt. Sie war immer noch überdeutlich zu hören. »Die fahren doch nicht extra nach Berlin für eine Befragung, die jeder x-beliebige Streifenpolizist übernehmen könnte?«

Da muss ich dir leider recht geben, dachte er. Laut sagte er: »Das habe ich dir doch erklärt. Dieser Kommissar Montgomery war wegen der Obduktion sowieso in Berlin, bei dieser Gelegenheit ist er persönlich bei mir vorbeigekommen. Solange sie keine richtige Spur haben, überprüfen sie das gesamte Umfeld.« Er fügte theatralisch hinzu: »Glaub mir, Karo, ich kenne mich damit aus. Das ist mein Daily Business.« Genervt kickte er einen kleinen Ast, der auf dem Bürgersteig lag, ins Gebüsch. Ungeachtet der Tatsache, dass er handgenähte Budapester Schuhe trug, die so viel Geld kosteten, wie manche Familien für eine Woche zum Leben zur Verfügung hatten.

Das schien sie ein wenig zu beruhigen, denn als sie weitersprach, klang ihre Stimme fast wieder normal. »Aber du gehörst nicht zu Bens Umfeld, sondern ich. Wenn sie alle Partner seiner Kunden überprüfen, sind sie ja ewig beschäftigt.«

»Darum dauert es hierzulande auch so lange, bis Mörder gefasst sind, weil die Ermittler Spuren nachgehen, die ins Nirgendwo führen.« Er blieb stehen. Vor ihm trug ein junger Mann eine Kommode aus einem Einfamilienhaus in einen Lkw. Schien, als würde die Familie ausziehen. Interessant, dachte er. Obwohl ihm hier im Kiez bereits drei

Villen gehörten, war er interessiert. Die Preise waren wie überall in Berlin auf einem Allzeithoch, aber er war sicher, das war noch nicht das Ende. Vielleicht war der Besitzer ja in Schwierigkeiten geraten, und er selbst konnte einen guten Deal machen.

»Claus, antworte doch bitte!« Karo klang ungehalten.

Er hatte nicht hingehört, was sie gesagt hatte. »Ich hatte gerade schlechten Empfang. Kannst du bitte …?«

»Hat Ben dich eigentlich noch kontaktiert, bevor er …?«

»Warum hätte er das tun sollen?«

»Weil ich ihm deine Nummer gegeben habe, er brauchte Rat. Irgendwas Juristisches!«

Wenn er daran zurückdachte, stieg wieder die Wut in ihm hoch. Wie dämlich war das nur von ihr gewesen! »Gott, Karo, das war nicht ganz so clever. Wer meine Nummer hat, kann mich googeln, und dann weiß bald jeder Einwohner der Uckermark um unsere Familienkonstellation Bescheid.«

»Sei unbesorgt: Ben wird das nicht mehr tun, denn er ist ermordet worden«, sagte sie spöttisch.

»Das musste ja jetzt nicht sein«, tadelte er sie. Sein Tonfall zeigte Wirkung.

»Tut mir leid. Ich weiß, das war unvorsichtig von mir, aber ich wollte mich bei Ben revanchieren.«

»Wofür?« Für das verschrumpelte Bio-Gemüse hatten sie schließlich bezahlt.

»Ja, weißt du …«, begann sie.

Bitte keine langen Ausführungen, hoffte er. Er hatte nicht ewig Zeit und wollte das Gespräch beenden. Seine Frau wurde langsam misstrauisch, weil er so oft am Tag spazieren ging ohne sie. Spazieren gehen, das tat er sonst nur unter Zwang. Aber ihm fiel keine bessere Ausrede ein. Er konnte ja nicht sagen, dass er einkaufen ging. Das würde ihm niemand glauben. In 25 Jahren Ehe hatte er das nicht einmal gemacht. Er wusste nicht mal, wo ein Supermarkt war.

»… und dann hat er Frederiks Fahrrad repariert …« Karo war immer noch dabei, die Heldentaten dieses kleinen Möchtegern-Mafioso aufzuzählen. Er hatte wirklich Besseres zu tun. »… er ist extra vorbeigekommen, um mit Lina auf dem Trampolin zu springen. Sie hat sich so gefreut.«

Oh ja, davon habe ich exklusives Material erstanden, zum Spottpreis von 20.000 Euro, dachte Claus bitter.

»Ich verstehe deine Hilfsbereitschaft, aber wir hatten doch abgemacht, dass niemand auch nur meinen Namen erfährt. Was kommt als Nächstes? Dass du in unserem Schlafzimmer Physiotherapie-Behandlungen anbietest und die Leute so in unseren Sachen herumschnüffeln können? Reicht schon, dass ich deiner komischen Freundin im KaDeWe in die Arme gelaufen bin.«

Wie ein trotziges Kind, das vom Lehrer gemaßregelt wurde, verteidigte sie sich. Schlecht. Anstatt einfach zuzugeben, dass sie einen Fehler gemacht hatte. Das würde sich nicht strafmildernd auswirken.

»Claudia hat mir erst neulich wieder erzählt, wie oft es ihr passiert, dass sie Menschen verwechselt. Sie meinte, sie hat da irgend so eine Krankheit. Die glaubt bestimmt selbst nicht mehr, dass sie dich getroffen hat.« Er war sicher, sie log. »Und außerdem sind die Kundinnen nie ins Haus gekommen, sondern ich habe sie im Gartenhaus behandelt. Und wie du weißt, habe ich nach der Pandemie die Arbeit nicht wiederaufgenommen.« Die zweite Lüge. Er wusste, dass sie arbeitete – schwarz. Das war ihm ein Dorn im Auge.

Jetzt war sie endlich in der Defensive. Claus freute sich innerlich. Sehr gut, da hatte er sie haben wollen. Dann konnte er das Gespräch beenden. »Gut, Schatz, ich muss dann weitermachen, später muss ich in der JVA einen Mandanten treffen. Keine Sorgen wegen der Polizei. Nichts als Routine.«

»Kommst du an Ostern?«

Nicht das noch. Auf diese Diskussion hatte er definitiv keine Lust. »Ich weiß nicht, ob ich bis dahin wieder Auto fahren darf. Solange ich die Schiene habe.« Er blickte auf seine unnatürlich weiße, unbeschiente Hand.

»Ich dachte, die Schiene wird heute entfernt und dann darfst du wieder alles machen?«

»Das habe ich gehofft, aber heute beim Röntgen hat der Arzt gesehen, dass der Finger nicht so weit ist«, sagte er. Normalerweise freute er sich auf die Auszeiten von seiner Frau in der Uckermark. Wenn er dort war, war alles so unkompliziert. Aber diese Sache mit der Erpressung und dem Mord, das gefiel ihm ganz und gar nicht. Was, wenn er da in etwas reingezogen würde? Es war, als wäre ihm schlagartig klar geworden, dass er ein sehr gefährliches Spiel spielte. Er wollte auf Abstand gehen, bis Gras über die Sache gewachsen war.

»Willst du mir die Bilder schicken? Ich schau mal drauf.«

»Karo, Dr. Hohnholz versteht sein Handwerk. Ich glaube, das ist nicht notwendig.«

»Was soll ich denn den Kindern sagen? Sie haben sich schon so gefreut. Lina hat sogar gebastelt.«

»Ich hab am Donnerstag einen Termin bei Dr. Hohnholz. Mal schauen!«

Einen Nachmittag in der Uckermark könnte er mühelos einrichten, er könnte den Osterbesuch bei seiner Mutter im Altenheim vorschieben. Seine Frau hasste seine Mutter und würde den Teufel tun mitzukommen. Die Mutter hingegen war inzwischen so dement, selbst wenn seine Frau wider Erwarten demnächst mit ihr sprechen würde, würde seine Mutter nicht mehr wissen, wann er zum letzten Mal bei ihr gewesen war. Aber er wollte momentan nichts riskieren. Er wusste nicht, wohin dieser Fall führte, wenn erst mal die Presse davon Wind bekam und überall Reporter in Angela Merkels »Vorgarten« herumlungerten. Er konnte nicht gebrauchen, irgendwo zufällig durchs Bild laufen.

»Es wäre wirklich so schön! Bitte schau, dass du kommen kannst. Vielleicht kannst du ja den Zug nehmen. Ich hole dich auch in Templin ab.«

»Gut, Schatz, ich drücke die Daumen, dass der Finger übermorgen besser aussieht. Und du versprichst mir bitte, dass du sehr vorsichtig bist. Wenn etwas wie ein Mord passiert, werden aus den Nachbarn ganz schnell Miss Marples und Columbos. Dann gucken Sie noch genauer bei allen durchs Fenster. Also bitte räume sämtliche Fotos weg und sprich mit niemandem privat. Wer weiß, das könnten Reporter sein, die sich nicht zu erkennen geben. Ist alles schon vorgekommen.«

»Mach ich. Ich liebe dich!«

»Ja, also bis morgen, Liebes.«

Endlich konnte er auf den roten Hörer auf dem Smartphone-Display drücken.

22

Ein wunderschönes altes Haus – es musste mal eine Schule gewesen sein, denn ein kleiner Glockenturm schmückte den Giebel. Fachwerk, liebevoll restauriert. Es lag in Groß Dölln, am Ende einer Straße. Ein echtes Schmuckstück. Hier traf nicht zu, was Peggy über die Berliner und ihre Paläste gesagt hat. Das Haus war vielmehr ein Beispiel dafür, dass Altes erhalten und mit Modernem zu kombinieren möglich war, auch weniger imposant und protzig als bei Familie Kunze. Vor dem Haus stand ein Mann, den Paul als Frank Vandenben identifizierte, obwohl er auf den ersten Blick nichts mit dem Geschäftsmann vom Foto auf der Webseite zu tun hatte. Mit einem ausgeleierten dunkelblauen Hoodie, einer ausgebeulten Jogginghose und grünen Crocs, bediente er das Bild des Rentners auf dem Weg zum Supermarkt eher als das eines Members des »House of Cards«. Paul parkte seinen Wagen, öffnete die Tür, und schon traf ihn ein wütender Wortschwall.

»Schön, dass Sie auch endlich mal kommen, nach dem x-ten Anruf auf Ihrer Dienststelle!«

Er stieg aus, zeigte seinen Dienstausweis vor und sagte: »Paul Montgomery, Polizei Templin …« Weiter kam er nicht.

»Sehen Sie sich das an, zum zweiten Mal in diesem Monat. Alle vier!«

Vandenben gestikulierte wild in Richtung einer schwarzen Tesla-Limousine, die mit platten Reifen vor dem Hauseingang in der Einfahrt stand. »Beim ersten Mal habe ich noch keine Anzeige erstattet, aber jetzt möchte ich, dass

Sie dem nachgehen und denjenigen finden, der das getan hat. Das ist ja nicht mehr lustig.«

»Ich kann Ihre Wut verstehen, und ich bin zwar von der Polizei, mein Themengebiet ist allerdings nicht Sachbeschädigung, sondern Mord. Aber ich sage den Kollegen Bescheid, dass sie jemanden schicken«, sagte Paul sehr freundlich. »Ich hingegen möchte mit Ihnen über den Mord an Ben Limberg sprechen.«

Sofort veränderten sich Frank Vandenbens Körperhaltung und sein Gesichtsausdruck. Der Ärger wich großer Erschütterung. »Ja, sicher. Lassen Sie uns drinnen weitersprechen.« Er ging voraus, Paul folgte ihm. Das Innere des Hauses war sehr geschmackvoll eingerichtet: modern und alt dezent zusammengebracht, maßvoll und stilvoll.

»Darf ich Ihnen einen Kaffee anbieten?«

Paul bejahte, und Vandenben machte sich an einer italienischen Maschine zu schaffen – dem gleichen Modell wie bei Claudia – und brachte es zum lautstarken Brühen. Pauls Blick wanderte durch den Raum: ein offener Kamin mit einem Tierfell davor, ein gemütliches Sofa mit Blick auf die Terrasse und in den Garten und eine Tafel mit sechs Stühlen. Der Raum wirkte gemütlich und bewohnt, ohne unordentlich zu sein. Eine Decke und ein aufgeschlagenes Buch auf dem Sofa, eine Vase mit Tulpen auf dem Esstisch und viele Bilder und Fotografien an den Wänden. Am Kühlschrank prangte ein laminiertes DIN-A4-Blatt. »Franks No-Gos«, stand darauf, daneben befanden sich Abbildungen von Kuchen, Keksen und anderen hochkalorischen Speisen. Soeben balancierte der Hausherr neben den Kaffeetassen einen Teller mit Keksen zu einem kleinen, runden Holztisch, der in einem Erker stand. Ein perfekter Frühstücksplatz, dachte Paul.

»Ja, eine fürchterliche Geschichte mit Ben. Verfolgen Sie schon eine Spur?«

Paul nahm einen Schluck des ausgezeichneten Kaffees. »Das darf ich Ihnen natürlich nicht verraten. Sie waren ein Kunde von Ben Limberg?«

»Ja, er brachte jeden Freitag eine Kiste mit frischem Gemüse und Obst. Ein sehr netter junger Mann, hilfsbereit …« Paul unterbrach ihn, das war eigentlich nicht seine Art, aber er wollte nicht noch einmal die Geschichte hören vom jungen Mann, der den älteren Damen über die Straße half.

»Ich weiß. Wann haben Sie ihn denn zum letzten Mal gesehen?«

Vandenben dachte nach oder zumindest tat er so. »Das war am Freitag, ich habe kurz mit ihm gesprochen, als er kam. Ich war da gerade auf dem Weg zum Waldbaden.«

Das schien hier anscheinend jeder zu machen. Die Uckermark – ein Waldbade-Paradies.

»Gehen Sie dafür regelmäßig in den Wald?«

Vandenben machte eine kurze Pause, es schien, als wollte er seine Hand auf Pauls Arm legen als vertrauensbildende Maßnahme, doch im letzten Augenblick stoppte er. Als besann er sich, dass diese Geste unangebracht war. So beugte er sich nur näher zu Paul und sah ihm in die Augen, während er sprach. Es war, als wolle er ihm etwas unter dem Siegel der Verschwiegenheit anvertrauen. Dieser Mann war definitiv ein Kommunikationsprofi – verbal und nonverbal. »Sie werden es ja doch erfahren, da kann ich es Ihnen auch gleich sagen. Ich bin PR-Berater und habe eine Agentur für politische Kommunikation in Berlin. Ich leide unter einem Burn-out. Es geht mir nicht gut. Mein Zustand erlaubt es mir nicht zu arbeiten, und so habe ich Berlin und meiner Agentur schweren Herzens vor Monaten den Rücken gekehrt und bin hier, um wieder gesund zu werden. Die regelmäßigen Waldbäder sind Teil der Therapie, in der ich mich befinde.« Er atmete laut und theatralisch aus. »So, jetzt ist es raus«, fügte er hinzu und nahm sich einen Keks, den er mit einem Bissen verschlang. Mit halb vollem Mund ergänzte er: »Ich muss mehr auf mich und meine Bedürfnisse achten.«

Paul bezweifelte, dass Selbstfürsorge das war, woran es ihm mangelte. Im Gegenteil, dieser Mann strahlte ein gesundes Maß an Egoismus aus.

Paul entschloss sich mitzuspielen. Auch er blickte seinem Gegenüber tief in die Augen und sagte: »Danke für Ihr Vertrauen. Ich werde natürlich diese Informationen diskret behandeln.«

Vandenben schenkte ihm ein dankbares Lächeln. »Mein Mann und ich haben das Haus hier seit fünf Jahren. Normalerweise sind wir nur an den Wochenenden oder in den Ferien hier. Aber jetzt lebe ich schon seit vier Monaten ununterbrochen in der Verbannung.« Ein kurzes hysterisches Auflachen und er fuhr fort: »Um auf Ben zurückzukommen: Darum habe ich ihn in den vergangenen Monaten auch häufiger gesehen. Aber wenn Sie mich fragen, ob mir Freitag etwas an ihm aufgefallen ist, muss ich Ihnen sagen, nicht wirklich. Er war wie immer schweigsam und zuverlässig.«

»Arbeitet Ihr Mann auch in der Kommunikationsbranche?«

»Nein. Tarik ist Plastischer Chirurg.«

Was für ein Zufall, der zweite Plastische Chirurg in der Uckermark beziehungsweise den Hamptons. Oder war es das nicht?

»Das ist ja interessant, wie Dr. Seemüller, der auch ein Kunde von Ben war.«

»Na ja, dieser Dr. House arbeitet doch hier im Krankenhaus«, sagte Vandenben abschätzig. »Tarik ist in der Charité.«

Der Beruf ist trotzdem derselbe, dachte Paul. Er ließ die arrogante Aussage unkommentiert. »Auch wenn Sie Ben am Freitag nur kurz gesehen haben und er selbst wie immer war. War etwas anderes auffällig? War er später dran zum Beispiel?«

Eine Siamkatze kam ins Wohnzimmer und schlich an Pauls Bein entlang.

»Nofretete, weg.« Vandenben wedelte mit der Hand, was die Katze geflissentlich ignorierte. Vandenben sah Paul achselzuckend an. »Früher hat man sie als Göttinnen verehrt, ich glaube, das werden Katzen nie vergessen.« Er lachte.

»Kommen wir zu Ihrer Frage zurück.« Vandenben ließ den Blick über den Garten schweifen. »Lassen Sie mich nachdenken. Nein, es war wie immer.« Er machte eine bedeutungsschwere Pause. »Wobei … Eine Sache fällt mir ein. Der Inhalt der Lieferung war nicht ganz nach meinem Geschmack. Der Wirsing war ein bisschen sehr Bio. Den habe ich sofort auf dem Kompost entsorgt.«

Er schüttelte sich, so als würde der Gedanke an den welken Wirsing bei ihm Unwohlsein hervorrufen. »Aber darüber hinaus war nichts Erwähnenswertes. Wir sprachen ein wenig über das Wetter, und er sagte, dass er nächste Woche am Donnerstag kommen würde, weil am Freitag ja Feiertag ist. Das ist jetzt hinfällig wohl …« Nachdenklich rieb er sich das Kinn. »Das war's. Ich hatte nicht so viel Zeit. Sabine, meine Achtsamkeitstrainerin, wartete ja schon im Wald.«

»Achtsamkeitstrainerin?«

»Ich nenne sie immer so. Sabine ist Life Coach, aber weil es eine Basis ihrer Arbeit ist, die Achtsamkeit zu trainieren, heißt sie bei mir so. Wussten Sie, dass das Prinzip der Achtsamkeit ursprünglich aus dem Buddhismus kommt und sich auf eine bewusste und wertfreie Betrachtung unserer Wahrnehmung sowie eine ganzheitliche Annahme von uns selbst und unserer Umwelt konzentriert?«

Paul schüttelte müde den Kopf. »Ihre Trainerin lebt auch hier?«

»Ja, Sabine Weisskirch, sie wohnt im Nachbardorf.«

Den Namen hatte er doch vor Kurzem schon mal gehört. »Herr Vandenben, was haben Sie am Samstag gemacht, zwischen 17 und 22 Uhr?«

Wieder leitete er seine Antwort mit »Lassen Sie mich nachdenken« ein, stützte erneut den Kopf auf die Hand und tat, als müsse er sich stark konzentrieren, ehe er fortfuhr: »Jetzt weiß ich es. Um fünf kam ich aus dem Wald zurück. Ich war dort mit Sabine, wir haben rund eine Stunde gearbeitet. Dann haben Tarik und ich eine kleine Diskussion darüber geführt, was wir zu Abend essen wollen. Tarik wollte kochen, ich wollte lieber bei Constantin bestellen. Kennen Sie Constantin von Wittleben?«

»Ist er ein Koch oder Restaurantbesitzer?«

»Er betreibt das ›Schloss Wittleben‹. Das Schloss in Grunewald, also nicht das Schloss von den Kunzes, sondern ein echtes Schloss.« Er lachte über seinen Witz, diesmal weniger hysterisch, sondern mit einer Spur Selbstgefälligkeit. »Das Schloss ist seit Jahrhunderten im Besitz der Familie von Wittleben, die ist aber inzwischen in alle Welt verstreut. Constantin lebte in Berlin. Vor ein paar Jahren hatte er genug von der Stadt und seinem Job als

Koch dort. Er hat das Schloss schließlich renoviert, viel Geld, Zeit und Liebe hineingesteckt, und es ist wirklich wunderschön geworden. Es ist ein echtes Highlight hier. Allerdings bestellen wir schon seit fünf Monaten fast jeden Samstag dort und sind es langsam ein bisschen leid. Trotzdem ist es besser als die Bringdienste aus Templin – die gehen ja wirklich gar nicht.«

Ansichtssache!

»Letztendlich haben Tarik und ich uns auf das Trüffelrisotto geeinigt – wie immer! Wir haben um ungefähr 18:30 Uhr angerufen und bestellt. Tarik ist losgefahren, um das Essen zu holen, und ich habe den Tisch gedeckt und Kerzen angemacht, einfach ein bisschen nette Stimmung gezaubert. Dafür habe ich ein besseres Händchen als mein Schatz.« Er lächelte versonnen »Entschuldigen Sie, ich schweife ab. Also gegen 19:30 Uhr haben wir gegessen und dann hat Tarik gelernt, er macht gerade eine Weiterbildung. Fragen Sie mich jetzt bitte nicht, in welcher Teildisziplin. Ich kann mir das nie merken. Ich auf jeden Fall habe Musik gehört mit Kopfhörern, um ihn nicht zu stören.« Er zeigte zum Sofa, auf dem große Kopfhörer lagen. »Selbstverständlich können Tarik, Constantin und Sabine das bestätigen. Constantin hat sicher noch die Rechnung.«

Was für ein Fuchs! Die Ausführung in epischer Breite sollte Paul einlullen, sodass er übersah, dass Vandenben 30 Minuten lang zur fraglichen Zeit allein gewesen war. Paul notierte sich das, hakte aber nicht nach. Er wollte es sich als Überraschungsmoment für später aufheben, denn wenn … »Dürfte ich Sie noch um eine freiwillige Speichelprobe bitten?«

Vandenben nickte, und keine Minute später steckte Paul das Röhrchen wieder ein.

»Ihre Achtsamkeitstrainerin Frau Weisskirch, ist das die Schauspielerin?«

»Ja, genau. Sie war mal so was wie eine Kollegin von Ihnen«, wieder lachte er über seinen Witz, »sie spielte viele Jahre die Kommissarin in einer Vorabendserie. Wahrscheinlich sind Sie zu jung, um sie zu kennen. Sabine hat, nachdem sie mit der Schauspielerei aufgehört hat, eine Ausbildung zum Coach gemacht – was wirklich eine wunderbare Entscheidung war. Sie ist großartig. Wir kennen uns schon länger und sind in Charlottenburg auch Nachbarn. Seit ich krank bin«, er senkte den Blick, »arbeite ich mit ihr zusammen. Sie hat ein Haus hier und bietet Auszeiten für gestresste Stadtmenschen an. Ich arbeite eins zu eins mit ihr. Das Waldbaden gehört dazu – sowie andere Achtsamkeitsübungen. Wenn Sie Interesse haben …«

Paul lächelte und steckte demonstrativ sein Notizbuch ein. »Bei Bedarf komme ich gern darauf zurück, erst muss ich den Mord aufklären.«

»Sicherlich.«

»Wer führt eigentlich momentan Ihre Agentur?«

»Ich habe einen sehr guten Geschäftsführer. Zu meiner Therapie gehört der komplette Entzug. Wie bei einem Drogenjunkie«, hysterisches Auflachen, »darum habe ich mich nicht nur aus dem Tagesgeschäft, sondern aus allem rausgezogen. Der erste Schritt zur Heilung ist das Loslassen, der schwerste Teil.« Er seufzte.

»Das kann ich mir vorstellen. Gerade jetzt in diesen turbulenten Zeiten mit den ganzen Affären.«

»Was meinen Sie?« Es schien, als würde Vandenben ein wenig von seiner Gesichtsfarbe verlieren. Auf seiner Stirn bildeten sich kleine Schweißperlen.

»Die Affären im Wirtschaftsministerium.«

»Ja, sicher. Das wäre Gift momentan für meine Gesundheit. Gut, dass ich weit weg bin.« Vandenben hatte sich wieder gefangen.

Genug fürs Erste. Paul stand auf. »Wegen der Reifen melden die Kollegen sich.«

Sie gingen zur Tür. Jetzt legte ihm Vandenben zum Abschied die Hand auf den Arm und kam näher, es wirkte beinahe konspirativ, als er sagte: »Vielen Dank, Herr Montgomery. Sie wissen gar nicht, wie aufgeschmissen ich ohne Auto bin. Glücklicherweise wohnt Sabine um die Ecke und kann mich fahren. Eine S-Bahn gibt es hier ja nicht.«

»Auf Wiedersehen, Herr Vandenben.« Paul ging zu seinem Auto, stieg ein und fuhr los. Erst als er aus dem Dorf raus war, fiel ihm ein, dass er gar nicht wusste, wohin er wollte.

23

Es klingelte unten an der Tür. Kein Grund für Claudia oben, etwas an ihrer Position zu ändern. Sie blieb einfach liegen. Im Heldensitz. Den Po zwischen den Füßen, die aufgrund der angewinkelten Beine zu beiden Seiten ihres Körpers nach hinten zeigten.

Sollte Manu doch öffnen. Sie selbst hatte sich ihre Stunde Auszeit mehr als verdient, fand Claudia. Die ganzen Ferien mit drei Kindern allein. Ohne Au-pair, Haushaltshilfe oder Nanny. Nur mit Manu und Bert. Michael hatte gar keine Vorstellung davon, wie stressig ihr Leben war. Von wegen entspannte Landpartie. Die hatte er, wenn er an den Wochenenden in ein perfektes Zuhause kam mit schönem Essen und Kindern, die sich auf ihn freuten. Für ihn nur die Sahneschnitten. Sie seufzte. Es klingelte noch mal.

Wahrscheinlich stand sowieso nur der Blumenhändler vor der Haustür. Natürlich keiner aus der Region. Was für ein Glück, dass sie ihren Floristen aus Berlin dazu hatte bringen können, ihr regelmäßig frische Sträuße in die Einöde zu liefern. Seit Jahren war sie eine gute Kundin. Zweimal pro Woche Blumendeko für ihre 300 Quadratmeter große Wohnung. Da kam einiges zusammen, einen solchen Auftrag wollte man nicht verlieren. Support you local dealer – hörte für Claudia auf, wenn es um Design ging. Außerdem war »Florales« aus Berlin auch ein lokales, kleines Unternehmen.

Wie konnte sie ihr Handy positionieren, um mit dem Selbstauslöser das beste Bild von sich in ihrer Position zu schießen? Sie überlegte … an die Sprossenwand binden? Dann hätte sie den Winkel von oben. Es gab nicht viele Alternativen hier in ihrem 30 Quadratmeter großen privaten Gym. Eine Seite des rechteckigen Raums nahm allein die Fensterfront ein. Da passte es nicht, ging nicht vom Licht. Während sie noch überlegte, wie sie das Telefon an der Sprossenwand befestigen sollte, wurde die Tür aufgerissen.

»Claudi, ich brauche deine Hilfe«, dröhnte es in ihren Ohren.

Karo! Die schickte der Himmel. Claudia blieb im Heldensitz. Sie überstreckte den Kopf und sah, wie ihre Freundin hektisch auf die Yogamatte, auf der sie lag, zulief.

»Okay, ich helfe dir. Aber bitte nimm erst mein Handy und mach schnell zwei, drei Fotos von mir. Von oben.«

Karo kannte ihre Freundin gut genug und wusste: Widerstand war zwecklos. Also schnappte sie sich das Telefon und knipste geduldig. Von links, von rechts, von oben. Zeigte der immer noch im Supta Virasana verharrenden Claudia die Ergebnisse, drapierte die Locken der Freundin neu, fotografierte wieder. Löschte Aufnahmen, veränderte den Winkel … Nach zehn Minuten war Claudia mit dem Ergebnis endlich zufrieden und richtete sich schwungvoll auf.

»Claudi, mir tun beim Hingucken schon die Adduktoren weh. Das nur für deine Instagram-Story?«

»Nein, natürlich nicht. Das ist der Heldensitz. Zehn Minuten sind so erholsam wie acht Stunden Schlaf.«

»Vielleicht sollte ich es auch mal ausprobieren.« Mit einem Seufzer ließ sich Karo neben sie auf die Matte plumpsen. Sie war fürchterlich blass, ihre langen blonden Haare hatte sie zu einem unordentlichen Dutt gebunden.

»Ach, Liebes.« Claudia nahm sie in den Arm und drückte ist. Täuschte sie sich, oder hatte Karo eine Schnapsfahne? »Was ist denn passiert?«

»Ich glaube, Claus hat Ben umgebracht!«

»Waaaas? Wie kommst du denn auf so einen Schwachsinn?« Claudia legte ihr Handy zur Seite. Die Auswahl der Fotos, welches sie hochladen würde, musste warten, es war doch ernster, als sie gedacht hatte.

»Die Polizei war heute bei mir, und dieser Kommissar Montgomery war bei Claus in Berlin.«

»Ja und? Montgomery war auch bei mir. Zweimal.«

Karo schaute sie trotzig an und zischte: »Ja, du hattest eine Affäre mit Ben.«

»Meinst du, Claus hatte auch was mit Ben?«

»Natürlich nicht.« Es ging ihr wirklich nicht gut, normalerweise hätte sie über diesen Witz gelacht und nicht bitterernst geantwortet.

Claudia konnte ihrer Freundin immer noch nicht folgen. Sie redete wirr. »Warum soll Claus Ben umgebracht haben?«

»Ich weiß es selbst nicht. Fakt ist: Er hat was zu verbergen. Er hat mich angelogen.«

Jetzt wurde Claudia hellhörig. »Er hat behauptet, Montgomery war nur persönlich bei ihm, weil er sowieso in Berlin war wegen der Obduktion. Ich hab recherchiert und beim LKA angerufen. Ben ist in Eberswalde obduziert worden.«

Schlau wie Schlange, dachte Claudia anerkennend. »Vielleicht hat Claus da was verwechselt.«

»Claudi, bitte. Er ist Strafverteidiger! So was ist sein daily Business.«

Das stimmte natürlich. Claudia dachte an den Anruf von Paul Montgomery gestern am späten Abend. Er hatte sie darüber informiert, dass sie durch ihre DNA-Probe entlastet worden war, und hatte ihre Beobachtungsgabe gelobt. Das hatte ihr natürlich geschmeichelt. Anschließend hatte er das Thema auf Claus und Karo gelenkt und sie hatte gedacht, er sei im Bilde über deren Familienstatus. Dass das ein Irrtum gewesen war, hatte sie erst gemerkt, als es schon zu spät war. Sie hatte ihm bereitwillig alles erzählt, was sie wusste. Natürlich hatte sie seither Gewissensbisse, aber er wäre sowieso dahintergekommen, sagte sie sich. Das konnte sie Karo jetzt nicht auf die Nase binden, die war ohnehin komplett durch den Wind. Also mimte sie die Unwissende.

»Komm, trink was!« Sie stand auf, holte zwei 0,3-Liter-Flaschen mit Kokoswasser aus einem kleinen Kühlschrank an der Wand und reichte eine davon Karo.

»Schon komisch, dass er dich angelogen hat. Warum sollte er Ben umgebracht haben? Das ergibt keinen Sinn, die kannten sich doch nicht mal.« Sie setzte sich im Schneidersitz ihrer Freundin gegenüber auf die Matte und nahm einen Schluck aus ihrer Flasche.

»Da bin ich mir nicht mehr sicher«, sagte Karo und öffnete ihre Flasche, hielt sie nur in der Hand, ohne zu trinken.

»Wie kommst du darauf?«

»Ich glaube, Ben ist hinter unser Geheimnis gekommen.«

»Waaaas?« Beinahe hätte Claudia sich am Kokoswasser verschluckt.

»Er war in letzter Zeit ja öfter bei uns, und da hat er mir ein paar komische Fragen gestellt. Wie Claus mit Nachnamen heißt …«

»Da hast du doch gesagt Schultze.«

Karo schenkte ihr einen »Ich bin ja nicht blöd«-Blick. »Ja, und beim nächsten Mal hat er nach seinem Beruf gefragt.«

Das war in der Tat seltsam – das konnte sie Karo nicht sagen. Stattdessen versuchte sie, beruhigend auf sie einzuwirken. »Du siehst Gespenster!«

Das beruhigte Karo in keiner Weise. Immer noch hielt sie die volle Flasche.

»Ich hab einen großen Fehler gemacht. Ich hab ihm die Handynummer von Claus gegeben, weil Ben einen juristischen Rat brauchte, und ich wollte mich mal revanchieren, weil er doch so hilfsbereit ist … äääh war.«

»Das war wirklich nicht sonderlich schlau.« Das war schärfer, als Claudia es hatte sagen wollen.

»Ich weiß. Claus sagt jetzt, Ben habe ihn nie kontaktiert.«

»Dann wird es wohl so sein.«

»Ich hab so ein komisches Gefühl. Dann wäre Montgomery doch nicht bei ihm gewesen …«

Und er hätte mich nicht nach ihm ausgefragt, dachte Claudia, sagte jedoch: »Lass uns mal logisch vorgehen, selbst wenn Ben hinter euer Geheimnis gekommen war. Na und! Er war nicht unbedingt die Nachrichtenzentrale der Uckermark. Was hätte er denn mit dem Wissen gemacht? Nix.«

Sie zögerte. »Ich weiß es nicht. Vielleicht hat er Claus gesagt, dass er Bescheid weiß. Und darum wurde er von Claus umgebracht.«

»Karo. Wir sind in der Uckermark und nicht in Mexiko!«

»Und wenn Ben ihn erpresst hat?«

»Unser Ben? Ein Erpresser? Nie im Leben. Dafür war er doch viel zu schweigsam. Nein. Und selbst wenn, hätte Claus doch seiner Frau alles gesagt, anstatt Ben deshalb etwas anzutun. Wenn's hart auf hart käme, würde er auf jeden Fall zu dir und den Kindern stehen.«

Außerdem, dachte Claudia, was soll's. Wäre es halt rausgekommen, so wie es irgendwann sowieso passieren wird. Karo und Claus saßen auf einer tickenden Zeitbombe und spätestens wenn die Kinder im Alter waren, dass sie googeln konnten, mussten sie mit offenen Karten spielen. War ihnen das nicht klar gewesen? Wahrscheinlich hoffte Karo, dass Claus sich bis dahin für sie entschieden hat.

»Ach, Karo, ich glaube wirklich, du machst dir zu viele Sorgen. Natürlich war es ein Fehler, Ben Claus' Nummer zu geben. Aber er kann ja jetzt nichts mehr damit anstellen …«

Unvermittelt schluchzte Karo auf und sagte heulend: »Ich hab dieses Versteckspiel so satt. Ich kann nicht mehr, ich will nicht mehr, ich will endlich normal leben.« Sie fing bitterlich an zu weinen und sackte förmlich in sich zusammen. Claudia nahm ihr schnell die Flasche aus der Hand. Sie hatte Sorge, dass Karo die Flasche aus der Hand fallen würde und einen großen Wasserfleck auf dem teuren Parkett hinterlassen würde.

»Ach, Süße!« Claudia stellte beide Flaschen in sicherer Entfernung auf den Boden, nahm Karo in den Arm und drückte sie ganz fest. Karo beruhigte sich nicht, vielmehr wurde sie von weiteren Weinkrämpfen geschüttelt. Es schien, als würde alles rauskommen, was sich in den letzten Monaten und Jahren aufgestaut hatte. War wohl doch nicht nur eine Win-win-Situation, das Leben in der Uckermark. Claudia konnte ihr jetzt unmöglich sagen, dass Montgomery alles wusste – und zwar von ihr.

»Wie kann ich dir helfen, Liebes?«

»Du hast doch gesagt, dass Montgomery schon zweimal bei dir war und ihr euch ganz gut versteht. Kannst du nicht noch mal mit ihm reden und ihn fragen, was er weiß? Bitte.« Sie schaute sie flehentlich aus ihren tränennassen grünen Augen an.

»Wie stellst du dir das vor? Der Mann ist nicht irgendein Dorfpolizist, der war beim LKA und bei Europol. Der wird mir doch nichts sagen.«

»Wie auch immer. Du bist doch gut darin, Leute um den Finger zu wickeln.« Karo schniefte und wischte sich mit dem Ärmel ihres Sweaters den Rotz und die Tränen weg. Ein Häufchen Elend.

»Ich helfe dir gern, aber ich rechne nicht damit, dass das was bringt.«

»Du bist meine einzige Hoffnung. Claus war vorhin am Telefon so ungehalten, und dann hat er auch noch gesagt, dass er an Ostern wahrscheinlich nicht kommt.« Wieder fing sie an zu weinen.

Sie war wirklich ein Nervenbündel.

»Gut, Karo, ich versuch's. Ich lass mir was einfallen. Dir muss allerdings klar sein, dass ich ihm von euch erzählen muss. Als Polizist weiß er das ja vielleicht schon. Er muss ja nur einmal im Personenregister nachgucken. Wenn ich mit ihm spreche, muss ich ihm das Gefühl geben, dass ich im Bilde bin. Nur dann wird er vielleicht was sagen.«

»Das ist okay«, schniefte Karo.

Der Gedanke, sich noch mal mit Paul zu treffen, war nicht der schlechteste. Morgen Mittag könnte sie ihn ja unter einem Vorwand herlocken ...

»Jetzt beruhige dich erst mal Karo. Möchtest du einen Schnaps?«

»Nein, ich möchte einfach, dass sie endlich Bens Mörder finden, es nicht Claus ist und die ganze Sache vorbei ist.«

Wer wollte das nicht?

24

Es war seine Intuition, die ihn zu Sabine Weisskirch führte. Anders konnte sich Paul nicht erklären, warum er das Nachbardorf Kurtschlag ansteuerte.

Sein Bauchgefühl sollte sich als goldrichtig erweisen.

Er stieg vor einem ehemaligen Kolonistenhaus aus seinem Wagen aus. Es war in den vergangenen Jahren renoviert worden, davon zeugten die frische Fassadenfarbe, die erneuerten Fenster mit leuchtend grünen Läden und die massive Eingangstür aus dunklem Mahagoni. Lediglich der Holzzaun, der das Grundstück zum Gehweg abgrenzte, passte nicht ins Bild. Seine Latten waren morsch oder fehlten ganz. Rechts vom Haus mündete der Zaun in ein breites Tor, das den Abschluss des Grundstücks markierte.

Die starken Regenfälle hatten aufgehört, mittlerweile war die Sonne herausgekommen. Die Luft war klar und roch nach Frühling. Paul atmete tief ein, er liebte diesen erdigen Geruch. Er erinnerte sich an einen Artikel, in dem gestanden hatte, dass Geruchsforscher herausgefunden haben, was den typischen Frühlingsduft ausmacht. Eine Substanz namens Geosmin. Diese wird von Mikroorganismen im Boden produziert und entsteht, wenn die Erde sich im Frühjahr erwärmt und Geruchsmoleküle freigibt. Modrig bis muffig riecht das dann – trotzdem können wir nicht anders, als den Geruch mit Frühling zu verbinden. Für Paul weckte diese erdige Note Erinnerungen an Tage, als er noch ein kleiner Junge gewesen war und mit seinem Großvater nachmittags in der Parkanlage »Planten un Blomen« in Hamburg spazieren gegangen war. Der Opa hatte ihm dabei tolle Geschichten erzählt von seiner Zeit als Jugendlicher in Bristol. Zwischen Straßenbanden und eiserner Disziplin in der Schule. Dieser Geruch – Paul verband mit ihm die wunderbaren Stunden mit seinem geliebten englischen Opa.

Im Vorgarten blühten Krokusse, zwei Forsythien standen in nahezu voller Blüte. Die restlichen Sträucher waren auch fast so weit, bald würde die Natur explodieren. Sie war spät dran in diesem Jahr. Vor drei Wochen hatte es noch Nachtfrost im zweistelligen Bereich in der Uckermark gegeben, aber jetzt wurde es täglich wärmer. Das Knacken von Ästen war zu hören. Es klang, als sei jemand bei der Gartenarbeit. Paul ließ seinen Blick streifen und erschrak. Links neben dem Haus stand, mit dem Rücken zu ihm, das Körperdouble von Andreas Seemüller. Groß gewachsen, blauer Hoodie, schulterlange braune Haare. Seemüller reloaded war gerade dabei, einen hohen Strauch zu schneiden.

»Frau Weisskirch!«, rief er. Das Seemüller-Double drehte sich um und sah ihn fragend an, kam jedoch nicht näher und antwortete nicht.

»Mein Name ist Paul Montgomery von der Polizei Templin. Haben Sie kurz Zeit, mir ein paar Fragen zu beantworten?«

»Kommen Sie rein.«

Er öffnete das lädierte Gartentor und ging zu der Frau. Von vorn und aus der Nähe war abgesehen von der Größe und Haarlänge keine Ähnlichkeit mehr zwischen ihr und dem Chirurgen zu erkennen: Ihre Haare waren glatt, und sie trug einen Pony, sie hatte ein breites Gesicht mit einem großen Mund und weit auseinanderstehende blaue Augen. Außerdem zeichneten sich unter dem Hoodie weibliche Körperformen ab.

»Guten Tag, Frau Weisskirch.« Paul zeigte ihr seinen Ausweis, den sie ignorierte.

»Nennen Sie mich gern Sabine, Frau Weisskirch bin ich nur für das Finanzamt.« Sie schenkte ihm ein Lächeln. »Sie kommen wegen Ben Limberg, nicht wahr?«

»Kannten Sie ihn?«

»Nicht wirklich. Ich habe eine Zeit lang Gemüse über ihn bezogen, weil ich großen Wert auf regionales Essen lege, aber dann hat es für mich keinen Sinn mehr gemacht. Gucken Sie sich um.« Sie zeigte hinter das Haus, wo sich eine Wiese, Beete und vereinzelte Bäume befanden. Das Grundstück umfasste mehrere tausend Quadratmeter, sehr weitläufig. »Ich habe so viel Fläche. Es wäre doch absurd, wenn man so viel Platz hat, nicht selbst anzubauen. Home Farming ist ja gerade voll im Trend. Also habe ich mich in das Thema eingearbeitet, Beete angelegt und mir von den Nachbarn ein paar Kniffe zeigen lassen. Im ersten Jahr habe ich mehr geerntet, als ich selbst verbrauchen konnte. Was für ein großartiges Gefühl das ist, das eigene Gemüse anzubauen. Es macht so viel Freude zu erleben, wie Pflanzen wachsen und Früchte tragen. Sagt man eigentlich Früchte bei Gemüse?« Sie sah ihn fragend an, doch Paul zuckte nur die Schultern.

»Egal, Sie wissen, wie ich es meine. Im Winter fange ich an, die Pflanzen zu ziehen, und dann setze ich sie nach dem Frost aus. Es ist erfüllend, diesen Kreislauf mitzuerleben. Natürlich ist es nervig, wenn wir wie im letzten Sommer eine Schneckenplage haben, aber das gehört dazu. Und es ist unbezahlbar, unabhängig zu sein als Selbstversorgerin. Wir praktizieren hier im Dorf Tauschwirtschaft: Was ich an Gemüse zu viel habe, gebe ich dem Nachbarn, der gibt mir dafür Eier von seinen Hühnern. Das ist so einfach und es funktioniert.«

»Da haben Sie recht«, sagte er abwiegelnd und schloss die nächste Frage schnell an. Er wollte nicht tiefer in dieses Thema eintauchen. »Wann haben Sie das Geschäftsverhältnis mit Ben beendet?«

Sie überlegte kurz. »Das war ungefähr vor einem Jahr. Vielleicht etwas länger. Ist es wichtig, soll ich nachgucken?«

Paul schüttelte den Kopf. »Hatten Sie seitdem noch Kontakt zu Ben?«

»Kontakt ist zu viel gesagt. Auf dem Land läuft man sich natürlich immer mal wieder zufällig über den Weg, das war im letzten Jahr nicht wirklich oft der Fall. Seine Mutter sehe ich manchmal, wenn ich in dem Laden, in dem sie arbeitet, einkaufe. Und seine Schwester, die jobbt ja in einem Kosmetiksalon in Gerswalde. Zu Ben selbst hatte ich keinen Kontakt, nein.«

»Wie würden Sie Ben beschreiben?«

»Ich kann Ihnen nicht viel über ihn sagen. Er hat mir eine Zeit lang Gemüse gebracht, das wars.« Sie widmete sich wieder dem Strauch, begutachtete einen Ast, setzte die Schere an und schnitt ihn ab.

»Sie haben ihn nie zum Beispiel mal zufällig bei Frank Vandenben getroffen?«

»Nein, warum sollte ich? Er war Franks Gemüsehändler. – Mehr nicht.«

Das war der Augenblick im Gespräch, an dem sich sein Bauchgefühl beziehungsweise seine Intuition erneut meldete. Alle, die er bisher befragt hatte, hatten ein gewisses Bild von Ben gezeichnet. Wenn auch ein recht eindimensionales, das vom Samariter, der alten Frauen über die Straße hilft. Sabine hingegen tat so, als hätte sie nichts zu sagen. Was beileibe nicht daran lag, dass sie wortkarg war.

Er wechselte das Thema. »Sie sind Schauspielerin?«

»Jein. Ich drehe noch ab zu. In den letzten sieben Jahren hatte ich vielleicht eine Handvoll Drehtage, und Theater habe ich schon sehr lange nicht mehr gespielt. Ich müsste lügen, wenn ich sagen würde, dass ich davon leben kann. Es gab eine Zeit, da verdiente ich meinen Lebensunterhalt als Schauspielerin, aber das ist lange her. Ich war mal so etwas wie eine Kollegin von Ihnen und habe eine Kriminalkommissarin in einer Vorabendserie gespielt. Dann wurde mein Vertrag nicht verlängert. Man sagte, die Rolle sei auserzählt. Dieser Meinung war ich nicht. Ich habe das wohl etwas zu laut mitgeteilt, denn in der Folge bekam ich von dieser Produktionsfirma nicht mal mehr Einladungen zu Castings. Es war schwer, andere Engagements zu finden, denn ich habe in den Jahren, in denen ich die feste Rolle hatte, nicht nach links und nach rechts geguckt, nicht genetzwerkt, wie man das ja nennt, und schlichtweg den Anschluss verloren. Ich schlug mich noch eine Zeit lang als Sprechtrainerin und Schauspiellehrerin durch, was aber nicht erfüllend war, weder finanziell noch für mich selbst. Ein Coach half mir wieder auf den Weg. Die Arbeit mit ihm hat mir meine Lebensfreude zurückgebracht und gleichzeitig habe ich gemerkt, dass es das ist, was ich will: Menschen helfen. Also habe ich mich zum Coach ausbilden lassen. Am Anfang hab ich nur mit Freunden und Bekannten gearbeitet. Doch der erzählte es dem, der dem und mit der Zeit wurden es immer mehr Kunden, und ich habe mir mein eigenes Business aufgebaut.«

»Das scheint sehr gut zu laufen, wenn ich mich so umschaue. Schönes Haus!«

»Danke. Tatsächlich kann ich nicht klagen. Ich habe hier hinten, gucken Sie mal …« Sie ging ein paar Meter nach links und er folgte ihr zu einer Stelle, von wo aus man einen

Blick bis zum Ende des Gartens hatte. Dort stand ein großes Gebäude, das eine Scheune gewesen sein musste, die jetzt in neuem Glanz erstrahlte. Die Renovierung schien noch nicht lange her zu sein, davon zeugte das Dach, auf dem noch keine Spuren der Zeit zu entdecken waren. Die Fenster waren neu, und auch an der Rekonstruktion der Fachwerkbauten hatte der Zahn der Zeit noch nicht genagt.

»Ich habe mir meinen Traum verwirklicht. Viele meiner Kunden sind Berliner, die eine kurze Wochenend-Auszeit auf dem Land suchen. Es war immer schwierig, sie unterzubringen, denn Hotels, die deren Ansprüchen genügen, gibt es in der Gegend kaum. Außerdem, wie sollten die Gäste dort hinkommen, nachdem wir abends gesellig zusammengesessen hatten? Also habe ich einen Kredit aufgenommen und die alte Scheune in ein exklusives Hideaway verwandelt. Unten gibt es drei Kreativ-Räume. Im oberen Stockwerk fünf Gästezimmer mit En-suite-Badezimmern. Meine Kunden können nur übers Wochenende bleiben oder auch für längere Seminare eine ganze Woche übernachten.«

Das Geschäft schien zu florieren. Paul war kein Experte, aber der musste man auch nicht sein, um zu erkennen, dass die Transformation von Scheune zu Hideaway ein hübsches Sümmchen verschlungen haben muss. Das Geschäft mit der Achtsamkeit brummte, aber war es wirklich so lukrativ? Schließlich gab es Coaches und Trainer wie Sand am Meer. Mandy sollte sich mal mit den Vermögensverhältnissen von Frau Weisskirch beschäftigen, notierte sich Paul im Geist.

Er wechselte das Thema. »Frank Vandenben hat mir gesagt, dass er mit Ihnen am Samstag bis 18 Uhr im Wald war.«

»Das stimmt. Wir haben dort zusammengearbeitet. Frank geht es ja nicht so gut, das wird er Ihnen wahrscheinlich selbst gesagt haben. Und der Wald ist ja das Krankenhaus für die Seele. Waldbaden ist so eine wunderbare Therapie. Haben Sie das schon mal gemacht?«

Paul schüttelte den Kopf.

»In Japan, wo das herkommt, ist es eine anerkannte Therapieform. Es ist ein wunderbares City-Detox, das müssen Sie mal …«

Paul unterbrach sie. »Haben Sie Ben zufällig im Wald gesehen?«

»Nein. Warum sollte ich?«

»Weil er dort auf seinen Mörder getroffen ist.«

»Oh, mein Gott, das wusste ich nicht.«

Das war schlichtweg gelogen. Es würde Paul wundern, wenn der Dorfklatsch nicht zu ihr durchgedrungen wäre. »Da Sie kurz vor der Tat in der Nähe waren, kann es durchaus sein, dass Sie irgendwo Spuren hinterlassen haben, die Ben aufgenommen hat. Darum würde ich Sie gern um eine DNA-Probe bitten. Sie wissen ja, man ist mittlerweile sehr gut darin, alles auszuwerten und zu analysieren. Herr Vandenben hat mir bereits eine Probe gegeben.« Er vermied es, sie darauf hinzuweisen, dass die Abgabe freiwillig war. Wäre sie juristisch versierter, wüsste sie, dass sie nicht dazu verpflichtet war. Offenbar hatte sie in ihrer »Tätigkeit« als Ermittlerin nie diesen Fall gehabt. Es war vertretbar, ihr das Detail zu verschweigen. Etwas stimmte nicht mit Sabine Weisskirch, das spürte Paul, deshalb wollte er schnellstmöglich einen DNA-Abgleich.

Sie zögerte einen Moment und richtete ihr Augenmerk auf einen kleinen Ast des Strauchs. Sie setzte die Schere an und kappte ihn. Schließlich nickte sie. »Geben Sie her.« Sie drückte ihm kurzerhand die Schere in die Hand, nahm im Gegenzug das Plastikröhrchen aus seiner und nahm selbst den Wangenabstrich vor.

»Vielen Dank. Was haben Sie eigentlich am Samstag gemacht, nachdem Sie aus dem Wald gekommen sind?«

Sie kratzte sich mit der freien Hand an der Nase, ehe sie sagte: »Ich war noch bei Frank, und wir haben dort bis acht zusammengesessen und meditiert. Dann bin ich zu Constantin in sein Restaurant und habe mir Trüffelrisotto geholt.«

Trüffelrisotto – so viel zum Thema Essen aus der Region. »Vielen Dank, Sabine. Das war's dann schon. Auf Wiedersehen.« Er stieg in sein Auto und fuhr los. Ein Hoch auf die Intuition.

25

»In fünf Minuten Teambesprechung«, tönte es über den Flur. Nils schaute auf die Anzeige an seinem Rechner. 18:01 Uhr. Wenn er Glück hatte, konnte er in einer halben Stunde nach Hause gehen. Pünktliche Feierabende waren ihm heilig – daran änderte auch Mord nichts. Die anderen hingegen standen unter Starkstrom, vor allem Mandy. Nils beobachtete über den Rand seines Laptops, wie sie den Beamer anwarf und gleichzeitig einen Schokoriegel in sich reinstopfte. Natürlich fand auch er es spannend, dass sie einen Mord aufzuklären hatten. Das war was anderes als das, womit er sich in Eberswalde tagtäglich auseinandersetzen musste: Sachbeschädigungen, Beleidigungen, Taschendiebstahl, Rechtsradikalismus und jede Menge Verkehrsdelikte.

Klasse war auch Paul, der nicht nur unfassbar erfahren war, sondern auch ein toller Chef.

Aber alles hatte seine Grenzen und eine war für Nils ein zeitiger Feierabend.

Als ihm am ersten Tag das Statistische Bundesamt aka Mandy einen Vortrag darüber gehalten hat, dass bei einer Mordermittlung die Arbeitszeit eines jeden Mitglieds der Mordkommission zwölf bis 16 Stunden beträgt, hatte er schon überlegt, freiwillig auszusteigen. Kollegen, die seinen Platz gerne einnehmen würden, gab es genug in Eberswalde. Aber dann hatte er Paul kennengelernt beziehungsweise dessen Einstellung zu Arbeitszeiten und die Art, wie er das Team führte. Das gefiel ihm. Und Nils war geblieben.

Gestern war er pünktlich nach Hause gekommen, und wenn nicht noch irgendwas passierte, sah es heute auch danach aus. Wenn Paul nicht noch einen neuen Verdächtigen aus dem Hut zauberte. In diesem Fall gab es gefühlt alle fünf Stunden eine Wendung. Personen mit unfassbaren Geheimnissen standen plötzlich ganz oben auf der Agenda. Doch nach ein paar Stunden lief diese Spur ins Nichts, und wieder tauchten neue Menschen auf, die genauso viel zu verbergen hatten. Das war wie eine Seifenoper im Schnelldurchlauf: heimliche Geliebte, Schönheitsoperationen, Affären, Erpressung. In der Uckermark! Gerade war noch der Anwalt, der eine heimliche Familie hier hatte – das musste man sich mal vorstellen –, ihr

Topverdächtiger gewesen, da konzentrierten sie sich schon auf den korrupten Manager. Das Einzige, was diese Leute gemeinsam hatten, war: Sie waren aus Berlin zugezogen.

Nils stand auf und ging zum Fenster. Ein wenig Frischluft könnte nicht schaden. Der Geruch von Peperoni hing immer noch im Raum und vermischte sich mit leichtem Schweißgeruch zu einer Duftnote, die alles andere als angenehm war.

Alle waren sie da, jetzt betrat Paul mit athletischen Schritten den Raum. Wie immer sah er freundlich in die Runde. Er war wirklich ein cooler Typ, von dem sich Nils' Chef in Eberswalde nicht nur menschlich eine Scheibe abschneiden konnte. Der schrie immer jähzornig rum und hielt seine Mitarbeiter klein. Um selbst größer zu wirken – womit er nichts als das Gegenteil erreichte. Paul hatte das nicht nötig. Statt sie runterzumachen und Witze auf ihre Kosten zu reißen, forderte und förderte er sie und gab ihnen das Gefühl, ebenbürtig zu sein. Trotzdem trug er die Verantwortung und traf die Entscheidungen. Nils war auch egal, warum Paul in der Uckermark war und nicht mehr bei Europol in Den Haag. Mandy und die anderen zerbrachen sich die Köpfe darüber. Nils beteiligte sich nicht an diesem Klatsch, das war nur Zeitverschwendung.

Der Reihe nach berichteten sie: Die DNA-Probe von Ronny war genommen, Bens zweites Handy immer noch nicht gefunden worden, und Mandy präsentierte die Ergebnisse der DNA-Tests vom Vormittag. Keine Treffer. Claus Holm und Karo waren raus.

»Das habe ich mir fast gedacht«, sagte Paul und ging zum Whiteboard, strich die Namen des Paars durch und schrieb Frank Vandenben und Sabine Weisskirch hinzu. Er berichtete von seinen Besuchen bei den beiden. »Die

DNA ist schon im Labor. Bis wir die Ergebnisse haben, konzentrieren wir uns auf Sabine Weisskirch. Sie hat offensichtlich gelogen, was ihr Alibi anbelangt. Das macht sie zu einer Verdächtigen.«

»Vielleicht hat auch Vandenben nicht die Wahrheit gesagt«, warf Mandy ein.

»Es steht Aussage gegen Aussage. Aber er hat im Gegensatz zu ihr mit seinem Ehepartner jemanden, der das Alibi bestätigen kann.«

»Der lügt womöglich ebenfalls, er ist immerhin mit Vandenben verheiratet und kann darum vor Gericht die Aussage verweigern.« Mandy schob sich einen Kaugummi in den Mund und fing an, lautstark zu kauen.

»Vandenben könnte auch die Unwahrheit sagen, um den Verdacht auf Sabine Weisskirch zu lenken«, sagte Patrick.

»Das stimmt.« Paul warf Patrick einen anerkennenden Blick zu. »In diese Richtung sollten wir ebenso ermitteln.«

»Es ist noch etwas anderes, das Sabine in meinen Augen verdächtig macht. Während die anderen, die wir befragt haben, bereitwillig Auskunft über Ben erteilt und ihn beschrieben haben …«

»Aber alle gleich, und wir wissen ja jetzt, dass er nicht wirklich so war!«, unterbrach Mandy Paul. Das nervte Nils– warum musste sie zu allem ihren Senf dazugeben? Konnte sie Paul nicht mal ausreden lassen? Und warum kaute sie so laut?

Glücklicherweise ging der auf diesen überflüssigen Kommentar nicht ein, sondern fuhr fort. »Es gibt wie gesagt noch etwas, das gegen sie spricht.« Paul blickte fragend in ihre Runde. Seine Chance.

»Sie sieht von hinten aus wie Seemüller.«

»Sehr gut, Nils. Und alle haben Ben charakterisiert, nur

Sabine tat so, als habe sie ihn quasi nicht gekannt. Das ist ungewöhnlich, denn in dörflichen Regionen wie dieser erfährt man schnell etwas über die anderen. Es ist nicht so anonym wie in der Großstadt.«

»Hier leben nicht so viele Leute, da kann man schon jeden kennen«, brummte Olaf, ohne aufzusehen. Er war mal wieder an einem der Kabel von seinem Rechner beschäftigt.

»Dass Sabine vorgab, nichts über Ben sagen zu können, ist eine Distanzierung. Sie grenzt sich vom Opfer ab, und das kann auf eine Lüge hindeuten. Darum sollten wir uns auf sie konzentrieren, das bedeutet …«

Nils hielt die Luft an. Jetzt kam der entscheidende Augenblick.

»… ich brauche zwei von Ihnen heute Abend. Einer checkt bitte Vandenbens Alibi und dann, wichtiger, Sabine. Konto, Vergangenheit, Einträge – alles. Und der andere macht mit mir noch einen kleinen Ausflug.« Paul guckte in die Runde.

Natürlich war auf Mandy Verlass. Sie hob sofort ihre Hand und sagte: »Ich bin dabei.«

Patrick schloss sich an. »Ich hab heute Abend nichts vor. Ich bleibe.«

»Danke.« In Richtung von Olaf und ihm sagte Paul: »Sie können nach Hause gehen. Wir sehen uns morgen um acht zur Besprechung. Danke für heute, guter Job.«

Nils griff zum Handy und schrieb seiner Freundin: *Bin in einer halben Stunde zu Hause.*

So konnte es weitergehen, diese Mordkommission entsprach seiner Definition von Work-Life-Balance.

26

Sie fuhren durch die Wälder. Seit Kilometern nichts als Bäume. Paul musste an »Twin Peaks« denken. Eine Serie, die ihn im Alter von 17 oder 18 Jahren geprägt hat. Sie spielt in einer fiktiven Kleinstadt in den USA an der Grenze zu Kanada. Umgeben von weiten Wäldern geschieht dort ein Mord an einer Minderjährigen. Fast jeder in Twin Peaks hat ein Geheimnis – auch das Opfer. In jeder Folge schwärmt der Agent fasziniert und begeistert von den Wäldern ... Sein Ausspruch »Ich habe noch nie so viele Bäume gesehen« hat sich Paul als geflügelte Worte eingeprägt. Wie hier: unendliche Wälder, nicht so dunkel und bedrohlich wie in »Twin Peaks«, aber auch gewaltig, flächig. Nicht allein das war eine Parallele. Das Grauen hinter der Idylle offenbarte sich in der Uckermark langsam. Paul hoffte nur inständig, dass es nicht wie bei »Twin Peaks« endete. Er schaute zu Mandy, die neben ihm auf dem Beifahrersitz saß und gerade dabei war, die Reste eines Brötchens zu verschlingen. Zwischen ihren Schneidezähnen steckte etwas Grünzeug. Sollte er sie darauf hinweisen? Nein.

»Wo fahren wir eigentlich hin?«, fragte sie.

»Zum Tatort.«

Sie hob fragend die Augenbrauen. »Um was zu machen?«

»Wir schauen uns noch mal um.«

»Glauben Sie, der Erkennungsdienst hat was übersehen?«

»Nein. Aber der Tatort ist der Schlüssel zur Aufklärung.«

Als sie parkten, war diesmal kein anderes Auto in der Nähe. Nichts deutete darauf hin, dass diese Idylle vor drei Tagen Schauplatz eines Verbrechens war. Die Abendsonne schien durch die Bäume und tauchte die Szenerie in ein schönes, warmes Licht. Der Boden war noch aufgeweicht und matschig. Sie gingen zur Böschung und sie befanden sich nur noch wenige Meter von der Stelle entfernt, wo der kleine Nepomuk die Leiche gefunden hatte.

»Und nun?«, demonstrativ verschränkte Mandy die Arme vor der Brust und blieb stehen.

»Wir spielen die Tat nach.«

Sie zögerte: »Sie und ich?«

»Ja, Sie sind Sabine, ich Ben.«

»Spielen wir FBI-Profiler? Nur etwa zwei Prozent aller Profiler-Analysen führen zur Aufklärung. Zu ungenau, im Grunde genommen Zeitverschwendung«, dozierte sie.

»Wir wollen den Mord nicht sofort aufklären, sondern wollen ein Gefühl dafür entwickeln, wie es gewesen sein könnte.«

Mandy nickte, machte aber weiterhin eine unschlüssige Miene. Sie wäre nicht Mandy, würde sie ihn nicht trotzdem mit einem weiteren Schwall von Fragen überschütten. Paul rechnete mit fünf.

»Wie fangen wir an?«

»Wir treffen uns im Wald …« Paul ging ein paar Meter nach links, dort hatte er entdeckt, was ihm bislang noch fehlte. Er hob einen dickeren Ast auf – der konnte als Mordwerkzeug dienen.

»Und dann?«, fragte Mandy weiter.

»Geraten wir in Streit. Das ist eine FBI-Methode, um den Modus Operandi oder die Methode des Täters zur Begehung des Verbrechens zu rekonstruieren.«

»Wenn Sie meinen …« Halbherzig streckte Mandy die Hand nach dem Holz aus. »Soll ich so tun, als sei ich Sabine?«

»Ja, versetzen Sie sich in Sabines Situation am Samstag. Was kann vorgefallen sein, dass sie Ben erschlagen hat?«

Paul sah, dass Mandy noch Zweifel hatte, das machte ihre Körpersprache sehr deutlich, das Kinn nach vorn geschoben, die Beine verschränkt und die Hände in den Hüften.

»Sie können alles rauslassen. Hier hört uns niemand. Höchstens Wellinow, aber der guckt bestimmt fern. Vielleicht Auftritte von Iris Hauschild. Aus der guten Zeit.«

Mandy kicherte. »Okay. Wir streiten uns, weil Sie mich erpressen.« Endlich gab sie sich einen Ruck. Sie straffte die Schultern und funkelte ihn angriffslustig an.

»*Zahl, oder ich gebe die Informationen ans Bauamt weiter.*«

»*Welche denn?*«

»*Dass du für deine Luxusscheune keine Baugenehmigung hattest.*«

»*Du bluffst!*«

»*Wäre wirklich jammerschade, wenn du die schöne Scheune abreißen müsstest, nur weil ein paar kleine Genehmigungen fehlen.*«

»*Das wirst du nicht machen. Dafür bist du viel zu nett. Außerdem werde ich deiner Mutter sagen, dass du mich erpresst. Sie wird dir die Meinung geigen.*«

Paul lachte höhnisch auf. »*Erzähl ihr ruhig, was immer du willst. Sie wird dir nicht glauben. Aber wenn du nicht zahlst, wandern meine Beweise zum Bauamt.*«

»*Zeig mir doch deine tollen Beweise. Ich glaube, du hast gar keine.*«

Paul blieb stehen, wo die Böschung abfiel, holte sein Handy aus der Jackentasche und hielt es Mandy hin. Sie kam näher, beugte sich über das Display und starrte auf den Bildschirmschoner. »Hier hast du deinen Beweis«, sagte Paul. »Glaubst du mir jetzt, dass ich es ernst meine?«

Mandy schwieg.

»Ich möchte damit nicht zum Bauamt gehen müssen. Mir wäre es lieber, du würdest bezahlen, und diese Sache wäre ein für alle Mal aus der Welt. Dann könntest du in deinem schönen Retreat weiterhin mit deinen Luxus-Berlinern Ringelpiez mit Anfassen spielen.«

»Sei nicht so gemein. Du weißt genau, dass das, was ich mache, seriös ist und ernstzunehmende Wissenschaft. Wir arbeiten hart.«

»Es ist mir so was von egal, was ihr treibt. Zahl und du hast deine Ruhe.«

»Bitte, Ben. Selbst wenn ich wollte, ich könnte nicht. Ich hab kein Geld. Ich musste für den Umbau einen megagroßen Kredit aufnehmen.«

»Hör auf, mich mit deiner Jammerei zu langweilen. Wenn du selber kein Geld hast, leih es dir von deinen reichen Berliner Freunden. Die sind alle gestopft. Frag doch Mister Burn-out.«

»Rede nicht so abfällig. Du weißt selbst, dass Frank sehr krank ist.«

»Und du weißt, dass mir das egal ist. Ich will mein Geld, sonst wandern meine Beweise ans Bauamt.«

»Ich kann niemanden um Geld bitten. Finden wir nicht eine andere Lösung? Ich kann dir Gemüse geben.«

Wieder lachte Paul höhnisch. »Davon habe ich selber mehr als genug. Wie viel Steckrüben willst du mir denn geben für 20.000? Zehn Jahre lang eine am Tag?«

Er steckte das Telefon wieder ein und begann, die Böschung hinabzugehen.

Mandy folgte ihm. »Bitte, Ben, warte!«

»Du hast bis Montag Zeit, sonst gehe ich zum Bauamt.« Paul verlangsamte seinen Schritt nicht.

Mandy ihrerseits wurde schneller und schloss zu ihm auf. »Bleib bitte stehen, lass uns reden. Bitte, Ben!«

Er drehte sich ein letztes Mal um, sah ihr mit eiskaltem Blick ins Gesicht und sagte laut und deutlich: »Es gibt nichts mehr zu reden. Du kennst die Konditionen und weißt, was du zu tun hast.« Er setzte seinen Weg fort. Er war ungefähr bereits die Hälfte der Böschung hinabgestiegen, als Mandy zu ihm gerannt kam und ihm andeutungsweise mit dem Ast in ihrer Hand auf den Kopf schlug.

»Sie müssen nicht fallen, Chef. Der Boden ist viel zu nass und matschig. Wäre schade um ihre Jacke und ihre Hose.«

Paul musste grinsen. »Das ist sehr rücksichtsvoll«, sagte er mit gespielter Dankbarkeit.

Sie sah ihn freundlich an. Während ihres Rollenspiels war sie von Minute zu Minute sicherer geworden und hatte sich besser in ihre Rolle hineinversetzt. Sie war zu Sabine geworden. Sie wirkte zufrieden. Einen Zweck hat es also schon erfüllt, dachte Paul, Mandy war jetzt von dieser Methode überzeugt. Und sonst? Er war unsicher.

»So könnte es gewesen sein«, fing Mandy an.

»Aber eine Sache passt nicht.«

»Und zwar?« Sie sah ihn fragend an. Ehe er antworten konnte, sagte sie: »Wir haben das zweite Handy nicht gefunden.« Sie meinte das Prepaidhandy, auf dem womöglich die Beweise gespeichert waren, mit denen Ben Sabine erpressen wollte. »Sie kann es ihm natürlich, als er auf dem Boden lag, aus der Tasche genommen haben, oder er hatte es nicht dabei und hat ihr die Beweise vorher schon zugeschickt. Wir müssen das Handy unbedingt finden.«

Sie waren unwillkürlich weitergegangen und an der Bank angekommen, auf der Paul vor zwei Tagen mit Nepomuk und dessen Vater gesessen hatte. Die Sonne stand schon niedrig und würde bald hinter den Bäumen verschwinden, aber in diesen Minuten ließen sich die letzten Strahlen noch genießen.

»Setzen wir uns kurz«, schlug Paul vor.

Sie nahmen Platz, und Mandy begann, hektisch in ihrem Mantel zu kramen. Paul wusste, dass sie auf der Suche nach was Essbarem war. Er wartete, bis sie aus den Tiefen ihrer Jackentasche eine kleine Tüte mit Weingummis zauberte.

Es gab bislang kein Motiv bei Sabine Weisskirch. Eine mögliche Erpressung könnte eins sein. Gut vorstellbar, dass Ben sie wegen irgendeiner Sache in der Hand hatte. Vielleicht war das ein fragwürdiges Hobby von ihm geworden: im Leben seines Umfelds herumzuschnüffeln, belastendes Material zu suchen und die Betreffenden damit zu erpressen. »Sie war mir gegenüber zu selbstsicher. Der Umbau der Scheune muss ein Vermögen gekostet haben. Der Lockdown ist noch nicht so lange her, dass sie sich davon erholt haben könnte.« Paul blickte auf den See, es war ein Bilderbuch-Augenblick. Das goldene Licht, das Wasser spiegelglatt, er hörte die Amseln zwitschern, ansonsten war es still. Er konnte verstehen, warum es so viele Städter in diese Wälder zog.

»Wenndemsoist«, sagte Mandy mit geschätzt 40 Gramm Weingummi im Mund, »wirdPatrick dasherausfinden.«

Zumindest glaubte Paul, diese Worte herausgehört zu haben. Mittlerweile hatte er Übung darin zu entschlüsseln, was Mandy mit vollem Mund sagte. »So lange gehen wir davon aus: Ben hat Sabine erpresst – wegen was auch immer –, und sie konnte nicht zahlen. Ein Mordmotiv.«

Ein Fischreiher flog tief über der Wasseroberfläche des Sees und landete am Ufer.

Möglicherweise hat die Erpressung ein paar Tage oder Wochen vorher begonnen. Sabine und Ben waren am Samstag zusammengekommen, zur Übergabe des Geldes oder weil sie noch mal mit ihm reden wollte. Die Verabredung hatten sie vielleicht über das ominöse Handy getroffen. Bei ihrem Treffen waren sie in Streit geraten und sie hatte ihn im Affekt getötet.

Paul und sein Team suchten ein Handy, das Ben selten bei sich getragen und nur für die Kommunikation mit seinen Opfern genutzt hatte. Ansonsten hatte er es an einem sicheren Ort aufbewahrt.

Wo war der? Paul hatte keinen blassen Schimmer. Die Wohnung, Fehlanzeige. Das Auto, auch nicht. Ben war keiner, der einen Freund ins Vertrauen zog. Er war ein Einzelgänger gewesen, und als solcher plante und führte er die Erpressung aus. Unwahrscheinlich, dass er das Handy in einem Bankschließfach deponiert hatte. Wenn es so gewesen wäre, hätten sie bei Ben Unterlagen dazu gefunden. Paul hatte das Gefühl, irgendetwas nicht beachtet zu haben. Während Mandy schweigend die letzten Weingummis aus ihrer Tüte verspeiste und dabei ihr Gesicht mit geschlossenen Augen in die schwächer werdenden Sonnenstrahlen hielt, dachte Paul fieberhaft nach.

Zu seinen Stärken gehörte sein fotografisches Gedächtnis. Das hatte ihm, als er noch zur Schule ging und später in der Ausbildung, viel Zeit erspart beziehungsweise geschenkt. Wenn seine Freunde Nachmittage lang für Arbeiten lernen mussten, genügte es ihm, kurz vor der

Klausur einen Blick in die Unterlagen zu werfen. Selbst die kleinsten Details konnte er Stunden später noch abrufen. Auf diese Fähigkeit hatte er sich immer verlassen können. Sie erwies sich im Job als pures Gold. Während seiner Zeit in Den Haag hatte er den Spitznamen »Mister photographic memory«. Deshalb hatte Elena ihn auch bei ihrem ersten Treffen mit den Worten »Ciao ragazzo con la memoria fotografica« begrüßt. Jetzt nicht an Elena denken, befahl er sich. Er konzentrierte sich auf die Fotostapel in seinem Gedächtnis. Wo sollte er ansetzen? Bei Peggy. Er musste sich in die Situation zurückversetzen, als er bei ihr zu Hause gewesen war. Dort fand sich das fehlende Teil, war er sich sicher. Er kramte in seinen Erinnerungen und beamte sich gedanklich in ihre Wohnküche. Er sah die Eckbank, auf der er gesessen hatte, betrachtete Peggys Gesicht, die mit dem Rücken zum Fenster ihm gegenübergesessen hatte. Die Tränen. Er lenkte seinen Blick an ihr vorbei rechts durchs Fenster. Ein schmuckloser Garten mit einem kahlen Baum vor dem Fenster. Dort war nichts. Links von Peggy die Küchenzeile, Spüle, Herd. Kühlschrank. Auf dessen Edelstahltür klebten allerhand Schnappschüsse. Wie auf einem Tablet oder Handy zoomte er die Fotos in seinem Gedächtnis heran. Da! Rechts oben! Das fehlende Puzzleteil!

»Mandy, ich hab's!«, rief er lauter als beabsichtigt.

Mandy zuckte zusammen und schaute ihn beunruhigt an. »Was haben Sie?«

Er sah die Fotografie lupenscharf: Jana und Ben als Kinder, vielleicht zehn und zwölf Jahre alt, sitzen in einer Hollywoodschaukel, im Hintergrund ein Gartenhaus. Die Datsche. Beide tragen Badekleidung und lächeln glücklich und zufrieden in die Kamera. Das war definitiv nicht in Peggys Garten aufgenommen worden. »Wissen wir, ob Peggy Limberg eine Datsche hat?«

»Keine Ahnung. Soll ich's rausfinden?«

Doch statt ihr eine Antwort zu geben, griff Paul sich sein Handy und wählte. Peggy ging nach dem dritten Klingeln ran. »Guten Abend, Frau Limberg, entschuldigen Sie, dass ich Sie störe, aber ich habe eine Frage. In Ihrer Küche hängt ein Foto von Jana und Ben als Kinder, in einem Garten …«

Sein Gesichtsausdruck erhellte sich, während sie am anderen Ende der Leitung sprach. »Haben Sie die Datsche noch?« Er guckte zu Mandy und hob den Daumen. »Verstehe. Können Sie mir vielleicht die Adresse geben?«

Sie holte ihr Notizbuch aus der Tasche, bereit, die Adresse aufzuschreiben.

»Ist kompliziert … Dann die Geodaten. Ja, fragen Sie Jana. Vielen Dank, Frau Limberg.« Er steckte das Telefon ein und stand auf. »Mandy, Ihr Feierabend muss warten. Wir beide haben noch etwas zu erledigen!«

Sie folgte ihm – diesmal wortlos. Als sie am Auto ankamen, kündigte sein Handy in der Jackentasche eine eingehende Nachricht an. Die Geodaten der Datsche.

27

Er konnte es nicht glauben! Ronny nahm die Digitalkamera in die Hand und checkte zum x-ten Mal die Aufnahmen darauf. Das konnte nicht sein! Hatte Ben tatsächlich auch ihn gelinkt?

Das war nicht überraschend, wenn man bedachte, dass Ben so ziemlich jeden aus seinem Umfeld hintergangen hatte. Die Sache mit Lukas und Susan war richtig scheiße gewesen. Ronny kannte ungefähr 30 weitere Mädchen, denen Ben so richtig übel mitgespielt hat. Damit nicht genug, Ben hatte über jeden in seinem Umfeld schlecht gesprochen. Selbst über seine Mutti und Jana. Respekt war für ihn ein Fremdwort. Aber trotzdem hat er es geschafft, sein wahres Gesicht selbst vor seiner Familie zu verbergen. Seine Mutter hatte keine Ahnung, wie Ben wirklich gewesen war. Er war der Einzige, der den echten Ben kannte, und der hatte eine fiese Seite.

Trotzdem hatte Ronny geglaubt, dass er selbst eine Ausnahme bildete. Schließlich war er sein einziger Freund gewesen. Sie kannten sich seit Urzeiten. Ronny war in der siebten Klasse mit seinen Eltern von Schwedt nach Groß Schönebeck aufs Land gezogen. Als Neuer hatte man es nie leicht, doch für Ronny, ein adipöser Teenager, war es besonders schwer. Die anderen Kinder hänselten ihn ob seines Gewichts, und im Schulbus saß er immer allein. Keiner wollte neben der »fetten Qualle« sitzen. Und dann hatte sich eines Tages, an einem dunklen Dezembermorgen, Ben wortlos auf den leeren Platz neben ihm fallen lassen. Der war zwei Jahre älter als er und wurde von den Mitschülern respektiert. Von diesem Tag an waren sie Freunde, und Ronny musste nie mehr allein sitzen. Sogar die Hänseleien der anderen hörten auf. Auch wenn er nie darüber nachgedacht hatte, aber sein Entschluss, eine Tischlerlehre zu machen, hatte auch was mit Ben zu tun, der ebenfalls diesen Weg eingeschlagen hatte. Darum war Ronny auch davon ausgegangen, dass Ben ihn nie hintergehen würde.

Es war wohl ziemlich naiv gewesen. Wie die Frauen, die denken, dass ein Mann, der als Schürzenjäger bekannt ist, bei ihnen treu ist.

Ronny war unruhig. Er stand auf, ging zum Fenster, öffnete es und zog eine Packung Zigaretten aus der Hosentasche. Das Klackern des Feuerzeugs kam ihm in der Stille des Abends unnatürlich laut vor. Kein Mucks zu hören. Er blies den Rauch in die kühle Luft. War Ben immer schon so gewesen? Nein. Früher war er total nett. Er war nie ein Alleinunterhalter, eher Typ schweigsamer Einzelgänger. Aber ein super Kumpel, auf den man sich verlassen konnte und der alles andere als hinterlistig war. Doch dass Sina ihn verlassen hatte und sein Vater gestorben war, das hatte Ben verändert. Es war auch wirklich krass, was Sina abgezogen hatte. Ben hatte sie auf Händen getragen und sie ließ ihn sitzen wegen eines zehn Jahre älteren Schweden. Einfach so, von heute auf morgen. Weil der Neue Kohle hatte. Ronny erinnerte sich an einen Abend im Spätsommer, kurz nachdem Bens Welt zusammengebrochen war. Sie waren in der Datsche, hatten ein Feuer gemacht und dabei mehrere Biere getrunken. Ben war an diesem Abend nicht so schweigsam wie sonst. Er war fast redselig. Sie hatten über alles gesprochen, so lange, dass es bereits wieder hell wurde, als sie ins Bett gingen. Die Glut war dabei zu erlöschen, und sie schütteten den Rest ihrer Bierflaschen hinein. Ronny war hundemüde, aber er wollte noch was Mutmachendes sagen, quasi zum versöhnlichen Abschluss des Abends. »Das Schicksal hat dich zwar gefickt, aber es kommen auch wieder andere Zeiten«, meinte er aufrichtig und gab Ben einen Klaps auf die Schulter. Und was machte Ben? Der schaute ihn ernst an und sagte mit eiskalter Stimme, die Ronny bislang nie bei ihm gehört hatte: »Genau, und darum vergewaltige ich es jetzt.« Mit einem Mal war Ronny wieder hellwach gewesen. Ben hatte so einen entschlossenen und gnadenlosen Ausdruck in den Augen gehabt. Ronny schauerte, wenn er daran zurückdachte. Er nahm einen langen Zug von seiner Zigarette.

Warum war er nur so doof gewesen, sich auf die Sache einzulassen? Er hätte doch ahnen können, dass das nicht gut geht. Warum hatte er nicht gleich am Sonntag gecheckt, ob die Fotos auf der Kamera waren? Weil er sich sicher gewesen war, dass Ben sie nicht gelöscht hatte. Erst heute, als der Polizist ihn wegen der DNA-Probe aufgesucht hat, war er ins Grübeln gekommen.

Es durfte nicht passieren, dass die Bullen an die Fotos herankamen. Das wäre ein Albtraum. Ben hatte sie sicher nicht von der Kamera gelöscht, ohne Kopien zu machen. Die brauchte er. Ehe sie der Polizei oder wem auch immer in die Hände fielen. Wem auch immer war in diesem Fall sein Chef. Die Sache war eine Nummer zu groß. Ben hatte ihn mitgezogen – wie er das immer gemacht hatte. Warum hatte er nicht nachgefragt, wie die Erpressung ablaufen würde? Ronny kannte die Antwort: weil er das nie machte. Er war nicht der Typ, der Fragen stellte.

Die Fotos.

Er durfte nicht die Nerven verlieren, sondern musste handeln. In Bens Wohnung waren sie nicht, beziehungsweise wenn sie da gewesen wären, hätten sie jetzt die Bullen. Und wenn das der Fall wäre, hätten sie ihn schon zum Verhör eingeladen und ihn gegrillt. Nein, die wussten nichts. Die Bilder mussten noch irgendwo bei Ben sein. Auf diesem Handy mit der Prepaidkarte. Ronny konnte keinen klaren Gedanken fassen. Ben hatte außer ihm keine Freunde gehabt. Er konnte sie also niemandem gegeben haben. Auch nicht seiner Mutter oder Schwester. Nein, das war absurd. Ronny musste grinsen. Ben hat mal gesagt: »Wenn du möchtest, dass etwas viral geht, sag's Jana.«

Wo versteckt man digitale Fotos?

Gern würde Ronny den Abend vor zwei Monaten ungeschehen machen. Sie waren bei Ben gewesen, weil sie kein Geld hatten, um auszugehen. Eigentlich zockten sie immer, nur an diesem Abend hatten sie ausnahmsweise getrunken. Ronny hatte eine Flasche Whiskey von Weihnachten und die tranken sie. Ben war aufgedreht und gab tierisch an. Mit seinen Kunden, den reichen Berlinern. Von deren tollen Häusern erzählte er und was er nicht alles über die wisse. Wie viele Geheimnisse er kenne. Bis nach oben in die Politik. Nach Berlin. Diese Aufschneiderei war Ronny tierisch auf den Geist gegangen. Er hatte sich davon provozieren lassen und den verhängnisvollen Satz gesagt: »Und ich weiß ein viel heftigeres Geheimnis …« So hatte er vom Betrug seines Chefs erzählt. Der hatte bei einem öffentlichen Auftrag Tropenhölzer benutzt, obwohl er sie nicht hätte nehmen dürfen. Weil Tropenhölzer. Also die durfte man schon benutzen, wenn man entsprechende Zertifikate besaß, dass sie »sauber« waren. Dann kostete das Material allerdings gleich das Doppelte. Sein Chef hat günstiges Holz verarbeitet und dafür gefälschte Zertifikate vorgelegt – und so ein hübsches Sümmchen in die eigene Tasche gewirtschaftet.

Plötzlich hatte Ben nüchtern gewirkt. Ob Ronny Beweise dafür habe. Natürlich habe er die, nur nicht hier. Was nicht ganz stimmte. Ben war total angefixt, er meinte, das sei pures Gold. Wenn Ronny die Beweise beschaffen könne, wäre das für sie beide ein lukratives Geschäft. Ronny hatte erst gar nicht verstanden, was sein Kumpel damit meinte. Ben sagte: »Alter, Erpressung!« Und Ronny nickte. Er war betrunken, und in seinem Zustand schien ihm das Vorgehen logisch. Die Beweise zu beschaffen, war simpel. Am nächsten Tag stand eine neue Lieferung des Holzes an, und Ronny machte Fotos davon. Nachdem die Buchhalterin sich in den Feierabend verabschiedet hatte, schlich er sich in ihr Büro und fotografierte Rechnungen und die gefälschten Zertifikate ab. Niemand hatte ihn dabei gesehen. Und er hatte extra die Kamera genommen. Weil die digital, aber nicht mit dem Internet verbunden war. Er wusste zwar nicht genau, wie das funktionierte, aber er hatte mal gehört, dass man, wenn er im Betrieb im WLAN war, über die Cloud auf seine Daten zugreifen konnte.

Es hatte ihm geschmeichelt, dass Ben seine Geschichte so cool fand. Also lieferte er die Beweise am nächsten Tag. »Alter, das ist großartig«, sagte Ben. Sein Plan hatte so einfach geklungen. »Ich erpresse ihn damit und dann muss er zahlen. 20.000. Zehn für dich, zehn für mich.«

Von dem Geld könnte er sich endlich den Jeep kaufen, den er seit Langem haben wollte. Er hatte sich mit reinziehen lassen.

Eigentlich hatte er dabei die ganze Zeit ein komisches Gefühl gehabt. Er mochte seinen Chef und wollte ihm nicht schaden. Und letztlich wurden die Regenwälder in Brasilien oder sonst wo sowieso illegal abgeholzt. Wenn sie es nicht kauften, tat es ein anderer. Als er Bedenken äußerte, dass das alles auf ihn zurückfallen könnte, wiegelte Ben die ab. »Nein, dein Chef weiß ja nicht, dass ich dahinterstecke. Prepaidkarte. Der wird nie erfahren, wer der Erpresser ist. Das Geld soll er in bar übergeben.« Trotzdem hatte Ronny Skrupel. Darum bat er Ben zu warten. Vor zwei Wochen hatte sein Kumpel keine Geduld mehr und sagte: »Jetzt oder nie!« Am liebsten hätte er geantwortet: »Nie.« Dazu fehlte ihm der Mut. Von diesem Tag an ging er jeden Morgen mit einem Kloß im Hals zur Arbeit. Nix passierte. Sein Chef war wie immer. Ronny konnte ihn ja schlecht fragen, ob er schon erpresst worden war. Also verdrängte er das Thema. Auch Ben sprach er nicht mehr darauf an. Wie absurd. Er war sogar dankbar gewesen, dass Ben es von sich aus nicht thematisiert hatte. Und jetzt konnte er ihn nicht mehr fragen. Ben war tot.

Ronny drückte den Zigarettenstummel im Blumenkasten aus, in dem sich keine Pflanzen befanden, sondern nur unzählige Kippen in der Erde steckten. Schloss das Fenster und tigerte durch sein kleines Wohnzimmer. Was für eine Scheiße.

Die Fotos.

Vielleicht hatte er Glück und Ben war nicht mehr tätig geworden. Ronny war nicht der Typ, der Glück hatte. Wahrscheinlich hatte Ben seinen Chef kontaktiert. Was, wenn sein Chef Ben auf die Schliche gekommen war und, statt zu zahlen, ihn umgebracht hatte? Daran hatte er gar nicht gedacht. Er war viel zu sehr mit sich und den Bildern beschäftigt gewesen, dass er sich bislang überhaupt keine Gedanken gemacht hatte, wer der Mörder war. Sollte er zur Polizei gehen? Wenn sein Chef der Täter war, war er selbst mitverantwortlich für Bens Tod … Nein, er konnte diesen Gedanken nicht weiterdenken.

Die Fotos.

Der Rest war die Arbeit der Polizei. Das ging ihn nichts an. Wenn sein Chef was mit Bens Ermordung zu tun hätte, wäre die Polizei schon im Betrieb gewesen ... Seine Gedanken fuhren Achterbahn. Er wurde noch verrückt. Versuchte, sich zu erinnern, ob Ben mal irgendwas versteckt hatte. Ihm fiel nichts ein. Wo war er immer mit Ben gewesen? In der Wohnung ... Die Erkenntnis traf ihn wie der Blitz. Aber klar! Warum war er nicht früher darauf gekommen? Ronny lief in den Flur, schnappte sich den Autoschlüssel und stürmte aus seiner Wohnung. In Badelatschen.

28

Die Fahrt dauerte länger, als die Entfernung vermuten ließ. Was vor allem daran lag, dass es mittlerweile dunkel war und die letzten Kilometer über Schotter- und Feldwege führten. Ohne Straßennamen und Anzeichen von Zivilisation. Mandy lotste Paul, trotzdem verfuhren sie sich ein paarmal. Schließlich standen sie vor einem Grundstück, das an einem Waldrand lag. Ein niedriger, löchriger Maschendrahtzaun begrenzte es, und ein verrostetes Gartentor bildete den Eingang. Das musste es sein. Sie nahmen ihre Taschenlampen aus dem Wagen mit und folgten einem schmalen, mit Steinplatten ausgelegten Weg zur Datsche. Obwohl es dunkel war, konnten sie unschwer erkennen, dass hier schon länger niemand mehr Hand angelegt hatte. Die Bodenplatten waren teilweise brüchig und übersät von Moos, sie wackelten unter ihren Füßen. Dazwischen wucherte das Unkraut wie überall auf dem Grundstück. Peggy hatte ihm gesagt, dass die Datsche ihrem Lebensgefährten gehört hatte. Paul konnte sich vorstellen, dass sie nach seinem Tod keine Lust mehr gehabt hatte hinzufahren. Die Erinnerungen. Wahrscheinlich war es auch das Andenken an den geliebten Menschen, die schöne Zeit, die sie dort als glückliche Familie verbracht hatten, was sie davon abhielt, die Datsche zu verkaufen. So gammelten Laube und Parzelle vor sich hin. In ein paar Jahren würde sich die Natur das Grundstück zurückerobert haben. Sie war auf dem besten Weg.

Sie erreichten das kleine Haus – wobei die Bezeichnung »Haus« ein bisschen übertrieben war. Es war eher eine Laube.

»Eine schöne Einraumdatsche. Wie kommen wir da rein?«, wollte Mandy wissen.

»Haben Sie den Schlüssel im Revier vergessen?«

»Sehr witzig«, sagte Mandy trocken und inspizierte die Tür. »Sollte nicht so schwer sein, das Schloss zu knacken.«

»Das sollte die letzte Möglichkeit sein. Wir wissen nicht, was uns drinnen erwartet, und wir sollten keine Spuren verwischen. Ganz abgesehen davon, machen wir uns strafbar. Peggy Limberg könnte uns dafür anzeigen.«

Mandy zog die Augenbrauen hoch und sagte von der Seite: »Wird sie ja wohl nicht.«

In Gärten wie diesen gab es häufig ein Versteck für den Schlüssel vom Haus. Paul war sich sicher, das war auch hier so.

»Wir können sie doch schnell anrufen?«, schlug Mandy vor.

Paul blickte auf sein Handy, kein Empfang. Er schüttelte den Kopf. »Blumentopf oder Fensterbank?«

Mandy sah ihn fragend an, sagte dann: »Blumentopf«, und zeigte auf einen Kübel unter dem einzigen Fenster, in dem ein Buchsbaum vor sich hin lümmelte. Sie zogen sich Einweghandschuhe an.

Paul nahm die Taschenlampe zwischen die Beine und hob den Topf an. Mandy bückte sich und griff darunter.

»Bingo«, rief sie und hielt triumphierend einen einzelnen Schlüssel wie einen Pokal in die Luft.

»Sind Sie bereit?«

Mandy nickte und gab Paul den Schlüssel. Er steckte ihn ins Schloss. Es bedurfte ein wenig Anstrengung, denn das Schloss klemmte zunächst, aber mit ein bisschen Kraft gelang es ihm schließlich, die Tür zu öffnen. Muffige, abgestandene Luft schlug ihnen entgegen.

»Puh.« Mandy blieb in der Tür stehen und fächerte sich Sauerstoff zu. Paul leuchtete mit seiner Taschenlampe ins Innere des Raums. Staubkörner wirbelten im Lichtkegel.

»Können wir die Fenster öffnen?«, fragte Mandy.

Paul schüttelte den Kopf. Sie sollten so wenig DNA wie möglich hinterlassen und auch keine Spuren zerstören. Im besten Fall würde niemand je von ihrem nächtlichen Besuch erfahren. Sie mussten strategisch vorgehen und durften nicht kopflos nach dem Handy suchen. Wo könnte das Versteck sein? Er blickte sich um. Der Raum war ungefähr 20 Quadratmeter groß und quadratisch. Die Wände waren mit Fichtenholz verkleidet. Im Laufe der Jahre war es immer dunkler geworden und sah aus, wie in einer in die Jahre gekommenen Sauna. An der rechten Wand befand sich eine Mini-

Küchenzeile. Spüle. Herd. Kühlschrank. Links neben der Tür stand ein Tagesbett mit einer bunt gehäkelten Patchworkdecke als Überwurf. Davor ein Couchtisch, ein Klassiker aus dem schwedischen Möbelhaus. Ein Bücherregal, in dem ein paar Romane waren. Den Covern und Titeln nach zu urteilen vermutlich Lektüre von Peggy. Gegenüber der Eingangstür befand sich die Terrassentür, rechts davon ein Fenster, unter dem ein runder Esstisch stand, auf dem ein Turm aus Gemüsekisten thronte. Paul erinnerte sich daran, dass Ben anfangs in der Nähe der Datsche einen Garten für den Anbau gepachtet hatte. Wahrscheinlich hatte er die Datsche zum Lagern des Gemüses genutzt, als er noch regelmäßig nach Polen gefahren war.

»Kein Badezimmer«, murmelte er vor sich hin.

Mandy schnappte seine Worte auf: »Die einfachen Datschen haben ein Außenbadezimmer. Wobei Badezimmer … Ist eine Toilette mit Waschbecken und eine Dusche, die meistens outdoor ist. Brrr.« Sie schüttelte sich beim Gedanken an Duschen im Freien.

»Wir können nicht alles durchsuchen. Wir müssen gezielt vorgehen. Wo würden Sie hier etwas verstecken?«

»Unterm Bett, im Bett, im Schrank …« Mandy sah sich um, »Okay, es gibt keinen Schrank. Dann in der Besteckschublade oder im Topf oder hinterm Bücherregal«, zählte sie auf.

»Unterm Bett glaube ich nicht.« Paul leuchtete auf den Laminatboden neben dem Couchbett, auf dem eine dicke Staubschicht zu erkennen war. »Sollte er es in dieser Datsche versteckt haben, hat er es in der letzten Zeit nicht benutzt, denn sonst würden wir Spuren sehen. Da wir aber wissen, dass er das Handy regelmäßig in Gebrauch hatte …«

»Wie wär's damit, einfach zu gucken und nicht nur zu dozieren?« Mandy schickte sich an, unter dem Bett zu suchen. Paul hielt sie zurück.

»Aber …!«, begann sie zu protestieren.

»Halten Sie mal bitte kurz den Mund.«

Paul horchte in die Stille. Nichts zu hören. Vor den Fenstern und der Balkontür waren die Rollläden heruntergelassen, sodass die Waldgeräusche stark gedämpft wurden. Es war wie in einer abgeschotteten Kapsel, kein Laut drang hinein. Nicht mal das Surren des Kühlschranks war zu hören. Er war offensichtlich nicht in Betrieb. Zielsicher ging Paul dorthin. Der Kühlschrank war leer bis auf ein einsames Glas Essiggurken. Aber es gab ein Gefrierfach. Paul öffnete es, und in der Mitte lag fein säuberlich in eine durchsichtige Plastiktüte verpackt ein iPhone. Wie umsichtig von Ben, das Beweisstück einzupacken, dachte er. Mandy beugte sich über Paul, der in der Hocke vor der geöffneten Tür verharrte.

»Super, Chef!«, sagte sie anerkennend. »Das beliebteste Versteck für Geld. 24 Prozent der deutschen Sparer bewahren ihr Bares im Kühlschrank auf.«

Paul reichte ihr den Beutel mit dem Handy, richtete sich auf und schloss Eisfach und Kühlschrank.

»Wir können gehen«, sagte er.

»Wollen wir nicht nach was anderem schauen? Einem Laptop oder Geld oder …«

»Nein. Wir wissen ja nicht, wonach wir suchen sollen. Wir haben unser Objekt der Begierde. Dabei sollten wir es belassen. Sollten wir feststellen, dass es einen weiteren versteckten Computer irgendwo geben muss, kommen wir wieder beziehungsweise die Fachleute. Unsere heutige Mission ist hiermit beendet. Feierabend, Mandy.«

Es war mittlerweile 21:30 Uhr. Schweigend gingen sie zum Auto zurück und traten die Heimreise an, nachdem Mandy noch das Gartentor geschlossen hatte. Während Paul hochkonzentriert über die Schotterwege und Waldpfade fuhr, telefonierte Mandy mit Patrick und unterrichtete ihn über den Fund. Er war noch auf dem Revier und versprach, auf sie zu warten.

Sie waren ungefähr drei Kilometer von der Datsche entfernt und fuhren auf einem schmalen, geraden Feldweg, als Paul von Weitem ein entgegenkommendes Fahrzeug ausmachte. Der Fahrer hatte das Fernlicht eingeschaltet. Paul gab ihm per Lichthupe ein Zeichen, dass er abblenden sollte. Der Fahrer reagierte nicht und hielt mit circa 50 Stundenkilometern direkt auf sie zu.

»Chef, passen Sie auf! Die jungen Raser hier sind so harakirimäßig drauf.« Um ihre Aussage zu unterstreichen, legte ihm Mandy reflexartig die Hand auf den Arm.

Paul ärgerte sich. Warum wurde der andere nicht langsamer? Der Wagen war nur mehr wenige hundert Meter von ihm entfernt. Seine Vernunft siegte. Paul ging vom Gas, fuhr in eine kleine Ausbuchtung und wartete dort, bis das andere Fahrzeug mit unvermindertem Tempo an ihm vorbeischoss.

»Boah, was für ein Idiot!«, schimpfte Mandy und sah den sich entfernenden Rücklichtern des Wagens hinterher.

»Konnten Sie das Kennzeichen erkennen?« Paul fuhr wieder los.

»Nee. Meinen Sie, der wollte zur Datsche?«

Auf die Idee war er gar nicht gekommen. Vielleicht gar nicht so abwegig.

»Mandy, an der Straße zur Datsche, kommen da noch Häuser, wenn man weiterfährt?«

»Ja. Ein paar Kilometer entfernt befindet sich eine kleine Siedlung.«

Paul gab Gas und setzte den Weg fort in Richtung Templin. Es ergab keinen Sinn, zu wenden und dem unbekannten Fahrzeug hinterherzufahren. Wahrscheinlich war es tatsächlich nur einer der Anwohner des Dorfes, der es eilig oder eine andere Auffassung von Rücksichtnahme im Straßenverkehr hatte.

»Die haben doch wirklich einen Knall. Kein Wunder, dass wir 140 Verkehrstote in Brandenburg im vergangenen Jahr hatten«, schnaubte Mandy vor sich hin, während sie die Plastiktüte mit ihrem Schatz fest im Schoß umklammert hielt.

Paul schaltete das Radio ein, ein bisschen Musik zur Ablenkung konnte jetzt nicht schaden.

25 Minuten später verabschiedeten sie sich vor dem Revier. Mandy stieg in den Wagen ihres Freundes, der geduldig auf dem Hof auf sie gewartet hatte. Paul fragte sich, wie lange er wohl dort schon gestanden hatte. Paul ging nach oben und übergab das Handy Patrick.

»Ich bringe es direkt nach Eberswalde. Soll sich die Spurensicherung und die Technik damit beschäftigen.«

»Danke, das ist eine sehr gute Idee.« Paul verabschiedete sich und verließ das Revier. Er war hungrig und wollte sich irgendwo etwas zu essen holen. Es war ein langer Tag gewesen mit vielen Informationen, sehr interessanten, leider auch vollkommen unnützen, und er war zu müde, um sie zu sortieren. Er wollte was essen und dann schlafen. Doch der erste Punkt sollte sich als schwerer umsetzbar herausstellen, als er angenommen hatte. Er überquerte die Friedrich-Engels-Straße, auf der weit und breit kein Auto zu sehen war. Die Mühlenstraße war menschenleer und selbst in den Fenstern der Mehrfamilienhäuser brannte kaum mehr Licht. Wenig überraschend hatten das »Vietnam Bistro« und der Kebabladen, an denen er vorbeikam, bereits geschlossen. Es war ja schon halb elf. Paul überlegte, ob er bei dem indischen Restaurant am Marktplatz sein Glück versuchen oder es doch lieber darauf ankommen lassen sollte, ob sein Kühlschrank nicht eine Überraschung für ihn parat hatte. Er entschied sich für Letzteres, denn es war wahrscheinlicher, etwas Essbares im Kühlschrank zu finden als um diese Uhrzeit ein geöffnetes Restaurant in Templin. Er bog in die Puschkinstraße. Seine Gedanken kreisten um die Frage, ob er sich Nudeln kochen sollte oder ob er womöglich eine Tiefkühlpizza im Gefrierfach hatte. So merkte er zunächst nicht, dass hinter ihm jemand lief. Erst nach einigen Metern vernahm er das Klacken von Absätzen auf dem Kopfsteinpflaster in der verlassenen Altstadt. Paul blieb stehen und drehte sich um. Ungefähr 50 Meter hinter ihm hielt eine dunkel gekleidete Gestalt ebenfalls an. Ob es ein Mann oder eine Frau war, konnte er in der Dunkelheit bei der spärlichen Straßenbeleuchtung nicht erkennen. Was hatte das zu bedeuten? Paul setzte seinen Weg fort, auch die andere Person lief weiter. Klackklack. Paul stoppte erneut und das Klackern verstummte. Jetzt war er in Alarmbereitschaft. In Sekundenbruchteilen überlegte er, was er tun sollte. Scheinbar normal setzte er seinen Weg fort. Doch plötzlich drehte er sich blitzschnell um und lief mit großen Schritten in die entgegengesetzte Richtung. »Kann ich Ihnen helfen?«, rief er. Die Gestalt machte kehrt und rannte davon. Mit lautem Geklacker. Nach ungefähr 20 Metern stoppte Paul. Er erkannte, dass es keinen Sinn ergab, sich eine Verfolgungsjagd durch die Stadt zu liefern. Zwar waren seine Zeiten als ehemaliger erfolgreicher Mittelstreckenläufer immer noch konkurrenzfähig, aber die Person hatte einen Vorsprung. In der verwinkelten Altstadt von Templin gab es genügend Hintereingänge, in denen man leicht verschwinden konnte. Außerdem wusste Paul nicht, ob die Gestalt ihm tatsächlich gefolgt oder nur zufällig in seine Richtung gegangen war. Vielleicht war es einfach ein Jugendlicher, der in den Wallanlagen ungestört einen Joint rauchen wollte. Er setzte den Weg zu seiner Wohnung fort. Sah er Gespenster? Der Tag war unfassbar lang gewesen. Drei Befragungen, die Staatsanwältin, Claus Holm in Berlin und zuletzt noch mit Mandy in der Datsche – das waren zu viele Reize. Er war ein bisschen aus der Übung. Seit Monaten hatte er nur Nine-to-five-Dienst geschoben.

Zwei Minuten später erreichte er seine Wohnung. Bevor er den Schlüssel ins Schloss steckte, schaute er sich nach allen Seiten um. Die Straße war leer, es war nichts zu hören und niemand zu sehen. Paul drehte den Schlüssel und schloss sofort die Haustür hinter sich. Er horchte, auch im Treppenhaus war kein Mucks zu hören. Hastig stieg er die zwei Stockwerke bis zu seiner Dachgeschosswohnung hoch, sperrte die Wohnungstür auf, schlüpfte in den Flur. Zur Sicherheit verriegelte er das Schloss von innen. Du wirst noch paranoid auf deine alten Tage, sagte er sich. Ein lauter Piepton riss ihn aus seinen Gedanken. Paul erschrak. Es dauerte eine Sekunde, ehe er realisierte, dass der Laut eine eingehende Nachricht verkündete. Es reichte, ihm das Adrenalin in die Gefäße zu pumpen. Wer schrieb ihm um diese Uhrzeit? Paul holte das Telefon aus der Jackentasche und öffnete die Nachricht.

Hallo, Detective, können Sie morgen um 12 Uhr zu mir kommen? Ich muss Ihnen wichtige Informationen geben, es geht um Frank Vandenben. Beste Grüße CK

Paul war erstaunt. Warum rief Claudia Kunze nicht an? Und warum bestellte sie ihn zu sich? Seit wann machte sie die Ansagen? Kopfschüttelnd ging er in die Küche. Er würde heute Abend keine Antworten auf diese Fragen mehr finden. Sein Magen knurrte laut. Es gab in diesem Augenblick definitiv Wichtigeres, als sich Gedanken über die Spielchen von Frau Kunze zu machen. Nahrungsaufnahme zum Beispiel.

Der Kühlschrank bot leider keine Überraschungen. Paul nahm eine Packung mit geschnittenem Gouda heraus, zog eine Scheibe aus der Packung, rollte sie zusammen und steckte sie in den Mund. Was gab es noch? Eine Tube Senf, ein paar Oliven, mehr nicht. Nicht gerade ein Festmahl. Auf der Anrichte wartete eine halb volle Rotweinflasche von gestern. Dann würde es halt Käse mit Rotwein werden. Nicht sonderlich stilvoll, aber egal. Immerhin nahm er sich die Zeit und legte die restlichen Käsescheiben auf einen Teller und goss sich ein Glas Rotwein ein. Im Schrank fand er sogar eine Tüte mit Cashewkernen. Na also, fast wie Gott in Frankreich.

Er hatte sich gerade in seinen Sessel gesetzt und seine Speisen auf dem Tischchen daneben abgestellt, da kündigte sein Handy eine erneute Nachricht an. Hat Claudia Kunze es sich anders überlegt und wollte ihn nun zum Frühstück sehen? Eine ihm unbekannte Nummer schickte ein Foto. Er tippte darauf. Ein Artikel aus der Ucker-News-Ausgabe von morgen. In großen Lettern war zu lesen: *Mord im Wohnzimmer von Angela Merkel: Wer hat Ben L. getötet?* Daneben ein Foto von Ben, das sehr pixelig war und offenbar nicht aktuell. Nur Menschen, die Bescheid wussten, würden ihn darauf erkennen. Schärfer war das Foto einer anderen Person rechts davon, man konnte sogar die mittlerweile korrigierten Brandnarben im Gesicht erkennen. Das Bild zeigte Maik Wellinow am Ufer des Großdöllner Sees stehend und in die Kamera blickend. *Anwohner Maik W., der die Leiche fand, lebt seither in Angst,* lautete die Bildunterschrift. Das ging ja gut los. Die Frage, wer die Presse informiert hatte, mussten sie sich immerhin nicht stellen. Wellinow hatte sich fürs Foto extra hübsch gemacht, was man an einem blauen Pullover und einem Sakko darüber erkennen konnte. Paul las den Artikel. Mehr, als dass alle fassungslos und geschockt von dem Mord in ihrer Mitte waren, stand in den ersten Zeilen nicht. Bens voller Name wurde nicht genannt, sondern er war nur »Ben L.«. Und er wurde als Tischler bezeichnet, offenbar hatte Wellinow nichts von dessen Gemüsebusiness mitbekommen. Dann las Paul die letzte Spalte des Artikels: *Die Polizei hat nach wie vor keinen Verdächtigen. Die Mordkommission tappt im Dunkeln. Das erklärt vielleicht auch, warum sich trotz wiederholter Aufforderung keiner der Ermittler über den Fall äußern wollte. Wir haben versucht, den verantwortlichen Kommissar Paul M. zu erreichen, doch dieser hat unsere Anfragen ignoriert.*

Paul war fassungslos. Aus seiner Zeit in Hamburg war er den Umgang mit der Presse gewohnt, auch mit den Boulevardmedien. Doch so etwas hatte er noch nie erlebt. So viele falsche Behauptungen? Selbst wenn die Hamburger Morgenpost oder die Bildzeitung reißerisch getitelt hatten, derartige Lügen hatten sie nicht publiziert. Er überlegte, ob sie Handhabe hatten, gegen diese Dreistigkeit vorzugehen. Das würde er morgen mit der Presseabteilung klären. In diesem Augenblick piepste sein Handy erneut, eine weitere Nachricht von der unbekannten Nummer. *Können Sie mir das bitte erklären? Ich erwarte bis morgen früh um 8 Uhr Ihren Bericht. ÖV.* Eine wütende Staatsanwältin hatte ihm gerade noch gefehlt. Er war hundemüde, aber an Schlaf war erst mal nicht zu denken, dafür war er viel zu aufgebracht.

Im Inneren seines Körpers brannte es lichterloh. Zumindest fühlte sich das Sodbrennen, mit dem er erwachte, so an. Aus den Augenwinkeln sah er, dass es noch dunkel war. Es war nicht einmal 5 Uhr. Das mitternächtliche Mahl hätte er sich besser verkniffen. Er drehte sich um und versuchte weiterzuschlafen. Zwecklos. Es war 5:52 Uhr, als Paul aufgab und aufstand. Eine kurze Dusche und eine Schale Müsli halfen, dass er sich etwas besser fühlte. Er musste diesen Fall lösen – schnell. Die Presse hatte Wind davon bekommen. Die Ucker-News war erst der Anfang, so viel war sicher. Sie brauchten dringend eine Pressestrategie.

Stichpunktartig erstellte er eine To-do-Liste für die nächsten Stunden:

Ucker-News – Presseabteilung/Strategie – ÖV einfangen

Handy – Daten auswerten – weitere Erpressungen?

Sabine – Motiv – Vernehmung vorbereiten

29

Es war ein toller Abend. Samantha, Nils' Freundin, hatte ihn mit seinem Lieblingsgericht überrascht: Lasagne. Später bastelte er an seinem neuesten Modellflugzeug, während Sammy im Fernsehen Bachelor, GNTM oder was auch immer guckte. Parallel chattete sie mit ihren beiden besten Freundinnen und lästerte über die Kandidaten der Show. Nils leuchtete nicht ein, warum man solche Sendungen guckte, und noch weniger, wieso man währenddessen mit anderen darüber sprach. Warum traf man sich nicht gleich zum gemeinsamen Schauen? Samy verstand seine Leidenschaft für das Modellfliegen genauso wenig. Aber sie gaben einander Raum für ihre Hobbys und Zeitvertreibe. Das machte für Nils eine gute Beziehung aus. Zum Abschluss des gelungenen Abends hatten sie noch Sex gehabt. Er wachte mit einem guten Gefühl auf, freute sich beinahe auf den Arbeitstag. Dann guckte er auf sein Handy, und die gute Laune war schlagartig weg. Zehn neue Nachrichten von Freunden und Verwandten. Alle mit dem gleichen Tenor: Was ist denn bei euch los? Es lasen zu viele die Ucker-News. Mit schlechter Laune fuhr er ins Büro.

Auf dem Gang hörte er bereits das Rascheln von Papieren und das Klackern von Tastaturen aus dem Konferenzraum. Obwohl es gerade mal halb acht war, waren die Kollegen schon da. Als er hereinkam und grüßte, hob keiner den Kopf. Sie saßen vor ihren Rechnern, Mandy und Patrick murmelten immerhin etwas, das mit viel Wohlwollen als Begrüßung durchgehen konnte. Das kann ja ein heiterer Arbeitstag werden, dachte Nils und holte sich erst mal einen Kaffee aus der Küche. Zwei Minuten später herrschte immer noch Schweigen. »Heftig, der Artikel in der Ucker-News«, sagte er.

»Hmm«, murmelte Mandy, ohne ihn dabei anzusehen, »Paul spricht gerade mit der Staatsanwältin.«

Die zwei anderen sagten nichts. Fünf Minuten später betrat Paul den Konferenzraum. Er wirkte gestresst, und unter seinen Augen waren dunkle Schatten. Er lächelte flüchtig in die Runde.

»So, lasst uns uns kurz auf Stand bringen und in kleinerer Runde sprechen, ehe wir Frau Vural dazuschalten«, sagte er und ging zum Whiteboard. »Mandy und ich haben gestern das Zweithandy von Ben gefunden …« Er machte eine Pause.

Patrick ergänzte: »Es ist in Eberswalde.«

Paul nickte in seine Richtung. »Eine Sache noch: Es haben ja alle den Artikel in der heutigen Ausgabe der Ucker-News gelesen. Das wird erst der Anfang sein. Wenn Journalisten hier anrufen, keine Auskünfte geben, sondern an die Pressestelle verweisen.«

»Und was hat es mit der Behauptung auf sich, dass Sie sich nicht zurückgemeldet haben?«, fragte Mandy.

Paul wiegelte ab. »Das habe ich bereits mit Frau Vural geklärt, mich hat niemand kontaktiert. Oder hat jemand von Ihnen ein Gespräch entgegengenommen?« Alle schüttelten den Kopf.

Nils blickte zu Olaf, doch der wich ihm aus und widmete sich seiner Computertastatur. Blickte konzentriert auf einen imaginären Punkt, der seine ganze Aufmerksamkeit in Anspruch nahm. Das konnte jetzt nicht wahr sein! Nils war fassungslos. Patrick und er waren doch dabei gewesen, als gestern eine Reporterin der Ucker-News bei

Olaf angerufen hatte. Der hatte gesagt, er würde es an Paul weiterleiten. Noch zweimal hatte die Journalistin versucht, Paul zu erreichen, und hatte mit Olaf gesprochen. Nils kochte. Er suchte Augenkontakt mit Patrick und deutete auf Olaf. Patrick zuckte nur die Schultern. Es war ihm wohl egal, dass einer aus ihrem Team ein falscher Fünfziger war.

Ihm aber keineswegs. Doch er musste sich gedulden, ehe er den Kollegen ansprechen konnte, jetzt stand die Konferenz mit der Staatsanwältin auf dem Programm. Und die sollte sich nicht als ein Kindergeburtstag erweisen.

Frau Vural war anscheinend in ihrer Wohnung und nicht im Büro in Eberswalde, das verriet der Hintergrund ihres Kameraausschnitts. Sie saß vor einer leuchtend grün gestrichenen Wand, auf der ungeordnet und ohne Schema kleine und größere Fotografien hingen. Soweit Nils erkennen konnte: Tempel, Felsen, Sonnenuntergänge. Urlaubsfotos. Manche mochten's bunt. Definitiv nicht sein Fall. Im Gegensatz zum Durcheinander hinter ihr waren ihre langen Haare zu einem ordentlichen Zopf gebunden, was ihr eine gewisse Strenge verlieh und sie mindestens fünf Jahre älter erscheinen ließ. Aus ihrem Gesicht war jegliche Freundlichkeit gewichen, sie guckte ernst und warf ein knappes »Guten Morgen« in die Runde.

»Schön, dass Sie diesmal daran gedacht haben, mich zuzuschalten«, warf sie spitz hinterher.

Das machte ja Laune auf mehr.

»Entschuldigen Sie, das war mein Fehler«, entgegnete Paul knapp und wechselte schnellstens das Thema. »Seit gestern Abend haben wir eine neue Verdächtige: Sabine Weisskirch. Informationen zu ihrer Person habe ich Ihnen bereits per Mail zukommen lassen. Was sie verdächtig macht: Sie war am Tatort und hat für die fragliche Zeit kein Alibi …«

Unwirsch unterbrach ihn die Staatsanwältin: »Haben wir einen DNA-Abgleich?«

»Die Probe ist im Labor.«

»Mich interessiert nicht, wo die Probe ist, sondern ob es einen Treffer gab.«

»Wir bekommen das Ergebnis bis zum Mittag«, sagte Mandy, was ihr einen bösen Blick von der Vural bescherte.

Paul machte unbeeindruckt weiter, er erwähnte die Schulden von Sabine Weisskirch. Fast eine halbe Million Euro hat sie in den Ausbau ihrer Scheune gesteckt, finanziert mit einem Bankdarlehen. Die monatliche Belastung ist sehr hoch, und dazu kommen die Einnahmeverluste wegen des Lockdowns. Sie hat das Domizil in der Uckermark vor einigen Jahren gekauft. Haus und Grundstück sind stark im Wert gestiegen und dienen nun neben einer Eigentumswohnung in Berlin als Sicherheit für die Bank.

»Man muss nicht genauer gucken, um zu erkennen, dass der Frau das Wasser bis zum Hals steht«, schloss Paul seine Ausführung.

»Einen genauen Blick sollte man von einem Ermittler trotzdem erwarten dürfen«, zischte es aus dem Bildschirm. Frau Staatsanwältin war auf Krawall gebürstet.

Paul fuhr fort: »Sabine Weisskirch ist Schauspielerin, verdient seit Jahren ihren Lebensunterhalt als Life Coach.« Er deutete auf Mandy, die übernahm.

»Sie hilft gestressten Menschen mit Achtsamkeitstraining, sich zu entspannen, kann man sagen. Auf Facebook teilt sie täglich Sprüche wie: ›Akzeptiere deine Schwächen und entdecke den Nutzen darin‹.« Sie machte eine Pause, Nils und Patrick schmunzelten.

Vural giftete: »Bitte nur Sachdienliches. Wir sind hier nicht auf dem Ponyhof.«

»Des Weiteren haben wir das mutmaßliche Handy von Ben Limberg gestern sichergestellt. In der Datsche der Familie.« Paul ließ sich weiterhin nicht provozieren.

»Hatten Sie das Einverständnis der Mutter dafür, das Haus zu betreten?«

Nils hielt den Atem an.

»Nein. Wir sind mit einem Schlüssel in die Datsche gekommen, der vor der Tür lag. Wir mussten nicht einbrechen. Ich hielt es für vertretbar.«

»Herr Montgomery, Sie wissen, dass das illegal war, sich Zutritt zu verschaffen. Sie können in Teufels Küche kommen, wenn die Mutter davon erfährt. Ich dulde derlei Alleingänge nicht in meinem Team. Das nächste Mal setzen Sie mich bitte im Vorfeld in Kenntnis. Haben Sie mich verstanden?«

Was bildete die sich denn ein, ärgerte sich Nils. Paul war viel erfahrener als sie. Er wusste, was er tat.

Aber Paul hatte es offenbar nicht nötig, darauf einzugehen. Er nickte und legte dann ruhig dar, dass das Handy zur Auswertung in Eberswalde war und sie ebenfalls mittags mit Ergebnissen rechnen konnten. Er leitete zu Frank Vandenben über und begründete, warum der zum Kreis der Verdächtigen zählte und sie diese Richtung verfolgten.

Auch das schien Özlem Vural nicht zu passen: »Ich möchte nicht hören, was sie vorhaben, ich möchte Fakten.«

Es wurde ruhig, aber es fühlte sich an wie die angespannte Stille zwischen einem Blitz und dem nachfolgenden Donnerschlag.

Für den sorgte Vural selbst. »Falls Sie es vergessen haben, wir haben einen Mord aufzuklären. Das ist hier nicht Bullerbü. Wir müssen schnellstmöglich Ergebnisse liefern, sonst steigt uns die Presse aufs Dach. Ihr unprofessionelles Verhalten gestern hat sie ja schon auf den Plan gerufen.«

Nils schaute zu Paul. Er sah, dass dessen Finger zitterten, Paul kochte offenbar innerlich. Aber er hatte sich erstaunlich gut im Griff und ließ sich nichts anmerken.

»Was ist mit der DNA von Ronny Meier?«, bohrte Frau Vural weiter.

»Oh, ich hab noch nicht nachgefragt, ob die schon da ist«, sagte Mandy.

»Es wäre schön, wenn Sie das noch in Ihren Vormittag integrieren könnten und mir Bescheid geben, sobald Sie dazu in der Lage waren nachzufragen.«

Mandy verdrehte genervt die Augen und hob die Hände theatralisch. Glücklicherweise war sie außerhalb des Blickwinkels der Kamera. Ansonsten hätte der Vulkan von Joachimsthal noch mehr Lava gespuckt. Paul übernahm wieder das Ruder, bedankte sich, und sie verabredeten sich für 16 Uhr zu einer weiteren Besprechung.

Kurz verteilte er noch die Aufgaben, dann verließ er, gefolgt von Mandy, den Raum.

Als Nils hörte, wie die Tür von deren Büro ins Schloss fiel, spurtete er zur Konferenzraumtür und schloss auch diese. »Warum hast du Paul nicht gesagt, dass du gestern mit der Ucker-News gesprochen hast, Olaf?« Anstatt zu antworten, schüttelte Olaf nur den Kopf und starrte weiter auf seinen Computer. Das machte Nils noch wütender. »Hast du nicht gehört, was ich gesagt habe?«

»War ja laut genug, natürlich hab ich dich gehört. Aber warum sollte ich es sagen? Hab's halt gestern vergessen. Ist ja keine große Sache, und schließlich ist Paul der Chef und muss dafür geradestehen.«

»Du lässt Paul absichtlich bei dieser Furie ins Messer laufen? Das kann doch nicht dein Ernst sein!«

»Das geht dich gar nichts an, Nils. Kümmre du dich um deinen eigenen Scheiß«, sagte Olaf und steckte sich demonstrativ AirPods in die Ohren. Für ihn war das Gespräch beendet.

»Was sagst du, Patrick?« Der schüttelte nur den Kopf. Das war keine Hilfe.

30

Krachend fiel die Tür hinter ihr ins Schloss. Wütend schnaubte Mandy: »Bullerbü, Ponyhof. Was bildet die sich ein? Sie hat doch gestern Pizza mitgebracht und auf Kuschelkurs gemacht.« Ups, sie sollte lieber ihren Mund halten. Beim Vorgesetzten lästern? So eng waren Paul und sie ja nicht. Verstohlen schaute sie zu ihm. Täuschte sie sich oder grinste er?

Sie wollte ihn aufmuntern oder besser gesagt auf andere Gedanken bringen nach diesen Ungerechtigkeiten von der Vural. Dann noch diese Lügengeschichte in der Ucker-News über ihn. Das hatte Paul wirklich nicht verdient.

Doof nur, dass sie keine guten Nachrichten für ihn hatte. Vielleicht half erst mal Schokolade? Sie holte ein

Snickers aus ihrer Vorratsschublade und hielt es ihrem Chef vor die Nase. Der schüttelte stumm den Kopf.

»Also, ich hab mit dem Bauamt gesprochen. Für den Scheunenausbau lagen alle Genehmigungen vor. Der Sachbearbeiter konnte sich genau daran erinnern, weil er es bemerkenswert fand, dass Sabine Weisskirch so viele Badezimmer eingeplant hatte. Es gab wegen der Fassade, die denkmalgeschützt ist, einiges zu beachten. Darum hat es ein Jahr gedauert, bis alle Genehmigungen da waren.« Sie sah Paul unsicher von der Seite an.

Er sagte erst mal gar nichts, sondern stand auf und ging ans Whiteboard.

»Wenn Ben sie nicht wegen des Umbaus in der Hand hatte, gab es vielleicht etwas anderes. Coaches haben doch immer Webseiten, auf denen Kundenrezensionen sind. Gucken Sie, ob Sie da was finden. Kontaktieren Sie Kunden von Sabine Weisskirch.«

Sie schrieb mit und nickte. »Heißt das, sie bleibt weiter im engen Kreis der Verdächtigen?«

»Solange der DNA-Abgleich nicht das Gegenteil beweist, ja.«

Paul blickte nachdenklich auf das Whiteboard, als warte er darauf, dass es ihm eine Antwort auf seine Fragen gab. Nach einer Minute setzte er sich wieder auf seinen Platz, lehnte sich nach hinten, verschränkte seine Hände im Nacken und blickte aus dem Fenster. Der Bürostuhl knarzte gefährlich.

Mandy verspürte ein leichtes Hungergefühl. Das von Paul verschmähte Snickers lächelte sie vom Schreibtisch aus an. Aber sie wollte nicht, bevor er …

Nach einer gefühlten Ewigkeit sagte er zu ihr: »Und durchleuchten Sie Frank Vandenben. Vielleicht waren sie zu zweit …«

31

Auf dem Weg nach Grunewald kreisten Pauls Gedanken um die letzten Stunden. Die Staatsanwältin wirkte heute wie eine komplett andere Person als gestern. Dr. Jekyll und Mrs. Hyde. Sie stand unter großer Anspannung. Sie alle waren mittlerweile müde und frustriert. Die Mordermittlung kostete Kraft. Es war Mittwoch, der vierte Tag, und der Fall drohte ihnen wie ein Stück Seife aus den Händen zu gleiten. Das Labor ließ auf sich warten und schob die Verzögerung auf fehlenden Kapazitäten. Das war lächerlich. Der Mordfall hatte absolute Priorität.

Sie saßen auf heißen Kohlen, und währenddessen riefen immer mehr Journalisten an, um Informationen aus erster Hand zu bekommen. Die Presseabteilung hatte vorgeschlagen, in wenigen Stunden zu einer virtuellen Pressekonferenz einzuladen. Paul hoffte, dass dieser Kelch an ihnen vorübergehen würde, er hatte schlichtweg keine Idee, was er präsentieren sollte. Zu allem Überfluss lag ein Schatten über dem Team, wann immer er im Lauf des Vormittags in den Konferenzraum gekommen war, hatte eine angespannte Stimmung geherrscht.

So war das Treffen mit Claudia Kunze ein willkommener Vorwand, um das Revier kurz zu verlassen.

»Kunze Manor« lag in strahlendem Sonnenschein, als er um zwei Minuten nach zwölf vorfuhr. Die Hausherrin erwartete ihn bereits. An ihrem Range Rover gelehnt, wirkte sie wie aus einer Lifestyle-Fotostrecke entsprungen. Diesmal trug sie keine Sportklamotten, sondern einen fast knöchellangen, weiten Rock mit Leopardenprint, eine grob gestrickte, kurze Jacke in knalligem Rot, klobige schwarze Schnürstiefel und eine kleine, teuer aussehende ebenfalls knallrote Lederhandtasche. Die blonden Locken waren zu einem Dutt im Nacken drapiert. Als er parkte, kam sie zu seinem Wagen, öffnete die Beifahrertür und setzte sich neben den verdutzten Paul. »Ist doch okay, wenn wir mit Ihrem Auto fahren?«, sie lächelte ihn an.

»Wenn Sie mir verraten, wohin?«

»Wir gehen essen.«

Paul ließ den Motor nicht an. Was sollte das? Hatte sie ihn wegen eines Lunches herbestellt? »Liebe Frau Kunze, ich schätze Ihre Gesellschaft und habe nichts gegen ein gemeinsames Mittagessen. Aber wir stecken in einer Mordermittlung. Und ich habe keine Zeit für derlei Dates.« Er machte eine Pause. »Für keine Dates.« Das klang für seine Verhältnisse recht barsch. Der wenige Schlaf in der Nacht forderte seinen Tribut.

Sie lächelte, was ihn wütend machte.

»Ich weiß, darum möchte ich mich ja mit Ihnen unterhalten. Ich habe Informationen.«

»Dann geben Sie mir die, bitte!«

»Ach, Herr Montgomery, ich verspreche Ihnen, Sie werden unseren kleinen Ausflug nicht bereuen!« Sie schenkte ihm einen unschuldigen Blick aus ihren kornblumenblauen Augen.

Paul war wütend. Aber nicht nur das. Auch hungrig. Also ließ er den Motor an.

»Wo fahren wir hin?«

»Ins ›Schloss Wittleben‹ am anderen Ende von Grunewald, das ist nicht weit.«

Dort hatten Vandenben und Weisskirch am Samstag

Trüffelrisotto geholt. Immerhin eine gute Gelegenheit, mit dem Besitzer ein paar Worte zu wechseln.

»Sie müssen hier abbiegen, nach einem Kilometer sind wir dann am Ziel«, wies sie ihn zuckersüß an.

Das »Schloss Wittleben« befand sich in einem hübschen Gebäude mit rotem Dach, grün gestrichenen Fensterrahmen und farblich dazu abgestimmten Läden. Ein Postkartenmotiv. Circa drei Nummern größer als das Kunze-Anwesen. In der Einfahrt standen fünf weitere Autos. Claudia bedeutete Paul, dass sie nicht durch den vorderen Eingang, sondern den hinteren in das Restaurant gehen sollten. Auf der Rückseite des Hauses war ein weitläufiger Garten mit altem Kastanienbaumbestand. In den warmen Monaten ein wunderbarer Biergarten. Einen Moment lang sehnte Paul sich nach einem langen, lauen Sommerabend in guter Gesellschaft bei einem Bier oder Wein, die Stille nur vom Zirpen der Grillen unterbrochen. Aber davon war er momentan genauso weit entfernt wie die Mordermittlung von einem Durchbruch.

Jetzt standen nur zwei Tische im Garten, einer davon direkt neben dem Ausgang. Ein großer, voller Aschenbecher darauf ließ vermuten, dass dies der Stammplatz für die Raucherpausen der Mitarbeiter war. Der zweite Tisch befand sich in der Mitte des Gartens, an ihm saßen zwei Männer in ein angeregtes Gespräch vertieft. Der eine war ein alter Bekannter und sein Begleiter ein gutaussehender Mittdreißiger mit schwarzem Haar und olivfarbener Haut. Er lachte gerade laut über eine Bemerkung des anderen und entblößte dabei zwei makellose weiße Zahnreihen. Dr. Seemüller stimmte lauthals ein.

Claudia blieb stehen. »Entschuldigen Sie, Herr Montgomery, da muss ich schnell Hallo sagen.« Sie ging zum

Tisch der Männer und begrüßte sie. Der Jüngere stand auf und gab Claudia je ein Küsschen rechts und links auf die Wange. Nach wenigen Augenblicken kehrte sie zu Paul zurück.

Die Hintertür führte sie direkt in einen großzügigen Gastraum. Ungefähr 15 Tische waren über den Raum verteilt. Alle bis auf einen waren besetzt, an ihnen speisten die Gäste.

Ein Mann mittleren Alters steuerte auf sie zu. Er war nicht sehr groß, hatte kurzes, lockiges braunes Haar, trug ein weißes T-Shirt und Jeans. »Claudia, welch Glanz in meiner Hütte.« Er streckte die Arme aus.

Pauls Begleiterin erwiderte genauso euphorisch: »Constantin, wenn es mal so wäre. Aber ich habe Glanz mitgebracht. Darf ich dir Paul Montgomery von der Polizei Templin vorstellen?«

Constantin zuckte zusammen und sah Paul unsicher an. Ehe er etwas sagen konnte, fuhr Claudia fort: »Herr Montgomery ist von der Mordkommission und ermittelt in der Mordsache Ben Limberg.«

Sein Gesichtsausdruck wechselte von offen zu betroffen. Es wirkte aufrichtig. »Es ist so furchtbar. Ein junger Mensch aus unserer Mitte.«

Paul ergriff das Wort. »Herr von Wittleben, hat Ben Limberg Ihnen Gemüse geliefert?«

Von Wittlebens runde Wangen und die freundlichen braunen Augen verliehen ihm ein Aussehen, das ein wenig an ein Eichhörnchen erinnerte. »Nein. Ben konnte die Mengen, die wir hier benötigen, nicht garantieren, und darüber hinaus war er in seinem Sortiment eingeschränkt.« Er schob hinterher: »Ben baut beziehungsweise baute ja selbst an.«

Paul sagte nichts. Das schien Constantin zu verunsichern. Als könnte er die Stille nicht aushalten, sagte er: »Ihre Kollegen haben mich bereits kontaktiert, Sabine Weisskirch und Tarik Saghiri waren am Samstag hier. Sie können sich das gern von Tarik bestätigen lassen, er sitzt ja draußen.« Constantin deutete zum Garten, wo Tarik, Vandenbens Ehemann, im angeregten Gespräch mit Andreas Seemüller saß. So viel zum Thema Landarzt und Charité, dachte sich Paul.

»Was hast du denn heute Leckeres gekocht?«, schaltete sich Claudia flötend wieder ins Gespräch ein.

»Königsberger Klopse. Ihr könnt euch dahinten hinsetzen.« Er deutete auf den einzigen freien Tisch.

Sie setzten sich. Der Tisch war für zwei Personen eingedeckt, mit weißer Tischdecke, Wein- und Wassergläsern.

Paul ließ seinen Blick durch den Saal schweifen. Die anderen Gäste waren ihm fremd, der Kleidung nach zu urteilen Geschäftsleute. Doch da entdeckte er unter ihnen ein bekanntes Gesicht. Jana Limberg im angeregten Gespräch mit einem Mann, der gut und gern doppelt so alt war wie sie selbst. Er hatte eine Glatze und ein feistes, gerötetes Gesicht. Mit seinem ausladenden Bauch berührte er die Tischkante. Er hing Jana an den Lippen beziehungsweise seine kleinen Äuglein verloren sich in ihrem Dekolleté. Jana schien sich ihrer Wirkung auf ihn bewusst zu sein, mit ihren Gesten befeuerte sie sein nicht zu übersehendes Begehren. Sie befeuchtete sich ihre Lippen mit der Zungenspitze und fuhr sie mit dem Zeigefinger nach. Der Kopf ihres Gegenübers schob sich, so weit es ging, in ihre Richtung.

»Das ist der … Ach, jetzt hab ich den Namen vergessen. Er ist Kreisvorsitzender der EPD.« Claudia Kunze machte eine Kopfbewegung in Richtung von Jana und dem mehr und mehr heftiger schwitzenden Mann.

»Jana will doch in die Politik«, ergänzte sie beiläufig.

Paul hob die Augenbrauen.

»Hat mir Michael, mein Mann, erzählt. Er hat sie mit Wie-auch-immer-er-heißt bekannt gemacht. Scheint, als sei das gerade ein Vorstellungsgespräch.« Sie wandte sich mit gelangweilter Miene ab.

Eine Kellnerin füllte die Wassergläser und stellte eine große Flasche Mineralwasser auf den Tisch. Paul merkte erst jetzt, wie hungrig er war. Seine letzte richtige Mahlzeit lag so lange zurück, dass er sich kaum daran erinnern konnte. Er freute sich auf leckere Hausmannskost.

»Sie sollte mit Tutorials Geld verdienen, wie man Männer in Rekordzeit um den Verstand bringt. Da können sich die Hinterbänkler im Bundestag ja schon mal freuen.« Claudia hatte Jana fest im Blick. »Ben hatte mir erzählt, dass sie gut darin ist, Männer um den Finger zu wickeln. Er hat nicht übertrieben.« Sie nahm einen Schluck Wasser.

Ben sah kurz zu Jana hinüber. Sie war für den Ort overdressed, trug eine enge, sehr weit aufgeknöpfte Bluse, einen kurzen Rock und hohe Pumps. Sie war viel stärker geschminkt als noch vor zwei Tagen im Haus ihrer Mutter. Die Haare waren offen, sie hatte sie zu einer Seite gelegt und fuhr sich gerade mit den Fingern wie unabsichtlich durch das lange Haar. Anschließend wickelte sie eine Strähne um ihren Zeigefinger, während sie ihren Begleiter bewundernd von unten anschaute.

»Wie war das Verhältnis von Ben und Jana?«, fragte er.

Claudia zuckte die Achseln. »Okay, soweit ich das beurteilen kann. Ben war ein bisschen genervt, weil sie wohl sehr sprunghaft in ihrem Leben ist. Sie wollte Model werden, dann Influencerin, jetzt Politikerin … Aber so richtig viel hat er nicht von ihr gesprochen.«

In diesem Augenblick warf Jana ihren Kopf in den Nacken und lachte laut auf. Der Gegenentwurf zum schweigsamen Ben.

»Er hat mal angedeutet, dass sie vor ein paar Jahren in die falschen Kreise geraten ist, als sie nicht hier gewohnt hat. Wahrscheinlich Drogen oder so in Berlin. Zumindest habe ich das so interpretiert.«

Paul horchte auf, davon hatte ihm Peggy nichts gesagt. Was aber auch nicht weiter verwunderlich war, denn welche Mutter bekommt so was mit beziehungsweise spricht gern darüber.

Ehe er nachfragen konnte, klingelte Claudias Handy, das vor ihr auf dem Tisch lag. Sie nahm den Anruf entgegen. Am anderen Ende der Leitung schien eines ihrer Kinder zu sein, ihren Antworten nach zu urteilen. Paul widmete sich wieder dem Geschehen am Nachbartisch. In diesem Augenblick stand Jana auf und bewegte sich Richtung Saalausgang, allerdings nicht zu dem, der in den Garten führte, sondern sie nahm die Tür zur Schlossinnenseite. Wahrscheinlich befanden sich dort die Toiletten.

»Nein, Ferdinand. Die Playstation bleibt aus. Erst wenn Papa …« Claudia verdrehte die Augen und sah Paul entschuldigend an. Aus dem Augenwinkel registrierte er, dass Janas Begleiter sich ebenfalls erhob, mit offensichtlich demselben Ziel wie Jana.

Sein Instinkt wies Paul an, ihm zu folgen. Er bedeutete Claudia, dass er kurz austreten müsse, und verließ den Saal. Er befand sich in einem Zwischenraum, geradeaus war das Restaurant und rechts ging ein kleiner Gang ab, der offenbar zu den Toiletten führte. Paul bog ein und blieb abrupt stehen. Ungefähr zehn Meter von ihm entfernt, neben der Tür zur Herrentoilette, entdeckte er Jana und ihren Begleiter. Sie wurde von seinem mächtigen Körper an die Wand gedrückt und war dabei, den Gürtel seiner Hose zu öffnen, während seine rechte Hand in ihrem Ausschnitt steckte und seine linke unter ihren Rock wanderte. Sein schweres Atmen konnte Paul auch aus der Entfernung hören. Der Mann zog Jana näher an sich und ihre langen Beine umschlangen seine Hüfte. Seine lüsternen Atemzüge wurden schneller. Janas Rock rutschte nach oben, und Paul konnte erkennen, dass sie halterlose Strümpfe trug.

Jana hatte den Gürtel inzwischen geöffnet und ihre Hand verschwand in der Hose des Mannes. Da schob er sie in Richtung Toilettentür, die er mit dem Fuß öffnete. Immer noch ineinander verkeilt verschwand das Jana-Kreisvorsitzenden-Geflecht in der Toilette. Beinahe lautlos schloss sich die Tür hinter den beiden.

Paul hatte genug gesehen. Er ging zurück in den Saal. Claudia Kunze hatte ihr Telefonat inzwischen beendet, und an seinem Platz stand ein Teller mit herrlich duftenden Königsberger Klöpsen. Paul nahm die Serviette, legte sie in seinen Schoß und griff nach Messer und Gabel. Er schaute Claudia Kunze an. »Was wollten Sie mir erzählen?«

Was auch immer sie sagen würde, es würde das Schauspiel, das ihm gerade geboten worden war, nicht toppen können.

32

Ihr rechter Daumen drückte auf einen Punkt an der
Außenseite des Fußes. So sanft wie möglich und so fest
wie nötig. Karo wusste genau, wann es zu wenig und
wann es zu viel war. Wie viele Fußreflexzonenmassa-
gen sie in ihrem Berufsleben wohl schon gegeben hatte?
15 Jahre Berufstätigkeit, mindestens eine Massage pro
Woche. Rund 780 überschlug sie schnell. Im Kopfrech-
nen war sie ein Ass. Sie liebte Rechenspiele. Während
der Behandlungen, wenn sie eine Kundin hatte, die nicht
reden wollte, flüchtete sie sich in die Welt der Zahlen.
Wie in diesem Moment. Die Mumie, aka Iris Hauschild,
war heute sehr schweigsam. Wahrscheinlich tat ihr das
Sprechen weh. Dass es sich tatsächlich um ihre Stamm-
kundin handelte, konnte Karo nur an deren Füßen erkennen. Ihr Gesicht war komplett verhüllt. Verband und eine
große Puck-die-Stubenfliege-Sonnenbrille, bei der sich
Iris weigerte, sie abzunehmen. Obwohl Karo in ihrem
Behandlungszimmer das Licht gedämmt hatte, damit ihre
Patientinnen sich entspannen konnten. Ob die Sängerin
mal wieder in Polen gewesen war und an sich hat rum-
schnippeln lassen? Dass sie das bereits in der Vergangenheit getan hatte, daran bestand für Karo kein Zweifel. Den anderen konnte Iris vielleicht erzählen, dass ihr
straffes Gesicht die Folge von guter Ernährung und Sport
war, ihr nicht. Karo kannte den Teufelskreis: erst Hyaluron, dann Botox und schließlich Skalpell. In Berlin waren
ihre Patientinnen allesamt Personen der sogenannten besseren Gesellschaft gewesen. Ihre Gesichter waren quasi

Lehrbücher dafür. Karo fand nichts Schlimmes daran, sie verstand nur nicht, warum man nicht offen damit umging. Wenn es bei ihr so weit sein sollte, würde sie auch nachhelfen. Sie war jetzt 37. Spätestens, wenn die Fältchen um die Augen tiefer würden, wäre es Zeit für eine Spritze. Claus war ja nicht mit ihr zusammen, weil sie schnell rechnen konnte, sondern weil sie jung und knackig war, und zumindest knackig wollte sie bleiben. Nicht nur im Kopf. Hoffentlich würden sie in drei, vier Jahren noch zusammen sein. Bis vor einer Woche hatte sie daran keinen Zweifel gehabt, aber seit Ben ermordet worden war, war alles anders. Ihre Welt stand Kopf. Sie würde nicht mal mehr ihre Hand dafür ins Feuer legen, dass der Mann, mit dem sie seit zehn Jahren das Bett teilte, kein Mörder war.

»Au«, die Mumie zuckte zusammen, zog ihren rechten Fuß weg und richtete sich im Behandlungsstuhl auf.

Mist, sie hatte die Kontrolle über ihre Kraft verloren. »Entschuldige, Iris, das tut mir leid, ich bin …«

»Ist okay, kann mal passieren. Du wirkst nervös. Hast du was auf dem Herzen?« Iris lehnte sich nach vorn.

Auf Small Talk hatte Karo keine Lust, genauso wenig wie auf ein Gespräch über ihren Gemütszustand. »Ja, ja. Ich bin einfach fertig wegen der Sache mit Ben. Solange sie den Täter nicht gefunden haben, bin ich in Sorge. Nicht auszumalen, dass hier ein Verrückter rumläuft, der unschuldige Menschen ermordet.« Sie streckte die Hand aus und wartete darauf, dass Iris ihr den Fuß hineinlegte. Die dachte gar nicht daran.

»Wieso glaubst du, dass der Täter ein Verrückter ist?«

»Was für ein Mensch sollte Ben denn sonst umgebracht haben? Der hatte mit niemandem Streit.«

»Ja, das dachte ich auch, aber …« Sie beugte sich verschwörerisch zu Karo, die zu ihren Füßen auf einem kleinen Höckerchen saß. Albern, denn außer ihnen beiden war niemand im Raum. Ihre Gesichter waren nur 30 Zentimeter voneinander entfernt. Auf ihrer Wange konnte Karo ein gelblich schimmerndes Hämatom erkennen, das unter dem Verband hervorlugte. Also tatsächlich Polen.

Iris fuhr mit gedämpfter Stimme fort: »Andreas Seemüller, der Arzt, wohnt neben mir, und die Polizei hatte ihn im Verdacht, weil der alte Wellinow behauptet hat, dass er ihn im Wald gesehen hat. Was allerdings gar nicht sein kann, denn Andreas war zu dieser Zeit bei seiner Ex in England.« Sie rückte ihre Brille zurecht.

Komm zum Punkt, dachte Karo und hielt ihre Hand weiterhin ausgestreckt.

»Warum der Wellinow das getan hat, keine Ahnung. Auf jeden Fall war ich bei Andreas, weil ich ein Paket für ihn hatte, und wir haben gequatscht, bis die Polizei anrief. Eine Kommissarin. Wie hieß die noch mal …? Ich komm grad nicht drauf.«

Mandy Lychow – Karo erinnerte sich genau an ihren Namen und hätte ihn beinahe ausgesprochen, doch sie verkniff es sich gerade noch rechtzeitig. Die Hauschild sollte nicht wissen, dass die Polizei auch bei ihr gewesen war.

»Egal, auf jeden Fall hat die Kommissarin Andreas gefragt, ob Ben ihn erpresst hat. Und du kennst ja Andreas, der kann ganz schön neugierig und streng sein. Und er wollte natürlich wissen warum. Und da meinte die Kommissarin, dass Ben in eine Erpressung verwickelt war. Unser Gemüse-Boy hatte offensichtlich ein Nebengewerbe und war gar nicht so unschuldig«, schloss sie, lehnte sich selbstgefällig zurück und ließ ihren rechten Fuß in Karos Hand fallen.

Karo umklammerte den Fuß mit einem festen Griff. Als wolle sie sich daran festhalten. Plötzlich drehte sich alles.

33

Akkurat stellte Mandy zwei Stühle an das Kopfende des Tisches. Paul und sie mussten näher zusammenrücken, aber das war ja kein Problem. Sie hatten keinen Verhörraum auf dem Revier und schnell ein leerstehendes Büro dafür hergerichtet. Mandy war aufgeregt. Endlich ging es los. Endlich hatten sie einen DNA-Treffer. Und nicht nur einen, gleich zwei!

Kleinste Spuren, die von der Weisskirch und von Vandenben stammten, waren am toten Ben sichergestellt worden. Weil beide um die Tatzeit herum im Wald gewesen waren, galten sie als tatverdächtig. Normalerweise hätten sie parallel von unterschiedlichen Teams befragt werden müssen, so wie das in den TV-Krimis immer war. Der eine wird vom einen gegrillt, während der andere sich vom Kollegen aushorchen lässt. Aber Templin war nicht der »Tatort«. Sie hatten weder die Manpower noch die Räume. Olaf war gerade auf dem Weg hierher und brachte Sabine mit. Patrick war zur selben Zeit zu Vandenben aufgebrochen.

Er sollte ihn mithilfe des Vorwands, ein Protokoll wegen des Schadens an seinem Tesla aufnehmen zu wollen, zu Hause beschäftigen. Sobald Paul mit Sabine Weisskirch fertig war, würde Patrick mit Vandenben herkommen. So konnten sie vermeiden, dass die beiden sich absprachen.

Glücklicherweise hatten sie jetzt die Treffer. Morgen war bereits Gründonnerstag, und Paul wollte vermeiden, dass sie durch die bevorstehenden Osterfeiertage gebremst werden würden. Deshalb hatten sie die Befragung nicht generalstabsmäßig planen können, wie das eigentlich üblich war. Aber Paul war ja Profi. Er hatte sicherlich schon sehr viele Befragungen in seinem Leben durchgeführt. Das machte er aus dem Effeff.

Mandy stellte drei Gläser und eine Flasche Wasser auf den Tisch und ihren Laptop. Sie wusste: Die Wissenschaft hatte ihnen Bens Mörder oder Mörderin auf dem Silbertablett präsentiert, jetzt hatten sie den schweren Teil vor sich, Motiv und Geständnis zu bekommen.

34

Schweißgeruch breitete sich im kleinen Raum aus und erfüllte ihn. Paul wusste, dass das nicht das Einzige war, das Sabine Weisskirch nicht länger verbergen konnte. Statt auf seine Frage zu antworten, blickte sie ihm ins Gesicht und zuckte mit den Achseln. Die reine Unschuld. Ein Missverständnis. Ein Laborfehler. Sie spielte ihre Rolle gut. Gelernt war gelernt, dachte er sich. Er hätte sie nachts um drei wecken können, sie wäre nicht weniger überzeugend gewesen.

Langsam verlor er die Geduld. Seit 40 Minuten saßen sie schon hier, und Sabine Weisskirchs Deo hatte bereits vor einer halben Stunde versagt. Paul stand auf, ging zum Fenster, öffnete es. Nachdem er es geschlossen hatte und zurück an seinen Platz gegangen war, erhaschte er einen dankbaren Blick von Mandy.

»Wir haben Ihre DNA am Opfer sichergestellt. Wie kam sie dahin?«, fragte er erneut. Wieder schwieg sie. »Wir können das hier auch abbrechen.« Er setzte sich. Sabine Weisskirch rückte ein wenig näher an den Tisch heran und sah ihn an, dabei hob sie beinahe unmerklich die rechte Augenbraue.

»Wenn Sie uns nicht sagen wollen, was am Samstag passiert ist, beenden wir das Gespräch. Jetzt sofort.« Paul nahm einen Schluck aus seinem Wasserglas. »Frau Sabine Weisskirch, ich nehme Sie hiermit fest. Sie sind dringend tatverdächtig, Ben Limberg getötet zu haben.« Er nickte Mandy zu, die sich langsam erhob und gemächlich zur Tür ging. Es waren nur drei Schritte, aber Mandy ließ sich Zeit.

Sie hatte die Klinke noch nicht in der Hand, als Sabine mit fester Stimme, als stünde sie auf der Bühne des Wiener Burgtheaters, laut und überdeutlich sagte: »Ben hat mich erpresst, aber ich habe ihn nicht umgebracht.« Sie nahm ihr Glas und leerte es in einem Zug. Es hatte etwas vom tragischen Helden, der den Kelch mit dem tödlichen Gift mutig hinunterkippt. Mandy blieb wie angewurzelt stehen. Doch Sabine Weisskirch fiel nicht zur Seite und sackte auch nicht in sich zusammen. Sie saß weiterhin aufrecht auf ihrem Stuhl.

»Haben Sie Ben am Samstag im Wald getroffen?«

Theatralisch verdrehte Sabine Weisskirch die Augen und atmete laut aus. »Ich erzähle Ihnen alles. Aber dürfte ich bitte zuerst einen Kaffee bekommen?« Ein bittender Blick, zuerst zu Mandy, bevor sie sich ihm zuwandte.

Zehn Minuten später rührte sie seelenruhig in der Kaffeetasse, die vor ihr stand. Ohne sichtbare Eile hob sie den Löffel an und führte ihn zum Mund. Sie trank etwas von der schwarzen Flüssigkeit und ließ den Löffel sofort wieder in die Tasse sinken. »Da hab ich mir doch die Zunge verbrannt«, sagte sie. Mandy und Paul ignorierten das Gesagte. Wieder begann Sabine zu rühren. Sie summte dabei leise eine Melodie vor sich hin.

»Mit dem Rühren bewegen Sie den heißen Kaffee nur zur Oberfläche«, platzte es aus Mandy heraus. Sabine Weisskirch hob fragend den Kopf. »Es bringt nicht viel, wenn Sie rühren. Besser Sie warten ein paar Minuten, bis der Kaffee von allein abgekühlt ist, und erzählen uns so lange, was am Samstag passiert ist. Ich wäre nämlich so weit.« Um ihren letzten Satz zu unterstreichen, klopfte sie mit den Fingernägeln auf die Oberfläche ihres Laptops.

Es zeigte Wirkung.

»Ich wusste nicht, dass Sie noch Termine haben«, giftete Sabine Weisskirch in Mandys Richtung.

Sehr gut, dachte sich Paul, wer gereizt ist, wird mitteilsam.

Sabine knallte den Löffel auf die Untertasse und drehte sich demonstrativ zu Paul. Mandy zeigte sie die kalte Schulter. »Bis zu meinem unfreiwilligen Ausstieg aus der Serie kannte ich keine Geldsorgen.« Sie setzte die Kaffeetasse an die Lippen und nippte daran. »Ich war nicht reich, aber hatte genug, um mir keine Gedanken über Geld machen zu müssen. Die Gagenschecks kamen, mehr interessierte mich nicht. Altersvorsorge – das war was für die Normalos, ich war Künstlerin. Bis ich von einem Tag auf den anderen vor dem Nichts stand. Kein Engagement, kein Einkommen. Statt mir Lebensmittel vom Feinkostladen liefern zu lassen, musste ich Sonderangebote beim Discounter shoppen. Immer in der Sorge, dass mich jemand erkennt oder – schlimmer – ein Fotograf mir auflauert. Meine Lage wurde mit jedem Monat, in dem ich nicht arbeitete, aussichtsloser. Ich verkaufte meine Designerklamotten, um die Miete meiner Wohnung zahlen zu können. Als die letzte Chanel-Bag bei Ebay unter den Hammer kam, wusste ich nicht mehr weiter. Von meinem restlichen Geld nahm ich mir einen Coach, er sollte mir helfen, aus diesem Teufelskreis herauszukommen. Die beste Entscheidung meines Lebens. Das war der Wendepunkt. Ich lernte, mit wenig auszukommen, und baute mir mit dem Coaching ein neues Standbein auf. Das lief so gut, dass ich nach ein paar Jahren, als mir meine Mietwohnung in Charlottenburg zum Kauf angeboten wurde, zuschlagen konnte. Kurz darauf erhielt ich eine Erbschaft und davon erstand ich das Haus in Kurtschlag.« Sie sprach nur mit Paul, Mandy ignorierte sie weiterhin.

»Das war vor ein paar Jahren, als Immobilien hier bezahlbar waren. Ich renovierte es mit meinem damaligen Freund und verbrachte viel Zeit in der Gegend. Gleichzeitig hatte ich als Coach immer mehr Kunden. Kurzum: Mir ging es gut. Sogar viel besser als als Schauspielerin, als ich zwar mehr verdiente, aber mir das Geld durch die Finger rann wie Sand. Heute lebe ich bewusster und bin dankbarer für das, was ich habe. Lebe nicht mehr im Überfluss. Ich habe mich Schritt für Schritt unabhängig gemacht. Die Entscheidung, mich selbst zu versorgen, war eine auf meinem Weg zu einem nachhaltigeren, bewussteren, selbstbestimmten Lebensstil.« Sie nahm ihre Tasse, ohne zu trinken, erneut in die Hand und blickte in die Ferne. Es war still im Raum, bis auf das Tippen von Mandy. Aber auch das verstummte nach einer Minute.

Paul wartete noch einen Augenblick. »Und was passierte dann?«

Sabine sah ihn mit einem Blick an, als hätte sie ihn nie zuvor gesehen.

Paul konnte förmlich spüren, wie sehr es in Mandy brodelte. Bevor sie explodieren konnte, ergriff Sabine Weisskirch das Wort: »Dann habe ich einen entscheidenden Fehler gemacht.« Dramatische Pause. »Die Gier. Ich bin über die Gier gestolpert.«

Paul war sich nicht sicher, ob Sabine Weisskirchs Performance ihr letzter Auftritt vor dem Geständnis und der Haft war. Sie schien es zu genießen, wieder vor Publikum zu agieren, auch wenn das nur aus der wenig beeindruckten Mandy und ihm bestand. Er vermied es trotzdem, sie daran zu erinnern, dass sie seine Eingangsfrage nicht beantwortet hatte. Vielleicht lieferte sie mit ihrer Lebensgeschichte einen unbeabsichtigten Hinweis auf das Motiv.

»Ich hatte genug und hätte es dabei belassen sollen, doch dann wollte ich mehr«, sagte Sabine Weisskirch, »denn ich begann, mir Sorgen um meine Altersvorsorge zu machen. Ich bin auch nicht mehr die Jüngste.«

Paul schielte in sein Notizbuch, das vor ihm lag. Geboren am 1. April 1964 – sie hatte morgen Geburtstag. Ob es ihr erster an einer neuen Adresse werden würde? Die nächsten Minuten würden die Antwort darauf liefern. Bevor sie jedoch endlich zum Abend mit Ben kam, holte Sabine weiter aus.

»Wie erwähnt, mein Business lief. Zu gut, ich konnte die ganzen Anfragen gar nicht bedienen. So entstand die Idee, aus der Scheune ein Retreat zu machen. Die niedrigen Zinsen und die Nachfrage – ich hab mich immer mehr davon begeistern lassen. Und plötzlich saß ich da und unterschrieb eine Hypothek über 500.000 Euro.«

»Wäre es nicht eine Nummer günstiger gegangen?«

Sie kniff ein wenig abschätzig die Augen zusammen, so als hätte er gerade gesagt, Minigolf sei Golf. »Sie müssen wissen, meine Klienten teilen zwar gern ihre Ängste, Sorgen und ihr Innerstes mit der Gruppe und sind da sehr ungeniert. Aber so etwas Privates wie die Toilette haben sie lieber für sich. So mussten es Gästezimmer mit En-suite-Badezimmer sein. Hinsichtlich der Fassade mussten wir dem Denkmalschutz Rechnung tragen, und dann kann man ja schlecht bei einem Retreat nicht mit den allerbesten Materialien arbeiten. Natursteine sind teuer. So hat sich das summiert. Eins kam zum anderen. Seither bin ich zwar hoch verschuldet, aber mir gehört das schickste Retreat in der Uckermark. Nach der Fertigstellung war es für das gesamte Jahr ausgebucht. Nicht nur mit meinen eigenen Veranstaltungen und Klienten, die Yogalehrerinnen rissen sich um meine Räume. Es gab für mich also keinen Grund für schlaflose Nächte aufgrund der Verschuldung.« Sie fasste mit der rechten Hand in ihre Haare und zog eine Strähne lang, sah sie an, als wäre ihr neu, dass sie Haare auf dem Kopf hatte. »Doch dann eröffnete zwei Dörfer weiter eine Konkurrenz-Location und plötzlich gab es keine Wartelisten mehr für meine Räume, sondern Wochenenden, an denen sie leer standen. Die monatliche Hypothek ist hoch, und ich brauche, um meinen Verpflichtungen nachkommen zu können, eine Auslastung von nahezu 100 Prozent. Ich konnte nicht mehr wählerisch sein, sondern musste nehmen, was kam. Als eine Pilateslehrerin aus Berlin, die ich um ein paar Ecken kannte, buchte, fragte ich nicht, wofür, sondern freute mich, dass sie die noch freien Wochenenden besetzte. Vier insgesamt.«

»Wann war das?«, fragte Mandy.

Sabine Weisskirch drehte den Kopf zur Fragenden, scheinbar überrascht, dass noch eine weitere Person im Raum war. »Vor drei Monaten«, sagte sie zu Paul. »Ich hätte mal genauer nachfragen sollen, denn statt einer Pilates-Session veranstalteten sie eine Ayahuasca-Zeremonie.«

Mandy, die bis dahin mit herabhängenden Schultern vor ihrem Computer gesessen hatte und aussah, als hätte sie einen Buckel, setzte sich kerzengerade in ihrem Stuhl auf. »Wow!«

Dass Schamanen in Berliner Altbauwohnungen oder Strandvillen in Kalifornien Seminare mit der in Deutschland verbotenen Substanz, dem psychedelisch wirkenden Pflanzensud Ayahuasca, abhielten, war in Ermittlerkreisen bekannt. Aber inmitten der Schorfheide? Es waren hier doch mehr die Hamptons, als er geglaubt hatte, musste Paul zugeben.

»Als ich davon erfuhr, wollte ich natürlich alles absagen. Aber das ging nicht, ich war auf das Geld angewiesen und die Verträge waren unterschrieben. Also hoffte ich, dass es gut gehen würde. – Ich hatte Pech. Einer der Seminarteilnehmer am letzten Wochenende driftete nicht nur in realitätsferne Räume ab, sondern entfernte sich von der Gruppe und dem Gelände und verlief sich im Wald. Er war geistig und körperlich in einem Ausnahmezustand. Komplett dehydriert brach er schließlich zusammen.«

Paul wusste, dass die Einnahme des harmlos erscheinenden Pflanzensuds gefährlich war. Denn neben der Wirkung auf die Psyche zählten Durchfall und Erbrechen zu den Folgen der Einnahme. Unter anderem deswegen waren Ayahuasca-Zeremonien in Deutschland verboten.

»Leider waren die anderen Teilnehmer allesamt mit sich und der Auflösung ihres Ichs beschäftigt, und so fiel das Fehlen des Mannes keinem auf. Der Arme wäre wahrscheinlich im Wald verendet, wäre er nicht zufällig gefunden worden. Von Ben.« Sie machte wieder eine Pause.

Paul musste kein Hellseher sein, um sich zu denken, was dann kam. Ben hatte Sabine Weisskirch mit seinem Wissen um die illegalen Ayahuasca-Sessions in ihrem Gästehaus erpresst.

»Er hatte alles dokumentiert, Fotos von dem Mann im Wald, im Krankenhaus. Dorthin hat er ihn hingebracht und ihm vermutlich das Leben gerettet.« Sabine Weisskirch atmete theatralisch aus. »Leider wollte er sich sein Samaritertum bezahlen lassen. Von mir. Mit 5.000 Euro. Wenn ich die Summe nicht überweise, würde er mich anzeigen, ließ er mich wissen.«

Paul fiel auf, dass Mandys Wangen rot leuchteten. Wie unter Strom haute sie in die Tasten.

»Zunächst hielt ich es für einen Scherz – bis er mir die Fotos zeigte. Ich war wirklich geschockt. Wie konnte er das tun? Er kannte keine Gnade. Und ich konnte nicht zahlen«, sagte Sabine Weisskirch bitter, fügte aber schnell an: »Trotzdem habe ich ihn nicht umgebracht!«

»Haben Sie ihn am Samstag im Wald gesehen?«

Sie drehte sich um, als wolle sie checken, ob jemand hinter ihr stand. »Wir waren gerade wieder auf dem Weg zurück, da tauchte Ben auf. Warum er dort war, keine Ahnung. Er war ja oft im Wald. Er kam grinsend auf mich zu, und ich hab die Konfrontation gesucht und ihm gesagt, dass Frank Bescheid weiß. Ich dachte, vielleicht schüchtert ihn das ein. Er hat gemeint, wenn ich heute nicht zahlen könne, hätte ich Zeit bis Ostern, da müsse das Geld in seinem Nest liegen. Ich bin auf ihn zugegangen und hab ihm die Hand auf die Schulter gelegt, ich wollte ihn körperlich zur Räson bringen. Er hat mich weggestoßen, ich hab noch mal versucht, ihm die Hand auf die Schulter zu legen. Da ist Frank dazwischen und meinte, wir sollten besser gehen. Das haben wir auch gemacht. Frank ist weggefahren. Ich hab so lange gewartet, bis sein Auto nicht mehr zu sehen war, und bin zurück. Ben war noch dort. Er hat ein paar Baumstämme begutachtet und war in seiner eigenen Welt. Ich wollte noch mal mit ihm sprechen. Fragen Sie mich nicht, warum. Doch er war extrem abweisend, hat mich beleidigt, dann bin ich weggerannt. Er lebte definitiv noch, als ich ging.«

Mandy zog die Augenbrauen hoch. »Was haben Sie angehabt, Frau Weisskirch?«

Sie schien zu überlegen. »Jeans und einen blauen Kapuzenpulli. Brauchen Sie die Sachen wegen der Spuren? Ich habe sie noch nicht gewaschen.«

Ein Rätsel war gelöst: Es war Sabine Weisskirch, die Wellinow am Tatort gesehen hatte.

»Wissen Sie noch, um wie viel Uhr Sie gegangen sind?«

»Das muss gegen zwanzig nach sieben gewesen sein. Denn um 19:30 Uhr war ich wieder zu Hause. Daran erinnere ich mich noch.«

Die Luft in dem kleinen Raum roch mittlerweile verbraucht. Paul bekam Kopfschmerzen. Das, was sie gesagt hatte, klang plausibel – konnte aber genauso gut eine Lüge sein.

Paul hatte die Erfahrung gemacht, dass Schweigen etwas war, das Verdächtige irritierte in Vernehmungssituationen. Also kommentierte er nichts, sondern sah Sabine Weisskirch nur an. Sie erwiderte seinen Blick selbstbewusst, aber er bemerkte rote Flecken auf ihrem Hals. Sie verrieten ihre Nervosität. »Was trug Ben?«

Nicht nur Sabine Weisskirch wirkte verwirrt, auch Mandy zog die Augenbrauen hoch.

»Das, was er immer anhatte; und das Gleiche, was er auch am Tag zuvor trug: Lederjacke, Jeans Turnschuhe.«

»Haben Sie ihn am Freitag auch getroffen?«

»Ja. Nein. Ich habe ihn gesehen, aber er mich nicht. Auf dem Parkplatz vom Supermarkt, wo seine Mutter arbeitet. Ich kam aus dem Laden, und da hab ich ihn und Jana entdeckt, sie standen vor seinem Bus und stritten sich.«

»Haben Sie den Streit gehört?«

»Das nicht, aber das erkennt man doch an der Körperhaltung und den Gesten, außerdem waren sie laut. Ich weiß allerdings nicht, worum es ging, dafür war ich zu weit weg, und ich bin dann zu meinem Auto und weggefahren.«

Weitere Puzzleteile.

»Wie wollten Sie die Sache lösen mit Ben? Wollten Sie zahlen?«

Ihr Blick wirkte ungläubig, so als habe er sie gefragt, ob sie Zyankali probieren wolle. »Nein, ich hatte vor, mich selbst anzuzeigen. Und danach Ben. Doch sein …«, sie zögerte, »… sein Tod kam dazwischen.«

35

Er saß allein im Konferenzraum. Hier drinnen war es mucksmäuschenstill. Als wäre er allein in einer Raumkapsel. Nur von außen drangen Geräusche zu ihm: Jemand ging vor dem Büro auf dem Korridor vorbei und rief einem anderen etwas zu, eine Tür wurde lautstark geschlossen. In ihm brodelte es. Nils war immer noch wütend. Das Verhalten von Olaf ärgerte ihn. Er spielte mit dem Gedanken, Paul alles zu sagen. Doch dann wäre er natürlich bei den Kollegen unten durch. Ihm würde auf ewig der Stempel »Chefschleimer«, »Kollegenschwein«, »Karrierist« anhaften wie ein Kaugummi an der Schuhsohle. Dabei war die Karriere das Letzte, was Nils im Sinn hatte.

Er hatte die Ausbildung absolviert und war Polizist geworden, jetzt war er auf dem Weg dazu, Ermittler zu werden. Er hatte sich stets wohlgefühlt, war bei den Kollegen beliebt und wusste, dass er seinen Job gut machte. Warum sollte er nach Höherem streben? Warum sollte er sich dem Druck und dem Stress aussetzen, der zusätzlichen Arbeitsbelastung, der Verantwortung, die es bedeutete, Chef zu sein? Er war davon überzeugt, dass er weiter aufsteigen könnte. Was sollte dort oben verlockend sein? Für ihn war es wichtig, dass es ein Gleichgewicht gab. Das wurde hergestellt durch sein Zuhause mit Sammy, Modellflugwettbewerbe und Zeit mit Familie und Freunden. Er wusste auch, dass bei der Polizei wenige so wie er dachten. Schon gar nicht Patrick und Mandy. Die lieferten sich einen Wettkampf um Überstunden, Sonderaufgaben und den ersten Platz auf der Beliebtheitsskala von Paul.

Wobei Nils bezweifelte, dass man bei ihm mit Schleimen punkten konnte.

Olaf war nicht ehrgeizig. Zumindest war Arbeit nicht das, was ihn anzog. Oder Gemeinschaftssinn. Ihn zeichnete eine bestimmte Form von Egoismus aus. Es hatte nicht lange gedauert, da hatte Nils ihn durchschaut. Olaf war der Typ, dem seine Papierserviette wegflog, wenn er im Freien aß, und der sie dann nicht aufhob. Der, der die Rolle nicht wechselte, wenn er das letzte Blatt Toilettenpapier verbraucht hatte, der seinen Müll neben den Abfalleimer stellte, wenn der voll war, anstatt zum nächsten zu gehen. Das waren jedoch Dinge, die nicht wehtaten, die Nummer mit Paul hingegen war ein anderes Kaliber. Nicht zu seinem Fehler zu stehen und ihn dann sogar noch dem Vorgesetzten in die Schuhe zu schieben, das war nicht hinnehmbar.

Nils wurde aus seinen Gedanken gerissen, als die Tür sich öffnete und jemand den Raum betrat. Doch statt einem seiner Kollegen ging ein junger, verpickelter Streifenpolizist auf ihn zu. Nils hatte ihn ein-, zweimal gesehen, noch nie mit ihm gesprochen. Der Streifenpolizist legte einen durchsichtigen Plastikbeutel, in dem ein schwarzes iPhone steckte, auf Nils' Tisch.

»Das wurde aus Eberswalde für euch abgegeben«, sagte er schüchtern. Nils nickte ihm zu, und ehe er etwas sagen konnte, war der junge Kollege auch schon wieder verschwunden.

Endlich. Auf das Teil warteten sie ja schon seit dem Morgen. Er nahm das Gerät aus der Tüte und entdeckte einen kleinen Zettel, der dabei lag. Darauf standen die Login-Daten: PIN-Code 2902. Er gab die Ziffern ein, und das Display entsperrte sich. Er öffnete Telegram. Zwei Chats. Einer mit Claus Holm und einer mit einem Peter.

Nils überflog den Letzteren. Es ging um den Kauf eines Grundstücks. Ben schien der Interessent und Peter der Verkäufer zu sein. 100.000 Euro. Viel Geld für ein Stück Land – auch wenn die Preise hier mittlerweile explodiert waren. Der Verkäufer schien Druck zu machen, und Ben hatte offensichtlich die Kaufsumme noch nicht zusammen, bat um Aufschub und sprach davon, bald Geld zu bekommen. Die letzte Unterhaltung war einen Tag vor Bens Tod gewesen. »Nach Ostern können wir den Notartermin machen«, schrieb Ben. Daraufhin schickte der Verkäufer einen Daumen nach oben. Mehr kam nicht. Ob Peter herausbekommen hatte, dass Ben ermordet worden war? Oder ging er weiterhin davon aus, dass der Deal stattfinden würde? Nils wählte die Nummer.

Zehn Minuten später wusste er, dass es sich bei dem Objekt der Begierde um ein zwei Hektar großes Waldstück handelte – und Peter war im Bilde, dass aus dem Verkauf an Ben nichts werden würde.

Nils wandte sich den anderen Apps zu. Es war alles andere als ergiebig. Bis auf das Waldstück keine neuen Erkenntnisse. Er öffnete die Notizen-App, vielleicht fand sich da etwas. Es gab nur eine Notiz. Sechs Namen, dahinter Summen:

Claus Holm, 20.000

Frank Vandenben, 20.000

Sabine Weisskirch, 5.000

Gerhard Limberg, 20.000

Schildow, 10.000

Sina, 20.000

Claus Holm hatte Ben exakt um diese Summe erpresst. Wenn die anderen auch potenzielle Erpressungsopfer waren, kam da ein schöner Batzen zusammen. Bei Sabine

Weisskirch und Frank Vandenben würden sie vermutlich bald Bescheid wissen nach deren Befragung. Insgesamt waren es 95.000 Euro, fast der Preis des Grundstücks.

Nils ging die Namen noch einmal durch. Er pfiff durch die Zähne. Den eigenen Vater erpressen, nicht schlecht. Das zeugte von einem niedrigen Morallevel. Auf der anderen Seite war Gerhard Limberg für Ben nie ein Vater gewesen. »Erzeuger« beschrieb seine Rolle besser. Schildow. Ronny arbeitete in der Tischlerei Schildow. Es wäre ein sehr großer Zufall, gäbe es da keinen Zusammenhang. Nils schaute auf die Uhr. Es war 15:15 Uhr. Olaf war zu Vandenben gefahren, wo Patrick bereits wartete, Mandy und Paul befanden sich noch in der Vernehmung der Weisskirch. Er hatte genug Zeit für einen kleinen Ausflug.

36

»Sie haben uns angelogen.« Paul unterstrich seine Worte, indem er mit der Faust auf den Tisch schlug. Nur leicht, aber es reichte, um Patrick, der zu seiner Linken saß, zusammenzucken zu lassen. Im Gegensatz zu ihm blieb Frank Vandenben unbeeindruckt. Er saß weiter schweigsam den Ermittlern gegenüber – stoisch und er strahlte ein gehöriges Maß an Arroganz aus.

»Hat Ben Limberg Sie erpresst?«

Keine Reaktion.

»Wusste er, dass die Staatsanwaltschaft in Berlin gegen Sie ermittelt?«

Vandenben wechselte die Sitzposition. Statt des rechten Beins schlug er nun das linke über und lehnte sich zurück. Er trug einen altmodischen, unifarbenen Trainingsanzug, der an den Hosenbeinen dreckverschmiert war. Patrick und Olaf hatten ihn direkt von der Gartenarbeit hierhergebracht.

»Haben Sie Ben gemeinsam mit Sabine Weisskirch umgebracht, weil er Ihnen gefährlich werden konnte?«

Schweigen. Im Raum konnte man die berühmte Stecknadel fallen hören. Patrick, der am Laptop saß und protokollieren sollte, tippte nicht. Obwohl sie ausgiebig gelüftet hatten, lag noch leichter Schweißgeruch im Raum, der sich jetzt mit dem Aftershave von Frank Vandenben zu einer alles andere als angenehmen Duftwolke vermischte.

»Wer von Ihnen beiden hat Ben erschlagen?«

Vandenben nahm seine Brille ab und schaute durch die Gläser, als wolle er checken, ob sie noch drin waren. Es entstand eine kleine Pause, in der Paul versuchte, irgendeine Reaktion bei ihm zu erkennen.

Er merkte, wie die Wut immer weiter in ihm hochkroch.

Pauls Vater hatte ihm mit auf den Weg gegeben: »Sei zu den Menschen so, wie du möchtest, dass sie zu dir sind.« Das war bis heute Pauls Maxime. Wenn er kritisierte, leitete er seine Kritik stets mit einem positiven Aspekt ein. Er versuchte, jeden Menschen mit Respekt zu behandeln. Und er hatte die Erfahrung gemacht, dass einem Nettigkeit mehr half, als sich brüllend Gehör zu verschaffen. Er wusste, dass er im Team beliebt war und von den Kollegen geschätzt wurde. Es gelang ihm fast immer, freundlich zu bleiben. Doch in diesem Augenblick merkte er, dass es auch bei ihm Grenzen gab.

»Warum haben Sie die Leiche liegen lassen und nicht entsorgt?«

Umständlich setzte Vandenben die Brille wieder auf die Nase und beugte sich vor, er sah von Paul zu Patrick und zurück zu Paul. Er räusperte sich.

Endlich, dachte Paul …

»Könnte ich bitte noch etwas Wasser haben?« Er deutete auf die mittlerweile leere Flasche vor ihm auf dem Tisch. Patrick sprang auf und verließ den Raum. Paul fixierte Vandenben. Der hielt seinem Blick stand, und seine Mundwinkel zuckten leicht, es war der Ansatz eines Grinsens zu erkennen.

Patrick kam zurück und goss Vandenben nach. Der nahm das Glas, trank es mit gierigen Schlucken leer, stellte es zurück und … schwieg.

»Haben Sie Ben in den Wald gelockt, oder war es eine Zufallsbegegnung?«

Vandenben war wieder in einen Zustand der Lautlosigkeit verfallen. Er stellte damit das absolute Gegenteil des Mannes dar, den Paul einen Tag zuvor kennengelernt hatte. War er gestern der geschwätzige Kumpel gewesen, der gestenreich aus dem Nähkästchen geplaudert hatte, so saß heute ein kühler Eisblock vor ihnen, der von oben auf sie herabblickte.

Äußerst selten verlor Paul die Beherrschung. Das war eines seiner Talente und hatte ihm schon oft in Verhören geholfen. Er blieb ruhig, wenn die Verdächtigen ausrasteten, aber auch wenn sie schwiegen. Doch in diesem Augenblick spürte er, dass seine Geduld sich dem Ende neigte. Möglicherweise lag es an der Enge des Raumes, der verbrauchten Luft oder an Vandenbens Haltung. Paul fühlte sich, als würde er bei Tauwetter über einen zugefrorenen See laufen. Er merkte, wie er immer mehr die Kontrolle verlor.

Er ging zum Fenster und öffnete es. Die kühle Luft tat gut und half ihm, seine Emotionen in die andere Richtung zu lenken. Aber der Effekt war nur von kurzer Dauer.

Als er sich wieder setzte und in Vandenbens gleichgültiges Gesicht blickte, drohte er zu platzen.

Ein letzter Versuch.

»Wir haben Ihre DNA am Toten sichergestellt. Sie waren zur fraglichen Zeit am Tatort. Die Überprüfung der Funkzellen wird belegen, dass Ihr Handy dort eingeloggt war. Sabine Weisskirch hat bereits zugegeben, dass Sie Ben getroffen haben. Es sieht nicht gut für Sie aus. Es ist definitiv schlauer, wenn Sie mit uns reden.«

Diesmal schien das Gehörte nicht an ihm abzuprallen. Er sah auf und korrigierte seine Körperhaltung, bis er kerzengerade vor ihnen saß. So weit es sein Leibesumfang zuließ. »Ich muss Sie enttäuschen, wenn ich Wald bade, habe ich das Telefon nie dabei. Sie werden also keinen Treffer bei der Überprüfung der Funkzellen erzielen.« Er grinste Patrick und Paul dreist an.

Das war zu viel. Der Vulkan ließ sich nicht länger kontrollieren. Er brach aus. »Sie möchten nicht mit uns reden? Wenn Sie glauben, dass Ihnen das hilft, sind Sie gewaltig auf dem Holzweg. Ich werde Ihnen mal sagen, was wir dann jetzt machen: Der Kollege von der Streife bringt Sie gleich nach Neuruppin ins Untersuchungsgefängnis. Und dort werden Sie nicht nur die Nacht verbringen, sondern so lange bleiben, bis Sie den Mund aufmachen! Ganz egal, ob das einen Tag, eine Woche, einen Monat oder ein

Jahr dauert. Sollten Sie sich entscheiden, für eine lange Zeit zu schweigen, wird der Prozess gegen Sie auch ohne Ihre Aussage starten. Aber der beginnt nicht morgen. Die Gerichte sind überlastet. Sie werden erst mal in der Untersuchungshaft schmoren. Kein Waldbaden, kein Trüffelrisotto. Unsere Beweise reichen allemal, nicht nur für eine Verhaftung aufgrund des dringenden Tatverdachts, sondern auch für eine Anklage!« Paul sprang auf. Er blieb an der Tür stehen, die Klinke bereits in der Hand.

»Ach, und noch eine Sache. Die Presse hat von diesem Fall Wind bekommen. Wir können nicht garantieren, dass Ihr Name herausgehalten wird. Beziehungsweise so viele PR-Berater gibt es in der Region ja nicht. Nicht auszuschließen, dass Sie mit diesem Mordfall von der Öffentlichkeit in Verbindung gebracht werden. Vielleicht sogar zur selben Zeit, wenn Ihr Name auch in der Affäre ums Bundesverkehrsministerium genannt wird. Aber die gute Nachricht: Sie werden sich in der Haft keine Gedanken darüber machen müssen, welcher Lieferdienst fürs Abendessen gewählt werden soll. Und ich verspreche Ihnen, wenn Sie eines Tages endlich aus der Haft entlassen werden, wird Ihnen Trüffelrisotto wieder so schmecken, als würden Sie es zum ersten Mal essen. Denn Trüffel werden im Gefängnis definitiv nie auf der Speisekarte stehen. Egal, wie lange Sie dort sein werden. Und die Reifen des Tesla müssen Sie vorerst auch nicht ersetzen, den werden Sie sehr lange nicht fahren.« Er riss die Tür auf und knallte sie hinter sich zu. Auf dem Gang atmete er tief aus. Die Kontrolle über sein Temperament zu verlieren, war ab und an ein ziemlich gutes Gefühl.

37

20 Minuten dauerte die Fahrt laut Navi. Zwölf für Nils.

Die Tischlerei befand sich am Ortsende von Mitten-
walde, genauer gesagt war sie die letzte Liegenschaft im
Dorf. Ein langer Bau, eine Werkhalle sowie ein grau ver-
putztes Haus daneben. Alles in die Jahre gekommen. Sicher
war es zu DDR-Zeiten eine VEB-Tischlerei gewesen.

Als Nils in den Hof einbog, sah er sofort Ronny. Er
stand an einen Stapel mit Holzlatten gelehnt vor dem
Eingang in die Werkhalle und rauchte. Nils parkte
20 Meter von ihm entfernt. Bevor er ausstieg, überprüfte
er im Rückspiegel Ronnys Reaktion auf seinen Besuch.
Unschwer zu erkennen: Sie war alles andere als erfreut.
Hastig warf Ronny seine halb gerauchte Zigarette über
die Hecke hinter ihm und schickte sich an, in die Werkhalle zu flüchten. Aber weit kam er nicht, denn blitzschnell öffnete Nils die Autotür und rief ihm zu: »Hallo,
Herr Meier!« Widerwillig blieb Ronny stehen, drehte sich
aber nicht zu Nils um, sondern wartete, bis der zu ihm
aufgeschlossen hatte.

Er schenkte ihm einen unfreundlichen »Was gibts?«-
Blick.

»Haben Sie einen Moment für mich Zeit?« Jeder Staub-
saugervertreter könnte neidisch werden angesichts von
Nils' Charme und seinem 32-Zähne-Lächeln.

»Eigentlich nicht. Muss zurück«, murmelte Ronny.

»Geht ganz schnell.«

»Na gut.«

»Können wir uns irgendwo ungestört unterhalten?«

Ronny ging voran ans Ende des Hofes, wo ein kleiner Tisch und zwei Stühle standen. Er zündete sich eine weitere Zigarette an. Obwohl es windstill war, benötigte er drei Anläufe, da seine Hände so stark zitterten.

Nils hatte schon bei ihrem ersten Treffen den Eindruck gehabt, dass Ronny etwas vor ihm verbarg. Das bestätigte sich jetzt. Sein Impuls hierherzukommen war richtig gewesen.

Erster Schritt: Vertrauen aufbauen.

»Zunächst möchte ich Ihnen sagen, dass der DNA-Abgleich negativ war. Wir haben keine Spuren von Ihnen an Ben sicherstellen können.«

Die Aussage schien Ronny nicht zu überraschen, aber auch nicht zu begeistern. »Und deshalb sind Sie extra hergekommen?« Er blies Nils den Rauch direkt ins Gesicht. Nils unterdrückte einen Hustenreiz. Er musste das Heft weiter in der Hand halten.

»Nein.«

Pause. Man muss Stille aushalten können, hatte er einmal in einem Seminar gelernt, in dem es um Vernehmungen ging.

Elf, zwölf … »Herr Schildow ist Ihr Chef, nicht wahr?«

In Ronnys Blick flackerten Furcht und Wut auf.

Nils überlegte, was er machen sollte. Paul hatte mal gesagt, dass man in solchen Situationen intuitiv handeln sollte. In der Polizeischule hatten sie gelernt, dass sie den Verdächtigen nicht sofort vor Ort mit ihrem Wissen konfrontieren sollten, sondern erst auf dem Revier. Bei einer ordentlichen Vernehmung. Sein Gefühl sagte ihm jetzt, dass er Ronny hier knacken konnte.

Nils legte ihm die Hand auf den Arm, zog sie nach dem Bruchteil einer Sekunde wieder zurück. »Kannten sich Ben Limberg und Herr Schildow?«

Ronny war auf Abwehr gepolt. Er rückte ein Stück von ihm ab. »Ben war Tischler. Und das hier ist eine der größten Tischlereien der Uckermark. Natürlich kannten sie sich. Aber sie sind nicht jeden Sonntag zusammen Kaffee trinken gegangen, wenn Sie das meinen.« Ronny warf seine Zigarette weg und verschränkte die Arme vor der Brust. »War es das, was Sie wissen wollten?«

»Nicht ganz. Können Sie mir sagen, ob Ben und Herr Schildow in letzter Zeit Kontakt hatten?«

Treffer.

Winzig kleine Schweißtropfen bildeten sich auf Ronnys Nase.

»Das müssen Sie Schildow selbst fragen, er ist da drinne.« Ronny zeigte auf die Fertigungshalle und versuchte, selbstsicher zu klingen, seine Stimme verriet hingegen, dass Nils kurz vor dem Durchbruch stand.

»Es geht um Folgendes«, scheinbar zufällig rückte er ein Stückchen näher an Ronny heran, »wir haben in den Unterlagen von Ben eine Liste gesichert, und in der taucht der Name Schildow auf. Wir stehen noch am Anfang, es könnte sein, dass Ben in kriminelle Machenschaften verwickelt war.«

»Und warum fragen Sie dann mich und nicht meinen Chef?« Nervös trat Ronny von einem Bein auf das andere.

»Weil ich nicht glaube, dass Sie etwas mit dem Tod von Ben zu tun haben.« Ronnys Blick wurde offener, »Sicher bin ich aber, dass Sie mir etwas verschweigen. Sie wissen mehr über Bens Liste und sein Verhältnis zu Ihrem Chef.« Er machte eine Pause und Ronny sagte nichts, sondern kickte mit dem Fuß einen größeren Kieselstein in eine Hecke. In der Ferne hörte man den Kirchturm.

Nils wartete, bis das Glockengeläut vorbei war, und fuhr dann fort: »Ich weiß nicht, was Sie uns verschweigen.

Es ist auf jeden Fall die bessere Entscheidung, mit uns zu reden. Es gibt leider viele Fälle, wo Unschuldige verurteilt werden, weil sie sich nicht der Polizei anvertraut haben. Und wenn man schon auf der Anklagebank sitzt, wird es schwer, die Unschuld zu beweisen.« Er versuchte Ronny in die Augen zu sehen, doch der wich ihm aus, nestelte in seiner Tasche und holte seine Zigarettenschachtel hervor. Ronny nahm eine Zigarette heraus und hielt sie in der Hand, zündete sie nicht an.

»Gibt es so was wie Kronzeugenschutzprogramm auch in echt? Oder nur im Film?«

Yes. Now we are talking.

38

Hatte Olaf ihr nicht gesagt, dass sie den Fahrradhelm noch aufhatte? Offenbar nicht. Frau Staatsanwältin saß neben Olaf und ließ sich etwas von ihm am Bildschirm seines Rechners erklären. Außer den beiden war niemand im Konferenzraum. Özlem Vural trug Hose und Bluse, hatte zwar Jacke und Warnweste ausgezogen, aber vergessen, die Kopfbedeckung abzunehmen. Oder fürchtete sie um ihre Sicherheit hier? Ist nicht mein Job, sie darauf hinzuweisen, dachte Mandy und ging zum Whiteboard. Nervig genug, dass die Ziege nach ihrem Auftritt heute Morgen in der Zoom-Konferenz die Dreistigkeit besaß, jetzt zur Besprechung persönlich zu erscheinen. Wenn es nach Mandy gegangen wäre, hätte sie in ihrer Villa Kunterbunt in Joachimsthal bleiben und dort versauern können.

»Paul kommt gleich, er telefoniert noch mit dem Richter wegen der Haftbefehle«, warf sie halblaut in die Richtung der beiden.

Keine Reaktion. Umso besser. Auf Konversation, egal ob mit ihr oder ihm, legte sie keinen gesteigerten Wert. Sie riss die Tüte mit Flips, die sie in der linken Hand hatte, auf und fing an, einen nach dem anderen krachend zu vertilgen. Gleichzeitig widmete sie sich der Aktualisierung des Whiteboards. Multitasking war ihre Spezialdisziplin – nicht zuletzt, wenn es ums Essen ging.

Hinter die Namen Weisskirch und Vandenben schrieb sie »U-Haft«. Daneben übertrug sie die Liste, die sie auf dem Handy gefunden hatten, mit den potenziellen Erpressungsopfern. Sie hatte herausgefunden, dass Sina inzwischen Hellström mit Nachnamen hieß und es sich bei »Schildow« um Lutz Schildow, den Besitzer einer Tischlerei in der Uckermark, handelte. Neben beide Namen heftete sie jeweils einen Ausdruck mit einem Foto. Sina war eine junge, hübsche Frau, die optisch sehr gut in ihre Wahlheimat Skandinavien passte. Mit den blonden Haaren und der kleinen Nase, die von Sommersprossen übersät war, sah sie aus, wie aus einem Astrid-Lindgren-Buch entsprungen. Sehr sympathisch. Schwer vorstellbar, dass sich dahinter die berechnende, kaltherzige Person verbarg, als die Peggy sie beschrieben hatte. Aber es gab immer zwei Seiten der Medaille. Wahrscheinlich klang Sinas Version der Geschichte anders.

Unter die Überschrift »DNA-Spuren« schrieb Mandy wieder die Namen Vandenben und Weisskirch.

Paul kam herein, gefolgt von Patrick. Beide stutzten, als sie die behelmte Staatsanwältin erblickten, aber keiner sagte etwas dazu.

Paul ergriff das Wort. »Der Richter hat die zwei Haftbefehle unterzeichnet. Vandenben besitzt eine Immobilie auf Mallorca. Fluchtgefahr. Sabine Weisskirch hat zwar keinen Zweitwohnsitz im Ausland, aber es besteht ja die Möglichkeit, dass sie die Tat gemeinsam ausgeführt haben, und dann wäre es wahrscheinlich, dass sie sich gemeinsam absetzen. Außerdem hoffen wir, dass die Nacht im Untersuchungsgefängnis ihn zumindest mitteilsamer macht.«

Mandy wollte intervenieren, aber sie hatte den Mund voller Flips. Hastig kaute sie und versuchte, den Brei rasch herunterzuschlucken. Sie hob die Hand, und alle Augenpaare richteten sich auf sie. Doch es war noch zu viel. Sie merkte, wie sie rot wurde. Endlich kamen halbwegs artikulierte Buchstaben über ihre Lippen. »Wir müssen aufpassen, dass die Presse nichts davon mitbekommt. Denn Sabine ist prominent und er ja irgendwie auch.« Sie schluckte den letzten Rest herunter.

»Ich werde der Presseabteilung mitteilen, dass sie nichts von den Festnahmen herausgeben soll.«

Jetzt schaltete sich die Staatsanwältin ein. »Die Gefahr, dass aus diesem Raum was dringt, ist ja gering, schließlich wird hier ja gar nicht mit der Presse gesprochen.«

Diese Spitze war ebenso überflüssig wie gemein. Für eine Nanosekunde hatte Mandy Mitleid mit Frau Vural gehabt, weil keiner sie auf das Malheur mit dem Helm hingewiesen hat, aber nach dieser Bemerkung hoffte sie, niemand würde es mehr tun.

Paul blieb unbeeindruckt. Gelassen ging er zum Whiteboard und betrachtete es mehrere Sekunden lang. Dann drehte er sich zu den anderen, schloss die Augen und sprach: »Wir haben zwar jetzt zwei dringend tatverdächtige Personen ...« Er beendete den Satz nicht, ließ ihn zwischen Frage und Andeutung schweben.

Noch immer hielt er die Augen geschlossen.

Olaf fummelte am Kabel seines Rechners, Patrick blätterte in seinem Notizbuch, und die Staatsanwältin saß kerzengerade auf ihrem Stuhl. Der Helm wirkte wie eine alberne Krone, wie man sie Bräuten bei Junggesellinnenabschieden aufsetzte.

»Trotzdem sollten wir den anderen Spuren nachgehen.«

»Warum?« Das war Olaf.

»Weil wir zwar Verdächtige haben, aber der Täter oder die Täterin kann eine ganz andere Person sein.«

Olaf verdrehte die Augen. »Wie meinen Sie das?«

»Wir wissen, dass Ben Erpressungen geplant und teilweise auch bereits durchgeführt hat. Das heißt, vermutlich haben auch die anderen Personen auf der Liste ein Motiv. Der Vater, die Ex-Freundin und Schildow.«

»Wissen Sie schon, worum es bei dem Letztgenannten gehen könnte?« Die Staatsanwältin hatte die Frage noch nicht ganz zu Ende gestellt, da öffnete sich die Tür zum Konferenzraum. Nils kam mit einem Mann herein.

»Dazu kann Ronny Meier Angaben machen«, sagte Nils trocken und ergänzte in Pauls Richtung: »Er möchte eine Aussage machen. Soll ich mit ihm schon mal ins Vernehmungszimmer gehen?«

»Ja, ich komme gleich nach«, bestätigte Paul. »Mandy, kümmern Sie sich um die Ex-Freundin?«

Sie nickte eifrig.

»Und Sie, Patrick, um Gerhard Limberg?« Auch der gab ihm ein Zeichen, dass er damit konform ging.

Wieder keine Aufgabe für Olaf. Mandy schielte aus den Augenwinkeln zu ihm hinüber, aber ihn schien das nicht zu stören. Ganz im Gegenteil, pfeifend ging er zum Wasserspender. Gluckernd spie der die farblose Flüssigkeit in Olafs Glas.

Auch die Staatsanwältin erhob sich. Dabei strich sie sich eine Haarsträhne hinters Ohr, besser gesagt sie versuchte es, wurde jedoch in der Bewegung vom Plastik des Helms gestoppt.

»Ich hab ja den Helm noch auf«, sagte sie verwundert mehr zu sich selbst. An die anderen gewandt: »Warum hat mir das keiner gesagt?«

Betretenes Schweigen war eine deutliche Antwort.

39

Nichts war so wirksam, um wirre Gedanken in eine Ordnung zu bringen, wie physische Anstrengung. Paul zog sich die Jogging-Klamotten an und verließ das Haus. Auf der Treppe entschied er, nicht direkt loszulaufen, sondern mit dem Auto in den Wald zu fahren und von dort seine Runde zu starten. Es war 19 Uhr. Eine gute Stunde bis Einbruch der Dunkelheit hatte er noch. Er fuhr zum Großdöllner See, parkte den Wagen vor dem großen Hotel dort und lief los. Seine Beine fühlten sich auf den ersten Metern ungewöhnlich schwer an. Paul biss die Zähne zusammen. Er wusste, nach einem Kilometer spätestens hätte er seinen Rhythmus gefunden, er würde weder sein pumpendes Herz noch die brennenden Lungen oder die schmerzende Achillessehne mehr spüren. Laufen war für ihn die beste und wirkungsvollste Methode, um abzuschalten beziehungsweise zu meditieren. Als Jugendlicher hatte er Leichtathletik gemacht und war im Mittelstreckenlauf spitze gewesen. Über 5.000 Meter hatte er mehrere Hamburger Meistertitel gewonnen. Mit dem Abitur hatte er mit dem Leistungssport aufgehört, und seitdem lief er vornehmlich aus Fitnessgründen, aber vor allem, wenn er den Kopf freibekommen musste oder er eine Lösung für ein Problem suchte. Wettkämpfe interessierten ihn heute nicht mehr.

Er joggte ohne Ziel und folgte keinem bestimmten Weg, dank seines Handys würde er immer wieder zurückfinden. Wenn er sich treiben ließ, konnte er seine Gedanken am besten ordnen. Die Luft war klar, es war zwar kalt, aber sonnig und herrlich still hier im Wald. Aus der Ferne hörte er einen Kuckuck. Die Stare und Singdrosseln, die seit Februar in den Wäldern sangen, bekamen immer mehr Verstärkung. Sonnenstrahlen drangen zwischen den Bäumen hindurch und tauchten den Wald in goldene Farbe. Eine wunderbare Stimmung. Ein Hauch von Kanada.

Das Schild nach Groß Dölln brachte ihn zurück in die Uckermark. In Groß Dölln würde die Bettseite von Frank Vandenben heute leer bleiben. Der Hausherr schlief aushäusig, weniger komfortabel in der JVA Neuruppin. Statt des geliebten Menschen an seiner Seite, an den er sich kuscheln konnte, war da nur die kalte, nackte Wand.

Schlaflos, sorgenvoll, wach liegend. Man musste kein Hellseher sein, um zu ahnen, wie Vandenbens Nacht aussehen würde. Morgen um 11 Uhr würde Paul ihn erneut vernehmen, im Beisein seines Anwalts. Er hoffte inständig, dass Vandenben mitteilsamer sein würde als heute.

Objektiv betrachtet standen sie bei diesem Fall vor dem Durchbruch. Die Puzzleteile fanden ihren Platz. Was gestern noch unmöglich erschien, war heute zum Greifen nah: zwei Verdächtige, DNA-Treffer. Kurz bevor er aus dem Büro aufgebrochen war, hatten sie zudem die Bestätigung erhalten, dass sowohl Vandenbens als auch Weisskirchs Handy zwischen 18 und 19 Uhr in der fraglichen Funkzelle eingeloggt gewesen war. Die Aussage Vandenbens, dass er im Wald sein Mobiltelefon nie dabeihabe, war also ein Bluff gewesen. Nicht überraschend, dass er gelogen hatte, schließlich hatten er und Sabine Weisskirch sich in Bezug auf die Zeiten, wann sie wo waren, auch in Widersprüche verwickelt. Das waren genug Beweise. Auch ohne Geständnis konnte die Staatsanwaltschaft nun Anklage erheben. Eigentlich sollte Paul entspannter sein. Doch es arbeitete in seinem Kopf. Etwas störte ihn.

Es war wie bei diesem Puzzleteil, das auf den ersten Blick perfekt in eine Lücke zu passen schien – gleiche Größe, die exakte Zackenanzahl und -form –, dann legt man es und merkt, die Zacken sind zu groß oder die Winkel unterscheiden sich doch. Man probiert es noch mit Gewalt, vielleicht ist es ja nur falsch gestanzt, gibt schließlich auf und sucht das richtige Teil.

Warum hatten Vandenben und Weisskirch den verletzten oder schon toten Ben liegen lassen? Selbst wenn der Mord nur von einem der beiden begangen worden war, sie steckten unter einer Decke. Warum hatten sie die Leiche nicht weggeschafft? Das ergab keinen Sinn. Schließlich war es nicht unwahrscheinlich gewesen, dass ihnen die Ermittler auf die Schliche kommen würden. Warum hatten sie die Uckermark nicht verlassen und waren nach Mallorca geflogen?

Ben hatte sich ein Stück Wald kaufen wollen, wussten sie jetzt dank der Nachrichten auf dem zweiten Handy. »Ben liebte den Wald«, hatte seine Mutter gesagt. Makaber, dass er ausgerechnet da hatte sterben müssen. Viel zu jung. Vielleicht lag im Wald die Lösung zu diesem Fall?

Oder dachte er einfach zu kompliziert? Vielleicht hatten Weisskirch und Vandenben die Leiche entsorgen wollen und einfach nicht mehr die Gelegenheit dazu gehabt. Mit der waldbadenden Familie hatten sie nicht rechnen können, die hatte ihnen womöglich einen Strich durch die Rechnung gemacht. Wie hatte der Vater sinngemäß gesagt: »Normalerweise trifft man in diesem Wald nie Menschen.« Möglich, dass sie geplant hatten, die Leiche am Sonntag in der Dunkelheit wegzuschaffen, aber Nepomuk und seine Eltern waren ihnen zuvorgekommen. Am Samstagabend hatte es stark geregnet, vielleicht hatten Weisskirch und Vandenben da im Schutz der Dunkelheit nicht agieren können, und sie hatten auf Sonntag gehofft und dann …

Trotzdem hatte Paul das Gefühl, etwas übersehen zu haben. Auch wenn er ein gutes Gespür besaß, das ihm schon in vielen Fällen geholfen hatte. Es hatte in seiner Karriere auch Situationen gegeben, da hatte er sich nicht auf seine Intuition verlassen können und das Offensichtliche nicht gesehen, weil er sich etwas anderes gewünscht hatte. Manchmal hatte er die sprichwörtlichen Tomaten auf den Augen.

In diesem Augenblick sah er jedoch ganz klar, zwar nicht die Lösung des Falls, aber die Person, die ihm entgegenkam.

Paul hatte den Wald mittlerweile verlassen und war auf einen geraden Feldweg eingebogen. Zuerst war sie nur ein knallgelber Punkt am Horizont gewesen. Je näher sie kam, desto besser konnte er ihre Silhouette erkennen: Claudia Kunze, ganz in Neongelb gekleidet, lief ihm joggend und lächelnd entgegen.

»Sportlich, sportlich, Herr Kommissar«, sagte sie anerkennend. Sie sah nicht aus, als hätte sie sich gerade angestrengt. Nur kleine Schweißperlen zeichneten sich auf ihrer Stirn ab, und ihr Atem ging ruhig. Ihr Outfit leuchtete und saß perfekt. Die Haare hatte sie zu einem Pferdeschwanz gebunden. »Haben Sie etwas dagegen, wenn wir ein Stück gemeinsam laufen? Ich freue mich immer, wenn ich Gesellschaft habe. Allein kann es manchmal langweilig sein. Und ich bin auch nicht der Typ, der Podcasts oder Musik dabei hört.«

Im Gegensatz zu ihr war er nicht auf Gesellschaft aus, er wollte aber nicht unhöflich sein – darum hoffte er, dass sie nicht fit genug war, bei seinem Tempo schnell außer Puste geriet und er so schnell wieder allein sein würde. Er machte eine einladende Handbewegung und setzte sich wieder in Bewegung.

Er hatte sich verrechnet. Claudia Kunze konnte leichtfüßig mithalten. Und dabei sogar noch sprechen. »Was macht der Fall? Haben Sie Bens Mörder?«

»Frau Kunze, Sie wissen doch, es ist strafbar, mit Zivilpersonen über laufende Ermittlungen zu sprechen.«

Sie schenkte ihm einen »Herr Kommissar, ich bin keine x-beliebige Zivilistin«-Blick und fuhr unbeeindruckt fort: »Hat Frank Vandenben etwas damit zu tun?«

Er zog das Tempo an, anscheinend mühelos schaltete auch sie einen Gang höher. »Hat er Vandenben erpresst?«

Woher wusste sie von der Erpressung? Er warf ihr einen Blick zu, sie hielt die Augen weiter geradeaus gerichtet. »Ich weiß nicht, was Sie meinen. Zu Herrn Vandenben darf ich Ihnen genauso wenig sagen, wie zu anderen Personen.«

»Seien Sie nicht so überkorrekt. Sie wissen inzwischen, dass ich gut vernetzt bin.« Jetzt lief sie schneller. »Mir ist zu Ohren gekommen, dass Ben Claus Holm erpresst hat.«

Sie war mit Karo, der Zweitfrau von Claus Holm befreundet. Möglich, dass sie es von ihr hatte.

»Ich werde das nicht bestätigen …«

»Und es etwa dementieren?«, fragte sie keck.

Paul lächelte.

Sie bogen in einen Waldweg ein. In wenigen Metern würde die Datsche der Limbergs vor ihnen auftauchen. Paul erinnerte sich an die gestrige Fahrt. Sie schwiegen für ein paar Minuten und passierten die Datsche. Seine Laufpartnerin schien sie nicht zu kennen. Paul schaute zum Grundstück. Das kleine verrostete Gartentor stand offen. Er war sich ziemlich sicher, dass sie es geschlossen hatten. Er hatte Mandy darum gebeten, und sie war widerwillig vom Auto noch mal zurückgegangen. Es war also in der Zwischenzeit jemand da gewesen. Das musste natürlich nichts bedeuten, überlegte Paul, schließlich konnte es Peggy gewesen sein, die nach seinem und Mandys Besuch vorbeischauen wollte. Oder aber …

Er dachte nach. Von den Personen, mit denen er gesprochen hatte, war Claudia Kunze sicher diejenige, die in den vergangenen Wochen am meisten Zeit mit Ben Limberg verbracht hatte. Er drehte den Spieß um. »Hat Ben eigentlich mal über seine Ex-Freundin Sina gesprochen?«

»War das die, die mit dem Schweden durchgebrannt ist?«
Paul nickte.

»Er hat sie mal erwähnt, als ich ihn fragte, warum er noch keine Kinder hat. Denn er war sehr kinderlieb. Da meinte er nur, die mit der er sich welche hatte vorstellen können, hat ihn verlassen. Und seither will er sich nicht mehr fest binden.«

Es schien fast, als würde Claudia Kunze es genießen, mit ihm über Ben zu reden. Oder vielleicht gefiel es ihr einfach, ihr Wissen zu teilen.

»Mehr hat er nicht gesagt? Wissen Sie, ob er Kontakt zu ihr hatte?«

»Nein. Noch mal, er war eher schweigsam. Wir haben nicht viel geredet.« Sie wurde ein bisschen langsamer. Er drosselte das Tempo. »Oder vielleicht habe einfach immer nur ich geredet, weil ich es genossen habe, hier in der Uckermark mit Erwachsenen zu kommunizieren. Meistens spreche ich ja doch nur mit den Kindern hier.« In ihrem Ton schwangen Frust und Traurigkeit mit.

Dass Claudia Kunze ihren Mann mit Ben betrogen hatte, war für Paul nur aus ermittlungstechnischen Gründen relevant. Er war weit davon entfernt, ihr Verhalten zu bewerten. Darum hatte er sich keine Gedanken über das Warum gemacht. Das ging ihn nichts an. Nach außen sah es so aus: Gelangweilte Großstadtfrau nimmt sich einen jüngeren Geliebten für ein paar schöne Stunden auf dem Land. Doch bereits beim ersten Treffen mit ihr hatte Paul den Eindruck gewonnen, dass mehr dahintersteckte. Vielleicht war es weniger Langeweile als Einsamkeit. Man kann in einer Partnerschaft sehr einsam sein. Freunde oder Follower in den sozialen Medien lindern dieses Gefühl bekanntermaßen nicht. Vielleicht war sie frustriert, traurig und allein. Trotz des nach außen hin perfekten Lebens. Plötzlich spürte er fast so etwas wie Mitleid für sie.

»Wissen Sie, ob Jana einen Freund hat?«

Sie zog die Brauen hoch. »Fragen Sie, weil wir sie heute mit dem EPD-Fuzzi gesehen haben?«

Er lachte.

»Nein, natürlich nicht. Ich gehe nicht davon aus, dass Jana mit diesem Mann mehr als nur die politische Haltung teilt«, log er.

Sie lachte. Ein sehr natürliches, herzliches Lachen. »Ben hat nichts erwähnt. Und ich denke, wenn es so wäre, hätte Manu mir was gesagt. Aber sicher gibt es Männer, mit denen sie schläft.«

Sie waren an einer Weggabelung angekommen. Claudia blieb stehen. Auch Paul stoppte. Sie deutete nach links. »Ich muss hier abbiegen.« Sie blickte auf ihre Sportuhr. »Meine kleine Tochter muss ins Bett und ich nach Hause.«

Er nickte und sagte aus vollster Überzeugung: »Es war ein angenehmer Lauf mit Ihnen. Sie haben ein sehr gutes Tempo.« Überraschend, wie leicht ihm das über die Lippen ging.

Wieder lächelte sie, diesmal wirkte es beinahe schüchtern und bescheiden. Das hatte er so bei ihr bisher nicht gesehen. Es stand ihr.

»Das Kompliment gebe ich gern zurück. Sie sind ein super Partner. Die Definition meines Mannes von Sport ist Golfspielen und Formel 1 schauen. Ich war in der Jugend Läuferin und vermisse jemanden, mit dem ich meine Leidenschaft teilen kann.«

Er fing den Ball nicht auf. Aktuell lief die Mordermittlung. Wenn die beendet war, könnten sie ja ab und zu zusammen Sport machen. Aber das wollte er jetzt nicht sagen.

»Wenn Sie noch etwas wissen wollen: Wir können nachher telefonieren, wenn ich Elena ins Bett gebracht habe.«

Elena! Ein Stich ins Herz.

Offensichtlich muss er entgeistert geguckt haben, denn sie fügte schnell hinzu: »Meine Tochter Elena.«

Er hatte sich wieder gefangen. »Danke, nein. Ich habe Feierabend. Sollte ich Gesprächsbedarf haben, melde ich mich morgen.« Es dämmerte bereits. Sie verabschiedete sich und lief los. Er sah ihr hinterher. Mit blutendem Herzen.

40

Heute war Gründonnerstag. Auf jeden Schreibtisch stellte sie einen Schokoladen-Osterhasen. Unter Kollegen machte man das doch so. An Weihnachten und Ostern verteilte man Schokofiguren. Am letzten Arbeitstag vor den Feiertagen. Auch wenn sie die Feiertage dieses Mal höchstwahrscheinlich mit Arbeiten verbringen würde, pflegte Mandy den Brauch. Sie stellte ein in Goldpapier verpacktes Häschen mit einer Glocke um den Hals auf Olafs Tisch. Er war derjenige aus dem Team, mit dem sie bislang kaum Berührungspunkte hatte. Seltsam, obwohl sie seit drei Tagen rund um die Uhr zusammenarbeiteten. Er schien keinen gesteigerten Wert auf einen Austausch zu legen, war grummelig und redete nicht viel. Möglich, dass der Eindruck täuschte.

Sie musste an das Gespräch denken, das sie gestern Abend mit Sina Hellström geführt hatte. Bens Ex-Freundin hatte sich definitiv nicht als die berechnende, kaltherzige Person entpuppt, als die sie geschildert worden war. Im Gegenteil, sie wirkte ehrlich und warmherzig.

Wie gut, dass sich in der Uckermark irgendwie alle kannten. Der Bruder ihres Freundes war mit einer Freundin von Sina zusammen, und so hatte Mandy ohne großen Aufwand deren schwedische Handynummer bekommen. Zunächst war Sina abweisend gewesen, sie habe nichts zu sagen und keine Zeit, sie müsse die Kinder ins Bett bringen. Doch eine Stunde später hatte sie Mandy zurückgerufen. Sie erklärte sich bereit, ihr alles zu sagen, wenn man ihr im Gegenzug Stillschweigen garantierte. Warum ihr das wichtig war, stellte sich dann schnell im Gespräch heraus.

Ausführlich hatte sie Mandy ihre Geschichte erzählt: von ihrer Beziehung zu Ben. Der großen Liebe, die von ihrer Seite immer mehr abkühlte. Weil Ben, wie sie sagte, zu eigenbrötlerisch war. Er teilte sein Innenleben nicht mit ihr. Was ihn umtrieb, seine Nöte. Als er das Studium abbrach, behauptete er, er habe keine Lust mehr darauf. Dass der wahre Grund das Geld war und seine Angst, sie zu verlieren, erfuhr sie erst viel später durch einen Zufall. Dabei, so sagte sie, hätte er einfach mit ihr reden können, sie hatte nicht an der Wohnung gehangen. Doch da lebten sie schon mehr neben- als miteinander. Eines Abends lernte sie in einer Kneipe, als sie sich bei ihrer Freundin ausheulte, ihren heutigen Mann kennen. Er war der Gegenentwurf zu Ben, und sie verliebte sich. Es gab eine, wie sie sagte, kurze Überlappungsphase, in der sie schwanger wurde. Sie ist alles andere als stolz darauf, und im Nachhinein kann sie sich überhaupt nicht mehr erklären, wie es dazu kommen konnte, dass sie mit ihrem heutigen Mann eine Affäre gehabt hatte, während sie noch mit Ben zusammen war. Aus ihrer jetzigen Sicht ist es ihr peinlich und sie schämt sich, aber damals fühlte sie sich so allein und unverstanden. Sie rechnete hin und her. Die Chancen stehen 50 zu 50, dass das Kind von Ben oder ihrem jetzigen Mann Anders ist. An seinem letzten Abend in der Uckermark vor seiner Rückkehr in die Heimat fragte Anders sie, ob sie ihn nach Schweden begleiten wolle. Sie dachte nicht nach, sondern packte noch in der Nacht ihre Sachen und fuhr am nächsten Morgen mit ihm mit Auto und Fähre nach Växjö. Ben hinterließ sie einen Brief am Esstisch. Ziemlich feige, sie kann nicht mehr nachvollziehen, wie sie so handeln konnte. Es war halt der einfachste Weg gewesen und sie hatte keinen Mut gehabt, Ben gegenüberzutreten. Entgegen ihrer sonstigen Art kommentierte Mandy das nicht.

Mit Anders zu gehen, das war die richtige Entscheidung für Sina gewesen: Schweden war toll und Anders überglücklich, Vater zu werden. Als das Baby zur Welt kam, nannten sie ihn Oscar, und je älter er wurde, desto mehr wurde er zum Ebenbild seines Vaters. Ben. Sie versuchte mehrfach, Ben zu erreichen, um ihm von seiner Vaterschaft zu erzählen, aber er blockte alles ab. Selbst über Peggy kam sie nicht weiter, die ignorierte ihre Anrufe. Jana war zu dieser Zeit nicht in der Uckermark. Als Sina Ben einen Brief schrieb, kam der ungeöffnet zurück. Was sollte sie tun? Sie gestand Anders alles. Und er reagierte anders als erwartet: verständnisvoll. Anstatt sie vom Hof zu jagen, machte es für ihn keinen Unterschied, ob Oscar nun seine Gene trug oder nicht. Er liebte ihn. Und so gab es für Sina auch keinen Grund, weitere Versuche zu unternehmen, um Ben zu informieren. Sie wollte einfach an nichts mehr denken, was mit ihm zu tun hatte.

Vor einem Monat besuchte sie mit ihren Kindern – mittlerweile hatte sie noch Zwillingsmädchen bekommen, die zwei Jahre alt waren – ihre Mutter in der Uckermark. Und wie es der Zufall wollte, liefen sie in Templin ausgerechnet Ben und Peggy vor der großen Rossmann-Filiale in die Arme. Sie hatte Ben seit dem Sommer 2016 nicht mehr gesehen. Es gab eine kühle Begrüßung, man blieb anstandshalber kurz beieinander stehen und tauschte sich übers Wetter aus. Nicht lange, aber lang genug, einander zu mustern, und da sagte Peggy den folgenschweren und unbedachten Satz auf Oscar deutend zu Ben: »Genauso hast du als Kind auch ausgesehen. Du hattest genau die gleichen braunen Locken.« Da bin ich innerlich gestorben, sagte Sina. Der sonst so schweigsame Ben wandte sich an den Kleinen und fragte: »Wie alt bist du?« Die stolze Antwort kam wie aus der Pistole geschossen: »Ich werde in zwei Wochen vier.« Sina hat schnell hintergeschoben »dramatische Frühgeburt, zwei Monate vor dem errechneten Termin« und wollte so einen möglichen Verdacht im Keim ersticken. Danach gingen sie auseinander. Von dieser Minute an hatte sie Angst, dass Ben sich melden und Fragen stellen würde. Und dann würde es nicht lange dauern, und er würde eins und eins zusammenzählen. Die Folge könnte sein, dass er Ansprüche stellen würde. Seinen Sohn regelmäßig zu sehen, geteiltes Sorgerecht. Ihr graute davor, denn Anders und sie hatten sich ein gutes Leben aufgebaut. Oscar sollte erst, wenn er alt genug sein würde, erfahren, wer sein Vater war. Bis dahin sollte es so weitergehen, wie es war. Vorsichtshalber löschte sie alle Familienfotos auf Facebook. Als sie von Bens Tod hörte, war sie schockiert, aber ehrlicherweise auch ein bisschen erleichtert, dass ihr Geheimnis nun nicht mehr aufgedeckt werden würde. Zumindest nicht von der Person, die Ansprüche geltend machen könnte.

Mandy war insgeheim dankbar, nicht in Sinas Haut zu stecken. Und sie fragte sich auch, wie Ben wohl auf die Nachricht, dass er Vater war, reagiert hätte. Er wird es nun nie erfahren.

Sie stellte den letzten Schokoladenhasen auf den Platz neben Olaf, für Frau Vural. Trotzdem hoffte sie, dass sie die Staatsanwältin heute nur virtuell sehen müssten. Aber Team war Team. Auch wenn sie es nicht verdiente, wurde Frau Vural ebenfalls mit Schokolade bedacht. Mandys Gerechtigkeitssinn war stark ausgeprägt.

Sie hörte Stimmen auf dem Korridor, die Kollegen kamen. Zunächst Patrick und Nils, danach Paul und Olaf.

»Guten Morgen«, grüßte Paul freundlich. Sein gewinnendes Lächeln konnte jedoch nicht darüber hinwegtäuschen, dass er angegriffen aussah. Dunkle Schatten zeichnen sich unter den Augen ab, und er war etwas blasser als sonst. Ein paar Strähnen hingen in seine Stirn. Wahrscheinlich stand er mehr unter Druck, als er vor ihnen zugab.

»Ist Frau Vural bei der Besprechung dabei?«, fragte Mandy.

»Nein.« Er ging zum Whiteboard. »Ronny Meier hat gestern ausgepackt.« In wenigen Sätzen berichtete er von der geplanten Erpressung.

»Die Kollegen vom Betrug haben die Sache übernommen. Gute Arbeit, Nils.« Paul konnte loben, auch eine Eigenschaft, die vielen Chefs fehlte.

Mandy schaute zu Nils. Er wurde rot und blickte auf seinen Monitor. Sie hob die Hand. »Ben hat einen Sohn.« Selbst von Olaf war ein überraschter Laut zu hören. Sie erzählte von der geheim gehaltenen Vaterschaft.

»Wie lange war Sina in Deutschland?«

»Bis zum 20. März.«

Patrick stieß einen Pfiff aus.

Mandy fuhr fort: »Ironie des Schicksals. Ihr Sohn Oscar hat am Samstag, also an Bens Todestag, seinen Geburtstag gefeiert. Sie hat mir Fotos geschickt, die zeigen, dass sie an besagtem Tag in Schweden war. Ich habe das gecheckt. Samstag zur fraglichen Zeit war sie in Växjö.«

»Aber sie kann jemanden engagiert haben, der den Mord für sie erledigt. So hätte sie das perfekte Alibi.« Patrick ließ nicht locker.

Mandy warf ihm einen Blick zu, der giftiger ausfiel, als sie das beabsichtigt hatte. Bevor sie etwas erwidern konnte, ergriff Paul das Wort.

»Die Tat sieht nicht nach einem Auftragsmord aus. Diesen Aspekt können wir erst mal ignorieren. Sollten wir Beweise finden, dass Ben bereits Geld von Sina gefordert hatte, ändert sich das. Bis dahin streichen wir sie von der Liste der Verdächtigen«, sagte Paul und wischte mit einem kleinen Schwamm den Namen Sina weg.

»Mit Gerhard Limberg habe ich gesprochen.« Patrick stand auf und stellte sich neben Paul und das Whiteboard.

Was sollte das jetzt, fragte Mandy sich. Wollte er seinen Platz an Pauls Seite markieren? Oder einfach seinen Worten mehr Gewicht verleihen? Was auch immer.

Mandy hatte Hunger. Sie nahm den Osterhasen, der vor ihr stand und sie mit seinen aufgemalten Hauern freundlich angrinste. Half ihm allerdings nichts. Er würde nicht mehr lange lächeln. Sie entfernte die Alufolie vom Kopf und biss herzhaft hinein, feinste Vollmilchschokolade.

»Er hat mir glaubhaft versichert, dass Ben ihn nicht kontaktiert hat. Er meinte, seine Tochter hätte vor einiger Zeit eine komische Anfrage über Facebook von einer ihr unbekannten Person erhalten. Der Account war recht seltsam, kein Foto. Die Person wollte sie über ihren Vater ausfragen. Wie alt der sei und ob sie ein Foto schicken könnte. Angeblich kannten sie sich von früher.«

»Hat sie den Chatverlauf noch?« Das wollte Nils wissen.

Patrick drehte sich zu Paul und adressierte die Antwort an ihn. »Nein, sie hat ihn gelöscht. Weil sie dachte, da stecke ein Scammer oder was ähnlich Betrügerisches dahinter.«

»Wahrscheinlich hatte Ben sich ein Fake-Profil angelegt.« Mist, beim Sprechen war Mandy ein Stück Schokolade aus dem Mund gefallen. Das lag nun in einem kleinen Speicheltropfen vor ihr auf dem Tisch. Unauffällig versuchte sie, es mit dem Ärmel wegzuwischen. Das gelang ihr – aber jetzt prangte am Ärmel ihres weißen Sweatshirts ein brauner Schokofleck. Warum dachte sie nie vorher nach?

»Davon ist auszugehen«, sagte Patrick, ein kleines bisschen zu bedeutungsschwer.

»Wahrscheinlich wollte er Informationen sammeln, ehe er seinen Vater erpresste«, schloss Paul. Bitter fügte er hinzu: »Und wir wissen auch, für wie viel Geld er die Informationen unter Verschluss halten wollte.«

Paul ging zu seinem Platz und setzte sich. Patrick blieb unschlüssig am Whiteboard stehen.

»Wie es aussieht, haben wir alle potenziellen Opfer iden-tifiziert«, stellte Patrick fest. Er war sich nicht zu schade, um auf das Offensichtliche hinzuweisen. Mandy stopfte sich den kümmerlichen Rest des Hasen in den Mund.

»Um sicherzugehen, dass nicht doch Bens Schwester hinter der Kontaktaufnahme zur Tochter von Gerhard Limberg steckt, werd ich gleich mit ihr sprechen«, sagte Paul.

»Jana? Die ist am Marktplatz und verteilt Rosen für die EPD.« Der erste Wortbeitrag von Olaf an diesem Tag.

41

Auf dem Templiner Marktplatz spielte sich das komplette Stadtleben ab. Seit Jahrhunderten. Kein Wunder, denn es war ein schöner Platz: von Linden umgeben, aufwen-dig restauriert mit historischen Pflastersteinen und in der Mitte thronte der originalgetreu wiederaufgebaute Markt-brunnen. Zur einen Seite schloss das Rathaus, ein drei-geschossiger, massiver Barockbau mit einem Turm, an. Die Fassade war in einem Farbton gestrichen, der eine Mischung zwischen Flamingolachs und Apricot darstellte, fand Paul. Hübsch herausgeputzt und einer Kleinstadt entsprechend. Mandy hätte ihn jetzt verbessert. Templin war von der Einwohnerzahl zwar eine Kleinstadt, von der Fläche aber die achtgrößte Stadt in Deutschland. »Wir sind quasi Leipzig«, pflegte sie zu sagen und schenkte ihm einen strengen Blick. Mit dem Unterschied, dass Leipzig in Bezug auf die Einwohnerzahl die achtgrößte Stadt Deutschlands war und dort knapp 600.000 Menschen lebten, während es hier gerade mal 16.000 waren. Zahlen hin oder her: Templin war eine attraktive Kleinstadt.

Allerdings brauchte man heute sehr viel Freude im Herzen, um das zu erkennen. Der Tag war einfach nur grau und trüb. Ein scharfer Wind sorgte dafür, dass die gefühlte Temperatur weit unter den 13 Grad lag, die das Thermometer vor dem Optikerladen anzeigte, den Paul gerade passierte. Zudem konnte sich das Wetter nicht entscheiden, ob es regnen oder trocken bleiben sollte. Immer mal wieder fielen kleine Graupelschauer vom Himmel. Vor dem Rathaus war ein Markt aufgebaut. Pauls Ziel. Es war kaum etwas los. Nur wenige Händler und kaum Käufer waren vor Ort. Die üblichen Stände: Gemüse, polnische Fleischwaren und Backwaren, ein Blumenverkäufer und relativ verloren ein kleiner Stand der EPD. Wobei »Stand« übertrieben war. Ein Sonnenschirm, ein Stehtisch, eher lieblos mit ein paar EPD-Fähnchen dekoriert. Davor standen Jana und der mutmaßliche Kreisvorsitzende, mit dem sie gestern in »Schloss Wittleben« gewesen war. Beide hatten langstielige rote Rosen in der Hand und warteten auf Interessenten. Alles in allem ein deprimierender Anblick. Jana war heute legerer gekleidet als die vorherigen Male, als Paul sie gesehen hatte. Jeans, ein Holzfällerhemd und eine leichte Jacke – definitiv zu wenig für die Temperaturen. Die Haare hatte sie zu einem Pferdeschwanz gebunden. Es fehlte nur noch die Gummistiefel für das perfekte Bild der tatkräftigen, modernen Landfrau.

Paul ging auf die beiden zu. Glücklicherweise steuerte gleichzeitig eine ältere Frau von rechts den Kreisvorsitzenden an und nahm dessen Aufmerksamkeit in Anspruch.

»Hallo, Herr Kommissar!«, begrüßte ihn Jana keck und schenkte ihm ein freundliches Lächeln.

»Guten Morgen, Frau Limberg. Haben Sie kurz Zeit für ein paar Fragen?«

Sie nickte: »Hier?«

Paul deutete hinter das Rathaus, das in ihrem Rücken lag. »Wir können ja ein paar Meter gehen, dann sind wir ungestört.«

Sie legte die Rosen auf den Stehtisch, gab dem Kreisvorsitzenden ein Zeichen und sagte leise: »Ich bin mal kurz weg.« Er nickte wortlos. Paul spürte seine argwöhnischen Blicke im Rücken, als er mit Jana in Richtung des »Heimat Kiosks« abbog.

Er begann mit Small Talk. »Sie sind politisch aktiv.«

»Ja«, sie sah ihn strahlend von der Seite an. Sie bogen nach rechts ab in die Obere Mühlenstraße.

»Ich bewerbe mich für ein Mandat im Bundestag im September.«

»Ambitionierte Ziele.«

»Das stimmt. Mir liegt die Uckermark wirklich am Herzen. Es ist meine Heimat. Und es macht mich sehr traurig, dass so viele junge Menschen von hier wegziehen, weil sie nur in Berlin oder einer anderen Großstadt eine Perspektive sehen. War ja bei mir nicht anders.« Sie hielt kurz inne, als krame sie in ihrem Gedächtnis nach weiteren Inhalten. »Außerdem: Die Wälder sind das Herz der Uckermark, aber sie sterben. Wenn wir nichts unternehmen, verlieren wir sie. Auch dafür möchte ich mich einsetzen.« Wieder

eine Pause. Es wirkte, als lese sie alles von einem Tele-
prompter ab, inklusive der Pausen.

»Auch weil mein Bruder im Wald gestorben ist«, fügte
sie deutlich leiser und traurig hinzu.

Paul hatte Sorge, dass gleich ein paar Tränen folgen würden, darum ergriff er schnell das Wort: »Ja, wegen Ben
möchte ich ohnehin mit Ihnen sprechen.«

Erstaunlich schnell hatte sie sich wieder gefasst. »Gibt
es neue Erkenntnisse?«

»Dazu darf ich aus ermittlungstaktischen Gründen
nichts sagen. Aber Sie könnten mir helfen. Wissen Sie, ob
Ben Kontakt zu Ihrem Vater hatte?«

Perplex schaute sie ihn an und blieb unvermittelt stehen. »Unser Vati ist doch tot. Hat Ihnen Mutti das nicht
gesagt?« Sie schenkte ihm einen fast mitleidigen Blick, als
wäre er geistig nicht ganz zurechnungsfähig. Fehlte nur
noch, dass sie sich bei ihm einhakte und ihm den Weg wies,
als sie weiterging.

»Ich meine nicht Herrn Stoll, sondern Ihren leiblichen
Vater, Gerhard Limberg.«

Erneut blieb sie stehen. Mit versteinerter Miene sagte
sie: »Dieser Mensch ist für uns auch tot.« Und lief weiter, am Pizza Planet vorbei, vor dem ein Mitarbeiter stand
und eine Zigarette rauchte.

Paul wägte seine Worte sorgsam ab. »Ich weiß um die
ganze Geschichte, Ihre Mutter hat sie mir erzählt. Ihr Vater
lebt bei Heidelberg. Und mich interessiert, ob Ben das
wusste.«

»Glauben Sie, dass er Ben umgebracht hat?«

Eine seltsame Frage, wobei aus ihrer Sicht vielleicht
logisch. Er schüttelte den Kopf.

Sie begann zu erzählen. Er hatte Mühe, mit ihr Schritt

zu halten: »Stephan kam in unser Leben, als ich fünf war. Ich hatte zwar Erinnerungen an die Zeit vor ihm, aber als Kind macht man sich ja keine Gedanken darüber, dass davor kein Mann in unserem Leben war. Ich dachte, er sei halt weg gewesen. Wegen Arbeit oder so. Und Mutti hat nie was anderes gesagt. Erst als ich knapp zwei Jahre später in die Schule kam, habe ich es erfahren. Ich glaube, weil ich mal einen Zettel unterschreiben lassen musste von beiden Erziehungsberechtigten, und da haben sie uns gesagt, dass Stephan zwar unser Vater, aber nicht unser Erzeuger ist. Das mag überraschend sein, aber es war kein Schock für uns. Wir haben es wahrscheinlich gar nicht wirklich verstanden, und es hat sich ja nichts für uns geändert. Wir haben nie über den anderen Vater gesprochen. Den gibt es für mich nicht. Es interessiert mich auch nicht, wo er wohnt und was er macht.«

Sie passierten gerade das »Vietnam Bistro«. Gleich würden sie das Revier erreichen. Paul bedeutete ihr umzudrehen.

»Stephan war der tollste Vati, den man sich vorstellen kann. Er war so gütig und großzügig. Ich war immer so stolz, dass er mein Papa war. Sein Tod war so ungerecht. Warum ausgerechnet er?« Eine kleine Träne lief ihr über die Wange.

Schweigend gingen sie weiter. Nur das Klacken von Janas Absätzen auf dem Kopfsteinpflaster war zu hören. Paul wollte ihr Zeit geben, sich zu sammeln. Sie fröstelte sichtlich unter ihrer dünnen Jacke, zog sie dichter um den Körper und verschränkte die Arme vor der Brust.

»Sie haben also nie mit Ben über Gerhard Limberg gesprochen?« Er vermied das Wort »Vater« bewusst.

»Nein. Nie.« Das klang aufrichtig.

»Jana, Ben war sehr verschwiegen. Aber Sie waren Geschwister, vielleicht hat er Ihnen etwas gesagt, das er Ihrer Mutter oder seinen Freunden nicht anvertraut hat.«

Die Vehemenz ihrer Antwort überraschte ihn. »Nein. Ben hat mit niemandem über seine Gefühle gesprochen. Nicht mit mir und nicht mit irgendjemand anderem. Dass er was mit Frau Kunze hatte, habe ich nur erfahren, weil ich zufällig eine Nachricht auf seinem Handy gesehen habe.«

Er schwieg, was sie verunsicherte. Sie sah ihn von der Seite an. »Das war Ihnen doch bekannt, oder habe ich was verraten?«

Paul schenkte ihr ein gewinnendes Lächeln. »Ja, das wussten wir.«

In ihrem Blick war Offenheit. Wieder einer dieser Augenblicke, in denen sich sein Bauchgefühl meldete. Es gab keinen Anlass, dennoch fragte er sie: »Was haben Sie eigentlich am Samstag tagsüber gemacht?«

Sie waren mittlerweile wieder am Marktplatz angekommen. Jana blieb vor »Kirstins Köstlichkeiten« stehen. »Bin ich etwa verdächtig?« Sie unterstrich die Absurdität seiner Frage mit einem kehligen Lachen. Es klang sehr sexy, und Paul war sicher, dass das eine ihrer Waffen war, mit denen sie Männer um den Verstand brachte.

»Ich frage nicht nur Verdächtige.«

»Es ist kein Geheimnis, darum kann ich es Ihnen auch sagen: Ich war in Berlin, bei Michael Kunze. Er unterstützt mich bei meiner Kandidatur. Wir haben gemeinsam an der Strategie gearbeitet.«

Die Ergebnisse hatte er zu Beginn des Gesprächs ja gehört. »Wie lange waren Sie bei ihm?« Paul erinnerte sich an die Notiz von Mandy, für den Abend hatte Michael Kunze ein anderes Alibi.

»Bis fünf, halb sechs ungefähr. Dann bin ich nach Hause gefahren und hab auf Mutti gewartet. Sie ist später von der Arbeit gekommen.«

»Wissen Sie noch, wann das war?«

»Ich glaube so um drei viertel acht.«

Paul hielt sich die Zeitumrechnungstabelle vor Augen. Was meinten die Menschen noch mal, wenn sie viertel acht sagten? 19:15 Uhr oder 19:45 Uhr? Und was war dementsprechend drei viertel acht? Er entschied sich, nicht nachzufragen, sondern sich später von Mandy die Angabe übersetzen zu lassen. »Und ab da waren Sie den ganzen Abend mit Ihrer Mutter zusammen?«

»Ja, wir haben gequatscht und einen Film geschaut. Netflix. Wollen Sie wissen …?«

Er unterbrach sie. »Nein, nicht nötig«, sagte er freundlich.

Paul konnte den EPD-Stand aus den Augenwinkeln sehen und auch den Kreisvorsitzenden, der dort allein stand, wie bestellt und nicht abgeholt mit seiner Rose in der Hand.

»Sie wurden dabei beobachtet, wie Sie am Freitag mit Ben auf dem Parkplatz vor dem Supermarkt, in dem Ihre Mutter arbeitet, eine Auseinandersetzung hatten. Worum ging es da?«

Die Gegenfrage kam wie aus der Pistole geschossen. »Wer behauptet das?«

Paul schenkte ihr ein entwaffnendes Lächeln. »Sie wissen, dass ich Ihnen das nicht sagen darf. Warum haben Sie gestritten?«

Sie trat von einem Bein auf das andere. Es war offensichtlich, dass sie fürchterlich fror. »Also einen Streit würde ich das nicht nennen. Wir haben uns zufällig getroffen, und es ging um Ostern. Ich fand, Ben kümmerte sich zu wenig um Mutti. Dabei war er doch ihr Augenstern. Ich wollte, dass wir an Ostern was zusammen machen, er nicht. Ich würde es nicht Streit nennen, eher eine Meinungsverschiedenheit unter Geschwistern. Wir hatten das beide am Abend schon wieder vergessen.« Sie sah ihn an, und weil er schwieg, fuhr sie fort: »Ich bin mir sicher, dass er an Ostern gekommen wäre. So war er, harte Schale, weicher Kern.« Sie deutete auf den Marktplatz. »Wenn Sie dann keine Fragen mehr haben, würde ich gern zurück.«

Paul nickte. »Danke, Frau Limberg, für Ihre Zeit. Und noch viel Erfolg beim Überzeugen von Wählern.«

»Danke! Und ich hoffe, Sie finden Bens Mörder bald«, sagte sie und brach in Richtung des einsamen Politikers unter dem Sonnenschirm auf.

42

Nach fünf Metern drehte sie sich um. Der Kommissar bog in Richtung Mühlenstraße. Anstatt zurück zum Stand folgte Jana der Straße. Sie schielte rüber. Schlüter war im Gespräch mit einem älteren Ehepaar. Sehr gut, er würde sie erst einmal nicht vermissen. Sie musste dringend telefonieren. In der Rühlstraße schlüpfte sie in einen Hinterhof. Dort fand sie genug Ruhe und Abgeschiedenheit. Mit zitternden Fingern, ihr war so unglaublich kalt, fischte sie ihr Telefon aus der Jackentasche. Er hatte gesagt, sie solle ihn nie direkt anrufen, lieber erst eine WhatsApp schreiben. Dafür hatte sie jetzt wirklich keine Zeit. Sie wählte die Nummer. Er ging nach dem dritten Klingeln ran. An den Hintergrundgeräuschen erkannte sie, dass er im Auto war.

»Jana, was gibt's?« Er hatte gute Laune. Gut möglich, dass ihm die bald vergehen würde.

»Hör zu, ich muss dir was …« Weiter kam sie nicht. Er unterbrach sie. Das tat er oft. Er wartete ihre Antwort nicht ab, sondern fing direkt mit einer anderen Sache an, die gar nichts damit zu tun hatte. So auch diesmal.

»Ich habe gehört, der Schlüter unterstützt dich als Spitzenkandidatin. Du bist so gut wie nominiert. Das haben wir gut hingekriegt.«

Wir? Hatte sie was verpasst? Sie allein hatte Schlüter überzeugt. »Darum geht es mir nicht. Die Polizei war bei mir.«

»Wegen deines Bruders? Haben sie den Mörder?« Immerhin wirkte er interessiert.

»Nein. Also, ich weiß es nicht. Aber sie haben mich gefragt, was ich am Samstag getrieben habe, und da hab ich gesagt, dass ich bei dir war.«

»Bist du des Wahnsinns? Wir haben doch abgesprochen, dass ich im Hintergrund bleibe. Jana, das hätte nun wirklich nicht sein müssen.«

»Hätte ich die Polizei anlügen sollen? Und behaupten, dass ich zu Hause war?« Wie stellte er sich das vor? Wenn sie für den ganzen Tag kein Alibi gehabt hätte, wäre das doch superverdächtig. Außerdem hatte sie Mutti ja auch gesagt, dass sie in Berlin gewesen war.

»Nein. Aber du hättest die Wahrheit ja kreativ umschiffen können.«

»Verstehe ich nicht.«

Er wirkte genervt, und sein Tonfall war eine Spur zu sehr von oben herab. Das störte sie.

»Du hättest angeben können, dass du bei einer Freundin in Berlin warst.«

Schlaumeier.

»Was hätte ich dann sagen sollen? Dass sie Prinzessin Lillifee heißt?« In diesem Augenblick sah sie ein kleines Mädchen, das an der Hand der Mutter über den Bürgersteig ging. Das Mädchen trug eine Prinzessinnenkrone, und ein langer rosafarbener Rock schaute unter der Winterjacke hervor.

»Du wirst doch eine Freundin in Berlin haben, die das für dich hätte bestätigen können.« Er betonte das Wort »eine« absichtlich. Jetzt sprach er nicht mehr von oben herab mit ihr, sondern er klang wütend und redete sich in Rage. »Was soll ich denn sagen, wenn die Polizei bei mir zu Hause auftaucht und mich befragt, während meine Ehefrau daneben sitzt?«

»Die ist doch hier in der Uckermark.«

Er stöhnte auf. »Aber wohin begebe ich mich gerade? Es ist Ostern, meine Kleine, das verbringe ich mit meiner Familie.«

Es nervte sie, dass er sie immer behandelte, als sei sie schwer von Begriff. Sie sagte nichts, dafür er umso mehr.

»Gesetzt den Fall, ich finde noch eine Ladestation für mein Auto. Ansonsten muss ich irgendwo in der Einöde bleiben.« Er lachte, um seine Worte zu unterstreichen.

»Also, ich wollte dich nur informieren. Natürlich habe ich nicht …«

»Wirklich, Jana, das war unbedacht von dir. Wenn ich bestätige, dass ich mit dir zusammen war, schöpft Claudia doch sofort Verdacht. Und ich muss mich rechtfertigen.«

Jana lachte spöttisch, was ihn irritierte.

»Was daran lustig sein soll, ist mir zwar nicht klar ...« Er klang beleidigt.

»Es ist sogar sehr lustig. Denn deine Frau hatte eine Affäre mit meinem ermordeten Bruder.« Das hatte gesessen. Er war sprachlos. Sie genoss diesen Augenblick.

»Woher weißt du das?«

»Ich habe eine eindeutige Nachricht gesehen.«

Pause. Zu lange für ihn.

»Vielleicht hast du dich da verguckt. Ich kann mir das nicht vorstellen. Man soll ja nicht schlecht über Tote reden, und dein Bruder war sicher ein attraktiver Kerl. Aber Claudia steht nicht auf diese Art von Männern. Ihr Typ ist weniger rustikal.«

Er hatte seine Selbstsicherheit zurückerlangt. Und seine Arroganz. Sie spürte Wut in sich aufsteigen. »Du kannst ja die Polizei fragen, wenn du mir nicht glaubst. Sie haben Bens Handy schließlich ausgewertet.« Süffisant fügte sie hinzu: »Vielleicht kennst du die Bedürfnisse deiner Frau nicht ganz so gut, wie du glaubst.« Ehe er etwas erwidern konnte, legte sie auf.

»Vollidiot«, sagte sie leise und steckte ihr Telefon in die Tasche zurück. Sie fror erbärmlich. Aber es half nichts, sie hatte ein Ziel. Jana öffnete ihre Jacke und ging, als wäre sie auf einem internationalen Catwalk, strahlend und selbstbewusst zum Marktplatz, wo sie von ihrem Rosenkavalier bereits erwartet wurde.

43

»Sie kommen nie drauf, wer sein Anwalt ist.« Patrick sah
ihn mit kindlich freudiger Erwartung an. Sie waren auf
dem Weg zur Vernehmung von Frank Vandenben. Dafür
war der Mitarbeitendenraum im zweiten Stock umfunktioniert worden. Mit vier Leuten würden sie unmöglich
alle in der Vernehmungskammer von gestern Platz finden.

Bevor sie eintraten, sagte Paul: »Claus Holm.«

»Bingo!«

Holm erwartete sie bereits. Den Freizeitlook hatte er
gegen einen dunkelblauen Anzug mit frisch gestärktem
Hemd und Krawatte eingetauscht. Selbstverständlich hatte
das Hemd aufgestickte Initialen am Ärmelansatz. Die
Schiene am rechten Unterarm war hingegen verschwunden.
Holm strahlte Souveränität, Kompetenz und Überheblich-
keit aus, während er hinter dem Tisch thronte, als sei dies
der Schreibtisch im Oval Office und nicht das klapprige
Möbelstück, auf dem die Beamten der Dienststelle sonst
ihre Mikrowellengerichte oder Henkelmänner während der
Mahlzeiten platzierten. In der Luft hing der Geruch von
Hausmannskost und kaltem Kaffee. Claus Holm stellte sich
Patrick vor und begrüßte Paul mit einem Nicken, das pro-
fessionell distanziert, aber dennoch freundlich war.

»Sie haben das Mandat übernommen?«

Holm sah ihn nachsichtig an. »Zunächst geht es darum,
den Haftbefehl gegen Herrn Vandenben außer Kraft zu
setzen. Sollte es zu einem Prozess kommen, wird selbstverständlich ein Kollege übernehmen. Ich weiß durchaus,
dass ich dann befangen wäre.«

Vor 48 Stunden war es Holm höchstpersönlich gewesen, der Paul auf die Fährte von Vandenben gebracht hatte, und jetzt war ausgerechnet er derjenige, der ihn aus den Klauen der Justiz befreien wollte. Wie nannte man das: Vetternwirtschaft? Falsches Spiel? Funfact? Pauls Mutter pflegte in solchen Fällen zu sagen: Kannst du dir nicht ausdenken.

»Das kann ja eine kurze Angelegenheit werden, wenn Ihr Mandant heute so geschwätzig ist wie gestern«, feixte Patrick. Paul warf ihm einen Blick zu, der ihm signalisieren sollte: Solche Bemerkungen sind im Kollegenkreis in Ordnung; ein No-Go vor der Gegenseite. Patrick wurde rot und schwieg.

»Mein Mandant wird eine Aussage machen, seien Sie versichert. Das haben wir vorhin in der JVA besprochen. Daraufhin wird der Richter den Haftbefehl auch aufheben«, sagte Holm selbstbewusst.

Ehe Paul etwas darauf entgegnen konnte, öffnete sich die Tür und ein Streifenbeamter führte Frank Vandenben herein. Die Nacht in Neuruppin war nicht spurlos an ihm vorübergegangen. Er hatte dunkle Schatten unter den Augen, war unrasiert und trug dieselben Sachen wie tags zuvor. Heute wurde er von einem nicht mehr als dezent zu bezeichnenden Schweißgeruch begleitet. Er schlurfte ein wenig gebückt. Der Blick, mit dem er Paul ansah, war anklagend. Der ganze Mann war der personifizierte Vorwurf.

Vorsorglich ging Paul zum Fenster und stellte es auf kipp. Vandenben nahm neben Claus Holm Platz, die Ermittler gegenüber.

Paul konnte gerade noch Ort und Zeit fürs Protokoll laut nennen, da platzte es aus Frank Vandenben heraus: »Ich möchte ein Geständnis ablegen!« Er nahm sein Wasserglas und leerte es in einem Zug. Zu seinem Verteidiger, der ihm die Hand auf den Arm gelegt hatte, sagte er: »Ich bin mir der Konsequenzen bewusst, Claus.« Das war wieder der »alte« Frank Vandenben.

»Habe ich Sie richtig verstanden, Sie gestehen den Mord an Ben Limberg?«, fragte Paul, so nüchtern er konnte.

Vandenben wirkte verständnislos, als hätte er gerade Usbekisch mit ihm gesprochen. »Nein. Ich gestehe, die Reifen meines Wagens selbst zerstochen zu haben.« Er lehnte sich zurück, blickte in überraschte Gesichter und atmete sehr laut aus. Wahrscheinlich eine Achtsamkeitsübung seiner Trainerin, vermutete Paul.

»Können Sie uns bitte sagen, warum Sie eine Straftat vorgetäuscht haben?«

Vandenben atmete erneut tief ein und aus und setzte an: »Es gibt da ja diese unschöne Sache. Dieses Ermittlungsverfahren mit dem Verkehrsministerium, und weil ich darin verwickelt bin, mir aber nichts habe zuschulden kommen lassen, wie ich erwähnen möchte, dachte ich, wenn ich mich selbst als Opfer darstelle, könnte das meine Unschuld untermauern.«

Paul sah ihn perplex an. »Das müssen Sie mir genauer erklären.«

»Es ist doch ganz einfach. Man ermittelt gegen mich. Wenn ich jetzt Opfer in einer anderen Sache bin, wird man meine Verstrickung in diese Sache auch hinterfragen und man hält mich eher für unschuldig. Ich bin ja dann ein Opfer und kein Täter.«

Bizarre Logik. Aber Paul wollte die wertvolle Zeit nicht mit Nachfragen vergeuden beziehungsweise mit ihm erörtern, dass man gleichzeitig Opfer und Täter sein kann. Der Reifen des Tesla interessierte ihn in etwa so wie die Änderung der Datenschutzgesetzverordnungen in Australien.«Nehmen Sie das mit ins Protokoll, Patrick«. An Vandenben und Holm gewandt sagte er:»Wir werden veranlassen, dass das Verfahren gegen unbekannt eingestellt wird.«

Holm nickte.

»Kommen wir nun zum eigentlichen Thema: dem Mord an Ben Limberg.« Paul blickte von Holm zu Vandenben.

In diesem Moment öffnete sich die Tür und ein Streifenbeamter mit einer Tupperdose in der Hand betrat den Raum. Er grüßte kurz und ging dann schnurstracks zur Mikrowelle, die auf dem Kühlschrank stand. Vier Augenpaare folgten ihm.

»Ich wärme mir nur schnell mein Essen auf. Dauert nicht lang«, sagte er entschuldigend. Vandenben schnaubte laut. Claus Holm zog die Augenbrauen hoch und warf Paul einen fragend-ironischen Blick zu.

»Wir befinden uns mitten in einer Vernehmung. Sie können die Mikrowelle bei uns auf dem Stockwerk benutzen«, sagte Paul.

Ohne eine Antwort zu geben, trottete der Streifenpolizist davon.

»Wäre schön, wenn wir fortan nicht noch Zeugen der Nahrungsaufnahme aller Beamten hier auf dem Revier werden würden.«

Paul ignorierte den Kommentar von Claus Holm und gab Vandenben ein Zeichen, dass er seine Atemübungen beenden und mit seinen Ausführungen weitermachen solle.

»Ich habe Ben nicht umgebracht. Es stimmt, dass Sabine und ich ihn im Wald gesehen haben. Es gab eine Auseinandersetzung zwischen ihr und ihm, und ich bin dazwischengegangen. Darum haben Sie meine DNA bei ihm sichergestellt. Ich konnte verstehen, dass Sabine wütend war, schließlich hat er sie erpresst! Aber mir war auch klar, dass er nicht mit sich reden lassen würde. Wir sind dann gegen 19 Uhr gefahren, Ich weiß, im ersten Gespräch habe ich eine Angabe gemacht, die dieser widerspricht. Aber es war 19 Uhr. Ich war zehn Minuten später zu Hause, was Tarik bestätigen kann. Als wir gingen, lebte Ben noch. Sabine hat mir am nächsten Tag gesagt, dass sie noch mal zurück ist. Sie hat ihn nicht umgebracht, da bin ich mir sicher.« Er senkte die Stimme, atmete tief ein und aus.

Langsam nervte das gewaltig.

»Ich sehe keinerlei Gründe, warum Sie meinen Mandanten weiterhin festhalten«, sagte Holm.

Paul überlegte: Die Ausführungen deckten sich mit den Angaben von Sabine Weisskirch. Ein Indiz für deren Wahrheitsgehalt? Nein. Die beiden könnten sich über ihre Anwälte abgesprochen haben. Erst haben sie behauptet, Ben nicht getroffen zu haben. Es glich einer Salamitaktik. Wer sagte, dass das jetzt nicht wieder eine Geschichte war?

»Warum haben Sie beim ersten Mal nicht schon die Wahrheit gesagt, Herr Vandenben?«

Holm hob die Hand, sein Hemdärmel rutschte nach oben und eine sehr teuer aussehende Uhr kam zum Vorschein. »Das war keine offizielle Befragung. Darauf musst du nicht antworten, Frank.«

»Lass, Claus«, sagte Vandenben. »Gegenfrage, wenn ich etwas zu verbergen gehabt hätte, hätte ich Ihnen wohl kaum eine freiwillige Speichelprobe gegeben, oder? Ich weiß, es war ungeschickt, nicht direkt die Wahrheit zu sagen, aber ich hatte mich mit Sabine nicht abgesprochen – und ja, es war einfach nur dumm. Selbst einem Kommunikationsprofi passieren mal Fehler.«

Holm sah von einem zum anderen und packte demonstrativ die Papiere zusammen, die vor ihm lagen.

»Da wäre noch die Sache mit der Fluchtgefahr. Sie haben eine Immobilie auf Mallorca …«

»Wenn Frank etwas zu verbergen hätte, wäre er schon längst geflohen.«

Das war ein Punkt. Und dann war da noch Pauls Bauchgefühl. Das sagte ihm, dass es schlauer wäre, Vandenben auf freien Fuß zu setzen.

Erneut ging die Tür auf, diesmal war es ein Kollege ohne Geschirr in der Hand. Er blieb stehen, als hätte er etwas auf dem Herzen. Paul gab ihm ein Zeichen und sagte: »Wie sind hier gleich fertig, fünf Minuten noch.« Der Streifenpolizist ging schweigend. Gut möglich, dass der vernichtende Blick, den Holm ihm zugeworfen hatte, ihn eingeschüchtert hat. Oder war es der Schweißgeruch, der ihn in die Flucht geschlagen hat?

Paul wählte seine Worte mit Bedacht: »Ich werde den Richter davon unterrichten, dass wir keinen Anlass sehen, den Haftbefehl weiter aufrechtzuerhalten, möchte Sie aber bitten, Ihren Reisepass abzugeben, und die üblichen Auflagen gelten weiterhin.«

Frank Vandenben seufzte sehr laut und nickte erleichtert. Holm schenkte Paul einen Blick, der ausdrückte: gut gemacht. Er war erfahren genug, um zu wissen, dass Paul in der besseren Position war. Der Richter wäre dessen Empfehlung auch im gegenteiligen Fall gefolgt. Die Beweislage und die Immobilie im Ausland hätten ausgereicht für eine Untersuchungshaft, zumindest bis sie einen anderen Verdächtigen hätten. Und Paul wusste, dass Holm es wusste. Allianzen zu bilden, war in Pauls Job ebenso wichtig wie ein gutes Auge für Details.

Claus Holm mochte im Privatleben falschspielen, aber Paul war sicher, im Beruf war er ein Ehrenmann. Er hatte sich auch in Bezug auf seine eigene Befragung als verlässlicher Partner erwiesen.

Als Vandenben und Holm weg und Paul und Patrick zurück in den Konferenzraum gegangen waren, machte Mandy sich Luft. »Das glaub ich nicht! Warum haben Sie ihn laufen lassen? Er war es doch safe.« Sie sah um Zustimmung heischend zu Patrick. Doch der zuckte nur die Achseln und ging zu seinem Platz. Mandy schob den Rest des Wiener Würstchens, das sie gerade aß, in ihren Mund und schaute Paul fragend an.

Mit den vollen Backen glich sie einem Hamster, dachte er und unterdrückte ein Grinsen. »Weil ich mir nicht sicher bin, dass er es safe war.«

Selten war Mandy sprachlos wie in diesem Augenblick.

44

Claudia hatte nie wirklich über die Liebe nachgedacht. Entweder gab es sie oder eben nicht. Warum sie das ausgerechnet jetzt machte, wusste sie nicht. Die Nacht und der Vormittag waren anstrengend gewesen. Elena, ihre dreijährige Tochter, hatte über Nacht Fieber bekommen und war mehrfach aufgewacht. Schließlich hatte Claudia den kleinen heißen Körper zu sich ins Bett geholt. Das war einfacher, als immer aufzustehen und ins Zimmer ihrer Tochter zu gehen, wenn die nach ihr verlangte. Michael mochte es nicht, wenn die Kinder zu ihnen ins Ehebett kamen. Sie selbst genoss es normalerweise, das ruhige und gleichmäßige Atmen der Menschlein neben sich zu hören. Doch letzte Nacht hatte keine Idylle geherrscht: Elenas Schlaf war unruhig gewesen, und sie selbst hatte folglich kaum welchen bekommen. Heute Morgen war es anstrengend weitergegangen. Ferdinand und Lilli hatten nichts mit sich anfangen können und in Dauerschleife gestritten. Was für ein Glück, dass Bert vor einer Stunde vorbeigekommen war und die beiden eingepackt hatte. Nun waren sie bei Manu und backten mit ihr einen Osterzopf. Elena schlief endlich und am liebsten hätte Claudia sich dazugelegt, aber sie musste aufräumen. Michael hasste es, wenn außerhalb der Kinderzimmer Spielzeug herumlag. Ihr machte das nichts aus. Es war doch ein Haus, in dem Menschen lebten, und kein Showroom. Aber sie wollte nicht, dass das Osterwochenende mit schlechter Laune und lauten Worten begann. Für eine Auseinandersetzung fehlte ihr schlichtweg die Kraft. Michael war schon auf dem Weg hierher. Wenigstens Küche und Wohnzimmer sollten frei von Puzzleteilen, Steckperlen und Legosteinen sein. Sie hob die gestrickte graue Katze auf. Milou. Eines von Elenas Lieblingskuscheltieren. Eigentlich war es mal ihre Katze gewesen. Michael hatte sie ihr in einem Laden in dem Dorf in Südfrankreich gekauft, wo ihre Mutter ein Haus besaß. Es war eine ihrer ersten gemeinsamen Reisen gewesen. Er hatte sie mit Milou überrascht, um sie aufzumuntern, weil sie so traurig gewesen war, weil ihre Lieblingskatze von dem Grundstück ihrer Mutter verschwunden war. Wie verliebt Michael und sie gewesen waren. Sie hatten 24/7 miteinander verbracht und immer noch nicht genug voneinander gehabt. Sie drückte die Katze vor den Bauch und schaute aus dem Fenster. Der Tag war trüb und grau – wie ihre Stimmung.

Wann fing das an, dass man sich nicht mehr auf den anderen freute? Dass es einem egal war, ob er da war oder nicht? Dass man nicht mehr das drängende Bedürfnis verspürte, den anderen berühren zu wollen? Und wann entstand stattdessen das Gefühl von Gereiztheit, das immer größer wurde, wenn man zusammen war?

Sie war kein Typ, der lange über Entscheidungen nachdachte. Ihr war alles im Leben zugeflogen. Erfolge in der Schule, beim Sport, beim Studium, in der Karriere, Freunde. Ihr Leben verlief einen geraden Weg – steil nach oben. Sie traf Michael, sie verliebten sich. Beide verband der Ehrgeiz und der Wunsch nach einer Familie. Einer perfekten Familie.

Claudia selbst hatte als Kind und auch noch als Jugendliche darunter gelitten, ein Einzelkind zu sein, das nie genug Aufmerksamkeit von seinen Eltern bekommen hatte. Ihre Mutter war im Beruf sehr engagiert und erfolgreich gewesen, die Betreuung der Tochter hatten Au-pair-Mädchen übernommen. Ihren Vater kannte sie kaum. Die Eltern hatten sich früh getrennt, und er war in die USA gezogen. Sie wollte es bei ihren Kindern besser machen und ihnen das geben, was sie nicht gehabt hatte: zwei Elternteile, Geschwister und ein Familienleben. Wie bei allem bekam sie, was sie sich wünschte. Nach den ersten beiden Geburten war sie genauso schnell wieder schlank, wie sie wieder im Büro war. Denn Vollzeit-Mutter zu sein war nichts für

Claudia. Warum nur eins, wenn man beides haben konnte: Karriere und Kinderschar. Sie wollte unbedingt drei Kinder. Doch plötzlich lief es nicht mehr wie geplant. Erst dauerte es zwei Jahre, bis sie wieder schwanger wurde, sie hatte schon an künstliche Befruchtung gedacht. Schließlich klappte es, aber Elena kam zehn Wochen vor dem errechneten Termin auf die Welt. Aus dem Meeting in den Kreißsaal. An eine schnelle Rückkehr in den Job war nicht zu denken, das schwache Frühchen brauchte sie. Sie nahm sich ein Jahr Elternzeit und begann, ihr Leben auf Instagram zu dokumentieren. In den schönsten Farben. Wahrscheinlich musste sie das tun, weil sie selbst aus dem Gleichgewicht gekommen war und ihren eigenen Ansprüchen nicht mehr gerecht wurde. So wollte sie wenigstens für die Außenwelt Perfektion inszenieren. Nach einem Jahr kehrte sie in den Job zurück. Acht Monate später war sie gerade wieder vollständig drin, da erkrankte Elena an einer schweren Lungenentzündung. Wochen mit dem Kind im Krankenhaus sowie die anschließende Kur, und sie hatte den Anschluss wieder verpasst. Sie ging für ein weiteres Jahr in Elternzeit. Ein erneutes Scheitern in ihren eigenen Augen. »Genieße die Zeit«, sagte ihr Umfeld. Hinter ihrem Rücken lästerten sie: »Warum hatte es denn ein drittes Kind sein müssen? Miss Perfect scheitert auch.« Sie konnte die Zeit nicht genießen, es fehlte ihr der Ausgleich. Die Bestätigung durch den Job, die keine Likes auf Instagram ersetzen konnten. Michael gefiel, dass sie nun Vollzeit-Mutter war. Nicht, weil sie ihn damit bei seinen Pflichten entlastete, er hatte sich bei den anderen beiden Kindern schon nicht sonderlich eingebracht. Die Organisation der Kinderbetreuung hatte seit jeher in ihrem Aufgabenbereich gelegen. Aber es gefiel ihm insgeheim, dass er jetzt das Monopol auf ein Leben außerhalb der Familie hatte. Wenn sie zu zweit waren oder sich mit Freunden trafen, war es nur er, der erzählen konnte von seinem spannenden Job, den interessanten Leuten, den wichtigen Politikern, die er traf, und den Strippen, an denen er zog. Er hatte die volle Aufmerksamkeit. Was sie zu Unterhaltungen beizusteuern hatte, von den Kindern und ihrem Alltag, war nicht im Ansatz so spektakulär. Er wusste, was es bei einem privaten Lunch mit Angela Merkel zu essen gab, und sie konnte von den neuen Funktionen des Thermomix berichten. Sie organisierte den Umbau des Hauses in der Uckermark. Er ließ ihr freie Hand, nicht nur weil er ihr vertraute, sondern weil er keine Lust hatte, mit den Gewerken zu verhandeln. Lieber waren ihm Staatssekretäre als Sanitärinstallateure. Aber er war dankbar, nun ein repräsentatives Domizil auf dem Land zu haben, in das er liebend gern Geschäftspartner einlud und mit seiner perfekten Familie angab. Hatte es damit angefangen? Mit seinem Desinteresse an ihrem Leben?

Ben war ihr einziger Seitensprung gewesen. Bis dahin war sie Michael treu gewesen. In ihrer Ehe hatten sie nie über Treue und Affären gesprochen, das war kein Thema zwischen ihnen. Sie wussten, dass sie nur mit dem anderen an der Seite die Projektion der perfekten Familie, die sie beide anstrebten, haben konnten. Ob Michael ihr treu war? Der Gedanke daran, dass er vielleicht eine Geliebte hatte, löste wenig in ihr aus. Vor allem keine Eifersucht.

Wahrscheinlich war es nicht nur die Langeweile, wenn sie in der Uckermark war, sondern auch die Langeweile in ihrer Beziehung, die sie zu Ben geführt hatte. Er war der Gegenentwurf zu Michael gewesen, genau das hatte sie gereizt. Auch wenn sie sich das bislang nicht eingestanden hatte, aber er war ihr ans Herz gewachsen. Sie war ein bisschen in ihn verliebt gewesen. Es war nicht nur sein Alter und das Verbotene, das sie angezogen hatte, er hatte ihr außerdem das Gefühl gegeben, etwas Besonderes zu sein.

Er war zwar schweigsam gewesen, aber sehr leidenschaftlich. Er hatte Interesse an ihr gezeigt. Hatte sie nicht nur gefragt, wie es ihr ging, sondern sich dazu die Antwort angehört.

Sie legte die Wollkatze auf das Sofa und hob die Kiste mit den eingesammelten Spielsachen auf, um sie nach oben mitzunehmen. Ihr Gesicht war tränennass. Auf der Treppe wischte sie es mit dem Ärmel ihres Hoodies trocken. Sie weinte um Ben und um ihre Ehe.

45

Da ging es hin, sein freies Osterwochenende! Doch statt darüber enttäuscht oder wütend zu sein, freute sich Nils sogar ein bisschen. Nicht darauf, Sammy erklären zu müssen, dass er morgen nicht mit ihr zu ihren Eltern kommen konnte, und auch nicht darauf, sein neues Modellflugzeug nicht endlich in die Luft steigen lassen zu können. Er war irgendwie erleichtert. Er konnte es nicht genau erklären, doch seit der Vernehmung von Ronny hatte er das unbestimmte Gefühl, dass das VW-Team (Vandenben und Weisskirch) nichts mit Bens Tod zu tun hatte, sondern dass der Schlüssel zur Lösung des Falls bei der Familie Limberg lag.

Möglicherweise war der Auslöser dafür die Antwort von Ronny auf Pauls Frage gewesen, wie das Verhältnis von Jana und Ben gewesen sei. Vielleicht lag es auch weniger an der Antwort selbst (»sie hatten kein besonderes Verhältnis«), sondern an der Art, wie Ronny dabei geschaut hatte. Überrascht. Beinahe ertappt. Das hatte dieses Gefühl bei Nils ausgelöst. Er war der Einzige im Team, der nicht gemault hatte, als Paul verkündete, dass sie einer neuen Spur nachgehen und die Alibis und Kontakte von Peggy sowie Jana checken würden. Mandy hatte ihren Unmut deutlich geäußert. Patrick hatte die Augen hinter Pauls Rücken verdreht. Und Olaf war ja sowieso nie sonderlich motiviert, da hätte Paul auch sagen können, Angela Merkel wäre die neue Hauptverdächtige – seine Reaktion hätte nicht anders ausgesehen. Gleichgültig und unbeteiligt.

Nur er selbst war erfreut, dass Paul in diese Richtung dachte – dieselbe wie er selbst. Er schaute auf die Liste mit seinen Aufgaben:

1. Funkzellenüberprüfung Janas Handy Tatzeitpunkt

2. Näheres Umfeld von Jana

3. Speziell die Phase in ihrem Leben »falsche Kreise«

Es war 14 Uhr. Er hatte nicht mehr viel Zeit. Am Gründonnerstag befanden sich die meisten Menschen um diese Uhrzeit bereits in der Oster-Auszeit.

Die Punkte zwei und drei bedeuteten Telefonate mit Freunden und Familie. Die konnte er auch am Feiertag erreichen. Punkt eins hatte also Priorität.

20 Minuten später hatte er eine Antwort. »Janas Handy war zur fraglichen Zeit Samstag von 18:30 Uhr bis zum

nächsten Tag in der Funkzelle von ihrem Wohnort eingeloggt«, sagte er und unterbrach so die Stille des konzentrierten Arbeitens der anderen vier im Konferenzraum. Paul
war dabei, Sabine Weisskirchs Entlassung aus der Untersuchungshaft in die Wege zu leiten. Mandy, Patrick und
Olaf recherchierten konzentriert vor sich hin.

»Das deckt sich mit den Angaben von Jana«, sagte Patrick eine Spur zu besserwisserisch.

»Na und? Ben wurde ja nicht mit einem Handy erschlagen«, kam es aus Olafs Ecke. Nanu, war er heimlich ins
Team Paul gewechselt?

Mandy kicherte.

»Sie kann natürlich ohne ihr Handy in den Wald gefahren sein und ...« Paul führte den Gedanken nicht weiter
aus, stattdessen fragte er Patrick: »Was sagen die Nachbarn?« Es war heute schon mehrfach vorgekommen, dass
Paul einen Satz nicht beendet hatte. Ungewöhnlich für ihn.
Denn eigentlich sprach er druckreif.

Patrick blätterte einige Seiten in seinen Aufzeichnun-
gen durch, schließlich hatte er gefunden, was er suchte.
»Herr Caspary von nebenan will gesehen haben, dass sie
gegen 18 Uhr nach Hause kam. Eine Stunde vorher war
er mit dem Hund draußen, da stand das Auto noch vor
der Tür. Um 22 Uhr und um Mitternacht war es ebenfalls
dort geparkt, da ist er sich sicher. Der Hund scheint eine
schwache Blase zu haben, wenn er so oft mit ihm vor die
Tür muss.«

»Oder der Caspary braucht einen Vorwand, um raus-
zukommen«, sagte Mandy mit vollem Mund.

Paul arrangierte die Mindmaps auf dem Whiteboard
neu. Die Fotos vom VW-Duo rückte er zur Seite, Peggys
und Janas Bilder wanderten ins Zentrum.

»Ich hab mir gerade noch mal das Gespräch mit Sina angehört.« Mandy schaute von einem zum anderen. »Ich weiß ja nicht, ob es eine Spur ist: Sie hat eine Sache gesagt, die mir gestern nicht wichtig erschien, die vielleicht doch relevant sein könnte.«

»Komm zum Punkt«, brummte es hinter Olafs Rechner.

Sie ignorierte die Bemerkung und fuhr fort: »Sina erwähnte, dass Ben ihr nie erzählt hat, dass er das Studium wegen Geldsorgen aufgab. Sie erfuhr es durch einen Zufall. Als er einmal wütend auf seine Mutter war, sagte er: ›Und das Geld fürs Studium hat sie mir auch nicht geliehen!‹ Peggy hatte um die 20.000 angespart – glaubt Sina zumindest. Und Ben wollte das Geld zur Zwischenfinanzierung für sein Studium. Eine Art Eltern-Bafög. Peggy hat es ihm nicht gegeben.«

Paul war verblüfft. »Das hat Peggy Limberg uns verschwiegen. Überraschend, denn Ben war ihr Augenstern, dem sie nichts abschlagen konnte, darin sind sich alle Befragten einig.«

»Es wird noch besser.« Mandy schaute in die Runde. »Sie hat das Geld selbst gebraucht. Für einen Wunderheiler für ihren Lebensgefährten, der da schon krank war. Der Wunderheiler hat eine Art Vitamintherapie durchgeführt, die nichts half und auch höchst umstritten ist. Laut Sina war Ben richtig sauer auf seine Mutter. Nicht nur, weil sie ihm das Geld nicht gegeben hat, sondern, weil ihm von vorneherein klar war, dass das kein Wunderheiler, sondern ein Quacksalber war. Sina meinte, das hat zu einem Bruch im Mutter-Sohn-Verhältnis geführt.« Mandy packte den Schokoladenhasen aus, der für Frau Vural gedacht gewesen war. Sie brach ein Ohr davon ab und aß es sofort.

Ihre Gene hätte ich gern, dachte sich Nils. Wie machte

sie das bloß? Sie futterte gefühlt den ganzen Tag und war trotzdem superschlank. Er hingegen musste zeit seines Lebens aufpassen, wie viel er aß. Die Welt war manchmal ungerecht.

»Danke, Mandy, interessanter Aspekt.« Paul stand gedankenverloren vor dem Whiteboard mit einem Marker in der Hand. Nach ungefähr einer Minute schien ihm etwas einzufallen. Er legte den Stift zurück und war plötzlich kurz angebunden. »Gut, wir recherchieren in diese Richtung weiter. Ich muss zu einem Termin und bin in einer Stunde zurück. Um vier kommt die Staatsanwältin.« Er ging und wirkte dabei ungewohnt unkonzentriert.

Mandy guckte ihm konsterniert hinterher, dann packte sie den Hasen ganz aus und steckte sich ein großes Stück Schokolade in den Mund.

46

Paul sah ihn schon von Weitem. Michael Kunze lehnte an einem schwarzen Tesla, dem gleichen Model, das Frank Vandenben ebenfalls fuhr, sofern er die Reifen erneuert hatte. Sie trafen sich in der Heinestraße, einen Steinwurf vom Revier entfernt. Kunze hatte den Treffpunkt vorgeschlagen, »denn da kann ich das Auto aufladen«. Nun steckte der E-Schlauch in der Ladebuchse des Wagens.

»Herr Kunze?«

»Der bin ich«, bestätigte er.

Paul war überrascht, versuchte aber, es sich nicht anmerken zu lassen. Aufgrund des urdeutschen Namens hatte er nicht mit einem asiatisch-stämmigen Mann gerechnet. Er ärgerte sich über seine Voreingenommenheit.

»Was für eine wunderschöne Gegend für ein Treffen«, sagte Kunze sarkastisch und zeigte auf die umliegenden Plattenbauten.

Kunzes unterschwellige Arroganz der Uckermark gegenüber gefiel Paul nicht. Aber es war nicht seine Aufgabe, ihn dafür zurechtzuweisen. Zeugen musste man mit Vorsicht behandeln, sonst verschlossen sie sich, egal wie selbstbewusst sie sich gaben, lautete eine der Maximen der Polizeiarbeit. Also kam er direkt zum Thema. »Danke schön, dass Sie für mich Zeit gefunden haben. Ich möchte gern mit Ihnen über Jana Limberg sprechen. Sie hat angegeben, den vergangenen Samstag mit Ihnen in Berlin verbracht zu haben.«

Kunze kramte in der Tasche seines Blousons und zog eine Dose mit Kaugummi heraus. Wortlos bot er Paul einen an, doch der schüttelte den Kopf.

»Das stimmt, Jana kam gegen Mittag zu mir und blieb bis um halb sechs, glaube ich. Ich hab mich im Anschluss ein bisschen auf meinem Peloton-Bike gequält, ehe mein Kollege Lars Meier und ich uns zu einem Geschäftsessen getroffen haben.« Er nahm selbst einen Kaugummi und steckte ihn sich in den Mund. Ein wenig gelangweilt – oder war es eher von oben herab? – ergänzte er kauend: »Das habe ich aber schon Ihren Kollegen Anfang der Woche gesagt.«

Paul nickte und tat, als würde er etwas in sein Handy tippen. Aus den Augenwinkeln musterte er Michael Kunze.

Zweifellos ein attraktiver Mann. Mit seiner Frau bildete er ein schönes Paar. Er war ziemlich groß, mindestens so groß wie Paul selbst, hatte breite Schultern und war muskulös. Selbstbewusst lehnte er an seinem Wagen. Hielt sich offensichtlich für ein Alphatier. »Frau Limberg hat mir gesagt, dass Sie sie bei ihrem Weg in den Bundestag unterstützen. Wie kam es zu Ihrer Zusammenarbeit?«

Er lächelte Paul an. »Sie hat mich gefragt. Und ich habe ja gesagt.« Sein Grinsen wurde breiter, offenbar fand er seine Antwort ziemlich originell.

»Laut Frau Limberg waren Sie den ganzen Samstag zusammen. Nehmen Sie sich immer so viel Zeit für Kandidaten?« Er betonte das Wort »Kandidaten«.

»Es ist ja nicht so, dass ich eine Konferenz in New York für die Arbeit mit Jana habe absagen müssen. Es gehört zu meinen Aufgaben, junge Talente auf ihrem Weg zu unterstützen. Sozusagen als Mentor.« Er sagte das wie der Erklär-Onkel bei der »Sendung mit der Maus«.

»Bezahlt Jana Sie?«

Er lachte auf, abschätzig. »Wovon denn? Mein Tagessatz ist wahrscheinlich deutlich höher als das, was sie im Monat verdient.« Er machte eine Pause, in der er von seinem hohen Ross herunterkam. »Wie gesagt, es ist eine Art Mentoring. Jana hat keinerlei politische Erfahrung. Keine Erfahrung in einem Haifischbecken wie dem Politikbetrieb. Aber das ist vielleicht genau ihr Kapital. Sie ist keiner von diesen Parteisoldaten, die das Leben nicht kennen, weil sie sich bislang nur in ihrer Politiker-Bubble bewegt haben. Jana ist jung und kommt aus der Region, weiß um die Probleme der Menschen, wie es sich anfühlt, wenn man abwandern muss, weil man in der Heimat keine Perspektiven hat. – Oder nehmen Sie den Umweltschutz.« Michael

Kunze war in Fahrt. Es schien ihn in keiner Weise zu stören, dass er nicht vor Kunden oder Politikern sprach, sondern von der Polizei befragt wurde. »Die Wälder sind die Seele der Uckermark, aber sie sterben. Es ist so furchtbar traurig, das mitansehen zu müssen. Jana wird sich in diesem Bereich engagieren, denn mit den Wäldern stirbt die ganze Region.« Er checkte sein Antlitz in den blank geputzten Fensterscheiben des Tesla und strich eine kleine Strähne seines schwarzen Haars nach hinten, ehe er fortfuhr: »Jana hat ein gutes Gespür für Menschen, und ich helfe ihr einfach dabei, Politikerin zu werden.« Er schüttelte den Kopf leicht beim Reden, eine konstant verneinende Geste.

»Was haben Sie davon?«

»Ruhm, Ehre, lebenslange Dankbarkeit.« Als er merkte, dass Paul keine Miene verzog, besann er sich. »Im Ernst: Sollte Jana es schaffen, in den Bundestag zu kommen, was ich durchaus für realistisch halte, profitiere ich selbstverständlich davon. Schließlich ist in der Uckermark meine – unsere – Datsche, und ich habe dann einen sehr direkten Draht zu der Person, die etwas in der Region verändern kann. Die dafür sorgen kann, dass ich nicht bis nach Templin fahren muss, um mein Auto aufzuladen. E-Ladestationen sind hierzulande definitiv Mangelware.« Er kontrollierte den Energiestand auf der Anzeige seines Wagens, zog den Schlauch heraus, hängte ihn zurück und schloss den Deckel. Demonstrativ öffnete er die Fahrertür des Tesla und signalisierte Paul so, dass das Gespräch vorüber war.

»Eine Frage habe ich noch zum Schluss.«

Michael Kunze sah ihn gönnerhaft an und machte eine einladende Handbewegung: »Natürlich, fragen Sie.«

»Wie eng ist Ihr Kontakt zu Jana Limberg? Schlafen Sie mit ihr?«

Kunze zog beeindruckt eine Augenbraue hoch. Knapp und deutlich antwortete er: »Ja.«

»Wie lange schon?«

Er tat, als müsse er nachdenken. »Seit Anfang des Jahres.« Er straffte sich. »Es ist natürlich nicht offiziell, und ich wäre Ihnen verbunden, wenn Sie diese Information vertraulich behandeln würden. Sie ist ebenso irrelevant für meine Frau wie wahrscheinlich für Ihre Mordermittlung.«

Paul war baff, Ehebruch schien für Michael Kunze so normal, als würde er sich ein Steak auf den Grill werfen. Er konnte sich einen Kommentar nicht verkneifen: »Ersteres ist Ihre Sache und Zweiteres meine.« Er schenkte Kunze ein breites Lächeln. »Aber natürlich ist es nicht meine Aufgabe, mit persönlichen Informationen hausieren zu gehen.«

Paul steckte sein Handy ein. »Vielen Dank, Herr Kunze, für Ihre Zeit. Ich melde mich, wenn ich weitere Fragen habe. Sind Sie während der Ostertage in Ihrer Datsche?«

»Ja, bis Dienstag können Sie mich dort erreichen. Kommen Sie gern vorbei.« Er hob die Hand zum Gruß und stieg eine Spur zu hastig in seinen Tesla. Lautlos glitt der Wagen aus der Parklücke und bog links in die Mühlenstraße, wo er verschwand.

Der Bruder hat eine Affäre mit der Ehefrau – während die Schwester die Geliebte des Ehemanns ist. Langsam glaubte Paul wirklich, dass das hier die Hamptons waren.

47

Die Luft in ihrem Haus war abgestanden. Und sie selbst stank entsetzlich. Sie musste dringend duschen. Als die Polizei sie gestern abgeholt hatte, hatte sie gerade eine Stunde Ashtanga-Yoga hinter sich gehabt. Sie hatten ihr nicht erlaubt, noch zu duschen. Weil sie davon ausgegangen war, bald wieder zu Hause zu sein, hatte sie sich gefügt, und so war sie von einem leichten Schweißgeruch begleitet mitgekommen. Auf dem Revier war, gelinde gesagt, alles aus dem Ruder gelaufen. In der JVA hatte man ihr mit dem alles andere als dezenten Hinweis, dass sie stinke, die Dusche gezeigt. Aber lieber hätte sie in einer Besenkammer mit einer aggressiven Kobra gekämpft, als dort zu duschen.

»Sabine Weisskirch. Kennen wir den Namen nicht?«, hatte die Beamtin, die ihre Daten bei der Aufnahme überprüft hatte, süffisant gefragt und ihre Kollegin angegrinst.

Die hatte so getan, als denke sie scharf nach, und dann die Titelmelodie von der Serie gesummt, in der Sabine jahrelang die Chefermittlerin gespielt hatte. »Mord in besseren Kreisen«.

»Ach ja, stimmt«, hatte die erste Beamtin lauter als notwendig gesagt.

»Na, gucken wir doch mal, was Ihnen vorgeworfen wird«, sagte die zweite.

»Ach, das glaube ich jetzt nicht. Tatsächlich Mord. Wohl doch nicht bessere Kreise.« Und sie hatten abgeklatscht.

Da wusste Sabine, sie steckte mitten in einem Albtraum. Sie saß in der Zelle, und es waren nicht die Geräusche, die hallenden Schritte auf dem Flur, Türen, die zufielen und versperrt wurden, nicht der Geruch nach Schweiß, für den sie selbst verantwortlich war, nicht das karge Essen, nicht die harte Matratze, was ihr am meisten zusetzte. Das Schlimmste war, dass sie nicht wusste, wann sie diesen Ort wieder verlassen konnte. Und: ob sie ihn je wieder verlassen konnte.

Sie hatte in der Vernehmung doch jede Frage beantwortet. Dass sie trotzdem in der JVA gelandet war, war für sie der Beweis, dass alles möglich war. Sie war dem System hilflos ausgeliefert. Ein DNA-Beweis, ein Zeuge, ein Motiv – das reichte. Man las von Fällen, wo unschuldige Menschen verurteilt wurden, aufgrund von Indizien. Die sprachen gegen sie. Das Universum war gegen sie.

Sie war kurz davor gewesen, die Nerven zu verlieren. Sie, die ihren Kunden zeigte, wie sie entspannen sollten, drehte ihre Runden wie ein hospitalistischer Panther im Käfig in ihrer Zelle. Sie kam nicht zur Ruhe und drohte, den Verstand zu verlieren. Als ihre Uhr Mitternacht anzeigte, begann ihr Geburtstag. Sie heulte. So leise wie möglich, damit keiner von den Wachhabenden etwas mitbekam. Als sie um 6 Uhr morgens geweckt wurde, hatte sie keine Minute geschlafen und laut ihres Schrittzählers 15.875 Schritte zurückgelegt.

Immerhin hatte heute eine Wärterin Dienst, die sich durch mehr Empathie als ihre Kollegen auszeichnete. Sie hatte ihr sogar zum Geburtstag gratuliert. Man führte Sabine in einen Raum, in dem sie mit ihrer Anwältin – einer Pflichtverteidigerin, die sie nie zuvor gesehen hatte – zoomen konnte. Die Verteidigerin schien keine Zeit gehabt zu haben, sich in den Fall einzuarbeiten, sie ging die Papiere durch und fragte sie allen Ernstes, ob Ben ihr Geliebter gewesen sei. Sie hatte kein Interesse an weiterführenden Details. Alles in allem wirkte die Anwältin recht ambitionslos. Danach wurde Sabine wieder in ihre Zelle gebracht. Mittlerweile war sie fast ohnmächtig vor Hunger, trotzdem bekam sie von dem Mittagessen, das man ihr gebracht hatte, keinen Bissen hinunter. Obwohl es eigentlich ganz erträglich roch. Reis mit Soße. Die Anwältin hatte ihr gesagt, sie bemühe sich um einen Haftprüfungstermin vor den Feiertagen. Aber Sabine bezweifelte, dass dies passieren würde. Sie hatte bereits über 23.865 Schritte zurückgelegt, als sich die Zellentür öffnete. Sie solle ins Büro kommen.

Zu den beiden Frauen vom Vortag.

Deren Grinsen war nicht mehr ganz so breit. Knapp teilten sie ihr mit, dass sie entlassen wurde. Während der gesamten Fahrt nach Hause weinte Sabine. Warum, konnte sie nicht sagen. Jetzt öffnete sie ein Fenster, um frische Luft hereinzulassen, und ging nach oben ins Bad. Als sie unter der Dusche stand, wusste sie, es war nicht vorbei. Sie war noch nicht sicher.

48

Er hievte zwei prall gefüllte Papiertüten mit Lebensmitteln auf den Küchenblock. Kurz vor Ladenschluss hatte er es geschafft, das Nötigste zu besorgen, um über die Osterfeiertage zu kommen. Eigentlich war sein Plan gewesen, Ostern in Hamburg zu verbringen, doch daraus wurde nichts. Er räumte Wurst, Käse, Milch, Saft, Smoothies und Skyr in den Kühlschrank, verstaute Nudeln, Reis und Linsenchips im Küchenschrank. Es würden keine pompösen Ostern werden, aber er würde auch nicht verhungern, und zur Not gab es das »Vietnam Bistro«. Er öffnete sich ein Bier und eine Tüte Nussmischung. Unschlüssig, ob er sich ins Wohnzimmer setzen oder in der Küche bleiben sollte, zog er sich einen Barhocker heran. Es war kurz nach acht. Der Arbeitstag war länger geworden als geplant, was daran gelegen hatte, dass sie, beziehungsweise der Polizeipräsident, in Abstimmung mit der Presseabteilung entschieden hatten, kurz vor den Feiertagen noch eine virtuelle Pressekonferenz zu geben. Darin hatten sie erstmals Fakten zum Verbrechen preisgegeben: Tatort, Tatumstände und -zeitpunkt. Es gab eine Sperrfrist bis morgen früh um acht, dann durften die Redaktionen mit den Informationen an die Öffentlichkeit gehen. Eingedenk des Feiertags würden die Artikel hauptsächlich in den Online-Ausgaben der Zeitungen veröffentlich werden.

Sie erhofften sich mögliche Zeugen, die im Idealfall etwas rund um die Tat beobachtet hatten oder Angaben zu Bens letzten Tagen machen konnten. Möglicherweise führte sie Kommissar Zufall zu einer neuen Spur oder zu Informationen, die ihnen noch im Puzzle fehlte.

Er war noch immer unschlüssig: Sollte er sich etwas kochen oder reichte der Snack? So richtig hungrig war er nicht. Er nahm einen Schluck Bier und aß eine Hand voll Nüsse. Den ganzen Tag hatte ihn eine gewisse Unruhe begleitet. Er konnte nicht genau sagen, was es war. Ob es daran lag, dass er das Gefühl hatte, etwas übersehen zu haben? Oder ob es diese Anspannung war, die ihn immer überfiel, wenn sie sich einem Durchbruch näherten? Manchmal war er allerdings auch fahrig ohne Durchbruch.

Die Glocken läuteten und brachten ihn in die Gegenwart zurück. Es war Gründonnerstag. Was hatte das Glockenläuten zu bedeuten? Paul war atheistisch erzogen worden. In der Schule hatten sie sicher etwas über Gründonnerstag gelernt, nur konnte er sich nicht daran erinnern. Eine kleine Internetrecherche war jetzt genau das Richtige, um ihn zur Ruhe zu bringen und abzulenken.

Sein Handy lag auf dem Tresen. In dem Augenblick, als er danach griff, begann es zu klingeln. Peggy Limberg. Er hatte nach der Pressekonferenz versucht, sie zu erreichen, er musste sie ja noch in Kenntnis setzen, dass sie mit den Informationen zu Bens Tod an die Öffentlichkeit gingen. Das hätte er beinahe vergessen. Er war heute wirklich unkonzentriert.

49

Kommissar Montgomery rief sie an, als sie auf dem Weg von der Arbeit war. Sie ging nicht ran.

Die Kollegen hatten gesagt, sie solle erst mal noch zu Hause bleiben, und die Chefs von der Zentrale hatten ihr angeboten, erst zu kommen, wenn der Mörder gefunden war. Sie versprachen, ihr Gehalt weiterzuzahlen. Sie war trotzdem schon am Dienstag wieder auf der Arbeit erschienen. Aus Pflichtbewusstsein. Aber nicht nur. Als Montgomery vor vier Tagen, die ihr wie eine Zeit in einem Leben vor unendlich vielen Jahren vorgekommen waren, bei ihr aufgetaucht war und ihr gesagt hatte, dass Ben ermordet worden ist, hatte sie einen Schock erlitten und ein Gefühl der Unwirklichkeit hatte sie ergriffen. Am Montag wurde daraus die Realität, und die hatte es ihr unmöglich gemacht, untätig zu Hause zu sitzen. Sie wäre wahnsinnig geworden, und so war sie dankbar, dass sie zur Arbeit gehen konnte. Im Laden konnte sie zwar nicht vergessen, dass Ben nicht mehr war, aber sie hatte ein wenig Ablenkung und starrte nicht nur an die Wand oder stellte sich die immer gleichen Fragen, auf die sie sowieso keine Antwort fand. Sie rief Montgomery erst zurück, als sie zu Hause war. Sie hatte Angst vor dem, was er ihr sagen würde. Darum brauchte sie den Schutz ihrer eigenen vier Wände.

»Guten Abend, Frau Limberg. Danke, dass Sie zurückrufen.«

»Ich hoffe, ich störe so spät nicht.« Sie war unsicher.

»Sie stören nie, Sie können mich zu jeder Tages- oder Nachtzeit anrufen.«

Er klang aufrichtig. Peggy entspannte sich ein bisschen und goss sich ein Glas Wasser ein.

»Wie geht es Ihnen?«

»Den Umständen entsprechend. Ich bin froh, dass Jana bei mir wohnt und ich nicht allein bin.«

»Das kann ich mir vorstellen. Sie sind sehr tapfer.« Er schwieg für einige Momente. »Ich wollte Sie nur kurz darüber in Kenntnis setzen, dass wir heute eine Pressekonferenz einberufen haben, in der wir Informationen zum

Todeszeitpunkt Ihres Sohnes und zum Tatort herausgegeben haben. Wir erhoffen uns dadurch Hinweise aus der Bevölkerung.«

»Gestern stand schon was in den ›Ucker-News‹.«

»Ja, das stimmt. Das waren keine offiziellen Informationen von uns, darum wurde auch Bens Name dort nicht genannt. Haben die Reporter bei Ihnen angerufen?«

Sie dachte nach. Dienstag und gestern hatte sie mehrere Anrufe mit unterdrückter Nummer erhalten. Sie war nicht rangegangen. »Nein«, sagte sie knapp. Dann fasste sie sich ein Herz: »Das heißt, Sie wissen noch nicht, wer das …?« Ihre Stimme brach.

»Ich kann Ihnen nichts Genaues sagen, aber Hinweise sind immer gut, um Verdachtsmomente zu erhärten und um möglicherweise an Beweise zu kommen.«

Sie schluckte und schwieg.

»Ich würde Ihnen gern mehr sagen. Zum gegenwärtigen Zeitpunkt …«

»Das weiß ich, Herr Montgomery.« Sie ging ins Wohnzimmer, wo Jana auf dem Sofa lag und natürlich an ihrem Handy hing. Peggy drehte sich wieder aus der Tür, trappte zurück in die Küche. Jana sollte nicht hören, was sie sagte.

»Wir haben mit Sina Hellström, der Ex-Freundin von Ben, gesprochen.«

Peggy erstarrte. Damit hatte sie nicht gerechnet. »Ach, Sina, hatte sie denn was zu sagen? Sie hat Ben ja seit Jahren nicht gesehen. Oder verdächtigen Sie sie?« Sie merkte, dass ihre Stimme schärfer als gewollt klang. Wut stieg in ihr auf. Warum diese Person? Sie hatte schon genug Unheil angerichtet.

»Wir haben im Zuge der Überprüfung von Bens Umfeld mit ihr gesprochen.«

Sie wusste nicht, was sie sagen sollte, also wartete sie, bis der Kommissar wieder begann. Ihr Zorn war immer noch da. Und die Anspannung.

»Also, ich wollte Sie darauf vorbereiten, dass es sein kann, dass sich aufgrund der Veröffentlichungen morgen zu Bens Ermordung einige Bekannte bei Ihnen melden werden oder dass Sie jemand darauf anspricht.«

Sie schluckte wieder.

»Sollte etwas Verdächtiges passieren, Sie jemand anrufen, den Sie nicht kennen, oder Ähnliches, melden Sie sich bitte bei mir. Die Mordkommission arbeitet morgen natürlich. Sie erreichen mich unter dieser Nummer oder Sie können die Kollegen auf dem Revier anrufen. Bitte melden Sie sich auch, wenn Sie einfach nur reden wollen. Sie können jederzeit bei mir anrufen.«

Seine Worte sollten sie beruhigen, aber verfehlten ihre Wirkung.

»Danke, Herr Montgomery, und einen schönen Abend noch.« Sie legte auf. Sie war aufgewühlt. Was hatte er mit Sina zu besprechen gehabt?

50

Verwundert legte Paul auf. Seltsam, dass Peggy ihm nichts von der Begegnung mit Sina gesagt hatte. Die kann sie doch nicht vergessen haben, schließlich lag sie nicht mal einen Monat zurück. Ahnte sie das mit der Vaterschaft, aber wollte ihn nicht auf die Spur bringen? Das war nicht schlüssig. Paul ging in den Flur und holte sein Notizbuch aus der Jacke. Er schrieb »Peggy – Sina« hinein und blätterte zurück zum Anfang der Ermittlungen. Seemüller, die Hauschild, Wellinow. Er nahm sich ein leeres DIN-A4-Blatt und schrieb die Namen all derer auf, die entweder ein Motiv oder die Möglichkeit zur Tat gehabt oder die sie im Verdacht hatten:

1. *Seemüller*
2. *Claudia Kunze*
3. *Michael Kunze*
4. *Claus Holm*
5. *Karo Schultze*
6. *Frank Vandenben*
7. *Sabine Weisskirch*
8. *Ronny Meier*
9. *Jana Limberg*
10. *Lutz Schildow*
11. *Gerhard Limberg*
12. *Peggy Limberg*

Zwölf Namen. Passend zu den zwölf Aposteln, mit denen Jesus am Gründonnerstag das Abendmahl gefeiert hat, dachte er. Er nahm einen Filzschreiber und strich die Namen derjenigen, die sie ausschließen konnten, weg.

Es blieben mit Fragezeichen Ronny und Schildow und Peggy und Jana – sowie ohne Vandenben, Weisskirch. Am naheliegendsten waren VW. Wegen der Beweise und Motive. Es deutete am meisten auf das Duo hin. Dennoch sträubte sich weiterhin etwas in ihm. Es war nicht nur ein Gefühl. Es war die Verbrechenslogik, die dagegensprach. Man musste kein Profiler sein, um zu erkennen, dass der Mord an Ben eine Tat im Affekt, von einem Einzeltäter begangen, war. Selbst wenn nur einer der beiden der Mörder war, sie steckten unter einer Decke. Sie hätten die finanziellen Möglichkeiten und auch die Verbindungen, direkt danach zu fliehen oder die Leiche verschwinden zu lassen oder sich scheinbar wasserdichte Alibis von Dritten geben zu lassen. Aber sie hatten nichts davon unternommen. Stattdessen hatten sie die Polizei mit dem freiwilligen DNA-Test auf sich aufmerksam gemacht Das widersprach jedweder Logik.

Peggy und Jana. Er holte sich ein weiteres Bier aus dem Kühlschrank, als wolle er ein bisschen Abstand gewinnen, um seine Gedanken zu ordnen.

Mutter und Schwester. Mord innerhalb der Familie war eine andere Dimension. Irgendwie brutaler in der Wahrnehmung. Trotzdem passierten sie sogar häufiger. Für Peggy und Jana galt, sie hatten beide kein Motiv. Aber je genauer er hinschaute, umso verdächtiger kam ihm ihr Verhalten vor. Er schrieb »Streit, Freitag« hinter den Namen von Jana. Sie würden morgen die Kollegen von Peggy befragen, vielleicht hatte jemand die Auseinandersetzung mitbekommen.

Vier Namen. Gehörte einer davon dem Täter? Oder waren sie nach wie vor auf dem Holzweg? War der Täter möglicherweise eine Person, die sie bislang nicht kannten? Dagegen sprach die Statistik. Und sein Bauchgefühl. Gäbe es eine Person X, hätten sie von irgendwem einen Hinweis bekommen. Die Uckermark war ein Dorf, Ben hatte keine nennenswerten Aktivitäten im Internet unternommen. Es führte keine Spur nach Polen.

Aber es gab im Umfeld der Verdächtigen Personen, die sie nicht durchleuchtet hatten: Constantin von Wittleben und Tarik, den Mann von Vandenben. Auch die singende Schönheit mit dem malträtierten Gesicht könnten sie unter die Lupe nehmen. Wellinow. Die anderen Kunden von Ben. Wer hatte Motiv und Möglichkeit gehabt?

Mit einem Mal war er müde. In den vergangenen Nächten hatte er wenig und schlecht geschlafen. Er hoffte, dass das heute besser werden würde. Er räumte die Bierflaschen weg, löschte das Licht und schaute aus dem Fenster. Die Stadt lag ruhig und dunkel da. Der Karfreitag war immer einer der ruhigsten Tage des Jahres, auch in Hamburg und Den Haag. Er mochte ihn nicht. Hoffentlich war es für die Mordkommission nun ein Tag des Durchbruchs. Als er im Bad seine Zähne putzte, klingelte es an der Tür. 23:48 Uhr. Es hatte ihn hier noch nie jemand besucht und schon gar nicht unangemeldet. Außerdem um diese Uhrzeit?

Für den Bruchteil einer Sekunde dachte er an seinen vermeintlichen Verfolger von vor zwei Tagen zurück. Seine Dienstwaffe war im Präsidium. Er nahm den Hörer von der Gegensprechanlage ab. »Ja, bitte!?« Die Anlage hatte keine Kamerafunktion. Am falschen Ende gespart, dachte er.

Da sagte eine ihm bekannte Frauenstimme: »Hallo, kann ich reinkommen?«

51

»Mit wem hast du telefoniert?« Jana adressierte die Frage
an ihre Mutter, ohne von ihrem Handy aufzusehen oder
etwas an ihrer Position auf dem Sofa zu ändern. Sie war
auf Instagram unterwegs, sah sich Reels an und sextete mit
Michael. So viel scheint er seiner Frau nicht mehr zu sagen
haben, wenn er am ersten Abend bei ihr zu Hause nichts
Besseres zu tun hatte, als mit ihr heiße Nachrichten aus-
zutauschen. Aber wunderte sie das? Nein. Sie genoss die
Macht, die sie zumindest auf diesem Kanal über ihn hatte.
Schick mir ein Nacktfoto von dir, bettelte er. Sie scrollte
durch ihr Fotoarchiv.

»Mit Kommissar Montgomery.« Die Antwort ihrer
Mutter ließ sie aufschauen. So spät abends. Langsam wurde
er imponitent oder wie das hieß.

»Was wollte er?« Sie setzte sich kerzengerade hin und
legte das Telefon zur Seite. Das Brummen, das eine eingehende Nachricht meldete, ignorierte sie.

»Er wollte mich informieren, dass die Presse morgen
über Ben schreiben wird.« Ihre Mutter setzte sich neben
sie aufs Sofa, nahm das Kissen mit dem Harlekin darauf
in die Hand und drückte es sich auf den Bauch. Ihr Blick
war seltsam leer.

»Was heißt das, die Presse schreibt über ihn?« Jana
spürte, wie sich ein mulmiges Gefühl in der Magengegend ausbreitete. Presse, das hieß selten etwas Gutes.

»So genau habe ich es nicht verstanden, er wollte uns
darauf vorbereiten, dass dann alle Leute wissen, was passiert ist und wann.« Peggy zerknautschte das Kissen.

Das hatte ihr gerade noch gefehlt! Es reichte nicht, dass ihr Bruder ermordet worden war, jetzt erfuhr auch noch die ganze Welt davon, wie es geschehen war. All die Details. Und die Verhältnisse innerhalb ihrer Familie. Der verschwundene Vater. Das würde sich nicht gut machen. Ausgerechnet, wo Schlüter ihr zugesichert hat, dass er ihre Bewerbung für das Direktmandat unterstützen würde. Das hieß, sie hatte die Kandidatur in der Tasche, denn an Schlüter kam keiner vorbei. Was er sagte, war Programm. Sie war so gut wie am Ziel. Hatte sie einiges gekostet, dachte sie. Das wollte sie sich nicht kaputtmachen lassen.

Michael. Er musste ihr helfen. Aber sie konnte ihn momentan nicht anrufen. Er würde nicht ans Telefon gehen, er saß ja in seinem Palast mit seiner Super-Frau.

Ihre Mutter hockte wie ein Häufchen Elend mit dem Kissen in ihrem Schoß da. Jana legte den Arm um sie und drückte sie an sich: »Ach, Mutti, das stehen wir auch durch.«

Peggy lehnte sich an sie und schluchzte. Aber nur kurz, dann blickte sie Jana an und sagte: »Gut, dass ich dich habe.« Peggy blieb einen Augenblick an ihre Tochter gelehnt, dann stand sie auf. »Ich mach mir einen Tee. Möchtest du einen?«

Jana schüttelte den Kopf und griff nach ihrem Handy.

Du kannst gleich ein Nacktfoto in 3-D haben, textete sie. Sofort gelesen.

Und Michael antwortete: *Hast du einen 3-D-Drucker?* :-)

Scherzkeks.

Nein. Aber 3-D-Ausdrucke sind auch nicht in der Lage, einen Blowjob zu geben. Damit hatte sie ihn.

Er schickte das Emoji Aubergine und tippte: *Ich könnte in 20 Minuten an der Ecke bei euch sein. Kurze Spritztour?*

Na also.

Sie stand auf und ging in die Küche, wo ihre Mutter aus dem Fenster starrte. Der Wasserkocher blubberte. Jana schaltete ihn aus, goss Wasser in die vorbereitete Tasse und stellte sie vor Peggy. »Mutti, ich geh mal kurz frische Luft schnappen.«

Peggy nickte abwesend.

Michael war sogar schon 18 Minuten später am Treffpunkt. Da stand sie bereits seit fünf Minuten fröstelnd an der Straßenecke. Er hielt, und sie stieg wortlos ein.

»Schön, dich zu sehen. Gut siehst du aus.« Sein Grinsen war vorfreudig, seine Stimme erregt. Sie positionierte sich wie zufällig so auf dem Sitz, dass er trotz der dämmrigen Beleuchtung im Wagen erkennen konnte, dass sie halterlose Strümpfe unter ihrem Mantel trug. Mehr sollte er noch nicht sehen. Schritt für Schritt.

Es reichte. Er fuhr los.

»Was ist unser Ziel?« Es war eine rhetorische Frage. Es gab hier genügend einsame Parkplätze im Wald. Er blickte sie an und schob seine rechte Hand unter ihren Mantel, genau dahin, wo ihre Strümpfe endeten.

»Ohhh!« Er stieß einen genussvollen Seufzer aus. Bestimmt legte sie seine Hand zurück aufs Lenkrad. Fragend sah er sie an.

»Hör zu, die Polizei hat bei uns angerufen«, sagte Jana. »Morgen steht überall, dass Ben ermordet wurde, und auch Details davon. Kann mir das schaden?«

Er bretterte über die Landstraße. Offenbar hatte er nicht viel Zeit. »Das ist natürlich nicht optimal, aber bis zur Wahl ist das vergessen. Entweder sie haben den Täter, und wenn nicht, wird die Mordkommission bis dahin aufgelöst sein und der Fall als Cold Case bei den Akten liegen.« Seine Hand wanderte zurück auf ihren Oberschenkel. Diesmal ließ sie ihn gewähren. Seine Worte klangen halbwegs beruhigend.

»Und was ist, wenn die Presse mich durchleuchtet?«

»Na und? Lass sie. Du hast doch nichts zu verbergen. Oder hast du etwas mit dem Mord zu tun?« Er lachte.

»Witzig. Ben war mein Bruder!«

»Das ist vielleicht gar nicht schlecht. Wir warten die offizielle Nominierung ab und dann liefern wir der Presse eine schöne Geschichte. ›Ihr trauriges Geheimnis‹ – so ungefähr wird das in den Medien sein. Das ist gut, die Leute werden mit dir fühlen und dich wählen. Aber jetzt Schluss mit Arbeit.«

Er schickte sich an, sie zu küssen, aber sie stoppte ihn, indem sie ihre Hand wie ein Stoppschild vor ihren Mund platzierte. »Ich soll also erst mal nichts machen?«

»Doch, mich küssen zum Beispiel.« Sie sahen sich in die Augen. »Übrigens habe ich heute den Kommissar getroffen. Ich hab ihm gesagt, dass wir miteinander schlafen.«

Empört nahm sie seine Hand, die auf ihrem Knie ruhte, und schleuderte sie auf sein Bein. »Warum denn das?«

»Weil er mich gefragt hat und ich ihn nicht anlügen wollte.«

»Seit wann fällt dir lügen schwer? Und wenn er es deiner Frau erzählt?«

»Konfrontiere ich sie mit meinem Wissen und wir sind quitt!«

Er bog auf den dunklen Waldparkplatz ein und stellte den Motor ab. Anschließend löste er seinen Sicherheitsgurt und beugte sich zu ihr. Seine Hand wanderte langsam die Innenseite ihres Schenkels hoch.

»Du kleines, ungezogenes Mädchen trägst keine Wäsche«, sagte er, bevor er sie gierig küsste.

Eine halbe Stunde später ließ er sie wieder an der Ecke aussteigen.

»Vielleicht hast du ja an den Ostertagen noch mal Zeit für ein Arbeitsgespräch?« Er deutete mit den Händen Gänsefüßchen an.

»Vielleicht«, murmelte sie gespielt desinteressiert und löste den Gurt. Bevor sie ausstieg, küsste sie ihn und strich mit ihren langen, spitzen Fingernägeln wie zufällig über seinen flachen, durchtrainierten Bauch. Sie tastete sich weiter nach unten, zeichnete die Umrisse seines Penis mit den Nägeln auf dem Stoff der Hose nach. Er stöhnte auf.

»Ich hoffe auf das Vielleicht«, sagte er. Sie öffnete die Tür. Beim Aussteigen verhakte sie sich mit ihren hohen Absätzen in etwas. Wahrscheinlich der Gurt, dachte sie und zog daran. Als sie befreit war, warf sie die Tür zu. Lautlos glitt der Tesla davon. Sie sah ihm noch nach und drehte sich dann um. Da erblickte sie etwas auf dem Boden. Eine kleine graue Wollkatze. Die muss wohl beim Aussteigen aus der Tür gefallen sein. Jana hob sie auf, steckte sie in die Manteltasche und ging zurück zum Haus ihrer Mutter.

52

Karo hatte kein Alkoholproblem, aber sie trank regelmäßig. Seit sie in der Uckermark lebte, hatte ihr Weinkon-
sum stark zugenommen. Fast jeden Abend genehmigte sie
sich ein Glas, um sich zu belohnen für das Tagwerk und
zur Entspannung. Jetzt brauchte sie jedoch etwas Stärke-
res – zur Beruhigung.

Was für ein Tag, dachte sie, als sie im Küchenschrank
nach der Flasche mit dem Nussschnaps suchte. Nervös
schob sie die Chipspackungen, die sie dort auch aufbe-
wahrte, zur Seite. Denn zum Wein gönnte sie sich gern
Chips. Eine der Tüten fiel auf den Boden. Sie bückte sich
danach und stieß gegen den Stuhl, der prompt umfiel. Was
für eine Kettenreaktion. Die zweite am heutigen Tag. Endlich hatte sie den Schnaps gefunden. Sie goss sich ein groß-
zügiges Glas ein und ging damit in ihr Arbeitszimmer.
Aus dem Wohnzimmer drangen Stimmen und flackerndes
Licht. Ihre Mutter schaute irgendein Herzkino, vielleicht
war sie auch davor eingenickt. Die Kinder schliefen oben
in ihren Betten. Karo setzte sich an den Schreibtisch. Vor
ihr lag ein bedrucktes DIN-A4-Blatt. »Prost«, sagte sie zu
sich und nahm den ersten Schluck von dem süßlich-her-
ben Getränk. Das Brennen in der Speiseröhre tat fast gut.
Sie lehnte sich zurück.

Ihr Tag hatte unspektakulär angefangen. Nachdem
Claus für die Ostertage abgesagt hatte, war ihre Mutter
gestern Abend gekommen. Eine große Hilfe. So konnte
Karo sich um die Einkäufe für die Feiertage kümmern,
während ihre Mutter auf die Kinder aufpasste. Sie war

nach Templin auf den Markt gefahren und war dort später angekommen, als sie ursprünglich geplant hatte. Eine Patientin, die davor einen Termin zu einer Lymphdrainage gehabt hatte, hatte sich verspätet. Karo war wütend darüber gewesen, hatte ihr aber nicht absagen wollen. Sie war um jede Behandlung, die sie durchführte, froh. So kam sie erst kurz vor Marktende in Templin an. Da waren die Gemüsestände schon fast leergekauft, dafür hatte Jana, Bens Schwester, sie 20 Minuten lang vollgequatscht. Jana, ausgerechnet, wollte in die Politik und stand da mit diesem unangenehmen dicken Typen von der EPD an einem mickrigen EPD-Stand. Sie faselte was von: »Man muss den Wald retten.« Karo verstand nicht ganz, was sie damit meinte, es war das übliche Politikergerede, dabei war Jana doch Kosmetikerin. Sie wollte nicht unhöflich sein, und so stand sie viel zu lang bei ihr und tat so, als interessiere sie das Thema. Sie wollte von Jana etwas über Ben herausbekommen, in Erfahrung bringen, was die Polizei wusste beziehungsweise was Jana wusste. Aber sobald sie versuchte, von der Politik auf Ben zu lenken, wich Jana ihr aus und sprach sofort wieder über ihre »Mission«.

Während der EPD-Fettie gierig in Janas Ausschnitt starrte.

Erst um zwölf trat Karo den Heimweg an. Als sie in der Friedrich-Engels-Straße am Polizeirevier vorbeikam, spürte sie wieder das Ziehen in der Magengegend, das seit Bens Tod immer dann auftauchte, wenn sie einen Polizeiwagen oder Ähnliches sah. Beinahe wäre sie ihrem Vordermann in den Kofferraum gekracht. Neben dem Polizeipräsidium befand sich die Herz-Jesu-Kirche, und vor deren Tor stand mitten im Halteverbot ein schwarzer Mercedes mit Berliner Kennzeichen. Den kannte sie nur zu gut. Sobald sie die Möglichkeit hatte, machte sie verbotenerweise einen U-Turn quer über die Fahrbahn. Dass die entgegenkommenden Autos hupten, nahm sie gar nicht zur Kenntnis. Sie stellte ihren Wagen vor den von Claus. Kein Zweifel. Es war seiner. Was wollte er im Präsidium? Außerdem durfte er doch gar nicht Auto fahren. Er hatte gestern gesagt, dass er die Schiene am Handgelenk bis nach Ostern behalten musste. Hatte ihn jemand hierherkutschiert? Aber vor allem: Warum hatte er ihr nichts davon gesagt? Schnurstracks hastete sie ins Revier. Bei der wachhabenden Beamtin gab sie vor, vom katholischen Pfarramt zu sein. Sie fragte, ob der Fahrer des Mercedes, der unbefugterweise in ihrer Einfahrt stehe, bei ihnen sei.

»Das ist doch der Anwalt von der Befragung da oben«, sagte ein Kollege aus dem Hintergrund und deutete mit dem Daumen ins Obergeschoss. »So 'n Berliner Fatzke.«

»Ich bitte ihn, dass er wegfährt«, bot die nette Beamtin an. Karo bedankte sich und lief zurück zu ihrem Wagen. Sie bog in die Obere Mühlenstraße ein und wartete dort in sicherer Entfernung und im Schutz des Gebäudes auf Claus. Es dauerte knapp zehn Minuten, da verließ er in Begleitung von Frank Vandenben das Gebäude. Vandenben? Sie steuerten das Auto an und stiegen ein. Claus auf der Fahrerseite. Soweit sie es erkennen konnte, hatte er die Schiene nicht mehr. Vandenben sah ziemlich mitgenommen aus, richtig derangiert. Schmutziger, unmoderner Trainingsanzug, das Gesicht zerknittert und aschfahl. Sie fuhren los, und Karo folgte ihnen in sicherem Abstand bis zum Großdöllner See. Sie lenkte den Wagen wie ferngesteuert. Als wäre es nicht sie selbst, die am Steuer saß, sondern eine andere Person. Ein Karo-Avatar. Schockiert konnte sie keinen klaren Gedanken fassen. Claus fuhr

Auto. Claus und Frank Vandenben. Sie kannten sich natürlich aus Berlin, aber Claus hatte nie sonderlich freundlich von Vandenben gesprochen. »Impertinenten PR-Clown«, hatte er ihn abschätzig genannt. Als in den Hamptons das Gerücht die Runde machte, Vandenben hätte ein Burn-out, hatte Claus gehöhnt: »Wovon hat er Burn-out, vom Politikern in den Hintern kriechen oder von seinen schmutzigen Geschäften?« Mit einer psychischen Krankheit hausieren zu gehen, das widerstrebte Claus. Jetzt chauffierte ausgerechnet er ihn durch die Schorfheide. Und war mit ihm bei der Polizei. Das ergab alles keinen Sinn. Als Claus in die ruhige Straße, in der Vandenben wohnte, einbog, fuhr Karo weiter geradeaus. Sie wendete und wartete hinter einem Transporter. Es dauert nicht lange, da passierte Claus sie, ohne Notiz von ihr zu nehmen. Sie wählte seine Nummer. Er ging direkt nach dem ersten Klingeln ran:

»Karo, Liebes. Ich habe nicht viel Zeit, worum geht's?«

Sie musste sich sehr anstrengen und vor allem überwinden, um mitzuspielen. »Wobei störe ich dich denn?«, flötete sie, ließ gleichzeitig den Motor an und nahm die Richtung, in die er gefahren war.

»Ich bin zu Hause. Aber gleich habe ich ein wichtiges Zoom-Meeting mit der Staatsanwaltschaft. Was hast du auf dem Herzen?«

Karo unterdrückte den Drang, sich zu übergeben. Sie ließ das Fenster herunter, atmete tief ein und gab Gas. Claus war nur noch rund hundert Meter vor ihr. Sie beschleunigte weiter.

»Karo, was ist los? Ich habe echt keine Zeit …«, schallte es aus der Freisprechanlage durch das Wageninnere.

Sie raste die L215 mit mehr als den erlaubten 70 km/h entlang und überholte ihn riskant. Bei der Abzweigung nach Grunewald bremste sie stark ab. Er konnte nicht mehr ausscheren, um sie zu überholen, sondern musste voll in die Eisen steigen. Es war knapp, beinahe wäre er ihr ins Heck gerauscht. Keinen Meter von ihrem Kofferraum entfernt kam seine Limousine zum Stehen. Sie sprang aus dem Wagen und ging auf ihn zu. Durch die Windschutzscheibe sah sie das Entsetzen in seinem Blick. Er wirkte in diesem Augenblick plötzlich viel älter als 57. Widerwillig verließ er seinen Safe Space. Sie standen einander gegenüber. Nicht wie ein Liebespaar. Nicht wie Eltern. Wie Widersacher. Feinde.

»Das Westend, in dem du angeblich gerade bist, grenzt zwar an Grunewald – aber nicht an dieses hier. Wie schnell man doch von Berlin hierherkommen kann. Ach, und die Schiene ist auch weg.« Sie spuckte ihm die Wörter förmlich vor die Füße.

»Karo …« Er ging einen Schritt auf sie zu. Sie blieb wie versteinert stehen. »Lass mich es dir erklären. Ich war gerade bei der Polizei. Sie haben Vandenben wegen Ben festgenommen. Aber ich habe ihn da rausgeholt. Er musste eine Nacht in Untersuchungshaft verbringen. Kannst du dir vorstellen, was das für jemanden wie ihn bedeutet hat? Der reinste Albtraum für ihn.«

Er trat einen weiteren Schritt auf sie zu und wollte sie berühren. Reflexartig schlug sie seine Hand weg und ging ein wenig zurück. Mit schmerzerfüllter Miene hielt er seine frisch operierte Hand fest und sah sie überrascht an.

»Was ist los?«

»Warum hast du mir nicht gesagt, dass du hier bist?«

Er schien erleichtert zu sein, denn seine Gesichtsmuskulatur entspannte sich. »Bist du deswegen verärgert? Ach, Karo. Es war ein sehr kurzfristiges Mandat. Montgomery hat Vandenben erst gestern Abend in U-Haft stecken lassen. Ich habe fast die ganze Nacht die Akten studiert, und dann war der Termin ja schon heute Morgen. Alles lief gut. Jetzt kann Frankie an Ostern entspannt bei seinem Tarik Eier suchen.« Er lachte über seinen geschmacklosen Witz.

Karo sagte nichts, funkelte ihn nur böse an. Sie musste sich konzentrieren, ihren Mageninhalt bei sich zu behalten. Am liebsten hätte sie ihm vor die Füße gekotzt. Er kam erneut auf sie zu. »Außerdem weiß ich doch, wie sehr dich diese Sache mit Ben belastet. Er war ja dein Freund. Ich wollte dich nicht damit behelligen. Nicht an Ostern. Ist alles schwer genug für dich.«

Sie lachte laut auf. Glaubte er diesen Schwachsinn wirklich? Ihm war es noch nie um sie gegangen. Ihr Magen krampfte sich zusammen. Sie musste das jetzt zu Ende bringen. »Hat Ben dich erpresst?«

Vier Wörter, eine Frage. Ein Wort, die richtige Antwort. Vier Buchstaben und ihre Welt wäre weiterhin in Ordnung. Ein einfaches Nein.

Er sagte nichts. In seinen Augen sah sie die Antwort. Er bemerkte ihren Blick und drehte sich weg.

Es war noch schlimmer. Er hatte bezahlt. Das wurde ihr in diesem Augenblick schlagartig klar. Ein Traktor fuhr hupend an ihnen vorbei. Der Fahrer schickte Flüche durchs Fenster, gestikulierte obszön. Als ihr Leben zusammenbrach, zeigte ihr ein unbekannter Bauer den Mittelfinger. Das würde sie nie vergessen.

Claus rief ihm ein paar Wörter hinterher, die so gar nicht Westend waren.

Plötzlich war glasklar, was sie jahrelang nicht hatte wahrhaben wollen: Er würde nie zu ihr stehen. Seine Frau nie verlassen, selbst wenn seine Kinder aus dem Haus waren. Lieber zahlte er einem Erpresser Geld, als seiner Frau die Wahrheit zu sagen.

Aber was war die Wahrheit? Dass er zwei uneheliche Kinder hatte und eine Geliebte, die er in der Einöde versteckte. Denen er ein angenehmes Leben finanzierte und dafür im Gegenzug Sex, Jugend und Spaß bekam. Eine Flucht aus dem Alltag? Sie war nicht die Frau, mit der er alt werden wollte. Nicht mal die, mit der er Ostern verbringen wollte. Sie war ein Zeitvertreib für ihn. Nicht mehr. Frederik und Lina hielten ihn jung, sie gaben ihm das Gefühl, noch nicht zum alten Eisen zu gehören. Es noch zu können. Sein Zuhause waren sie allerdings nicht. Das war hinter hohen Mauern in Berlin-Westend. Mit klassischer Musik, viel altem Geld und seinesgleichen. An der Seite seiner Ehefrau. Er würde für Karo zahlen, doch sie konnte nicht auf ihn zählen. Hatte sie das nie gesehen oder nie sehen wollen? Weil sie die Projektion von ihm liebte? Plötzlich war er ganz alt und unattraktiv. War er das, was sie wollte? Einen Mann, der nicht nur nicht für sie durchs Feuer ging, sondern nicht mal in den Regen. Er kämpfte nicht mit dem Drachen, nicht mal mit einer kleinen Drachenfigur, wie Frederik sie hatte. Nein. Einen solchen Mann wollte sie nicht. Sie wollte auch das Versteckspiel nicht mehr. Sie wollte Spaß, Leben, Lachen, Leichtigkeit. Und sich vielleicht irgendwann neu verlieben. Sie sah einen Sommertag in ihrem Garten, die Kinder lachten, spielten, und sie stand neben einem Mann, der sie küsste. Doch es war nicht Claus.

»Ich will das Haus und Unterhalt für die Kinder. Bis sie mit der Ausbildung fertig sind. Dafür bekommst du mein Schweigen. Niemand wird je von uns erfahren.« Sie schaute ihm ins Gesicht, und er nickte unmerklich, zuckte leicht mit den Achseln – so, als wolle er sich entschuldigen. Sie stieg ins Auto und fuhr davon. Als er nicht mehr hinter ihr war, hielt sie an, öffnete die Fahrertür und übergab sich. Sie kotzte ihr Leben aus.

Drei Stunden später war eine kurze E-Mail mit einem Letter of Intent angekommen. Die Absichtserklärung lag jetzt ausgedruckt vor ihr.

Sie erhielt das Haus in der Uckermark sowie 1.500 Euro pro Monat für jedes Kind, solange Lina und Frederik zur Schule gingen. Die Ausbildung beziehungsweise Studienkosten würde Claus auch übernehmen. Im Gegenzug verzichtete Karo auf Ansprüche und versprach Stillschweigen über die Vaterschaft der Kinder und ihre Affäre. Sollte sie zuwiderhandeln, würde er eine Schadensersatzsumme, die dem Gegenwert des Hauses entsprach, geltend machen. Sie versprach, sich von seiner Frau und seinen »legalen« Kindern fernzuhalten. Lina und Frederik müsste sie zunächst sagen, dass Papa weg sei, später würde sie eine Scheidung erfinden.

Sie nahm einen weiteren Schluck von dem Nussschnaps. 3.000 Euro monatlich, zuzüglich des Kindergeldes. Davon konnte sie die Lebenshaltungskosten locker bestreiten. Je älter die Kinder wurden, desto mehr konnte sie arbeiten. Warum weiterhin hier in ihrem Haus? Sie könnte eine Praxis in Templin eröffnen. Neue Zielgruppen erschließen. All die Hamptons-Muttis mit ihren Verspannungen, Wehwehchen und dem Wunsch, in der Uckermark von »Ihresgleichen« behandelt zu werden. Wenn sie es geschickt anstellte, wäre sie gut beschäftigt. Sie hatte immer von einer eigenen Praxis geträumt, nur Claus war dagegen gewesen. Er wollte sie im Verborgenen wissen. Aber jetzt war sie frei, sie konnte tun, wonach ihr der Sinn stand. Sie könnte ihre Mutter bitten herzuziehen. Dann hätten die Kinder ihre Oma immer bei sich, und sie hätte nicht das Problem mit der Kinderbetreuung, wenn sie arbeitete. Wenn die Praxis nicht lief, könnte sie das Gartenhaus in eine Ferienwohnung umwandeln und vermieten. Die Uckermark wurde immer beliebter bei Touristen. Sie hatte viele Ideen und Pläne. Das Beste war, sie konnte sie nach Herzenslust umsetzen. Sie griff zum Stift und setzte ihre Unterschrift unter das Dokument. Sie fühlte sich gut. Seit Bens Ermordung war sie ein hysterisches Nervenbündel gewesen. Ein Schatten ihrer selbst. Das war vorbei. Karo war zurück.

53

Eine Stimme weckte Paul. Es hörte sich im ersten Moment so an, als wäre die Person in seinem Zimmer. Es dauerte ein paar Augenblicke, bis er realisierte, dass die Geräusche aus der Nachbarwohnung kamen. Abgesehen davon war es mucksmäuschenstill. Er hatte einmal gelesen, dass man am leichtesten aufwachte, wenn in völliger Stille unvermittelt ein Geräusch zu hören war. Dafür reichten bereits 33 Dezibel, was der Lautstärke von Flüstern oder Blätterrascheln entsprach. Paul stand auf und ging grinsend in die Küche. Er hörte sich ja schon an wie Mandy, die gern

Sachverhalte mit Statistiken und Fakten garnierte. Ihre Zusammenarbeit trug definitiv Früchte.

Paul steckte eine Kapsel in den Kaffee-Automaten, und brummend setzte sich die Maschine in Gang. Er hatte manchmal ein schlechtes Gewissen, weil die Kapseln alles andere als nachhaltig waren. In seiner Wohnung in Hamburg hatte er eine italienische Maschine. Die zauberte zwar aromatischeren Kaffee, war aber auch anspruchsvoller in der Pflege und benötigte mehr Aufmerksamkeit als das unscheinbare Kapselgerät. Der Kaffee war heiß und stark. Das brauchte er jetzt. Mit dem Handy in der Hand setzte er sich an den Tresen. Die Nacht war kurz gewesen. Frau Vural hatte er nach ihrem nächtlichen Besuch nach Hause nach Joachimsthal gefahren. Er verstand diese ganze Aktion von ihr auch sechs Stunden später und ausgeschlafener nicht. In Ermittlermanier rekonstruierte er:

Als er kurz vor acht im Präsidium aufbrach, waren Frau Vural und Patrick noch da. Mandy war auch im Begriff nach Hause zu gehen, und Nils und Olaf waren schon weg. Vier Stunden später stand die Staatsanwältin vor seiner Wohnung. Sie habe einen Platten an ihrem E-Bike und fragte ihn, ob er Flickzeug habe. Um 23:48 Uhr! Warum sie nicht im Revier die Wachhabenden gebeten habe, wollte er wissen, nachdem er ihr – überraschenderweise – nicht mit Flickzeug dienen konnte. Sie wand sich und wich ihm aus. Sie kam also nicht vom Revier. Aber wo hatte sie die vergangenen knapp vier Stunden verbracht? Am Abend vor dem Karfreitag. In Templin, wo sie neu war. Die Möglichkeiten waren überschaubar. Bei einem Freund, einer Freundin? Patrick wohnte auch in Templin. Zufall? Paul verkniff sich die Frage, wo sie gewesen war. Er wollte die Antwort eigentlich gar nicht wissen. Ohne viele Worte lud er ihr Fahrrad ins Auto, und er war heilfroh, dass er nicht mehr als zwei Bier getrunken hatte. Sonst hätte er ihr womöglich sein Sofa anbieten müssen. Sie hatten wenig gesprochen während der nächtlichen Fahrt nach Joachimsthal. Erst kurz vor eins war er endlich wieder zu Hause gewesen.

Er schaute auf die Uhr: Es war 7:50 Uhr. Er könnte eine kleine Runde laufen und wäre trotzdem pünktlich im Büro. Die Vorteile der Kleinstadt, kurze Wege im Mittelfeld, dachte er vergnügt. Er checkte die Nachrichten auf seinem Handy und mit einem Mal war seine gute Laune weg. Ein Stich mitten ins Herz. Er taumelte. Nicht physisch, aber psychisch. Aus Versehen hatte er die Foto-App geöffnet, die ihm ein Foto anzeigte unter der Überschrift »Heute vor drei Jahren: 2. April 2018«.

Ein Schnappschuss. Blauer Himmel, eine Gracht in Amsterdam. Eine Brücke, an deren Geländer Fahrräder lehnen und Liebesschlösser baumeln. Im Vordergrund ein glücklich lächelndes Paar. Er hat den Arm von hinten um sie gelegt, sie hält sich mit den Händen quasi daran fest. Sie lacht, er grinst, als hätte der Fotograf einen Witz gemacht. Oder einfach weil sie sich freuen, dass sie an diesem Ort sind, zusammen. Sie strahlen nicht nur Verliebtheit und Glück aus, sondern auch eine gewisse Art von Unerschütterlichkeit. Er konnte durch das Foto förmlich den Dopegeschwängerten Geruch, der durch Amsterdams Straßen wehte, riechen. Vor allem spürte er wieder für den Bruchteil einer Sekunde Elenas weichen, aber starken Körper, der sich an den seinen lehnte. Was für ein wunderschöner Augenblick des Glücks. Vier Wochen später war Elena tot.

Sie waren Kollegen bei Europol. Elena kam aus Neapel, hatte halblange braune Haare und Augen in der gleichen

Farbe, die vor Lebendigkeit sprühten. Wenn sie sprach, bildeten sich zwei kleine Grübchen an ihren Nasenflügeln. Wenn sie lachte, was sie oft tat, entblößte sie viel Zahnfleisch am Oberkiefer. Er liebte es, wie sie »Paul« sagte. Es war eine Mischung aus dem italienischen Namen Paolo und Paul, mit einem langgezogenen »au«. Und wie sie das R rollte, wenn sie »Montgomery« rief.

Sie lernten sich näher kennen, als sie für einen Fall ins selbe Team eingeteilt worden waren. Beim ersten gemeinsamen Mittagessen in der Kantine von Europol verliebte sich Paul in sie. Sie saßen mit Kollegen am Tisch, Elena ihm gegenüber. Sie redete, und er verlor sich in ihren leuchtenden Augen. Sie aß einen Burger, und dabei tropfte etwas Chili-Mayonnaise auf ihr Kinn und blieb dort. Wenn er an dieses Mittagessen zurückdachte, sah er immer diesen glänzenden Mayonnaise-Fleck, der wie ein Schönheitsfleck in ihrem einzigartigen Gesicht saß.

Bei ihrem Fall ging es um Geldwäsche. Die Ermittlungen führten sie nach Frankreich. An einem Abend in der mondänen Küstenstadt Deauville, als sie am Strand spazieren gingen, küssten sie sich zum ersten Mal. Als die Ermittlungen abgeschlossen waren und sie nach Den Haag zurückkehrten, zog Elena noch am selben Abend bei ihm ein. Die ersten Monate konnten sie ihr Glück gar nicht fassen. Natürlich stritten sie sich, Elenas italienisches Temperament und seine hanseatische Zurückhaltung lieferten sich Gefechte. Aber sie liebten sich und konnten sich schnell ein Leben ohne den anderen nicht mehr vorstellen. Am Ostersamstag 2018 machten sie einen Ausflug mit Freunden nach Amsterdam. Kurz davor hatten sie sich verlobt. Sie wussten nicht, was die Zukunft bringen würde, ob sie in den Niederlanden bleiben, nach Italien oder Deutschland ziehen würden. Nur eins stand fest, sie würden es gemeinsam erleben. Sie träumten von einer Familie, malten sich aus, ob die Kinder italienische Vulkane oder englische Rowdies werden würden.

Kurz nach Ostern musste Elena zu einem längeren Einsatz nach Sizilien. Eine Operation gegen das organisierte Verbrechen. Über ein Jahr lang hatten die Vorbereitungen unter strengster Geheimhaltung angedauert. Nicht einmal Paul durfte wissen, wo und was sie planten. Sie flog am 15. April nach Palermo. Drei Wochen später sollte sie zurückkommen. Ohne die Details zu kennen, wusste er, welchem Risiko sie sich mit dieser Operation aussetzte. Aber ihm war klar, dass er sie nicht davon abhalten konnte. Der Kampf gegen das organisierte Verbrechen war Elenas Antrieb gewesen, Ermittlerin zu werden. Sie war eine verdammt gute Polizistin. Erfahren, intelligent und vorsichtig. Es war eine der größten Aktionen gegen die Cosa Nostra der vergangenen Jahre. Sie glückte. Gleich mehrere Bosse konnten festgenommen werden. Der größte Schlag gegen die Organisation. Elena war glücklich, erleichtert und stolz, als sie Paul am Tag danach anrief. Da war sie bereits auf dem Weg nach Neapel, wo sie bei ihrer Familie zwei Tage verbringen wollte, ehe sie zu ihm zurückkommen würde. Er erwartete sie bereits sehnsüchtig. Drei Wochen lang war er jeden Tag voller Anspannung morgens aufgestanden und abends ins Bett gegangen. Jetzt merkte er, wie diese sich langsam löste.

Am Morgen ihrer Rückkehr nach Den Haag, kurz bevor Elena zum Flughafen aufbrach, telefonierten sie. »Ciao tesoro. A dopo.« Er legte auf und räumte die Wohnung auf. Der Fahrer des Taxis und Elena waren sofort tot,

als die Autobombe explodierte. Die Vendetta ist in Süd-
italien eine Ultima Ratio. Kurz und schmerzvoll.

Zwei Wochen nach ihrem Tod leitete ihm ein Kollege,
der Elenas E-Mail-Account verwaltete, die Nachricht einer
Arztpraxis aus Neapel weiter. Zunächst dachte er, es handle
sich um etwas in Bezug auf Elenas Tod. Doch dann sah er,
dass es sich beim Absender um eine »Pratica Ginecologica«
handelte. Der kurzen Nachricht war eine Datei angehängt.
Es war eine Rechnung über 120 Euro. Elena hatte die Praxis am Tag vor dem Anschlag noch besucht. Mithilfe seiner eingerosteten Lateinkenntnisse aus der Schule und
dank Google-Übersetzer machte er sich daran, die Diag-
nostik zu verstehen. Als er realisierte, was ihm das Über-
setzungsprogramm sagte, brach er an seinem Schreibtisch
zusammen: Elena war schwanger gewesen. In der achten
Woche, mit ihrem gemeinsamen Kind.

An die zweite Hälfte von 2018 hatte er bruchstückhafte
Erinnerungen. Damalige Ereignisse waren ihm weniger
präsent, umso mehr jedoch der Schmerz, die Erkenntnis,
der Zorn, die Trauer. Das Leben in Den Haag, so sehr er es
geliebt hatte, wurde für ihn unerträglich. Es gab nichts, das
ihn nicht an Elena erinnerte. Das Eiscafé, in dem sie wegen
einer Lappalie so in Streit geraten waren, dass Elena aufgestanden und weggelaufen war. Der Strand, wohin sie an
langen Sommerabenden zum Schwimmen fuhren. Der italienische Supermarkt, in den Elena manchmal nur gegangen war, weil sie Heimweh hatte, um Italien zu riechen.

Er ertrug es nicht mehr. Auch nicht das Mitleid der Kollegen. Das war fast genauso schwer zu auszuhalten wie die
Erinnerungen. Die aufmunternden Worte, die nett gemeint
waren, aber ihm den Verlust immer wieder deutlich vor
Augen führte. Als im Januar 2019 ein Kollege ihm eine

Freundin seiner Frau vorstellte mit der deutlich erkennbaren Intention, ihn zu verkuppeln, stand sein Entschluss fest. Er musste weg aus Den Haag. Er ging zurück nach Hamburg. Die kühle norddeutsche Luft tat ihm gut, auch die Familie gab ihm ein Gefühl der Wärme. Er arbeitete im Dezernat gegen das organisierte Verbrechen. Sein Einsatzort war der Kiez. Er verbiss sich immer mehr in die Arbeit. Es war ein schleichender Prozess, und es dauerte, bis er es selbst realisierte. Seine Überstunden konnte er bald nicht mehr zählen. Freie Wochenenden gönnte er sich nicht. Er stürzte sich in den Job, als wären seine Gegner nicht die osteuropäischen Clans, die sich auf Hamburgs ehrwürdiger Rotlichtmeile bekriegten, sondern die italienischen Kartelle, die Elena auf dem Gewissen hatten. Selbst die Pandemie und der Lockdown konnten ihn in seiner Arbeitswut nicht bremsen. Er war wie im Wahn.

Im Herbst 2020 bot sich die Gelegenheit zuzuschlagen. V-Männer und ein Informant hatten ihm kurzfristig Hinweise gegeben, dass ein größerer Drogendeal unmittelbar bevorstünde. Mehrere Bosse würden sich an diesem Samstag einfinden. Paul hätte seine Vorgesetzten und die Staatsanwaltschaft informieren müssen. Er tat es nicht. Denn er hatte Sorge, sie würden ihn zurückpfeifen. Sie hatten nicht genug Leute, der Einsatz war zu riskant. Er nahm es auf die eigene Kappe und war mit seinem Team vor Ort. Es ging alles schief, was nur schiefgehen konnte, und endete in einer Schießerei. Eine Katastrophe. Ein jüngerer Kollege erlitt einen Streifschuss, einer der Verdächtigen starb. Und es hätte noch viel schlimmer ausgehen können. Durch sein verantwortungsloses Handeln hatte er das Leben seiner Teammitglieder aufs Spiel gesetzt. Es war kein Warnschuss, es war der letzte Schuss. So ging es nicht weiter.

Auch ihm wurde klar, dass er ein Problem hatte. Er wurde suspendiert und fuhr nach Italien.

Zum ersten Mal seit der Beisetzung traf er Elenas Familie. Sie war warmherzig und nahm ihn wie selbstverständlich auf. Die zwei Wochen dort waren schmerzhaft, aber auch heilsam. Am letzten Tag nahm ihn Elenas Vater mit nach Sorrent, wo die Familie ein Ferienhaus besaß. Es war ein kalter und ungemütlicher Herbsttag. Sie gingen durch die Straßen, und sein Beinahe-Schwiegervater erzählte ihm aus Elenas Kindheit. Von ihrer Freundin, die bei einem Anschlag der Mafia gestorben war. Elenas Antrieb. »Ich weiß, dass es für dich sehr schmerzhaft ist, aber für Elena war es so wichtig, diesen Verbrechern einen Schlag zu versetzen. Auch wenn dieser Sieg sie das Leben gekostet hat.« Bevor Paul zurückflog, sagte Elenas Vater: »Du musst loslassen, Paolo.«

In Hamburg stellte er einen Versetzungsantrag.

Ein letzter Blick auf das Foto, ehe er weiterscrollte.

Mittlerweile konnte er mit dem Verlust einigermaßen umgehen, aber in Situationen wie diesen, wenn ihn die Erinnerung unvorbereitet traf, wurde er von seinen Gefühlen übermannt. Paul wischte sich eine Träne aus dem Gesicht.

Diese Wunde würde immer schmerzen. Aber irgendwann würde er mehr an die schönen Zeiten denken können. Bis dahin war es ein langer Weg.

Er trank den letzten Schluck seines Kaffees aus. Jetzt eine kurze Laufrunde und dann ins Revier. Bens Mörder lief immer noch frei herum.

54

Kann heute nicht kommen, bin krank, Gruß Olaf – Mandy löschte die Nachricht. Es passte zu Olaf, dass er sich am Feiertag krankmeldete und dass er nicht anrief, sondern einfach ein paar Worte über den Messenger schrieb.

»Olaf ist krank«, sagte sie in den Raum. Nils und Patrick reagierten nicht. In diesem Augenblick kam Paul herein. Es war fünf nach neun. Er war rot im Gesicht, und seine Haare waren feucht. Wahrscheinlich hatte er Sport gemacht. In der Hand balancierte er einen Teller mit Gebäckstückchen.

»Entschuldigt, es hat eine Weile gedauert, bis ich einen Bäcker gefunden habe, der geöffnet hat.« Er platzierte den Teller im Einzugsgebiet von Mandy.

»Oh, großartig, ich habe nicht gefrühstückt. Danke, Chef.« Patrick baute seine knapp zwei Meter und 100 Kilogramm vor ihrem Tisch auf und nahm sich zwei süße Teilchen.

»Fangen wir an.« Paul trat wie jeden Morgen ans White-board. »Ich habe gestern Abend kurz mit Peggy geredet. Es war sehr seltsam. Als ich sie auf Sina ansprach, tat sie, als hätte sie sie seit Jahren nicht gesehen.«

»Dann lügt sie«, platzte es aus Mandy heraus.

»Der Meinung bin ich auch«, sagte Paul und schrieb hinter Peggys Namen »Lüge«. Das Whiteboard glich mittlerweile einem Wimmelbild. Pfeile, Namen, Fotos, Post-its. Es war kein Fleckchen weiße Fläche mehr zu erkennen. Wenn sie den Fall nicht bald aufklärten, mussten sie hier mal für Ordnung sorgen, da blickte ja keiner mehr durch.

»Wo wir gerade bei den Limbergs sind: Ich habe auch noch etwas herausgefunden, das möglicherweise interessant sein könnte.« Es war eigentlich nicht Mandys Art, etwas so anzukündigen, normalerweise platzte sie mit Neuigkeiten direkt heraus. Sie wollte mal testen, ob sie so eine größere Wirkung erzielte. Zumindest blickten drei Augenpaare recht erwartungsvoll in ihre Richtung.

»Also«, sie machte eine kurze Pause, »Jana ist nach dem Tod des Vaters für eine Zeit lang weg aus der Uckermark gewesen, und ich habe mal gecheckt, wo sie war. Sie hat in Werder gewohnt, das ist südlich von Potsdam. Bei einem Enrico Zieser.«

»Peggy erwähnte, dass Jana zu ihrem Freund gezogen ist«, ergänzte Paul und nahm sich eine Zimtschnecke mit dicker weißer Zuckerglasur.

»Dieser Enrico Zieser ist kein Unbekannter. Zumindest nicht für den Verfassungsschutz. Der beobachtet ihn schon länger. Er soll der Neonaziszene angehören.«

»Wow«, sagte Patrick mit vollen Backen. Paul schwieg, was daran lag, dass er die Hälfte seiner Zimtschnecke im Mund hatte. Auch Nils kaute. Mandy hingegen ignorierte den Teller mit dem Süßkram. Verkehrte Welt.

»Das ist ja interessant«, meinte Paul schließlich. »Claudia Kunze hat gesagt, dass Jana vor einiger Zeit in falsche Kreise geraten ist. Sie dachte, es bezog sich auf Drogen, damals als Jana in Berlin wohnte. Aber vielleicht hatten die falschen Kreise weniger mit BtM ...«

»... als mit kranken Ideen und blindem Hass zu tun«, ergänzte Nils.

»Vor dem Hintergrund, dass sie ein politisches Amt anstrebt, ist das äußerst brisant.«

Seit wann drückte Patrick sich denn so gewählt aus, wunderte Mandy sich.

»Was wissen wir über Zieser und sein Umfeld?«

»Er soll bei einem Brandanschlag auf eine Flüchtlingsunterkunft beteiligt gewesen sein. Nachweisen konnte man es ihm allerdings nicht. Ansonsten hat er an Demonstrationen teilgenommen und war in Schlägereien und Aufmärsche beim Baumblütenfest in Werder involviert. Man zählt ihn zu den Anführern einer lokalen Organisation. Bis auf kleinere Gewaltdelikte und Sachbeschädigung ist er allerdings noch nicht offiziell in Erscheinung getreten.« Paul ging zum Fensterbrett, auf dem eine Küchenrolle stand, riss ein Blatt ab und wischte sich die Hände damit ab. »Wenn Ben davon wusste, und davon können wir ausgehen, kann er seine Schwester damit erpresst haben.«

Die drei Anwesenden nickten unisono.

Nils sprach es aus: »Zuzutrauen ist es ihm. Er hat vor Familienmitgliedern nicht Halt gemacht und Ronny meinte, er habe nicht wirklich positiv über Jana gesprochen. Die waren nicht so eng, wie uns die Mutter glauben lassen will.«

»Auf der Liste in Bens Handy stand sie aber nicht«, wandte Patrick ein.

»Stimmt, kann sein, dass er sie da vergessen hat«, sagte Nils.

»Safe nicht«, warf Mandy ein.

»Wir müssen herausbekommen, ob Jana nur mit diesem Enrico zusammen war oder ob sie selbst in dieser Szene aktiv war. Was ist der Unterschied?« Paul war heute definitiv nicht mehr so fahrig wie gestern. Er dachte wieder messerscharf wie immer, stellte Mandy fest.

In diesem Augenblick klingelte Nils' Telefon. Er ging ran, und Paul widmete sich dem Whiteboard, Patrick nahm sich ein Stück Hefezopf, und Mandy dachte nach. Jeder in diesem Fall hatte ein Geheimnis. War das ein Zufall, oder hatte einfach jeder Mensch ein Geheimnis? Sie musste das mal recherchieren. Es gab sicherlich eine aussagekräftige Statistik dazu.

Nils legte auf. »Das war Ralf Kolkwitz, der Hausmeister vom Hotel am Großdöllner See.«

»Was wollte er?« Manchmal stellte Patrick einfach Fragen des Fragens wegen.

»Er hat heute Morgen im Internet von dem Mord gelesen und wollte uns mitteilen, dass er am Samstagabend eine Person in der Nähe des Tatorts gesehen hat.«

»Trug sie einen blauen Hoodie und hatte halblange braune Haare?« Patrick lachte als Einziger über seinen Witz.

»Nein.«

»Es ist Feiertag. Da werden wir keinen Phantombildzeichner bekommen. Mist«, sagte Paul.

»Also …«, Nils wurde rot, »ich hab mal einen Kurs gemacht. Später habe ich im Urlaub Leute gezeichnet, die Bilder habe ich sogar verkauft.«

»Sie sind ja voller unentdeckter Talente«, sagte Paul anerkennend. »Dann fahren Sie doch zu ihm und fertigen eine Zeichnung an.«

Nils nickte und nahm sich das letzte Stückchen vom Teller.

Zu spät für Mandy. Das hatte es auch noch nie gegeben, dass für sie nichts übrig blieb, wenn es ums Essen ging.

55

Das Hotel am Großdöllner See war so etwas wie das beste Haus am Platz. Es war jedenfalls das größte und Nils' Wissen nach zudem das einzige Hotel mit vier Sternen in der Schorfheide. Es hatte eine lange Geschichte. Die hatte Nils' Vater ihm und seiner Schwester mal bei einem gemeinsamen Spaziergang erzählt. Sein Vater brannte für Geschichte – im Gegensatz zu seinen Kindern. Trotzdem hatte sich Nils ein paar Fakten gemerkt. Göring errichtete das heutige Hotel damals als Gästehaus. Er selbst besaß ja in der Nähe seine Residenz »Carinhall«. Später, in der DDR, war es ein Ferienhaus für die Regierung. Sogar Leonid Breschnew, seinerzeit Staatsoberhaupt der Sowjetunion, logierte hier, während er als Gast des damaligen DDR-Staatsratsvorsitzenden Erich Honecker zur Jagd in der Schorfheide weilte. Es gab mal ein Treffen zwischen dem früheren Bundeskanzler Helmut Schmidt und Erich Honecker dort. Doch erst nach dem Fall der Mauer wurde es zu dem beliebten Hotel, das es heute war. Es war keins dieser gentrifizierten Hideaways und keine Boutique-Unterkunft, sondern ein großes, gehobenes Haus mit Schwimmbad und Tagungsräumen. In eine wunderbare Landschaft eingebettet. Inmitten des Waldes. Nils verstand, warum die Menschen von weit her kamen, um hier zu übernachten.

Nils lief zunächst orientierungslos herum, ehe er Kolkwitz' Wohnung fand. Sie war in einem einstöckigen Gebäude neben dem Eingang des Geländes untergebracht. Er klopfte an der Tür.

Es öffnete ihm eine circa 30 Jahre alte blonde Frau mit zurückgebundenen Haaren. Sie trug einen dicken Wollschal, mehrfach um den Hals gewickelt, als wäre sie krank. »Sie wollen sicher zu meinem Mann«, sagte sie mit fester Stimme. Sie klang nicht erkältet, wahrscheinlich trug sie einfach nur gerne Schals. Sie deutete Nils, durch einen engen Flur ins Wohnzimmer zu gehen, wo der Hausmeister auf ihn wartete. Ralf Kolkwitz stand auf, als er hereinkam. Er war breitschultrig, hatte dünnes Haar, kräftige, tätowierte Arme und blutunterlaufene, aber freundliche Augen. Nils wusste, dass er so alt wie er selbst war, doch Kolkwitz sah älter aus, was an dessen dünnen Haaren und dem leicht ungepflegten Äußeren lag. Er wirkte dennoch sympathisch.

»Sie wohnen ja fast im Wald«, sagte Nils und deutete durch die Terrassentür, hinter der direkt der Wald begann.

Kolkwitz zuckte die Schultern.

»Danke, dass Sie uns angerufen haben«, versuchte Nils, ein Gespräch in Gang zu bringen.

»Meine Frau hat das im Internet gelesen beim Frühstück. Wir wussten ja, dass einer …« Er machte eine Bewegung mit der geraden Hand vor seinem Hals, die symbolisieren sollte, dass eine Person ums Leben gekommen war. »Mehr nicht. Und als sie mir vorgelesen hat, wann genau das war, da fiel es mir wieder ein.« Er nahm eine Borussia-Dortmund-Tasse, die auf dem Couchtisch vor ihm stand, und trank einen Schluck. »Ich war am Samstag zu der Zeit im Wald. Es war ja ein Unwetter angekündigt, und ich habe noch mal das Gelände kontrolliert und gecheckt, ob irgendwo was nicht richtig festgemacht war und so weiter.« Er stellte die Tasse zurück auf den Tisch. »Ich war schon ein Stück weit in den Wald gegangen, da fuhr diese Frau auf dem Fahrrad an mir vorbei.«

»Von wo nach wo?«

»Sie kam von dort, wo der Mord war, und fuhr in Richtung L215. Sie wirkte ein bisschen durch den Wind. Ich hab sie gegrüßt. Sie reagierte nicht, schaute durch mich hindurch.«

»Gut, dann wollen wir mal.« Nils holte aus seinem Rucksack einen Zeichenblock, Radiergummi und Bleistift. Er war aufgeregt. Es war länger her, dass er zuletzt gezeichnet hatte. Inzwischen arbeiteten professionelle Phantomzeichner längst nicht mehr mit Papier und Kohle, sondern digital. Aber wie er gelernt hatte, hing ein gutes Ergebnis ohnehin zum großen Teil von den richtigen Fragen ab.

Rund 30 Minuten später hatten sie ein Bild. Nils hatte skizziert, radiert, korrigiert, neu angefangen wieder verworfen. Auf dem Boden zeugten mehrere zerknüllte Blätter von diesem Prozess. Aber jetzt zeigte sein Block eine Zeichnung, mit der Kolkwitz zufrieden war.

»Dann hätten wir es«, sagte er mehr zu sich als zu Kolkwitz. Er konnte die Aufregung in seiner Stimme schwer unterdrücken, denn ein Foto der gezeichneten Person hing auf dem Whiteboard im Präsidium. Er packte die Stifte und das Radiergummi in das Mäppchen. In diesem Augenblick kam die Frau ins Zimmer. Neugierig beugte sie sich über den Tisch, auf dem der Block lag, und starrte auf die Zeichnung. Sie kniff die Augen zusammen. Nils wusste nicht recht, ob er den Block jetzt einpacken oder abwarten sollte. Also stand er auf, sammelte die zerknüllten Papiere ein und zog erst mal seine Jacke an. Da sagte die Frau bestimmt: »Ich weiß, wer das ist!«

Er ging, so schnell er konnte, zum Auto. Noch bevor er den Motor startete, wählte er Pauls Nummer. Glücklicherweise nahm sein Vorgesetzter nach dem zweiten Klingeln ab. »Ich weiß, wer sie ist!« Nils war atemlos.

Im Gegensatz zu ihm selbst blieb Paul ganz ruhig. »Fahren Sie direkt zu ihr und bringen Sie die Frau aufs Präsidium«, sagte er klar.

»Okay. Mache ich.« Nils legte auf. Als er bereits auf der Landstraße war, fiel ihm ein, dass er Paul gar nicht gesagt hatte, wen der Zeuge gesehen hatte.

Peggy Limberg öffnete ihm die Tür. Nils hatte sie vorher nie getroffen, aber er identifizierte sie schnell anhand des Fotos, das an dem Whiteboard im Präsidium hing. Sie sah ihn überrascht, aber auch ein bisschen verängstigt an. Ehe er sich vorstellen konnte, sagte sie bestimmt: »Wenn Sie von der Presse sind, können Sie gleich wieder fahren!« Sie unterstrich ihre Worte mit einer Geste zur Straße hin.

Nils holte seinen Ausweis aus der Tasche. »Mein Name ist Nils Reuter. Ich bin ein Kollege von Paul Montgomery.«

Ihre Miene hellte sich auf, blieb aber vom Schmerz gezeichnet. »Bitte.« Sie trat zur Seite, um ihn hereinzulassen. »Kommissar Montgomery hat gestern Abend Ihren Besuch gar nicht angekündigt.« Sie war freundlich. Fast als wäre ihre Freundlichkeit ein Bollwerk gegen all das Hässliche, das ihr in den vergangenen Tagen widerfahren war.

Sie standen sich im engen Flur gegenüber.

Nils war die Situation unangenehm. Er wollte sie so schnell wie möglich hinter sich bringen. Also verzichtete er auf Small Talk und kam gleich zum Punkt. »Frau Limberg, ich möchte mit Jana sprechen.«

Sie sah ihn überrascht an und sagte dann: »Jana ist nicht da. Sie ist weggefahren, zwei Minuten bevor Sie geklingelt haben.«

56

Mandy war schlecht – was nicht daran lag, dass sie zu viel gegessen hatte. Für ihre Verhältnisse war es wenig gewesen. Nein, die Übelkeit entstand durch das, was sie in der letzten Stunde gehört hatte. Sie hatte mit mehreren Leuten gesprochen, die der rechtsradikalen Szene angehörten – wobei die von sich natürlich behaupteten, nicht rechts zu sein. Nur weil man der Meinung war, sich als Deutscher im eigenen Land nicht alles gefallen lassen zu müssen, und entsprechend agierte, sei man nicht rechts. Nachdem sich angeblich niemand an Jana erinnern konnte und sie immer vom einen zum nächsten verwiesen worden war, war ihr schließlich die Nummer einer Person gegeben worden, die eine Freundin von Enrico sei. Freya, wie sie sich nannte, war nicht sonderlich erpicht darauf, mit der Polizei zu sprechen, aber nachdem Mandy ihr klargemacht hatte, dass sie Jana damit helfen könne, hat sie sich herabgelassen. Sie hatte ihr immerhin bestätigt, dass Jana von 2017 bis 2019 mit Enrico zusammengewohnt hat. Ob Jana damals auch politisch aktiv gewesen sei? Was sie damit meine, habe Freya nachgehakt. Man sei nicht politisch aktiv, weil man gegen etwas sei, sondern weil man sich schützen müsse vor Flüchtlingen und anderen Schmarotzern. Am liebsten hätte Mandy sie dafür sofort an Ort und Stelle festnehmen lassen, aber sie musste ihren Ärger herunterschlucken. Ob Jana auch so gedacht hatte? Natürlich, denn wer nicht so denkt, ist ja ein Vaterlandsverräter. Mandy schüttelte sich bei dem Gedanken, legte auf und raufte sich die kurzen braunen Haare. Glücklicherweise hatte sie das Gespräch aufgenommen. Sie würde den Staatsschutz auf Freya hinweisen.

»Ekelhaft«, sagte sie laut.

Drei Augenpaare richteten sich auf sie. Mittlerweile war auch die Staatsanwältin zu ihnen gestoßen. »Diese braune Soße, das ist so widerlich.«

Alle stimmten ihr zu.

»Schwer vorstellbar, dass Jana sich da hat reinziehen lassen«, ergänzte sie. »Sie wirkt doch eigentlich vernünftig.«

»Diese Gruppe hat ihr in der Zeit nach dem Tod des Vaters Halt und Orientierung gegeben.« Die Staatsanwältin war anscheinend der Laienpsychologie zugetan. Sie schaute in die Runde, und als ihr Blick den von Patrick traf, wurde sie rot.

»Was hat sie während dieser Zeit beruflich gemacht?«, fragte Patrick.

»Sie hat in einem Kosmetikstudio gearbeitet und wie auch ihr Freund bei einem politischen Magazin mitgemacht, das vom Verfassungsschutz als rechtsradikal eingestuft wird.«

»Wissen wir, ob sie auch an Demonstrationen oder Ähnlichem beteiligt war?«

Mandy zuckte mit den Schultern. »Das hat mir keiner dieser Leute verraten. Natürlich nicht, denn sie selbst sind ja auch nie bei irgendwas dabei. Das sind alles nur Erfindungen der Linken. Rechte Gewalt gibt es ja nicht.« Sie schnaubte. »Also zumindest hatte der Verfassungsschutz Jana nicht im Visier. Möglich, dass sie im Untergrund aktiv war.«

Die Tür ging auf, und Nils kam herein. Frustriert schleuderte er seinen Rucksack auf den Tisch. »Verdammter Bahnübergang. Wenn da nicht die Schranke runtergegangen wäre, hätte ich Jana noch erwischt!«

Mandy wunderte sich über das Temperament, das in Nils steckte.

»Ärgern Sie sich nicht. Besser als wenn Sie jetzt unter dem Zug lägen«, sagte die Staatsanwältin.

Patrick lachte. Für Mandys Begriffe ein bisschen zu laut. Die Staatsanwältin kicherte mit.

»Hat Peggy gesagt, wo Jana hinwollte?«

»Das wusste sie nicht. Jana ist gegangen und meinte, sie sei bald wieder da.«

»Handy?«

»Sie geht nicht ran«, wusste Patrick zu ergänzen.

»Wir müssen eine Ortung beantragen«, sagte Paul.

»Ich kümmere mich drum«, sagte die Staatsanwältin. Sie beugte sich zu Patrick und gab ihm zu verstehen, dass sie einen Stift benötigte. Er lächelte sie an.

»Wäre ich nur ein paar Minuten früher mit dem Phantombild fertig geworden. Da ist eindeutig Jana darauf zu sehen«, haderte Nils.

Mit einem roten Marker kreiste Paul den Namen »Jana« auf dem Wimmelbild-Whiteboard fett ein. »Sie ist jetzt unsere Top-Verdächtige.«

Alle nickten wie Schulkinder, wenn der Lehrer Instruktionen gab.

»Wir gehen davon aus, dass sie ihren Bruder im Affekt getötet hat. Möglich, dass er sie wegen ihrer Neonazi-Vergangenheit erpresst hat.«

»Und ihr Alibi?«, wandte Frau Vural ein.

»Der Nachbar hat ja lediglich gesagt, dass ihr Auto ab 18 Uhr vor der Tür stand. Der Zeuge Kolkwitz hat sie allerdings mit dem Fahrrad im Wald gesehen. Hinter Peggys Haus führt ein Weg in den Wald. Jana kann also unbemerkt das Haus verlassen haben und genauso heimlich wieder hineingeschlichen sein. Peggy glaubt, sich zu erinnern, dass sie selbst kurz vor der ›Tagesschau‹ nach Hause kam, und da war Jana da.« Paul legte den Marker zurück und setzte sich wieder. Er sah eindringlich von einem zum anderen. »Ich habe das Gefühl, dass wir richtigliegen.«

»Aber«, meldete sich Patrick zu Wort, »sie steht nicht auf der Liste der Erpressten von Ben. Auf dem Handy haben wir auch sonst kein Material zu ihr gefunden.«

Frau Vural nickte, sah aber nicht zu Patrick. Es wirkte, als täte sie das absichtlich nicht.

»Das stimmt«, sagte Paul. »Aber es kann sein, dass sie das Material nach dem Mord vernichtet hat. Vielleicht hatte Ben auch analoge Beweise, die wir bisher nicht identifizieren konnten. Darum ist es wichtig, dass einer von uns heute noch mal alle Unterlagen durchgeht, die wir in Bens Wohnung sichergestellt haben.«

Nils hob die Hand, um sich für die Aufgabe zu melden. Paul nickte ihm dankbar zu. »Es hat oberste Priorität, dass wir Jana finden. Lasst uns alle Möglichkeiten durchdenken.«

57

Der Hausherr war in seiner Einfahrt zugange. Er stand über den Beifahrersitz gebeugt vor seinem Tesla und schien fieberhaft etwas zu suchen. Als er Pauls Wagen hörte, richtete er sich auf und kam zu ihm. »Herr Montgomery, schön Sie zu sehen. Habe ich jetzt jeden Tag das Vergnügen?«

Paul konnte nicht so richtig benennen, warum er Michael Kunze nicht mochte. Klar, er war arrogant, überheblich, zynisch und besserwisserisch. Aber was ihn richtig störte, war seine Haltung. Michael Kunze hielt sich zu sehr für ein Alpha-Männchen. Er war sich seiner Wirkung, seines Reichtums und seiner Optik bewusst. Allein wenn er »Datsche« sagte und damit den Palast meinte, der sich gerade vor Paul erstreckte. Dieses alberne Understatement. Aber Paul war ja nicht hier, um einen Freund zu finden, und musste neutral bleiben. Also knipste er sein Alligatorlächeln an und sagte: »Das hängt ganz von Ihnen ab.«

Kunze lachte.

»Ich habe nur eine Frage …« Zu mehr kam er nicht, weil in diesem Augenblick zwei Kinder durch die offen stehende Eingangstür auf ihren Vater zustürmten. Der etwa zehn Jahre alte Junge war ein Mini-Me seines Vaters. Schwarze Haare, die gleichen Mandelaugen und der leicht bräunliche Hautton. Das Mädchen war ein paar Jahre jünger, auch bei ihrem Äußeren hatten sich die Gene des Vaters durchgesetzt. Sie trug die schwarzen Haare zu zwei Zöpfen geflochten.

»Papa, Papa!«, riefen sie, »Mama fragt, ob du Milou gefunden hast, Elena weint.« Sie blieben vor Paul und ihrem Vater stehen. Der unterließ es, den Kindern den Besucher vorzustellen, sondern sagte nur leicht genervt: »Nein. Die ist weg. Schaut mal im Auto! Vielleicht findet ihr sie.« Die Kinder kletterten in den Tesla, und Michael Kunze entfernte sich mit Paul aus deren Hörweite. »Unsere Kleinste hat gestern ihre kleine Wollkatze verloren. Seitdem ist nichts mehr, wie es war. Sie können sich nicht vorstellen, was bei uns los ist. Ein Klagelied in Dauerschleife ist dagegen ein Scheißdreck.« Er grinste über diesen sehr geschmacklosen Vergleich.

Paul ignorierte seine Bemerkung und setzte erneut an: »Ich möchte wissen, ob Sie Jana heute gesehen oder gesprochen haben.«

Kunze hob überrascht die Augenbrauen. »Worum geht es denn?«

»Das darf ich Ihnen …?«

Kunze unterbrach ihn. »Das müssen Sie nicht sagen, wenn Sie sich am heiligen Feiertag die Mühe machen hierherzukommen, geht es sicher um mehr als ein unbezahltes Knöllchen.« Er baute sich vor Paul auf: »Ich habe sie heute aber nicht gesprochen.« Als wolle er seine Aussage bekräftigen, holte er sein Handy aus der Tasche seiner stylischen Jogginghose und wischte auf dem Display herum. »Die letzte Nachricht von ihr ist von gestern. Tut mir leid, Herr Montgomery.« Er sah nicht aus, als würde er es auch nur ein kleines bisschen bedauern.

»Wann haben Sie sie denn das letzte Mal gesehen?«

Kunze sagte beinahe flüsternd: »Gestern Abend, sie hatte Fragen an mich. Sie war besorgt wegen der Presse und hatte Angst, die Schlagzeilen wegen ihres Bruders könnten sich negativ auf ihre Ambitionen auswirken. Aber ich konnte sie beruhigen.« Er schickte ein kurzes Lachen hinterher.

»Bitte rufen Sie mich an, wenn Jana sich bei Ihnen meldet. Selbst wenn es nur eine belanglose WhatsApp ist.«

Michael Kunze nickte.

Die Kinder kletterten noch in der Limousine herum. Paul wollte sich gerade verabschieden, da kam Claudia Kunze aus dem Haus. Sie trug Laufklamotten in Türkis und ein kleines Mädchen auf dem Arm. Im Gegensatz zu ihren Geschwistern war die Kleine ein Ebenbild ihrer Mutter. Helle Haut, blonde Haare, nur die Mandelaugen verrieten den asiatisch stämmigen Vater. Sie drückte sich an ihre Mutter, hatte einen Schnuller im Mund und wirkte verheult.

»Herr Montgomery!« Claudia Kunze ließ sich die Überraschung deutlich anmerken. Sie wirkte aber nicht nur verwundert, auch ein bisschen nervös. »Wollen Sie zu mir?«

»Nein, ich hatte eine Frage an Ihren Mann.« Sie sah ihn überrascht an. Paul beließ es bei dieser Erklärung.

»Ist Michael verdächtig?« Claudia Kunze versteckte ihre Neugier nicht einmal.

»Frau Kunze, ich habe Ihnen schon mehrfach gesagt, wir haben nicht nur an die Verdächtigen Fragen.«

Michael Kunze schaltete sich ein: »Schatz, sei nicht immer so übergriffig, Du bist wirklich ein Waschweib.«

Sie warf ihm einen vernichtenden Blick zu. »Ganz im Gegensatz zu dir«, sagte sie kühl und drückte ihm das Kind in den Arm.

»Ich gehe eine Runde laufen.« An Paul gewandt sagte sie: »Wollen Sie mitkommen?«

Paul war diese Situation unangenehm. Er wich der Frage aus und verabschiedete sich. »Herr Kunze, Sie melden sich bitte, wenn es etwas Neues gibt. Auf Wiedersehen.«

Claudia war bereits losgelaufen. Paul stieg ins Auto und startete den Motor. Im Rückspiegel sah er Michael Kunze, der immer noch vor der Eingangstür stand und das Kind seltsam ungelenk auf dem Arm trug.

58

»Sollen wir sie nicht endlich nur Fahndung ausschreiben? Es ist schon fast drei.« Mandys Stimme überschlug sich beinahe. Wurde sie hysterisch wegen Jana? Oder war sie nur unterzuckert? Nils ging von Letzterem aus, denn aus den Augenwinkeln sah er, dass sie mit den Fingerspitzen die letzten Krümel vom Teller aufpickte, auf dem heute Morgen die süßen Teilchen gelegen hatten. Nils holte ein Mars aus seiner Schublade und warf es ihr zu. Geschickt fing sie es, riss hastig die Verpackung auf und biss in den Schokoriegel. Sie schenkte ihm einen dankbaren Blick. »Du Retter in der Not«, schmatzte sie.

»Für eine Fahndung ist es noch zu früh«, sagte die Staatsanwältin ernst aus dem Hintergrund. »Wir warten auf Herrn Montgomery. Und wo ist eigentlich Patrick Liepe?« Ohne eine Antwort abzuwarten, vertiefte sie sich wieder in ihre Unterlagen.

Gute Frage. Paul hatte sich zu den Kunzes verabschiedet, und kurz darauf war Patrick verschwunden. Das war mittlerweile schon fast eineinhalb Stunden her. Seitdem saß Nils mit beiden Frauen allein hier. Er war dabei, die Kolleginnen von Jana aus dem Kosmetikstudio zu erreichen. Bisher totale Fehlanzeige. Irgendwie schienen alle ihre Handys ausgeschaltet zu haben.

»Ich habe gerade mit einer Kollegin von Peggy aus dem Supermarkt gesprochen.« Mandy zielte mit der Verpackung des Mars auf den Mülleimer. Und verfehlte. Sie stand auf, hob es auf und versenkte es. »Die war zufällig gerade draußen rauchen, als Jana und Ben sich neulich gestritten haben. Sie konnte zwar nicht alles verstehen, was sie gesagt haben, aber sie meinte, es hörte sich definitiv nicht danach an, als würde es darum gehen, dass ihre Mutter an Ostern allein ist.«

»Eher um Erpressung …« Frau Vural sagte das mehr zu sich und schien keine Antwort zu erwarten.

»Sie hat auch mitbekommen, wie es ausging. Jana hat Paul ein paar Worte entgegengeschrien und ihn stehen lassen.«

»Wenn Ben sie erpresst hat, wäre dann nicht eher er gegangen?«

»Beides möglich.« Mandy stand auf. »›Entweder du zahlst oder du bist erledigt!‹ Danach geht er. Oder«, sie sprach mit einer höheren Stimme: »›Wenn du das machst, sage ich Mutti, was du für ein Kerl bist, und dann wirst du sehen.‹«

Nils wollte gerade etwas sagen, da öffnete sich die Tür und Paul kam herein.

»Ist sie aufgetaucht?« Pauls Frage war wohl rhetorisch, denn wenn dem so wäre, hätten sie ihn benachrichtigt.

Statt einer Antwort stellte Mandy eine Frage: »Was sagt ihr Mentor?« Sie machte mit den Fingern Gänsefüßchen, um das Wort Mentor hervorzuheben.

394

»Sie haben sich gestern Abend kurz gesehen, und da war sie in Angst wegen der Presse, ob die Schlagzeilen ihrer Kandidatur schaden könnten.«

»Angesichts der Lage, in der sie sich aktuell befindet, sollte das ihre geringste Sorge sein«, kommentierte die Staatsanwältin zynisch.

»Wo ist Patrick?«, fragte Paul und zeigte auf dessen leeren Stuhl.

»Wir dachten, Sie wüssten das.« Mandy zuckte die Schultern.

Paul ging zur Karte der Uckermark, die neben dem Whiteboard hing. »Es ist die Nadel im Heuhaufen, sie könnte überall sein. Es gibt so viele Wälder und so wenig Menschen, die sie zufällig sehen könnten …« Paul wirkte ratlos.

»In Berlin wohnen auf einem Quadratkilometer durchschnittlich 4.000 Menschen, in der Uckermark sind es etwa 40«, streute Mandy mit einem ungeduldigen Tonfall in der Stimme ein.

»Wenn Sie überhaupt noch in der Gegend ist. Sie könnte inzwischen bei jemandem in Berlin sein. Oder bei den alten Freunden in Werder«, sagte die Staatsanwältin.

»Die werden uns das ganz sicher nicht verraten«, ergänzte Mandy.

»Mandy, Sie fahren zur Datsche und halten da die Stellung«, beschloss Paul. »Vielleicht will Jana da übernachten.«

»Aye, aye, Sir!« Blitzschnell griff sich Mandy ihre Jacke und war schon fast draußen.

Nils wusste, dass sie auf dem Weg zur Datsche an einem Fastfood-Restaurant vorbeikam, wahrscheinlich beflügelte sie die Aussicht darauf.

An der Tür stieß Mandy mit Patrick zusammen.

»Das war aber eine lange Mittagspause«, sagte sie und war weg.

»Mittagspause?« Patrick zog einen USB-Stick aus der Tasche. »Ich war in Bens Wohnung. Auf dem Handy waren ja keinerlei Fotos und Dateien und darum hab ich noch mal nachgeschaut. In der Besteckschublade habe ich den hier gefunden. Mit Tesafilm an der Seitenwand fixiert.« Wie eine Trophäe hob er stolz einen unscheinbaren Stick in die Höhe.

»Respekt, gute Arbeit!« Paul klopfte ihm anerkennend auf die Schulter. Die Staatsanwältin hob den Daumen.

Nils strecke seine Hand aus, und Patrick warf den Stick hinein.

Keine Minute später blickten sie auf Bens Kapital. Fein säuberlich in einzelne Dateien unterteilt. Im Ordner »Weisskirch« waren Fotos sowie ein Word-Dokument mit Uhrzeiten gespeichert. Ben muss Sabine tatsächlich beobachtet haben.

Unter »Schildow« fanden sich die Fotos von Ronny sowie eine Liste mit den Aufträgen der Tischlerei und den verwendeten Materialien. Unter »Sina« war ein Dokument abgespeichert, in das Informationen zum Thema Befruchtung, Schwangerschaft und Dauer der Schwangerschaft kopiert worden waren. Der Ordner »Gerhard Limberg« offenbarte Screenshots des Chats mit seiner Tochter, dessen Inhalt sich mit den Schilderungen von Gerhard Limberg deckte. Alles datiert und abgelegt. Man konnte nicht sagen, dass Ben sein Nebengeschäft nicht ernsthaft und akribisch betrieben hat.

Patrick sprach als Erster das Offensichtliche aus: »Aber keine Datei über seine Schwester.«

Paul nickte.

»Wenn wir davon ausgehen, dass sie die Mörderin ist«, Patrick war ans Whiteboard getreten, wie sonst immer Paul, »lässt das zwei Schlüsse zu: Entweder die Datei wurde von ihr gelöscht. Oder es ging nicht um Erpressung.«

Als sich drei Augenpaare auf ihn richteten, schien sich Patrick unwohl zu fühlen, denn er schlich auf seinen Platz zurück. Bildete Nils sich das ein, oder verhielt sich Patrick heute komisch? Es war nur ein Gefühl, aber irgendwie wirkte Patrick ein bisschen schuldbewusst. Als wolle er etwas verbergen. Ein Geheimnis? Jeder Mensch trägt im Schnitt 13 Geheimnisse mit sich herum, hatte er mal gelesen. Die Zahl hatte Nils sich merken können, obwohl er kein gutes Gedächtnis dafür hatte. Wahrscheinlich lag die Quote bei den Menschen in der Uckermark deutlich höher.

Jeder im Raum dachte nach, so wirkte es. Frau Vural zupfte ein paar Fussel von ihrem dunkelblauen Wollpullover, Patrick vergrub sich hinter seinem Rechner, und Paul saß in Gedanken versunken da. Draußen wurde ein Wagen gestartet und gleichzeitig das Martinshorn eingeschaltet. Das Geräusch war ihre Verbindung zum Hier und Jetzt, zur Realität.

»Egal, wie ich es drehe und wende, ich komme immer auf Jana«, sagte Paul.

»Ja, das stimmt. Ich auch«, beeilte sich Patrick zu sagen.

Paul lächelte in die Runde. »Es ist Essenszeit und ich würde Sie alle gern in ein Restaurant einladen. Ich habe ziemlich Hunger, aber wir sollten besser hierbleiben.«

Auch Nils' Magen knurrte schon seit Längerem.

»Wir könnten Pizza bestellen«, schlug Özlem Vural vor und lachte.

Es dauerte fast eine Stunde, bis das Essen kam. Hungrig machten sie sich über die Pizzen her. Es schienen Lichtjahre vergangen zu sein, seit sie zuletzt so zusammengesessen hatten. Dabei war es gerade mal 72 Stunden her. Seitdem hatten sie Verdächtige gefunden, wieder entlassen. Geheimnisse aufgedeckt. Aber waren sie der Auflösung des Falls nähergekommen?

Als Pauls Handy klingelte, hörten alle gleichzeitig wie auf Kommando auf zu kauen. Die Anspannung war greifbar. Paul griff nach seinem Telefon und merkte, dass ihm rötliches Speiseöl die Arme hinunterlief. Ein Blick auf das Display. Mandy. Er drückte mit der freien Hand auf »Annehmen« und machte gleichzeitig den Lautsprecher an.

»Chef«, quäkte es aus der Leitung, »geht es Ihnen gut?«

»Ja«, nuschelte er, »ich hatte nur gerade den Mund voll.«

»Mein Job«, sie lachte. Und Paul musste grinsen.

»Also, ich bin jetzt in der Datsche, aber von Jana keine Spur.«

»Sieht es aus, als sei sie da gewesen?«

»Nee, nicht wirklich. Sieht aus wie am Dienstag.«

»Wie lange können Sie die Stellung halten?«

»Ich hab mir Verpflegung und nen Schlafsack mitgenommen, Ostersonntag müsste ich allerdings mittags bei den Eltern von meinem Freund sein, da feiert sein Vater seinen 60.«

»So lange wird es nicht dauern. Und falls doch, löse ich Sie ab.«

»Deal.«

»Noch eine Sache, Mandy. Legen Sie den Schlüssel zurück und passen Sie auf!«

»Chef, Sie arbeiten mit Profis, der Schlüssel ist schon wieder an seinem Platz!« Sie beendete das Gespräch.

Paul nahm eine Serviette und wischte sich das Öl vom Unterarm. »Lassen Sie uns einen Plan für die nächsten Stunden machen.« Er knüllte sie Serviette zusammen, legte sie in den Pizzakarton und schloss den Deckel.

59

Er konnte seinen Blick nicht von dem Foto abwenden. Von dort, wo er saß, schaute er direkt darauf. Und immer, wenn er versuchte, sich auf etwas anderes zu konzentrieren, schweifte er wieder dorthin zurück. Das Bild war ihm bei seinem letzten Besuch nicht aufgefallen, wahrscheinlich hatte er heute einen anderen Blick dafür, vor dem Hintergrund der aktuellen Entwicklungen. Es hing an der Kühlschranktür, umrahmt von anderen Schnappschüssen, die von einer glücklichen Zeit zeugten, die es so nie wieder geben würde.

Jana und Ben als Jugendliche. Sie 17 Jahre alt. Eine junge, sehr attraktive Frau mit kinnlangen Haaren, einer Baggy Hose und kurzem Top. Obwohl Ben jünger ist, überragt er sie um ein paar Zentimeter, hat den Arm um sie gelegt. Sie lachen in die Kamera. »Muttertag 2004«, steht klein in der Ecke des Fotos. Über die Breite des Bildes in großen Buchstaben in Rot: *Für die beste Mutti der Welt, Ben und Jana.* Zwei rote Herzen und eine Sonne dahinter.

Die beste Mutti der Welt saß ihm gegenüber und musste verarbeiten, was er ihr gerade so schonend wie möglich versucht hatte zu sagen: Jana hatte womöglich Ben umgebracht.

Peggy schien in den vergangenen Tagen weder gegessen noch geschlafen zu haben. Ihre Wangen waren eingefallen und die Ringe unter den Augen schwarz. Dennoch war sie akkurat frisiert und gekleidet, als würde sie gleich zur Arbeit aufbrechen. Als wäre es Montag und sie müsste zur Zwölf-Stunden-Schicht – und nicht der freie Freitag vor einem verlängerten Wochenende, an dem sie keine Termine hatte.

Sie waren wieder in der Wohnküche. Peggy hatte die Hände auf den Tisch gelegt und saß aufrecht auf ihrem Stuhl. Er schaute auf ihre Nägel. Sie waren immer noch so auffällig gestaltet wie vor vier Tagen. Allerdings konnte er erkennen, dass an jeder Hand an zwei Fingern die Strasssteine abgefallen waren. Der Lack am rechten Daumen war teilweise abgesplittert. Der bröckelnde Lack, das zerbrochene Glück. Er versuchte, sanft und einfühlsam zu sein, aber gleichzeitig auch Informationen aus Peggy herauszuholen. »Frau Limberg, haben Sie eine Idee, wo Jana sein könnte? Bei einer Freundin, einem Bekannten oder Ex-Freund?«

Sie schüttelte den Kopf. »Ich habe Ihnen die Namen schon gegeben von den Freunden, bei denen sie sein könnte.«

Eine Freundin in Templin und eine in Berlin. Zu beiden Adressen hatten sie Beamte geschickt. Fehlanzeige. Jana war bereits seit acht Stunden weg, und bislang gab es kein Lebenszeichen von ihr. Es war Karfreitag, die Möglichkeiten, wo sie nach ihr suchen konnten, waren recht überschaubar. Das war genau das Problem: Sie konnte überall sein. Würde sie bis morgen nicht auftauchen, kämen sie um eine Öffentlichkeitsfahndung nicht herum. Bis dahin wollte er nichts unversucht lassen, den entscheidenden Hinweis auf ihren Aufenthaltsort zu bekommen. Darum saß er nun wieder bei Peggy in der Küche. Je mehr er aus Janas Leben wusste, desto größer war die Chance, ihr auf die Spur zu kommen.

»Wissen Sie etwas über Enrico, mit dem Jana in Werder zusammengelebt hat?«

Peggy strich mit dem linken über den rechten Daumennagel, als wollte sie die Stelle mit dem Makel spüren. »Ich hab ihn nicht oft getroffen. Mein Verhältnis zu Jana war nicht das engste in der Zeit. Ich fand, er passte nicht zu ihr, aber das wollte sie natürlich nicht hören. Sie hat ihn in der Disco in Eberswalde kennengelernt. Es war die große Liebe, wie so oft bei ihr. Und sie ist Knall auf Fall zu ihm gezogen.«

»Hat sie ihren Job extra gekündigt?«

»Sie war ja sowieso arbeitslos. Das war, nachdem mein Mann gestorben ist.« Sie seufzte. »Jana war wie gesagt in Berlin und arbeitete in Adlershof in den Fernsehstudios als Maskenbildnerin. Als mein Mann krank wurde und …«, sie schluckte, »als es klar war, dass er die Krankheit nicht überleben würde, kam Jana zurück und hat ihn gepflegt. Sie hat sich ausschließlich um ihn gekümmert. Pflegegeld hat sie keins bekommen. Als Stephan dann nicht mehr war, hatte sie keine Arbeit. Sie war viel unterwegs, hat gefeiert – und da traf sie Enrico.«

Paul wollte etwas sagen, doch sie fuhr fort: »Er war so ein grobschlächtiger Mensch, ich glaube, das gefiel mir nicht an ihm. Jana hingegen mochte, dass er der Beschützer-Typ war. Das brauchte sie wohl.«

Es machte nicht den Anschein, dass Peggy etwas über Enricos Gesinnung wusste, deshalb sagte Paul: »Wir haben Enrico überprüft. Er wird vom Verfassungsschutz der Neonazi-Szene zugeordnet.«

Sie erschrak. »Was sagen Sie da? Ein Neonazi?«

»War Jana in dieser Zeit vielleicht auch politisch eher …?« Ihm fehlten die richtigen Worte, darum ließ er die Frage offen.

»Mein Kind war nie politisch«, beinahe sah es so aus, als würde sie versonnen lächeln. »Das hat Jana nie interessiert. Darum fanden Ben und ich auch, dass ihr Wunsch, in den Bundestag zu gehen, wieder eine ihrer Flausen war.«

»Haben Sie ihr das gesagt?«

»Ja. Ben war richtig dagegen. Er meinte, das sei eine schlechte Idee wegen ihrer Vergangenheit.«

Bingo. Paul war sicher, dass der Bruder dabei nicht ihre Vergangenheit als Maskenbildnerin im Hinterkopf hatte. »Hat Jana noch Kontakt zu Enrico?«

»Nein. Also, ich glaube nicht. Das ging ja auch unschön zu Ende, und sie ist dann genauso Knall auf Fall bei ihm ausgezogen und wieder hier vor der Tür gestanden.«

»Warum?«

»Das hat sie nie genau gesagt. Sie meinte nur, sie habe sein wahres Gesicht gesehen und das habe ihr nicht gefallen. Ich hab nicht näher nachgefragt. Sie wollte nicht darüber reden und ich war einfach froh, dass sie wieder bei mir war.«

Nicht darüber reden, das schien ein Muster in dieser Familie zu sein. Die Dinge lieber nicht ansprechen, stattdessen ignorieren oder totschweigen: den verschwundenen Vater, das aufgegebene Studium, den Exfreund, die Vergangenheit. Wie viel Leid hätten sie sich ersparen können, hätten sie einfach mal geredet, ging es ihm durch den Kopf.

»Wissen Sie«, Peggy sah ihm in die Augen, »Jana ist wie ein Flaschenkorken. Egal, wie tief sie nach unten gedrückt wird, sie kommt wieder hoch und schwimmt obenauf. Das mit Enrico, das war ein Fehler, das wusste sie. Doch sie ließ die Vergangenheit ruhen und stürzte sich in was Neues. Lange darüber nachzudenken, das ist nicht ihrs. Trotzdem hatte ich wegen ihr nie schlaflose Nächte. Klar, sie ist 33 und wohnt bei mir, sie hat einen Aushilfsjob, aber ich weiß, sie würde auch ohne mich überleben. Und ich dachte, eines Tages findet sie etwas, das genau ihr Ding ist, und dann bleibt sie dabei.«

Passend zur Stimmung wurde es immer dunkler in der Wohnküche. Es war mittlerweile 20 Uhr und es dämmerte. Peggy blieb sitzen, schaltete das Licht nicht an. So begann die Dunkelheit, sie langsam zu ummanteln. Bald würde sie sie ganz verschlucken. Paul war beinahe dankbar, dass Peggy kein Licht anknipste, es erleichterte es ihm, ihr Fragen zu stellen, die in die Tiefe gingen und sicherlich schmerzhaft für sie waren.

Es war total still im Raum. Auch draußen. Nicht überraschend: Sie waren auf dem Land, es war Karfreitag. Paul checkte unauffällig sein Handy unter dem Tisch. Keine verpassten Anrufe. Keine Nachrichten.

»Frau Limberg«, begann er behutsam, »ich habe ja erwähnt, wir haben mit Sina Hellström Kontakt aufgenommen ...«

Bevor er weitersprechen konnte, zischte Peggy wütend: »Egal, was sie gesagt hat, diese Person lügt!«

Paul war überrascht, einen derartigen Ausbruch hatte er bei ihr nie zuvor erlebt und auch nicht damit gerechnet. Gestern hatte sie noch teilnahmslos auf diese Information reagiert.

»Nichts als Unglück hat sie Ben gebracht«, sagte Peggy ungehalten. »Er war ihr verfallen. Egal, was die Prinzessin wollte, er hat ihr jeden Wunsch von den Augen abgelesen. Erst als sie ihm so übel mitgespielt hat, ist er so geworden, wie er bis zuletzt war. So schweigsam.«

»Frau Limberg, Frau Hellström sagt, Sie hätten sich vor ein paar Wochen zufällig gesehen, in Templin, mit Ben. Warum haben Sie uns nichts davon erzählt?«

»Warum sollte ich?«, sagte sie trotzig.

Sie war immer noch aufgebracht, Paul sah, dass sie zitterte, aber sie war nicht mehr voll Wut.

Sie schaute ihn an und sagte: »Es stimmt, wir haben uns getroffen. Warum ist das wichtig?«

Jetzt kam der heikelste Punkt seiner Mission. Er hatte entschieden, Peggy mit seinem Wissen zu konfrontieren. Er musste herausfinden, was sie wusste. Nicht zuletzt ihr emotionaler Ausbruch gerade hatte ihn bestärkt.

Sie stand auf und ging zur Spüle. Für einen kurzen Augenblick hoffte er, sie würde ihm etwas zu trinken anbieten, sein Hals war trocken. Doch sie nahm nur einen Lappen und wischte damit einen unsichtbaren Flecken von der Wachstuchtischdecke auf dem Tisch weg.

Als sie sich wieder setzte, begann er: »Frau Limberg, ich muss Ihnen etwas sagen in Bezug auf das erste Kind von Frau Hellström.«

Sie schaute ihn erwartungsvoll und gleichzeitig ängstlich an.

»Der kleine Junge, den sie mit Sina Hellström gesehen haben, ist mit großer Wahrscheinlichkeit Bens Sohn.«

Ihr Gesicht nahm einen Ausdruck an, als hätte er gerade gesagt, sie solle sich einen Liter Blut abzapfen. Sie schwieg. Nach ein paar Augenblicken sagte sie leise: »Sind Sie sicher?«

Paul nickte.

Plötzlich machte sich wieder Wut in ihr breit und sie rief: »Aber dann hat sie doch ein Motiv. Dann war sie es, die Ben umgebracht hat. Sie muss das bestimmt vor ihrem reichen Ehemann verschweigen. Der schmeißt sie sonst raus. Und wenn Ben weg ist, kann das keiner mehr beweisen.« Sie sprang auf, setzte sich sofort wieder. »Die müssen Sie verdächtigen und nicht Jana! Ich verstehe das nicht. Sagen Sie mir, warum Sie Jana verdächtigen und nicht Sina?«

Paul schloss für einen Moment die Augen. Sein Handy, das neben ihm auf der Eckbank lag, vibrierte und meldete eine Nachricht. Er öffnete die Augen und sah im Vorschaufenster: Seine Mutter: *Sehen wir uns Ostern?* Dahinter ein Karneval verschiedener Smileys. Seine Mutter hatte gerade erst WhatsApp für sich entdeckt und war noch nicht geübt mit Emojis. Da fand sie nicht immer die richtigen. Und beim Zeitpunkt für ihre Nachrichten traf sie immer den falschen.

Peggy zuckte zusammen. »Haben Ihre Kollegen sie gefunden?«

Er verneinte. »Sina Hellström war vergangene Woche in Schweden, sie kann Ben nicht ermordet haben.«

»Na und?! Dann hat sie halt jemanden beauftragt. Einen Auftragsmörder. Geld genug dafür hat sie ja.«

Paul wusste nicht, wie er Peggy von dieser Idee abbringen konnte. Auch wenn sich die verzweifelte Mutter das so sehr wünschte und es wahrscheinlich der letzte Strohhalm war, an den sie sich klammerte – Sina war es nicht. Wieder schwieg er.

Und genauso plötzlich, wie ihre Stimmung von Verzweiflung in Wut umgeschlagen war, sackte sie in sich zusammen und begann, bitterlich zu weinen.

Paul spürte ihren Schmerz förmlich und hätte ihn ihr so gern abgenommen. Aber er konnte nicht mehr tun, als ihr ein Taschentuch zu reichen, zum Wasserhahn zu gehen und ihr ein Glas zu füllen.

Warum war es so viel leichter, den Schmerz anderer wahrzunehmen als den eigenen? Weil der nicht so lebensbedrohlich wirkte. Was hatte Peggy nicht alles ertragen müssen? Und was stünde ihr in Zukunft noch bevor? Er wollte nicht daran denken. Wenn Paul ihre Tochter als Mörderin ihres Sohnes überführte, würde das dafür sorgen, dass ihr Schmerz nie aufhörte. Dennoch haderte er nicht. Es war seine Aufgabe, die nahm er ernst. Trotzdem fühlte er mit dieser tapferen Frau mit.

Langsam beruhigte sie sich. »Entschuldigen Sie, Sie müssen denken, dass ich irre bin«, sagte sie.

Er schenkte ihr einen warmen Blick und legte ihr die Hand auf den Arm. »Ich habe noch eine Frage: Wussten Sie, dass Ben im Begriff war, ein Stück Wald zu kaufen?«

Er hatte beinahe das Gefühl, dass sie erleichtert war, wieder über Ben sprechen zu können und nicht mehr über Sina und vor allem nicht ihre Tochter: »Nein, aber es ist nicht überraschend. Er hat den Wald ja geliebt. Er war so oft da. Immer, wenn man ihn nicht erreichte und nicht wusste, wo er ist, fand man ihn im Wald. Da in der Nähe, wo er gestorben ist.« Sie schluckte, griff schnell nach dem Wasserglas und trank hastig einen Schluck.

Damit wäre eins der letzten Rätsel gelöst, dachte sich Paul. Sie hatten auf Bens Handy keine Nachricht in Bezug auf eine Verabredung der Geschwister gefunden. »Wusste Jana das auch?«

»Ja, sicher. Sie hat mir mal den Tipp gegeben, dass er immer im Wald zu finden ist.«

»Haben Jana und Ben öfter etwas gemeinsam unternommen?«

Sie schien nachzudenken und zuckte die Achseln. »Eigentlich nur, wenn wir hier zusammen waren. In letzter Zeit ja öfter wegen seiner Kisten und des Gemüses.« Sie lächelte entschuldigend. »Und ansonsten nicht wirklich. Sie war ja länger weg. Bevor sie in Werder gewohnt hatte, war sie ja in Berlin. Sie sind halt so unterschiedlich«, sagte sie. Es klang beinahe entschuldigend. Wahrscheinlich war genau das die Erklärung. Für alles.

Paul dachte nach. Es gab hier nichts mehr für ihn zu tun, also verabschiedete er sich. Als er im Haus der Limbergs angekommen war, hatte er in Janas Zimmer nach Anhaltspunkten für ihren Aufenthaltsort gesucht, aber außer Unmengen von Kosmetika und Klamotten nichts gefunden. Sie hatte das Zimmer fluchtartig verlassen. Das Bett war nicht gemacht, Kleidungsstücke lagen verstreut auf dem Boden. Peggy hatte ihm versichert, dass ihre Tochter eigentlich ordentlich war. Was den Impuls zur Flucht gegeben hat, konnte nur Jana selbst sagen. Ihr Handy war seit Stunden ausgeschaltet und ließ sich nicht orten. Ihren Laptop hatte sie mitgenommen. Die infrage kommenden Freunde beziehungsweise die, die die Mutter kannte, hatten sie überprüft, ebenfalls die Kollegen aus dem Kosmetikstudio. Nils hatte sogar beim Kreisvorsitzenden der EPD angerufen. Der befand sich bei Frau und Kindern und war nicht sonderlich auskunftsfreudig gewesen.

Jana stellte keine Gefahr für die Bevölkerung dar, war mutmaßlich unbewaffnet. Und da sie keinen Abschiedsbrief hinterlassen hatte, gingen sie erst mal nicht davon aus, dass sie sich das Leben nehmen wollte. Aber konnten sie es wissen?

Es war 21 Uhr. Und dunkel. Für den Fall, dass Jana im Schutz der Nacht zurückkommen würde oder dass Peggy das Haus verließ, observierten sie das Gebäude. Paul übernahm die erste Schicht, Patrick hatte sich bereit erklärt, ihn um Mitternacht abzulösen. Um 4 Uhr morgens würde Nils übernehmen. Mandy hielt die Stellung bei der Datsche. Sollte Jana verschwunden bleiben, würden sie am späten Vormittag die Fahndung einleiten. Paul wusste, es könnte im schlimmsten Fall Tage dauern, bis sie Jana fanden. Sie könnte sich überall im Land verstecken – oder sich schon längst nach Polen oder sonst wohin abgesetzt haben. Sie mussten Gerhard Limberg informieren, falls sie bei ihm auftauchte.

Paul versuchte, es sich so gemütlich wie möglich in seinem Wagen zu machen. Er streckte sich aus, steckte sich AirPods in die Ohren und schaltete einen Podcast ein. Im Nachbarhaus öffnete sich die Tür. Ein älterer Herr zerrte eine Französische Bulldogge aus der Tür, der Mann mit dem Hund mit der schwachen Blase. Unschwer zu erkennen, wer die Initiative ergriffen hatte für den abendlichen Ausflug. Kaum waren sie durch das Gartentor getreten, zündete sich der Nachbar eine Zigarette an und zog den Hund alibimäßig ein paar Meter weiter. Zwei Zigaretten später gingen sie zurück. Bis Pauls Ablösung kam, wiederholte sich das Schauspiel noch dreimal.

Patrick wirkte beinahe aufgedreht, als er um Punkt Mitternacht an die Seitenscheibe von Pauls Wagen klopfte. Er hatte sich für die Nachtschicht frisch geduscht. Seine Haare waren noch nass, und eine Deowolke stieg Paul in die Nase, als er das Fenster herunterließ, um Patrick auf den neusten Stand zu bringen. Seltsam nur, dass Patrick denselben Pullover trug wie tagsüber, an dem ein mittelgroßer Fleck Pizzaöl seit dem Abendessen prangte. Aber Paul wollte sich keine Gedanken darüber machen, was das bedeutete. Er war müde und aufgewühlt gleichzeitig, als er den Motor startete und nach Hause fuhr.

60

Paul lag angezogen auf dem Sofa, als ihn das Klingeln seines Handys hochschrecken ließ. »Olaf«, stand auf dem Display. Es war 4:17 Uhr. Paul war zu verschlafen, um sich Gedanken darüber zu machen, ob Olaf versehentlich bei ihm anrief oder nicht, und ging ran.

»Chef«, Olaf klang so aufgeregt, wie Paul ihn während der gesamten Ermittlung nicht erlebt hatte. Trotzdem flüsterte er.

»Ja, Olaf?« Paul war hellwach und saß kerzengerade auf der Couch.

»Jana ist hier.«

»Olaf, wo sind Sie?« Paul war aufgestanden und schon dabei, sich die Sneaker anzuziehen.

»An der A11.«

Jetzt hörte Paul im Hintergrund vorbeirasende Fahrzeuge. »Wo genau?«

»Ich schicke Ihnen die Geodaten.«

»Bin schon unterwegs!« Paul riss seine Jacke vom Haken und die Tür auf. Er nahm zwei Stufen auf einmal auf dem Weg nach unten und scherte sich ausnahmsweise nicht darum, dass das Treppenhaus hellhörig war und die anderen Hausbewohner möglicherweise aus dem Schlaf gerissen würden. »Olaf, was macht sie?«

»Nicht viel. Sie ist auf einer Autobahnbrücke.«

Pauls Magengegend zog sich zusammen. Er rannte aus dem Haus zu seinem Wagen. »Und?« Er ließ den Motor an.

»Sie sitzt auf dem Geländer. Als würde sie …«

Mehr musste er nicht sagen. Paul wusste, jede Sekunde zählte.

20 Minuten später war er da. Der weiße VW-Polo von Jana stand am Ende eines Feldwegs, der zu einer Autobahnbrücke führte. Ein Poller kennzeichnete, dass er nur von Zweirädern und Fußgängern zu nutzen war. Paul war die letzten Meter über den Feldweg ohne Licht gefahren. Er wollte sichergehen, dass Jana nicht durch sich nähernde Lichtkegel in Aufruhr versetzt wurde. Er stieg aus und ging zu Olaf, der neben einem Motorroller stand. Für einen kurzen Augenblick fragte er sich, was Olaf um die Uhrzeit hier gemacht hatte, vor allem, da er doch eigentlich krank war. Offenbar hatte er trotzdem einen Blick ins interne Messengersystem geworfen, denn sonst hätte er nicht gewusst, dass sie Jana suchen. Wie auch immer, sobald das hier vorbei war, würde er mit Olaf ein Gespräch unter vier Augen führen. In diesem Moment hatte anderes Priorität. Von der Autobahn hörten sie die Autos, deren Fahrer es ausnutzten, dass die Bahn leer war und kein Tempolimit bestand.

»Sie sitzt da oben.« Olaf ging Richtung Brücke, und da sah auch Paul die Gestalt, die auf dem Geländer direkt oberhalb der Fahrbahn hockte.

Wäre es tagsüber gewesen und würde sich unter ihr keine Autobahn befinden, hätte sie auch einfach eine junge Frau sein können, die auf einer Brücke rastet und das Geschehen unter sich beobachtet. Aber die Situation jetzt war eine völlig andere. Auch wenn der Lärm sämtliche Geräusche schluckte und Jana sie nicht hören konnte, flüsterten Olaf und Paul.

»Was ist in den letzten Minuten passiert?«

»Nichts, sie sitzt da wie festgeklebt«, sagte Olaf.

Wie lange wohl schon? Es war kalt, und Jana trug zwar einen Mantel, jedoch keine Mütze. Sie saß stabil, aber eine unachtsame Bewegung – und sie würde das Gleichgewicht verlieren. Paul musste im wahrsten Sinne des Wortes jeden Schritt sorgfältig abwägen. Bestimmt war Jana aufgewühlt, übermüdet und hatte nicht mehr viel zu verlieren. Vor allem die Uhrzeit und die Tatsache, dass sie wahrscheinlich seit Stunden ohne Ziel unterwegs war, lösten Besorgnis bei ihm aus. Wenn sie in einen Sekundenschlaf fiel, könnte sie vornüberkippen.

Er beobachtete sie einige Augenblicke. Sie steckte die Hände in die Manteltaschen, wahrscheinlich zum Schutz vor der Kälte. Was ihr jedoch Stabilität nahm. Sie mussten schnell handeln.

Paul hatte eine Idee. »Olaf, wir machen es so …«

61

»I've had the time of my life …« Warum ihr dieser Song jetzt durch den Kopf ging, wusste Jana nicht. Sie hatte »Dirty Dancing« nie ausstehen können. Es war der Lieblingsfilm ihrer Mutter, die sie damit gelangweilt hatte. »Der Film ist in deinem Geburtsjahr herausgekommen, aber wir in der DDR durften ihn erst 1989 sehen, in dem Jahr, als Ben geboren wurde.« Jana hatte nicht verstanden, warum das so wichtig war und was ihre Mutter an dem Film fand. Auch der Hauptdarsteller gefiel ihr nicht.

»I've had the time of my life …«

Die beste Zeit des Lebens – schon vorbei. Die sollte bei ihr doch erst noch kommen. Ab Oktober, wenn sie Politikerin war. Jana schaute nach unten, wo die Autos vorbeirasten. Es war nicht viel Verkehr. Sie wollte nicht sterben, sie war gern auf der Welt.

Aber sie wollte auch nicht ins Gefängnis.

Das Spiel war vorbei. Das war ihr in dem Augenblick klar geworden, als Mutti gesagt hatte, dass die Polizei an die Öffentlichkeit gehen würde. Sie hatte zwar Michael, aber auf den konnte sie nicht zählen, wenn es hart auf hart kam – auch eine Erkenntnis der vergangenen 24 Stunden.

Jedes Detail an dem Abend im Wald hatte sich ihr ins Gedächtnis eingebrannt. Dass ihr jemand entgegengekommen war, als sie von Ben weggefahren war. Sie kannte die Person nicht, aber das musste nichts heißen. Wenn die Polizei an die Öffentlichkeit ging, würde sie ihr mithilfe des Mannes früher oder später auf die Spur kommen. Spätestens wenn nach Bens Mörder bei »Aktenzeichen XY«

gesucht wurde. Diese Sendung kannte sie, weil Mutti die immer guckte, wie so viele aus der Uckermark. Hier passierte nie etwas, da musste man sich das Verbrechen ins Wohnzimmer holen.

Sie lebte gern. Es war bisher ein gutes Leben gewesen, zumindest bis zu Vatis Tod. Sie hatte nichts Schlimmes erleben müssen. Sie verliebte sich und entliebte sich. Brach Herzen und ließ sich ihrs brechen. Sie wohnte in Berlin, und die Arbeit gefiel ihr. Erst als Vati krank wurde, musste sie erfahren, dass es auch Schatten gab. Vati war der wichtigste Mensch für sie gewesen. Auch wenn er biologisch nicht ihr Vater gewesen war. Was waren schon Gene, wenn es darum ging, einem Geborgenheit zu geben und für einen da zu sein?

Einmal, da war sie noch nicht lange in Berlin gewesen und hatte bis nach Mitternacht für eine Live-Fernsehshow gearbeitet. Sie war erst um 1 Uhr nach Hause gekommen und hatte gemerkt, dass sie ihren Hausschlüssel vergessen hatte. Sie wäre gar nicht auf die Idee gekommen, jemand anderen als ihn anzurufen. Nicht ihren Bruder, der hätte sie nur weggedrückt. Oder Mutti, die hätte ihr Vorhaltungen gemacht und gesagt, dass es der falsche Job für sie sei, wenn sie dadurch so spät noch auf der Straße unterwegs ist. Und wie reagierte Vati? Stieg ins Auto und bretterte die 100 Kilometer zu ihr. Mit einem Ersatzschlüssel. Als sie in der Wohnung waren, bereitete er ihr Kakao zu – wie früher, als sie ein kleines Mädchen war. Sie kuschelte sich an ihn, und sie schliefen nebeneinander im Bett. Er war einfach der beste Mensch. Der Tag, als er ihr am Telefon sagte, dass sie in seiner Lunge was gefunden haben, was da nicht hingehört, war der schlimmste in ihrem Leben. Sie hatte ihre Arbeit gekündigt, obwohl man ihr in Aussicht gestellt hatte, bei einer neuen Serie Chef-Maskenbildnerin zu werden, und war nach Hause zurückgezogen. Sie war für ihn da, wie er immer für sie da gewesen war. Sie wich nicht von seiner Seite. Als er noch dazu in der Lage war, unternahmen sie Spaziergänge und übernachteten in der Datsche. Später saß sie stundenlang an seinem Bett. Als er starb, hielt sie seine linke Hand, die, die zum Herzen ging. Mutti die rechte.

Nie hatte sie sich so allein und schutzlos gefühlt wie in der Zeit nach seinem Tod. Sie war komplett aus dem Leben gefallen. Sie wusste nicht wohin. Zurück nach Berlin wäre die beste Entscheidung gewesen, aber sie wollte Mutti nicht allein lassen. Obwohl sie sich viel stritten. Außerdem war ihre Arbeitsstelle natürlich längst neu besetzt, und der Sender konnte ihr nichts anderes anbieten. Sie feierte viel, um sich abzulenken. Da traf sie Enrico in einer Disco. Ein schmieriger Typ baggerte sie schon den ganzen Abend an, lief ihr hinterher wie ein Hündchen und wurde immer zudringlicher. Enrico hatte das beobachtet. Ohne dass sie sich kannten, packte er den Typen am Kragen und schleppte ihn zum Ausgang. Er kam ohne den Widerling, aber mit zwei Drinks zurück, gab einen Jana und sagte: »Wenn du wieder belästigt wirst, ruf mich.« Da verliebte sie sich in ihn. Schnell zog sie zu ihm nach Werder. Es dauerte einige Monate, ehe sie checkte, dass hinter seinen »Kameradschaften« kriminelle Vereinigungen steckten, und viel zu spät konnte sie sich von ihm lösen.

Es war die Zeit nach den Flüchtlingswellen. In ihrer Kindheit hatte es in ihrem Umfeld kaum Ausländer gegeben. Als sie nach Berlin zog, kam sie zum ersten Mal in Berührung mit vielen Menschen aus anderen Kulturen. Teilweise schüchterten sie die Männer aus dem Orient ein, auch wenn sie ihr nichts taten. Als sie bei Enrico lebte, wohnten da diese jungen Männer im Nachbarhaus. Die starren ihr oft hinterher, das gefiel ihr nicht, und es machte sie wütend, dass die anscheinend nicht arbeiten mussten und trotzdem ein Auto hatten.

»Das zahlt denen alles der Staat«, sagte Enrico.

»Die kriegen alles hinterhergeworfen«, behaupteten seine Freunde.

»Die sind kriminell, wir sind nicht mehr sicher«, war der Tenor.

Sie selbst hatte Geldsorgen. Während der Zeit, als sie Vati gepflegt hatte, hatte er für sie einen Antrag auf Pflegegeld gestellt. Der war abgelehnt worden. Es hieß, der Sachverhalt für die Leistungen sei nicht erfüllt. Natürlich war sie wütend, dass die anderen offenbar bevorzugt wurden. Enrico und dessen Freunde befeuerten diese Sichtweise. Sie machte mit, denn Enrico war der, der ihr Halt gab, sie wollte ihn nicht verlieren. Er war ihr Anker. So geriet sie immer mehr in den Strudel seiner Neonazi-Freunde.

»Lass uns demonstrieren gegen diese Ungerechtigkeiten!« Sie ließ sich mitziehen. Sie dachte wirklich, es wäre nur eine Demo, zu der sie gehen würden, stattdessen war es ein großer Aufmarsch. Und obwohl sie nicht mitskandierte, filmte ein Kameramann sie. Wahrscheinlich wegen ihres Aussehens. Eine Neonazi-Braut als Hingucker, das war doch was fürs Fernsehen. Sie kamen mit der Kamera zu ihr und wollten wissen, warum sie vor Ort war. Sie dachte nicht groß nach und sagte: »Ja, weil das zu viel ist, zu viel Überfremdung.« Enrico stand neben ihr und sagte noch: »Ersaufen sollen die im Mittelmeer.« Sie hatte sich entsetzt zu ihm gedreht und erstaunt geguckt. Das wirkte im TV so, als würde sie ihm zustimmen.

Ben sah den Beitrag zufällig und meldete sich deshalb bei ihr. Er schrie sie an, das sei doch wohl nicht ihr Ernst. Vielleicht war das der Punkt, an dem sie merkte, dass sie Enrico verlassen musste. Sie brauchte trotzdem noch ein halbes Jahr, ehe sie den Schritt wagte.

Sie zog zu Peggy, die war überglücklich, dass sie zurück war, und stellte keine Fragen. Jana war 31 und wohnte wieder bei ihrer Mutter. Schlimm genug. Aber noch schlimmer, sie hatte keinen Plan, was sie mit ihrem Leben anfangen sollte. Also probierte sie ein paar Dinge aus, die einfach erschienen, GNTM, Modeln, und zuletzt Influencerin. So richtig passte nichts zu ihr. Und so richtig klappte nichts. Sie war zwar nicht mehr so haltlos wie nach Vatis Tod, aber planlos. Um Mutti nicht komplett auf der Tasche zu liegen, fing sie im Kosmetikstudio »Schön und Schöner« in Gerswalde an zu jobben. Der Ort hatte sich in den letzten Jahren verändert. Es war das hipste Dorf in der Uckermark, in dem die Berliner mittlerweile fast die Mehrheit der Einwohner bildeten. Scherzhaft hieß es, Gerswalde sei der 13. Berliner Bezirk. Es war eine Parallelgesellschaft. Ihre Kundinnen waren Uckermärker, die über die Zugezogenen nicht glücklich waren. Jana hingegen gefiel die Berliner Welt. Mittags ging sie gern in ein Café, in dem die Berliner verkehrten.

An einem schönen Spätsommertag traf sie dort Michael. Sie saß in der Mittagspause draußen vor dem Café, er setzte sich zu ihr, und sie kamen ins Gespräch. Er erzählte ihr von seinem Job, sie war fasziniert und hörte zu. Sie verabredeten sich, begannen eine Affäre. Anfangs tat sie es aus Langeweile. Und weil er für sie die weite Welt war. Er lud sie nach Berlin ein, als seine Frau mit den Kindern in der Uckermark war. Drei Tage blieb sie bei ihm in seiner schicken Altbauwohnung. Er nahm sie mit in seine Bubble. Es war ganz anders, als sie es sich vorgestellt hatte, nicht spießig, sondern lebendig, und die Abgeordneten umgab eine gewisse Wichtigkeit. Später waren sie im »Borchardt« am Gendarmenmarkt essen. Am Nebentisch saß ein Minister, der wie selbstverständlich an ihren Tisch kam und mit Michael plauderte. Ihr warf er interessierte Blicke zu. Sie schaltete sich in das Gespräch ein und hatte das Gefühl, dass sie ihr zuhörten und es interessant fanden, was sie zu sagen hatte. Michael brüstete sich mit seinen Kontakten und seinem Einfluss. »Letztlich sind wir Berater es, die die Politik machen«, sagte er. Später, nachdem sie sich im Wohnzimmer auf dem Fußboden geliebt hatten, lagen sie nebeneinander und tranken Champagner, da sagte er im Scherz: »Du wärst die ideale Kandidatin mit deiner Biografie, das Mädchen aus der Uckermark.« Und da wusste sie, was sie wollte. Nie hatte sie etwas mehr gewollt.

Sie war so kurz davor.

Jana sah in die Dunkelheit, die sie auf der Brücke umgab, doch sie verlor an Dichte. Sie wusste, sobald es hell wäre, würde sie nicht mehr springen. Das würde sie sich nur im Schutz der Dunkelheit trauen. Die Nacht gab ihr Sicherheit. Wenn sie in der Uckermark blieb, würde die Polizei sie bald finden.

Gestern, als sie gerade aufgewacht war, hatte ihr eine Kundin eine Nachricht über den Facebook-Messenger geschickt. *Wenn du am Samstag im Wald warst, melde dich bei der Polizei. Die war gerade bei meinem Freund und hat ein Phantombild von dir angefertigt. Er hat dich gesehen.* Die Kundin hatte das sicher ohne Hintergedanken geschrieben. Es war der Tipp einer Frau, die sich nicht einmal vorstellen konnte, dass Jana etwas mit einem Mord zu tun haben könnte. Die nicht wusste, dass es eine familiäre Beziehung zwischen ihr und dem Mordopfer gab.

Sie war in Schockstarre verfallen. Was tun? Ihr erster Reflex war, Michael anzurufen. Aber erstens saß der wahrscheinlich gerade am Frühstückstisch mit seiner Frau und den Kindern und würde nicht ans Telefon gehen, und zweitens konnte sie ihm nicht sagen, was mit Ben geschehen war. Da hatte sie sich ins Auto gesetzt und war losgefahren. Ohne Ziel.

Sie war geliefert. Sie hatte keine Hoffnung mehr. Sie wusste nicht, wohin. Anders als ihr biologischer Vater seinerzeit. Gestern, nachdem sie sich mit Michael getroffen hatte, hatte Mutti ihr erzählt, wie das damals gewesen war mit ihrem biologischen Vater. Dass der sich ins Auto gesetzt hatte, einfach losgefahren und nie wiedergekommen war.

Ihr biologischer Vater! Kommissar Montgomery hatte gesagt, dass er lebte. War vielleicht doch nicht alles hoffnungslos? Hatte sie noch eine Chance? Wenn sie zu ihm fahren würde, musste er ihr helfen. Nach allem, was er ihrer Mutter und ihnen angetan hatte. Vielleicht würde er sie jedoch auch gerade deswegen an die Polizei verraten. Die Gefahr war da. Trotzdem war sie seine Tochter. Er könnte ihr Geld geben. Und dann? Ein neuer Pass. Eine neue Identität. Wie bei ihm damals. Er wusste doch, wie so was ging. Sie würde ihn finden. Vielleicht war er ihre letzte Chance. Sie musste herausfinden, wo er wohnte. Ihr Handy konnte sie nicht einschalten, sonst wüsste die Polizei, wo sie war. Im Auto war ihr Laptop. Sie musste nur irgendwohin, wo es Internet gab. Vielleicht war noch nicht alles verloren.

Nein. Sie wollte nicht sterben, aber auch nicht ins Gefängnis. Sie musste es versuchen. Sie legte die Hände aufs Geländer. Sie musste zurück auf die andere Seite der Brüstung. Sie warf einen Blick nach unten, wo gerade ein Sattelzug vorüberfuhr. Fest umschloss sie den Handlauf des Geländers. Jetzt langsam das linke Bein anheben. Gleichzeitig drehte sie den Kopf nach links. Und da sah sie ihn in der Dämmerung. Fünf Meter von ihr entfernt stand Paul Montgomery.

62

Jana verharrte in der Bewegung. Das linke Bein hatte sie halb über das Geländer geschoben wie im Spagat, als sie ihn wahrnahm. Bloß keine falsche Bewegung, hoffte Paul. Er sagte nichts. Ging auch nicht auf sie zu, sondern blieb wie angewurzelt stehen. In diesem Augenblick konnte ein zu lautes Wort oder eine unbedachte Bewegung von ihm über Leben und Tod entscheiden. Die Autos donnerten unter ihnen über die Autobahn. Er bildete sich ein, dass er in der Ferne Vogelgezwitscher hörte. Die Morgendämmerung begann. Janas Konturen wurden klarer. Paul spürte Olaf in seinem Rücken. Der würde, sobald Paul seinen linken Arm heben würde, auf Jana zurennen. Plötzlich kam Leben in Jana. Sie schwang das Bein vollständig über das Geländer, hakte sich mit dem Fuß an einer der Streben fest, griff über, hievte das zweite Bein über die Brüstung und sprang herunter. Jetzt stand sie mit beiden Beinen auf der Brücke. Hinter dem Geländer.

Paul dankte im Stillen den höheren Mächten. Sie sah ihn an, dann sank sie auf den Asphalt. Setzte sich auf den Boden. Mit dem Rücken blieb sie ans Geländer gelehnt. Vollkommen ruhig. Sie weinte nicht, sie schrie nicht, sie saß da wie eine Puppe.

»Jana, darf ich zu Ihnen kommen?«

Sie hob den Kopf und gab ihm ein Zeichen, dass sie nichts dagegen habe. Paul nickte Olaf zu. Er sollte beim Wagen warten. Er ging zu ihr und setzte sich neben sie. Beide starrten geradeaus.

»Ich habe ihm das Leben gerettet«, sagte Jana schließlich.

»Ben?«

Sie nickte. Er sagte nichts.

»Ich war 14, er zwölf. Es war Anfang März. Der See war noch zugefroren, doch es hat schon getaut. Ich habe mich nicht getraut, aufs Eis zu gehen, er rannte hinauf und rief: »Feigling!« Es knackte bedrohlich. Ich brüllte: »Komm zurück!« Er hörte nicht auf mich, ging einfach weiter. In der Mitte des Sees ist das Eis ja immer am dünnsten, und als er etwa hundert Meter von mir entfernt war, knackte es immer mehr, dann brach er ein. Er schrie nicht, er hing einfach da und hielt sich an einer Eisscholle fest, während das Eis weiter wegbrach. Ich bin sofort losgelaufen. Als ich bei ihm war, hab ich mich flach hingelegt und ihm die Hand gereicht. So wie wir das mal in der Schule gelernt haben. Ich hatte große Angst, aber als er seine Hand in meine legte, wurde ich plötzlich ruhig. Ich hab ihn zu mir gezogen, Stück für Stück, und bin zurück zum Ufer gerutscht. Bis das Eis dick genug war, dass er aus dem Wasser kam. Er war unterkühlt und bekam eine Lungenentzündung. Mutti hat mir am Abend eine Standpauke gehalten, ich hätte ihn davon abhalten müssen, ich sei doch die Ältere. Ich bin in mein Zimmer gerannt und habe geweint. Wir haben nie wieder darüber geredet.«

Schon wieder, das Muster der Familie Limberg.

Es wurde schleichend heller. Paul hatte mal einen Artikel über die drei Phasen der Morgendämmerung gelesen. Die sogenannte astronomische Dämmerung ist die erste und zugleich längste. Sie beschreibt den Zustand, wenn sich das Licht langsam anpirscht. Seinem Gefühl nach würde sie in wenigen Minuten von der nautischen Dämmerung abgelöst werden.

»Am Samstag im Wald habe ich Ben daran erinnert. Dass er nicht mehr leben würde, wenn ich nicht gewesen wäre. Wissen Sie, was er geantwortet hat?«

Sie blickte Paul in die Augen. Es war mittlerweile so hell, dass er ihr Gesicht gut erkennen konnte. Ihre großen blauen Augen. Sie war nicht verheult, und auch die Nacht ohne Schlaf sah man ihr nicht an. Sie war ungeschminkt, wirkte sehr natürlich. Er hatte das Gefühl, zum ersten Mal der echten Jana gegenüberzustehen. Er schüttelte den Kopf.

»Er hat gesagt: ›Hat dich damals keiner dazu gezwungen. Hättest mich ja untergehen lassen können.‹«

Paul wartete ein paar Sekunden, ehe er fragte: »Hat er Sie erpresst?«

Sie nahm ein buntes Gummi, das sie ums Handgelenk gewickelt hatte, und band ihre Haare damit zu einem unordentlichen Knoten.

»Wir haben uns zufällig vor Muttis Laden getroffen. Er war mal wieder da wegen seinem blöden Gemüse, und ich hab Mutti ihren Geldbeutel gebracht, den hatte sie am Morgen vergessen. Am Abend davor hab ich beiden erzählt, dass ich in den Bundestag will. Und da standen wir dann auf dem Parkplatz, und er sagte zu mir: ›Du weißt schon, dass ich das Video habe von damals in Werder. Als du mit deinen Freunden für eine neue Ausländerpolitik auf die Straße gegangen bist.‹ Ich hab erst gar nicht verstanden, was er meinte. Er sagte: ›Das trifft sich gut, ich brauche noch 5.000 Euro für meinen Wald, und wenn du mir die gibst, sage ich niemandem von deiner neuen Partei, was du früher so getrieben hast. Wie du das Geld auftreibst, ist mir egal.‹ Ich dachte, dass er einen Witz macht, aber er blieb total ernst. Wir haben uns gestritten. Als er am Abend kurz bei Mutti war, hat er mir gesagt, dass ich bis nach Ostern Zeit hätte. Da dämmerte mir, dass ich ein Problem habe.« Sie zog die Beine an den Körper und umklammerte sie. »Ich kannte Ben besser als jeder andere, ich wusste, wie skrupellos er sein kann. Als Sina ihn damals verlassen hat, hat er sich geschworen, sich in Zukunft immer selbst an erste Stelle zu setzen. Er war ein Egoist und hat nur an sich gedacht. Mutti oder ich waren ihm egal. Es interessierte ihn nicht, dass Mutti wegen der Gemüse-Sache ihren Job verlieren könnte. Er nutzte aus, dass sie ihm nie etwas abschlagen konnte.« Sie klang sehr traurig, als sie sagte: »Das war nicht mehr der Ben aus meiner Kindheit. Den habe ich vermisst.«

»Haben Sie jemandem davon erzählt?«

Sie schüttelte den Kopf. »Wem hätte ich das sagen sollen? Ich habe mich so geschämt. Für mich selbst und für meinen missratenen Erpresserbruder. Am nächsten Tag war ich bei Michael. Wir haben einen Plan gemacht für meine Kandidatur. Da hat er erläutert, wie gut meine Chancen sind. Er hat mir versprochen, dass ich mich auf ihn verlassen kann und dass er mich wichtigen Leuten vorstellen wird. Und auch, dass er meinen Wahlkampf finanziell unterstützen wird. Ich war so glücklich und wusste, das will ich. Das hörte sich alles so super an. Michael fragte dann ganz beiläufig: ›Gibt es irgendwas in deiner Vergangenheit, das unschön ist?‹ Er hat das wohl eher im Scherz gesagt und meinte so was wie Drogen. Oder ein heimliches Kind. Aber ich war alarmiert.« Ihr Gesicht nahm einen ernsten Ausdruck an.

»Und dann haben Sie noch mal mit Ben gesprochen?«

»Ich wusste ja, dass er samstags immer in seinen dämlichen Wald geht. Also bin ich mit dem Fahrrad hingefahren.«

»Damit niemand Ihr Auto sieht?«

Jetzt lächelte sie. »Nein, ich hatte vergessen zu tanken. Er ließ nicht mit sich reden. Ich hab gebettelt und gefleht, ihm sogar angeboten, dass ich ihm das Geld geben kann, wenn ich im Bundestag bin, denn jetzt hatte ich es nicht. Woher sollte ich denn so schnell 5.000 Euro nehmen? Aber er hat gesagt, jetzt oder es gibt keinen Bundestag. Er hat mir nicht mal richtig zugehört. Er hob ständig Äste auf und jammerte über die Sturmschäden und dass der Wald sterben wird. Da ist bei mir eine Sicherung durchgebrannt. Ich hab ihn angeschrien: ›Ich bin politisch tot, wenn du das machst!‹«

Jana sprach, als würde sie die Erlebnisse einer fremden Person erzählen. Sie weinte nicht, sie schrie nicht, sie war seltsam unberührt. Paul erinnerte sich an die erste Begegnung mit ihr. Ihm war aufgefallen, wie seltsam unbeteiligt sie wirkte, wie eine Außenstehende, nicht wie ein Mitglied der Familie. Er hatte nicht länger darüber nachgedacht, die trauernde Peggy, die ihren Schmerz nicht verbergen konnte, hatte seine gesamte Aufmerksamkeit auf sich gezogen. Und die Familiengeheimnisse, der Bio-Kisten-Betrug. Seemüller. Jana war ihm tatsächlich durchgerutscht. Darum hatte er auch nur kurz ihr Alibi von Nils überprüfen lassen und sich damit zufriedengegeben, dass sie zu Hause war. Ein Fehler, wie er jetzt wusste.

»Da blieb er stehen, sagte mir ins Gesicht: ›Was bist du im Vergleich zum Wald? Lächerlich‹, und ging weiter. Das war zu viel. Ich hab ihm damals das Leben gerettet, und er würde meine Zukunft sterben lassen. Für seinen blöden Wald. Ich war doch seine Schwester.« Sie sah in den Himmel. Inzwischen waren die Sterne nicht mehr zu sehen, und der Himmel glänzte im Morgenblau. Keine Wolken. Es würde ein schöner Tag werden – nur nicht für sie. »Am Boden lag ein großer Ast. Ich weiß auch nicht, was mich in diesem Augenblick geritten hat, aber mir ist eine Sicherung durchgebrannt. Ich hob den Ast auf und schlug Ben damit auf den Kopf. Wahrscheinlich hat mir die Wut die Kraft verliehen, denn Ben war ja viel größer und stärker als ich, aber er fiel hin und blieb liegen. Ich hab nicht mal geguckt, wie es ihm geht. Ich war so geschockt davon, was ich getan hatte, dass ich einfach weggelaufen bin. Es war eine Flucht aus der Situation und aus dem Leben mit meinem Erpresserbruder.«

Sie sah Paul an. »Ich wollte ihn nicht umbringen. Ich wollte mich nur wehren, ihm einen Denkzettel verpassen, damit er weiß, dass er mit mir nicht alles machen kann. Ich dachte, so ein Schlag bringt seinen Kopf wieder in Ordnung.«

Paul nickte. Alles, was sie sagte, konnte er nachvollziehen. Die Wut. Und auch den Wunsch, mit einem Schlag die Welt wieder in Ordnung zu bringen. Dennoch rechtfertigte das natürlich nicht ihr Handeln.

»Am nächsten Morgen bin ich sofort nach dem Aufwachen von zu Hause abgehauen. Ich hätte es nicht ertragen, Mutti in die Augen zu sehen. Sie rief mich dann an
und sagte mir, dass Ben tot ist. Irgendwie hab ich das gar
nicht mit mir in Verbindung gebracht. Ben war ein Bär von
einem Mann, und mein Schlag war ja nicht so fest. Also
dachte ich anfangs, da sei nach mir noch jemand gewesen. Dazu passte, dass Wellinow jemand anderen gesehen hat. Erst als Sie gesagt haben, dass der Schlag auf den
Kopf der Auslöser für Bens Tod war, wurde mir alles klar.
Ich bin verantwortlich für den Tod meines Bruders.« Sie
schluchzte.

Paul musste an die Geschichte der Familie denken,
nie hatten sie miteinander geredet. Auch diesmal nicht.
»Warum haben Sie Ihrer Mutter nichts von Bens Erpressung gesagt? Sie haben doch ein gutes Verhältnis und wohnen sogar zusammen.«

Ein fast spöttischer Ausdruck trat auf ihr Gesicht.
»Mutti? Ben war doch ihr Prinz. Der konnte sich alles
erlauben, sie hätte mir nicht geglaubt. Ben war für sie ein
Heiliger. Er hat sie immer um den Finger gewickelt. Sie hat
ja sogar ihren Job riskiert für seine blöden Obstkisten.«

Paul musste daran denken, wie Peggy auf Sina reagiert
hatte. Gut möglich, dass Jana recht hatte. Aber vielleicht
hätte Ben mit seinen Erpressungen aufgehört, wenn die
Mutter ihn damit konfrontiert hätte, wenn sie ihm mal die
Meinung gesagt hätte. Sie hätten miteinander reden müssen.

Der Fall lag nun deutlich vor ihm. Nur eine Sache fehlte
noch. »Haben Sie das Video, in dem Sie zu sehen sind,
von seinem Handy gelöscht, als er bewusstlos auf dem
Boden lag?«

»Nein«, sagte sie perplex. »So weit habe ich nicht

gedacht. Ich wollte ihn nur zur Besinnung bringen. Dass er mit diesem Wahnsinn aufhört.«

Plötzlich wurde Paul klar, es gab gar kein Video. Sie hatten es nicht bei Ben gefunden – nicht weil Jana es gelöscht hatte, sondern weil der Mitschnitt des Fernsehbeitrags gar nicht existierte. Ben hatte geblufft. Wie tragisch. Und wie perfide von ihm. Er wusste, dass seine gutgläubige Schwester ihm auf den Leim gehen würde.

Paul hoffte, Janas Verteidigung würde die Erpressung auch ohne Material glaubhaft darlegen können. Am Horizont erschien der rote Feuerball. Die Sonne ging auf. Es war wunderschön. Beinahe kitschig. Es tat in diesem Augenblick einfach nur weh zu sehen, mit welcher natürlichen Schönheit dieser Tag begann.

Paul nahm Janas Arm, stand auf, zog sie mit sich hoch. »Lassen Sie uns gehen, Frau Limberg!«

Sie deutete mit der freien Hand auf die aufgehende Sonne. »Schön, nicht wahr?« Aus ihrer Manteltasche war beim Aufstehen eine kleine Wollkatze gefallen.

Paul hob sie auf. »Gehört die Ihnen?«

»Nein. Einem der Kinder von Michael. Sie ist neulich beim Aussteigen aus seinem Auto gefallen.« Sie betrachtete das Spielzeug nachdenklich. »Würden Sie ihm die Katze bitte geben? Das Kind vermisst sie sicher.«

Paul nickte mit einem Kloß im Hals.

Schweigend gingen sie zum Auto. Dort wartete Olaf und öffnete die hintere Tür des Wagens. Jana blieb kurz stehen, riss sich das Gummiband aus den Haaren und frisierte sie mit ihren Fingern. Dann sagte sie zu Paul: »Trotz alledem, danke, dass Sie gekommen sind.« Sie stieg ein, Olaf setzte sich neben sie. Paul schlug die Tür zu, ging zur Fahrerseite und nahm dort Platz.

63

Am späten Nachmittag verließ er Peggy Limbergs Haus.
Im Auto gab er seine Hamburger Adresse ins Navi ein.
Sein Blick fiel auf die Wollkatze, die auf dem Beifahrersitz
lag, wo er sie morgens hingeworfen hatte. Er musste einen
kleinen Schlenker drehen. Eigentlich war sein Bedarf an
menschlichen Kontakten für den Moment gedeckt. Erst
die Vernehmung von Jana, dann das Gespräch mit Olaf ...
Der hatte ihm ganz unüblich für ihn sein Herz ausgeschüttet.
Kurz vor ihrer gemeinsamen Mordermittlung war er
von seinem Vorgesetzten bei einer Beförderung übergangen
worden. Er war wütend und enttäuscht, und das hatte
sich auf seine Arbeitsmoral niedergeschlagen. Deshalb
hatte er es nicht eingesehen, an einem Feiertag zu arbeiten,
und sich krankgemeldet. Doch im Laufe des Tages
wurde sein schlechtes Gewissen immer größer. Nachts
fand er keinen Schlaf, sein Schuldbewusstsein schien ihn
zu erdrücken, und so war er mit dem Motorroller losgefahren,
auf der Suche nach Jana. Nach Ostern würden sie ihr
Gespräch fortsetzen. Jetzt wollte Paul sich keine Gedanken
über mögliche Konsequenzen machen.

In dem Augenblick, als er bei Familie Kunze vorfuhr,
öffnete sich die Haustür, und die drei Kinder stürmten heraus.
Gefolgt von Michael Kunze. Paul parkte den Wagen
und stieg aus. Der Junge war als Erster bei ihm: »Hat
mein Papa was angestellt, weil du jeden Tag kommst?«,
fragte er keck.

»Eher die Mama«, sagte Kunze lachend, als er zu ihnen
trat.

Paul wandte sich dem Jungen zu, mittlerweile standen auch seine beiden Schwestern neben ihm. »Nein, dein Papa hat nichts gemacht, aber die Polizei ist ja auch dafür da, um Sachen wiederzufinden, die verloren gegangen sind. Und schaut«, er zauberte die Katze hinter seinem Rücken hervor, »die vermisst ihr doch!«

»Milou!«, rief die Kleinste und riss ihm die Katze aus der Hand. Freudig drückte sie das Kuscheltier an sich.

»Was sagt man, Elena?«, tadelnd schaute sie ihr großer Bruder an.

»Danke«, sagte sie scheu und versteckte sich hinter ihrem Bruder.

»Sehr gern, Elena«, sagte Paul. Er war erstaunt, wie leicht ihm der Name über die Lippen ging.

»Kinder, setzt euch schon mal ins Auto, wir wollen nicht zu spät kommen.« Die Kinder rannten zum Tesla.

»Ich darf vorne sitzen!«

»Nein, ich!«

Michael Kunze blieb bei Paul. »Sie sind jetzt Elenas Held. Sie war untröstlich wegen der ollen Katze. Und mein Ostern haben Sie damit auch gerettet. Kein Geheule und Gejammer mehr.« Er legte ihm anerkennend und jovial die Hand auf die Schulter.

Paul sagte ernst: »Jana hatte sie.«

»Oh!« Kunzes Gesichtsausdruck veränderte sich. Er wirkte beinahe schuldig. Aber nur für einen Moment. Schnell fand er seine Selbstsicherheit wieder. »Ja, ich habe es gehört.«

Paul schwieg und fragte sich, wer Michael Kunze von Janas Verhaftung berichtet hatte.

»Das arme Ding. Hätte sie was gesagt. Das hätte man doch wunderbar zu ihrer Geschichte machen können:

›Wie ich mich vom Rechtsradikalismus abgewandt habe und jetzt dagegen ankämpfe‹. Dann wäre halt nicht der Wald ihr Thema gewesen.«

Paul war sprachlos ob des Zynismus. Michael Kunze schien es nicht zu stören. Ungeniert fuhr er fort: »Echt ein Jammer. Sie war mit einem Bein schon im Bundestag. Ich hätte für sie eine Kampagne entworfen, die ihren Makel zum Vorteil transformiert hätte. Hätte sie nur geredet.«

Leider hatte er recht, aber die Art, wie er über Jana sprach, mit der er immerhin für ein paar Monate eine Affäre gehabt hatte, widerstrebte Paul. Er hoffte, Kunze würde ihm seine Abneigung nicht ansehen. Aber die Gefahr war gering. Der Mann war viel zu sehr mit sich beschäftigt.

»Entschuldigen Sie, Herr Montgomery, ich muss leider los. Freunde von uns veranstalten ein kleines Osterfeuer im Garten und ich habe den Kindern versprochen …«

»Viel Spaß und einen schönen Abend«, sagte Paul mit so wenig Enthusiasmus wie möglich.

»Danke. Und kommen Sie doch mal in den nächsten Wochen zum Grillen zu uns. Ich mache die weltbesten Steaks. Würde uns freuen.« Er wartete keine Antwort ab, sondern nickte und winkte ihm zu, ehe er in den Tesla stieg und wegfuhr.

Paul wollte wieder zu seinem Wagen, da sah er, dass die Eingangstür zum Haus noch offen stand. Ein Zeichen? Es würde nicht lange dauern, sich zu verabschieden, dachte er und ging zur Tür und in die Halle. Im raumtrennenden Gaskamin knisterte ein Feuer. Sehr dezent und geschmackvoll war die Halle österlich dekoriert.

»Frau Kunze?«, rief er. Es hallte durchs Haus.

Keine Antwort. Er wartete kurz. Vielleicht war sie im Obergeschoss. »Frau Kunze!« Wenn sie jetzt nicht antwortete, würde er gehen.

»Ich bin hier, im Esszimmer.«

Entscheidung gefallen.

Claudia stand mit dem Rücken zu ihm auf dem Esstisch und war damit beschäftigt, an dem Kronleuchter, der über dem Tisch hing, ein Osterei aufzuhängen. Ein kleines buntes Ei, das in den kristallenen Armen des pompösen Lüsters beinahe unterging. Wahrscheinlich war es weniger Deko als ein Running Gag. Wie immer, wenn sie zu Hause war, trug sie enge Leggings, diesmal in einem leuchtenden Blau, dazu ein enges, knapp geschnittenes Oberteil im selben Farbton.

Er räusperte sich. »Hallo, Frau Kunze.«

Sie drehte sich zu ihm und strahlte. »Hallo, Herr Montgomery, schön Sie zu sehen! Warten Sie.«

Sie balancierte zum Rand des Tischs und sprang unvermittelt nach unten, direkt vor ihn. Während des Sprungs löste sich eine Locke aus ihrem Pferdeschwanz und hing ihr nun in die Stirn. Sie duftete nach sonnenwarmen Früchten. Für einen kurzen Augenblick standen sie einander sehr nah gegenüber. Dann drehte sie sich um und ging zur Küchenzeile.

»Kann ich Ihnen was anbieten, einen Kaffee oder einen Schluck Wein?«, fragte sie.

Paul wollte eigentlich so schnell wie möglich nach Hause fahren. Aber er merkte, dass ihn Müdigkeit wie eine Decke umhüllte. Ein Espresso wäre jetzt genau das Richtige. »Zu einem Espresso würde ich nicht nein sagen.«

Sie wandte sich zur monströsen Kaffeemaschine und begann, mit routinierten Bewegungen zwei Espressi zuzubereiten. Er nahm den Platz ein, an dem er auch bei seinen letzten Besuchen gesessen hatte. Sie stellte eine Tasse vor ihn hin und eine Zuckerdose.

»Leider habe ich heute keine Hamburg-Feeling-Kekse«, sagte sie gespielt zerknirscht.

Während er einen gehäuften Löffel Zucker in seinen Espresso gab, sagte er: »Das ist nicht schlimm, ich bin auf dem Weg nach Hamburg.«

»Wo wohnen Sie eigentlich in Hamburg«, fragte sie und sah ihn beinahe schüchtern über ihre Tasse an, die sie zum Mund führte.

»Ich bin im Grindelviertel aufgewachsen, habe aber meine Wohnung im Karoviertel. Sehr weit bin ich also nicht rumgekommen in Hamburg.«

»Ist sehr lebenswert da. Ich hab während meines Studiums in der Schanze gewohnt. War eine schöne Zeit in Hamburg.«

Er leerte seine Tasse und stellte sie zurück.

»Werden Sie nach Hamburg zurückgehen? Weil Sie sagen, Ihre Wohnung ist da noch?«

Er zögerte. Er wusste es nicht. Vielleicht? Vielleicht auch nicht? Aus voller Überzeugung sagte er: »Erst mal möchte ich hierbleiben. Ich fühle mich eigentlich ganz wohl.«

Strenggenommen galt das nicht nur für Templin, sondern auch für diesen Raum. Wobei es dabei weniger um das Haus ging als um die Gesellschaft von Claudia. Er hatte sie tatsächlich im Laufe der vergangenen Woche zu schätzen gelernt. Je mehr er unter die Oberfläche geschaut hatte, desto sympathischer fand er sie. Hinter der Fassade der arroganten Yummy Mummy verbarg sich eine empathische Person.

»Stimmt es, was der Dorfklatsch sagt?« Sie sah ihn traurig an.

Sie seufzte. »Das tut mir wirklich unfassbar leid. Ich kannte Jana nicht wirklich, aber wenn es so ist, dass Ben sie erpresst hat und sie aus Angst vor den Reaktionen … Das darf nicht sein. Ich frage mich, wann wir als Gesellschaft so weit sind, Menschen nicht mehr für Dinge, die sie mal getan haben, an den Pranger zu stellen …«

Und er fragte sich, woher sie diese Informationen hatte. Heute Morgen hatten Mandy und er Jana vernommen worden. Der Richter hatte den Haftbefehl unterzeichnet, und Jana war in Untersuchungshaft gekommen. Es war nur ein kleiner Kreis involviert gewesen. Aber wahrscheinlich reichten die Kontakte von Michael Kunze zum Gericht oder in die Staatsanwaltschaft, und es war weniger der Dorfklatsch als ein geschwätziger Richter die Quelle.

Er nickte. Sie hatte recht mit dem, was sie sagte. Sie schaute ihn an, und ihre Blicke trafen sich. Nur für einen kurzen Augenblick.

»Wie lange wird Jana im Gefängnis bleiben müssen?«

Er zuckte die Achseln. »Das wird von ihrer Verteidigung abhängen. Wenn sie beweisen können, dass Ben seine Schwester erpresst hat, und die Staatsanwaltschaft keine Mordmerkmale herausarbeiten kann …« Er machte eine Pause. »Aber wenn sie wegen Mordes verurteilt wird und die Beweise für die Erpressung nicht zu beschaffen sind, wird ihre Zeit im Gefängnis deutlich länger ausfallen.«

»Ich werde mit Michael reden, er soll seine Beziehungen spielen lassen und ihr einen guten Anwalt besorgen.« Offenbar wusste Claudia nichts von der Affäre ihres Mannes. Es war nicht seine Aufgabe, sie darüber in Kenntnis zu setzen.

»Claus Holm wird das Mandat sicher nicht übernehmen. Der setzt so schnell sicher keinen Fuß mehr freiwillig in die Uckermark.« Sie grinste wissend.

»Warum denn das?«

»Karo hat ihn rausgeworfen. Endgültig.«

Er staunte.

»Auch wenn ich mich natürlich strafbar mache, wenn
ich mit Zivilisten über laufende Verfahren spreche«, sagte
sie neckend und schenkte ihm ein Lächeln.

»In diesem Fall, Frau Kunze, sind die Ermittlungen ja
abgeschlossen. Ich sehe Ihnen das nach.«

»Sagen Sie nicht immer Frau Kunze, ich bin Claudia.«
Sie streckte ihm ihre Hand entgegen.

Der Fall war abgeschlossen, also schlug er ein. »Paul.«

Sie strahlte ihn an. »Paul«, sie stand auf, »ich habe noch
eine Flasche von dem wunderbarsten Chardonnay im
Kühlschrank, darf ich dir ein Glas davon anbieten? Zum
Beginn unserer wunderbaren Freundschaft.«

Aus ihren kornblumenblauen Augen funkelte sie ihn
verschmitzt an.

Eine Stunde später bog er auf die »Erlebnisstraße der
Deutschen Einheit«. »Hamburg – 209 Kilometer«, informierte ein Schild. Er würde in gut zwei Stunden zu Hause
sein. Den Chardonnay hatte er nicht probiert. Aber vielleicht ergab sich in den nächsten Wochen und Monaten
eine Gelegenheit dazu. Paul drehte das Radio lauter und
lächelte. Er freute sich auf Hamburg – und irgendwie auch
darauf, nach Ostern wieder in die Uckermark zurückzu-
kehren.

EPILOG

I

Der Tag war sonnig, aber kalt. Anders war mit den Kindern mit dem Boot rausgefahren. Sie verbrachten die Ostertage in ihrem Sommerhaus, einige Kilometer außerhalb von Växjö. Einsam und direkt am See. Sina liebte diesen Ort, er erinnerte sie an die Uckermark. Hier in Schweden führte sie das perfekte Leben, so wie sie es sich erträumt hatte. Mit Kindern, einem liebevollen Mann in einer kleinen Stadt unweit der Natur. Ohne Geldsorgen. Ihre Familie war gesund und die Planung nicht abgeschlossen. Wenn es klappte, würden sie noch ein gemeinsames Kind haben. Dann wäre die Familie komplett. Manchmal vermisste sie die Heimat. Das ging vermutlich allen so, die weggegangen waren. Egal, wie wenig man den Ort schätzte, an dem man groß geworden war, er blieb einfach etwas Besonderes.

Sie saß am Esstisch, vor sich ein leeres Blatt Papier. Wie fängt man so einen Brief an? Schreiben war nicht ihre Stärke. Sie war aufgewühlt. Gestern Abend hatte ihre Freundin Lisa aus Templin sie angerufen. Lisas Freund war der Bruder des Freundes einer Kommissarin, die in dem Fall ermittelt hatte. Sie hatte ihr erzählt, dass Bens Mörder gefasst sei. Es war Jana. Unglaublich. Oscars Tante hatte seinen Vater umgebracht. Das klang so unwirklich – als hätte ein Autor in Hollywood sich das ausgedacht. Aber es war die Realität. Wie schnell es gehen konnte. Sie hatte nie einen besonders guten Draht zu Peggy gehabt, sondern eher das Gefühl, ihren Ansprüchen nicht zu entsprechen. Nicht gut genug für ihren Prinzen zu sein. Doch das, was sie jetzt durchmachen musste, hatte niemand verdient. Sie tat Sina unendlich leid. Ein Augenblick, und alles war anders.

Darum hatte sie den Entschluss gefasst, diesen Brief zu schreiben. Das Leben war unberechenbar, und sie wollte vorsorgen.

Wie sollte sie anfangen? Sie begann zu schreiben: »Mein lieber Sohn, geliebter Oscar, es gibt da etwas, das du wissen musst. Ein Geheimnis …

Sie wusste nicht, ob sie diese Zeilen ihrem Sohn je geben würde. Vielleicht, wenn er erwachsen war. Aber sie wusste, es war wichtig, sie zeitnah zu Papier zu bringen.

II

Sabine betrat durch den Hintereingang das »Schloss Wittleben«. Constantin war dabei, die lange Tafel einzudecken. Heute Nachmittag würden sie hier zusammenkommen. Die Hamptons-Berliner: Frank und Tarik, die Kunzes und zwei weitere Familien. Zehn Erwachsene und acht Kinder. Sie trafen sich zum Osterkaffee und zur Nachfeier ihres Geburtstages. Der Tisch sah wunderschön aus. Konzentriert legte Constantin Kuchengabeln und Löffel an die Plätze. Sie schlich sich von hinten an ihn heran und hielt ihm die Augen zu. Überrascht drehte er sich um und küsste sie auf den Mund: »Schön, dass du da bist.« Fünf kleine Worte. Vor einer Woche hätte sie ihnen keine tiefere Bedeutung beigemessen. Jetzt klangen sie wie ein Wunder. Ja, sie hatte Glück, dass sie hier war. Das hatte sie nicht zuletzt Paul Montgomery zu verdanken. Ein weniger genauer Polizist hätte sie vielleicht über Ostern in U-Haft schmoren lassen, während er selbst über die Feiertage weggefahren wäre. Oder noch schlimmer, hätte die Ermittlungen eingestellt und die Staatsanwaltschaft hätte sie angeklagt.

Die Nacht im Frauengefängnis war eine der schlimmsten und trotzdem eine der wichtigsten Erfahrungen in ihrem Leben. Es waren ihr einige Dinge klargeworden in diesen schlaflosen, endlos langen Stunden. Wichtige Erkenntnisse.

Eine stand vor ihr. Sie gab Constantin einen langen Kuss. Danach sah sie ihn lächelnd an. »Weißt du, was lustig ist? Der Kommissar hat zwar fast alle Geheimnisse der Uckermark gelüftet, nur unseres kennt er nicht.«

Er stutzte.

»Unsere Beziehung«, sagte sie lachend.

Tatsächlich. Niemand wusste, dass sie ein Paar waren. Warum eigentlich nicht? Seit über einem Jahr trafen sie sich regelmäßig. Sie war sich lange Zeit nicht sicher gewesen und hatte Angst gehabt, ihre Unabhängigkeit zu verlieren, wenn aus den lockeren Treffen eine Beziehung mit Verpflichtungen werden würde. In der Nacht im Gefängnis, als sie sich so furchtbar allein auf der Welt gefühlt hatte, war ihr klargeworden, dass sie sehr wohl eine Beziehung wünschte. Verbindlichkeit und einen Menschen, auf den sie sich verlassen konnte. Constantin.

»Vielleicht sollten wir einfach kein Geheimnis mehr daraus machen, sondern offiziell ein Paar sein. Gleich heute.«

»Das ist eine sehr gute Idee«, sagte er und ging nach hinten, um die Namensschilder zu holen. Er setzte seines neben ihres. Sabine lächelte. Die nächsten Monate würden alles andere als ein Spaziergang werden. Wenn kein Wunder geschah, würde sie ihr Retreat verlieren. Die Hypotheken fraßen sämtliche Einnahmen auf. Sie war realistisch, sie würde es nicht halten können. Und sie wusste nicht, ob ihr ein juristisches Nachspiel drohte wegen der illegalen Ayahuasca-Zeremonien, die in ihrem Retreat stattgefunden hatten. Bislang hatte sie sich nicht getraut, Paul Montgomery zu fragen, ob er die Informationen an die Kollegen vom Drogendezernat weiterleiten würde. Aber selbst wenn, würde sie wahrscheinlich mit einer Geldstrafe davonkommen.

Vor einer Woche wäre das für sie der Super-GAU gewesen. Jetzt wusste sie, ihr Leben zu verlieren oder ihre Freiheit, das wäre das Allerschlimmste.

III

Andreas Seemüller schritt mit dem Laptop in der Hand zum Fenster. Er hielt ihn so, dass die Kamera auf Violetta, seine Feige, zeigte. Die Pflanze hatte er österlich geschmückt. An ihren Ästen baumelten bunte Plastikostereier.

»Daddy, das ist weird«, sagte Jonathan lachend auf dem Bildschirm. Sein Sohn war im Wohnzimmer seines Zuhauses in Liverpool und fand die herausgeputzte Feige nicht so gelungen wie sein Vater.

Andreas stellte den Rechner auf dem Tresen ab. »Wie viele Cream Eggs hast du heute schon gegessen?«, fragte er.

Sein Sohn hob fünf Finger in die Höhe und wand sich spielerisch. Andreas wollte gerade ansetzen und Jonathan sagen, dass zu viel Zucker nicht gesund sei, besann sich dann aber. Heute war Ostern.

»Lass dich nicht von Mom erwischen«, sagte er stattdessen. Wie immer sprach er mit seinem Sohn deutsch, damit dieser Andreas' Muttersprache lernte.

Jonathan machte den Daumen hoch. »Dad, ich muss jetzt los, Jesse ist hier, und wir wollen in den Park.«

Andreas hätte gern länger mit Jonathan gesprochen und war ein bisschen enttäuscht, aber er wollte kein Spielverderber sein. »Geh nur, viel Spaß. Kannst du bitte Mom kurz holen?«

Der Junge winkte ihm zu und verließ den Platz. Nach circa einer Minute erschien das Gesicht seiner Ex-Freundin auf dem Bildschirm. Sie hatte die Haare zu einem Dutt auf dem Kopf gebunden, außerdem hatte sie ein Handtuch um den Hals hängen. Ihre roten Wagen sahen aus, als hätte sie gerade Sport gemacht. Wahrscheinlich war das auch der Fall. Sie trainierte jeden Tag.

»Happy Easter, Andreas«, sagte sie vergnügt. Mittlerweile konnten sie wieder fast normal miteinander umgehen. Das war in den ersten beiden Jahren nach der Trennung nicht so gewesen. Da hatten Streits, Beleidigungen und Drohungen via FaceTime, E-Mail und Telefon ihre Kommunikation bestimmt. Andreas war dankbar, dass die Zeiten des gegenseitigen Verletzens vorbei waren.

»Sag mal, was war denn bei euch los?«, fragte Vanessa neugierig. »Bei mir hat vergangene Woche die Polizei angerufen.«

»Oh ja, hier hat es einen Mord gegeben und ich befand mich plötzlich im Visier der Ermittler.« Er erzählte ihr von Ben, Wellinow und der tatsächlichen Mörderin.

»Furchtbare Geschichte«, sagte Vanessa ehrlich und empathisch.

»Ja, das zeigt einem, wie schnell es gehen kann. Ich wollte noch etwas mit dir besprechen.«

»Geht es um die nächsten Ferien? Ich hole schnell meinen Kalender«, sagte sie und war im Begriff aufzustehen.

»Nein, generell. Ich übernehme ja im Sommer die Leitung der Klinik.«

»Ich weiß«, sagte sie zögernd. Wahrscheinlich dachte sie daran, dass er dadurch weniger Zeit haben würde, an Jonathans Leben teilzuhaben. Sie hatte schließlich leidvoll erfahren müssen, wie leicht er sich von der Arbeit einnehmen ließ und darüber seine Pflichten als Vater vergaß.

Er fuhr fort: »Ich werde einen Stellvertreter einstellen. Ein sehr guter und tüchtiger Arzt aus Berlin. Der Plan ist, dass wir uns irgendwann die Leitung teilen. Das wird nicht morgen sein, aber bald. Und wenn es so weit ist, würde ich gern häufiger bei euch sein. Ich werde mir eine Wohnung in eurer Nähe nehmen und kann pendeln und länger am Stück bleiben. Meinst du, das würde Jonathan gefallen?«

Vanessas Gesicht hellte sich auf. »Da bin ich mir ziemlich sicher.«

IV

Die Plastikflamingos hatten Gesellschaft bekommen. Eine bunte Hasenfamilie hatte sich im Vorgarten zu ihnen gesellt. Osterglocken, Narzissen und die Ansätze von Tulpen umrahmten sie. Wenn es dunkel war, leuchteten die Hasen in unterschiedlichen Farben. Jetzt aber war es Vormittag. Manu und Bert saßen am Tisch in der Küche. Wie jeden Morgen waren sie um 6 Uhr aufgestanden. Bert war mit Maik am See gewesen, Manu hatte im Garten gewerkelt. Im Frühjahr gab es dort viel zu tun. Gerade schnitt Manu die Bohnen für das Mittagessen und Bert schälte Kartoffeln. Einträchtig wie seit 52 Jahren. Wie meistens redeten sie wenig.

Plötzlich hielt Manu inne und seufzte. »Ich muss die ganze Zeit an Peggy denken. Was sie wohl gerade macht?«

Bert ließ den Kartoffelschäler sinken. »Arme Peggy.« Er legte seine Hand auf die seiner Frau. »Ich glaube, sie braucht Menschen, die für sie da sind.«

Er ging in den Flur und kam mit dem Telefon in der Hand zurück. »Das Essen reicht doch für drei.«

Manu lächelte ihn an, nahm das Telefon und wählte die Nummer. Echte Freunde waren in der Not für einen da. Das war in der Uckermark nicht anders als im Rest der Welt.

V

Endlich mal wieder ein Frühstück im Bett. Wie lange hatten sie das schon nicht mehr gemacht? Frank trug das Tablett mit fluffig aufgebackenen Croissants, selbst gemachter Marmelade, frisch gepresstem Orangensaft und duftendem Kaffee ins Schlafzimmer. Er hatte sogar eine Narzisse aus dem Garten abgeschnitten, in eine kleine Vase gesteckt und aufs Tablett gestellt. Tarik lag noch in den Federn und streckte sich. Was bin ich nur für ein Glückspilz, dachte Frank, blieb stehen und betrachtete seinen Mann. Er war blendend schön. Viel wichtiger war jedoch sein Charakter und seine liebevolle Art. Ohne ihn hätte er die letzten Wochen niemals durchgestanden. »Ich liebe dich«, sagte er und trat ans Bett.

»Ich dich auch«, antwortete Tarik noch ein bisschen verschlafen. Frank beuge sich über ihn und küsste ihn. Seine Wange kratzte ein bisschen, ein dunkler Schatten von Bartstoppeln bedeckte die Haut.

Er ging auf seine Seite und stellte das Tablett zwischen Tarik und sich. »Frohe Ostern«, sagte er und reichte ihm eine Tasse. »Schön, dass es dich gibt!«

Diesmal küsste Tarik ihn. Das Kratzen der Bartstoppeln, so angenehm.

Jeder nahm sich ein Croissant und tunkte es in die Konfitüre, das war ihr Frühstücksritual. Das sie so nur zu Hause machen konnten.

»Ich muss dir was sagen«, begann Tarik und setzte sich vorsichtig auf, sodass der Kaffee in der Tasse nicht überschwappte. Für eine Sekunde verkrampfte sich Franks Magen. Was würde jetzt wohl kommen?

Tarik lachte. »Guck nicht so, ich hab nichts zu beichten.« Er biss von seinem Croissant ab und kaute. Schließlich begann er: »Ich hab mich diese Woche mit Andreas Seemüller vom Krankenhaus in Templin getroffen. Du weißt schon, der Plastische Chirurg dort.«

Frank hielt sein Croissant mit der roten Spitze in der Hand, ohne abzubeißen. Ein Tropfen der roten Konfitüre fiel auf die hellgraue Seidenbettwäsche.

»Er übernimmt die Klinik demnächst, und er hat mich gefragt, ob ich sein Stellvertreter werden will.«

Normalerweise hätte Frank höhnisch gelacht ob des Vorschlags. Templin, Provinzkrankenhaus, Tarik war immerhin Oberarzt in der Charité. Aber so absurd fand er die Idee in diesem Augenblick gar nicht. Sie gefiel ihm. Sie könnten ihren Wohnsitz komplett hierher verlegen und die Wohnung in Berlin nur noch für Besuche nutzen. Die letzten Wochen auf dem Land hatten ihm gutgetan, und nach den Ereignissen der vergangenen Tage war ihm sowieso nach mehr Ruhe. In Berlin war er schon länger nicht mehr glücklich. Die Affäre um das Verkehrsministerium beziehungsweise sein Burn-out waren eigentlich nur ein Vorwand gewesen, der Hauptstadt den Rücken zu kehren. Er hatte mit dem Gedanken gespielt, sich zurückzuziehen. Im nächsten Jahr würde er 60 werden. Er hatte einen tüchtigen Geschäftsführer, er könnte ihm Anteile der Agentur abtreten und selbst nur noch beratend tätig sein. Die Aussicht gefiel ihm: freiberuflicher Berater, Privatier und Chefarzt-Ehemann.

»Du sagst ja gar nichts. Findest du die Idee doof?« Tarik sah ihn unsicher von der Seite an.

Er lächelte. »Überhaupt nicht. Ich finde sie gut.«

Tarik war immer noch unsicher. »Ich könnte viel von Andreas Seemüller lernen. Ein Kollege von mir hat früher mit ihm zusammengearbeitet und meint, als Arzt sei er top. Und«, er rutschte näher an Frank heran, »ich habe immer davon geträumt in einem kleinen Krankenhaus auf dem Land zu arbeiten.«

Jetzt war Frank verblüfft. »Das hast du mir nie gesagt.«

»Es hat ja auch keine Rolle gespielt in den letzten Jahren. Ich wollte erst in einer großen Klinik Erfahrungen sammeln. Doch ein kleines Krankenhaus war mein Traum, als ich beschloss, Arzt zu werden. Unser Leben in Berlin ist schön. Aber wenn ich ehrlich bin, habe ich keine Lust mehr auf Facelifts und Kinnkorrekturen. Und schon gar auf Grabenkämpfe und Eitelkeiten.«

»Das kann ich verstehen, mir geht es genauso.« Frank hielt immer noch das Croissant wie eine Trophäe in der Hand.

»Ich habe das Gefühl, jetzt ist genau der richtige Zeitpunkt.«

Tarik lächelte ihn an, und Frank umarmte ihn. Im Eifer des Gefechts drückte er das Croissant mit der Marmeladenseite auf Tariks Rücken und es blieb dort kleben.

VI

Maik Wellinow schloss das Gartentor hinter sich. Für einen kurzen Augenblick war er unschlüssig, ob er nach rechts oder links gehen sollte. Eigentlich war es egal. Er kannte beide Strecken gut. Er entschied sich für links. Osterspaziergang – wie beinahe jedes Jahr unternahm er den allein. Seine Tochter war mit ihrer Familie in Berlin geblieben. Sie hatte verschnupft geklungen am Telefon. »Ich will dich nicht anstecken«, hatte sie gesagt. Maik wusste, die Erkältung war für sie beinahe ein Geschenk, denn so kamen sie, ihr Mann und die Kinder um den Besuch bei ihm herum. »Es ist halt auch so eng bei dir, die Kinder brauchen Platz«, sagte sie stets. Sie hatte ihn aber auch nie eingeladen, nach Berlin zu kommen. Familie – darauf konnte man sich nicht verlassen. Sollten sie ihn doch in Ruhe lassen.

Mit derlei grimmigen Gedanken setzte er seinen Weg am Ufer des Großdöllner See fort, als ihm eine Gestalt entgegenlief. Das war ungewöhnlich, denn normalerweise traf man hier wenig Menschen. Sie näherte sich, und da erkannte er sie: Iris Hauschild. Sie trug eine Sonnenbrille, obwohl es bewölkt war, und einen Schal über die Haare. Sie kannten sich, wie man sich hier halt kennt, von ein paar Scheunenfesten und über Bekannte. Sie blieben stehen. »Frohe Ostern, Maik«, sagte sie freundlich.

»Frohe Ostern, Iris«, antwortete er.

»Wollen wir zusammen spazieren?«, fragte sie.

Er nickte, und gemeinsam setzten sie ihren Weg fort. Schweigend, aber nicht allein. Zumindest für einen Spaziergang lang.

VII

Lina und Frederik hatten sich auf das Trampolin gesetzt und verglichen ihre Beute, die sie beim Eiersuchen im Garten gemacht hatten. Erste Tauschgeschäfte begannen. Karo stand auf der Terrasse mit einer heißen Tasse Kaffee in der Hand und sah ihnen versonnen dabei zu.

»Gibst du mir die? Dann kriegst du meinen großen Hasen.« Lina war für ihre fünf Jahre schon recht umtriebig in Handelsdingen. Vielleicht hatte sie ihre Freude am Rechnen geerbt oder das Verhandlungsgeschick des Vaters. Die Kinder hatten nicht besonders traurig reagiert, nachdem sie ihnen heute Morgen gesagt hatte, dass Papa an Ostern nicht käme. Sie waren es gewohnt, dass er nur selten bei ihnen war.

Karo wusste, in den nächsten Wochen würde noch einiges auf sie zukommen, wenn die Kinder realisierten, dass der Vater für immer wegbliebe. Aber er war ja nie präsent in ihrem Leben gewesen, also würden sie ihn nicht lange vermissen.

Ihre Mutter stellte sich neben sie. »Süß die beiden«, sagte sie mit Blick auf ihre Enkelkinder.

»Ja. Ich erinnere mich noch daran, wie wir immer im Schlosspark Charlottenburg Eier gesucht haben, die Papa und du dort versteckt haben.« Karo lächelte ihre Mutter an.

»Kommt Claus?«, fragte die eher beiläufig.

»Nein. Nie mehr.«

Ihre Mutter legte den Arm um ihre Tochter und zog sie an sich. »Die richtige Entscheidung. Ich kann ja erst mal bei euch bleiben, dann wissen wir, wie es hier mit uns zusammen funktioniert, und wir können weitersehen.«

»Danke, Mama«, flüsterte Karo.

»Dafür nicht, mein Kind«, sagte die.

Karo merkte, dass ihr eine Träne die Wange herunterlief. Die erste Freudenträne seit so vielen Wochen und Monaten.

»Mama, spielst du mit uns?«, rief Lina.

»Ja«, antwortete sie glücklich, stellte ihre Tasse auf den Tisch und lief zum Trampolin.

VIII

Das Klingeln des Telefons riss Peggy aus ihren Gedanken und durchbrach die Stille in der Wohnküche. Sie checkte das Display. 06... Sie kannte die Nummer nicht. Trotzdem nahm sie den Anruf entgegen. Zögerlich.

»Hallo?«

»Bitte leg nicht auf, Peggy.«

Die Stimme hätte sie unter Tausenden sofort wiedererkannt, selbst nach diesen vielen Jahren. 31 – und ein halbes. »Gerhard ...«

»Peggy, ich weiß nicht, wie ich anfangen soll. Ich will dich auch nicht lange stören.«

Stören. Sie hatte keine Termine und keine Gesellschaft. Sie konnte man nicht stören.

»Ich möchte nur, dass du weißt: Ich habe mich unfassbar schlecht benommen, mein Verhalten ist unentschuldbar, und ich kann es nicht wiedergutmachen. Die vergangenen Jahre …«

Sie merkte, wie der Kloß in ihrem Hals immer dicker wurde. Sie schluckte.

»Aber du sollst wissen, ich bin jetzt für dich da. Für dich und Jana!«

Jana, das war zu viel. Sie fing an zu weinen. Tränen liefen ihr über die Wangen und sie schluchzte. Am anderen Ende der Leitung rund 700 Kilometer entfernt begann der Mann, mit dem sie vier Jahre ihres Lebens verbracht hatte, mit dem sie zwei Kinder hatte, von dem eins nicht mehr lebte, weil das andere es ermordet hatte, hemmungslos zu weinen.

Mehrere Minuten schluchzten sie ins Telefon. Zwei Menschen, die sich eigentlich nicht kannten, beweinten ihre Kinder. Oder weinten sie um sich? Die verlorenen Chancen?

Sie holte Taschentücher und schnäuzte sich.

Als sie wieder in der Lage waren zu sprechen, fragte er: »Wie geht es jetzt weiter?«

Sie schluckte. »Jana ist in U-Haft. Die Staatsanwältin ist sich allerdings sicher, dass sie bis zum Prozess freikommt.«

»Wann ist der Haftprüfungstermin?«

»Nächste Woche.«

Sie schluchzte erneut. Ein Schluchzen nach dem Weinkrampf, wenn man noch mal geschüttelt wurde.

»Ich habe mir freigenommen. Ich komme morgen. Du musst das nicht allein durchstehen.«

Genau genommen war dieser Mann ein Fremder. Er hatte keinen Anteil an ihrem Leben in den vergangenen

448

30 Jahren gehabt. Auf der Straße würde sie ihn wahrscheinlich nicht mal erkennen, und sie wusste nichts davon, was er in den letzten Jahren erlebt hat. Trotzdem war sie in diesem Augenblick dankbar, dass er am anderen Ende der Leitung war.

»Ich bleibe so lange, wie du mich brauchst. Ich helfe dir bei der Beerdigung und den Dingen, die anstehen.«

Sie schwieg. Das schien ihn zu verunsichern.

»Natürlich nur, wenn du willst«, fügte er hinzu.

»Ja«, sagte sie. Leise, aber ohne zu zögern. »Danke.« Auch das war kaum hörbar.

Es entstand eine Pause, in der keiner der beiden wusste, was er sagen sollte. Er ergriff die Initiative: »Ich melde mich, wenn ich angekommen bin, Peggy.«

»Ja.« Sie musste noch etwas loswerden, bevor das Gespräch zu Ende war. »Gerhard«, es fühlte sich komisch an, seinen Namen auszusprechen: »Wir haben einen Enkelsohn. Ben war Vater.«

IX

Endlich hatte er Zeit, sein neues Modellflugzeug in die Luft steigen zu lassen. Das Wetter war gut genug, und Sammy war mit ihrer besten Freundin verabredet. Die heiratete in ein paar Wochen, da gab es natürlich jede Menge zu besprechen. Eine gute Gelegenheit, seinem Hobby nachzugehen.

Er fuhr zum Parkplatz vom Edeka in Groß Schönebeck. Da war er am Feiertag ungestört.

Nils war gerade dabei, das Flugzeug startfertig zu machen, als neben ihm ein Auto hielt. Ronny Meier stieg aus.

»Hallo«, sagte Ronny fast schüchtern.

»Hallo. Was machen Sie hier?« Nils konnte den Ermittler in sich irgendwie nicht ausschalten.

»Ich bin gerade zufällig vorbeigekommen, ich wohne um die Ecke.« Er deutete auf einen Plattenbaublock. »Da hab ich Sie gesehen und wollte kurz Hallo sagen.«

Nils lächelte ihn an.

»Stimmt es, dass Jana festgenommen wurde?«, platzte es aus Ronny heraus.

Nils bestätigte es.

»Warum?«

»Hat Ben Ihnen gegenüber mal erwähnt, dass Jana der rechtsradikalen Szene angehört hat?«

Vor Staunen vergaß Ronny die Zigarette anzuzünden, die sich bereits zwischen seinen Lippen befand. Er steckte das Feuerzeug wieder in die Tasche seiner Lederjacke.

»Krass. Ben hat nur mal gesagt, dass sie mal falschen Kreisen angehört hat. Ich hatte angenommen, es ginge um Drogen. Hätte ja gepasst in Berlin bei den Fernsehfuzzis, wo sie gearbeitet hat.«

Ein Trugschluss, dachte Nils.

Ronny trat nervös von einem Bein auf das andere. »Und dann wollte ich fragen, ob ich mit einer Anzeige rechnen muss.«

»Nein, Sie haben sich ja nicht strafbar gemacht. Ben hat Herrn Schildow nicht erpresst. Wir wissen nicht, warum er seinen Plan nicht in die Tat umgesetzt hat. Vielleicht ist er einfach nicht mehr dazu gekommen. Wie auch immer: Gegen Sie wird nicht ermittelt.«

Erleichtert atmete Ronny auf.

»Aber Ihr Chef wird sich vor Gericht verantworten müssen. Darum kümmern sich die Kollegen vom Betrug.«

Ronny schaute ihn grinsend an. »Ex-Chef. Gestern habe ich eine fristlose Kündigung in der Post gehabt.«

»Das tut mir leid. Aber Sie haben das Richtige getan.« Er legte Ronny tröstend die Hand auf den Arm, doch der schien gar nicht sonderlich betroffen.

»Das weiß ich. Und ich bin froh darüber. Tischler werden gesucht, und vielleicht ist es gut, wenn ich mal was anderes mache.«

»Das ist vernünftig«, sagte Nils und meinte es auch so.

»Klingt vielleicht doof, aber war schön, Sie kennengelernt zu haben. Ich muss dann mal los. Mutti wartet mit dem Braten.« Ronny wandte sich ab, und Nils sah ihm noch ein paar Augenblicke hinterher.

X

Mit kleinen Körbchen bewaffnet stoben Ferdinand, Lilli und Elena durch den weitläufigen Garten. Claudia hatte im Morgengrauen Unmengen an Schokoeiern, kleinen Schokohäschen und Gummibärchentüten versteckt. Zudem für jedes Kind ein größeres Geschenk. Sie setzte sich auf die

Bank auf der Terrasse und beobachtete ihre Kinder. Wie unterschiedlich sie zu Werke gingen: Ferdinand ungestüm, er hielt sich nicht mit Schokoeiern auf, sondern suchte sein großes Geschenk, indem er hinter jeden Busch und Baum schaute. Lilli ging überlegter und akribischer an die Sache heran, und die Kleine trottete ihrer großen Schwester hinterher.

In diesem Augenblick kam Michael auf die Terrasse. Er telefonierte. »Ja, Herr Schlüter, ich bin auch immer noch geschockt. Das hat wirklich keiner ahnen können.«

Jetzt fiel es ihr wieder ein. Schlüter war der Name des schmierigen EPD-Kreisvorsitzenden, mit dem sie Jana neulich im »Schloss Wittleben« gesehen hatte. Typisch Michael. Als ob das Gespräch nicht bis nach Ostern hätte warten können. Sie fand es außerdem ein bisschen pietätlos: Janas Verhaftung war gerade mal 24 Stunden her, und schon zog er die Fäden für ihre Nachfolge.

»Ich bin noch bis Dienstag hier. Lassen Sie uns am Montagnachmittag treffen, und wir besprechen die nächsten Schritte. Kommen Sie doch zum Kaffee vorbei. Sehr gut, wenn Sie schon eine Idee haben, wer statt Frau Limberg auf den Listenplatz eins kommen kann.« Kurze Pause. »Ihnen auch einen schönen Tag und Grüße an die Frau.« Er legte auf und setzte sich zu Claudia auf die Bank. Aber nicht nah neben sie, zwischen beide hätte eine dritte Person gepasst.

»Der Schlüter ist ganz aufgeregt. Er braucht ja jetzt einen neuen Kandidaten«, sagte er.

Claudia ließ die Aussage unkommentiert. Das störte ihn nicht, denn er fuhr fort: »Ich helfe ihm dabei, dass alles geräuschlos über die Bühne geht. Krisenmanagement.« Wieder schwieg sie.

Er betrachtete sie von der Seite und schüttelte dann den Kopf. »Entschuldige, dass ich dich angesprochen habe.« Demonstrativ rückte er noch ein Stück von ihr weg.

Sie lächelte ihn milde an: »Ach, Michael.«

Ehe er darauf antworten konnte, stürmte Ferdinand mit einem großen, eingepackten Geschenk auf sie zu. »Guckt mal, was ich gefunden habe!«

XI

Patrick hatte schon beinahe vergessen, dass er Mitglied in der EPD war, so lange hatte er sich nicht mehr in der Partei engagiert. Darum war er überrascht gewesen, als Schlüter ihn am Ostersonntag angerufen hatte. Erst dachte er, der alte Fuchs plane, von ihm Insiderinfos zur Festnahme von Jana Limberg zu erfahren, und er wollte schon gar nicht rangehen, doch dann siegte die Neugier. Er war wirklich baff, als Schlüter mit dem Grund für seinen Anruf rausgerückt war. Das war jetzt zwei Stunden her. Zunächst war ihm der Vorschlag total absurd vorgekommen. Er war bei der Polizei und kein Politiker, aber je länger er darüber nachdachte, umso mehr konnte er sich mit dem Gedanken anfreunden. Warum nicht? Er war aus der Region, war durchsetzungsstark, smart, konnte reden und sein Umfeld war sich einig, dass er Charme hatte.

Er sah seine Möglichkeiten bei der Polizei realistisch.

Solange Paul in der Uckermark war, würde kein Weg an ihm vorbeiführen. Außerdem war ja das Statistische Bundesamt seine rechte Hand. Selbst wenn Paul bald weiterziehen sollte, dann würde Mandy seinen Stuhl bekommen. Quote und so. Sie war eine Frau. Und zudem eine gute Ermittlerin, das musste er zugeben. Da half ihm selbst das gute Verhältnis zur Staatsanwältin nicht. Patrick musste grinsen.

Die Arbeit mit Paul hatte ihm Spaß gemacht, aber es war auch klar, einen Mord würde es jetzt erst mal nicht mehr geben – was auch gut so war. In den nächsten Wochen wären es wieder vor allem Verkehrsdelikte, Sachbeschädigungen ..., um die sie sich kümmern mussten. Schwer, sich dafür zu motivieren, nach dieser atemlosen Mordermittlung. Vielleicht würde ein bisschen Wahlkampf da für Abwechslung sorgen. Schlüter meinte, sie würden Kandidaten suchen, die einen richtigen Beruf hatten, keine Berufspolitiker. Das traf auf ihn zu. Als Beamter wäre es vermutlich einfach, für den Wahlkampf beurlaubt zu werden. Würde es klappen, könnte er ja mal für vier Jahre in die Politik gehen. Danach könnte er zur Polizei zurückkehren können, und da stünden ihm alle Türen offen. Vielleicht sogar beim BKA. Und wenn er nicht gewählt werden würde, würde er einfach weitermachen wie bisher. War ja auch nicht verkehrt. Aber: Patrick Liepe, MdB – das klang vielversprechend.

XII

Im ersten Augenblick wusste Paul nicht, wo er war. Er öffnete die Augen und schaute zur Decke. Die Stuck-Ornamente kamen ihm bekannt vor. Er realisierte, dass er in seiner Wohnung in der Vorwerkstraße war. In Hamburg. Die Anzeige des Weckers leuchte rot: 11:07 Uhr. Er hatte fast zwölf Stunden geschlafen. Das war rekordverdächtig. Er konnte sich nicht daran erinnern, wann er das zuletzt gemacht hatte. Einen Augenblick blieb er noch liegen und starrte einfach nur an die Decke. In einer Stunde würde ihn seine Mutter zum Essen erwarten. Danach ein Osterspaziergang an der Elbe, abends würde er einen alten Freund treffen.

Morgen Mittag zurück nach Templin. Ist der Täter gefasst, endet die Arbeit der Mordkommission noch lange nicht. Sie würden die nächsten Tage damit beschäftigt sein, Beweise zu überprüfen. Sobald die Kette lückenlos war, wurde sie für den Richter aufgearbeitet. Viel Papierkram. In diesem Fall würde es nicht so lange dauern, sie hatten ein Geständnis, und Jana war keine Serienmörderin, zudem eine Einzeltäterin. Das machte es einfacher. Sobald die Staatsanwältin alles zusammenhatte, würde sie Anklage erheben, und dann würde Jana der Prozess gemacht werden. Wie ihre Strafe aussah, hing von ihrer Verteidigung und dem Gericht ab. Vielleicht ließ ihr einflussreicher Ex-Geliebter tatsächlich seine Kontakte spielen und besorgte ihr einen guten Strafverteidiger, wäre für ihn sicher ein Leichtes. Doch Paul bezweifelte, dass sie ihm den »Aufwand« noch wert war. Er selbst konnte nichts mehr für

Jana und ihre Mutter tun. Nur hoffen, dass sie eine akzeptable Strafe bekommen würde. Was war angemessen in diesem Zusammenhang? Das zu beantworten, war schwer.

Er wünschte Jana, dass sie nach der Verbüßung ihrer Strafe wieder ins Leben zurückfinden würde. Auch wenn sie für mehrere Jahre ins Gefängnis musste, stünden ihr danach noch Möglichkeiten offen. Nicht als Abgeordnete im Bundestag, aber vielleicht bot ihr die Zeit im Vollzug die Chance, sich darüber klarzuwerden, was sie eigentlich wollte. Er nahm sich vor, ihren Werdegang auch nach dem Prozess weiterzuverfolgen. Gut möglich, dass er selbst noch in der Uckermark war, wenn sie wieder freikäme. Eine Aussicht, die ihm keine Angst machte.

Sein Telefon klingelte. Er nahm den Anruf an.

»Frohe Ostern, Chef«, tönte es vergnügt durch den Hörer.

»Frohe Ostern, Mandy.«

Sie kam sofort zum Thema: »Chef, ich bin gerade mit meinem Freund beim Frühstück, und da fiel mir ein, dass ich Sie eine Sache nicht gefragt habe.«

»Welche denn?«

»Es heißt immer, gute Ermittler haben früh eine Ahnung, wer es ist. Haben Sie das auch?«

Er dachte nach und hörte, wie Mandy von irgendwas abbiss. Wäre ja auch ein Wunder, wenn sie mal nicht mampfte. »Ja, schon …«, sagte er zögernd.

»Wann wussten Sie, dass Jana etwas mit dem Mord zu tun hat?« Dezentes Kauen drang durch den Hörer.

Er dachte nach. »Die erste Ahnung hatte ich, als Sabine Weisskirch den Streit zwischen Jana und Ben erwähnte. Und als Jana dann sagte, dass sie mit Michael Kunze zusammen war, wusste ich, es geht in diese Richtung. Aber so richtig klar wurde es mir erst, als wir die Verbindung zu den Neonazis hergestellt haben.«

»Ach ja, stimmt«, sagte sie – es hörte sich durch den vollen Mund zumindest so an. Eine kurze Pause, in der sie herunterschluckte. »Danke, Chef, ich muss dann mal Schluss machen. Der Besitzer vom Kendōstudio erlaubt meinem Freund und mir, heute bei ihm zu trainieren. Wir müssen los.«

»Sie machen Kendō?«

»Ja, schon immer. Tschüss«, sagte sie lachend und legte auf.

Paul staunte nicht schlecht. Kendō. Mandy Lychow steckte voller Geheimnisse – wie die Uckermark.

Catherine Duval
Mord an der Loire
Kriminalroman
288 Seiten, 13,5 x 21 cm,
Klappenbroschur
ISBN 978-3-8392-0555-6

Eigentlich hätte Philippe du Pléssis mit der Suche
nach einer uralten Schatulle aus Familienbesitz schon
genug zu tun. Aber als im Château de Cotignac ein
Gemälde gestohlen wird und im Schlossgraben eine
Leiche treibt, findet er sich plötzlich in einem Mordfall wieder. Die zuständige Kommissarin Charlotte
Maigret macht aus ihrer Abneigung gegen den ade-
ligen Lebemann keinen Hehl. Doch bald taucht ein
zweiter Toter auf und die Polizistin und der Dandy
müssen gemeinsam ermitteln.

GMEINER SPANNUNG

WWW.GMEINER-VERLAG.DE
Wir machen's spannend

Regine Seemann
Bitterkaltes Land
Kriminalroman
320 Seiten, 12,5 x 20,5 cm,
Paperback
ISBN 978-3-8392-0561-7

Auf dem Heimweg von einer Feier kommen Banu
Kurto?lu und Stella Brandes zufällig an einem brennenden Waldhäuschen vorbei. Die Journalistin Vik-
toria Beck kommt darin um. Der erste Verdacht fällt
auf Becks Ex-Mann. Doch auch ihre Arbeit gerät in
den Fokus der Ermittlungen, denn diese führte sie ins
Alte Land zu einer Familie, die glaubt, von Dämonen
heimgesucht zu werden. Als sich ein Zusammenhang
zwischen dem Flammentod und der Familie abzeich-
net, müssen die Kommissarinnen erkennen, dass das
Grauen erst begonnen hat.

GMEINER SPANNUNG

WWW.GMEINER-VERLAG.DE
Wir machen's spannend